BRENNPUNKT-SERIE

AUSLÖSER

RACHEL GRANT

USA TODAY BESTSELLER-AUTORIN

Glossar

ACU - Army Combat Uniform - Wüstentarnung

AWOL - Absent without Leave - Unerlaubt anbwesend

CLU - Containerized Living Unit - Wohneinheit

FOS- Forward Operating Site - ein Militärstützpunkt außerhalb des Mutterlandes.

HUMINT - human intelligence - menschliche Informanten

INSCOM - Intelligence and Security Command - Geheimdienst und Sicherheitskommando

SDR - Surveillance Detection Route- Überwachungserkennungsroute

SIGINT - Signal Intelligence - digitale Informationen

SOCOM - Special Operations Command - Oberkommando für Sondereinsätze

TANGO - T steht für Target, im phonetischen Alphabet des Militär mit „Tango" abgekürzt. Target oder Enemy - die Zielperson oder der Feind.

TDY - Temporary Duty assignment - temporärer Einsatz

XO - executive Officer - ausführender Offizier

Dies ist für meine Mutter.

Glenda Stallings

1934 – 2017

Sie war drei Mal verheiratet, hat sieben Kinder zur Welt gebracht und dabei geholfen, weitere sieben Stiefkinder großzuziehen. Sie war eine Englischlehrerin, bevor sie zur Schule für Dentalhygiene ging, hat außerdem ein Unternehmen gestartet, das Geschäft wieder geschlossen, und tausende von Zähnen gereinigt.

Ihr Geist hat diese Welt lange vor ihrem Körper verlassen. Alzheimer ist grausam.

Kapitel Eins

Camp Citron, Djibouti
März

Sebastian Ford scannte die Bar, und sein Blick landete auf der Frau, nach der er gesucht hatte. Er hatte sie erkannt, sobald er sie in Savannah James' Büro entdeckt hatte. Was zur Hölle tat Princess Prime hier in Camp Citron? Und warum hing sie mit der Basis-Spionin rum?

Er hatte James bereits dazu befragt, aber sie war so verschwiegen gewesen wie immer und hatte sich sogar geweigert, den Namen der Frau zu bestätigen. Aber eine Internetsuche hatte Bastians ursprüngliche Vermutung bestätigt. Nicht, dass er sein eigenes Erinnerungsvermögen anzweifelte. Er würde niemals diese hübschen Lippen vergessen können, die furchtbare Lügen verbreitet hatten. Oder diese großen mokkafarbenen Augen, die Verständnis vorheuchelten, während sie eiskalt kalkulierte, wie man Leuten ihre Landrechte stehlen konnte.

Er spürte, wie er angestarrt wurde, als er den Raum durchquerte, und er fragte sich, wer gestern Abend in der Bar gewesen war, als er einen dummen Streit mit Pax, einem Kollegen seines eigenen A-Teams, angefangen hatte. Das war ein saudummer Zug gewesen, und er hätte nur zu gern für den

Rest seiner Zeit hier einen weiten Bogen um das *Barely North* gemacht. Aber stattdessen war er zum Ort seiner eigenen Dummheit zurückgekehrt, um sich nun mit dem Lockvogel eines Öl-Unternehmens anzulegen, deren Daddy einer der wohlhabendsten Männer der Welt war.

Sein XO würde ausflippen, aber er wollte wissen, was zur Hölle Gabriella Prime in Dschibuti zu suchen hatte. Welche Gräueltaten beabsichtigte sie, diesen Menschen anzutun, die sogar noch weniger hatten als die Bewohner des Indianerreservates, das sie vor zehn Jahren über den Tisch ziehen wollte?

Er ließ sich auf den leeren Barstuhl neben sie fallen und bestellte sich ein Bier, während er sich überlegte, wie er diese Unterhaltung beginnen sollte.

Die zehn Jahre, die vergangen waren, seit er sie das letzte Mal gesehen hatte, standen ihr gut. Sie hatte nun eine gewisse Reife an sich, die ihr zuvor gefehlt hatte. Dabei konnte sie nicht viel älter sein als er selbst, was bedeutete, dass sie damals gerade mal 22 oder 23 Jahre alt gewesen war, als sie zur Belohnung dafür, dass sie ein komplettes Reservat über den Tisch gezogen hatte, zur Vizepräsidentin für Prime Energy ernannt hatte.

Er räusperte sich, um etwas zu sagen.

„Ich bin nicht hier, um mich aufzugabeln zu lassen", sagte sie, bevor er ein Wort herausbringen konnte. „Sparen Sie sich also Ihren Spruch."

„Keine Sorge, Miss Prime. Ich bin nicht interessiert."

Sein Gebrauch ihres Nachnamens überraschte sie, und sie betrachtete ihn genauer. Sie zog eine Augenbraue hoch. „Ich glaube, Sie verwechseln mich mit jemand anderem."

„Eher nicht. Gabriella Stewart Prime. Einzige Tochter von Tatiana Stewart und Jeffery Prime. Zwei ältere Halbbrüder. Du bist die jüngste der drei Prime-Kinder. Dein Vater ist der CEO von Prime Energy, und dein Urgroßvater hat das Unternehmen gegründet. Ich kann mir Namen und Gesichter sehr gut merken, und dich werde ich niemals vergessen." Er hatte sie absichtlich geduzt und musterte sie dabei von Kopf bis Fuß.

Sie *war* unvergesslich, und nicht nur, weil sie eine Prime war.

Als sie noch jung gewesen war, hatte sie sogar als Model gearbeitet, aber das war, bevor sie auf seinem Radar erschienen war.

„Und Sie sind?"

„Princess Prime, ich bin dein schlimmster Alptraum."

Ihre Augen wurden schmal. „Nennen Sie mich nicht so."

„Also gut, dann werde ich dich Gabriella nennen."

Sie betrachtete seinen Körper mit derselben Gründlichkeit, die er zuvor ihr hatte zuteilwerden lassen. Sie hielt auf seinem Gesicht inne, ihre Augenbrauen zusammengefurcht. „Hatten wir irgendwann vor langer Zeit einmal Sex oder sowas?" Sie biss sich auf ihre Lippe, dann sagte sie : „Falls das so ist, tut es mir leid. Ich erinnere mich nicht an Sie."

Daraufhin musste er abrupt lachen. Unerwartet und seltsam anziehend. „Süße, wenn wir Sex gehabt hätten, würdest du dich erinnern."

Sie schmunzelte. „Das würde ich hoffen." Sie hob ihr Glas und trank langsam von ihrem Getränk, vollkommen unbeeindruckt von ihm. Sie stellte ihren Drink ab und lächelte. „Wenn Sie also nicht hier sind, um eine leidenschaftliche Nacht neu aufzuwärmen oder mich abzuschleppen, *warum* belästigen Sie mich dann?"

„Ich will wissen, warum du hier in Dschibuti bist?"

„Ich glaube nicht, dass Sie das irgendetwas angeht. Sie haben mir ja nicht einmal Ihren Namen verraten."

„Chief Warrant Officer Sebastian Ford. Meine Freunde nennen mich Bastian."

„Gehe ich recht in der Annahme, dass ich nicht dazu gehöre? Wie nennen Sie Ihre Feinde?"

„Bastian-der-Bastard, aber normalerweise nur hinter meinem Rücken."

„Und wie sagen sie zu Ihnen von Angesicht zu Angesicht?"

„Arschloch."

Sie lächelte. „Mir gefällt die Direktheit Ihrer Feinde. Lässt all den Bullshit gleich vorneweg. Aber mein geliebter Großvater wäre entsetzt, wenn er mich solch schmutzige Worte sagen hörte, also müssen wir uns etwas anderes überlegen."

„Wir wollen ja nicht, dass sich der alte Ölbaron im Grabe umdrehen muss."

„Oh – nicht er. Großvater Prime war ein vulgärer Hundesohn. Ich spreche von Großpapa Stewart."

Bastian schüttelte seinen Kopf darüber, wie sie die Unterhaltung kontrollierte. Außerdem hatte sie seine Frage immer noch nicht beantwortet. „Diejenigen, die weder Freunde noch Feinde sind, mich aber trotz allem tolerieren müssen, nennen mich Mr. Ford oder Chief Ford. Mister ist die offizielle Anrede eines warrant officer, aber Chief ist akzeptabel."

„Dann also Chief Ford. Meine Freunde nennen mich Brie. Sie dürfen mich Miss Stewart nennen."

„Stewart? Nicht Prime?"

Sie zuckte mit den Achseln. „Ich habe meinen Nachnamen auf den Mädchennamen meiner Mutter ändern lassen."

„So, wie Prime Petroleum vor zwölf Jahren zu Prime Energy umbenannt wurde? Offensichtliches und wenig überzeugendes Greenwashing."

„Kein Greenwashing. Ich wollte nur nicht länger mit Prime Energy assoziiert werden, und diese Namensänderung hat das Jeffery Senior ein für alle Mal deutlich gemacht."

„Du nennst deinen Vater bei seinem Vornamen?"

„Er bestand darauf, als ich für das Unternehmen gearbeitet habe. Außerdem passt es besser zu ihm." Sie schwieg für einen kurzen Moment, dann lächelte sie. „Die meiste Zeit habe ich ihn allerdings Arschloch genannt, wenn er mir gegenüberstand."

Bastian konnte nicht anders und musste lachen. Sie hatte seine brennende Frage *immer noch nicht* beantwortet, und trotzdem konnte er nicht widerstehen, nachzuhaken. „Und deinen Großvater hat deine schmutzige Wortwahl nicht gestört?"

„Großpapa Stewart hat bei Jeffery eine Ausnahme gemacht. Er hat meinem Vater Namen gegeben, die selbst einem Matrosen unangenehm wären."

„Warum bist du hier in Camp Citron?", wiederholte er.

„Warum sind *Sie* hier?"

Also gut. Er würde ihr sogar spezifische Details geben, wenn sie das dazu bewegte, ihm zu antworten. „Ich bin ein Soldat der Spezialeinheit der US-Armee, ein Green Beret. Mein A-Team bildet Dschibutier zu Guerilla-Kämpfern aus."

„Spezialeinheit. Ich bin beeindruckt." Sie ließ ihren Blick erneut über seinen ganzen Körper gleiten. „Ich hätte nicht so schnell sagen sollen, dass ich nicht hier bin, um mich von jemandem aufzugabeln zu lassen." Sie rieb mit ihrer Fingerspitze über den Rand ihres Glases. „Allerdings sind Sie auch kein Navy SEAL."

Er schnaubte, irritiert darüber, dass sein Körper auf ihren prüfenden Blick reagiert hatte. Sie war eine Schlange, auch wenn sie ihn amüsierte.

Er war nicht interessiert.

Er nickte zu einem Tisch in der Mitte des Raumes, wo Lieutenant Fallon und ein paar andere SEALs saßen. Ein Blick bestätigte, dass sie – wenig überraschend – die Frau offen anstarrten. Sie war hübsch, in Dschibuti, und würde in wenigen Tagen wahrscheinlich wieder abreisen – ein perfektes Ziel für einen One-Night-Stand ohne weitere Verpflichtungen. „Falls du nach jemandem suchst, den du vögeln kannst – dort drüben sitzen ein paar SEALs."

„Das werde ich mir für später merken, nachdem ich Sie habe abblitzen lassen." Sie trank einen weiteren Schluck und fragte: „Wie haben Sie mich erkannt? Es ist nicht so, dass ich es an die große Glocke hänge, wer ich bin. Es ist Jahre her, seit mich irgendjemand erkannt hat."

Er konnte sich vorstellen, dass Anonymität wichtig war, wenn man bedachte, dass ihr Vater der CEO einer der größten Öl-Firmen weltweit war, und Lösegeldforderungen einen großen Prozentsatz der Ökonomie von Somalia ausmachten, das nur zehn Meilen von hier entfernt war.

Eigentlich war es der reinste Wahnsinn, dass sie überhaupt hier war. Ihr Vater war ein *Multi-Milliardär*. Wahrscheinlich hatte sie selbst einige Millionen – vielleicht sogar Milliarden – irgendwo versteckt. Unruhe machte sich in ihm breit. Es wäre dumm, wenn sie sich in diesem Teil der Welt ohne einen subdermalen Tracker aufhielt. Er ergriff ihre Hand und schob ihren Ärmel hoch, um ihren Arm zu untersuchen. Er suchte nach einem Einschnitt oder Pflaster, das andeuten würde, dass man ihr einen Chip implantiert hatte. Doch was er sah, waren Einstichspuren. Sehr alte Einstichspuren.

Sie zerrte ihren Arm weg und zog ihren Ärmel herunter. „Ich bin seit acht Jahren sauber", fauchte sie defensiv. Verärgert.

„Danach habe ich nicht gesucht." Schuldgefühle rieselten an seiner Wirbelsäule herab. Er war in ihre Privatsphäre eingedrungen, ohne dass er es vorgehabt hatte. „Ich habe nachgesehen, ob Savannah James dir einen Chip implantiert hat."

„Nein. Das wäre eine Verschwendung von Ressourcen."

Sie wusste ganz genau, wovon er sprach, was sehr aufschlussreich war. Tracker waren streng geheime Technologie, und Savannah James hätte Gabriella niemals von ihrem Lieblingsspionagegerät erzählt, wenn sie nicht glaubte, dass es berechtigt war. Was bedeutete, dass Gabriella den Chip abgelehnt hatte.

„Wie das?", fragte er. „Du bist ein potentielles Hauptziel." Er ließ die Aussage ohne weiteren Kommentar stehen.

„Zum einen, weil ich über sechs Monate lang in Südsudan verbracht habe, und es dort keinerlei Probleme gegeben hat, denn niemand dort weiß, wer mein Vater ist. Meinen Namen zu Stewart zu ändern, hatte mehrere Vorteile. Zweitens, ich werde mindestens sechs weitere Monate dortbleiben, was weit über das Nutzbarkeitsdatum des Trackers hinausgeht, und ich kann nicht alle zwei Monate zum Camp Citron zurückfliegen, um mir einen neuen Chip implantieren zu lassen. Drittens, es gibt dort, wo ich bin, keine Mobilfunkmasten, wodurch der Tracker eh nutzlos wäre. Und zu guter Letzt – Jeffery würde unter keinen Umständen irgendein Lösegeld für mich bezahlen. Warum soll ich mir also die Mühe machen?"

Bastians Gehirn wurde in dem Moment zu Eis, als sie „Südsudan" erwähnte. Princess Prime trieb sich in Südsudan herum? Was für eine Art von Betrug wollte sie dort abziehen? Es gab keinen Grund, dass sich die Tochter eines Öl-Barons in einem vom Krieg erschüttertem Land aufhielt – es sei denn, es war ihr Plan, deren Öl zu stehlen.

Brie verzog eine Miene, als sie einem völlig Fremden gegenüber zugab, dass sie ihrem Vater vollkommen egal war. Aber zur Hölle damit, er hatte soeben ihre Narben gesehen, ihre größte Scham. Es war also nicht so, dass sie in seiner Einschätzung noch tiefer sinken konnte. Sie hob ihr Glas und trank durch einen Strohhalm, bis es ein laut gurgelndes Geräusch gab, bevor sie den Blick des Barkeepers auffing und sich ein weiteres Ginger Ale bestellte.

Sie hatte sich verändert. Sie hatte sich selbst vom Abgrund zurückgekämpft. Chief Bastard konnte sie verurteilen, so viel er wollte, aber *sie* wusste, wer sie nun war, und sie war stolz auf sich selbst. Der Himmel wusste, dass sie auf ihre Leistungen stolz sein musste, denn niemand in ihrer Familie hatte auch nur ein gutes Wort für sie übrig.

„Was zur Hölle tust du in Südsudan?", fragte Chief Bastard sie, und seine Stimme klang nun noch wütender als zuvor. Woher kam seine Wut?

Vielleicht hatte sie ja doch mit ihm geschlafen – damals, als sie noch drogenabhängig gewesen war. Vielleicht hatte er es einfach nur deshalb abgestritten, weil sie sich nicht an ihn erinnerte. Das männliche Ego war zerbrechlicher als eine Seifenblase.

Aber verdammt, es wäre eine Schande, wenn sie sich nicht mehr an diesen Körper erinnerte. Oder dieses Gesicht. Augen so dunkel, sie waren beinahe schwarz, leichte Schlupflider, die darauf schließen ließen, dass er entweder von asiatischer Herkunft war oder von amerikanischen Indianern abstammte. Sie studierte seinen Mund. Seine Lippen sahen aus, als ob sie perfekt zum Küssen und für andere lustvolle Dinge zu gebrauchen waren.

Wie er so neben ihr saß, konnte sie seine Größe nur schwer einschätzen, aber sie nahm an, dass er knapp 1,80 m groß war. Seine Figur war perfekt proportioniert, muskulös, mit breiten Schultern und schmaler Hüfte. Er trug ein T-Shirt, das sich eng an seine Brustmuskeln schmiegte, und sie würde mit Sicherheit seinen Hintern in diesen Jeans genauer unter die Lupe nehmen, wenn er ging.

Er war das Goldlöckchen unter den Männern. *Genau richtig.* Oder war er das Bärenjunge? Es waren die Eigenschaften des Bärenkindes, die genau richtig waren. Goldlöckchen war die selbstsüchtige weiße Diebin. Allerdings würde er es wohl kaum gerne hören, wenn man ihn als Bärenjunges – und noch weniger als Goldlöckchen – bezeichnete.

„Was verheimlichst du mir, Princess Prime?"

Der verhasste Spitzname zog sie wieder aus ihren angenehmen Gedanken und brachte sie abrupt in die Gegenwart zurück, wo sie sich einem Soldaten der Spezialeinheit gegenübersah, der sie nicht besonders zu mögen schien. Und es war durchaus möglich, dass sie sich seine Abneigung während ihrer Zeit als Princess Prime verdient hatte.

„Ich habe gesagt, dass Sie mich nicht so nennen sollen, Chief Bastard." Der Barkeeper stellte ein frisches Ginger-Ale vor sie hin, und sie nahm einen Schluck. „Ich verheimliche gar nichts. Ich arbeite für die *US-Agency for International Development* – die amerikanische Agentur für internationale Entwicklung – auch bekannt als USAID. Ich bin Entwicklungshelferin. Nachdem sie der Bürgerkrieg von dort vertrieben hat, kehren die Südsudanesen nun wieder in ihre Dörfer zurück, und ich helfe ihnen dabei, sich auf die Regensaison vorzubereiten, was allem Anschein nach in diesem Jahr ein massiver Reinfall sein wird."

Es graute ihr vor der kommenden Regensaison. Sie hatte geglaubt, die letzten sechs Monate wären hart gewesen. Aber das war nichts im Vergleich zu dem, was sie erwartete.

„Du bist *Entwicklungshelferin*?" Er betonte das Wort mit einer unangenehmen Menge an Zweifel.

„Ja, Chief Ford. Sie können einen Hintergrundcheck durchführen, wenn sie wollen. Sagen Sie Savvy, dass ich Ihnen die Erlaubnis erteilt habe, sich meine Akte anzusehen. Mein Name ist Brie Stewart. Und wenn Sie damit fertig sind, lassen Sie mich wissen, welche Informationen sie über mich gesammelt hat. Ich bin neugierig zu wissen, ob sie herausgefunden hat, was vor zwölf Jahren in Dänemark passiert ist." Es war nicht so, dass irgendetwas Schlimmes geschehen war – zumindest glaubte sie das – denn Brie konnte sich nicht daran erinnern.

Seine Überraschung darüber, dass sie einen richtigen Job hatte, war eher beleidigend, wenn man davon ausging, dass sie schon immer hart gearbeitet hatte, auch wenn sie damals als Princess Prime für die eine oder andere bedeutungslose Schlagzeile gesorgt hatte. Zu der Zeit hatte sie sechzehn Stunden pro Tag für Prime Energy gearbeitet. Und um diesem seelenvernichtenden Job zu entkommen, war sie den Drogen und dem Sex verfallen. Aber niemand konnte sie je als faul bezeichnen.

Sie bereute den Drogenmissbrauch, aber sie vermisste den Sex. Himmel, sie würde Sex liebend gern wieder als Hobby aufnehmen, wenn Südsudan dafür nicht so ein furchtbarer Platz wäre. Die drei Männer, mit denen sie zusammenarbeitete, waren coole Typen – und in der entwickelten Welt wäre sie definitiv an ihnen interessiert – aber sie wollte nicht mit einem Arbeitskollegen herumvögeln. Vor allem dann nicht, wenn der Job zu 100% aus Stress bestand. Damit wäre eine Katastrophe schon vorprogrammiert.

Sie warf einen kurzen Blick auf die Navy SEALs. Vielleicht sollte sie sich doch flachlegen lassen, solange sie hier in Camp Citron war.

„Oh, ich würde nur allzu gern erfahren, was Savannah James über dich rausgefunden hat", sagte Bastian und zog damit ihre Aufmerksamkeit wieder auf sich. „Ich wette, dass sie denselben Verdacht hat wie ich."

Brie rollte mit ihren Augen. „Und was wäre das?"

„Dass du von deinem Vater hergeschickt wurdest, um sicherzustellen, dass Prime Energy sich die Öl-Rechte hier unter den Nagel reißen kann. Du bist diejenige, die den Deal abschließt, der die hungernden Menschen um die einzige wertvolle Ressource betrügen wird, die sie besitzen. Dessen bin ich mir sicher."

Sie seufzte. „Deine Fähigkeiten in Bezug auf Google-Recherchen sind wirklich armselig, wenn du glaubst, dass ich immer noch für meinen Vater arbeite. Ich habe meinen Job bei Prime Energy aufgegeben, sobald ich vor über neun Jahren meinen Studienabschluss gemacht hatte." Sie neigte ihren Kopf zur Seite. „Woher zur Hölle kennst du mich?"

„Vor zehn Jahren habe ich an einem Gemeinde-Meeting teilgenommen, als PE versucht hat, einen Antrag auf Genehmigung einer Öl-Pipeline durch den Umweltverträglichkeitsprozess im Osten des US-Staates Washington zu jagen. Ich saß in der vordersten Reihe, als du PEs Plan verteidigt hast, wichtiges traditionelles Kulturgut zu zerstören, um eine Pipeline zu bauen, die den Staat von der kanadischen Grenze bis zum Columbia-River halbieren würde. Du hattest nicht den geringsten Respekt vor der Souveränität der Stämme über ihr Land. Euer Plan enthielt ja nicht einmal die grundlegendsten Umweltschutzmaßnahmen zum Schutz von Wasser und Luft, aber du hast ihn verteidigt, weil es dir scheißegal war, was für eine Luft Indianer atmen, oder welches Wasser Indianer trinken."

Nun, das beantwortete ihre Frage über seinen ethnischen Hintergrund, und es erklärte ebenfalls, warum er sie hasste. Zudem kam noch, dass sie nichts zu ihrer Verteidigung sagen konnte, denn er hatte recht. Es waren Projekte wie dieses gewesen, die sie auf den glückseligen Pfad des Drogenmissbrauchs geführt hatten.

Wie ironisch, dass genau dieses Projekt dazu geführt hatte, dass sie nochmals zur Schule gegangen war und dann Kulturanthropologie studiert hatte. Nachdem man sowohl das amerikanische nationale Landesdenkmalschutzgesetz NHPA als auch das nationale Umweltschutzgesetz NEPA herangezogen hatte, um ein weiteres wichtiges Pipeline-Projekt im Keim zu ersticken, hatte ihr Vater es für notwendig befunden, zu beweisen, dass jemand ganz oben in der Unternehmenshierarchie sehr wohl die Fachkompetenz besaß, sich mit der Erfüllung der Bedingungen der NHPA und NEPA innerhalb der Firma auseinanderzusetzen. Er hatte sie beauftragt, Wege zu finden, wie man die notwendigen Abhilfemaßnahmen umgehen konnte, und als Sachverständige jegliche Nachweise in Bezug auf traditionelles

Kulturgut zu widerlegen. Er hatte aus ihr das Kultur-Ressourcen Äquivalent eines Klimawandelleugners machen wollen.

Aber schlussendlich war der Plan ihres Vaters nach hinten losgegangen. Ihr Studienabschluss hatte ihr die Flucht ermöglicht.

Ihre Studentenfreunde hatten ihr dabei geholfen, von den Drogen wegzukommen und die Kraft zu finden, ihrer Familie und Prime Energy den Rücken zuzukehren. Während ihrer Zeit an der Uni fand sie einen neuen Lebenszweck und ihren Pfad zur Wiedergutmachung.

Aber nichts von alledem konnte mit einem Fremden in einer Bar auf einer US-Militärbasis in Afrika geteilt werden. Obwohl sie sich bewusst war, dass sie Bastian eine Entschuldigung für ihr Handeln als Princess Prime schuldete, wusste sie auch, dass ihm nichts von dem, was sie sagen könnte, irgendetwas bedeuten würde. Es war sein Ziel, sie zu beschämen, nicht irgendeinen Grund zu finden, ihr zu verzeihen.

„PE hat den Kampf verloren. Die Pionierkorps haben uns ihre Genehmigung nie erteilt. Ihr habt gewonnen." Sie legte einen 20-Dollar-Schein auf die Bar, um für ihre Ginger Ales zu bezahlen, und hinterließ ein weitaus großzügigeres Trinkgeld, als sie es sich leisten konnte. Aber sie wollte nicht auf das Wechselgeld warten. „So nett es auch war, mit Ihnen in alten Erinnerungen zu schwelgen, mich erwartet morgen ein sehr früher Flug zurück zum Schlammloch, das ich mein Zuhause nenne. Viel Glück, und ich wünsche Ihnen ein tolles Leben, Chief Ford."

Bastian beobachtete, wie sie ging. Er war vollkommen verwirrt, warum er sich wie ein Stück Scheiße fühlte, weil er ihre Gefühle verletzt hatte, wenn sie doch diejenige gewesen war, die versucht hatte, Washingtons Stammesrechte zu untergraben, damit ihr Daddy noch ein paar Millionen mehr einsacken konnte.

Das Reservat der Kalahwamish, das Land seines Stammes, lag

auf der Olympic-Halbinsel im US-Staat Washington. Ihr Land war nicht in Gefahr gewesen, aber die Stämme des gesamten Staates waren zusammengekommen, so wie die Stämme in ganz Amerika sich gegen die Dakota-Access-Pipeline aufgelehnt hatten.

Sein Magen zog sich zusammen, was immer geschah, wenn er an die DAPL dachte. Er war in Dschibuti, um seinem Land zu dienen, und genau dieses Land, das er liebte und für das er sein Leben riskierte, hatte den Stamm der Standing Rock Sioux betrogen. Seit Monaten fragte er sich nun schon, ob es an der Zeit war, die Armee zu verlassen, nach Hause zurückzukehren, und dort den Freiheitskampf für seinen Stamm und alle Indianer seiner Nation wiederaufzunehmen. Wie konnte er sein Leben weiterhin für ein Land aufs Spiel setzen, das sich einen Dreck um sein Volk kümmerte?

Aber er wollte verdammt sein, denn er liebte sein Dasein als Soldat in der Spezialeinheit. Nachdem Cece sich ihren Weg in seine Familie gedrängt hatte, bis es für ihn keinen Platz mehr gegeben hatte, war sein A-Team zu seiner Familie geworden. Wer wäre er ohne seine Uniform? Ohne seine Brüder?

Er liebte sein Land. Er liebte seinen Stamm. Und manchmal fühlte es sich so an, als ob sie sich noch immer miteinander im Krieg befanden.

Er bezahlte den Barkeeper für sein Bier, das er kaum angerührt hatte, und verließ die Bar. Während er mit Gabriella, oder Brie, oder wie auch immer ihr Name nun war, gesprochen hatte, war es draußen Nacht geworden. Es war vollkommen dunkel. Die Luft war schwül und heiß, und es reizte ihn überhaupt nicht, sich in seinen klimatisierten Wohncontainer, die hier CLUs für *Containerized Living Units* genannt wurden, zurückzuziehen. Er war ruhelos. Aufgeputscht. Angepisst.

Er ging nach draußen, an den Gebäuden vorbei, die um die Bar herum verteilt waren, bis hinter die Reihen von Containern, die das CLU-Dorf bildeten. Von diesem Teil der Basis konnte man den Golf von Tadjoura nicht sehen, aber es gab einen offenen Bereich, von dem man einen erstklassigen Blick auf den Sternenhimmel werfen konnte.

Er war so dumm gewesen, als er vergangene Nacht versucht hatte, sich an die Frau ranzumachen, die Pax ganz eindeutig für sich selbst haben wollte. Pax war in seinem Team, einer seiner Brüder. Aber seit Jemen hatte sich das nicht mehr so angefühlt, und Bastian wusste, dass sein eigener Stolz das Hauptproblem dabei war. So wie bei Gabriella hielt er einen Groll gegen Pax. Doch anders als bei Gabriella hatten sie beide – er und Pax – Fehler gemacht.

Princess Prime war unter den Schuldgefühlen, mit denen er sie beschämt hatte, zerbröckelt, doch seine Versuche, Pax zu beschämen, ließen den Soldaten nur aufrechter dastehen. Allerdings wusste auch Pax, dass er nicht allein dastand, wenn es um ein schlechtes Gewissen ging. Bastian trug eine gleichwertige Schuld.

Er war so ein Bastard.

Vor sich konnte er die Silhouette einer Frau erkennen. Sie stand in dem offenen Gelände, ihr Gesicht dem Nachthimmel zugewandt, ihr langes dunkles Haar schimmerte in dem gelben Schein eines Laternenmastes. Er näherte sich und bemerkte den Glanz von Tränen auf ihren Wangen.

Er sollte sich nicht schuldig fühlen, weil er Gabriella Prime – oder Brie Stewart – auf etwas angesprochen hatte, das sie sich selbst hatte zuschulden kommen lassen. Aber irgendwie tat er das trotzdem.

Sie war die Verkörperung von allem, was er hasste. Aber verdammt – dieser Körper. Sie trug einfache Kleidung, die sich an ihre schlanken Kurven schmiegte.

Ihre Jeans und das langärmelige T-Shirt waren nichts im Vergleich zu dem maßgeschneiderten Kostüm, das sie vor all den Jahren getragen hatte. Damals war er noch ein Senior im College gewesen und hatte nicht die geringste Ahnung von Frauenkleidung gehabt, doch trotzdem hatte er sofort gesehen, dass ihr Outfit ein Vermögen gekostet hatte. Genauso wie ihre Frisur und ihr Make-Up. Vor zehn Jahren hatte sie wie ein lebendig gewordenes Hochglanz-Fashion-Model ausgesehen. Von seinem Sitz in der ersten Reihe aus hatte er das Geld förmlich an ihr riechen können, und es wäre ihm nie in den Sinn gekommen, dass Geld so verdammt gut riechen konnte.

Cece war seine Fixiertheit aufgefallen, und sie hatte ihn darauf angesprochen. Hatte behauptet, dass er von weißen Mädchen träumte, und dass er die Tochter des großen Öl-Barons ficken wolle.

Zu dem Zeitpunkt hatte er schon ein ganzes Jahr lang versucht, seine Beziehung mit Cece zu beenden, und er hatte ihr sagen wollen, dass er nicht von weißen Mädchen träumte, sondern nur Fantasien von irgendjemandem außer von Cece hatte, und seine Frauenfantasien in allen Farben auftauchten.

Gabriella Prime war rein zufällig die neueste Fantasie gewesen - und die Weißeste.

Als er es einen Monat später endlich schaffte, mit ihr Schluss zu machen, hatte Cece ihn beschuldigt, dass er die Schlampe von der Öl-Firma suchen und ihr indianischer Liebhaber werden wollte. Gabriella hatte ganz offensichtlich auch bei Cece einen tiefen Eindruck hinterlassen.

Als er nun diese Frau anstarrte, die in einigen äußerst scharfen Fantasien mitgespielt hatte, wann immer er seiner Beziehung mental hatte entfliehen wollen, war es erstaunlich, dass er sie erkannte. Brie Stewart hatte nur sehr wenig Ähnlichkeit mit der aufgemotzten Gabriella Prime, dabei war sie mindestens genau so unwiderstehlich. Jetzt sogar noch mehr, weil sie normal aussah.

Sie war nicht länger die Öl-Firma-Barbie.

Sie war ein wenig dünn − wahrscheinlich bedingt durch ihren Aufenthalt in Südsudan, nicht weil sie wieder dem Heroinmissbrauch verfallen war. Er hatte ihr geglaubt, als sie gesagt hatte, dass sie seit acht Jahren sauber war. Wenn sie in Südsudan Drogen genommen hätte, würde sie wie ein Junkie aussehen. Die Kombination von Drogen und diesem Ort hätte sie sprichwörtlich ausgehöhlt.

Er hatte diese Kombination von Armut und Sucht aus erster Hand gesehen. Princess Prime mochte während ihrer Drogenabhängigkeit eine polierte Fassade aufrechterhalten haben, aber an einem Ort wie Südsudan war das schlichtweg unmöglich. Außerdem hatte er genug gesehen, um einen Drogensüchtigen zu erkennen, aber auch während des Entzugs und wenn sie wieder rückfällig wurden. Und er war sich sicher, dass Gabriella Stewart Prime ihr Leben wieder in den Griff bekommen und diesen Abschnitt hinter sich gelassen hatte.

„Wollen Sie einfach nur dastehen und mich anstarren, Chief Ford, oder sind Sie mir bis hier draußen gefolgt, um mir noch mehr davon zu erzählen, warum sie mich verdächtigen, den Leuten schaden zu wollen, für die ich mir den Arsch aufreiße, um ihnen zu helfen?!"

„Ich bin dir nicht gefolgt. Aber falls das die einzigen Auswahlmöglichkeiten sind, werde ich dich weiter anstarren."

„Ich fühl mich geschmeichelt."

„Du bist eine schöne Frau. Das ist eine simple Tatsache."

Sie lachte leise. „Nein, das bin ich nicht. Ich meine, ich kann mich gut zurechtmachen – ich will hier keine falsche Bescheidenheit vorheucheln – aber Sie leben nicht in meiner Welt und dürfen sich auch weiterhin der Illusion hingeben, etwas Besonderes zu sein. Ich habe diesen Luxus nicht, wenn man mir ständig sagt, dass meine Augen zu weit auseinander stehen, mein Gesicht zu rund ist, und dass sich ein Chirurg mal um meine bedauerliche Nase kümmern sollte."

„Bedauerliche Nase?" Ihm war ihre Nase bisher nicht einmal aufgefallen. Es war nur eine Nase. „Was stimmt damit nicht?"

„Anscheinend ist sie gigantisch."

„Weiße sind seltsam."

„Sie haben damit sicherlich recht, aber in diesem Fall meinen sie wohl eher die Reichen."

„Das sind die seltsamsten Weißen von allen." Er neigte seinen Kopf zur Seite. „Dann bist du also immer noch wohlhabend? Ich meine, soll ich mich vielleicht an dich ranmachen, weil du stinkreich bist?"

Sie presste ihre Hand auf ihr Herz und ließ endlich die formelle Anrede fallen. „Du würdest meine bedauerliche Nase tatsächlich in Kauf nehmen?"

Er zuckte mit den Schultern. „Klar, wenn du Geld hast. Ich kann die Hakennase umgehen."

Ihr Lachen war echt, und sie rieb sich über ihre Wangen, um ihre Tränen wegzuwischen. „Danke. Das hatte ich nötig." Dann näherte sie sich ihm, trat von dem Licht der Straßenlampe weg und in die Dunkelheit, die sie voneinander trennte. Sie hielt direkt vor ihm an und legte ihre Hand auf seine Brust.

Er wusste, dass sie ihn nur reizen wollte, doch sein Herzschlag beschleunigte sich augenblicklich, was verrückt war. Schlimmer noch, sie konnte seinen Puls fühlen, und da war gerade genug Licht, dass er ihr Lächeln sehen konnte.

Verdammt, und was für ein Lächeln. Süß. Sexy. Er nahm ihre bedauerliche Nase nicht wahr, weil er sich zu sehr auf ihre perfekten Lippen konzentrierte.

Sie legte ihre andere Hand auf seine Brust und stellte sich auf ihre Zehenspitzen, wobei sie beide Hände über seine Brustmuskeln gleiten ließ und eindeutig zeigte, dass sie von dem, was sie unter der dünnen Schicht des T-Shirt fühlte, beeindruckt war. Sie brachte ihren Mund so nahe, dass sie kaum zwei Zentimeter voneinander trennten. „Willst du mich küssen, Bastian?"

„Seltsamerweise will ich das."

„Du wirst enttäuscht sein."

„Warum das? Bist du eine furchtbare Küsserin?"

„Oh nein. Ich nehme das Küssen sehr ernst. So wie alles, was ich tue, gebe ich immer meine vollen 110%. Ich bin eine ausgezeichnete Küsserin."

Er lachte. Sie hatte einen bestimmten, verrückten Reiz an sich. „Warum werde ich dann enttäuscht sein?"

„Weil du dann natürlich mit mir Sex haben willst. Und dann wirst du dich wahrscheinlich in mich verlieben, weil der Sex mit mir so unglaublich wäre."

„Ich wäre willig, mich auf das Risiko einzulassen. Ich verliebe mich nicht so schnell"

„Aber schlussendlich wärst du so furchtbar enttäuscht, wenn du erfahren würdest, dass ich vollkommen und komplett von meiner Familie abgeschnitten bin. Ich lebe jetzt nur noch von einem USAID-Gehalt zum nächsten."

Das war das Anziehendste, was sie bisher gesagt hatte. Wie hypnotisiert bemerkte er, dass er sich zu ihr herunter lehnte, und seine Mund auf ihren drückte, unsicher, ob sie es beabsichtigt hatte, die Dinge so weit gehen zu lassen. Aber selbst dieser Abgrund der Ungewissheit törnte ihn an. Verbotene Früchte waren für ihn schon immer ein Aphrodisiakum gewesen, und sie repräsentierte den ultimativen Feind in seiner Welt.

Ihre Lippen öffneten sich unter seinen, und die schwüle Nacht schien noch heißer zu werden, als sich ihre Zungen ineinander verschlangen. Sie schmeckte süß, und sie hatte bezüglich ihrer Fertigkeiten in Sachen Küssen nicht gelogen. Das mutige Streicheln ihrer Zunge verdeutlichte ihm, dass sie dies absolut beabsichtigt hatte, und diese leisen Geräusche, die sie von sich gab, ließen ihn wissen, dass sie es genauso sehr genoss wie er.

Ihre Finger packten sein T-Shirt. Seine Hand glitt zu ihrem Nacken. Er könnte sich in ihrem Mund verlieren. Er wünschte sich, dass es eine Mauer gäbe, gegen die er sie pressen könnte. Er wollte sie dort festpinnen und seine Erektion gegen ihre gespreizten Beine reiben.

Seine Lippen verließen ihre und wanderten an ihrem Kiefer und Hals entlang. Er erreichte ihr Schlüsselbein und leckte das Salz von ihrer Haut. Schweiß, den die schwüle Nacht dort verursacht hatte. Er hielt inne, schloss seine Augen und atmete sie tief ein.

Selbst ihr Schweiß roch gut. Er wollte sie zu seinem CLU zurückbringen und sie gegen die Wand des Containers ficken, so wie er es sich vor all den Jahren vorgestellt hatte, als er davon fantasiert hatte, Princess Prime zu vögeln.

Mit einem Mal brach der Schock dessen, was er hier tat, über ihn herein. Er knutschte mit Gabriella Prime herum.

Einige geheime Sexfantasien sollten niemals wahr werden. Er war auf Gabriella scharf gewesen, als er 21 Jahre alt gewesen war, weil sie das ultimative Tabu dargestellt hatte. Seine Eltern würden sie niemals so akzeptieren, wie sie Cece akzeptiert hatten. Mit 21 Jahren war es mentale Rebellion gewesen. Mit 31 Jahren? Das war ganz einfach nur Dummheit.

Er zog sich zurück und fixierte ein Lächeln auf seinem

Gesicht. „Nun, ich glaube, ich habe das ganz gut ohne allzu große Enttäuschung überlebt. Aber es tut mir leid, dir sagen zu müssen, dass ich keinen Sex mit dir haben will, und ich werde mich nicht in dich verlieben. Aber danke, dass du mir die Gelegenheit gegeben hast, das herauszufinden. War nett, dich wiederzusehen, Gabriella."

Mit diesen Worten drehte er ihr den Rücken zu und ging.

Kapitel Zwei

Wie immer man es sehen wollte, der Regen war in diesem Jahr früh gekommen. Die Straßen waren zwar immer noch befahrbar, aber in ein paar Tagen könnten sie verschwinden. Brie lag auf ihrer Liege und starrte zum Metalldach hinauf, während sie dem musikalischen Klimpern eines milden Regenschauers lauschte. Das Dach verstärkte das Geräusch noch. Ein leichter Regen klang wie eine Sintflut. War es der Regen gewesen, der sie um – sie drückte auf den Knopf, um die Anzeige an ihrer Armbanduhr zu erleuchten – kurz nach drei Uhr nachts geweckt hatte?

Sie konnte sich glücklich schätzen, dass sie ein Metalldach und Wände hatte. Die Einheimischen hatten nur Hütten mit Strohdächern. Jetzt war der Regen noch leicht, aber es würde schlimmer werden.

Wer hätte gedacht, dass es sich noch heißer anfühlen konnte, wenn es regnete? So nahe am Äquator war es ohnehin schon heiß, doch jetzt, da sie die Fenster vor dem Sturm hatte verschließen müssen, war es noch schwüler. In den Hütten mit den Strohdächern zirkulierte die Luft zumindest etwas. Allerdings ließen sie auch Wasser und Matsch herein.

Jedes Mal, wenn sie sich an die … Einzigartigkeit des Lebens hier gewöhnte, änderten sich die Umstände. Wenigstens konnte sie nun mehr als die sechs Becher Wasser benutzen, um alle paar Tage ihren gesamten Körper zu waschen. Vielleicht würde sie ihr Haar wieder lang wachsen lassen. Nachdem sie vom Camp Citron zurückgekehrt war, hatte sie es sich in einem Anfall von Depression super kurz geschnitten.

Chief Bastard hätte sie ohne ihr langes dunkles Haar, für das sie bekannt war, niemals als Princess Prime erkannt. Es abzuschneiden war eine dumme Rebellion gewesen und gegen einen Mann gerichtet, den sie niemals wiedersehen würde.

Nicht, dass sie ihn wiedersehen wollte.

Das war ein definitives Nein. Er hatte sie an die Person erinnert, die sie einst gewesen war. Die Frau, die Menschen zum Wohl des Unternehmens Schaden zugefügt hatte. Geschäfte zuerst, Menschlichkeit an zweiter Stelle. Er glaubte, dass sie immer noch diese Person war.

Dann hatte er sie geküsst. Zärtlich und verführerisch und so heiß – alles auf einmal. Er küsste wie ein Mann, der sich dieser Kunst vollends hingab, und nur, um sich dann mit kalter, unverhohlener Ablehnung zu verpissen.

Was hatte sie sich dabei gedacht, es so weit gehen zu lassen? Was hatte sie ihm damit beweisen wollen? Oder sich selbst?

Wenn sie beweisen wollte, dass sie nicht mehr die Frau war, die sie früher gewesen war, wäre es klüger gewesen, ihm zu sagen, dass sie während der letzten fünf Jahre in mehreren Entwicklungsländern gearbeitet hatte, wobei Südsudan davon nur das neueste und gefährlichste war. Sie hatte nichts mit dem zu tun, was ihre Familie tat. Sie gab der Welt zurück, anstatt zu nehmen. Nicht, dass er ihr das geglaubt hätte.

Ihn zu küssen hatte viel von der alten Gabriella. Seine harsche Erinnerung daran, dass sie ihre Vergangenheit nie wiedergutmachen könnte, hatte dafür gesorgt, dass sie sich ihm an den Hals geworfen hatte, um ihn dazu zu bringen, sie zu mögen, sie als jemand anderen anzusehen als die Tochter von Jeffery Prime und den Lockvogel für dessen First-Class Ölindustrie.

Doch so funktionierte das Leben nicht. Männer funktionierten nicht so. Mit ihm zu schlafen, hätte seine Meinung von ihr nicht verbessert, und sie wusste das nur zu gut. Aber trotzdem hatte sie sich in einem Ausbruch von Unsicherheit für den Ego-Boost entschieden und war dabei gleich am Start abgestürzt und hatte sich die Finger verbrannt.

Es war lächerlich. Ihr wurde klar, dass vier Wochen vergangen waren, und sie *immer noch* an Chief Warrant Officer Sebastian Ford und diesen Kuss dachte. Irgendetwas musste nicht mit ihr stimmen, dass eine Unterhaltung, ein einziger Kuss ihr Selbstbewusstsein so dermaßen erschüttern konnte.

Aber es war wahrscheinlich nicht ihr Selbstbewusstsein, das von ihm wie besessen war. Es war ihr Körper. Mittlerweile war es ein Jahr her, dass sie Sex gehabt hatte, und er war nun mal ein sehr gutaussehendes Exemplar eines Mannes mit seinen kraftvollen Oberarmen und dunklen Augen.

Sie fragte sich, wie er in seiner Uniform aussah. Verschwitzt und schmutzig nach einem langen Trainingstag mit den Einheimischen in der Wüstensonne. Sie würde ihn aus seiner Kleidung schälen, Schicht für Schicht, und dann würden die Dinge *wirklich* schmutzig werden …

Das Knallen von Schüssen ließ sie aus ihrer lächerlichen Fantasie aufschrecken. *Was zur Hölle?*

Eine zweite Schusswelle erschütterte die Nacht, dann eine dritte. Jedes Mal drei Schüsse.

Scheiße.

Das war das Signal. Eindringlinge hatten die Außenparameter durchdrungen. In dieser Einrichtung hatten sie nicht viel, was zu ihrer Sicherheit diente. Nur zwei Wachmänner, deren Aufgabe es war, sie alle zu alarmieren, weil ihnen die Fähigkeit fehlte, es mit einen gewaltsamen Angriff aufzunehmen.

Die Liste der möglichen Eindringlinge war endlos. Boko Haram? Truppen, die dem derzeitigen Präsidenten unterstanden? Die Rebellen des ehemaligen Vizepräsidenten?

Jeder und alle konnten hinter den Nahrungsmitteln her sein, die hier aufbewahrt wurden, und nur ein Narr würde hierbleiben, um die Antwort darauf herauszufinden. Sie schlüpfte in ihre Stiefel und schnappte sich ihren Rucksack, den sie immer griffbereit hatte.

Sie rannte zum Lagerraum mit der grob versteckten Fluchtroute, als sie das Glas vorn in der Einrichtung brechen hörte. Wie erwartet, hatten die Sicherheitsmänner diese Eindringlinge nicht allzu lange aufhalten können.

Sie hoffte, dass die Wachmänner okay waren. Sie hatten ihre Aufgabe erfüllt, sie mit den Warnschüssen zu alarmieren. Es wurde nicht von ihnen erwartet, dass sie Widerstand leisteten, wo eine Niederlage bereits zu erwarten war.

Die Vorräte in diesem Gebäude waren der einzige Grund, warum diese Gegend in Südsudan noch nicht auf Stufe 4 in der Integrierten Klassifizierung der Ernährungssicherheitsphasen – auch bekannt als IPC - eingestuft worden war. IPC 1 bedeutete, dass die Region generell ernährungssicher war, wobei IPC 5 Hungersnot implizierte.

Während des fortgesetzten Bürgerkriegs war in diesem Jahr nicht viel angepflanzt worden, was bedeutete, dass die Ernte mager ausfallen würde. Jetzt, da die Regenzeit begonnen und ihr IPC bereits auf Stufe 3 gesetzt worden war, wurde die hier gelagerte Nahrung wertvoll. Sobald sich die Straßen in den kommenden Tagen in Sumpfland verwandelten, war dieses Getreide das einzige, was die Einheimischen vor dem Verhungern bewahrte.

Sie erreichte den Lagerraum zusammen mit ihren drei Mitarbeitern. Wie sie selbst, waren auch sie außer Atem, und sie trugen ihre eigenen Notfallrucksäcke. Alan hob das Paneel, das ihren Ausgang versteckte. Es war nicht unbedingt eine Tür, sondern vielmehr ein Loch in einer Aluminiumwand, das von einer etwas größeren Aluminiumplatte verdeckt wurde. Da war keine Angel an diesem Paneel, keine Verbindung zur Struktur, nur eine einfache dünne Metallplatte. Das Loch wurde von außen von Trümmern verdeckt und normalerweise von Kisten auf der Innenseite blockiert.

Der Ausgang befand sich nicht weit von einer Baumgrenze entfernt, wohinter sich ein grasiger Sumpf befand, der an den

Fluss angrenzte. Sie befanden sich nur wenige Meilen von der Grenze nach Äthiopien entfernt.

Ezra hatte sich das Satellitentelefon geschnappt und versuchte, den UN-Sicherheitsdienst zu kontaktieren, der in der Hauptstadt stationiert war. Seine Augen waren niedergeschlagen, als er ihren Blick auffing. „Selbst, wenn ich durchkomme – Juba ist zu weit entfernt."

„Wenn wir alle fliehen, werden sie nach uns suchen", sagte Jaali, der einzige USAID Entwicklungshelfer aus Südsudan. „Brie muss fliehen. Ich werde bleiben und ihnen sagen, dass du längst abgereist und nach Amerika zurückgekehrt bist."

Sie wusste, warum er das angeboten hatte. Es konnte durchaus sein, dass die Männer vor dem Gebäude nur hinter den Nahrungsmitteln her waren. Obwohl es vorkam, dass hin und wieder auch männliche Entwicklungshelfer in Situationen wie diesen vergewaltigt wurden, war weiblichen Entwicklungshelfern in neunundneunzig Prozent der Fälle eine Vergewaltigung gewiss.

„Ich werde bei Jaali bleiben", sagte Alan. „Ezra, Brie – macht euch auf den Weg zur UN in Juba …"

Die Tür zum Lagerraum knackte, als von außen etwas dagegen gerammt wurde. Jaali schob Brie durch die schmale Öffnung, und sie zwängte sich durch die Haufen Trümmer und Abfälle auf der Außenseite. Bevor sie es hindurch geschafft hatte, wurde das Paneel bereits wieder vor das Loch geschoben.

Sie war draußen. Allein. Sie hatten es nicht einmal geschafft, Ezra folgen zu lassen.

Sie rannte in Richtung Sumpf. Sie würde sich dort verstecken, bis es sicher genug war, zum Dorf zu gehen. Falls sie Glück hatte, würde sie jemanden mit einem Fahrzeug finden und so vielleicht eine Fahrt dorthin organisieren können, wo sie Hilfe finden würde.

Bastian saß mit dem Rest seines A-Teams am Tisch im Hauptquartier der Spezialeinheit und wartete gespannt auf das bevorstehende Briefing. In dem Augenblick, als er die Worte „Südsudan" in Verbindung mit „USAID" gehört hatte, war ihm übel geworden.

Der Leiter von SOCOM stand auf wandte sich an den Raum. „Vor fünf Stunden wurde eine USAID-Einrichtung in Südsudan angegriffen." Der Kommandant klickte auf das Touchpad eines Laptops, und eine Karte der Grenze zwischen Südsudan und Äthiopien wurde auf eine große Leinwand übertragen.

„Wir schätzen, dass ein Dutzend Männer die Einrichtung attackiert hat. Alle vier USAID-Entwicklungshelfer wurden als Geiseln genommen."

Es gab einige USAID-Einrichtungen in Südsudan. Gabriella könnte in irgendeiner von ihnen stationiert sein. Sein Blick fiel auf Savannah James ruhige Augen. Sie verriet nichts.

Wieder tippte der Kommandant auf den Computer, und das projizierte Bild veränderte sich. Die offiziellen USAID-Portraits von vier Entwicklungshelfern wurden in einem Quadrat angeordnet angezeigt. Hübsche braune Augen und eine nicht im Entferntesten bedauerliche Nase befanden sich unten rechts.

Sein Sichtfeld verschwamm, doch er riss sich wieder zusammen, bevor irgendjemand seine Reaktion sehen konnte. Der Name unter ihrem Portrait – Brie Stewart – gab ihm die Hoffnung, dass niemand in Südsudan wusste, wer ihr Vater war.

„Kurz bevor man sie gefangen genommen hat, hat die UN-Basis in Juba einen Notruf von einem der Entwicklungshelfer erhalten", fuhr der Kommandant fort. „Friedensstifter sind um 05:00 Uhr im Dorf – grob fünfundzwanzig Meilen südwestlich von Akobo – angekommen, haben die Einrichtung in Flammen und ohne die Geiseln vorgefunden." Ein Moment verging, in dem er die Aussage einsinken ließ. „Es wurde angenommen, dass die Einrichtung wegen der Lebensmittel angegriffen wurde, die dort gelagert wurden, aber laut den Einheimischen wurde das Gebäude in Brand gesetzt, bevor auch nur ein Sack

Getreide entfernt worden ist. Die einheimischen Angehörigen des Ciro-Clans hatten versucht, das Feuer zu löschen, gerieten aber unter Beschuss seitens der Angreifer. Drei Einheimische sind umgekommen. Die Überlebenden sind in den Sumpf geflohen und erst zurückgekommen, nachdem sie gesehen haben, dass das Fahrzeug der Milizionäre das Dorf verlassen hatte. Sie haben hinten im Truck mindestens drei USAID-Entwicklungshelfer gesehen."

„Dann haben sie also die Nahrungsmittel verbrannt, die Einheimischen erschossen und USAID-Entwicklungshelfer als Geiseln genommen", sagte Lieutenant Randall Fallon, der Leiter der Navy SEALS. „Die Entwicklungshelfer waren also von vorn herein das Ziel?"

Der Kommandant nickte. „Allem Anschein nach ist das der Fall."

„Haben sie irgendwelche Forderungen gestellt?", fragte Captain Oswald, Bastians XO.

„Bisher noch nicht. Wir planen, die Geiseln zu befreien, bevor sie eine Chance dazu haben."

Bastian setzte sich kerzengerade auf. „Wir wissen, wo man sie festhält?"

Der Kommandant tippte erneut auf das Touchpad des Laptops. Eine Gruppe von runden Hütten mit Strohdächern erschienen auf der Leinwand. „Der Truck wurde von mehreren Individuen gesehen, wie er in dieses kleine Dorf gefahren ist – etwa zehn Meilen von der USAID-Einrichtung entfernt. Ein Informant behauptet, dass er gesehen hat, wie drei der Geiseln in diese Hütte verschleppt wurden." Der Kommandant zeigte mit einem Laserpointer auf eine Hütte mitten auf der Leinwand.

„Nur drei?", fragte Pax.

„Wir haben noch nicht bestätigen können, ob die Frau, Brie Stewart, mit ihren männlichen Kollegen zusammen ist", sagte der Kommandant.

Bastian strengte sich an, einen neutralen Gesichtsausdruck beizubehalten, obwohl es ihm schwerfiel zu atmen.

Ging es hier um sie? Hatte die Entführung etwas mit Prime

Energy zu tun? Oder hatten sie Brie von den Männern getrennt, um sie zu vergewaltigen? Im vergangenen Jahr war eine USAID-Einrichtung in Juba attackiert worden und alle Frauen waren der Reihe nach von allen Rebellen der Gruppe vergewaltigt worden. Dabei waren die Regierungsstreitkräfte nicht viel besser. Sie waren ebenfalls dafür bekannt, sich an Frauen und Kindern zu vergehen, wann immer sie ein Dorf plünderten.

Seine Brust zog sich zusammen.

„Wie sicher ist das Intel?", fragte Lieutenant Fallon.

Alle Augen flogen zu Savannah James. Ihr genauer Titel war unbekannt, aber Bastian war schon lange der Ansicht, dass sie weitaus mehr als nur eine CIA-Analytikerin war. Er glaubte, dass sie Teil der CIA Abteilung „Special Activities Division" war, was sie zu einer Agentin machte, die genauso gut ausgebildet war, wie jeder Soldat der Spezialeinheit. SAD war die höchst geheime Abteilung innerhalb einer ohnehin schon höchst verschwiegenen Agentur. Es wurde gesagt, dass Savvys – Savannahs – Arbeit so geheim war, dass nicht einmal sie ihren wirklichen Namen mehr kannte. „Informanten in der Gegend haben etwas von einem Boko Haram Angriff erwähnt, bei dem sie es wahrscheinlich auf Bürger der Vereinigten Staaten von Amerika abgesehen haben."

„Und Sie haben nichts unternommen?", fragte Bastian, bevor er seinen Kiefer zusammenpresste. Das war nicht angebracht gewesen, aber wenigstens war sie CIA und damit nicht in seiner Befehlskette.

„Wir haben alle amerikanischen Bürger in der Gegend über einen bevorstehenden Anschlag gewarnt – einschließlich des USAID-Personals", antwortete James mit schneidiger Stimme, wobei ihre kalten Augen nichts preisgaben. „Wenn diese Entwicklungshelfer die Warnungen ignorieren, dann ist das ihre eigene Schuld." Sie warf ihm ein schmales Lächeln zu. „Wir können kaum bei jeder geflüsterten Drohung in der Region das gesamte amerikanische Militär mobilisieren, Chief Ford."

„Was ist mit dem Intel zum Standort der Geiseln?", fragte Lieutenant Fallon prompt.

„Wir haben zum Standort des Trucks mehrfache identische Aussagen von verschiedenen Zeugen. Ein Augenzeuge gab uns den Standort der Hütte. Wir sind uns sicher, dass sie sich in diesem Dorf befinden, etwas weniger sicher, in welcher Hütte genau sie gefangen gehalten werden", erklärte James. „Aber sobald man sie von dort wegbringt, ist es wahrscheinlich, dass wir sie aus den Augen verlieren werden. Boko Haram ist mittlerweile sehr gut darin, Geiseln zu verstecken."

„Und wir sind uns sicher, dass es Boko Haram ist?", fragte Pax.

„Wir sind ziemlich sicher, dass sie mit der Terroristenorganisation in Verbindung stehen", sagte James. „Aber es kann sein, dass sie keine eingetragenen Mitglieder sind."

Eine detaillierte Karte der unmittelbaren Umgebung erschien auf der Leinwand. Der Pibor Fluss verlief im Osten, der Nanaam Fluss etwas weiter im Westen. Es gab viele Bäume und Sumpfland, aber es war kein dichter Wald, sondern eher wie eine Graslandschaft, die stellenweise mindestens genauso gut als Versteck geeignet war. Es gab sehr viel offenes Gelände um die Hütte herum, in der die Geiseln angeblich gefangen gehalten wurden.

„Planen wir eine gemeinsame Operation mit SEALS und A-Team?", fragte Captain Oswald.

„Ja", antwortete der SOCOM-Kommandant. „Wir wollen das A-Team im Sumpf und der Graslandschaft einsetzen, um etwaige Scouts zu neutralisieren, während die SEALs sich die Geiseln holen."

„Wie lange, bis wir aufbrechen?", fragte Fallon.

„Beide Teams werden um 17:00 Uhr einen Transportflieger zu unserer vorgeschobenen Einsatzbasis im Westen von Äthiopien nehmen, wo zwei Stealthflieger auf sie warten, die sie um 21:00 Uhr nach Südsudan bringen."

„So früh? Sollte diese Operation nicht besser in der Nacht stattfinden?", fragte Fallon.

„Wir wollen nicht riskieren, dass sie die Geiseln woanders hinbringen", erklärte der Kommandant. „Es ist zwar erst der erste Mai, aber die Regensaison hat früher angefangen. Innerhalb weniger Tage könnten die Straßen in der Gegend unbefahrbar sein. Morgen wird ein weiterer Sturm erwartet. Wir überwachen den Bereich mit Satelliten. Falls sie die Geiseln woanders hinbringen sollten, während ihr euch auf eurem Weg dorthin befindet, werden wir uns entsprechend anpassen."

Bastian fixierte Savannah James mit einem harten Blick. Jemand würde erklären müssen, wer Brie Stewart war. Es wäre unverantwortlich, die SEALs und ein A-Team reinzuschicken, wobei sie alle ihre Leben aufs Spiel setzten, um die Geiseln zu befreien, ohne dabei zu wissen, dass diese Entführung eventuell weniger mit USAID zu tun hatte, dafür aber umso mehr mit der Tatsache, dass eine der Geiseln die Erbin eines der reichsten Männer der Welt war. Bastian würde etwas sagen, aber er wollte nicht preisgeben, dass er Gabriella Stewart Prime kannte und damit riskieren, dass man ihn vielleicht von dieser Mission abzog.

Schließlich nickte Savvy ihm kaum merklich zu und stand auf. „Was ich Ihnen mitteilen werde, wird diesen Raum unter keinen Umständen verlassen. Es ist zwar nicht streng geheim, aber die Geheimhaltung dieser Information ist für Brie Stewart der beste Schutz." Sie fuhr fort, indem sie Bries vollen Namen und ihre Familienverbindungen erklärte, wobei sie Bastians Blick nicht ein einziges Mal begegnete. Allem Anschein nach wollte Savvy ebenfalls, dass er an dieser Mission teilnahm.

Interessant. Sie hatte immer versteckte Pläne, aber in diesem Fall konnte er sich ihre Gründe nicht vorstellen.

„Dann ist es also möglich", sagte Lieutenant Fallon, „dass die Einrichtung attackiert und abgebrannt wurde, weil sie hinter Gabriella Prime her waren. Wessen brillante Idee war es, eine Ölbaron-Erbin in das verdammte Südsudan zu schicken?"

„Nur eine Handvoll Leute wissen, wer sie ist", sagte James. „Sie war in Sicherheit, weil sie ihre Identität versteckt hat. Auch nicht ganz unwichtig – sie ist von ihrer Familie entfremdet und nicht länger eine der Erbinnen des Prime-Familienwohlstands. Sie hat sich diesen Job selbst erarbeitet – sie hat einen Master in Kulturanthropologie – und USAID fällt es schwer, weibliche Entwicklungshelfer an Orten wie Südsudan zu halten. Mit den fortlaufenden Angriffen auf Frauen und Kinder haben viele Einheimische Angst davor, mit männlichen Entwicklungshelfern zu sprechen. Sie haben vor allen Männern Angst. Brie arbeitet nun schon seit fast fünf Jahren für USAID und war schon mehrfach in verschiedenen Entwicklungsländern stationiert. Sie hat diesen Job unter der Bedingung angenommen, dass niemand erfährt, wer sie ist."

„Allem Anschein nach hat es doch jemand herausgefunden", sagte Captain Oswald.

„Das wissen wir nicht", sagte Savvy. „Unser Intel deutet darauf hin, dass Boko Haram dahintersteckt. Es könnte rein gar nichts mit Brie Stewart zu tun haben."

„Warum hat sie keinen Chip?", fragte Pax. „Sie haben angedeutet, dass sie Ende März hier war. Man hätte ihr einen subdermalen Tracker implantieren können."

„Wie Sie wissen, sind diese Tracker in mehrerlei Hinsicht sehr begrenzt. Zum einen ist da die Lebensdauer der Batterie. Dann gibt es die Funktionalität nach einem gewissen Zeitraum. Die maximale Zuverlässigkeitsrate ist sechzig Tage. Wir müssten sie alle zwei Monate hierher zurückfliegen, um den Chip auszutauschen. Das sind eine Menge Kosten, nur um eine Entwicklungshelferin sichern zu können."

„Dann sollte sie diese Kosten bezahlen", sagte Carlos Espinosa, ein Sergeant in Bastians A-Team. „Sie ist stinkreich und diejenige, die in Gefahr ist."

„Wir haben das diskutiert", sagte James. „Aber wie bereits erwähnt, hat sie keinen Kontakt mehr mit ihrer Familie. Sie ist nicht länger die wohlhabende Erbin eines Ölbarons. Und ihre Bezahlung durch USAID ist wahrscheinlich weniger, als jeder von uns hier im Jahr verdient."

„Bullshit. Leute wie diese haben Treuhandfonds." Dieses Mal meldete sich Sergeant Cassius Callahan, ein weiteres Mitglied des A-Teams und einer von Bastians engsten Freunden, zu Wort.

Bastian musste zugeben, dass er denselben Gedanken gehabt hatte. Vor langer Zeit war Brie von teuren Drogen abhängig gewesen, aber wenn man bedachte, wie viel Geld sich in solch einem Treuhandfond befinden musste, konnte er sich kaum vorstellen, dass sie sich alles in ihre Adern gespritzt hatte.

Savvy zuckte mit den Schultern. „Ich habe sie komplett überprüfen lassen. Sie hat sich von ihrer Familie abgewandt, bevor ihr Treuhandfond zu ihrem dreißigsten Geburtstag fällig wurde. Sie besitzt zusammen mit ihren beiden Halbbrüdern eine Immobilie in Marokko, aber nichts, was sie liquidieren könnte. Außerdem ist das alles irrelevant, denn bei den Trackern gibt es noch ein weiteres Problem: Sie benötigen ein aktives Handysignal, auf dem sie senden können. In Südsudan gibt es außerhalb von Juba oder der Ölbohrungen kaum Funktürme. Wir sprechen hier von einem Land, in dem es in den meisten Gegenden nicht einmal Wasser oder Elektrizität gibt. Der Krieg hat das letzte bisschen Infrastruktur, die es je in Südsudan gegeben hat, dezimiert. Im Vergleich dazu ist Dschibuti geradezu reich an Ressourcen."

„Warum war sie überhaupt hier in Camp Citron?", fragte Lieutenant Fallon.

„Das geht soweit niemanden etwas an und hat keinen Einfluss auf Ihre Mission", antwortete Savvy. „Brie Stewart wird so behandelt, wie jede andere Geisel auch. Bei dieser Entführung könnte es sich um Boko Haram handeln, oder sie könnte ein Nebeneffekt des Bürgerkriegs sein. So oder so dürfen wir die Einheimischen nicht wissen lassen, dass sie eine wohlhabende Familie hat." James stützte sich mit ihren eingerollten Fäusten auf den Tisch auf. „Es ist nicht unsere Aufgabe, Geiseln nach ihren Bankkonten zu bewerten, und sie ist nicht wichtiger als die drei Männer, die ebenfalls entführt worden sind."

Daraufhin wandten sich alle mit voller Aufmerksamkeit der Planung ihrer Rettungsoperation zu. Bastian konzentrierte sich auf die vorliegende Aufgabe, während sie einen Plan zusammenstellten, und er ließ sich nach außen hin nicht anmerken, dass diese Mission für ihn anders war. Denn sie sollte nicht anders sein. Wie Savvy es gesagt hatte, Brie war nicht wichtiger als die anderen.

Aber für ihn – trotz allem – war sie das.

Brie hockte hinter einem Gebüsch und war bis zum Hintern in Matsch eingetaucht. Sie hatte es geschafft, den Suchenden in der Dunkelheit zu entkommen, aber im Tageslicht war das eine ganz andere Sache.

Die Tatsache, dass sie auch weiterhin nach ihr suchten, ließ Fragen aufkommen. Allerdings war ihre Liste an Fragen ohnehin unendlich. Minuten nach ihrer Flucht hatte sie im Licht des brennenden Gebäudes beobachtet, wie Ezra, Jaali und Alan gezwungen wurden, zu einem Truck zu marschieren.

Tausende Kilos an Nahrungsmittel, die ganze Dörfer monatelang versorgt hätten – zerstört.

Wenn sie die Nahrungsmittel nicht wollten, warum hatten sie dann dieses Lager attackiert? Wie unterstützte die Zerstörung von Lebensmitteln irgendein strategisches Ziel?

Das hier konnte nicht ihretwegen sein. Niemand wusste, wer sie war – nicht einmal ihre Kollegen. Chief Warrant Officer Sebastian Ford und die CIA-Agentin – oder was auch immer sie war – Savannah James waren die Einzigen im Umkreis von tausenden von Meilen, die von ihrer Familie wussten.

Könnte Bastian sie verraten haben?

Sie würde das nicht glauben. Er mochte sie hassen, aber sie konnte sich nicht vorstellen, dass er ein Monster war. Er war ein Soldat der Spezialeinheit. Er würde das Leben der Einheimischen im Dorf nicht riskieren. Er würde nicht das Leben der anderen USAID-Entwicklungshelfer aufs Spiel setzen.

Letzte Nacht waren Leute im Dorf umgekommen. Von den Männern erschossen, die die Einrichtung gestürmt hatten. Waren Ezra, Jaali und Alan verletzt? Jaali hatte gehumpelt, als er die Lehmstraße überquert hatte. Sie hatten auf ihn eingeschlagen, während die anderen verschont worden waren – weil er Südsudaner war? Er arbeitete für sein Land, indem er sicherstellte, dass die Nahrungsmittel die Menschen in Not erreichten, die es brauchten, was ihn für einige zum Verräter machte. Seine Arbeit half jedem – inklusive feindlichen Stämmen. Sowohl

Rebellen als auch Regierungs-Milizionäre wären von den Nahrungsmitteln im Lager ernährt worden.

Falls dies eine weitere Schlacht in Südsudans fortwährendem Bürgerkrieg war, bedeutete die mutwillige Zerstörung von Nahrungsmitteln, dass die Einheimischen nur noch verzweifelter sein würden. Sie würden kaum für die Seite kämpfen wollen, die soeben sichergestellt hatte, dass ihre Kinder hungern mussten.

Nachdem sie beobachtet hatte, wie man ihre Arbeitskollegen zwangsweise evakuiert und dann diejenigen, die die Nahrungs-mittel hatten retten wollen, einfach niedergeschossen hatte, war sie in den Sumpf geflohen und hatte sich auf den Weg Richtung Süden gemacht. Falls Ezras Anruf zur UN durchgegangen war, würde man Hilfe schicken, aber sie wollte nicht hier rumhängen und darauf warten, denn es war nur eine Frage der Zeit, bis man mit der Suche nach ihr beginnen würde. Sie musste sich so weit wie möglich vom Dorf entfernen.

Und falls Ezras Notruf nicht durchgegangen war lag es an ihr, Hilfe zu finden.

Ihre Optionen waren begrenzt. Kemet Öl hatte einige Bohrungen im Norden, nahe des oberen Nils. Der Leiter dieser Operation hatte einmal für ihren Vater gearbeitet. Er würde sie wiedererkennen. Außerdem war Prime Energy gerade dabei, zu versuchen, sich die Baurechte für eine Pipeline zu sichern, die Öl von Südsudan zum Atlantik liefern sollte, was die Kosten für den Gebrauch der Sudaner Pipeline eliminieren würde. Es war ein Milliarden-Dollar-Projekt, was bedeutete, dass zu jeder Zeit Repräsentanten von Prime Energy im Hauptquartier von Kemet Öl anwesend sein könnten. Vielleicht würden sogar ihre Brüder selbst herkommen.

Zu allem Übel war das in Russland basierte Unternehmen Druneft ebenfalls hinter einer solchen Erlaubnis zum Bau einer Pipeline her. Das Letzte, was sie jetzt brauchte, war, dass jemand von Druneft sie erkannte.

Allerdings würde sie auch das hinnehmen und zu ihnen gehen, wenn sie glaubte, Kemet Öl würde einen Finger für Entwicklungshelfer heben. Aber das würden sie nicht. Viele ihrer Arbeiter waren Kinder – Sklavenarbeiter.

Sie zog sich selbst aus dem Matsch und stampfte in Richtung Straße, wobei sie sich duckte und versteckt hielt, wie sie das die letzten Stunden getan hatte. Sie hatte sich instinktiv auf den Weg nach Juba gemacht, während sie im Geiste noch ihre einzige andere Option debattierte: ein UN-Camp hundert Meilen nordwestlich von hier.

Ihre USAID-Einrichtung war hierher verlegt worden, um die Leute dazu zu bewegen, aus den überfüllten UN-Camps, in denen Malaria grassierte und die Nahrungsmittelvorräte spärlich waren, zurück in ihre Dörfer zu ziehen.

Vor einem Jahr war diese Gegend eine Hochburg der Rebellen gewesen, doch die Kämpfe waren weiter Richtung Norden gezogen, was in der östlichen Region des Landes ein Niemandsland von ausgebrannten Dörfern hinterlassen hatte. Da die Camps eine kritische Masse an Flüchtlingen erreicht hatten, hatte USAID entschieden, dass Nahrungsmittellager in den alten Dörfern die Frauen und Kinder vielleicht davon überzeugen könnten, wieder nach Hause zurückzukehren. Die meisten Männer waren während der Attacken auf die Dörfer umgebracht worden. Und die meisten Jungen, die überlebt hatten, waren zwangsrekrutiert worden.

Seit sie dort gewesen war, hatte sich die Bevölkerung in ihrem Dorf verdreifacht, doch jetzt, da die Nahrungsmittel, von denen sie abhängig waren, um die Regensaison zu überstehen, zerstört worden waren, würden viele wieder ins Camp zurückkehren.

Das Camp konnte keine Friedenswächter erübrigen, um ihr zu helfen. Der größte Teil des UN-Personals bestand aus medizinisch ausgebildeten Entwicklungshelfern und den wenigen Friedenswächtern, die benötigt wurden, um das Camp mit tausenden von Flüchtlingen sowohl vor den Rebellen als auch den Regierungskräften zu beschützen.

Außerdem würde die Straße zum Camp bald überflutet sein, während die Straße Richtung Süden noch einige Wochen länger befahrbar bleiben sollte.

Es lohnte sich, in den Süden zu gehen, wo sie an ein paar Dörfern unweit der Straße nach Juba vorbeikommen würde.

Irgendjemand würde bestimmt ein Funkgerät besitzen. Oder, wenn sie Glück hatte, vielleicht sogar ein Satellitentelefon. Falls nicht, dann gab es vielleicht einen Truck, bei dem sie sich eine Mitfahrgelegenheit sichern könnte. Sie wollte nur ungern die gesamten zweihundertfünfzig Meilen zur Hauptstadt laufen müssen.

Mit einem der ausgehöhlten Palmenstammkanus könnte sie den Fluss hinauf paddeln, aber gegen die Strömung anzukämpfen würde sie schnell erschöpfen. Und der Fluss bedeutete auch, dass sie sich Flussblindheit und andere lustige Krankheiten und Parasiten einfangen könnte. Sie hatte ihre Malariapillen in ihrem Rucksack, aber die schützten sie nur gegen diese eine Krankheit.

Der Straße Richtung Juba zu folgen, war die vielversprechendste Lösung. Sie bewegte sich im Zick-Zack-Kurs zwischen Sumpf und Straße, wobei sie nach Anzeichen von Freunden und Feinden Ausschau hielt, und sie ging durch den Matsch, um ihre Spuren zu verbergen. Ihre Haut juckte, wo der Schlamm auf ihrem Gesicht getrocknet war. Sie nahm eine weitere Handvoll und schmierte ihn sich über ihre Wangen. Es fungierte sowohl als Camouflage als auch als Sonnenschutz.

Sie schmorte in der Hitze des frühen Nachmittags. Moskitos zwickten sie und erinnerten sie daran, ihre tägliche Anti-Malaria-Dosis einzunehmen. Sie nahm sie zusammen mit ein paar Streifen Trockenfleisch und ein paar kleinen Schluck Wasser.

Allein durch den Busch zu wandern beinhaltete größere Risiken, als mit Geparden, Antilopen, Giraffen und Hyänen konfrontiert zu werden. Die Männer, die den USAID-Außenposten attackiert hatten, waren nicht die einzige Bedrohung, der Brie begegnen konnte. Soldaten der Regierung waren dafür bekannt, Frauen zu vergewaltigen, wenn sie ihre Dörfer verließen, um Feuerholz zu sammeln oder Nahrung zu besorgen. Aus diesem Grund war sie nie allein in den Busch gegangen. Ihre Ausrüstung enthielt ein Messer, aber sie wusste nicht, wie sie sich mit einem Messer verteidigen sollte. Sie wusste grundsätzlich nicht, wie sie sich verteidigen sollte. Punkt.

Sie fing vor lauter Erschöpfung und Angst an zu zittern und

zwang sich dazu, tief einzuatmen, an ihre Arbeitskollegen zu denken, und weiter zu marschieren. Sie hatten sich für sie aufgeopfert, um sie zu beschützen. Sie konnte sich zumindest für sie zusammenreißen und Hilfe finden.

Sie erreichte eine Kreuzung, wo ein matschiger Weg von der Straße abbog und Richtung Westen um den Sumpf herumführte. Sie wusste, dass diese westliche Route, wenn sie ihr weit genug folgen würde, sie schließlich zur Savanne bringen würde, doch dieser Weg musste unter allen Umständen vermieden werden. Tief im Marschland befand sich ein Markt, wo keine der Fraktionen, die Südsudan zerstörten, die Oberhand hatte, aber das war der Ort, wo sie alle zum Kaufen und Verkaufen zusammenkamen. Auf diesem Markt konnten Männer alles kaufen – Artefakte, Drogen, Waffen, aber hauptsächlich entführte Kinder für Sex und Sklavenarbeit.

Es wurde angenommen, dass dieser Markt, der sich in einem Territorium befand, das weder vom Präsidenten kontrolliert wurde, noch von dem Vizepräsidenten, seinem Gegner im Bürgerkrieg in Südsudan, vor wenigen Monaten entstanden war. Dieser Markt war einer der Hauptgründe gewesen, warum sie Camp Citron besucht hatte, um Savannah James alles zu berichten, was sie darüber gehört hatte. Aber leider würden oder könnten die USA keine Aktionen starten, um dieser Operation ein Ende zu setzen. Schließlich wurden keine Amerikaner durch diesen Menschenhandel bedroht.

Das Öl in Südsudan befand sich bereits in festen Händen und wurde von China und britischen Ölunternehmen beansprucht, wobei American Prime Energy und Russlands Druneft nun um die Baurechte für die Pipeline wetteiferten.

Den Sklavenmarkt zu schließen würde Prime Energys Angebot für die Pipeline nicht weiterhelfen, somit bestand kein strategischer Grund für das amerikanische Militär, sich in solch eine unbedeutende Sache wie Kinderhandel im Südsudan einzumischen.

Hier gibt es nichts zu sehen. Schön weitergehen.

Es war diese herzlose Ansicht, die sie hatte tolerieren müssen, während sie für Prime Energy arbeitete und die sie schlussendlich dazu gebracht hatte, überhaupt Drogen zu nehmen. Es war ein Schandfleck auf ihrer Seele, dass sie je ihren Blick von der Wahrheit abgewendet hatte – von dem Schaden, den ihre Familie in ihrem Streben nach mehr Macht und noch mehr Wohlstand in der Welt anrichtete.

Das Rumpeln eines Motors in der Ferne warnte sie vor einem sich nähernden Fahrzeug, also sprang sie von der Straße und watete in den Sumpf als erneut erste dicke Regentropfen fielen. Falls es ein wohlgesinnter Fremder war, könnte sie die Chance auf eine Mitfahrgelegenheit verpassen. Doch neben der Straße zu warten, um das herauszufinden, war ein Risiko, das sie nicht eingehen konnte.

Der Regen würde gut ihre Spuren verdecken, doch falls es in einen richtigen Sturm ausarten sollte, befände sie sich in Schwierigkeiten. So, wie es stand, konnte sie das Feuchtgebiet nicht durchqueren, denn es war zu tief und zu sumpfig. Und selbst, wenn sie es könnte, befände sie sich schließlich inmitten eines breiten fließenden Flusses, der noch schwieriger zu überqueren wäre.

Trotzdem dachte sie darüber nach, denn falls sie den Fluss überqueren konnte, würde sie jeden, der sie jagte, damit abschütteln. Zudem würde sie, wenn sie es nur wenige Meilen weiter schaffen würde, die Grenze nach Äthiopien erreichen.

Sie wagte einen Schritt in den tieferen Matsch und rutschte prompt aus.

Nein.

Sie dachte an all die wilden Tiere, die sich dieses Feuchtgebiet zu ihrem Zuhause gemacht hatten, während sie die Moskitos wegschlug.

Nein. Nein. Nein.

Sie fand festeren Untergrund und ging dann knapp am Rande des Sumpfes weiter, wobei sie hoffte, dass diese Schauer sich nicht in einen richtigen Sturm verwandeln würden. Wenigstens verschluckte der Matsch ihre Fußspuren. Solange sie auf der Straße wanderte, konnte sie ihre Spuren nicht verstecken.

Man hatte ihr gesagt, dass während des Höhepunktes der Regensaison der Sudd – ein weitreichendes Sumpfgebiet und eines der bedeutendsten geografischen Eigenschaften in Südsudan – manchmal bis hier in den Osten reichte. Straßen würden verschwinden. Das war einer der Gründe, warum USAID diese Gegend zur Lagerung von Nahrungsmitteln ausgewählt hatte. Von hier aus konnten sie zumindest zu Fuß die umliegenden Orte versorgen, wenn die Straßen überflutet waren.

Das Rumpeln eines weiteren Motors ließ sie sich tief ins Gebüsch ducken, das vom Sumpf herauswuchs. Sie würde nicht an all die Tiere denken, die in diesem Marschland wohnten, und auch nicht an die Schlangen, die in dieser Jauche lauerten.

Sie drückte sich in das Grün eines Busches, der im Sumpf wuchs. Mit dem Matsch auf ihrem Gesicht und ihren schmutzigen Klamotten war sie gut getarnt.

Sie hielt still und achtete darauf, keine Äste zu bewegen oder plätschernde Geräusche zu verursachen. Selbst ihre Atmung ging flach, aber das lag an ihrer Angst.

Eine Autotür schlug zu, dann hörte sie zwei Männer auf Arabisch streiten. Sie waren auf der Suche nach ihr. Sie mussten von verschiedenen Stämmen abstammen, denn obwohl sie sich beide auf Arabisch unterhielten, hatten sie unterschiedliche einheimische Akzente.

Hatten die Rebellen sie geschickt? Die Regierung? Warum waren sie hinter ihr her? Sie hatten die Nahrungsmittel bereits zerstört und ihre Arbeitskollegen als Geisel genommen.

Sie wagte es nicht, sich zu bewegen. Atmen war nicht länger eine unbewusste Handlung.

Minuten verstrichen. Vögel zwitscherten. Eine warme Brise wehte durch den schwülen heißen Tag. Mit nur acht Grad oberhalb des Äquators war jeder Tag heiß und die Luft immer zu dick, selbst wenn es regnete.

Schlussendlich hörte sie, wie sich die Schritte entfernten und dann die Autotüren zuschlugen.

Reifen warfen auf der matschigen Straße Steine auf.

Sie erlaubte sich einen flachen stillen Atemzug.

Sie waren weitergezogen.

Sie wartete fünf Minuten, wobei sie debattierte, ob es

sicherer wäre, wenn sie den Weg wieder zurückgehen würde, den sie gekommen war – schließlich hatten sie dort bereits nach ihr gesucht – oder ob sie weiter Richtung Süden gehen sollte.

Aber hinter ihr würde sie keine Hilfe finden können. Sie konnte nur weitergehen, auch wenn sie alle zweihunderfünfzig Meilen zu Fuß nach Juba gehen musste.

Langsam kroch sie aus ihrem Versteck hervor. Sie kletterte die niedrige Böschung herauf und versteckte sich hinter einem Baum, damit sie zur schmalen Straße blicken konnte, um zu sehen, wie weit die Suchenden bereits entfernt waren. Sie hatte sich gerade dort positioniert, als sie hörte, wie hinter ihr eine Schrotflinte gespannt wurde.

Kapitel Drei

Der Pickup-Truck rüttelte die Lehmstraße entlang und verpasste Brie, die hinten in der offenen Ladefläche lag, mit jedem neuen Schlagloch und jeder Furche einige Prellungen. Sie wusste immer noch nicht, wer sie aufgegriffen hatte oder warum, aber man hatte ihr bisher nur die Hände und Füße gefesselt und ihr die Ausrüstung abgenommen. Ansonsten hatte der Mann sie – sehr zu ihrer Erleichterung – nicht angefasst.

Ihr Entführer trug die sechs parallelen Linien auf seiner Stirn – rituelle Narben, die anzeigten, dass er ein Nuer war. Der Vizepräsident von Südsudan und Anführer der Rebellen war ebenfalls Nuer. Der Präsident war ein Dinka. Das Land hatte dutzende von ethnischen Gruppen und die Dinka und Nuer waren die größten. Kombiniert machten sie nur etwa fünfundzwanzig Prozent der Bevölkerung aus.

War dieser Nuer-Mann ein Mitglied der Rebellen? Das Einzige, dessen sie sich sicher sein konnte, war, dass er nicht einer der beiden Männer war, die nach ihr gesucht hatten. Dieser Mann sprach eine der vielen einheimischen Sprachen, aber nur wenig Arabisch. Obwohl Englisch die offizielle Arbeitssprache der Republik des Südsudans war, hatte Arabisch einst den Titel geteilt und war als *Lingua Franca* im Land bestehen geblieben. Bries Arabisch war passabel – besser, als ihr Kidnapper es sprechen konnte.

Der Regen hatte aufgehört, bevor er sie mitgenommen hatte, und sie hatte ihr Bestes getan, so viele Fußspuren neben der Straße zu hinterlassen, wie es ihr möglich gewesen war.

Falls Ezras Notruf durchgedrungen war, dann würde das amerikanische Militär ein Team losschicken, um ihre Kollegen zu befreien. Falls dem so war, würde man hoffentlich nach ihr suchen und diese Fußspuren sehen – solange ein weiterer Regenguss diese nicht wegwusch.

Der Pickup traf ein besonders tiefes Schlagloch. Bries Körper schwebte in der Luft, bevor er wieder auf die Ladefläche des Trucks aufschlug. Da ihre Hände an ihre Füße gefesselt waren, konnte sie ihren Kopf nicht schützen. Ihre Schläfe schlug heftig genug auf den unebenen Untergrund auf, dass sie Sterne sah.

Ihr wurde übel. Sie hielt ihre Augen gegen die grelle Sonne geschlossen, atmete langsam und schaffte es, ihre Galle herunterzuschlucken.

Würde Amerika ein Team von Camp Citron schicken? Das wäre die logische Wahl.

Sie dachte an den unwahrscheinlichen Kuss und fragte sich, ob Bastian von dem Angriff auf die USAID-Einrichtung wusste. Und falls er das tat, dachte er dann, dass die verwöhnte Prinzessin das bekommen hatte, was sie verdiente?

Weniger als eine Stunde nach ihrer Ankunft in Südsudan waren von Bastians Team sieben Späher von ihrer Position im Sumpf aus losgeschickt worden, um sicherzustellen, dass sie die Geiselnehmer nicht alarmiert hatten. Das Signal wurde gegeben, und die Navy SEALs stießen vor. Schüsse fielen.

Bastian wartete von seiner Position im Sumpf, bereit vorzudringen, und er wäre nur zu gern bei dem Stoßtruppunternehmen, die Geiseln zu befreien, dabei gewesen. Minuten später meldete ein SEAL, dass die Geiseln in Sicherheit waren und vier der fünf Wachen erschossen worden seien. Der überlebende Mann durfte sich auf eine lange, unbequeme Befragung in Camp Citron freuen.

Vorerst konnten alle damit zufrieden sein, dass sie alle zwölf Tangos gefunden hatten. Diese Männer waren dem kombinierten Training des A-Teams der Spezialeinheit und den Navy SEALs nicht gewachsen gewesen.

Boko Haram oder die Regierung oder die Rebellen hätten wissen müssen, dass das amerikanische Militär sie niederwalzen würde, sobald sie die Entwicklungshilfe der Regierung der Vereinigten Staaten von Amerika angreifen würden. Warum hatten sie also die USAID-Einrichtung zerstört? Was hatten sie damit erreichen wollen?

Unruhe schlängelte sich an Bastians Wirbelsäule herab. Vielleicht wussten sie doch, wer Brie war.

„Wie viele Geiseln?", fragte er ins Funkgerät.

„Drei. Brie Stewart ist nicht hier."

Er ging schnurstracks auf die Hütte zu, wo die SEALs sich mit den befreiten Geiseln aufhielten. Einige seines Teams folgten ihm.

In der Hütte betrachtete Bastian die drei USAID-Entwicklungshelfer. „Wo ist Brie Stewart?"

Ezra Johnson, ein amerikanischer Entwicklungshelfer mit einer so dunklen Haut, dass er bis auf die fehlenden Stammesnarben leicht als Südsudaner durchgehen könnte, starrte ihn an und dann landete sein Blick auf Bastians Namensschild. „Du bist das Arschloch vom Camp Citron."

Interessant. Was hatte Brie dem Mann erzählt? Savannah James hatte gesagt, dass Bries Kollegen nicht wussten, wer sie war.

„Er ist ein Arschloch, das soeben dabei geholfen hat, Ihr Leben zu retten", sagte einer der SEALs.

„Ja, aber ich bin trotzdem ein Arschloch." Bastian wandte sich an Ezra. „Wo. Zur Hölle. Ist Brie?"

„Wissen wir nicht", sagte Ezra.

„Sie ist vor dem Feuer entkommen", sagte die andere amerikanische Geisel, Alan. „Wir sind zurückgeblieben, damit sie fliehen konnte." Er räusperte sich. „Weiblichen Geiseln ergeht es nie gut."

Er bezog sich damit auf die Vergewaltigungen. Diese Männer hatten sich geopfert, damit Brie entkommen konnte. Bastian nickte ihnen respektvoll zu.

„Die Männer haben nach ihr gesucht", fügte der Südsudaner Entwicklungshelfer Jaali hinzu. „Sie haben darüber gesprochen, in Funkgeräte, in ihrem einheimischen Dialekt. Ich habe gehört. Sie haben gesucht, aber nicht gefunden."

„Wo würde sie hingehen?" Bastian Frage war an alle drei Männer gerichtet.

„Es gibt nicht viele Leute, an die sie sich wenden könnte." Alans Ausdruck wurde finster. „Sie hatte drei Möglichkeiten. Zu Kemet Öl, was sich etwa zwanzig Meilen nördlich befindet, zum UN-Camp im Nordwesten oder der Straße südlich Richtung Juba zu folgen."

„Was glauben Sie, wohin sie gegangen ist?", fragte Bastian.

„Sie würde Juba Kemet Öl vorziehen", sagte Ezra bestimmt. „Das Unternehmen benutzt Kinder als Sklaven und würde uns nicht helfen wollen."

„Warum würde sie nicht zum UN-Camp gehen?", fragte Pax. „Das ist näher als die Hauptstadt."

„Das könnte sie, aber es ist trotzdem immer noch sehr weit, und die Straße wird in den nächsten Tagen vom Regen überflutet werden", sagte Jaali. „Die Hauptstraße nach Juba ist ihre beste Chance. Die Straße liegt höher und ist am längsten passierbar, nachdem alles andere überflutet ist."

Bastian wandte sich an seinen Truppenkommandant, Captain Durant, der die Hütte zusammen mit dem Rest des A-Teams betreten hatte. „Bitte um Erlaubnis, das Team in zwei Gruppen aufzuteilen, um nach Brie Stewart zu suchen, Sir."

Der Captain nickte dem Team zu, nach draußen zu treten, wo sie sprechen konnten, ohne dass die USAID-Entwicklungshelfer alles mithören konnten. Bastian folgte dem großgewachsenen afro-amerikanischen Kommandanten, der diese Top-Position seit ihrer Mission vor einem Jahr im Jemen innehielt. Draußen sagte Captain Durant: „In Anbetracht der Tatsache, wer sie ist, sollten wir eventuell das volle Team und zusätzliche SEALs benutzen.“

„Wenn wir zu viele Leute auf sie ansetzen, könnten wir riskieren, damit ihre wahre Identität zu verraten“, sagte Bastian. „Schickt die Hälfte des Teams zu Kemet Öl und dem UN-Camp, während sich sechs von uns entlang der Route nach Juba auf die Suche nach ihr machen. Zwei Teams von je sechs Männern sind unauffälliger. Wenn wir mehr Leute auf sie ansetzen, könnten die Typen, die sie suchen sich fragen, wie wertvoll sie wirklich ist.“

„Vielleicht wissen sie das längst“, gab Lieutenant Fallon zu bedenken.

Bastian ließ seinen Kopf in einem leichten Nicken sinken. „Aber falls nicht, warum es an die große Glocke hängen?“ A-Teams waren für diese Arten von Mission ausgebildet worden, und das Aufteilen von Teams in zwei war eine übliche Methode. Der einzige ungewöhnliche Aspekt war, dass Bastian entschlossen war, das Team anzuführen, das die Straße nach Juba absuchen würde.

Durant studierte ihn für einen langen Moment. „Du hast SOCOM nicht darüber informiert, dass du die Frau kennst.“

„Wir haben uns kurz kennengelernt, als sie vor einem Monat in Camp Citron war.“

„Lange genug, um zu wissen, dass du ein Arschloch bist“, sagte Fallon.

Bastian zuckte mit den Schultern. „Was soll ich sagen? Das ist mein natürlicher Charme.“

Der Captain hielt seinen Blick fest. „Hast du sie gevögelt?“

„Nein, Sir.“ Bisher war er sich noch nicht so ganz im Klaren, ob er das bereute oder nicht.

Durant nickte scharf. „Nimm Blanchard, Callahan, Ripley, Goldberg und Espinosa.“

„Wir werden die südliche Route entlang der Straße nach Juba absuchen.“ Er hielt seinen Atem und hoffte, dass der Captain nicht mit ihm streiten und ihn zum UN-Camp schicken würde.

Durant nickte. „Zwei Tage, Chief Ford.“ Er blickte über

Bastians Schulter hinweg und wandte sich an das restliche Team, das sich dort versammelt hatte, um Bastian auf seiner Mission zu begleiten. „Ihr müsst sie innerhalb von achtundvierzig Stunden finden. Wenn nicht, bleibt dem US-Militär keine andere Wahl als eine Großoperation zu starten. Gabriella Prime kann nicht der Grund sein, dass die USA in den Südsudaner Bürgerkrieg hineingezogen wird. Seid diskret. Und schnell."

Die Teammitglieder nickten und Bastian verspürte eine Welle des Stolzes. Seine Männer waren die besten. Erst vor ein paar Wochen hatten Pax und er einander noch angefeindet, doch seit seiner Begegnung mit Brie hatte er endlich seinen Kopf aus seinem Arsch gezogen und das retten können, was einst eine wichtige Freundschaft gewesen war. Es war mehr oder weniger Brie zu verdanken, dass er sich zusammengerissen hatte.

Wieder in der Hütte zog Bastian eine Karte hervor und breitete sie auf einem Tisch aus. Er befragte die drei USAID-Entwicklungshelfer gnadenlos über die Route, die sie wahrscheinlich einschlagen würde, und welche Risiken ihr auf dem Weg begegnen könnten.

Alan räusperte sich, als Bastian die Karte zusammenrollte. „Mr. Ford, Sie müssen von dem Markt wissen. Falls jemand sie gefunden hat, könnte er sie dorthin gebracht haben."

„Markt?", fragte Bastian und breitete erneut die Karte aus.

„Ich bin mir nicht sicher, wo er ist – niemand weiß das so genau. Es ist kein Ort, zu dem einer von uns gehen könnte und dann lebend wieder von dort zurückkehren. Irgendwo tief im westlichen Teil des Sumpfes befindet sich der Sklavenmarkt. Wir glauben, dass er innerhalb der letzten Monate entstanden ist, oder zumindest ist das der Zeitraum, in dem plötzlich mehr Kinder verschwunden sind – mehr als gewöhnlich. Auf dem Markt werden auch andere Dinge verkauft – Waffen, Drogen, Artefakte – alles, was dem Terrorismus und dem Krieg zugutekommt. Aber größtenteils verkaufen sie dort Kinder."

„Und Sie glauben, dass man sie dorthin bringen würde?"

Er nickte. „Das ist einer der Gründe, warum wir sicherstellen wollten, dass sie entkommt. Vor Monaten haben wir bemerkt, dass die Anzahl der Frauen und Kinder, die vergewaltigt und wieder freigelassen wurden, immer weniger wurden. Das Abschlachten hörte ebenfalls auf, und wir hofften, dass der Krieg langsam abschwächte. Aber dann haben wir Gerüchte über den Markt gehört, und uns wurde klar, dass sich die Ökonomie verlagert hatte, und Frauen und Kinder, die von den Flüchtlingslagern in die Dörfer zurückkehrten, entführt und versklavt wurden. Für eine lange Zeit fiel niemandem auf, dass sie vermisst wurden, weil niemand wusste, dass sie auf dem Weg zurück nach Hause waren."

„Warum wurde das nicht gemeldet?", verlangte Captain Durant zu wissen.

„Das wurde es. Das ist der Grund, warum Brie vor einem Monat im Camp Citron war. Sie hat dort einer Frau alles erzählt, was sie über den Markt weiß."

Verdammte Scheiße. Savvy hatte die ganze Zeit davon gewusst und nicht ein verdammtes Wort darüber verloren.

Das geht niemanden etwas an – von wegen!

Das hier ging sie etwas an. Das hier mochte nichts mit USAID zu tun haben und auch nichts mit der Tatsache, dass Brie eine Prime war. Es könnte sehr wohl etwas mit dem Markt zu tun haben.

Die Regenwolken hatten sich aufgelöst und einen wunderschönen Himmel zurückgelassen, den Brie durch die Äste des Baumes sehen konnte, an den man sie gefesselt hatte. Irgendetwas kitzelte sie im Nacken. Sie wand sich gegen das Seil, mit dem man ihre Hände an ihre Taille festgebunden hatte. Es musste irgendeine Art von Insekt sein.

Sie hätte schlafen sollen, aber das war so, wie sie zusammengebunden war, unmöglich. Sie schloss ihre Augen. Und sie dachte an eine andere Art von Himmel …

Sie ließ sich in den Moment zurückgleiten, als sie versucht

hatte, ihre Fassung wiederzugewinnen, und Bastian sie gefunden hatte, wie sie die Sterne anstarrte.

Es war zu viel Hoffnung, dass man sein Team oder irgendeine andere Spezialeinheiten nach Südsudan schicken würde, um sie zu finden. Aber sie hoffte es trotzdem, denn sie musste an irgendetwas festhalten.

Nicht weit weg von ihr schnarchte ihr Kidnapper laut, während er auf dem harten Boden schlief. Sie hatte immer noch keine Ahnung, wer er war und ob er mit den Männern assoziiert war, die in die USAID-Einrichtung eingedrungen waren.

Nichts an der Arbeit in Südsudan hatte etwas mit Bequemlichkeit zu tun, aber dies war eine ganz neue Lektion, wie gut sie es in ihren vier Aluminium-Wänden im Lager gehabt hatte. Zum einen hatte es eine Liege gegeben, und wenn es Benzin für den Generator gab, hatte sie sogar Elektrizität gehabt.

Heute Nacht lag sie auf einem steinigen Boden an einen Baum gefesselt. Kein Kissen, keine Decke, kein Wasser, kein Essen. Ihre Handgelenke und Knöchel festgebunden.

Und sie hatte Todesangst.

Ein ungutes Gefühl hatte sich in ihrem Magen festgesetzt, als ihr Entführer seinen Truck gewendet und dann Richtung Westen gefahren war. Die grobe Straße deutete an, dass sie durch das Marschland fuhren, und zwar auf Wegen, die nie zuvor von irgendeiner Art von Fahrzeugen geglättet worden waren.

Sie befanden sich im Niemandsland, auf dem Weg zum Markt. Und sie wusste mit einer Sicherheit, die sie in einer schwülen Nacht bis ins Knochenmark erkalten ließ, dass sie morgen an den Höchstbietenden verkauft würde.

Kapitel Vier

Bastian prüfte ihre Ausrüstung. Nachtsichtgeräte, Waffen, Munition, Wasser, Verpflegung und eine riesige Summe an Bargeld. Genau das, was jeder in diesem vom Krieg zerstörten Land brauchte. Dazu kamen dann noch Funkgeräte, Karten und ein Satellitentelefon, und sie waren für ihre aufregende Besichtigungstour in Südsudan bereit.

UN-Soldaten der Friedenstruppe stellten dem A-Team vier ramponierte Geländewagen zur Verfügung. Zwei würden im Norden und Nordosten suchen. Zwei würden unter Bastians Kommando Richtung Süden fahren.

Ezra näherte sich Bastian, als der ins Fahrzeug stieg. „Findet sie", sagte der Entwicklungshelfer. „Versprechen Sie mir, dass Sie Brie finden werden."

Bastian nickte Ezra scharf zu und fragte sich, ob dieser Mann in sie verliebt war. Falls sie ihn ebenfalls lieben sollte, würde Bastian sie in Ezras Arme abliefern. Ihm war es nur wichtig, dass sie überlebte.

Zwei Stunden, nachdem das Tageslicht über Zentralafrika hereingebrochen war, hatten sie zwischen Fahren und der Suche zu Fuß am Straßenrand hin und her gewechselt, wobei sie in gleichmäßigen Abständen Spuren gefunden hatten, von denen sie glaubten, dass Brie Stewart sie hinterlassen hatte.

Obwohl der Sumpf keine Fußspuren preisgab, war ihr Weg

leicht nachzuverfolgen. Gebrochener Schilf, zerrissene Wasserlilien und gebrochene Äste wiesen eindeutig auf den Pfad hin, den sie genommen hatte. Einfachste Spurensuche für ein Team der Spezialeinheiten. Himmel, sie bildeten ausländische Soldaten darin aus, wie man diese Art von Spurensuche vornahm.

Ripley, Espinosa und Goldberg stampften am Rand des Sumpfes entlang, während Pax, Cal und Bastian die höher gelegenen Bereiche absuchten. Pax stieß ein Pfeifen aus, was andeutete, dass er etwas gefunden hatte. Cal und Bastian kamen zu ihm an der Seite des Feldweges, der als Straße galt.

„Stiefelabdruck", sagte Pax und zeigte auf einen Abdruck, der ihnen in den vergangenen Stunden immer vertrauter geworden war, während sie Bries Schritten folgten. „Sie kam hier hoch, um sich umzusehen. Anhand dieses Winkels ist sie in den Sumpf zurückgewichen und in diese Richtung weitergegangen." Er deutete und Bastian sah die leichte Einkerbung, wo weiterer Schilf gebrochen worden war.

Bastian nickte, während er Richtung Norden blickte und dem Pfad folgte, den sie genommen hatte. „Wir befinden uns zehn Meilen von dem USAID-Gebäude entfernt." Er verspürte einen eigenartigen Stolz, dass sie es so weit geschafft hatte, während die Männer sie gejagt hatten. Sie war schlau. Entschlossen. Selbst, wenn sie deutliche Spuren hinterließ. Die meisten Menschen würden das.

„Was hat es mit ihr auf sich, Bas?", fragte Pax. Damit, dass er Bastian, entgegen des Protokolls, mit seinem Vornamen angesprochen hatte, deutete er an, dass dies eher eine private Frage war.

„Nichts", antwortete der brüsk.

„Bullshit", sagte Cal. „Du hast dem Captain gesagt, dass du sie nicht gevögelt hast. War das gelogen?"

„Keine Lüge." Er atmete tief ein. Er schuldete diesen Männern die Wahrheit, obwohl es nicht viel zu erzählen gab, aber sie riskierten ihr Leben, um Brie Stewart zu retten. „Ich habe sie wiedererkannt. Als ich sie mit Savvy in Camp Citron sah, wusste ich genau, wer sie war. Und ich habe …" Er hielt inne. *Gestehe es.* „Ich habe sie für die Dinge gehasst, die sie im Namen von Prime Energy getan hat, und das habe ich sie wissen lassen."

„Wenn du sie nicht ausstehen kannst, warum hast du dann darauf bestanden, ein Team anzuführen, um sie zu finden?", fragte Pax.

Espinosa, Goldberg und Ripley kletterten die Böschung hinauf und schlossen sich der Unterhaltung an. Auch gut. Sie hatten ebenfalls die Wahrheit verdient.

Er schüttelte seinen Kopf. „Das ist es ja. Irgendetwas an ihr ging mir unter die Haut. Wir haben nicht mal lange miteinander gesprochen. Aber am Ende habe ich mich wie ein Stück Scheiße gefühlt. Als ob sie sich tatsächlich verändert hat, und ich nun eine Entwicklungshelferin niedergemacht habe, die sich entschieden hat, von allen Orten der Welt den verhungernden Menschen im verdammten Südsudan zu helfen. Ich meine, wer tut sowas?! Sie könnte überall in der Welt leben, könnte von goldenen Tellern essen und sich mit Trüffel und Kaviar vollstopfen. Trotzdem lebt und arbeitet sie *hier*?!"

Er streckte seine Arme aus und deutete auf die schwüle, mit Moskitoschwärmen schwirrende Sumpflandschaft. „Nachdem wir uns getroffen hatten, habe ich ein paar Nachforschungen angestellt und einige interessante Fakten über ihre Arbeit hier herausgefunden. Zum Beispiel hatte sie nur dann Elektrizität, wenn der Treibstofftank ankam, um die Generatoren zu befüllen – was vielleicht einmal pro Monat vorkommt. Während der Regensaison kommt der Truck überhaupt nicht mehr durch. In der Trockensaison gibt es so gut wie kein Wasser, weil die Flüsse möglicherweise Cholerabakterien enthalten, und Moskitos, die Malariaparasiten übertragen, gedeihen in den Wasserressourcen.

Dabei habe ich noch nicht einmal die Vergewaltigungen erwähnt, die von den Soldaten der Regierung und den Rebellen drohen, oder all die anderen Risiken, denen besonders Entwicklungshelfer ausgesetzt sind. Einige sind entführt worden – *von den Regierungskräften* – und es wurden riesige Lösegelder erpresst. Wenn ausländische Regierungen nicht bezahlen wollten, wurde

Geld von den Öl-Unternehmen verlangt, die versuchen, mitten in einem Krieg ihre Bohroperationen wiederaufzunehmen.“

Er blickte die schmale Straße entlang, sah jedoch keine Bäume oder Rillen. In seinen Gedanken sah er zwei weit aufgerissene braune Augen und eine makellose bedauerliche Nase.

Er atmete langsam aus. „Sie ist nun schon seit sieben Monaten hier und wollte allem Anschein nach die Regensaison über hierbleiben. Soweit ich es beurteilen kann erreicht sie hier tatsächlich etwas Gutes.“

„Sie könnte versuchen, positive PR für Prime Energy zu generieren“, sagte Espinosa.

„Wenn das der Fall wäre, würde sie dann nicht überall auf der Prime Energy Webseite auftauchen?“, fragte Ripley.

„Nicht, wenn sie sie beschützen wollen“, sagte Cal. „Sie könnten damit abwarten, bis sie wieder zuhause ist und dann ihre Entwicklungshilfe an die große Glocke hängen.“

Bastian zuckte mit den Schultern. „Himmel, es ist möglich, dass diese ganze verdammte Entführung vielleicht von Prime Energy organisiert wurde. Aber was ist, wenn nicht? Was ist, wenn das hier echt ist? Savvy sagte, dass sie bereits seit fünf Jahren für USAID arbeitet. Dies ist nicht ihre erste Stationierung, es ist nur die gefährlichste, und PE hat ihre Arbeit bisher nie erwähnt.“

„Es wird sie ganz schön überraschen, wenn sie herausfindet, dass du der Mann bist, der ihre Rettungsaktion leitet“, sagte Cal.

Bastian zwang sich zu einem Lächeln und scherzte: „Ich bin mir sicher, dass sie einen SEAL wie Lieutenant Fallon bevorzugen würde.“

„Tun sie das nicht alle?!“, scherzte Espinosa.

Pax grinste. „Die Schlauen bevorzugen die Spezialeinheit.“ Er nickte in Richtung Straße. „Wo wir schon davon sprechen – ich habe Morgan versprochen, sie in Rom zu treffen, bevor sie Europa verlässt. SOCOM hat mir für nächste Woche meinen Urlaub zugesagt – was bedeutet, dass ich meinen Arsch wieder zum Camp Citron zurückschaffen muss, wenn ich meinen Urlaub nicht verpassen will. Lasst uns Brie Stewart finden, damit wir endlich aus diesem Drecksloch Südsudan verschwinden können.“

Mit diesen Worten nahm das beste halbe A-Team, das je in der US-Armee gedient hatte, die Spurensuche nach der reformierten und sonderbaren Entwicklungshelferin, die Bastian so unbedingt finden wollte, wieder auf.

Kapitel Fünf

Obwohl sie es erwartet hatte, konnte Brie ihre Situation immer noch nicht so ganz fassen. Sie befand sich auf einem Sklavenmarkt. Einem echten, tatsächlichen *Sklavenmarkt*. Zum Teufel nochmal.

Wie konnte ein solcher Ort im einundzwanzigsten Jahrhundert noch existieren?

Kinder wurden in kleinen Gruppen versammelt und waren mit Seilen aneinandergefesselt. Einige Mädchen trugen leuchtendbunte traditionelle sudanesische Tobe, ein Kleidungsstück, das wie ein indischer Sari aussah, während andere überhaupt nicht bekleidet waren. Fliegen sammelten sich an ihren Augen, und ihnen allen stand der abwesende Ausdruck von Schock und Hunger ins Gesicht geschrieben.

Brie kam die Galle hoch. Manche Mädchen waren gerade mal neun Jahre alt und würden wahrscheinlich in die sexuelle Sklaverei verkauft werden. Die Jungs waren vielleicht ein-zwei Jahre älter, und diejenigen, die der sexuellen Sklaverei entkamen, waren dazu verdammt, in den Diamantenminen in der zentralafrikanischen Republik oder für eines der Öl-Unternehmen hier in Südsudan zu arbeiten.

Kinder – Jungen und Mädchen – könnten als Hausdiener nach Qatar, als Sexobjekte nach Polen oder zum Zwangsbetteln nach Saudi-Arabien oder Jemen geschickt werden. Brie hatte gewusst, dass dieser Markt existierte, aber all diese Kinder zu sehen, war schockierend. Entsetzlich.

Hier gab es keine erwachsenen Frauen. Wo waren ihre Mütter? Waren sie vor den Augen der Kinder von den Sklaventreibern abgeschlachtet worden?

Oder suchten die Mütter nun voller Panik im Busch und Sudd nach ihren Kindern?

Brie wollte jedes einzelne Kind hier retten. Kinder, die zu Hause bei ihren Familien sein sollten. In der Schule. Im Park, wo sie versuchten, Pokémon zu fangen. Oder von ihren Eltern hören müssen, dass sie an Halloween kein sexy Vampiroutfit tragen durften, weil Neunjährige verdammt nochmal nicht sexualisiert werden sollten.

Doch diese Kinder hatten noch nie etwas von Pokémon oder Halloween gehört. Sie kannten die Freude nicht, sich als Superhelden zu verkleiden und von Fremden Süßigkeiten zu verlangen.

Dabei gab es doch wirklich nichts Besseres als Halloween. Es verband die Freuden des Rollenspiels, jemand Größerer zu sein als man selbst, mit Schokolade. Sie wünschte sich, dass jedes Kind auf dem Planeten Halloween wenigstens einmal erleben durfte. Diese Kinder kannten wahrscheinlich nicht einmal Süßigkeiten.

Es war entsetzlich, dass sie nur Krieg und Hunger kannten, und jetzt würden sie noch die Sklaverei kennenlernen.

Vor langer Zeit war sie naiverweise zur Uni gegangen, damit sie die Perspektiven der Indigenen verstehen konnte, denen die Handlungsweisen von Prime Energy in der ganzen Welt Schaden zufügte. Ihre Kommilitonen hatten nur zu Recht darüber geschnaubt, dass sie als Kind eines so wohlhabenden Haushaltes diese Dinge *niemals* verstehen würde. Nicht wirklich.

Nun befand sie sich hier, auf einem Sklavenmarkt, und sollte an den Höchstbietenden verkauft werden. Die Anthropologin in ihr erkannte, dass ihr hier eine Möglichkeit geboten wurde, zu verstehen. Der verängstigte Teil in ihr sagte ihrer akademischen Seite, dass sie sich verpissen konnte.

Die Kacke war am Dampfen.

Bei ihrer Ankunft auf dem Markt war sie von einem Wachmann durchsucht worden – einem weißen Mann, der seine Befehle nur gegrunzt hatte, was nichts von seiner Herkunft oder seiner Muttersprache preisgab – bevor er ihr einen Metallring mit einer zwei Meter langen Kette angelegt hatte. Nachdem der Nuer-Mann, der sie eingefangen hatte, sie an die Leine genommen hatte, führte der sie über den schwülen Markt zu einer Reihe von Hütten mit Strohdächern im Zentrum des Marktes.

Dutzende von Kindern saßen in kleinen Dreier- oder Vierer-Gruppen beieinander, während Männer ihre Vorzüge auf Arabisch und Englisch anpriesen. Manche Sklaventreiber waren Weiße, andere wiederum dunkelhäutig mit Narben, die auf dutzende von verschiedenen ethnischen Gruppen hindeuteten.

Mindestens ein Dutzend Käufer schlenderten durch den Markt und betrachteten die Kinder. Diese Männer hatten ebenfalls verschiedene ethnische Hintergründe, und jede Art von Hautfarbe war vertreten. Keiner von ihnen trug Stammesnarben. Waren dies Europäer und Amerikaner, denen die Diamantenminen und Öl-Unternehmen gehörten, oder waren sie hier auf der Suche nach Sexsklaven?

Ausländer plünderten sowohl die Ressourcen als auch die Einwohner dieses Kontinents. Sie raubten das Öl, Diamanten, Gold und andere Edelmetalle aus Afrika, wobei ihnen vollkommen bewusst war, dass nichts von dem Geld zu den Einwohnern der Länder gelangte, an denen sie sich vergingen.

Das war eine passende Beschreibung, denn es war wie eine Vergewaltigung. Diese Männer nahmen sich gewaltsam, was immer sie wollten. Regierungsspitzen profitierten. Ihre Armeen waren gut finanziert, aber nicht von Steuergeldern. Die Herrscher der meisten Länder in Afrika, die reich an Ressourcen waren, brauchten die Zustimmung ihres Volkes nicht, über das sie bestimmten, weil sie die Steuergelder nicht brauchten. Sie bekamen ihr Geld – und somit ihre Armeen – durch Öl, Diamanten und Einkünfte durch andere Mineralien.

Sobald die Einwohner in der Regierungspolitik keine Rolle

mehr spielten, war es nicht mehr länger notwendig, sich darum zu kümmern, was die Menschen brauchten. Somit lebten die Völker in Afrika unterhalb der Armutsgrenze, während ihre Diktatoren ihren verschwenderischen Wohlstand genossen.

Diese Kinder mussten leiden, damit Diktatoren Männer wie ihren Vater bei großzügigen Dinnerpartys unterhalten konnten. Männer wie Viktor Drugov und dessen Sohn Nikolai, die russischen Oligarchen, denen ihr Vater vor vielen Jahren seine Seele verkauft hatte.

Heute würde sie zusammen mit den Kindern leiden. Eine ausgleichende Gerechtigkeit, dass ein Mitglied der Prime-Familie diesen Preis bezahlen musste, obwohl ihr Vater sich einen Dreck darum scheren würde, wenn er davon wüsste. Somit gehörte all der Horror ihr – und nur ihr allein.

Würde sie als Arbeiterin oder Sexsklavin verkauft werden?

Wen wollte sie hier verarschen? Natürlich würde sie eine Sexsklavin werden. Sie hatte keine Hoffnungen, dass ihr das erspart bleiben würde.

Verdammt, sie wollte mit den Kindern sprechen, die von ihren Familien weggerissen worden waren. Sie wollte sie umarmen und ihnen sagen, dass das, was ihnen bevorstand, kein Sex war. Sex war etwas, das man teilte. Eine Vereinigung. Etwas Schönes.

Vergewaltigung war etwas, das man sich nahm. Selbst wenn sie – und sie selbst – es hinnahmen, um weitere Schmerzen zu vermeiden, so war es trotzdem Vergewaltigung. Man musste sich nicht schämen, wenn man sich nicht wehrte. Man musste tun, was nötig war, um zu überleben. Auch wenn die einzige Möglichkeit war, sich zu unterwerfen.

Überleben war das Wichtigste.

Sie stolperte und der Nuer zerrte an ihrer Kette, zog sie weiter vorwärts.

Sie wollte all diese Kinder retten, an denen sie vorbeikam, doch die Wahrheit war, dass sie sich nicht einmal selbst retten konnte.

Bastian rollte seine Schultern, starrte die Straße voraus und zurück und dann wieder nach unten. Hier vor ihm auf dem Boden befanden sich Bries Fußspuren. Sie verwandelten sich in Schleifspuren und verschwanden dann neben frischen Reifenspuren auf der matschigen Straße.

Sie hatten es erwartet, aber dies hier war der Beweis. Man hatte sie eingefangen.

Die Reifenspuren zeigten, dass das Fahrzeug gewendet hatte und dann wieder Richtung Norden gefahren war. Im Osten gab es keine Wege mehr, die nicht vom Sumpf und dem Fluss abgeschnitten waren. Die andere Hälfte seines Teams suchte nördlich der ausgebrannten USAID-Einrichtung. Damit blieb der Westen. Es gab nur sehr wenige Straßen, die westlich in Richtung der Savanne führten, wodurch ihre Suche erheblich vereinfacht wurde.

Westlich, wo sich tief im Marschland ein Sklavenmarkt versteckte.

„Wir brauchen besseres Intel zu diesem Markt", sagte er zu Ripley, der das Satellitentelefon hatte. „Wird der von den Regierungskräften oder von den Rebellen kontrolliert? Welcher Stamm ist dort an der Macht?" Alan hatte gesagt, dass weder die Dinka noch die Nuer die Gegend kontrollierten, aber er war ein Entwicklungshelfer und besaß offensichtlich nicht dieselben Informationen, die von den Geheimdiensten gesammelt worden waren. „Hol mir Savannah James ans Telefon."

Einen Moment später sprachen sie mit Savvy via Lautsprecher. „Sowohl die Rebellen als auch die Regierungskräfte wurden aus der Gegend vertrieben. SIGINT deutet an, dass Russen ihre Finger im Spiel haben könnten." SIGINT war die Abkürzung für Signal Intel, also die Funküberwachung, und bezog sich auf Informationen und Daten, die durch die Überwachung von Übertragungen eingegangen waren.

„Wie haben Sie hier draußen Zugriff auf SIGINT?", fragte Ripley. Gute Frage, wenn man bedachte, dass hier draußen in der elektronik-toten Zone nur Satellitentelefone funktionierten.

„Habe ich nicht. Die Überwachung fand woanders statt, aber wir glauben, dass diese Kommunikationen sich auf diesen Markt beziehen."

„Was ist mit dem Geheimdienst?", fragte Espinosa. „Wird die russische Verbindung von irgendwelchen Personen bestätigt?"

„Brie Stewart war meine beste Hoffnung auf HUMINT zum Markt." HUMINT stand für Human Intel und bezog sich auf Intel durch Personen.

Der Gedanke, dass Brie sich in diesem Augenblick einer massiven Ladung an Intel gegenübersah, verdrehte Bastian den Magen. Er wusste, dass es Savvys Job war – und Brie war offensichtlich dazu bereit gewesen, sonst wäre sie nicht zum Camp Citron gekommen – aber Savvy hätte nie eine unausgebildete Person zur Spionage verleiten sollen, um über einen Schwarzmarkt zu berichten, auf dem mit Waffen, Drogen und Kindern gehandelt wurde.

„Dann ist es also möglich, dass die Russen hinter diesem Markt stecken, sich um den Schutz, die Geldwäsche und wer weiß was sonst noch kümmern", sagte Cal.

„Ja", sagte Savvy.

„Gab es nicht eine Art von Allianz zwischen Prime Energy und Russlands Druneft?", fragte Bastian, der sich erneut fragte, ob ihre Entführer wussten, dass sie eine Prime war.

„Die Allianz kam nie zustande, ist vor sechs Monaten gescheitert", sagte Savvy. „Jetzt befinden sich beide Unternehmen im Konkurrenzkampf um die Zulassung für dieselbe Pipeline."

„Dann könnte das hier also etwas mit Bries Familienbeziehungen und einer Geschäftsrivalität zu tun haben."

„Wir können es nicht ausschließen. Aber falls jemand herausgefunden hat, dass Brie eine Prime ist, hat sie es nie bemerkt. Und sie war extrem vorsichtig. Nachdem Sie sie erkannt hatten, hat sie sich überlegt, nicht wieder zurückzugehen, weil ihre Deckung aufgeflogen war. Ich habe sie davon überzeugen können, dass Sie ihr Geheimnis für sich behalten werden."

Bastian wusste es zu schätzen, dass da kein fragender Unterton in Savvys Stimme war.

„Wir brauchen die Koordinaten für den Markt, und zwar so schnell wie möglich", sagte Cal.

„Satelliten suchen bereits danach. Wir *werden* ihn finden."

„Warum zur Hölle haben Sie ihn nicht schon vorher gefunden?", fragte Bastian. „Sie hatten – was – einen Monat Zeit?"

„Es hatte keine hohe Priorität. Wir hatten keine Rolle in diesem Markt und keinen Grund anzunehmen, dass eine Amerikanerin auf dem Auktionsblock landen würde. Und vielleicht erinnern Sie sich, aber wir haben unterdessen eine Woche lang nach Morgan Adler gesucht." Savvys Ton war abwehrend. Allerdings hatte sie soeben zugegeben, dass die USA - obwohl sie damit beschäftigt gewesen war, Intel zum Markt zu sammeln – keine Pläne gehabt hatten, *irgendetwas* dagegen zu unternehmen.

„Beeilt euch und findet ihn", sagte Bastian und beendete den Anruf.

Er musterte sein Team. Wenn sie auf diesem Markt auftauchen wollten, mussten sie ihre militärische Ausrüstung loswerden. Keiner von ihnen würde als Sudaner durchgehen, aber sie könnten ihre Verbindung zur US-Armee verstecken. Glücklicherweise war das Verschmelzen mit den Einheimischen eine der Fähigkeiten, in der die Spezialeinheiten besonders gut geübt waren.

Sobald sie die Koordinaten hatten, würde Bastian allein auf den Markt gehen. Sein Aussehen war ethnisch genug, dass er nicht offensichtlich als Amerikaner auffallen würde, außerdem war es in der Spezialeinheit erlaubt, unrasiert zu bleiben, wodurch sie sich einfacher unter die Einheimischen mischen konnten, die sie trainierten. Bastian hatte sich das in den letzten paar Wochen zu Nutze gemacht. Er rieb sich über seinen dichten Bart und war wieder einmal dankbar dafür, dass Männer vom pazifischen Nordwesten im Durchschnitt einen dichteren Haarwuchs im Gesicht hatten als andere Ureinwohner Amerikas. Mit seinem Bart und seinem Arabisch, das er fließend beherrschte, würde er sich leicht auf diesem Markt zurechtfinden können.

Die anderen würden sich außerhalb der Parameter positionieren – einsatzbereit, um jederzeit eingreifen zu können, sobald er Brie gefunden hatte. Jetzt konnte er nur noch darum beten, dass sie nicht bereits verkauft worden war.

Da sie sowohl erwachsen als auch weiß war, war sie eine Seltenheit auf dem Markt. Eine Tatsache, die nur zu deutlich wurde, als der Mann, der ihre Kette hielt, sie zu einer der Strohdach-Hütten im Zentrum des Marktes zerrte. Die allgemeine Sprache hier war Arabisch, und sie verstand genug, um zu wissen, dass die Transaktionen, die in den Hütten stattfanden, anders waren als der Massenhandel von Kindern draußen.

Sie sollte separat versteigert werden, weg von den Augen der gewöhnlichen Marktbesucher. Im Inneren der Hütte wurde ihre Kette an einem in Beton eingelassenen Bolzen im Zentrum des runden Gebäudes befestigt.

Der Nuer-Mann, der sie entführt hatte, erhielt seine Bezahlung von dem Mann, der ihre Kette an dem Bolzen befestigte. Der Nuer verließ die Hütte, denn seine Aufgabe, sie einzufangen und zu verkaufen, war hiermit erledigt.

Der Sklavenhändler steckte den Schlüssel ein, während sein Blick sie von Kopf bis Fuß musterte. Dies musste seine Hütte sein. Gehörte ihm der gesamte Markt, oder war dies vergleichbar mit einem Stand am Wochenmarkt?

Wie sehr Savvy Bries Eindrücke des Marktes jetzt lieben würde!

Der Sklavenhändler hatte Narben im Gesicht, doch Brie konnte anhand des Musters keinen bestimmten Stamm identifizieren. Ohne Vorwarnung zog er ein scharfes Messer hervor, zog ihren Hemdkragen von ihrem Hals weg und schlitzte ihr Oberteil von oben bis zum Saum auf.

Sie bedeckte instinktiv ihre entblößten Brüste – sie hatte sich bei ihrer Flucht aus dem USAID-Gebäude nicht die Mühe gemacht, einen BH anzuziehen – doch er wedelte mit dem Messer vor ihrem Gesicht herum, und sie ließ ihre Hände fallen.

Als Nächstes ergriff er ihren Hosenbund. Die Klinge ritzte an ihrer Haut entlang, und Blut sickerte aus einem leichten Schnitt. Er signalisierte ihr mit dem Messer, dass sie sich selbst ausziehen sollte, oder sie riskierte, dass er sie schneiden würde.

Ich werde es überleben.

Sie wiederholte diese Worte im Geiste immer wieder, während sie sich auszog.

Ich werde es überleben.

Sie musste an etwas glauben und sie entschied sich fürs Überleben. Sie wagte es nicht, darauf zu hoffen, unbeschadet davonzukommen. Sie wusste, dass man sie vergewaltigen würde. Aber sie würde leben. Sie würde einen Weg finden, zu entkommen. Sie war dreiunddreißig Jahre alt und sprach Englisch, Französisch und ein wenig Arabisch. Sie war kein verhungerndes Kind. Diese Männer hatten es normalerweise auf die Jungen und Schwachen abgesehen. Auf Kinder, die nur die Sprache ihres eigenen Stammes sprechen konnten. Kinder, die bis auf ihre vom Krieg vernichteten Dörfer nichts vom Leben wussten.

Ich werde es überleben.

Wer auch immer ihr Käufer sein würde, früher oder später würde er einen Fehler machen.

Wenn es zu gefährlich ist, sich zu wehren, werde ich mich einfach hingeben, um mich zu schützen. Man muss sich nicht schämen, wenn man sich nicht wehrt. Man muss sich nicht schämen, wenn man überleben will.

Sie zog ihre Stiefel aus und ließ dann ihre Hose und Unterwäsche auf den Boden rutschen. Sie trat aus dem Haufen Klamotten heraus.

Man musste sich nicht schämen, zu strippen, wenn man mit einem Messer bedroht wurde.

Vor langer Zeit hatte sie gelernt, hoheitsvoll da zu stehen und Reden zu präsentieren, um einen vergiftenden Entwicklungsplan an Leute zu verkaufen, die nichts davon wissen wollten. Wenn sie dazu in der Lage war, dann konnte sie auch das hier aushalten.

Vollkommen nackt drehte sie sich ohne zu zucken zu ihrem Sklavenhändler um. Die Augen des Mannes waren wie tot. Er hob ihre Kleidungsstücke vom Boden auf und warf sie zur Tür hinaus.

Ich werde entkommen. Ich werde an diesen Ort zurückkehren. Ich werde den Kindern hier helfen. Und ich werde dich mit deinem eigenen Messer aufschschlitzen.

Das letzte Versprechen überraschte sie.

Konnte sie einen Mann umbringen?

Das Metallhalsband rieb in der Hitze an ihrem Hals.

Ja. Das kann ich.

E ine Stunde, nachdem sie die Koordinaten von SOCOM erhalten hatten, betrat Bastian den Markt. Bis auf ein Messer hatte er keine Waffen bei sich, und er trug Zivilklamotten, die signalisierten: Westen und Käufer. Das hier sollte eine schnelle Austauschaktion werden. Er würde nur handeln, wenn Bries Verkauf unmittelbar bevorstand.

Sie musste sich in einer der drei Hütten befinden, die im Zentrum des Marktes standen. Obwohl der Markt ohne Angst vor Vergeltungsmaßnahmen geführt wurde, würde man eine amerikanische Frau trotzdem nicht einfach so draußen in aller Öffentlichkeit verkaufen. Denn das war etwas, was das amerikanische Militär nicht einfach ignorieren könnte.

Natürlich immer vorausgesetzt, sie wussten, dass Brie Amerikanerin war.

Bastian studierte das Layout des Marktes. Sechs Wachen patrouillierten die Parameter und sorgten dafür, dass Eltern oder andere Möchtegern-Retter fern und die Kinder hierblieben. Dies bewies, dass die Organisatoren des Marktes keinerlei Befürchtungen hatten.

Er zählte die Gruppen von Kindern, die hier draußen in der schwülen Hitze aneinandergefesselt waren. Mindestens fünfzig

Kinder. Einige weinten, aber die meisten saßen geistesabwesend und stillschweigend da und starrten ins Leere, während die Fliegen in Schwärmen um die Feuchtigkeit in ihren Augen wetteiferten.

Bastian spannte seinen Kiefer an und war froh, dass sein Bart dies verbarg. Heute war er ein Käufer. Er durfte nicht auf den Anblick der verhungernden Kinder reagieren, die wie Waren angeboten wurden.

Wenn er hierher zurückkehrte – mit einem vollen A-Team von zwölf Männern und einer Truppe SEALs – könnte er die Sklavenhändler ausschalten und die Kinder befreien. Er könnte dieser Grausamkeit mit einem Streich ein Ende setzen.

Aber heute konnte er das nicht tun. Heute war er nur autorisiert, eine erwachsene Amerikanerin zu retten, was bedeutete, dass diese Mission ihn noch jahrelang in seinen Alpträumen verfolgen würde.

SOCOM hatte seine Mission unmissverständlich formuliert: Brie Stewart rausholen, aber niemanden sonst. Sonst würden sie riskieren, die Südsudanische Regierung zu alarmieren, dass das US-Militär innerhalb der Grenzen ihres Landes eine Rettungsoperation durchgeführt hatte. Die USA durfte sich nicht in den Bürgerkrieg in Südsudan verwickeln lassen.

Das amerikanische Militär hatte diese Art von Spielen schon viel zu oft gespielt – manchmal mit furchtbaren Resultaten.

Doch trotzdem nahm sein Blick all die hübschen dunkelhäutigen Kinder ein. Wie unterernährt sie waren. Wie ausgemergelt. Man würde sie als Sklavenarbeiter verkaufen oder sexuell ausbeuten. Er müsste ein Monster sein, einfach so von hier wegzugehen.

Er *könnte* ein paar dieser Kinder retten. Jetzt. Heute. Aber das würde das Ziel seiner Mission riskieren – Brie Stewart zu befreien.

Vor einigen Wochen hatten Pax, Cal und er unerlaubt die Basis verlassen, um Morgan Adler zu retten, und sie hatten dabei einige Mädchen befreien können, die ursprünglich die Privatarmee eines Kriegsherrn finanzieren sollten. Er hatte gedacht, dass der Ort schlimm gewesen war, aber dieser Markt setzte die Grausamkeiten auf eine ganz neue Stufe.

Er durchquerte den Markt, begutachtete die „Waren", während er seine Abscheu aus seinem Gesicht verbannte. Er trug ein verstecktes Mikrofon in seinem Kragen und einen winzigen Hörer in seinem Ohr, wodurch er mit seinem Team in Verbindung bleiben konnte.

Ripley und Espinosa sprachen beide Arabisch und konnten Bastians Konversationen mit den Händlern für die anderen übersetzen. Der einfachste Weg, Brie von hier zu befreien, ohne dabei zu verraten, dass er ein Soldat war, wäre sie zu kaufen. Er hatte Geld. Die Frage war, ob er genug Geld hatte?

Würde er alle Kinder kaufen können?

Zweifelhaft.

Außerdem würde es zu sehr auffallen, wenn er plötzlich den gesamten Markt aufkaufte. Und die Sklavenhändler würden das nur als Ermutigung ansehen, noch mehr Kinder zu entführen.

Nein. Diese Arschlöcher mussten bluten.

Er erreichte die Hütten im Zentrum und umrundete die erste. Die Hütte bestand aus Lehm und Gräsern, und die Struktur besaß mehr als genug Öffnungen, um ihm einen Einblick zu ermöglichen. Ohne seine Lippen zu bewegen, flüsterte er seinem Team zu: „Südöstliche Hütte ist das Waffendepot. AKs, Granaten und ein Schulter-Raketenabschussgerät."

„Gebe das Intel an Savannah James weiter", antwortete Ripley.

Bastian ging zur nächsten Hütte. Er konnte nicht genau ausmachen, was sich darin befand, aber er vermutete, dass einige der Gegenstände Artefakte waren. Wahrscheinlich auch Drogen. Beides finanzierte den Terrorismus. Benutzten Boko Haram oder ISIS diesen Markt? Er gab das Intel an Ripley weiter und umkreiste dann die dritte Hütte.

Man hatte die Öffnungen in dieser Struktur mit Lehm verschlossen, und ein Vorhang verdeckte den offenen Eingang. Er glaubte, eine Frau darin zu sehen, konnte aber nicht bestätigen, dass es Brie war.

Aus dem Geplapper erfuhr er, dass potenzielle Käufer sich

die Waren zunächst einer nach dem anderen anschauen durften, bevor die Auktion begann. Einige von ihnen spekulierten zynisch, dass sie es extra herauszögerten, weil sie auf einen speziellen Käufer warteten, und diese Voransichten nur dazu dienten, den Preis hochzutreiben, bis dieser Mann hier eintraf.

Ein spezieller Käufer bedeutete, dass diese Auktion von vorneherein entschieden war. Es musste Brie sein.

Er musste sich also in die Schlange der Interessenten einreihen und auf seine Vorschau warten, und dann versuchen, sie zu kaufen, bevor die Auktion überhaupt anfing. Wenn er genug Geld dabeihatte, könnte das funktionieren, aber er würde jeden Dollar brauchen, den er vom Blackhawk-Hubschrauber mitgenommen hatte.

Er ging wieder zurück zum Markteingang, um das Geld zu holen und sich mit seinem Team zu beraten. Er hörte einen herzzerreißenden Aufschrei und drehte sich nach der Quelle um. Ein Mädchen – kaum älter als zehn – lag zusammengerollt auf dem Boden, und ihre Arme bedeckten ihren Kopf, als sie weinte.

Ein Mann, der dreimal so groß war wie sie, trat ihr in die Seite und schrie sie an, dass sie gefälligst aufstehen und auf den Auktionsblock steigen sollte.

Bastian wollte sich übergeben.

Sein Instinkt wollte ihn dazu drängen, sich auf den Mann zu stürzen und ihm die Eingeweide rauszureißen.

Aber seine Mission verlangte von ihm, einfach weiterzugehen.

Kapitel Sechs

„Wir können auf gar keinen Fall nur Brie da rausholen und die Kinder zurücklassen, verdammt!" Bastian marschierte vor seinem Team auf und ab, und sein gesamter Körper zitterte von dem, was er auf dem Markt gesehen hatte.

Er musste sich zusammenreißen und wieder dorthin zurückkehren. Er sah zu Ripley auf, der das Satellitentelefon hatte. „Ruf Cap an. Sag ihm, dass er den Rest des Teams herschicken soll."

„Wir haben nicht die Erlaubnis, irgendjemanden außer Stewart zu befreien", sagte Espinosa.

„Scheiß auf SOCOM und ihre Befehle. Dieser verdammte Markt muss vom Erdboden verschwinden. *Himmel nochmal.* Savannah James hat davon gewusst, und keiner hat etwas unternommen?"

„Es befanden sich keine Amerikaner in Gefahr", sagte Goldberg.

„Aber jetzt ist dort eine Amerikanerin. Wir sind hier. Wir sind bewaffnet. Wir können es mit diesen Arschlöchern aufnehmen. Sie erwarten nicht, dass ein Team der Spezialeinheit an ihre Tür klopft."

Er traf Paxs Blick und wandte sich dann an Cal. Sie würden es verstehen. Sie waren letzten Monat in Destas Lager gewesen. Sie hatten bei der Rettung der Mädchen geholfen und sie aus

Somaliland herausgeschmuggelt. Sie hatten sich einen Haufen Scheiße anhören müssen, als sie diese Mädchen an die amerikanische Botschaft weitergereicht hatten, aber die Frauen, die dort arbeiteten, hatten ihnen still und leise dafür gedankt, das Richtige getan zu haben.

„Wir können die Kinder retten und sie über den Fluss nach Äthiopien bringen. Dort können wir dann alles weitere klären. Wir können sie zu einem der Flüchtlingslager bringen", schlug Bastian vor.

„Auf keinen Fall. Die Regierung in Äthiopien wird ausflippen, wenn wir ihnen noch mehr Flüchtlinge aufhalsen. Wir könnten dadurch unsere vorgeschobene Einsatzbasis verlieren", entgegnete Ripley.

Die Stabilität der vorgeschobenen Einsatzbasis in Äthiopien war, gelinde gesagt, prekär. Man würde sie alle aus der Spezialeinheit feuern, wenn sie der Grund für einen Truppenrückzug wären.

„Vielleicht können wir Jeffery Prime dazu bewegen, der äthiopischen Regierung einen dicken Batzen Geld zuzuschicken – als Dankeschön, dass sie bei der Rettung seiner Tochter geholfen haben", sagte Cal.

„Sie haben sich entfremdet", sagte Bastian.

„Na und? Glaubst du etwa, dass es gut aussehen würde, wenn er keine Geldspende machen würde, nachdem seine Tochter – die Entwicklungshelferin ist – gerettet wurde?", antwortete Cal. „Dem Kerl kommt das Geld aus den Ohren raus. Außerdem brauchen die eine gute PR, seit diese internen Dokumente veröffentlicht wurden, die zeigten, dass Prime die Daten zur globalen Klimaerwärmung in den letzten zehn Jahren unterdrückt hat. Brie ist sein Ticket, um nach außen hin wieder gut dazustehen."

„Es gibt noch eine andere Möglichkeit, die weder unsere vorgeschobene Basis riskiert noch die Kooperation von Prime benötigt", sagte Pax.

Jeder drehte sich zum Hauptfeldwebel um. „Was wäre, wenn die Kinder einfach entkommen würden … ganz von allein? Mit ein klein wenig Nachhilfe von einem A-Team. Wir könnten sie zum Fluss führen. Falls wir ein paar Boote für sie zusammentrommeln können, könnten sie sich auf den Inseln verstecken, die sich im Marschland verbergen, und vielleicht würden sie es sogar bis nach Äthiopien schaffen."

„Wir bräuchten eine ganze Menge Boote", sagte Bastian. Aber die Kinder waren klein und viel zu dünn. Er konnte sich vorstellen, dass problemlos zehn von ihnen in ein ausgehöhltes Palmenstammkanu passen würden. „Mindestens fünf."

„In dem Dorf, wo die Geiseln festgehalten wurden, waren mehrere aufgestapelt. Der Rest des Teams kann sie auf dem Weg Richtung Süden mitbringen."

„Es wird eine Weile dauern, sie alle zu positionieren. Brie könnte jede Minute versteigert werden."

„Du gehst zurück und kaufst Brie", sagte Pax. „Cal und Espinosa werden ein paar Minuten später zum Markt gehen, um die Kinder zu sichern. Bis sie den Fluss erreichen, werden die anderen dort mit den Kanus auf sie warten."

Cal und Espi waren die logische Wahl. Ein Schwarzer und ein Hispanier, und beide trugen mittlerweile dichte Bärte. Sie würden in der Menge weniger Aufsehen erregen als Pax, Ripley oder Goldberg. Pax' Haut mochte den dunkleren Hautton eines Südeuropäers haben, aber es war trotzdem offensichtlich, dass er ein Weißer war. Dazu kam noch die Tatsache, dass sein Bart gerade mal zwei Tage alt war, was wenig helfen würde.

„Sobald Brie befreit ist, und Cal und Espi sich in Position befinden, können sie einen „Unfall" in der Waffenhütte verursachen", sagte Pax. „Die Kinder fliehen in dem Chaos, das folgen wird. Dann kann Espi die Kinder wie der Rattenfänger von Hameln zum Fluss herunterführen, während Cal ihre Flanken schützt. Der Rest von uns kommt dann dazu, und wir erledigen den Rest, wobei wir es so aussehen lassen, als ob die Kinder all die Schäden angerichtet und ihre eigene Flucht organisiert hätten, während wir jeden erledigen, der uns sieht. Es wird mindestens zwei Stunden dauern, bis ihr den Fluss erreicht, was genug Zeit ist, um die Kanus dorthin zu schaffen."

„Wir müssen ein paar der Wachen weglocken", sagte Cal, „damit Espi eine Chance hat, mit den Kindern zu sprechen und ihnen zu sagen, was sie zu tun haben." Die Kinder könnten weder Arabisch noch Englisch sprechen, aber dies war ihre beste Möglichkeit.

„Verursache eine Szene mit Brie. Sorge dafür, dass alle Augen auf sie gerichtet sind", schlug Espinosa vor. „So, wie die Chancen stehen, werden sie sie ohnehin anstarren. Ich glaube kaum, dass sie eine typische Ware ist."

Bastians Nicken war beunruhigt. Das war kein guter Plan — es gab zu viele Variablen, die außerhalb ihrer Kontrolle lagen, aber es war ihre beste Option. Im schlimmsten Fall würden sie die Sklavenhändler einfach alle erschießen und die Kinder befreien. Wenigstens bestand mit diesem Plan die Chance, dass sie die Kinder auf einer der Inseln im Sumpf relativ sicher verstecken könnten. Vielleicht würden einige von ihnen dort ihre Eltern wiederfinden oder es als Flüchtlinge bis nach Äthiopien schaffen.

Egal, was sie taten — sein A-Team würde sich eine Menge Probleme mit der US-Armee und SOCOM einhandeln, aber am Ende waren sie sich alle einig. Scheiß auf den Job, wenn der von ihnen verlangte, diese Kinder im Stich zu lassen. Das hier war eine unehrenhafte Entlassung wert.

Einer nach dem anderen betraten Männer die Hütte und umkreisten Brie. Sie sprachen auf Arabisch mit dem Mann, der sie festgekettet hatte, wobei sie entweder annahmen, dass Brie es nicht verstand, oder es war ihnen egal.

Sie beschwerten sich über ihren Körper, um den Preis herunterzuhandeln. Titten zu klein. Hintern zu groß. Fett. Dürr. Hässlich. Es war ja nicht so, dass diese Monster ihre Gefühle verletzen konnten. Sie hoffte, dass sie alle sie so abstoßend fanden, wie Brie sie.

Ein paar Männer sprachen sie direkt an, stellten Fragen auf Arabisch, doch sie tat so, als verstünde sie es nicht. Sie wechselten zu Englisch, und sie antwortete mit einem französischen Akzent.

Sie starrte jedem potenziellen Käufer ins Gesicht. Merkte sich ihre Gesichter. Wenn sie entkam – und das würde sie – würde sie diese Männer dem amerikanischen Militär beschreiben. Man würde sie jagen. Zumindest wollte sie das glauben.

Die Wahrheit war, dass das amerikanische Militär wahrscheinlich vermeiden würde, sich irgendwie im Südsudan zu einzumischen. Niemand wusste, wer den Bürgerkrieg gewinnen würde, und somit blieben die USA neutral.

Sie rollte ihre Finger zu einer Faust ein und stach sich ihre Fingernägel in ihre Handfläche. Sie war froh, dass sie sie in den letzten zwei Wochen nicht geschnitten hatte. Ihre Fingernägel waren ihre einzige Waffe, und sie waren scharf.

Sie hörte aus den Worten, die die potenziellen Käufer mit dem Verkäufer wechselten, heraus, dass die Auktion stattfinden würde, sobald die private Vorschau beendet war.

Ein Saudi-Mann umkreiste sie. Er berührte ihren Hintern, und sie zuckte zusammen. Der Mann lachte und griff erneut zu, wobei er ihr dieses Mal in die Pobacke kniff.

Sie war am Hals festgekettet, aber ihre Arme waren nicht gefesselt. Sie stach dem Mann mit ihrem scharfen Fingernagel ins Auge – eine Bewegung, die Ezra ihr beigebracht hatte. Der Saudi-Mann jaulte vor Schmerzen auf und stürzte sich auf sie. Seine Hände umschlossen ihre Kehle oberhalb des Metallrings.

Eine Sekunde später schoss ein schneidender Schmerz durch ihre Seite. Der Mann, der versuchte sie zu erwürgen, zog sich mit einem weiteren Schmerzensschrei von ihr zurück.

Der Sklavenhändler hatte mit einer Peitsche zugeschlagen und dabei sowohl den Saudi-Mann als auch sie getroffen. War das zur Bestrafung, dass sie einen potenziellen Käufer verletzt hatte, oder weil der die Ware begrapscht hatte?

Der Mann wurde aus der Hütte geworfen, und sie vermutete anhand des Geschreis, das folgte, dass er nicht mehr an der Auktion teilnehmen durfte.

Also beides.

Ihr linker Bizeps pochte. Ein Striemen formte sich entlang ihres Arms und weiter runter, wo er sich um ihre Seite bis oberhalb ihrer linken Pobacke schlängelte. Sie war sich sicher, dass das einen fiesen blauen Fleck hinterlassen würde, aber wenigstens war ihre Haut nicht aufgeplatzt.

Sie betrachtete ihre Wunde, als sie Fußschritte auf dem Lehmboden hörte, und sie blickte auf, um sich den nächsten Käufer anzusehen. Erkennen schoss durch sie hindurch. Um es zu verbergen, wandte sie sich ab und widmete sich wieder ihren Striemen.

Dieser Mann arbeitete nun für Druneft, aber vor langer Zeit hatte er einmal für ihren Vater gearbeitet.

Sie konnte nur hoffen, dass er sie nicht wiedererkannte. Sie war voller Matsch beschmiert, nackt, mit blauen Flecken, und ihr Haar war kürzer, als sie es je getragen hatte. Sie bezweifelte, dass ihre beste Freundin aus der High-School sie bei einer Gegenüberstellung wiedererkennen würde.

Sie hielt ihr Gesicht abgewendet und versuchte, einen eingeschüchterten Eindruck zu erwecken, was ihr nach dem Peitschenhieb nicht schwerfiel. Er stellte Fragen auf Arabisch mit einem vorgespielten britischen Akzent. Dann sprach er sie direkt auf Englisch an. „Wo kommst du her, Liebes?"

Es war möglich, dass er hier war, um ihr zu helfen, obwohl die Chancen dafür eher minimal waren.

Sie räusperte sich, und ihr Gehirn schien vergessen zu haben, wie man einen französischen Akzent vorspielte. Ihre Hüfte und ihr Arm pochten. Langsam aber sicher war die Angst in ihr hochgekrochen, und nun bemerkte sie, dass sie kein Wort herausbrachte.

Wieder schlug die Peitsche zu und schnappte als eine Warnung direkt vor ihrer Nase in der Luft.

Sie stieß einen Schrei aus und antwortete „Madagascar". Das war ihre letzte USAID-Stationierung gewesen. Sie kannte das Land und die französische Sprache, um ihr Schauspiel hier fortsetzen zu können.

Der Mann umkreiste sie langsam und machte missfallende Geräusche, als er von hinten betrachtete.

Sie war nackt und an ihrem Hals angekettet, und sie wurde mit einer Peitsche bedroht. Als ob sie einen Dreck darum gab, was dieser verdammte Kerl von ihrem Hinterteil hielt.

Er ging. Ihr Wächter hielt die Peitsche vor ihr Gesicht. „Du antwortest Fragen oder du bekommst mehr davon." Er spuckte in den Dreck.

„Peitsch mich aus und der Preis wird fallen."

Er sah so aus, als ob er streiten wollte, doch er war nicht dumm. Wenn sie schwer verletzt wäre, würde er kaum einen Penny für sie bekommen.

Ein weiterer Mann betrat die Hütte, und Brie hob ihren Blick, um sich ein weiteres Gesicht zu merken. Die Augen des Mannes blickten kurz in ihre, bevor er seinen Blick abschätzend senkte und ihre nackte Figur musterte. Dann hob er seinen Blick langsam wieder zu ihrem.

Sie taumelte auf ihren Füßen, als eine Schockwelle durch ihren Körper rollte.

Chief Warrant Officer Sebastian Ford.

Bastian verspürte eine eisige Kälte, als er Brie nackt und angekettet vor sich sah.

Fuck. Er musste an einer ganzen Reihe von verhungernden Kindern vorbeigehen, um zu dieser Hütte zu gelangen. In der Hütte nebenan verkaufte ein Mann eine ganze Auswahl an Waffen.

Dieses verdammte Land.

Dabei war Südsudan nur eins von mehreren afrikanischen Ländern, die mit Kindern handelten.

Dieser verdammte Kontinent.

Die Wahrheit war jedoch, dass die USA und andere machtvolle Länder genau wussten, was hier vor sich ging – und sie taten nichts, um es aufzuhalten.

Diese verdammte Welt.

Er hatte Grausamkeiten an vielen Orten und in vielen Formen gesehen. Fuck, er war in einem armen Indianerreservat aufgewachsen und hatte eine Scheiße mitangesehen, die ihm auch jetzt noch Tränen in die Augen schießen lassen könnte.

Trotzdem schafften es die Menschen immer noch, ihn mit ihrer Unmenschlichkeit zu schockieren.

Aber jetzt, in diesem Moment, musste er Soldat sein.

Nein. Kein Soldat. Jetzt in diesem Moment befand er sich auf einem Markt auf der Suche nach einer Sexsklavin, und die Frau vor ihm war genau das, wonach er suchte.

„Ist sie ein guter Fick?", fragte Bastian den Verkäufer auf Arabisch. Er konnte das gut, dieses Einblenden. Das war es, was Spezialeinheiten taten. Sie infiltrierten. Verschmolzen mit der Masse und der Gemeinschaft. Er könnte selbst als ein seelenloser Sklavenhändler durchgehen, der hierhergehörte, ohne dabei ins Schwitzen zu kommen.

„Exzellenter Fick", sagte der Sklavenhändler. „Sehr enge Pussy."

Bastian benutzte die Wut, die diese Worte in ihm auslösten, um seinen Charakter zu vertiefen. Er wollte nicht weiter darüber nachdenken, was diese Antwort bedeuten könnte. Sein Blick glitt mit kalter Gleichgültigkeit über Bries nackten Körper. „Wehrt sie sich?", fragte er.

„Nein. Kein Kampf in ihr. Sie wurde gut trainiert."

Wenn er noch ein Herz gehabt hätte, hätte es aufgehört zu schlagen. Nach außen hin zuckte er mit den Schultern und wandte sich in Richtung Ausgang. „Schade. Ich mag Frauen, die sich wehren."

Feilschen über einen Menschen. Eine alte Armee-Werbung kam ihm in den Sinn. *„Sei all das, was du sein kannst …"*

„Warte!", sagte der Händler. „Sie kämpft. Sie hat erst vor Minuten einen Mann blind gemacht, weil er ihr den Arsch angepackt hat."

Bastian drehte sich um und er ließ seinen Blick erneut über ihren Körper gleiten. Er ließ sich nichts anmerken, dass er sie kannte. Kein Zwinkern, rein gar nichts, um sie zu beruhigen, während er innerlich jubelte, dass sie sich zur Wehr gesetzt hatte. Der Striemen auf ihrem Arm war wahrscheinlich der Preis, den sie dafür bezahlt hatte.

Savvy hatte gesagt, dass Brie Arabisch sprechen konnte.

Zwar nicht fließend, aber genug, um es zu verstehen. Er fragte sich, ob sie dies vor ihren Kidnappern verheimlicht hatte.

Er berührte ihren Striemen, und seine Finger strichen leicht über die angeschwollene Haut. Er wollte den Mann finden, der sie angefasst hatte, und ihm dann Schlimmeres antun, als ihm nur sein Augenlicht zu nehmen. Aber stattdessen musste er genauso wie dieser Mann sein. Er ergriff ihren Hintern und drückte zu.

Sie zuckte zusammen, schlug ihn aber nicht. Ihr Blick traf seinen. Ihre Augen brannten vor Wut und ungeweinten Tränen.

Der Händler ließ die Peitsche auf den Boden schlagen. „Kein Anfassen vor der Auktion!"

Bastian hob seine Hände nachgebend. „Schon gut. Aber ich bezahle mehr, wenn ich sie zuerst testen darf."

Wieder schlug die Peitsche auf, dieses Mal gefährlich nahe an Bries Gesicht vorbei. Sie schrie auf und sprang zurück, wobei sie über ihre Kette stolperte.

Bastian fing sie an ihrer Schulter auf und bewahrte sie vor einem Sturz. Sein Blick traf ihren, und für einen kurzen Augenblick ließ er seine Deckung fallen. Ihre Augen weiteten sich in stiller Kommunikation.

Fuck. Falls irgendjemand diesen Austausch gesehen hätte, wären sie geliefert.

Er unterdrückte augenblicklich seine Reaktion und knurrte: „Tollpatschige Schlampe." An den Händler gewandt sagte er in Arabisch: „Hast du irgendwelche anderen Frauen? Ich mag größere Titten."

Der Mann griff nach ihren Brüsten, hob und drückte sie. „Genug Titten hier."

Brie holte mit ihrer rechten Faust aus und schlug den Kopf des Mannes, dass der zu ihr flog. Dann lehnte sie ihren Kopf zurück, als ob sie ihm einen Kopfstoß verpassen wollte, hielt sich jedoch etwas zurück, sodass der Aufschlag nicht zu heftig war. Sie hatte eindeutig keine Art von Kampftraining gehabt.

Der Sklavenhändler ließ sich zurückfallen. Sie hatte ihm offensichtlich wehgetan, wenn auch nicht so schlimm, wie sie es hätte tun können. Er holte mit seiner Peitsche aus.

Sie schrie auf, und Blut rann auf ihrem Busen, wo sich eine dünne rote Linie über ihre rechte Brust erstreckte und dann über ihre Schulter schlängelte.

Blitzschnell hatte Bastian den Mann auf den Lehmboden geworfen und hielt ihm sein Messer an die Kehle. „Du beschädigst meinen Besitz", sagte er mit tiefer Stimme.

„Sie gehört mir! Du hast nicht bezahlt."

„Du wirst sie an mich verkaufen oder du wirst sterben." Er schnitt dem Mann ein Stück Bart direkt oberhalb seiner Kehle ab.

„Du wirst bezahlen – und gut bezahlen – oder *du* wirst sterben."

Bastian hob den Mann vom Boden auf, wobei er seine Klinge an dessen Kehle hielt. Er stieß seine Reisetasche auf und zeigte ihm die vielen Stapel Hundertdollar Noten. „Reicht dir das?"

Der Mann nickte.

Bastian musste diesen Deal besiegeln, solange der Mann noch Angst hatte und bevor er sich an seinen speziellen Käufer erinnerte. „Du bekommst all das nur, wenn du sie mir jetzt gibst. Keine Auktion." Falls er damit scheitern sollte, würde er den Händler töten und mit Brie fliehen. „Niemand sonst wird dir so viel bezahlen."

Der Mann starrte in die Reisetasche. Er zögerte einen Moment, bevor er dann in seine eigene Tasche griff, die er an seiner Hüfte trug, einen Schlüssel hervorzog und ihn Bastian reichte.

„Nimm sie."

Kapitel Sieben

Von dem Augenblick an, als sie Bastian erkannt hatte, konnte Brie kaum atmen. Er war hergekommen, um sie zu retten, und das machte ihn zum atemberaubendsten Mann, den sie jemals gesehen hatte.

Zumindest hoffte sie, dass er hier war, um sie zu retten. Er war ein wenig zu glaubwürdig in seiner Rolle als Käufer.

Er sah anders aus. Ungepflegt und gemein. Grimmig. Düster. Feindselig. Aber— waren Green Berets nicht dafür trainiert, sich einzublenden und unauffällig unter die Einheimischen zu mischen? Wenn sie ihn nicht erkannt hätte, wäre sie vor Angst gestorben.

Um ehrlich zu sein, war sie immer noch verängstigt.

Bastian schob sein Messer in dessen Scheide und schloss das Schloss auf, mit dem sie an dem Bolzen im Boden festgekettet war. Der Schlüssel funktionierte nicht am Metallhalsband. Er starrte den Händler an, der damit beschäftigt war, das Geld zu zählen. „Schließe das Halsband auf.“

Der Mann winkte ihn an. „Die tun das, wenn du den Markt verlässt.“

Seine Augen wurden dunkel, und sie fragte sich, ob das vielleicht seine Pläne ruinierte. „Schließe es jetzt auf.“ Seine Haltung war bedrohlich, doch er sein Messer befand sich immer noch in der Scheide.

Sie bereitete sich mental darauf vor, nackt und mit einem Metallhalsband über den Markt zu gehen. Was Erniedrigungen anbelangte, war es das Mindeste, was sie erwartet hatte, aber es war trotzdem demütigend. Sie überkreuzte ihre Arme vor ihrer Brust, sie konnte nicht anders. Manche Reaktionen waren instinktiv.

Bastians Nasenflügel bebten, und einen Moment später benutzte er sein Messer dazu, den Stoff vom Eingang wegzuschneiden, den er ihr daraufhin mit einer gleichgültigen Art entgegenhielt. Ein Meister und seine Sklavin. „Bedecke dich."

Er runzelte seine Stirn, als sie den Stofffetzen dankbar entgegennahm. Eine Erinnerung daran, dass sie sich vor ihm fürchten sollte. Oder wenigstens wütend sein sollte.

„Der Gebieter hat Dobby Kleidung geschenkt!", sagte sie mit ihrem französischen Akzent und ließ ihre Stimme bitter klingen.

Sein Gesichtsausdruck blieb unverändert, doch seine Augen … darin passierte etwas. Er verstand sie laut und deutlich.

Der Stoff war schmutzig und dünn, aber sie war trotzdem dankbar dafür. Sie verdrehte den Stoff an ihrem Hals wie einen Sarong und band ihn in ihrem Nacken zusammen. Der Stoff umschloss ihre Brüste, aber wenigstens war sie bedeckt. Tränen traten in ihre Augen. Sie versuchte den Horror zu ignorieren, dass man sie nackt ausgezogen und dann öffentlich ausgestellt hatte, aber das hatte sie sehr viel tiefer getroffen, als sie in diesem Moment verarbeiten konnte.

In dieser Bedeckung streckte sie ihre Wirbelsäule durch und ging durch den Ausgang ins grelle Sonnenlicht. Bastian lehnte sich dicht an sie heran und flüsterte: „Wehr dich gegen mich."

Sie zuckte vor ihm zurück. Er zerrte sie wieder an seine Seite. Er sagte etwas auf Arabisch, was sie nicht verstand, und die Männer, die sich um die Hütte herum versammelt hatten – diejenigen, die auf die Auktion warteten, die nun nicht stattfinden würde – lachten.

Ein paar Augenpaare durchbohrten sie und Bastian mit wütenden Blicken. Wahrscheinlich, weil ihnen die Chance entgangen war, bei der Auktion für sie zu bieten. Sie starrte sie an, während sie Bastian die Kette aus seiner Hand riss und sie so schwang, dass sie gegen seine Schulter schlug.

Bastian reagierte entsprechend, packte die Kette und zerrte sie erneut zu sich. Seine Augen glänzten, und sein Gesichtsausdruck war wild. Echte Angst schoss durch sie hindurch und dämpfte ihre Erleichterung etwas ab, die bisher noch nicht voll und ganz eingesunken war.

„Ich mag Weiber, wenn sie streitlustig sind" sagte er mit einer Stimme, die einen extrem harten Unterton hatte. „Denn dann schreien sie mehr, wenn man sie bricht." Er schob seine Hand in den Schlitz ihres Sarongs und kniff in ihre Brustwarze.

Sie schrie auf und sprang zurück, und ihr Nippel schmerzte nach dieser Attacke. Ihr Versuch zu entfliehen war nicht gespielt.

Sie hatte nicht nur Angst. Sie fürchtete um ihr Leben.

Vor Wochen hatte er klargestellt, dass er sie nicht mochte. Was wäre, wenn er *nicht* zu ihrer Rettung hergekommen war? Was wäre, wenn er in irgendeine Art schmutziger Deals verwickelt und gekommen war, um sicherzustellen, dass sie nicht entkommen würde?

Schließlich war er einer von nur zwei Leuten, die wussten, wer sie war. Er könnte für ihre Entführung verantwortlich sein.

Sie stürzte auf den Ausgang des Marktes zu, doch die Kette stoppte sie in ihrem Versuch. Sie hustete, als ob man eine Schlinge um ihren Hals zugezogen hätte, und fiel wieder zurück gegen Bastians harte Brust. Er stieß ein fieses Lachen aus, während er ihr kurz danach ins Ohr flüsterte. „Perfekt. Sorry. Wehre dich."

Sie glaubte ihm und sie tat es doch nicht.

Die Welt war zu surreal, zu brutal, um einen Sinn zu ergeben.

Dann hob er sie auf seine Arme und warf sie sich über seine Schulter. Der Schnitt von der Peitsche brannte, als sie gegen ihn rieb, bevor sie in ihre Position fiel und seine Schulter gegen ihr Zwerchfell presste.

Er schlug ihr auf den Hintern und marschierte Richtung Ausgang. Sie trommelte auf seinen Rücken.

„Schreie", murmelte er.

Sie stieß einen Schrei aus, der jeden ihrer vorherigen in den Schatten stellte.

Sie erreichten die Eingrenzung des Marktes, und er setzte sie ab. Sie stieß ihn gegen die Brust, doch er hielt sie fest. Seine Augen funkelten mit einem sündhaften Glanz. „Halte still, Teufelsweib, es sei denn, du willst festgekettet bleiben."

Sie erstarrte. Er war in seiner Rolle einfach zu glaubwürdig. Er könnte dieses Spielchen in Hollywood spielen und ein Vermögen damit machen.

Derselbe Wachmann, der ihr zuvor den Metallring umgelegt hatte, schloss ihn nun auf. Sie zerrte ihn sich vom Hals und warf ihn zu Boden. Der Metallring landete mit einem lauten Klinkern, und sie atmete so tief ein, als ob sie seit Tagen keine tiefen Atemzug mehr genommen hatte.

Sie hob ihren Blick zu Bastians. Seine Augen betrachteten sie mit einer Intensität, die anders war als zuvor. Er packte ihren Arm, lehnte sich zu ihr herunter und flüsterte „Lauf!", bevor er sie losließ.

Sie war barfuß auf unebenem Boden, aber sie tat ihr Bestes. Gleichzeitig war sie verängstigt und verwirrt, warum er nicht ebenfalls rannte? Wo sollte sie hinrennen?

Hatte er bis auf ihre Befreiung vom Markt keine weiteren Pläne?

Einen Augenblick später stürzte er sich von hinten auf sie und rollte mit ihr über die harten scharfen Kieselsteine, die den matschigen Lehmboden befüllten und die Straße formten.

Er pinnte sie unter sich fest und schrie zu den Marktwachen: „Die Schlampe hat versucht, wegzurennen."

Zwei Wachmänner kamen angerannt, als Bastian auf seine Füße sprang.

Die Wachen erreichten sie und zerrten an ihren Armen, als ob sie sie wieder zum Markt zurückziehen wollten.

Sie trat um sich und schrie.

Hinter ihnen – auf dem Markt – ertönte eine Explosion.

Bevor sie realisieren konnte, was geschah, blitzte Bastians Klinge auf und einer der Wachen stürzte zu Boden. Der Zweite griff nach seiner Waffe, doch Bastian war schneller.

Blut schoss aus seinem Hals, und er fiel auf Brie herunter.

Sie stemmte sich gegen ihn und strauchelte, um unter dem toten Mann hervorzukriechen. Bastian schob den gefallenen Wachmann zur Seite und zog sie auf ihre Füße.

„Renne zu den Bäumen", befahl er und stieß sie vorwärts.

Sie tauchte in das dichte Gebüsch, das entlang der Straße wucherte. Er blieb ihr dicht auf den Fersen.

„Hier entlang", sagte er mit einer tiefen dringlichen Stimme, wobei er einen Ast zur Seite schob.

Sie trat auf etwas Scharfes und sprang zurück.

„Geh weiter", sagte er. „Wenn du es nicht kannst, werde ich dich tragen."

Sie schüttelte den Kopf. Ihr Gehirn versuchte krampfhaft, das alles zu begreifen, während ihre Füße mit derselben Dringlichkeit einen Pfad in der dichten Vegetation suchten. Ihr Gehirn und ihre Füße scheiterten, sie stolperte und fiel vornüber in verworrene Ranken.

Bevor sie einen Ton hervorbringen konnte, hielt Bastian ihr mit seiner Hand den Mund zu. Er zog sie an seine Brust und seine große Hand verschloss ihren Mund.

Sie war an seinem Körper gefangen und durch seine Hand zum Schweigen gebracht. Obwohl sie nicht mehr angekettet war, war sie trotzdem eine Gefangene.

Nun kamen die Tränen. Und es gab nichts, was sie dagegen tun konnte.

Er zog seine Hand weg und hielt ihren Kopf an seine Brust gedrückt. Seine Berührung, vorher grob, wurde nun sanft. „Schhh. Ich muss hören, was auf dem Markt passiert."

Sie hörte auf, sich zu wehren und strengte sich ebenfalls an, über ihren rasenden Herzschlag hinweg zu lauschen. Sie hätte erkennen sollen, dass er sie nicht gefangen hielt. Er hatte zwei Wachmänner getötet – zwei Sklavenhändler. Das hieß, sie gehörten zum selben Team.

Sie atmete langsam und leise ein und lauschte. Schreie. Die

hohen Stimmen von Kindern. Männer, die auf Arabisch fluchten.

„Sie ist verletzt. Vom Sklavenhändler gepeitscht und einige Kratzer von unserer Flucht", sagte Bastian. „Ich werde meine Ausrüstung holen und dann zum Truck gehen. Ende."

Sie blickte verwirrt zu ihm auf, bevor ihr klar wurde, dass er in ein verstecktes Funkgerät sprechen musste. Sie neigte ihren Kopf und sah ein winziges fleischfarbenes Objekt, das in seinem Ohrkanal steckte. Der Empfänger.

„Ich habe zwei am Südeingang erledigt. Sie hatten Waffen. Erschießt die anderen Wachen mit den AKs der toten Wachen. Gebt die Waffen an die ältesten Kinder, wenn sie damit umgehen können – aber nur, wenn sie alt genug sind, um zu verstehen, was sie tun."

Er hielt inne, und sie wünschte sich, dass sie das andere Ende der Konversation hören könnte, als sein Blick hart wurde und seine Lippen sich zu einem eiskalten Lächeln verzogen. „Gut."

Wieder eine Pause, gefolgt von: „Sobald wir den Truck haben, werden wir zum Treffpunkt Richtung Norden fahren. Check-in dreißig Minuten. Und danke." Sein Blick traf ihren. „Sie ist frei und ihre Verletzungen sehen minimal aus. Ende."

„Dein Team?", flüsterte sie.

Er nickte.

Sie lehnte sich an ihn heran und richtete ihre Stimme an seinen Kragen, wo sich das Mikrofon befinden musste. „Danke."

Sie hatte keine Ahnung, ob sie sie gehört hatten, oder wer sie waren. Aber ihre Worte waren unzureichend im Vergleich zu den Emotionen, die sie überfluteten.

„Wir müssen weiter. Es besteht immer noch die Chance, dass der Kerl, der dich verkauft hat, irgendwo Wachen bereit hat, die uns verfolgen sollen, um dich wieder zurückzubringen. Sklavenhändler sind nicht gerade die ehrenhaftesten Männer, und dich zweimal zu verkaufen würde seinen Gewinn verdoppeln. Mein Team wird die Kinder Richtung Osten zum Fluss führen. Wir müssen also in die andere Richtung gehen."

„Sie retten die Kinder?“

„So viele sie können.“

Sie warf ihre Arme um Bastian und drückte ihn fest. „Danke!“ Wenn die erzwungene Nacktheit und die Peitschenhiebe bedeuteten, dass auch nur ein paar dieser Kinder vor der Sklaverei gerettet werden konnten, dann war es das wert gewesen. Jede furchtbare Minute. Jedes der schmerzhaft zerfransten Nervenenden.

Für einen kurzen Moment umschlossen sie seine Arme, dann ließ er sie los. „Ich habe etwa eine Meile von hier einen Truck versteckt.“

Sie folgte ihm so schnell es ihr verletzter Fuß und die dichte Vegetation erlaubten, wobei sie es kaum glauben konnte, dass dies tatsächlich geschah und sie gerettet worden war.

„Tut mir leid, dass ich dich von hinten umgeworfen habe“, sagte er. „Wir brauchten eine Ablenkung, um die Wachen wegzulocken, damit Espi die Kinder vor der Explosion von der Hütte wegbringen konnte. Darum solltest du dich gegen mich wehren, als wir die Hütte verließen. Damit alle Augen auf uns gerichtet waren.“

„Das habe ich mir gedacht, sobald du sagtest, dass sie die Kinder retten.“

„Ich konnte es dir nicht vorher sagen.“

„Ich weiß. Ich bin nur froh, dass es funktioniert hat.“

„Das hoffen wir“, sagte Bastian. „Sie müssen die Kinder erst noch zum Fluss runterbringen, ohne dass jemand bemerkt, dass wir nachgeholfen haben.“

„Die Armee hat das nicht autorisiert?“

„Man hat uns geschickt, um dich da rauszuholen. Nur dich.“

Sie konnte es verstehen, verspürte aber trotzdem einen Schmerz. „Danke, dass ihr den Befehl missachtet habt.“

„Keiner von uns hätte damit leben können, wenn wir diese Kinder der Sklaverei überlassen hätten.“

Er hielt an und scannte den Busch. Er musste das entdeckt haben, wonach er gesucht hatte, denn sein Mund verzog sich zu einem breiten Lächeln, und er ging schnurstracks auf einen umgefallenen Baum zu. Dort schob er ein paar breitflächige Blätter zur Seite und zog seine Ausrüstung hervor. Er zog einen Proteinriegel aus einer Seitentasche und reichte ihn ihr. „Ich kann mir vorstellen, dass du am Verhungern bist."

Seit sie vor sieben Monaten mit ihrer Arbeit in Südsudan angefangen hatte, benutzte sie solche Worte wie „verhungern" nicht mehr in diesem Kontext. Aber jetzt war nicht die Zeit, das dem Mann zu sagen, der soeben ihretwegen gemordet hatte. Stattdessen nahm sie den Riegel dankbar entgegen und bedankte sich bei ihm.

Und sie hatte riesigen Hunger. Das Letzte, was sie gegessen hatte, war das Trockenfleisch am Tag zuvor gewesen. Ihr Entführer hatte all die Nahrungsmittel aus ihrem Rucksack für sich selbst genommen und mit ihr auch nicht das Studentenfutter geteilt, das er zum Frühstück verschlungen hatte.

Sie aß den Riegel so schnell, dass sie sich beinahe daran verschluckte. Bastian reichte ihr eine Wasserflasche, als sie fertig war. Sie wollte sich den Dreck vom Gesicht und das Blut von ihrer Brust waschen, aber Wasser war zu wertvoll, um es auf diesc Weise zu verschwenden.

Während sie aß und trank, zog er sich seine Ausrüstung an, eine schwere Weste und einen Rucksack, und fand sein Gewehr. Sie war noch nie in ihrem Leben so glücklich gewesen, eine Waffe zu sehen. Noch waren sie nicht in Sicherheit, aber ihre Chancen verbesserten sich von Minute zu Minute.

Dann machten sie sich wieder auf den Weg, wobei die Vegetation immer dichter wurde und keinen eindeutigen Pfad bot. Er hielt abrupt inne und hob einen Arm mit eingerollter Faust. Sie hatte dieses und einige andere militärische Handsignale gelernt. Das hier bedeutete, still zu sein und sich nicht zu bewegen. Also tat sie das.

Das nächste Handsignal kannte sie nicht, aber sie vermutete, dass er wollte, dass sie sich ducken und verstecken sollte. Sie tat auch das.

Eine Sekunde später feuerte er sein Gewehr und ließ sich dann neben sie auf den Boden fallen.

„Hab einen erwischt", flüsterte er. Zumindest glaubte sie, dass es ein Flüstern war. Ihre Ohren rauschten von dem Knall des Geschosses.

„Wie viele sind dort?", fragte sie.

„Drei." Sein Blick schoss nach rechts. „Ich werde hintenrum gehen. Sie von hinten eliminieren. Bleib hier."

Sie nickte, obwohl sie diesen Plan hasste. Sie wollte bei Bastian und seiner großen Waffe bleiben – und das war kein Euphemismus.

Er schlich wie eine Raubkatze um sie herum – schnell und geschickt, wie eine Kreatur des Waldes.

In Südsudan hatten einige große Raubkatzen ihr Zuhause, einschließlich Löwen und Geparden, aber sie befanden sich meist in der Savanne, nicht hier. Nein, hier sahen sie sich gefährlicheren Kreaturen gegenüber.

Schweiß bildete sich zwischen ihren Brüsten, während sie in einer nasskalten Kuhle in der überfluteten Graslandschaft hockte und auf Bewegungen horchte. Bastian war genauso geräuschlos wie eine Katze. Ihr Herz klopfte lauter, als er sich durch die feuchten Blätter bewegte. Brie rollte sich zu einem kleinen Ball zusammen und hielt ihren Atem an, damit sie keine Geräusche von sich gab.

Sie schloss ihre Augen und sah das Gesicht des Wachmanns, kurz bevor Bastian ihm die Kehle durchgeschnitten hatte. Dieses Bild hatte ihre Gedanken von dem Moment an erfüllt, als es geschehen war. Was nicht überraschend war, wenn man die Grausamkeit der Tat bedachte, und dass sie immer noch das Blut des Mannes auf dem Stoff riechen konnte, den sie trug.

Doch mit plötzlicher Klarheit wurde ihr bewusst, dass dies nicht der Grund war, warum sie dieses Bild nicht vergessen konnte. Sie hatte ihn zuvor schon einmal gesehen.

Drei Schüsse zerrissen die Stille. Was wäre, wenn diese Schüsse *auf* Bastian gefeuert worden waren? War er verletzt? Tot? Falls ihm irgendetwas zustoßen sollte, wäre das ihre Schuld.

Sie war der Grund, warum er nicht bei seinem Team war.

Sie war der Grund, warum er nach Südsudan gekommen war. All das war ihre Schuld.

War es schlichtweg ein Zufall gewesen, dass sie auf dem Sklavenmarkt gelandet war? Oder war es möglich, dass die USAID-Einrichtung ihretwegen attackiert worden war?

Kapitel Acht

Bastian wartete stillschweigend, bis er sich sicher sein konnte, dass die verbliebenen zwei Männer tot waren. Einen hatte er in den Kopf geschossen – der stand außer Frage – aber den anderen hatte er in die Brust getroffen. Er machte leise Geräusche, während er ausblutete. Als er ganze zehn Minuten lang keine weiteren Geräusche mehr von sich gegeben hatte, bewegte sich Bastian geräuschlos vorwärts.

Das lange Warten musste für Brie entsetzlich sein, aber er respektierte die Tatsache, dass sie keinen Mucks von sich gab. Er durchsuchte die Leichen der drei Männer, schoss ein Foto von dem einen, dessen Gesicht er nicht zerstört hatte, steckte sein Handy wieder ein und verfolgte dann seine Schritte durch die Vegetation zurück, wobei er sicherstellte, dass sich nicht noch mehr von ihnen versteckt hielten.

Die toten Männer waren Weiße, und ihre Kleidung hatte das typische Tarnmuster, das man in jedem Laden kaufen konnte, der überschüssige Militärware anbot. Ihre Waffen waren AKs, was ihm nichts weiter verriet. Kalaschnikows gehörten zu den beliebtesten Waffen in Afrika.

Es war gut möglich, dass sie Söldner waren. Sicherheitskräfte für den Markt. Hatten sie den Befehl erhalten, Brie für einen zweiten Verkauf zum Markt zurück zu bringen? Es sagte viel aus, dass sie auch nach der Explosion noch hinter ihr her waren. Sie hätten den fliehenden Kindern hinterherjagen können, die verlorene Einnahmen bedeuteten.

Wer bezahlte für die Marktsicherheit? Die Russen? Könnten diese Söldner Repräsentanten des speziellen Käufers gewesen sein?

Einer Sache war er sich sicher: Der Markt war viel zu organisiert gewesen – bis hin zu den Metallhalsbändern und den Schlüsseln – um als Niemandsland durchzugehen. Jemand hatte die Kontrolle.

Bastian kehrte zu Bries Versteck zurück, wo er sie zu einem kleinen Ball zusammengerollt vorfand. Sie blickte zu ihm auf, sagte kein Wort, und ihre Augen waren vor Schmerzen und Angst weit aufgerissen. „Tut mir leid", sagte er. „Ich musste sichergehen, dass sie tot sind, und uns keine anderen irgendwo auflauern." Er zog sie auf ihre Füße. „Lass uns gehen."

„Wohin gehen wir?", fragte sie.

„Ich habe den Truck dort drüben versteckt." Es hatte angefangen zu regnen. Dicke Tropfen filterten durch die blättrigen Baumkronen. Die Straße war auf dem Weg hierher schon ziemlich rutschig gewesen, und er hatte das Fahrzeug weit weg von dem schmalen Pfad geparkt, der sich durch die Graslandschaft schlängelte. „Wir sollten uns beeilen, wenn wir noch rechtzeitig von hier wegkommen wollen, bevor die Straße unpassierbar wird – wir haben eine lange Fahrt vor uns."

„Fahren wir nach Juba?"

„Nein. Am Treffpunkt wird uns ein Blackhawk-Hubschrauber abholen. Um zwei Uhr heute Nacht wirst du dich auf dem Weg nach Hause befinden."

Brie sagte das Erste, was ihr in den Kopf kam. „Nach Hause? Und wo soll das sein?" Sie blickte sich in dem Dickicht des Waldes um, der den Markt umgab und effektiv die Schwaden überfluteter Graslandschaften verbarg. In diesem Moment war Südsudan das einzige Zuhause, dass sie hatte.

„Das liegt ganz bei dir", sagte Bastian. „Wo hast du gelebt, bevor du hergekommen bist?"

Es fühlte sich an, als ob es Jahrzehnte zurücklag, denn die Zeit hatte sich in den Monaten seit ihrer Ankunft hier ausgedehnt. „Ich war für eine Weile in Madagaskar und davor an ein paar anderen Orten. Als ich im letzten Jahr zwischen den Jobs in den USA war, durfte ich netterweise in Seattle bei einer Freundin auf ihrer Couch übernachten."

Bastian marschierte voraus durch das Gras. „Willst du mir damit sagen, dass du obdachlos bist? Es fällt mir schwer, das zu glauben."

Dann glaubte er also immer noch, dass sie nur in Südsudan war, um einen Öl-Deal zu sichern? Wut stieg in ihr hoch, aber sie unterdrückte sie. Dieser Mann hatte ihr soeben das Leben gerettet und dazu fünf Männer töten müssen. „Glaub mir oder glaub mir nicht. Das liegt ganz bei dir. Aber nur, um das klarzustellen, ich habe das Lügen zusammen mit dem Alkohol, den Drogen und meiner Familie aufgegeben."

Das Dickicht wurde langsam lichter, bis nur noch vereinzelte Bäume sie von der offenen Graslandschaft trennten. Bastian hob eine Hand, um zu signalisieren, dass sie stehenbleiben sollte, und studierte die Gegend.

„Wo ist der Wagen?", fragte sie.

„Auf der anderen Seite des Hügels dort drüben."

Der Regen nahm immer mehr zu, und ein Blick auf den nun sichtbaren Himmel zeigte, dass es nur noch schlimmer werden würde. Es gab hier keine Straßen, nur Feldwege, die durch die Graslandschaft führten. Ein heftiger Sturm könnte die Fahrt bis zur nächsten Straße unmöglich machen.

„Wie weit ist dieser Treffpunkt entfernt? Können wir dorthin laufen?"

„Wir würden es nicht rechtzeitig schaffen."

„Kannst du den Standort ändern?"

„Wenn das unbedingt notwendig sein sollte, aber im Moment ist mein ganzes Team verstreut, und so würde das eine Koordinierung mit Langstrecken-Funkgeräten beinhalten, die man abhören kann." Er schnippte gegen seinen Kragen, wo sich wohl sein Mikrofon befand. „Hierfür sind wir bereits außer Reichweite. Wir werden uns vorerst an den Plan halten müssen."

Sie verstand. In Südsudan, wo Funktürme – und Elektrizität – eine Seltenheit waren, war die Kommunikation via Funk lebenswichtig und wurde entsprechend streng kontrolliert. „Dann sollten wir uns beeilen, bevor der Weg weggewaschen wird."

Bastian nickte. „Wir werden geduckt und schnell über das Gras zur anderen Seite des Hügels rennen", sagte er. „Schaffst du das?"

„Ja." Ihr Fuß pochte, und ihre Seite schmerzte von dem Peitschenhieb, aber sie würde es verdrängen können. Sie würde alles schaffen, solange sie nicht als Sexsklavin eines abartigen Arschlochs enden musste.

Er gab das Handsignal, sie duckte sich und rannte los. Ein Knöchel verdrehte sich im Matsch, aber sie rannte weiter und zwang sich dazu, mit ihm mitzuhalten. Sie erreichten den Geländewagen, und er umkreiste ihn, prüfte kurz nach, ob irgendjemand daran herumgepfuscht hatte. Er schloss die Tür auf, und sie kletterte hinein.

Augenblicke später waren sie auf dem Weg. Der Himmel öffnete sich, und der Regen hämmerte auf die Windschutzscheibe, während er quer durch die Graslandschaft und – so hoffte sie – auf eine echte Straße zu fuhr. Die Reifen rutschten, gewannen dann aber an Griff, und sie sprangen in einigen ruckartigen Stößen immer weiter vorwärts, was Brie an die Indiana-Jones-Achterbahn in Disneyland erinnerte.

Oh, Indy, du hast ja keine Ahnung.

Sie entdeckte die ungefestigte Straße etwa fünfzig Meter vor ihnen. Sie würde nicht viel besser sein, aber wenigstens würde sie sie zu der richtigen Straße bringen, die die überflutete Graslandschaft durchquerte und den ganzen Weg nach Juba führte.

Bastian steuerte den Wagen gekonnt, was darauf hindeutete, dass er sich im „Mudding" auskannte – einer beliebten amerikanischen Freizeitbeschäftigung, in der man Trucks und Geländefahrzeuge durch tiefe Schlammlöcher und Matsch fuhr. Hatte er seine Jugend damit verbracht, in Trucks mit riesigen Reifen durch die Wildnis zu rasen? Oder hatte die Armee ihre Spezialeinheit in allem trainiert – inklusive einer Exfiltration während der Regensaison in Südsudan?

Sobald der Geländewagen den Lehm- oder eher Matschweg erreichte, schoss der Wagen vorwärts, als sie ein Schlagloch trafen, das unter der Jauche versteckt war. Brie flog hoch und schlug trotz des Sicherheitsgurtes mit dem Kopf gegen das Dach.

Mit einer Hand zog Bastian das Funkgerät von seiner Ausrüstung auf dem Rücksitz hervor und versuchte, sein Team zu erreichen, doch er erhielt nur statische Geräusche zur Antwort. „Liegt wohl am Regen", sagte er und schob das Funkgerät wieder in die Seitentasche zurück, während er seine Augen auf dem unwegsamen Pfad vor ihnen behielt. „Ich werde es noch einmal versuchen, wenn wir die Hauptstraße erreichen."

Sie nickte und fühlte sich fast wie benebelt, weil sie tatsächlich in dem Truck saß, wo sie vor den Sturzbächen draußen geschützt waren. Wie lange war es her, seit sie auf ihrer Liege gelegen und dem Regen auf dem Metalldach gelauscht – und dabei an Bastian, den Bastard Green Beret gedachte hatte?

„Bist du okay?", fragte er.

Sie wusste nicht so genau, wie sie antworten sollte. Meinte er ihren Kopf? Ihren Fuß? Dass sie mitangesehen hatte, wie er zwei Männern die Kehle durchschnitt, um sie zu retten? Dass man sie ausgepeitscht hatte? Oder die Tatsache, dass er sie auf einem Markt gekauft hatte?

„Sorry", sagte er, als sie nicht antwortete. „Das war eine dumme Frage."

Sie rieb sich ihren Kopf und kam ihm entgegen. „Nein. Schon okay. Ich glaube, dass mir alles wehtut, aber ich bin okay. Glaube ich?"

Sie zuckte zusammen, als sie ihren nackten Fuß inspizierte. Er war mit Schlamm bedeckt, somit konnte sie nicht sicher sein, aber sie hatte das Gefühl, dass der Schnitt ziemlich tief war. Und dann ihr Knöchel … Der fühlte sich auch nicht so gut an.

Wahrscheinlich hatte sie ihn verstaucht, als sie gerannt war. Aber sie lebte. „Es geht mir besser, als es mir sonst gehen würde – wenn du und dein Team nicht gewesen wärt. Danke."

Er ließ ein arrogantes leichtfertiges Grinsen aufblitzen. „Ich mach nur meinen Job, Madam."

Sein leichter Tonfall verursachte ihr einen Stich. Sie war nur ein Job für ihn. Nicht, dass sie mehr hätte sein sollen. Es war nur – wahrscheinlich war sie gerade etwas anfällig. Ihr Gehirn konnte kaum mit ihren Emotionen mithalten.

Sie räusperte sich. „Trotzdem danke. Ich hoffe, dass du meine Dankbarkeit an euren Befehlshaber weiterreichen wirst."

„Die Mission wurde von SOCOM organisiert, aber ich war derjenige, der darauf bestanden hat, nach dir zu suchen, nachdem man deine Kollegen gerettet hat."

Sie sprang auf und drehte sich zu ihm um, wobei sie sein Knie packte. „Sie sind okay?"

„Ja. Entschuldige, das hätte ich dir früher sagen sollen."

„Heute … war nicht gerade ein normaler Tag." Sie hob vorsichtig ihre Hand von seinem Bein.

Himmel. Sie war an diesen Mann *verkauft* worden. Sie wusste, dass er auf dem Markt nur geschauspielert hatte, aber er war in seiner Rolle beängstigend überzeugend gewesen. Ihr Kopf war voller verschiedener Eindrücke von ihm. Der Sklavenkäufer. Der wütende Mann, den sie in Camp Citron getroffen hatte. Der Soldat, der fünf Männer getötet hatte, um sie zu beschützen und Dutzende von Kindern zu retten.

Reiß dich zusammen, Herzchen. Er kann dich nicht ausstehen, aber er hat dich trotzdem gerettet, was ihn zu einem gottverdammten Helden macht.

„Verdammt. Ich bin wirklich nicht gut in diesen Dingen", sagte Bastian. „Die Wahrheit ist, dass ich Südsudan nicht ohne dich verlassen hätte, Brie. Mit oder ohne Befehle. Kein Bullshit."

„Ist schon okay. Ich verstehe, wie du über mich denkst. Das macht nichts. Ich bin trotzdem dankbar. Sogar umso mehr."

„Nein, du verstehst mich nicht. Ich habe dich falsch eingeschätzt. Als wir uns zum ersten Mal getroffen haben, habe ich …"

Sie unterbrach ihn mit einer abwinkenden Geste. „Bitte. Müssen wir uns *jetzt* darüber unterhalten?" Sie stieß ein gequältes Lachen aus. „Ich habe einen harten Tag."

Bastian schluckte und seine Knöchel wurden weiß, als er das Lenkrad fester umklammerte, doch er nickte scharf.

Der Regen fiel weiterhin und zeigte alle Anzeichen eines beträchtlichen Sturms. Sie erreichten eine Gabelung im Weg, und Bastian fluchte.

„Was ist los?"

„Wir sollten hier links abbiegen."

Der linke Weg war überflutet. Vollkommen weggewaschen. „Das können wir uns abschreiben. Kennst du dich in der Gegend aus?"

„Nur vage. Man hat mich davor gewarnt, mich nicht zu weit von der Hauptstraße zu entfernen – dass es sonst haarig werden könnte." Sie sprach leise weiter und murmelte. „Das war dann wohl die Untertreibung des Jahres."

Er schnappte sich eine Karte aus seinem Rucksack und warf sie ihr in den Schoß. „Finde eine Route, die uns von hier wegbringt." Er legte den Gang ein und bog den Wagen rechts ab.

Glücklicherweise war diese Karte ein Ausdruck hochaufgelöster Satellitenbilder. „Wann wurden diese Bilder gemacht?", fragte sie.

„Gestern", sagte er. „Bevor wir Camp Citron verlassen haben."

Sie blickte aus dem Fenster auf die Sturzbäche. „Ihr hattet Glück mit dem Regen."

„Riesiges Glück. Ohne Satelliten hätten wir den Markt niemals finden können."

Sie erreichten eine Weggabelung nach der anderen in diesem Labyrinth von überflutetem Grasland, und sie wies ihn an, welche Route er nehmen sollte. Sie fuhren in die entgegengesetzte Richtung zum Treffpunkt, aber schlussendlich würden sie die Hauptstraße erreichen. Dies würde mindestens eine Stunde – vielleicht sogar zwei, je nachdem wie langsam sie vorwärtskamen – zu ihrer Fahrtzeit hinzufügen, aber es war ja nicht so, dass sie irgendeine andere Wahl hätten.

Laut den Einheimischen war die Hauptstraße nach Juba die letzte, die der Regensaison zum Opfer fiel.

Allerdings hatten sie die Hauptstraße noch nicht erreicht, und der Geländewagen mit Vierrad-Antrieb rutschte und schlitterte auf dem schmalen Pfad hin und her. Bastian behielt ihn leicht unter Kontrolle und saß selbstbewusst hinterm Steuer.

Brie konzentrierte sich weiterhin auf die Karte, denn den Weg im Auge zu behalten machte sie nervös. Wenigstens war die überflutete Graslandschaft relativ flach. Wenn sie einen Abgrund zu beiden Seiten des Fahrzeuges hätte sehen müssen, wäre ihr das Mittagessen hochgekommen. „Wir fügen immer mehr Meilen zu unserem Fahrtziel hinzu.“

„Ich hoffe, uns geht nicht das Benzin aus. Wir haben nur zwei Kanister.“

„Wie ironisch, dass Kemet Öl im Norden eine Ölbohrung hat, aber hier existieren so gut wie keine Tankstellen. Es gibt ein Dorf weiter südlich, wo wir möglicherweise Benzin von den Einheimischen kaufen können.“ Im Umkreis von fünfzig Meilen kannte sie jeden Ort, an dem sie Treibstoff finden könnten, und sie war froh, dass sie ihr Wissen dazu benutzen konnte, ihr nun bei ihrer Rettung zu helfen.

Sie hatten noch einige Kilometer vor sich, bevor sie die Hauptstraße erreichen würden, als die Tankanzeige unterhalb der roten Zone fiel. Bastian hielt mitten auf einem matschigen Weg an. „Bleib drin – bleib trocken. Das sollte nur ein paar Minuten dauern.“

Er kletterte aus dem Wagen und schnappte sich von hinten einen der Kanister. Er war fast zwei Stunden lang gefahren und sein Rücken und seine Schultern waren verspannt, weil er sich so hatte anstrengen müssen, den Geländewagen auf dem Weg zu behalten. Er rollte seine Schultern aus, steckte den Einfülltrichter des Kanisters in die Tanköffnung und goss das Benzin ein, wobei er darauf achtete, nichts von dem kostbaren Treibstoff zu verschütten, während der Regen seinen Rücken durchnässte.

Er warf den leeren Kanister hinten in den Wagen, drehte sich, um herumzugehen, doch er hielt inne, als er an der Beifahrertür vorbeikam. Dort drinnen saß Brie, eingerollt, mit ihren Knien an ihre Brust hochgezogen, und Tränen rollten über ihre Wangen.

Vor Stunden hatte er sie auf einem Sklavenmarkt gekauft. Dann hatte sie mitangesehen, wie er zwei Männer mit einem Messer tötete. Einer von ihnen war direkt über ihr ausgeblutet.

Und er konnte sich nur vorstellen, was für eine Art von Hölle sie davor durchgemacht hatte.

Ohne nachzudenken riss er die Tür auf, griff über sie hinweg, um den Gurt zu lösen, und dann zog er sie in seine Arme.

Sein Team hatte schon zuvor Frauen gerettet, aber er hatte die Opfer nie mehr berührt, als es notwendig gewesen war. Dieses Mal kannte er sie. Und verdammt – wahrscheinlich brauchte sie jetzt eine Umarmung. Selbst, wenn sie ihn hasste, brauchte sie den Trost.

Sie drückte sich an ihn, vergrub sich an seiner Brust, als er seine Arme um sie schloss. Ein leises Schluchzen entkam ihrer Kehle und er streichelte ihren Rücken. Er wollte ihr sagen, dass alles gut werden würde, aber das, was ihr passiert war, war nicht okay gewesen. Und es war immer noch nicht vorbei – erst, wenn sie in dem Blackhawk-Hubschrauber Richtung Camp Citron geflogen wurden. Also hielt er sie einfach nur fest, während sie weinte. „Es tut mir so leid. So verdammt leid."

Sie befand sich nun unter seinem Schutz. Er würde sie schnellstens aus Südsudan wegschaffen und irgendwann würde dies nur noch eine schlechte Erinnerung sein.

Er zog sich zurück und presste seine Lippen auf ihre Stirn. „Wir müssen uns wieder auf den Weg machen."

Sie nickte. „Tut mir leid, dass ich die Kontrolle verloren habe."

„Das war noch gar nichts. Süße, du solltest mich mal sehen, wenn ich beim Billard verliere."

Sie lächelte schwach zu ihm auf, was das Beste war, was er erwarten konnte. Er ging um den Truck herum, kletterte wieder auf den Fahrersitz und sie fuhren weiter.

„Cal hat den Mann umgebracht, der dich verkauft hat", sagte er, behielt seine Augen jedoch auf dem furchtbar schlechten Feldweg. „Er hat es mir über Funk mitgeteilt, kurz nachdem wir den Markt verlassen hatten. Er hat die Geldtasche mitgenommen. Kein Geld, das wir für dich bezahlt haben, wird den Terror oder den Krieg finanzieren."

„Danke. Das ist gut zu wissen."

Der Wagen rutschte und er trat auf die Bremsen. Sie konnten sich glücklich schätzen, wenn sie es in diesem Chaos bis zur Hauptstraße schaffen würden. Der Weg war nichts weiter als ein leicht erhöhter Schlammstreifen, der sich durch den immer größer werdenden Sumpf zog.

Er hätte sich jetzt beim Universum darüber beschweren können, dass es ihn hasste, aber er glaubte nicht daran, dass der Kosmos für sein Schicksal verantwortlich war. Außerdem konnte er es überhaupt nicht ausstehen, wenn Leute sofort davon ausgingen, dass alles für ihn spirituell sein musste, nur weil er Indianer war.

Allerdings ärgerte er sich so oder so regelmäßig über die Annahmen, die die Leute machten, sobald sie von seiner indianischen Herkunft erfuhren. Manche Arschlöcher sagten, sie hätten *mehr* von ihm erwartet.

Er hielt nichts von *mehr*.

Er fuhr um eine Kurve auf dem Pfad, und der Weg vor ihnen war komplett unter Wasser verschwunden.

Er fuhr geradeaus weiter. Sie hatten keine andere Wahl.

Er realisierte erst zu spät, das die andere Wahl gewesen wäre, auszusteigen und zu Fuß weiterzugehen.

Plötzlich tauchte das vordere Ende des Geländewagens bis zur Windschutzscheibe in den Schlamm ab. Er war von dem höhergelegenen Lehmweg, der als Straße diente, direkt in den tiefen Sumpf gefahren.

Brie kreischte bei dem unerwarteten Rucken auf, während das Fahrzeug anfing, sich zu ihrer Seite zu neigen, als ob es sich überschlagen wollte. Schlamm bedeckte die untere Hälfte ihres Fensters. Sie stemmte sich gegen die Tür, als die Schwerkraft sie tiefer in den Schlamm zog.

Bastian stieß seine Tür auf. Schlamm sickerte durch die Öffnung in das Fahrzeug. „Fuck!"

Wie tief war dieser Sumpf? Würde er sie ganz verschlucken können? Es gab nichts, womit er die Tür aufhalten konnte und der Winkel des Fahrzeuges arbeitete gegen ihn. Die Tür fiel wieder zu, wodurch der Schlamm nicht weiter eindrang, was aber sie beide in einem sinkenden Wagen einschloss. Er stieß sie erneut auf und schob seinen Knöchel in die Öffnung. Es klemmte schmerzhaft, aber die Tür konnte sich nicht mehr ganz schließen.

„Klettere über mich", sagte er zu Brie.

Sie tat, was er von ihr verlangte, schob die Tür weiter auf, während sie über seine Brust kletterte und ihn wie eine Leiter benutzte, während der Geländewagen sich nun in einem achtzig-Grad-Winkel zur Seite neigte.

„Wir können nirgendwo hin", sagte sie, als sie durch die Tür schlüpfte.

Ihr Gewicht neigte das Fahrzeug zu vollen neunzig Grad – und sie sanken immer noch. Schlamm ergoss sich über ihn.

„Krieche zur Seite", sagte er unnötigerweise, da sie sich bereits zum hinteren Ende des Wagens bewegte. Sobald sie die Öffnung freigegeben hatte, klemmte die Tür seinen Knöchel erneut ein. Sie hob die Tür und löste damit den Druck. „Ich halte sie. Zieh deinen Fuß weg."

Sein Fuß kribbelte durch die verringerte Blutzufuhr. Er war dazu ausgebildet worden, auch mit Verletzungen weiterzuarbeiten, und das hier war nichts anderes, obwohl der Grund schlechtes Wetter und keine feindlichen Angreifer waren. In diesem Moment waren der Regen und der Schlamm der Feind und er würde auch sie besiegen – so sicher, wie sein Team die Armee eines Kriegsherrn besiegt hatte.

Er verdrehte sich, zog seinen Oberkörper durch die

matschige Öffnung und glitt auf die Seite des Trucks neben Brie.

Befreit ruhte er sich einen Augenblick auf der Hintertür des Wagens aus. Ihr gemeinsames Gewicht auf der Seite des Fahrzeuges gab der Schwerkraft den letzten Rest und der gesamte Geländewagen versank im Schlamm.

Scheiße. Seine Ausrüstung. Die zweite Ausrüstung voller Vorräte für Brie. Ihre Rucksäcke befanden sich auf dem Rücksitz.

Er befahl Brie, weiter zum hinteren Teil des Wagens zu rutschen, und zog die Hintertür auf, auf der er gesessen hatte. Er tauchte seinen Arm in die mit Schlamm gefüllte Kabine und suchte darin nach seinem Rucksack. Seine Finger umschlossen einen Riemen. Sein M4-Gewehr? Es hatte neben seiner Ausrüstung gelegen. Er atmete tief ein und tauchte dann mit seinem Kopf und seinen Schultern in den Schlamm, damit er tiefer greifen konnte. Er verdrehte den Riemen des M4 um sein Handgelenk und grub weiter, bis seine Finger einen Rucksack packen konnten. Er hoffte, dass es seiner war, denn der enthielt eine ganze Ladung voller Vorräte.

Gott-sei-Dank.

Mit seiner freien Hand stemmte er sich gegen die Kopfstütze des Fahrers, um sich selbst hochzuschieben und er zog mit seinem anderen Arm sowohl das Gewehr als auch einen fünfundzwanzig Kilogramm schweren Rucksack aus dem Schlamm. Er rutschte nach hinten, um sich aus der Kabine zu befreien.

Er wischte sich den Schlamm von seiner Nase und seinen Mund und sog einen tiefen Atemzug ein, während er sich aufrecht auf den hinteren Teil des Wagens setzte. Seine Atmung ging schwer, nachdem ihn der dicke Schlamm fast erstickt hätte.

Keine Zeit für lange Pausen. Er schob seine Arme durch die Rucksackriemen und warf sich das Gewehr über seinen Rücken, bevor er sich den Schlamm von seinen Augen wischte.

Sobald er wieder sehen konnte, blickte er sich um. Sanken sie noch tiefer? Jeder Gedanke, den zweiten Rucksack hervorzuholen, waren hinfällig.

In dem dichten Regen konnte er nur schwer erkennen, wo

sich der höhergelegene Teil des Feldweges befand. Wie die Dinge standen, könnten sie im tiefen Schlamm versinken und ertrinken, wenn sie sich vom Fahrzeug entfernten.

Wie weit waren sie vom Weg abgekommen?

Er traf auf Bries Blick. Ihre wunderschönen braunen Augen waren vor Angst weit aufgerissen.

Eines der Stereotype, denen er täglich ausgesetzt war, war die Idee, dass er mit der Erde im Einklang sein sollte. Als Indianer sollte er dazu in der Lage sein, das Geflüster der Mutter Erde zu hören und einen Weg zu finden – oder irgend so ein Scheiß.

Wenn er jemals *mehr* gebraucht hatte, dann war das jetzt.

Leider würde er sich stattdessen auf seine Fähigkeiten verlassen müssen, die er in der Spezialeinheit gelernt hatte.

Kapitel Neun

Brie schwankte als der Wagen kippte. Sie klammerte sich an Bastians Schulter fest, um ihr Gleichgewicht nicht zu verlieren. *Heilige Scheiße.* Der Sumpf hatte den gesamten Geländewagen verschluckt, als ob er eine Art Monster mit einem Appetit für verbeulte Gebrauchsfahrzeuge wäre.

Das durfte einfach nicht wahr sein. Sie war bereits entführt, angekettet, nackt ausgezogen, gepeitscht und *verkauft* worden. Fahrzeug-verschlingende Sümpfe waren eine Tortur zu viel.

Sie spannte ihren Kiefer an und blickte zum Regenguss hinauf. Aaah, Fuck. Sie würde sich ihren verängstigten Nervenzusammenbruch für später aufheben müssen.

Die Position des Fahrzeugs deutete an, wo sie vom Weg abgekommen waren und sie konnte eine leichte Anhebung erkennen, wo der Pfad entlangführen musste. Etwas mehr als einen Meter entfernt. Von hier würden sie zu höhergelegenem Grund waten können.

„Wir werden springen müssen", sagte Bastian und bestätigte ihre Gedanken.

Sie atmete tief ein und hüpfte vom Wagen herunter, bevor sie ihre Nerven verlieren würde. Doch der Schlamm sog an ihren Füßen und sie sprang nicht so auf, wie sie sich das erhofft hatte. Nur eine Fußlänge von ihrem Ziel entfernt versank sie tief im Matsch.

Sie suchte nach irgendetwas, woran sie sich festhalten konnte, während sie immer tiefer absank. Sie versuchte, nicht in Panik zu geraten, als der Matsch an ihren Armen diese schwerer machte, und ihre Füße unter ihr verzweifelt nach festem Grund suchten.

Sie würde im Schlamm ertrinken.

Panik tötet.

Sie verlangsamte ihre Bewegungen und breitete ihre Arme aus, als ob sie schwimmen würde, um sich vorwärts zu stoßen, wo sie den festeren Boden finden würde, der den Feldweg bildete. Dort mussten sich Wurzeln oder Vegetation befinden, die den Weg stabilisierten, sonst wäre dieser Weg längst dem Sumpf zum Opfer gefallen.

Von hinten schoben Hände sie nach vorn und hoch, was ihr genug Schwung gab, um den festeren Grund zu erreichen. Sie krabbelte auf die weiche Böschung hinauf und ließ sich auf den Weg fallen, als sie feststellte, dass der von nur zehn Zentimetern Matsch bedeckt war. Sie drehte sich um und ergriff Bastians Handgelenke. Er umfasste ihre und verschloss ihren Griff. Mit ihrem Hintern auf dem Weg sitzend und sich zurücklehnend zog Brie ihn aus dem Sumpf.

Sie besaß allein nicht die Kraft, ihn herauszuheben, aber seine Füße mussten festeren Untergrund gefunden haben, denn er tauchte auf, als würde er aus dem Schlamm geboren, einen langsamen Schritt nach dem anderen, während sie ihn weiter zu sich zog.

Bis Bastians Körper komplett befreit war lag sie rücklings flach in dem seichten Matsch. Er lag über ihr. Sie lagen Brust an Brust, umklammerten immer noch gegenseitig ihre Handgelenke, während der Regen auf sie niederprasselte.

Wasser wirbelte um ihren Kopf herum und floss in den Sumpf. Sie sollten aufstehen. Dem Weg folgen. Zu höherem Grund gehen. Doch in diesem Augenblick wollte sie nichts anderes tun, als hier mitten auf dem überfluteten Feldweg mit ihrem Green Beret zu liegen, der ihr erneut das Leben gerettet hatte.

Er fing an, sich von ihrer Brust hochzuheben, doch sie

packte sein von Schlamm beschmutztes Shirt und hielt ihn fest. Sie stellte sich vor, wie sie für einen Fremden aussehen würden, der auf sie zukäme – so vollkommen mit Matsch bedeckt und sich umarmend. Hysterisches Gelächter blubberte in ihrer Brust auf. ‚Wahnsinnig' konnte diesen Tag nicht einmal ansatzweise beschreiben.

Bastians Körper erbebte, bevor das Rumpeln seines eigenen Gelächters aus ihm herausbrach.

Sie lebte, war von Schlamm bedeckt, und über ihr leuchtete Bastians ebenfalls schlammbedecktes Gesicht mit einem warmen wilden Licht auf. Sie umschloss seine Wangen unter seinem matschigen Bart mit ihren matschigen Händen und zog sein Gesicht zu ihrem herunter. Sie presste ihre matschigen Lippen auf seine. Sie küssten sich, mit offenem Mund und überschwänglich, und sie feierten den Geschmack der Erde und des Regens und ihrer Freude. Sie hatten den Sumpfgott um seine Opfer gebracht.

Wer hätte gedacht, dass Regen das Gefährlichste sein würde, dem sie sich heute gegenübersah?

Der Kuss endete und er schälte sich von ihrem Körper, bevor er auf die Füße kam. Er griff herunter und zog sie in eine aufrechte Position. Direkt vor ihm stehend wischte sie ihm einen Streifen Matsch vom Gesicht, doch das war vergebene Mühe. Sie waren beide hoffnungslos und von Kopf bis Fuß mit Schlamm bedeckt.

„Wir müssen höheren Grund finden", sagte er. Er nickte zurück in Richtung eines niedrigen Hügels, an dem sie erst kurz zuvor vorbeigefahren waren.

Sie drehte sich zu der Stelle um, wo das Fahrzeug im Schlamm versunken war. „Die Karte", sagte sie. Sie hatte sie im Wagen gelassen. Jetzt war sie zerstört. Sie schloss ihre Augen. „Ich habe lange genug darauf gestarrt. Ich werde mich erinnern – hoffentlich." Sie studierte den Pfad. „Der Feldweg verlief einen halben Tick nach links und dann war da eine Gabelung, wo wir nach rechts abgebogen wären. Noch ein paar Kurven und Abzweigungen und wir hätten es bis zur Hauptstraße geschafft. Von dort aus sind es zehn Meilen bis zu einem Dorf –

eins, das ich kenne. Ich mache wöchentlich meine Runden, um den Stand an Nahrungsmitteln und anderen Vorräten zu prüfen. Das Dorf befindet sich auf meiner Strecke. Vielleicht wird man uns dort helfen."

„Gibt es einen Weg dorthin, ohne die Hauptstraße zu benutzen?"

Sie schloss ihre Augen, rief sich die Karte in Erinnerung. „Vielleicht. Aber der ist wahrscheinlich genauso überflutet wie dieser hier."

„Dann werden wir zur Hauptstraße gehen." Sie gingen los und folgten der Linie des höheren Bodens, so gut es ihnen möglich war. Nachdem sie etwa hundert Meter gegangen waren, klopfte Bastian auf die Seite seines Rucksacks und fluchte.

„Was ist los?", fragte sie. „Bis auf die Tatsache, dass alles beschissen ist, meine ich."

„Mein Funkgerät ist weg. Verfluchte Scheiße. Es muss aus der Seitentasche in den Schlamm gefallen sein. Könnte entweder im Wagen oder im Matsch neben der Straße liegen."

Er blickte zurück, wo sie das Fahrzeug an den Sumpf verloren hatten und sagte nicht, was sie beide wussten: Er würde nicht für das Funkgerät zurückgehen können.

Sie würden es niemals finden. Himmel, wahrscheinlich würden sie mittlerweile nicht einmal das Fahrzeug wiederfinden.

Sie gingen nebeneinander her und folgten dem Feldweg, soweit sie ihn erkennen konnten. Sie kamen nur langsam vorwärts, und sie machte vorsichtige Schritte, falls der Boden unter ihren Füßen noch einmal nachgeben sollte. Mit jedem Schritt schmerzte ihr Knöchel, aber sie beschwerte sich nicht. Laufen war ihre einzige Möglichkeit.

Irgendwann kam sie versehentlich von dem Weg ab, aber weil sie nicht so schwer wie der Geländewagen war, wurde sie nicht sofort in den Sumpf hinausgezogen. Bastian fing sie auf und zog sie auf festeren Grund zurück.

Grauer Himmel und unaufhörlicher Regen erschwerten den Versuch, die Tageszeit zu bestimmen. Soweit sie es einschätzen konnte, war es bereits nachmittags gewesen, als sie den Markt verlassen hatten und es anfing zu regnen. Seither waren einige Stunden vergangen, wenn sie die Flucht durch den Wald, die verlangsamte Fahrt durch den Matsch, den Regen und die verlängerte Route bedachte, und jetzt waren sie bereits seit über einer Stunde zu Fuß unterwegs. Die Sonne würde bald untergehen, und sie würden sogar das düstere graue Licht verlieren.

Sie würde in der Dunkelheit nicht weitergehen können. Bastian mochte ein Nachtsichtgerät haben, aber sie hatte keins, und sie war bereits einmal vom Weg abgekommen. Außerdem tat ihr Knöchel höllisch weh, und mit jedem Schritt schoss ein scharfer Schmerz in ihr Bein hinauf.

„Was sollen wir tun?", fragte sie und fürchtete sich ein wenig vor seiner Antwort.

„Wir müssen höheren Grund finden. Uns ausruhen. Uns sammeln." Er deutete auf einen niedrigen Hügel in der Ferne, der von Bäumen umgeben war. „Wir werden dort hingehen."

Dies war die sumpfige Version einer Oase in der Wüste.

„Wir werden eine Pause einlegen und uns überlegen, was wir als Nächstes tun werden."

Der Sturm ließ ganz allmählich nach. Als sie den Hügel erreichten, war er nur mehr ein leichtes Nieseln. Die Nacht brach über sie ein, als ob jemand einen Schalter umgelegt und die Sonne ausgemacht hätte. Sie rechnete sich aus, dass es nun etwa sieben Uhr abends sein musste. So nahe am Äquator waren Sonnenauf- und Untergänge konsistent und kurzlebig.

Adrenalin hatte sie bisher vorangetrieben, doch als sie ihr Ziel vor Augen hatte, wurde der Schmerz in ihrem Knöchel überwältigend. Sobald sie am Hügel ankamen, konnte sie ihr Humpeln nicht länger verbergen. Mit dem Schnitt in ihrem Fuß einerseits und dem verstauchten Knöchel andererseits konnte sie kaum noch Gewicht darauf verlagern.

Bastian fluchte und hob sie auf seine Arme. „Warum hast du nichts gesagt?"

Sie schlang ihre Arme um seinen Hals. „Weil du genau das hier tun würdest. Du kannst mich keine zehn Meilen weit tragen."

„Anstatt nur eine Stunde Pause zu machen, werden wir hier

übernachten und deinen Fuß versorgen. Vielleicht kannst du dann Morgen laufen.“

„Wir werden den Treffpunkt verpassen.“

„Das war klar, sobald wir den Truck verloren haben.“

Sie legte ihre Wange an seine Schulter, während er sie den Hügel hinauftrug. Oben angekommen setzte er sie ab und breitete dann eine Plastikplane auf dem hohen Gras aus. Eigentlich war das nutzlos, wenn man davon ausging, wie nass und schlammbedeckt sie war, aber es war bestimmt komfortabler, als in den matschigen Untergrund einzusinken.

Er setzte sich auf die Plane, und sie setzte sich neben ihn. Jetzt, da das Adrenalin, das sie durch den Großteil des Tages gebracht hatte, abgeschwächt war, fing sie vor Schmerzen und Müdigkeit an zu zittern.

„Lass mich einen Blick auf den Fuß werfen“, sagte er und zog eine Notfallkiste aus dem Rucksack.

„Es ist kein Schlamm in den Rucksack eingedrungen“, sagte sie, während er die Dinge aus der Notfallkiste herausholte und auf die Plastikplane legte.

„Der Hauptteil war fest zugeschnürt. Wir haben das Funkgerät nur deshalb verloren, weil es in der Außentasche steckte.“ Er reinigte ihren Fuß mit einem feuchten Tuch. „Tut mir leid, dass ich keine Schuhe oder Kleidung für dich hatte. Wir mussten die Rettung in Windeseile organisieren.“

Sie zupfte an dem schlammbedeckten Stück Stoff, den sie trug. „Das tut es auch.“ Im Moment war sie nicht besonders wählerisch.

Er benutzte ein Desinfektionsmittel, um den Schnitt in ihrem rechten Fußgewölbe zu reinigen, und sie atmete zischend durch ihre zusammengebissenen Zähne ein, als es brannte.

Sobald der Schlamm entfernt war, fing es wieder an zu bluten – ein frischer Strom an hellem roten Blut. Er umwickelte es fest mit Gaze und einem Verband, bevor er sich ihrem Knöchel widmete, den er vorsichtig mit seinen Fingern betastete. „Leicht geschwollen. Tut das weh?“, fragte er.

„Nein. Nur wenn ich mein Gewicht darauf verlagere.“

Er zog eine Eispackung hervor und brach den Chip in der

Mitte, um die vereisende Chemikalie freizusetzen. „Drücke das heute Nacht da drauf. Und kein Laufen, wenn es nicht absolut notwendig ist."

Sie nickte und runzelte dann ihre Stirn. „Ich muss mal ..."

Er neigte seinen Kopf zu einem Baum, der nur wenige Schritte entfernt war. „Ich werde mich umdrehen."

Das tat er, während sie sich erleichterte, und sie verzog eine Miene, als sie daran dachte, wie schnell sie zur mit-offener-Tür-zur-Toilette-gehen-Stufe vorgedrungen waren. Das Leben in Südsudan hatte ihr die Hemmungen in Bezug auf Badezimmer-gewohnheiten schnell abgewöhnt – man konnte nicht hier leben und pingelig sein – aber es war etwas anderes, wenn sie sich in der Nähe eines Amerikaners befand, den sie nicht wirklich kannte.

Sie richtete ihren Sarong, setzte sich wieder auf die Plastik-plane und legte sich das Eispaket auf ihren Knöchel. Er zog einen Proteinriegel aus seinem Rucksack und reichte ihn ihr. „Das Abendessen ist fertig."

Sie lachte kurz auf. Obwohl sie vor einer Weile einen Snack gehabt hatte, rollte sich ihr Magen vor Hunger fast zusammen. Sie öffnete die Verpackung und brach den Riegel in zwei Hälf-ten. Eine Sache, die sie bei ihrer Arbeit in Hunger leidenden Ländern gelernt hatte, war, dass sie sich die Rationen einteilen mussten. Niemand konnte sagen, wie lange sie hier draußen festsitzen würden, und hier draußen im Grasland gab es nichts Essbares. Keine Beeren. Nichts. In Südsudan waren alle erhältli-chen Nahrungsmittelressourcen weggepickt worden. Unbe-wohnte Gegenden wie diese hatten nichts zu bieten, sonst hätten sich die Menschen hier niedergelassen.

Er nahm seine Portion ohne Widerspruch entgegen. Sie brauchten beide ihre Kraft, wenn sie es aus dieser Situation herausschaffen wollten. „Ich habe noch ein paar weitere Riegel, Einmannrationen und Trockenfleisch. Genug für zwei oder drei Tage, wenn wir vorsichtig sind."

Sie blickte auf den Regen, der von den Blättern tropfte. „Wenigstens ist Wasser kein Problem. Es wird ein paar Stunden dauern, bis wir morgen das Dorf erreichen."

„Falls du laufen kannst.“

„Ich werde laufen.“ Sie würde es tun, weil es sein musste.

Er beendete sein spärliches Dinner und streckte sich auf der Plane aus. „Du solltest schlafen.“

„Ich weiß nicht, ob ich das kann“, gab sie zu. Sie war nass und voller Schlamm und vielleicht auch ein klein wenig unter Schock.

Er zog sie herunter, sodass ihr Hinterkopf auf seiner Brust lag. „Ich werde dein Kissen sein“, sagte er. Sein Arm legte sich über ihre Brust. Er fand ihr Handgelenk und er wanderte an ihrer Haut entlang, bis er ihre Finger mit seinen umschlängeln konnte.

Eine Erinnerung daran, dass sie nicht allein war.

Sterne lugten in kleinen Clustern durch die Wolken, die sich langsam auflösten. „Deine Freunde nennen dich also Bastian. Deine Feinde nennen dich Bastard. Wie nennt dich deine Geliebte?“

„Warum willst du das wissen?“

Sie lächelte zu den Sternen hinauf. „Zur späteren Verwendung.“

Er schmunzelte. „Meistens Bastard. Ich neige dazu, nicht lang zu bleiben.“

„Gut zu wissen. Man hat mich aus demselben Grund als Miststück bezeichnet.“

„Warum können die Leute eine einfache kurze Affäre nicht verstehen?“, fragte er. „Es ist ja nicht so, dass ich jemals mehr versprochen hätte.“

„Ja genau. Ich meine, man vögelt einen Kerl im Aufzug, und dann ist er sauer, weil man es danach nicht mehr als nötig ansieht, ihn ins Penthouse einzuladen.“

„Das ist ganz einfach effizient. Er verliert Punkte, weil er zu schnell gewesen ist, aber trotzdem effizient. So muss man nicht mal die Laken wechseln.“

„Ich muss dazu sagen, dass es ein sehr hohes Gebäude war.“

„Das werde ich mir merken.“

„Zur späteren Verwendung“, wiederholte sie. „Ich meine, jetzt in diesem Moment riechst du wie Sumpf. Und ich kann mir vorstellen, dass deine ‚Ausrüstung' auch ziemlich schlammig ist."

Sie spürte, wie er unter ihr vor Lachen erbebte, als sich seine Finger durch ihr matschiges Haar schoben. „Vielleicht kommt der Spruch ‚ins Wasser gefallen' genau da her."

Nach dem Tag, den sie soeben durchgemacht hatte, war es verrückt, als ihr klar wurde, dass sie nun ausgestreckt mit einem *lachenden* Chief Bastard auf einem Grashügel lag. Aber es fühlte sich richtig an.

Außerdem war es so viel besser als heulen. „Das war ja mal ein … verrückter Tag."

„Jep." Er zupfte etwas aus ihrem Haar − wahrscheinlich einen Zweig. Dann durchkämmte er ihr kurzes Haar mit seinen Fingern. „Du hast dein Haar abgeschnitten", sagte er träge, als ob das eine ganz normale Konversation war, nachdem er eine Frau aus der Sklaverei und einem Sumpf gerettet hatte.

„Es ist leichter zu waschen." Sie würde ihm gegenüber nicht zugeben, dass er irgendetwas damit zu tun hatte. Sie hatte sich ganze dreißig Zentimeter Haar abgeschnitten, weil das ihre gewöhnliche Reaktion auf Ablehnung war. Es war nicht notwendig, dass sie sein Ego streichelte, was wahrscheinlich so schon viel zu aufgeblasen war.

„Mir gefällt es."

Sie seufzte, als seine Finger über ihre Kopfhaut kratzten. Sie hatte eine Schwäche für Kopfmassagen.

„Wenn mir jemand vor zehn Jahren gesagt hätte", sagte er, „dass wir voller Schlamm und nach einer Flucht vom Sklaven-markt zusammen auf einem Hügel in Südsudan enden und die Sterne ansehen, hätte ich ihnen versichert, dass sie vollkommen durchgeknallt sind."

Sie lachte. „Ich glaube, dass dies für jeden Amerikaner ein durchgeknalltes Szenario ist, aber ich gebe zu, dass wir vielleicht ein eher ungewöhnliches Paar abgeben."

„Princess Prime und ein Indianer? Das hätte niemand voraussehen können."

„Hey, nur dass du das weißt: Nicht alle Indianer hassen

mich. Ich habe einen Master in Kulturanthropologie, weißt du?!"

„Ja, aber du solltest wissen, was Indianer von Kulturanthropologen halten."

Sie nickte. Als sie mit ihrem Studium anfing, war sie davon ausgegangen, dass man sie für ihren Familiennamen und ihre Verbindungen zum Öl-Unternehmen hassen würde, war aber dann überrascht, als sie vom Ruf von Ethnologie bei manchen Stämmen erfuhr. Allerdings war das keine allgemeine Einstellung – dank der Bemühungen von Anthropologen und Stammesmitgliedern, die Kluft zu überbrücken und zusammen zu arbeiten, um kulturelles Erbgut zu schützen.

„Die Disziplin verändert sich. Wir arbeiten mehr zusammen als getrennt."

„Ich weiß. Aber es ist trotzdem immer noch dasselbe für uns – das Gefühl, dass Anthropologen und Archäologen uns unsere Vergangenheit und unsere Kultur erklären wollen, uns studieren wie Laborratten, wonach sie dann einige Teile unserer Kultur anerkennen und den Rest einfach verleugnen."

Das stimmte. Manche hatten das getan. Einige Kulturanthropologen taten es immer noch.

„Von welchem Stamm kommst du?" Sie rollte sich auf ihre Seite, damit sie sein Gesicht sehen konnte, während sie ihren Kopf weiterhin auf seinem Brustkorb legte.

Er wischte sich ein paar trockene Schlammflecken von der Stirn. „Kalahwamish. Wir befinden uns auf der Olympic-Halbinsel im Staat Washington."

„Ich habe davon gehört. Ich habe in Portland studiert. Das ist der Stamm, der vor etwa fünfzehn Jahren die Sägemühle-Ländereien geerbt hat, richtig?"

„Jep."

„Ich glaube, dass sowohl Archäologen als auch Kulturanthropologen etwas damit zu tun hatten."

Er lächelte. „Stimmt. Und ich habe nie gesagt, dass *ich* keine Anthropologen mag. Ich habe letzten Monat bei der Rettung einer solchen vor einem Kriegsherrn geholfen."

Sie lachte. „Ach ja, die gute alte *Ich-habe -Anthropologen-Freunde*-Ausrede."

Er lachte ebenfalls. „Hey, das stimmt." Er legte seine Hand um ihren Hinterkopf und zog ihren Mund zu seinem. Seine Lippen waren kaum einen Zentimeter von ihren entfernt, als er sagte: „Ich werde für dich eine Ausnahme machen. Falls du mich studieren willst – jeden Zentimeter von mir – dann bin ich gern dein Versuchsobjekt."

„Nun, ich bräuchte Forschungsfragen, wenn das als eine gültige wissenschaftliche Studie durchgehen soll."

Seine Lippen streiften über ihre, weich und sanft, dann ließ er sie los und sie neigte ihren Kopf, um seine Brust wieder als Kissen zu benutzen. „Wir haben genug Zeit, um uns diese Fragen zu überlegen, denn diese Studie kann jetzt eh nicht stattfinden. Neben der Tatsache, dass du wie ein verschimmelter Tümpel riechst, muss ich aufmerksam bleiben."

„*Verschimmelter* Tümpel? Tümpel hat nicht gereicht?"

„Ich sage es so, wie ich es rieche."

Sie machte eine große Sache daraus, als sie unter ihrem Arm schnüffelte, und sagte dann: „Auch nicht besser." Sie betrachtete den Himmel und ihr Kopf hob sich leicht mit jedem von Bastians Atemzügen an. „Was passiert jetzt?"

„Du schläfst. Am Morgen werden wir zu deinem Dorf gehen und sehen, ob wir dort jemanden mit einem Funkgerät finden können. Falls nicht, versuchen wir, eine Fahrt nach Juba zu erkaufen."

Dies war kein unmögliches Szenario, was ihr Hoffnung gab.

„Wir sollten uns mit dem Schlafen abwechseln. Du brauchst ebenfalls Schlaf."

„Werden wir, aber du solltest zuerst schlafen. Schlafe für sechs bis acht Stunden. Du brauchst es. Nachdem du dich gut ausgeruht hast, werde ich dich wecken und zwei Stunden nachholen. Ich habe dafür trainiert und halte länger aus, aber ich bin effektiver, wenn ich ab und zu ein paar Stunden Schlaf abbekomme."

Sie nickte und war froh darüber, dass er vernünftig war und

nicht den Macho spielen wollte. Soldaten der Spezialeinheit waren eindeutig schlau und pragmatisch veranlagt.

Sie wollte ihren Teil beitragen, musste sich aber eingestehen, dass sie im Moment furchtbar müde war. „Das klingt fair." Sie drehte sich so, dass sie seine Augen im Sternenlicht sehen konnte. „Danke, dass du zu meiner Rettung gekommen bist."

Er streichelte über ihre Augenbraue. „Gern geschehen, Brie. Schlaf jetzt. Ich pass auf dich auf."

Sie schloss ihre Augen und dachte, dass es unmöglich sein würde trotz ihrer Erschöpfung Schlaf zu finden, doch Bastians rhythmisches Atmen, seine sanften Berührungen und sein Versprechen, sie zu beschützen, nahmen ihr die Angst, und sie fiel in den dringend nötigen Schlaf.

Kapitel Zehn

Bastian wartete, bis Brie tief eingeschlafen war, bevor er sich vorsichtig unter ihr hervorzog. Er zog das Shirt seiner Kampfuniform aus dem Rucksack, die er nicht zum Markt getragen hatte, und schob es ihr unter den Kopf. Sie regte sich, wachte aber nicht auf.

Er umkreiste die Lichtung oben auf dem Hügel und hielt nach möglichen Gefahren Ausschau. Ihre Situation war so abgefuckt. In ein paar Stunden würde ein Blackhawk-Hubschraube am Treffpunkt landen, und sie wären nirgendwo zu sehen.

Er hatte Scheiße gebaut und das Fahrzeug und das Funkgerät verloren. Das war alles seine eigene verdammte Schuld.

Er ging auf und ab und umkreiste ihren Zufluchtsort oben auf dem Hügel. Glücklicherweise hatte der Regen aufgehört. Er hatte ein Regendach im Rucksack, würde es aber nur herausholen, wenn das notwendig war. Er musste ihre Vorräte sparsam nutzen, denn es würde bestimmt nicht einfach sein, zu dem Dorf zu gelangen, und falls sie den ganzen Weg nach Juba zu Fuß gehen mussten, könnte das Tage dauern.

Er zog sein Messer aus seinem Rucksack und wandte sich zu der Gruppe von Bäumen hin, die den Hügel umringten. Er musste für Brie eine Art Stock machen, damit sie den langen Weg schaffen konnte. Er würde ihr auch Sandalen aus einer seiner Rettungsleinen und den Innensohlen seiner Stiefel zusammenbasteln.

Er fand einen stabilen Ast und machte sich an die Arbeit.

Während er schnitzte, sprang sein Blick wiederholt zu der Frau, die schlafend auf einer dünnen Plastikplane lag. Er hätte sie nicht küssen sollen, als sie auf dem matschigen Weg lagen.

Er war sich nicht einmal hundertprozentig sicher, wer den Kuss überhaupt initiiert hatte, aber er hatte keine Zweifel daran, dass dies nicht zu den Standardaufgaben der Spezialeinheit gehörte. Die Tatsache, dass sie erst Stunden zuvor nackt ausgezogen und an ihn verkauft worden war, machte seine Handlung umso schlimmer. Verwerflich.

Und dann hatte er seinen Fehler noch verschlimmert, indem er mit ihr geflirtet und ihr angeboten hatte, ihn anthropologisch zu studieren. Er versuchte, es mental zu rechtfertigen, indem er sich selbst einredete, dass sie nach dem Horror, den sie durchgemacht hatte, getröstet werden musste. Und das stimmte ja auch, allerdings war es ebenso eine Rechtfertigung, die ihm selbst zugutekam.

Er hatte es genossen, mit ihr zu flirten. Sie zum Lachen zu bringen.

Und die Wahrheit war, dass er nicht daran gedacht hatte, was sie gerade durchgemacht hatte, als er sie küsste. Er hatte überhaupt nicht gedacht. Es gab keine Rechtfertigung.

Er hätte sich aus dieser Mission heraushalten sollen, damit jemand, der objektiv war, die Aufgabe, sie zu retten, hätte übernehmen können. Jemand, der ihre Situation nicht ausgenutzt hätte.

Vor zehn Jahren war sie die Königin seiner Fantasien gewesen. Das allein disqualifizierte ihn davon, ihr Retter zu sein. Dann hatte er sie vor einem Monat geküsst.

Ein Außenstehender könnte denken, dass er die Situation einer schwachen Frau ausnutzte, und er würde es nicht einmal bestreiten können.

Er war kein netter Typ, wenn es um Beziehungen ging. Er hatte Sex und war danach sofort aus der Tür raus, aber er war diesbezüglich immer direkt. Es gab solche, die sein Verhalten als das eines Arschlochs ansahen, aber selbst er hätte nie geglaubt, dass er so tief gesunken war, dass er eine Frau haben wollte, nur weil sie die ultimative verbotene Frucht war, und dann impulsiv danach handelte, wenn sie am verletzlichsten war.

Das war es doch, worum es hier ging, oder nicht? Sie war verboten, weil sie genau die Dinge repräsentierte, die das Fundament seiner Kultur angriffen. Öl-Unternehmen. Anthropologen.

Himmel, sie war eine ehemalige Drogenabhängige, genau wie sein Onkel, was sie zu einem Risiko machte, das er sich nicht erlauben konnte.

Wenn jemand eine Liste der unpassendsten Frauen für ihn erstellen würde, stünde Gabriella Stewart Prime an erster Stelle.

Aber das Flirten kam so natürlich. Wenn er an all die Dinge dachte, die sie in den vergangenen achtundvierzig Stunden durchgemacht hatte, dann war mit ihr flirten so ziemlich das Unpassendste, was er sich vorstellen konnte. Noch schlimmer war nur, eine Latte zu bekommen.

Er steckte tief in der Klemme. Falls sein XO diesen Scheiß herausfinden sollte, würde der ihm die Hölle heiß machen. Brie war die Tochter eines der reichsten Männer der Welt. Sein CO, sein XO − Himmel, wahrscheinlich ganz SOCOM − würden glauben, dass er sich aus diesem Grund allein an sie rangemacht hatte.

Bei diesem Gedanken wollte er aus der Haut fahren. Ihr Vater wollte ihn aus der Haut fahren lassen. Alles an dieser Situation könnte ihn zum Aushängeschild einer Irrenanstalt machen.

Er musterte den Horizont. Da es hier keine Fremdlichtverschmutzung gab, war der Sternenhimmel klar, und er konnte ziemlich weit sehen. Im Norden befanden sich die Ölfelder, die trotz des Bürgerkriegs die Produktion wieder aufgenommen hatten. Manche glaubten, dass die Öl-Unternehmen den Krieg weiterhin finanzierten, weil es weniger Kontrollen und mehr Zugeständnisse bedeutete. Sie bezahlten niedrigere Gebühren an die Regierung, weil sie ihre eigenen Armeen anheuern mussten, um ihre Operation zu beschützen.

Armeen, die einen Sklavenmarkt beschützten?

Eine grundlegende Wahrheit: Länder in Afrika wurden heutzutage von ausländischen Gemeinschaftsunternehmen genauso benutzt und missbraucht, wie zu den Zeiten, als die Sklavenschiffe Menschen in die Neue Welt transportierten.

Er musste seine Wut auf Prime Energy an der Vorderfront behalten. Brie mochte nicht länger dem Unternehmen – oder dieser Familie – angehören, aber sie war trotzdem immer noch eine Prime. Egal, welchen Namen sie sich selbst heutzutage gab. Wenn er daran festhalten konnte, würde es ihn vielleicht davon abhalten, etwas so Dummes zu tun – wie sie noch einmal zu küssen.

Sie zu mögen.

„**B**astian?", flüsterte Brie in die Dunkelheit und war beunruhigt, dass sie aufgewacht und allein war.

Einen Moment später war er an ihrer Seite. „Bist du okay?"

Erleichterung durchflutete sie. „Ja." Sie setzte sich auf. „Wie lange habe ich geschlafen?"

Er blickte auf seine Uhr. „Fast sechs Stunden. Schlaf weiter."

Sie rieb sich ihre Augen. „Nein. Mir geht es gut. Du solltest jetzt etwas schlafen. Du kannst vier Stunden nachholen, anstatt nur zwei." Wolken waren aufgezogen und nun war die Nacht finster und dunkel. „Wir haben unser Rendezvous verpasst." Sie hatte gewusst, dass sie den Hubschrauber nicht erreichen würden, aber irgendwie fühlte es sich jetzt, da der Zeitpunkt gekommen und wieder vorbeigezogen war, endgültiger an.

„Ja. Aber das ist nicht so schlimm. Das bedeutet nun, dass sie ein Team losschicken werden, um nach uns zu suchen."

„Glaubst du, dass wir … vielleicht hierbleiben sollten? Und darauf warten, dass sie uns finden?"

Er ließ sich neben sie auf die Plastikplane sinken. „Weiß der Henker. Wir mussten eine andere Route durch das Grasland nehmen. Wir sind Meilen von dem Ort entfernt, wo sie mit ihrer Suche anfangen werden."

„Aber sie werden den überfluteten Weg sehen …"

„Mittlerweile sind alle Wege überflutet. Sie können nicht wissen, wo wir vom Weg abgekommen sind. Und sie werden unseren Truck nicht finden. Können unsere Spuren nicht nachverfolgen. Es hat so heftig geregnet." Er blickte zum Himmel auf. „Und da wird noch mehr kommen."

Er war lange still. „Ich denke, dass sie von uns erwarten, dass wir es bis zur Hauptstraße schaffen. Sie werden entlang dieses Korridors nach uns suchen."

„Sie werden nicht … annehmen, dass wir tot sind, oder?"

Er schüttelte seinen Kopf. „Mein Team würde es auf keinen Fall zulassen, dass mich irgendjemand abschreibt."

Sie lächelte über seine Überzeugung. „Freut mich, das zu hören, denn ich bin mir ziemlich sicher, dass meine Familie mich nur zu gern für tot erklären würde." Sie war dankbar für die Dunkelheit, die ihren Gesichtsausdruck, den sie in diesen frühen Morgenstunden nicht kontrollieren konnte, verbarg. Sie wollte nicht, dass er wusste, wie sehr die Gleichgültigkeit ihrer beiden Halbbrüder ihr gegenüber immer noch schmerzte.

Sie wollte nicht, dass irgendjemand wusste, wie sehr sie sich immer noch eine Familienverbindung wünschte. Es hatte gute Zeiten mit Rafe und Jeffery Junior gegeben. Im Alter von acht Jahren war sie davon überzeugt gewesen, die besten großen Brüder in der ganzen Welt zu haben.

Unfähig, ihren Fuß zu belasten, verließ sie die Plastikplane, damit Bastian sie benutzen konnte, und lehnte sich mit ihrem Rücken an einen Baum. Von dort aus konnte sie sehen, wie er ausgestreckt auf der Plane lag, und sie konnte ganze einhundertachtzig Grad des Hügels und des Sumpfes im Auge behalten.

Sie war beeindruckt von seiner Fähigkeit, sich einfach hinzulegen, die Augen zu schließen und augenblicklich einzuschlafen. Sie konnte sich kaum vorstellen, welcher Art von Training eine Person sich unterziehen musste, um dazu in der Lage zu sein. Das war eine ernsthafte Form von Selbstkontrolle.

Sie beobachtete das gleichmäßige Heben und Senken seiner Brust, während sie gleichzeitig versuchte, all das zu verarbeiten, was sich in den vergangenen zwei Tagen ereignet hatte.

Bastian beim Schlafen zu beobachten war ein Genuss, den sie nicht erwartet hatte. Sein hübsches Gesicht entspannte sich und er sah sie nicht länger mit der Abneigung an, die er in Camp Citron gezeigt hatte, oder dem Mitleid, das er ihr nach ihrer Rettung an den Tag gelegt hatte. Das Beste war, dass er nicht im Geringsten der brutalen Fassade des Sklavenkäufers entsprach.

Mehr als alles andere wollte sie vergessen, wie er in dieser Rolle ausgesehen hatte. Doch dieses Bild hatte sich in ihr Gehirn eingebrannt. Dabei war das nicht er gewesen. Es war nicht seine Natur. Sie wusste das. Trotzdem hatte er ihr mächtig Angst eingejagt.

Also dachte sie stattdessen an den Soldaten, der mit ihr geflirtet hatte, bevor sie eingeschlafen war. Sie hatte gleich von Anfang an, als sie sich getroffen hatten, den Eindruck gehabt, dass er ein Frauenheld war. Und nach ihrer letzten Unterhaltung von heute Nacht hatte er das bestätigt, und sie teilten beide eine Vergangenheit als Aufreißer.

Sie hatte ernsthafte Beziehungen schon immer vermieden, selbst bevor sie Micah so furchtbar ausgenutzt und dann später festgestellt hatte, dass er ihr etwas bedeutete. Nach Micah hatte sie sich einen Schutzwall um ihr Herz gebaut. Sie würde es niemals wieder riskieren, einen Mann so nahe an sich ran zu lassen. Es war zu gefährlich.

Vier Stunden, nachdem Bastian sich auf die Plane gelegt hatte, öffnete er seine Augen mit derselben beeindruckenden körperlichen Selbstkontrolle, die er schon beim Einschlafen bewiesen hatte. Die Dämmerung war angebrochen, doch der Himmel war mit dichten dunklen Sturmwolken bedeckt und warf nur ein graues Morgenlicht auf die Umgebung. Sie teilten sich eine Notfallration als Frühstück, und dann versuchte sie vorsichtig, ob sie mit ihrem verletzten Fußgelenk auftreten konnte, wobei sie sich auf den Stock stützte, den Bastian mitten in der Nacht für sie geschnitzt hatte. Der Schmerz hatte etwas nachgelassen, und mit dem Stock konnte sie in einem halbwegs vernünftigen Tempo laufen.

Es würde funktionieren.

Das musste es, so oder so.

Fünfzehn Minuten, nachdem Bastian aufgewacht war, machten sie sich bereits auf den Weg und folgten wieder dem matschigen Pfad entlang der Route, die Brie sich eingeprägt hatte, während sie auf die Karte gestarrt hatte. Das Wasser war nach dem Sturm ein wenig abgeflossen, und die Straße war nur noch von einer dünnen, etwa zwei Zentimeter dicken Schicht an rutschigem Matsch bedeckt. Zusätzlich zum Stock hatte Bastian Brie auch ein paar Sandalen aus den Innensohlen seiner Stiefel, breiten Blättern und einer Notfallleine zusammengebastelt. Diese notdürftigen Sandalen funktionierten gut genug, um ihre Füße vor scharfen Steinen oder anderen Objekten zu schützen, die sich im Matsch verbargen.

„Wir müssen über den Markt sprechen", sagte Bastian. „Es ist wichtig, dass wir das besprechen, damit du dich an die Details erinnern kannst. Je länger wir damit warten, desto verschwommener wird dein Erinnerungsvermögen sein."

Sie wusste, dass er recht hatte, und es laut auszusprechen würde ihrer Erinnerung auf die Sprünge helfen. Aber verdammt – sie *wollte* beim besten Willen nicht darüber sprechen. Sie *wollte* sich nicht erinnern. Aber wer wusste schon, was wichtig war, und welches Detail vielleicht die entscheidende Information war, die der CIA helfen würde, herauszufinden, wer den Markt leitete?

„Wie lange warst du auf dem Markt, bevor ich auftauchte?", fragte er.

„Zwei Stunden? Vielleicht drei?" Es war schwer, die Zeit einzuschätzen, weil sich jede Minute wie eine Ewigkeit angefühlt hatte.

„Wir sollten am besten bis ganz an den Anfang zurückgehen – wie zum Beispiel: Wer hat dich gefangen genommen?"

Sie erzählte ihm von dem Nuer-Mann, der sie ursprünglich gefunden und dann entführt hatte, bevor er sie an den Markt verkauft hatte. Dann fuhr sie fort, die Männer zu beschreiben, sie sie in der Hütte begutachtet hatten, und erwähnte den Mann von Druneft, der einige Jahre zuvor für Prime Energy gearbeitet hatte.

„Hat er dich erkannt?"

„Ich glaube nicht. Aber vielleicht. Ich war allgemein ein wenig aufgewühlt. Meine Eindrücke könnten etwas fehlgeleitet sein." Sie runzelte ihre Stirn. „Aber er war nicht die einzige Person, die ich auf dem Markt wiedererkannte. Einer der Wachen – der auf mich drauf fiel, nachdem du ihm die Kehle durchgeschnitten hast – sein Gesicht kam mir bekannt vor. Ich glaube, dass er ein Speichellecker eines ehemaligen südsudanesischen Generals namens Lawiri war. General Lawiri ist vor zwei Monaten mit viel Getöse in unserer Einrichtung aufgetaucht und hat versucht, sich die Vorräte unter den Nagel zu reißen, um seine Armee zu ernähren."

„Auf welcher Seite steht er – der des Präsidenten oder des Vizepräsidenten?", fragte Bastian, indem er die beiden Hauptfraktionen des Bürgerkriegs benannte.

„Das ist es ja. Keiner von beiden. Er versucht, seine eigene Armee auf die Beine zu stellen. Ich habe gehört, dass seine Bande von den Rebellen zurückgeschlagen wurde, und er aus dem Land geflohen ist."

„Wohin ist er geflohen?"

„Keine Ahnung. Aber ich bin mir fast sicher, dass der Wachmann, dem du die Kehle durchgeschnitten hast, einer von Lawiris Bodyguards gewesen ist."

Kapitel Elf

Savannah James wanderte im Hauptzimmer des temporären Gebäudes, in dem das SOCOM-Hauptquartier in Camp Citron untergebracht war, auf und ab. Die Mission war in dem Moment gescheitert, als Bastian Brie von dem Markt geholt hatte. Jetzt wurden Bastian und die Tochter des Öl-Tycoons vermisst, und allem Anschein nach hatte ein gesamtes A-Team entgegen ihrer Befehle gehandelt und sich entschieden, die Kinder auf dem Markt zu retten. Zumindest vermutete sie, dass das der Grund dafür war, warum sie den Treffpunkt verpasst und diesbezüglich nur kryptische Mitteilungen weitergeleitet hatten.

Sie konnte es den Männern nicht vorwerfen, dass sie ihre Menschlichkeit bewiesen hatten, allerdings hatte dies ernsthaft die vom Außenministerium öffentlich erklärte Position in Frage gestellt, sich nicht in den Bürgerkrieg in Südsudan einzumischen. Falls sich herausstellen sollte, dass die Regierung oder die Rebellen diese Gegend kontrollierten, dann hatten die USA soeben eine Seite im Konflikt bezogen.

Es war Savvys Karriere, die auf dem Spiel stand, falls das Intel, das sie erhalten hatte, falsch war. Ihre verdammte Karriere war ihr nicht annähernd so wichtig, wie die Sicherheit der Kinder, aber sie hatte gehofft, dass sie Agenten in den Markt einschleusen könnte, um mehr über die Führungsstruktur herauszufinden und in geheimen Missionen die Leute zu zerstören, die hinter dieser Operation standen, und somit diese ganze Aktion ein für alle Mal zu beenden. So, wie die Dinge nun standen, würde der Markt höchstwahrscheinlich irgendwo anders neu starten, und mehr Kinder würden in Auktionen verkauft werden.

Es war die Entscheidung, fünfzig oder tausende von Kindern zu retten. Falls dieser Markt jetzt zerstört worden war, würden sie möglicherweise niemals herausfinden, wer dahintersteckte.

Das Bravo Team der Spezialeinheiten für die Ausführung von Sondereinsätzen – besser bekannt als das B-Team – war das derzeit stationäre Gegenstück des Spezialeinheiten-Teams Alpha – oder A-Team – das den Sondereinsatz in Südsudan durchführte. Savvy hatte gesehen, wie das B-Team fiebrig versuchte, sich mit dem A-Team zu koordinieren, um einen neuen Exfiltrationspunkt zu bestimmen. Aber das Team war in alle Windrichtungen verstreut und behauptete, dass der gestrige Sturm zu ihrem Dilemma beigetragen hätte.

Ripley hatte berichtet, dass Waffen, die in der Waffenhütte versteigert wurden, explodiert seien, und dass die Kinder in dem darauffolgenden Chaos geflohen seien. Niemand vom B-Team glaubte, dass Waffen einfach so explodieren konnten – es sei denn, jemand vom A-Team hatte nachgeholfen. Savvy setzte ihr Geld auf Espinosa. Er war der Sprengstoffexperte. Aber Cal war ein Waffen-Sergeant.

Die anschließende Funkstille des Teams hatte einige Stunden angedauert, was wahrscheinlich daran lag, dass niemand von ihnen verlangen konnte, Befehle zu befolgen, wenn sie nie welche erhalten hatten. Aber wo zur Hölle war Chief Ford? Savvy wusste, dass er das Hauptziel Brie Stewart zu retten, nicht riskieren würde. Abgesehen davon, dass er ein hundertprozentiger Teamplayer war, schien Bastian wegen dieser Öl-Erbin extrem angespannt gewesen zu sein.

Savvy hatte die beiden im Barely North beobachtet, woraufhin sie ihm dann nach draußen gefolgt war und gesehen hatte, wie er die Frau in der Dunkelheit küsste. Vor zwei Tagen hatte Savvy sein Gesicht im Auge behalten, als die Identitäten der entführten Entwicklungshelfer enthüllt worden waren. Für einen Augenblick hatte sie echte Angst in den Augen des Green Berets gesehen.

Bastian Ford mochte sich über seine Gefühle zu Brie Stewart nicht im Klaren sein, aber Savvy war sich verdammt sicher, dass es absolut nichts mit Hass zu tun hatte.

Sie hatte keine Zweifel daran, dass er alles geben würde, um Brie zu retten, und genau das hatte sie seinem Vorgesetzten gesagt, bevor sie sich auf den Weg machten. Der Mann hatte ihr denselben angewiderten und leicht entsetzten Blick zugeworfen, den sie oft erhielt, wenn sie sich in militärische Angelegenheiten einmischte, aber sie hatte absolut ins Schwarze getroffen. Captain Durant hatte sogar zugegeben, dass Bastian verlangt hatte, die Suchmission selbst anzuführen.

Sie war verdammt gut darin, Leute zu lesen, und SOCOM wusste das Intel, das sie zur Verfügung stellte, sehr zu schätzen. Aber sie hassten es, wenn sie ihre Fähigkeit bei ihren eigenen Soldaten oder den Navy SEALs einsetzte.

Pech gehabt.

Sie war hier, weil sie einen Job zu erledigen hatte, egal, wie unangenehm es den großen Jungs mit ihren teuren explosiven Spielzeugen war.

Jetzt starrte sie auf eins dieser Spielzeuge – einen riesigen Bildschirm, der das Satellitenbild des Marktes und der umliegenden Gegend anzeigte. Sie wollte es allein durch ihren Willen dazu bringen, ihnen den Standort von Bastian und Brie zu verraten, aber so sehr sie sich auch anstrengte – ihr Wille allein hatte noch nie einfach so solches Intel hervorbringen können.

Sie hatten gestern durch den Regen Stunden an Überwachung verloren, und heute sah die Landschaft ganz anders aus, nachdem das Netzwerk an Feldwegen, die den Markt umschlossen, komplett überflutet war.

Wohin waren Bastian und Brie gegangen? Waren sie zu Fuß unterwegs, oder hatten sie es gerade noch rechtzeitig aus dem Grasland geschafft? Wie lang war Brie auf dem Markt gewesen? Was hatte sie alles während ihrer Zeit dort gesehen? Falls das, was Savvy vermutete wahr sein sollte, hatte Brie möglicherweise Leute erkannt. Entweder Einheimische, mit denen sie durch ihre Arbeit als USAID-Entwicklungshelferin in Kontakt gekommen war, oder die weit hergeholte Hoffnung, dass sie jemanden wiedererkannt hatte, der mit Kemet Öl oder Prime Energy in Verbindung stand.

Aber falls Brie jemanden erkannt hatte, wären bestimmte Spieler umso mehr daran interessiert, sie auszuschalten, bevor sie nach Camp Citron zurückkehren und ihr Wissen teilen konnte.

Savannahs Handy klingelte, und sie blickte auf die Anruferkennung.

Was zur Hölle?

Warum rief das Satellitentelefon des A-Teams ihre Nummer an?

Sie blickte sich im Raum um. Wenn man SOCOMs allgemeines Misstrauen ihr und ihren Methoden gegenüber in Betracht zog, war dieser Anruf kein Versehen. Das A-Team wollte mit ihr sprechen, und sie wollten nicht, dass das B-Team davon wusste.

Sie trat aus dem SOCOM-Hauptquartier und in die Hitze des dschibutischen Morgens, um den Anruf zu beantworten. „Warum zur Hölle ruft ihr mich an und nicht SOCOM?“, fragte sie ohne Vorwarnung.

Sergeant Cassius Callahans tiefe, warme Stimme löste eine Reaktion in ihr aus, die sie nicht begrüßte und niemals zugeben würde. „Wir brauchen Ihre Hilfe, Savvy.“

Als sie hörte, wie er ihren Spitznamen benutzte, den Morgan Adler ihr vor Monaten verpasst hatte, schoss ein leichter Schock durch sie hindurch. Pax und Bastian hatten angefangen, diesen Spitznamen zu benutzen, aber dies war das erste Mal, dass Cal sie Savvy nannte. Es ergab absolut keinen Sinn, dass Cal ihr unter die Haut ging. Sie konnte es nicht verstehen. Er konnte sie genauso wenig ausstehen, wie der Rest von SOCOM. Der einzige Mann, der ihr gegenüber freundlich gesinnt war, war Pax, und das lag auch nur daran, weil sie letzten Monat bei der Suche nach Morgan geholfen hatte.

Die Tatsache allein, dass sie überhaupt eine Reaktion zu Cals Stimme verspürte, war nicht gut. Sie war stolz darauf, eine kühle Distanz bewahren zu können. In ihrem Job konnte sie sich keine Freunde erlauben. Sicher, sie gab Leuten ein vorgespieltes Gefühl der Sicherheit, damit sie mit ihr sprachen, aber sie hielt ihr Herz so fest verschlossen, damit sie sich nicht schlecht fühlen musste, falls – wenn – Leute zu Schaden kamen.

Leute wie Brie, die nett genug zu sein schien, die aber einen riskanten Job an einem riskanten Ort machte und versprochen hatte, Savvy entsprechend mit Intel zu versorgen, was ihren Job nur noch gefährlicher machte.

„Was ist los, Cal?"

„Wir haben es geschafft, die meisten Kinder zum Fluss zu bringen, wo wir glücklicherweise ein paar Boote für sie gefunden haben, mit denen sie zu den Inseln im Sumpf gelangen konnten. Aber wir haben auch ein verwaistes Mädchen und einen verwaisten Jungen, beide ungefähr vierzehn Jahre alt. Sie müssen einen Weg finden, um sie hier wegzubringen. Schnell. Sie stehen kurz vorm Verhungern und werden den Sumpf nicht überleben."

„Die CIA hat mit humanitärer Hilfe nichts zu tun." Himmel, sie klang genauso wie das kaltherzige Miststück, als das jeder sie sah. Aber was er verlangte, war unmöglich.

„Sie haben Intel, das Sie hören wollen. Sie sollten nicht versteigert werden, sie waren Marktsklaven. Sie haben dort *gearbeitet* – und zwar seit Monaten. Sie sprechen Englisch, Arabisch und ein paar einheimische Sprachen."

Begeisterung schoss durch sie hindurch. „Das ändert alles."

„Ja. Das haben wir uns gedacht."

Sein verurteilender Tonfall schnitt ihr bis ins Mark. „Meine Vorgesetzten und die amerikanische Botschaft haben mir die Hölle heiß gemacht, weil Sie die Mädels letzten Monat von Desta gerettet haben. Und ich habe mich nicht nur nicht darüber beschwert, sondern ich habe es geschafft, die Familien jedes dieser Mädchen zu finden, und das Budget zu organisieren, um sie nach Hause zu schicken. Es ist einfach, im Augenblick eine Entscheidung zu treffen, jemanden zu retten, wenn man nichts weiter mit den Nachwirkungen zu tun hat, Sergeant. Ohne meine Hilfe hätte man diese Mädchen wieder zurück nach Somalia verfrachtet, wo sie erneut in Gefahr gewesen wären."

Cal räusperte sich. „Deshalb haben wir die meisten Kinder zum Fluss gebracht. Es waren fast fünfzig von ihnen. Die Jüngsten waren kaum älter als acht."

Ihre Augen brannten. Sie war froh, dass sie draußen stand und dem Gebäude zugewandt war, wo niemand ihre Reaktion sehen konnte.

Nicht, dass ihr irgendjemand diese Tränen abnehmen würde, selbst wenn sie sie mit ihren eigenen Augen sähen. Niemand glaubte, dass sie ein Herz hatte. Himmel, jeder außer Pax und Morgan würde wahrscheinlich annehmen, dass sie den Anruf beim Zwiebelschneiden angenommen hätte.

Sie behielt ihre Reaktion aus ihrer Stimme heraus. „Sie sind sich sicher, dass diese Kinder umsetzbares Intel besitzen? Sie belügen mich nicht nur, um mich zum Helfen zu zwingen?"

„Von uns beiden, Savvy" – er sagte ihren Namen mit einer Betonung, die an Sarkasmus grenzte – „bin ich derjenige, der niemals lügt."

Es ist mein Job, zu lügen. Sie wollte diese Worte laut aussprechen, tat es aber nicht. Wenn er das nicht erkennen konnte, war das sein Problem. Himmel, die meiste Zeit glaubte er wohl nicht mal, dass sie auf derselben Seite waren.

„Können Sie uns helfen und diese Kinder von hier wegbringen?", fragte er.

„Ich werde sehen, was ich tun kann. Schicken Sie mir Fotos, Namen, Stammes- und Claninformationen. Ich brauche auch die Daten – so nahe sie es schätzen können – wie lange sie ungefähr auf dem Markt waren." Sie könnte ihnen vielleicht eine Prioritätsfreigabe besorgen, damit sie mit dem Team nach Camp Citron zurückfliegen konnten. „Aber wir brauchen Brie Stewart, Cal. Wo sind Brie und Bastian?"

„Das wissen wir nicht. Sie haben es vom Markt weggeschafft. Das ist alles, was ich mit Sicherheit weiß."

„Könnten sie tot sein?" Sie musste diese Frage stellen.

„Auf gar keinen Fall." Cal schnaubte genervt. „Bastian ist ein verdammt harter Soldat. Es hat seinen Grund, warum er der zweite Befehlshaber ist. Er wird nicht scheitern."

„Warum zur Hölle hat er sich dann nicht gemeldet?"

„Fuck! Woher soll ich das wissen?! Irgendetwas muss mit seinem Funkgerät passiert sein. Machen Sie sich keine Sorgen. Wir werden ihn finden."

„Wo könnte er sein? Wo würde er sie hinbringen?"

„Brie wird wissen, wo sie in den kleineren Dörfern Verbündete finden können. Sie wird auf eines dieser Dörfer zusteuern und wahrscheinlich von dort eine Fahrt nach Juba organisieren."

„Wir werden die Satelliten auf die kleineren Dörfer fokussieren und nach Aktivität Ausschau halten." Sie hatten das bereits getan, aber es war gut, dass ihre Theorie bestätigt worden war.

„Was ist mit den Kindern?", drängte Cal.

„Ich werde ein paar Anrufe erledigen müssen. Schicken Sie mir die Info, und ich melde mich bei Ihnen."

Die Sonne brannte durch die Wolken und verwandelte das Wasser des gestrigen Regengusses in Dampf, was die Luft dick und unerträglich schwül machte. In der Hitze wäre Regen jetzt eine willkommene Erlösung, egal was er mit den Wegen anrichtete. Trotz ihres Gehstocks wurde Bries Humpeln immer deutlicher, je weiter sie gingen, aber das konnte nicht vermieden werden. Sie musste weiterlaufen, und sie musste den Schmerz ertragen.

Es war gegen Mittag, als sie die Randgebiete eines Dorfes erreichten, das Brie kannte. Die Bevölkerung betrug normalerweise etwa fünfzig Personen, aber falls die Nachricht bis zum Süden durchgesickert war, dass das Nahrungsmitteldepot abgebrannt war, könnte das Dorf nun verlassen sein. Die Einheimischen, speziell diejenigen entlang dieses Korridors, hatten darauf gezählt, während der Regensaison Nahrungsmittel von dem USAID-Lager zu erhalten.

„Ich muss das Dorf zuerst ausspähen, um zu sehen, ob es sicher ist", sagte Bastian. „Ich lasse dich nur ungern allein, aber mit deinem Knöchel ..."

„Ich werde einen Ort finden, wo ich mich solange verkriechen kann." Das war die einzige Möglichkeit. Das Dorf war von einem dichten Wald umgeben, der in der überfluteten Graslandschaft noch mehr gedieh. Es fiel ihr nicht schwer, eine Stelle zu finden, wo sie sich in den wirren Ranken verstecken konnte.

Es erinnerte sie an gestern, als Bastian losgezogen war, um die Männer zu erschießen, die ihnen durch den Wald gefolgt waren. Trotz des vollkommen unbegründeten Optimismus, den sie den ganzen Morgen über empfunden hatte, fing sie an zu zittern. Sie zog in ihrer kleinen Kuhle im Matsch ihre Knie an ihre Brust und blickte zu Bastian hinauf.

Was, wenn dies das letzte Mal war, dass sie ihm in die Augen sah? Was, wenn ihm etwas passierte, während er versuchte, sie zu beschützen? Südsudan war die Art von Land, wo Leute einfach wahllos erschossen wurden, nur weil sie am falschen Ort waren.

Alles Mögliche konnte passieren, jederzeit. Aber Bastian an ihrer Seite zu haben, war beruhigend und eine Erleichterung gewesen. Etwas, was sie nicht aufgeben wollte. Niemals.

„Ich werde zurückkommen und dich holen, Brie."

Er sagte das mit solcher Überzeugung, dass sie ihm glaubte. Sie musste ihm glauben.

Wenn sie das nicht tat, würde sie in eine Panikattacke verfallen, wobei es ehrlich gesagt schon fast soweit war.

Kapitel Zwölf

Das Dorf enthielt weitaus weniger als die fünfzig Einwohner, die er laut Brie hätte erwarten sollen. Bastian zählte gerade mal ein Dutzend. Die gute Nachricht war, dass niemand bewaffnet oder gefährlich schien. Dies waren weder Rebellen noch Regierungskräfte. Boko Haram hatte hier seine Hände nicht im Spiel.

Mindestens acht der Bewohner waren Frauen und Kinder. Leider konnte er nirgendwo ein Fahrzeug entdecken. Falls die Leute, die hier gewohnt und nun das Dorf verlassen hatten, zu den UN-Camps gelangen wollten, hatten sie ihre Fahrzeuge genommen. Vielleicht fuhr jemand sie in Gruppen zum Flüchtlingslager und würde wieder zurückkommen, aber Bastian konnte sich nicht darauf verlassen. Dieses Dorf war nur ein Rastplatz, an dem Brie ihren Knöchel etwas hochlegen konnte – mehr nicht.

Er holte sie aus ihrem Versteck. Sie kannte diese Menschen und konnte Informationen von ihnen erhalten, die sie einem Fremden nicht verraten würden. Es war besser, wenn er das Dorf mit ihr an seiner Seite betrat.

Sie näherten sich zusammen einem Mann, der im Schatten einer aufgehängten Abdeckplane saß. Das Dorf war übersät mit Müll – kaputten Fahrzeugen, verrottendem Holz für ein Bauprojekt, das nie begonnen worden war, durchgerosteten

Schubkarren und brüchigem Plastik aller Art, das im Laufe der Zeit schlussendlich der Sonne nicht weiter widerstehen konnte.

Es erinnerte ihn an die ärmeren Nachbarschaften zuhause – sowohl im Reservat als auch außerhalb. Doch noch mehr spiegelte es – bis auf das Wasser – die Dörfer in Dschibuti wider. Hier gab es Wasser im Überfluss, das die Erde durchtränkte. Üppige grüne Pflanzen wuchsen in der Graslandschaft. Tiere gediehen.

Doch dank des Bürgerkrieges taten es die Menschen nicht.

Bastian wusste, dass die derzeitige Hungersnot eine von Menschen verursachte Katastrophe war. Südsudan besaß mehr als genug fruchtbares Land. Und sie hatten Öl. Und diejenigen, die nahe genug am Fluss lebten, hatten Wasser. Doch jahrzehntelanger Konflikt hatte seinen Tribut gefordert. In 2011 hatte sich das Land von Sudan abgespalten und wurde zur jüngsten Demokratie der Welt. Der Frieden hielt nur zwei Jahre an, bevor der Bürgerkrieg ausbrach, und jetzt blieb Farmland ungenutzt, und die Bevölkerung hungerte.

Der Mann, der im Schatten neben seinen Abfällen saß, war abgemagert, und ihm fehlten Zähne. Er trug Narben in seinem Gesicht, am Hals und seinen Armen – hervorstehende Beulen, die er wahrscheinlich schon als Junge erhalten hatte. Die Markierungen seines Stammes.

Das erinnerte Bastian ebenfalls an Zuhause. Nicht die Narben, aber das Konzept. Sein Stamm hatte keine Markierungen, aber andere sehr wohl. Als Bastian noch jung gewesen war, hatte er sich selbst markieren wollen, um seinen Stolz auf seine Herkunft zu beweisen. Er hatte sein Haar lang getragen und ein knallhartes Verhalten an den Tag gelegt. Das Militär hatte ihm das eine abgeschnitten und ihm beigebracht, wie er das andere umleiten konnte.

Sein Haar abschneiden zu lassen, war … niederschmetternder gewesen, als er es erwartet hatte. Es war eine Assimilation – eine, zu der er sich selbst verpflichtet hatte. Es war sein eigenes Tun. Dementsprechend hatte er sich bei erstbester Gelegenheit ein Tattoo verpasst. Sein Haar strafte seine Stammesverbindung Lügen, doch seine Haut würde diese Markierung für immer tragen. Das Lachs-Motiv seines Tattoos wies seine Stadt – Coho – seinen Stamm und seine Kultur aus.

Das hatte er mit diesem Mann gemeinsam, nur dass sein Tattoo versteckt war, während dieser Mann seine Stammesnarben im Gesicht trug.

Bastian konnte sein Alter nicht einmal annähernd einschätzen. Das Leben in Ostafrika war hart und ließ Männer und Frauen sehr schnell altern. Der Hunger spielte dabei eine besonders große Rolle. Wenn er es versuchen wollte, würde er den Mann aufgrund seines Aussehens allein in seinen Fünfzigern einschätzen, doch die Lebenserwartung hier reichte nicht weit darüber hinaus. Es war wahrscheinlicher, dass er gerade mal in seinen Dreißigern war.

Brie kniete sich vor den Mann und umschloss seine Hände. „Kamal, wo sind alle?", fragte sie.

Kamal lächelte bei ihrer Berührung, doch dann zogen sich seine Lippen nach unten. „Sie sind gegangen. Einige zu den Lagern. Andere nach Juba. Sie werden nicht zurückkommen."

Brie drückte seine Hände. „Habt ihr gehört, was mit unserer Einrichtung passiert ist?"

Er nickte. „Das Essen verbrannt. Der Präsident hat unser Getreide verbrannt."

Die schnelle Art seiner Beschuldigung ließ Bastian aufhorchen. „Warum sagst du das?", fragte er.

Kamal legte seinen Kopf zur Seite und blinzelte zu Bastian auf, der die Sonne im Rücken hatte. „Nur der Präsident würde so grausam sein, unsere Nahrungsmittel zu verbrennen. Damit wir weiter Hunger leiden. Damit wir den Kampf aufgeben. Wenn wir hungern, können wir uns nicht gegen die Regierungskräfte wehren."

Dies war durchaus möglich. Die Hungersnot war eine Waffe dieses Krieges. Aber es war nur Spekulation, und die Rebellen könnten ebenso gut dahinterstecken. Oder ein weiterer, bisher unbekannter Spieler.

„Werden alle gehen?", fragte Brie.

Kamal schüttelte seinen Kopf. „Abdo ist zu schwach für die Reise. Er und seine Mutter sind geblieben. Andere wollten nicht gehen. In zwei Tagen wird die nächste Lieferung mit dem Fallschirm abgeworfen. Vier sind zu der Abwurfstelle gegangen, um sich für Lebensmittel anzustellen. Das sind vier Säcke Getreide, die wir uns teilen können."

„Wie weit ist es bis zur Abwurfstelle?", fragte Bastian.

„Mindestens eine Tagesreise", sagte Brie.

Kamal nickte. „Abdo muss nur noch drei Tage durchhalten."

Diese Menschen waren so nahe am Verhungern, dass selbst drei Tage zu überleben fraglich war. Brie traf Bastians Blick. Ihre Augen flehten ihn an. Er nickte scharf und zog dann zwei Notrationen aus seinem Rucksack. „Mehr können wir nicht hergeben."

Brie wischte sich eine Träne weg und nahm die Notrationen von Bastian entgegen, wobei sie ihm im Aufstehen ein Danke zuflüsterte. Sie überquerte den offenen Platz – in einer anderen Welt würde man ihn als Hauptstraße bezeichnen, aber so etwas gab es hier nicht – zwischen den beiden Reihen der Strohdach-Hütten. Sie kniete vor Abdo und seiner Mutter June nieder. Sie reichte June die Notfallrationen. „Diese sind für dich und Abdo. Esst sie langsam." Diese Nahrung würde für ihre Körper ein Schock sein, denn sie waren es nicht gewohnt, so etwas zu verdauen. Es langsam zu essen war ihre einzige Chance, dagegen anzugehen.

June nickte und hielt ihren Sohn, der lustlos an ihrer Seite lag. Sie streichelte die Wange des fünfjährigen Jungen, wobei sie die Fliegen verscheuchte, als sie das tat. „Danke."

Abdo war herzzerreißend dürr. Seine Knochen sahen aus wie Zweige, die mit dunkler Haut überzogen waren. Es war schwer, sich vorzustellen, dass seine Beine nicht zerbrechen würden, wenn er zu laufen versuchte. Das letzte Mal, als Brie ihn vor einem Monat gesehen hatte, war er bereits gefährlich dünn gewesen, aber das hier war bereits das Endstadium des Verhungerns.

Junes Blick betrachtete Bries zerschlissenen, verschlammten und blutigen notdürftigen Sarong und landete schließlich auf den Sandalen, die kaum ihre Füße bedeckten. „Du brauchst Kleidung?" Ihre Lippen verzogen sich nach oben. „Seife?"

Brie nickte. Es wäre närrisch nein zu sagen, wenn Kleidung etwas war, das June anbieten konnte. Vielleicht hatte sie etwas, das sie ihr geben konnte, und sie brauchte Schuhe für den langen Weg nach Juba. „Ich wäre dir dankbar für Schuhe oder Sandalen – irgendwas."

Die Frau nickte und signalisierte ihr mit ihrem Kopf, in die Hütte hinter ihr zu gehen, ohne dabei ihren geschwächten Sohn zu stören. „Drinnen. Du wirst die Kleidung meiner Schwester finden. Sie ist vor Monaten gestorben. Nimm was du brauchst." Und dann lächelte June, womit sie schiefe Zähne mit großen Spalten dazwischen entblößte. Sie hatte ein hübsches Lächeln und es war etwas, das Brie nur einmal zuvor gesehen hatte. „Und nimm auch Seife. Du stinkst."

Brie lachte und betrat die Hütte, wo sich ein gewobener Korb befand, in dem sie einige Stoffe fand, die lang genug waren, um sie als das traditionelle Gewand, eine Tobe, zu tragen. Obwohl die Stoffe alt und abgetragen waren, blieben die Farben leuchtend. Wunderschön. Das Nächste, was sie entdeckte, waren Sandalen, hergestellt aus Streifen, die man aus dem Inneren eines Autoreifens geschnitten und dann am Äußeren des Reifenprofils befestigt hatte. Sie boten perfekten Schutz gegen Dornen und andere scharfe Objekte, denen man in diesem Land begegnen konnte. Sie würde die Gummisohlen dieser Sandalen und die Streifen entsprechend anpassen können, falls das notwendig war.

Doch das Wertvollste war zweifelsohne der selbstgemachte Block Seife. Nach dem Regenerguss war es nicht notwendig, an Wasser zu sparen, um sich zu waschen. Sie sah, dass einige Behälter und Tonnen unzählige Liter an Wasser aufgefangen hatten. In den nächsten Tagen würde es noch mehr Stürme geben, was bedeutete, dass sie sich den Luxus gönnen konnte, sich ausgiebig zu waschen.

Sie sammelte ihre Beute ein und bat dann Bastian um Geld,

damit sie June für diese Dinge bezahlen konnte. Er gab June viertausend Südsudanesische Pfund – etwa dreißig US-Dollar. Danach setzten sich Brie und Bastian in den Schatten und teilten sich einen einzigen Proteinriegel, um ihren nächsten Zug zu besprechen.

„Ich habe Angst, dass unsere Anwesenheit hier diese Menschen in Gefahr bringen könnte", sagte Brie. „Sie haben weder ein Auto noch ein Funkgerät. Ich glaube, wir sollten weiterziehen."

„Du musst deinen Knöchel ausruhen."

Sie zuckte mit ihren Schultern. „Ich kann eine Weile weiterlaufen, wenn das bedeutet, dass sie alle in Sicherheit sind. Ich habe darüber nachgedacht … wenn wir tiefer in den Busch gehen, befindet sich dort ein weiteres Dorf. Es wurde nicht lange nach dem Beginn des Bürgerkriegs verlassen und ist einer der Orte, von denen sie gehofft hatten, dass sie es neu bevölkern könnten. Aber jetzt liegt es brach. Dort befinden sich eine Handvoll Hütten. Die Quelle ist zwar ausgetrocknet, aber mit dem Regen haben sie bestimmt irgendeine Art Auffangsytem, wie hier." Sie zeigte auf die Tonnen und andere Behälter, die man aufgestellt hatte, um das Regenwasser aufzufangen.

„Wird das nicht zur Brutstätte für Moskitos?"

„Ich nehme Antimalariatabletten. Du nicht?"

Er nickte. „Aber du hast seit einiger Zeit keine mehr genommen."

„Ich habe nur zwei Tage verpasst. Hast du welche in deiner Ausrüstung?"

Wieder nickte er und zog einen Behälter mit Tabletten heraus.

„Super. Dann bin ich nur einen Tag zu spät dran." Sie blickte zum Himmel auf. „Wenn wir dort ankommen, können wir das stehende Wasser wegschütten, wenn wir darin Moskitolarven entdecken. Heute Nacht wird es wieder regnen. Wir können frisches Wasser auffangen und Wasseraufbereitungstabletten benutzen, um es trinken zu können."

„Wie weit von hier ist es?"

„Drei, vielleicht fünf Meilen? Ich bin nur einmal vor

Monaten dort gewesen, als wir versuchten, zu entscheiden, ob es die Reparaturen wert wäre. Wir haben uns entschieden, bis zum nächsten Jahr zu warten, da dieses Dorf hier immer noch Platz für mehr Leute hatte."

„Es ist möglich, dass Rebellen oder Regierungskräfte dort eingezogen sind."

„Das glaube ich nicht, denn sie müssten mit ihren Wagen hier durchgekommen sein. Es gibt keine andere Straße, die dorthin führt. Und jeder hier wäre geflohen, wenn eine der beiden Seiten in diese Gegend gezogen wäre."

„Aber sie könnten zu Fuß dorthin und dieses Dorf umgehen."

„Stimmt."

Bastian schürzte seine Lippen, als er über ihren Vorschlag nachdachte. Schließlich nickte er. „Das ist wahrscheinlich der beste Weg, um sicherzustellen, dass du deinen Fuß ausruhen kannst. Aber verdammt, ich hatte gehofft, hier ein Funkgerät zu finden."

„Problem der vierten Welt. Je mehr Zeit du in Südsudan verbringst, desto mehr wirst du dich an das Fehlen von Telefonen und Funkgeräten gewöhnen."

„Stört es dich wirklich nicht, so unerreichbar zu sein?"

Sie zuckte mit ihren Schultern. „Ich vermisse es, mir Kätzchenvideos auf YouTube anzuschauen, aber um ehrlich zu sein, ist das Leben hier schlimm genug – mal eine Pause von den Weltnachrichten zu bekommen, war eine Erleichterung."

„Die Nachrichten mögen schlecht sein, aber die sind kaum schlimmer als das hier." Er blickte sich in dem verarmten Dorf um. „Ich bin in einem Indianerreservat aufgewachsen. Ich ziehe die Armut im Reservat der Armut in Südsudan jederzeit vor."

Bries Blick fiel auf June, als sie versuchte, ihren Sohn langsam mit kleinen Bissen Nahrung zu füttern. „Ich auch", sagte sie leise.

Das verlassene Dorf war der perfekte Zufluchtsort. Bastian überprüfte die Gruppe von Hütten. So abgelegen und versteckt war es verständlich, warum es verlassen worden war, aber für ihre Zwecke war es genau das, was sie brauchten. Unterschlupf. Wasser. Ein sicherer Ort, wo Brie ihren Fuß auskurieren konnte.

Sie hatte die letzte halbe Meile kaum geschafft, und er hatte mit ihr geschimpft, sobald sie sich im Schatten einer Hütte hingesetzt hatte, damit er einen Blick auf ihren Knöchel werfen konnte. Der war geschwollen, und der Schnitt in ihrem Fuß sah aus, als ob er entzündet war. „Du hättest es mir sagen sollen. Ich hätte dich getragen."

„Es war schneller, einfach zu laufen."

Mist. Sie würde bis morgen auf keinen Fall soweit genesen sein, dass sie sich auf den Weg nach Juba machen konnten. Sie würden für mindestens ein paar Tage hierbleiben müssen.

Er wusch ihre Wunde aus und schmierte dann antibiotische Heilsalbe darauf, gab ihr eine Eispackung für den Knöchel und zwang sie dann dazu, eine Pille mit einem Antibiotikum zu schlucken, um die Entzündung auszutreiben.

Dann machte er sich daran, die verschiedenen Container auf trinkbares Frischwasser zu überprüfen und schaffte es, einige Liter zu finden, die man mit Aufbereitungstabletten als Trinkwasser benutzen konnte. Er schüttete ein paar der mit Algen bewachsenen Zinkwannen aus und schrubbte sie aus, bevor er dann aus einer Abdeckplane und einem alten Rahmen eine Vorrichtung bastelte, mit der das neue Regenwasser in die sauberen Wannen fließen würde. Der Himmel war wieder mit Wolken bedeckt und so, wie Brie es vorhergesagt hatte, würde es schon bald anfangen zu regnen.

Nachdem er sich um die medizinischen Bedürfnisse und das Wasser gekümmert hatte, machte Bastian sich daran, die verschiedenen Hütten zu untersuchen, um eine zu finden, die sie vor dem Sturm schützen würde.

Er hatte acht zur Auswahl, von denen zwei bis auf ein paar wenige Löcher im Dach in relativ gutem Zustand waren. Er sammelte einige Büschel Stroh von den am meisten zerstörten Hütten ein und benutzte diese, um das Dach der besten Hütte auszubessern.

Er befahl Brie, sich auszuruhen, während er arbeitete, doch sie bestand darauf, den Müll, der überall im Dorf verstreut war, nach irgendetwas Brauchbarem zu untersuchen. Als klar wurde, dass sie nicht still sitzen bleiben würde, beauftragte er sie, nach etwas zum Graben zu suchen, und jede Abdeckplane und jedes nutzbare Stück Plastik einzusammeln, die sie in den verlassenen Hütten finden konnte. In diesem Regen waren Plastikabdeckungen eine wertvolle Ware, und er wollte in ihrer einen guten Hütte ein einfaches Versteck für sie ausgraben.

Der Tag war schwül, also zog er sich sein Shirt aus, bevor er die wackelige Leiter hinaufkletterte, um das Dach zu reparieren. Glücklicherweise waren die Pfosten, die den Rahmen der Struktur bildeten, stabil und konnten sein Gewicht tragen. Er legte kurz eine Pause ein, um von seiner Trinkblase zu trinken und erwischte Brie, wie sie ihn dabei anstarrte.

Ihr Blick war eindeutig sexuell, als sie bei ihrem Planen-Einsammeln innehielt, um seine Brust zu betrachten.

Er konnte sich nicht helfen und setzt sich auf dem Dach in die Hocke, weil er wusste, dass es ihr einen besseren Blick verschaffte.

Sie grinste. „Was ist das Tattoo?"

Er blickte auf den Fisch herab, der quer über seinen rechten Brustmuskel schwamm. „Lachs-Motiv."

„Küsten-Salish?"

„Ja."

Sie lächelte und sagte: „Sieht gut aus." Doch ihr Blick war nicht auf das Tattoo gerichtet, als sie das sagte.

Mehr brauchte es nicht, um seinen Schwanz aufzuwecken. Er wandte sich wieder seinem Job zu und stopfte Strohbüschel in das Dach, während er versuchte, sich nicht vorzustellen, wie es sich anfühlen würde, wenn ihre Hände seinen Körper mit derselben Hitze auskundschaften, wie es ihre Augen soeben getan hatten.

Sie würden Tage hier festsitzen, als wären sie auf einer

einsamen Insel gestrandet. Himmel, sie hatten sogar die Grashütten und die tropische Hitze. Es war keine gute Idee, sich sexuellen Fantasien hinzugeben.

Sie waren nicht zusammen in ein neues Haus gezogen – egal wie häuslich es sich in diesem Moment anfühlte. Sie versteckten sich vor Sklaventreibern und Milizionären und möglichen Terroristen. Es war sein Job, sie zu beschützen, bis sie wieder laufen konnte. Das bedeutete, nur dann zu schlafen, wenn sie Wache hielt, und jede andere Stunde des Tages aufmerksam aufzupassen.

Sex stand außer Frage. Außerdem wäre es total unangemessen. Sie war verletzlich.

Sie war außerdem Princess Prime.

Obwohl sich Letzteres mehr und mehr wie eine Ausrede anfühlte, die keinerlei Gewicht mehr besaß. Sie hatte es seit ihren Princess-Prime-Tagen weit gebracht, und er war ein Arschloch, dass er es nicht einfach sein ließ.

Die Wahrheit war, dass es für seine Willenskraft eine echte Herausforderung darstellen würde, in den nächsten Tagen seine Finger von ihr zu lassen. Ganz besonders, wenn sie ihn weiterhin so ansah.

Kapitel Dreizehn

Der Regen trommelte in Wellen auf sie herab, und Brie war dankbar für die Reparaturen, die Bastian an der Hütte vorgenommen hatte. Irgendwann in der Vergangenheit hatte man das Dachinnere mit Plastikplanen abgedeckt. Bastian hatte die Löcher mit Klebeband geflickt und mit den gestopften Löchern im Stroh, sowie dem geflickten Plastik, konnte das Dach den Großteil des Regens fernhalten.

Brie hatte darauf bestanden, dass Bastian zuerst schlief. Er hatte in der Nacht zuvor gerade mal vier Stunden geschlafen und brauchte es in diesem Moment mehr als sie. Außerdem war es unwahrscheinlich, dass jemand in diesem Sturm unterwegs war, der es irgendwie vermeiden konnte. Und da niemand wusste, wo sie waren, waren sie so sicher, wie sie es nur sein konnten.

Als der Tag zur Nacht wurde, lehnte sie sich gegen den dicken Wandpfosten, umklammerte sein M4-Gewehr, von dem er ihr beigebracht hatte, wie sie es benutzen musste, und hielt für sechs Stunden Wache, während er schlief.

Sie hatte ihm angeboten, acht Stunden Wache zu schieben. Sie hatten sich auf sechs geeinigt. Wach zu bleiben, war für sie kein Problem, denn ihr Fuß schmerzte. Sie hatte aus genau dem Grund auf das Ibuprofen verzichtet. Sie würde es zu Beginn ihrer Schlafschicht einnehmen.

Sie beobachtete das Heben und Senken seiner Brust und war froh, dass er sein Shirt nicht wieder angezogen hatte und sie einen näheren Blick auf sein Tattoo werfen konnte. Es war in den für die Salische Küste traditionellen Farben Rot, Schwarz und Blau. Ein wunderschönes Design auf einem wunderschönen Körper.

Während sie ihn beobachtete, war sie dankbar, dass sie ihn nicht vor zehn Jahren getroffen hatte. Damals hätte sie ihn so benutzen wollen, wie sie Micah benutzt hatte. Indem sie ihm Informationen zugespielt hätte, die gegen PE benutzt werden konnten, um ein Projekt im Keim zu ersticken.

Micah hatte nie gewusst, dass die Informationen, die er so rein zufällig in ihrer Wohnung gefunden hatte, absichtlich so platziert worden waren, dass er sie finden musste. Und dass sie ihm diese Informationen gab, weil sie wollte, dass die Öl-Pipeline scheiterte. Stattdessen hatte er geglaubt, sie verführt zu haben, und dass sie zu dumm sei, um zu merken, dass er Wirtschaftsspionage betrieb. Dabei war es tatsächlich sie gewesen, die ihn verführt und Spionage betrieben hatte.

Am Ende hatte sie ihn seine Version glauben lassen und ihre Rolle als die verratene Frau gespielt. Sie hatte in ihrem letzten Streit echte Tränen geweint, aber nicht, weil sie sich verraten fühlte, sondern weil er ihr ans Herz gewachsen und es nun vorbei war. Es hatte vorbei sein müssen.

Hätte sie Bastian damals getroffen, hätte sie möglicherweise dieselbe Show abgezogen. Die Götter wussten, dass sie mit ihm hätte schlafen wollen. Dieser Kerl könnte ein Model sein – mit seinen dunklen Augen, den Schupflidern und seinem markanten Aussehen. Selbst sein Bart sah scharf aus, und sie war noch nie zuvor ein Fan von Bärten gewesen.

Sie wollte die Linien seines Tattoos mit ihrer Zunge entlangfahren. Sie wollte von den tätowierten Linien zu den Tälern zwischen seinen definierten Muskeln gleiten. Sie wollte diesen Tälern mit ihren Fingern, Lippen und ihrer Zunge nach unten folgen.

Er hatte sie gerettet. Zuerst vom Markt, dann als man sie verfolgt hatte, und schlussendlich aus dem Schlamm. Sie hatte sich schon vor einem Monat zu ihm hingezogen gefühlt – bevor er auch nur im Geringsten zu ihrem persönlichen Helden geworden war – und jetzt hatte sich diese Anziehungskraft in gewaltigen Proportionen vervielfacht.

Bei diesem schweren Regen würden sie in den Behältern morgen genug Wasser gesammelt haben, um sich waschen zu können, wobei endlich ihr wertvolles Stück Seife zum Einsatz kommen würde. Jetzt fantasierte sie zunächst nur davon, seine Haut einzuseifen, und den Schweiß und Dreck von seinem harten Körper zu waschen.

Sie stieß einen leisen Atem aus. Sie hatte keinen Zweifel daran, dass Bastian sie attraktiv fand, aber es gab keine Möglichkeit, dass er sie jemals als etwas anderes ansehen würde als die Verkörperung all dessen, was ihm verhasst war. Er würde sie vögeln, aber er würde sie niemals respektieren. Und obwohl sie ein Fan von Sex ohne Verpflichtungen war, war Respekt trotzdem ein wichtiger Bestandteil. Sie würde ihren Körper niemals mit einem Mann teilen, der sie nicht respektierte.

Sie mochte die Verkörperung von Korruption und Gier sein, aber für sie war er die Verkörperung der Wiedergutmachung und des Heldentums. Genau die Dinge, die sie für sich selbst ersehnte.

Ihr Gedankengang war offensichtlich: Falls sie den Respekt dieses einen Mannes gewinnen konnte, würde sie sich selbst gegenüber beweisen, dass sie sich verändert hatte. Dass sie keine schwarze Seele besaß. Dass sie nicht dieses furchtbare Ding war, zu dem man sie erzogen hatte. Es war ein lächerlicher Test, an dem sie ihr Selbstwertgefühl messen würde. Er war praktisch ein Fremder, und er hatte jeden Grund zu glauben, dass sie eine Hochstaplerin war.

Aber sie konnte nicht anders. Sie wollte ihn für sich gewinnen. Sie fühlte es wie eine Sehnsucht. Einen Zwang. Als ehemalige Drogensüchtige wusste sie, wie sie ihren Sehnsüchten widerstehen konnte. Sie konnte diesem Verlangen widerstehen.

In Anbetracht ihrer derzeitigen Lage war Widerstand die einzige Option.

Das Frühstück an ihrem zweiten gemeinsamen Morgen bestand aus jeweils einer Handvoll Studentenfutter und so viel nach Jod schmeckendem Wasser, wie sie trinken konnten. In den Jahren, in denen sie für USAID gearbeitet hatte, hatte Brie sich an den Geschmack der Wasseraufbereitungstabletten gewöhnt. Sie hatte sich ebenfalls auf kleinere Mahlzeiten eingestellt. USAID versorgte sie mit ausreichend Verpflegung, aber sie hatte nicht mehr Kalorien zu sich genommen, als sie brauchte.

An Geburts- oder Feiertagen wurden Ausnahmen gemacht, aber ansonsten hatten sie und ihre Kollegen darauf geachtet, auch ihre eigenen Vorräte zu rationieren, damit sie länger anhielten.

Natürlich war auch diese Nahrung nun zerstört. Im Feuer verbrannt. Was die Frage aufwarf, ob Entwicklungshelfer im Allgemeinen das Ziel gewesen waren oder nicht. Ezra, Alan und Jaali konnten ohne Nahrung nicht mehr weiterarbeiten, als die Einheimischen ohne sie überleben konnten.

Das Frühstück, das sie sich mit Bastian teilte, war nur ein wenig kleiner als das, woran sie gewohnt war, und sie würde für die paar Tage mit den kleineren Rationen zurechtkommen. Bastian war wahrscheinlich durch sein Training auf solche Situationen vorbereitet – so, wie er einfach so im Handumdrehen einschlafen konnte – aber bei seiner muskulösen Figur brauchte er sehr viel mehr Kalorien als sie es tat. Sie versuchte, ihn dazu zu bewegen, mehr von ihrer Portion zu nehmen.

Er war dickköpfig und weigerte sich.

Die erste Hälfte des Tages verbrachten sie im Inneren, wo sie den Regen vermieden. Bastian brachte ihr arabische Schimpfwörter bei, und sie brachte ihm ein paar Worte in den verschiedenen einheimischen Dialekten bei, die sie aufgeschnappt hatte. Er erzählte ihr Geschichten von der Armee, und sie erzählte von ihren Monaten in Südsudan.

Sie spielten das Trinkspiel „Quarters" mit einem sudanesischen Pfund und einem alten Becher. Sie hatten kein Bier als

Bestrafung, was gut war, denn Brie trank keinen Alkohol. Also musste derjenige – wann immer es einer von ihnen schaffte, die Münze in den Becher zu werfen – stattdessen eine Frage beantworten.

Glücklicherweise sprang die Münze nicht allzu gut auf dem Lehmboden, und es gab mehr Fehlwürfe als Treffer, bis sie beide irgendwann ihren Rhythmus fanden.

„Mit wem hast du zum ersten Mal Sex gehabt?", fragte Brie nach einem Treffer.

„Mit meiner erste Freundin. Cece."

„Wie alt warst du?"

Bastian schüttelte seinen Kopf. „Du bekommst keine weiteren Fragen ohne die Münze zu versenken." Er war dran mit seinem Wurf und traf den Becher. „An wen hast du deine Jungfräulichkeit verloren?"

„Alejandro, den Sohn des Gärtners."

„Ist das nicht ein Klischee?"

Sie zog eine Augenbraue hoch. „Keine weiteren Fragen, ohne die Münze zu versenken."

Er lachte. „Touché."

Sie landete einen weiteren Treffer. „Wie alt warst du?"

„Neunzehn. Ich war im College."

Sie legte ihren Kopf schief. Überrascht, dass er nicht jünger gewesen war. Aber sie fragte nicht weiter nach. Sie musste es sich verdienen.

Sein nächster Wurf landete mit der flachen Seite der Münze am Becherrand, wackelte und fiel dann hinein. „HA!" Er rollte seine Faust ein und pumpte seinen Arm in die Luft – das internationale Teenager-Siegessymbol. „Warum Alejandro, der mexikanische Sohn des Gärtners?"

Sie lachte. „Wer sagt, dass er Mexikaner war?"

„Keine Ahnung, wie ich darauf kommen könnte, ˙Miss Klischee."

„Nur zu deiner Information, er kam aus Costa Rica. Und er war so unglaublich perfekt."

„Ich glaube, ich hasse diesen Kerl."

„Er war nicht so perfekt wie du."

„So ist es schon besser. Aber du hast immer noch nicht meine Frage beantwortet.“

„Ich war achtzehn und …“ – sie hielt ihre Finger als Anführungsstriche hoch – „die ‚Freundin‘ des Sohnes eines Geschäftspartners meines Vaters, der zehn Jahre älter war als ich. Und mit …“ – mehr Anführungsstriche – „ ‚Geschäftspartner‘ meine ich, dass der Vater ein russischer Oligarch war und dessen Sohn ein Oligarch-Lehrling. Es wurde erwartet, dass ich den jungen Arschloch-Sohn glücklich mache, damit unsere Familien sich in unheiliger Kleptokratie vereinen könnten.“

„Man erwartete von dir, dass du mit achtzehn Jahren diesen Typen heiratest?“

„Keine Heirat, noch nicht. Aber es war klar, dass Blowjobs erwartet wurden, um ihn am Haken zu behalten. Seine Familie hatte ein Haus in Palm Beach in unserer Nähe und dann noch ein weiteres neben dem in Marokko. Als ich dreizehn war, war ich mit seiner kleinen Schwester befreundet. Mit achtzehn haben sich die Dinge dann geändert, und es wurde von mir erwartet, dass ich diese Vereinbarung locker akzeptierte.

Eines Abends waren wir in dem Haus in Palm Beach, und mein Vater und meine Brüder waren für die Nacht ausgegangen. Mir wurde klar, dass dies die Nacht sein sollte, in der ich ihm entweder einen Blowjob verpasste oder ihn vögelte, um den Deal zu besiegeln. Aber er ist die Sorte Mann, der kleine Tiere quält – seine Schwester hatte mir ein paar Dinge erzählt, als wir noch jung waren, die ich furchtbar fand. Ich hätte niemals seinen Schwanz in den Mund nehmen können.

Ich hatte damals immer noch dumme romantische Vorstellungen und glaubte daran, dass Sex etwas bedeuten könnte. Aber ich wollte den ersten Typen, den ich an mich ranließ, zumindest mögen. Ich wusste, dass er vielleicht gewaltsam werden könnte, also habe ich einen verstimmten Magen vorgespielt. Als er im Badezimmer war, habe ich mir den Finger in den Hals gesteckt und das ganze Bett vollgekotzt. Er war so angewidert, dass er nicht schnell genug aus dem Haus rennen konnte. Sobald er verschwunden war, bin ich durch den Garten zum Apartment des Gärtners gegangen und habe mich auf

Alejandro gestürzt, der schon eine ganze Weile mein Freund gewesen war."

Bastian starrte sie nur mit offenem Mund an, also schnappte sie sich die Münze und warf sie in den Becher. Sie ließ sie nicht einmal im Dreck aufspringen, aber er schien das nicht bemerkt zu haben. „Hast du sie also geliebt, als du mit deiner ersten Freundin Sex hattest?"

Bastians Kiefer schnappte zu. „Du hast gemogelt. Du hast die Münze nicht springen lassen."

Sie ließ ein unschuldiges Lächeln aufblitzen und klimperte mit ihren Wimpern.

Er lachte. „Funktioniert das für dich immer?"

„Normalerweise."

Er nahm die Münze aus dem Becher. „Ja. Ich war verliebt. Es hat eine sehr lange Zeit gedauert, bis ich sie nicht mehr geliebt habe, aber sobald das vorbei war, wurde aus der Liebe Verachtung. Verdammt, deine Augen sind effektiv. Wenn du keine bedauerliche Nase hättest, hätte ich dir wahrscheinlich längst meine Sozialversicherungsnummer mitgeteilt."

Sie leckte sich ihre Lippen. „Es ist nicht deine Sozialversicherungsnummer hinter der ich her bin."

Hitze blitzte in Bastians Augen auf und er rutschte unbequem auf dem Boden hin und her, was sie vermuten ließ, dass seine Hose im Schritt eng geworden war. „Es ist eine Sache, ein dummes Spiel zu spielen, um sich in einem Unwetter die Zeit zu vertreiben, aber Sex würde uns beide ablenken, und wir können uns das nicht erlauben."

„Ich weiß. Außerdem riechst du nach schimmeligem Sumpf."

Er lachte. „Schimmelig? Du solltest wissen, dass ich nur in den saubersten Sümpfen herumschwimme."

Sie zupfte an ihrem Sarong. Sie trug immer noch den Schmutzigen, weil sie die saubere Kleidung, die sie gestern bekommen hatte, erst anziehen wollte, nachdem sie sich gewaschen hatte. Eine der kleinen Freuden des Lebens. Sie blickte zum Dach auf. „Jetzt sollten wir genug Wasser zum Waschen und Trinken haben."

Er hatte während der letzten Stunden die vollen Zinkwannen unter der wasser-sammelnden Plane ein paar Mal mit leeren ersetzt. Sie hatten nun genug Wasser für mehrere Tage, falls es notwendig war.

„Sobald der Sturm nachlässt, werde ich eine der Hütten so vorbereiten, dass du darin baden kannst."

Ihr ganzer Körper schien bei dieser Aussicht, endlich wieder sauber zu sein, aufzuleuchten und sie lächelte ihn an, wobei sie dem Drang widerstand, seine bärtige Wange zum Dank zu küssen.

Der Regen war ein zweischneidiges Schwert. Er wusch ihre Spuren weg – solange ihnen gestern nicht jemand dicht gefolgt war, würde man sie hier nun niemals finden – und er versorgte sie mit Trinkwasser und Wasser zum Waschen. Aber er hielt sie genauso gefangen – in der Hütte und weg von der Hauptstraße. Selbst nach Juba zu laufen wäre unmöglich. Denn sie konnte ohnehin keine zweihundert Meilen weit mit ihrem Fußgelenk laufen.

Probleme der vierten Welt.

„Morgen werden die Vorräte abgeworfen. Das Flugzeug könnte auf dem Weg zur Abwurfstelle im Norden über uns hinwegfliegen. Vielleicht sieht der Pilot uns, wenn wir draußen sind."

Bastians Blick schoss zu ihrem, jegliches Flirten war verschwunden. „Wer kümmert sich um diese Vorrats-Abwürfe?"

„Die UN liefert die Vorräte, das Flugzeug und die Piloten. Sie haben eine Vereinbarung mit der Regierung, damit das Flugzeug nicht abgeschossen wird, aber der Präsident hat andere Entwicklungshilfe verboten, somit geschieht das nicht ohne Risiko. Es würde mich nicht überraschen, wenn die Regierungskräfte die Piloten nach jedem Abwurf ausfragten und Updates zum Status der Rebellen verlangten. Nicht, dass sie irgendetwas verraten würden, aber trotzdem – wenn man uns sehen würde, könnte diese Info in die falschen Hände geraten."

Bastians Blick wirkte abwesend, was ihr sagte, dass er in Gedanken versunken war. Dann lehnte er sich nach vorn, legte seine Hand in ihren Nacken und zog ihr Gesicht zu seinem.

Kurz bevor seine Lippen ihre berührten, sagte er: „Ich weiß, wie wir eine Nachricht nach Hause liefern können, ohne dich dazu zu zwingen auf deinem Knöchel zu laufen." Dann küsste er sie, hart und schnell.

Sie schloss ihre Augen, als der Kuss einen Tick länger andauerte, als er es wohl geplant hatte, aber er war nicht lang genug. Er ließ sie los und sagte: „Danke." Dann lehnte er sich wieder entspannt an den Stützbalken zurück.

„Wofür? Wie sollen wir wie ET nach Hause telefonieren?"

„Das ist es ja. Wir werden das Funkgerät vergessen und mit den Sternen Kontakt aufnehmen − oder besser, mit den Satelliten."

„Und?", fragte sie, denn sie wusste, dass er seine Antwort absichtlich in die Länge zog. Sie wollte ihn gleichzeitig erwürgen und sich auf ihn stürzen.

„Kornkreise. SOCOM muss Satelliten haben, die nach uns suchen. Ich werde eine Notiz schreiben, die groß genug ist, dass die Satelliten sie sehen können, aber wir müssen damit bis nach dem Vorrats-Abwurf warten."

Kapitel Vierzehn

Spät am Nachmittag, nachdem der Regen bis auf ein leichtes Nieseln nachgelassen hatte, trug Bastian die Zinkwanne in eine der Hütten ohne Dach. Sie würde ein geeignetes Badezimmer abgeben. Er konnte nicht vergessen, wie Bries Augen aufgeleuchtet hatten, als er ihr sagte, dass er ihr einen Ort zum Baden herrichten würde.

Er war so ein verdammter Trottel, wenn es um ihre Augen ging.

Er musste sich nicht wundern, warum sie in ihren jungen Jahren als Model so erfolgreich gewesen war. Sie könnte ihm in der Wüste ein Surfboard verkaufen – einfach nur, weil sie mit ihren langen dunklen Wimpern klimperte.

Aber es waren nicht nur ihre Augen. Es war ebenfalls ihre absolut nicht bedauerliche Nase.

Und ihr Hintern.

Er schüttelte seinen Kopf und dachte an das Trinkspiel. Er hatte keine Trinkspiele mehr gespielt, seit er zwanzig war. Und er hatte nie solch einen Spaß gehabt. Oder so viel preisgegeben.

Mit der Wanne an Ort und Stelle, machte er sich auf die Suche nach einem Hocker, auf den sie sich setzten konnte, damit sie sich waschen konnte, ohne ihren Knöchel zu belasten. Ihr beim Baden zu helfen stand außer Frage. Zumindest, wenn er bei Verstand bleiben wollte. Und enthaltsam.

Er fand ein leichtes Tuch in einer der Hütten und schüttelte es aus. Es roch ein wenig modrig, war aber intakt. Er könnte es vor die Tür hängen, um ihr etwas Privatsphäre zu geben, während sie badete. Eine weitere Hilfe, um enthaltsam zu bleiben.

In derselben Hütte fand er einen Klappstuhl, der mit nur ein paar Schrauben repariert werden konnte, welche er in einem alten Truck fand, den sich die Natur langsam zurückholte. Sobald er die Reparaturen beendet hatte, stellte er den Stuhl neben die volle Zinkwanne und hängte dann den Vorhang auf.

Er kehrte zu ihrer gemeinsamen Hütte zurück und hob sie von ihrem Platz auf einer Plane auf seine Arme. Sie kreischte überrascht auf, legte aber dann ihre Arme um seinen Hals. „Was tust du da? Ich kann laufen."

Er wusste, dass sie das konnte. Aber das hier gefiel ihm besser. „Wir sollten es nicht riskieren, dass du im Matsch ausrutschst." Er war lächerlich, wenn es um Ausreden ging, aber es war ihm egal, ob sie ihn sofort durchschaute.

Er setzte sie auf den Stuhl mitten in der Hütte. „Ich werde dir noch die Seife bringen."

„Und den Tobe-Stoff, den ich dann anziehen kann."

Er verbeugte sich. „Und saubere Kleidung. Sonst noch was?"

„Einen Schwamm? Und Badesalz. Ooooh, … und Haarspülung. Ich würde meine linke Niere für Haarspülung verkaufen."

„Sorry. Keine Schwämme, Salz oder Spülung. Aber vielleicht habe ich etwas Gaze, die du als Waschlappen benutzen kannst. Und die kostet dich nur eine halbe Niere."

„Was für ein Sonderangebot." Sie fuhr sich mit ihren Fingern durch das kurze Haar. „Wie gut, dass ich mich für den Kurzhaarschnitt entschieden habe. Aber ich vermisse Spülung trotzdem."

„Wenn du wieder in die USA zurückkehrst, darfst du eine ganze Literflasche haben. Geht auf mich."

Sie drückte ihre Hand auf ihr Herz. „Du weißt wirklich, wie man ein Mädchen beeindruckt."

Er zupfte ihre Nase. „Und wie."

Minuten später stand er vor der Hütte, ihr aufmerksamer Bodyguard, während sie sich daranmachte, den getrockneten Sumpf von ihrer Haut zu schrubben. Waschen war wichtig. Es könnten sich weitere Schnitte unter dem Matsch verbergen, die gereinigt werden mussten. Er hatte den Einschnitt vergessen, den sie durch die Peitsche erhalten hatte. Er hätte gestern daran denken und sie trotz des Regens zum Baden zwingen sollen.

Durch das fehlende Dach fiel das Sonnenlicht schräg in die Hütte ein. Woran er nicht gedacht hatte, war die Tatsache, dass das Licht durch den Vorhang in der Tür scheinen und ihm eine verführerische Silhouette präsentieren würde.

Heilige Scheiße.

Brie stand auf einem Bein, wobei sie ihr verletztes auf den Stuhl kniete. Sie benutzte den Krug, den er gefunden hatte, um Wasser über ihren Kopf und Körper zu schütten.

In ihrem Profil sah er eine Silhouette mit kecken Nippeln, die von kleinen hohen Brüsten hervorsprangen, einen flachen Bauch und einen perfekten runden Hintern. Sie stieß ein leises Geräusch der Zufriedenheit aus, während sie ihr kurzes Haar einseifte.

Bastian räusperte sich, um sein eigenes Stöhnen zu unterdrücken.

Brie erstarrte. Sie gab keinen Laut von sich, nicht einmal Wasser tropfte. Himmel, er hätte schwören können, dass selbst die Vögel aufgehört hatten zu zwitschern.

Wie tief konnte er sinken? Er war ein Spanner – wenn auch unbeabsichtigt – und sie wusste es.

Sie fing wieder an, ihre Kopfhaut zu massieren. „Du kannst mich sehen", sagte sie. Ihre Hände glitten von ihrem Kopf herab über ihre Brüste, die sie rieb, als ob sie sie voller Enthusiasmus einseifte.

„Ja", sagte er. Es brachte nichts es zu bestreiten. „Es war nicht meine Absicht." Er wandte der Hütte seinen Rücken zu. „Ich sehe nicht mehr hin."

„Du kannst hinsehen, aber ist nur fair, dass ich dir ebenfalls zusehe, wenn du dich gleich wäschst."

Er hielt seinen Blick abgewendet. „Süße, ich bin in der Spezialeinheit. Ich komme wochenlang ohne waschen aus."

Sie schnaubte. „Nicht, wenn du dir mit mir eine Hütte teilen willst."

„In Anbetracht unserer Situation wäre es klug, wenn ich wie der Sumpf rieche."

„Scheiß auf klug. Ich weigere mich, meine Hütte mit einem Typen zu teilen, der wie Bigfoot riecht." Er hörte Wasser tropfen und das leise Geräusch von Stoff, der über Haut glitt. „Ich will, dass du zusiehst, Bastian."

Er drehte sich nicht um. Er musste es nicht. Seine Vorstellungskraft war wild genug. In seinem Kopf sah er, wie ihr das Wasser in kleinen Strömen über den Rücken und dann zwischen ihre beiden Pobacken floss. Sie war nach ihrem Ausrutscher im Schlamm so dreckig gewesen, dass das Wasser Spuren im Schmutz hinterlassen würde, wenn es über ihre Brüste und ihren Bauch rann und dann über ihre Hüfte zu dem runden Knackarsch.

Seine Fantasien von vor zehn Jahren konnten mit den Bildern, die er sich nun vorstellte, nicht mithalten. Er konnte sich über diese Situation nur wundern. Er befand sich mitten in einer Rettungsoperation, gestrandet in Südsudan, und er hatte eine verdammte massive Latte.

Brie wusste nicht, ob Bastian ihr zusah oder nicht, aber der Gedanke, dass er es könnte, machte sie scharf. Der Schlamm war hart geworden, als er trocknete, und es war kein Schauspiel, dass sie so lange brauchte, um sich einzuseifen und ihre Haut abzuschrubben. Das Wissen, das Bastian sie vielleicht beobachten könnte, machte diesen Akt des Badens zu etwas Sexuellem. Sie ließ ihre Hände zwischen ihre Beine gleiten und wusch sich ihren Kitzler besonders gründlich. Sie stöhnte leise auf.

Wenn er bisher nicht zugeschaut hatte, hatte er sich nun umgedreht?

Sie streichelte und wusch sich. Ihr Körper spannte sich bei der sich aufbauenden Lust an. Sie wünschte, dass sie ihn sehen könnte, doch die Sonne fiel von oben und hinter ihr in die Hütte, wodurch der Vorhangstoff aus ihrer Perspektive undurchsichtig wurde.

Dieser Augenblick war sonderlich intim. Nur durch einen winzigen Stofffetzen voneinander getrennt war er für sie unsichtbar und sie wusste nicht, ob er sie beobachtete, aber sie hatte keine Zweifel daran, dass er genauso erregt war wie sie.

Sie füllte den Krug mit Wasser und goss es über ihren Kopf. Das lauwarme Wasser floss in Sturzbächen über ihren Körper und plätscherte in die Zinkwanne. Das Wasser sorgte dafür, dass sich ihre Nippel erhärteten und sie kniff sie, zwang sie dazu, aufrecht zu stehen, damit er sie in ihrer Silhouette sehen konnte, falls er zusah. Sie stellte sich seinen Mund an ihrer Brust vor, wie er daran saugte, während seine Hände ihren Hintern umklammerten. Er würde sie an sich heranziehen, während er an ihren Nippeln saugte, damit sie sich gegen seine Erektion pressen konnte. Sie stöhnte.

Von der anderen Seite des Vorhangs stieß Bastian ein heiseres Geräusch aus. Das beantwortete ihre Frage, ob er zusah. Er grunzte und rief: „Fuck! Brie.“

Sie ließ ein kehliges Lachen hören. „Ist das ein Angebot?“

„Auf keinen Fall. Es ist die Beschreibung meiner Situation. Ich bin so total abgefuckt.“

„Warum?“

„Du bist eine wunderschöne Frau, Brie. Aber in diesem Moment bist du meine Mission. Das ist alles. Zu deiner und meiner Sicherheit darf ich mich nicht ablenken lassen. Ich kann nicht einmal schlafen, ohne dass du Wache hältst. Sex ist ein Ding der Unmöglichkeit. Nicht hier.“

Sie lächelte. „Siehst du? Ich habe dir doch gesagt, dass du – wenn wir uns küssen – mit mir Sex haben willst. Ich bin eine großartige Küsserin.“

Bastian bellte ein scharfes Lachen. „Du gewinnst. Ich wollte dich damals schon ficken. Und ich will dich jetzt ficken.“

Ihr gefiel seine Ehrlichkeit. Er war nicht schüchtern und sie war nie zurückhaltend. Sobald sie Südsudan verließen, könnten sie ernsthaften Spaß miteinander haben. Doch leider würde das wahrscheinlich noch einige Tage dauern.

Sie griff wieder nach der Seife und fuhr damit fort, sich zu waschen. Sie würde ihn oder sich selbst nicht weiter reizen und sich nur flüchtig waschen, den Job schnellstmöglich erledigen, um die Verlockung nicht noch mehr zu steigern. Sie schuldete ihm wenigstens das, nach allem, was er für sie getan hatte.

Kapitel Fünfzehn

Bastian wusste nicht, ob er erleichtert oder enttäuscht sein sollte, als Bries Bad mit einem Mal rein funktionell wurde. Erleichtert. Er sollte definitiv erleichtert sein. Aber das bedeutete nicht, dass er das auch so empfand.

Wie zur Hölle konnte diese Frau sogar jetzt so verdammt sexy sein, in dieser Situation?

Dies war die bizarrste Mission, in der er sich je befunden hatte. Er beschützte eine Öl-Erbin, die keine Öl-Erbin mehr war, und sie waren wie zwei Schiffbrüchige gestrandet – mitten in einem brutalen Bürgerkrieg.

Das Training für Spezialeinheiten deckte so etwas nicht ab.

Nach ihrem Bad suchte er die Gegend ab, um nach einer geeigneten Stelle für seine Nachricht an SOCOM zu suchen. Er benötigte ein großes Feld, um eine leserliche Nachricht schreiben zu können. Er hatte keine knallorangen Signalpaneele – die hatten sich in dem anderen Rucksack hinten im Geländewagen befunden – somit musste er mit den Materialien auskommen, die er finden konnte, was ebenfalls bedeutete, dass er sich seine eigenen Symbole oder Worte ausdenken musste. Etwas, das der Satellit erfassen, und das signalisieren würde, wer diese Nachricht geschrieben hatte. Er debattierte, was am effektivsten sein würde, und entschied sich schlussendlich dazu, denselben Code zu benutzen, den Morgan vor einem Monat benutzt hatte.

Es war einfacher Morsecode und würde sich leicht in die Graslandschaft einfügen lassen: Drei Punkte, drei Streifen, drei Punkte. Besser bekannt als S-O-S.

Er würde die Symbole übereinander anbringen. Punkte über Streifen über Punkten. Die gesamte Nachricht würde in einem kompakten kleinen Quadrat enthalten sein.

Morsecode wäre leichter via Satelliten zu sehen als die Kurven von Buchstaben, und man würde sich bei SOCOM an seine Rolle in Morgans Rettung erinnern. Sie würden wissen, dass er es war.

Er rechnete den Bereich aus, der notwendig war, um sichtbar zu sein, und auch, wie groß die Punkte im Vergleich zu den Streifen sein mussten. Jetzt musste er nur darauf warten, dass der Regen nachließ. Satelliten konnten nicht durch die dichten Wolkenschichten dringen, und er wollte das Feld nicht vor dem Vorrats-Abwurf markieren.

Es ging gegen seine Natur, aber hier war Vorsicht angesagt. Er würde also mindestens noch einige Tage mit Brie in einem abgelegenen Dorf festsitzen. Zeit stand still, und mit jedem Augenblick schien es unausweichlicher, dass sie miteinander Sex haben würden, aber das würde nicht hier geschehen. Nicht, solange er im Dienst war.

Er hatte seine Ehre aufrecht zu erhalten, aber mehr als das wollte er kein Arschloch sein und unachtsam werden.

Danach ging er in die Badehütte und wusch sich, und falls Brie zuschaute, war das ihr Problem, denn er verschwendete dabei keine Zeit. Spülen, einseifen, schrubben, abspülen.

Er trat aus der Hütte und sah Brie mit ihrem Rücken zum Eingang stehen. Sie hielt seine M4 so, wie er es ihr gezeigt hatte. Sie nahm ihre Wache ernst, allerdings wusste sie ja auch, was es bedeutete, wenn sie scheitern sollte. Man würde Bastian töten, aber Brie würde man verschleppen und erneut verkaufen.

„Ich dachte, dass ich ins Grasland hinausgehen könnte, um zu sehen, ob ich uns vielleicht etwas zum Essen schießen kann. Wir werden wahrscheinlich für ein paar Tage hier festsitzen, wenn der Regen nicht nachlässt."

„Du kannst jagen?"

Er nickte. „Ich bin in der Spezialeinheit. Vom Land zu leben gehört zu unserem Training. Wenn ich etwas Großes erlegen kann, können wir es in einer der Hütten räuchern."

Sie nickte. „Ich kann dabei helfen. Die Einheimischen haben mir gezeigt, wie man Wildtiere zerlegt."

Er lächelte. Das sollte ihn nicht überraschen, aber er war es trotzdem. Sie war überhaupt nicht die Prinzessin, von der er einst geglaubt hatte, dass sie es war. Er nahm seine M4. „Dann lass uns gehen."

Sie nickte und folgte ihm, wobei sie sich beim Gehen auf den Stock stützte. „Was ist mit dem Lärm des Schusses?", fragte sie. „Jemand könnte uns hören."

„Ich habe einen Schalldämpfer."

Sie hockten sich ins feuchte Gras und warteten schweigend. Schließlich flog ein Storch auf und er tötete ihn mit einem Schuss. Morgen würde er Fallen aufstellen, um Wild zu fangen, aber das benötigte mehr Zeit mit einer geringeren Garantie auf Erfolg. Aber er war nach Tagen kleiner Rationen hungrig.

Der Vogel war groß und hatte genug Fleisch an sich, dass er zwei Tage reichen würde. Er rupfte die Federn, während Brie eine Feuerstelle und einen Bratspieß aufbaute. Sie kochten in einer der zerfallenden Hütten, damit man die Flammen in der Dunkelheit nicht sehen konnte.

Während der Vogel röstete, scrollte Brie durch die Playlist auf seinem iPhone, das sie in seinem Rucksack entdeckt hatte, als sie nach Streichhölzern suchte. „Du bist so ein Seattle-Boy. Nirvana. Pearl Jam. Soundgarden. Heart. Ernsthaft? Heart?"

„Heart sind hammerscharfe Frauen, die hammerscharfe Lieder singen. Ich liebe Heart. Wer liebt Heart nicht? Ich glaube, das Problem hier bist du." Er verschränkte seine Arme. „Sie waren mein erstes Konzert."

„Wie alt warst du?", fragte sie.

„Neun." Er lächelte bei der Erinnerung. Seine Mutter war ein Fan gewesen und hatte ihn für das Konzert mit nach Seattle genommen. Als er sechzehn war, hatte er sich ihre Show noch einmal mit Freunden angesehen. „Magic Man ist super. Und ihre Version von ‚Stairway to Heaven‘ ist nahezu eine religiöse Erfahrung.“

Sie lachte. „Ich selbst bin eher ein ‚Barracuda‘-Fan.“

Er konnte nicht anders und musste lächeln. „Natürlich bist du das.“

Verdammt nochmal, er wollte sie. Hier. Jetzt. Während sein Handy die größten Hits von Heart abspielte. Stattdessen wandte er sich dem Spieß zu und lauschte dem Brutzeln, als Fett von der Haut auf die Kohlen tropfte.

Sie blickte auf sein Handy herab. „Nichts hier passt zum Südsudan.“

„Was ist das Problem? Planst du eine Tanzparty?“

„Du, ich und die Antilope.“

„Ich bin mir nicht sicher, ob Antilopen tanzen.“

„Jedenfalls nicht zu Pearl Jam. Sie bevorzugen einen anderen Beat. Wo ist der Hamilton-Soundtrack? Oder Adele?“

„Zu Adele kann man nicht tanzen. Aber ich habe ein paar tanzbare Tunes in der Playliste.“ Augenblicklich stellte er sich vor, wie er sich die Ohrenstöpsel einsteckte und eine ganz andere Art von Tanz initiierte.

Und plötzlich hatte einen weiteren Punkt für seine Wunschliste der Dinge, die er vor seinem Tod tun wollte. Er würde sein Leben nur dann voll ausgekostet haben, wenn er mit ihr zu Musik Sex gehabt hatte.

Nachdem sie ihr Dinner aus Storchenbrust und Wasser mit Jodgeschmack beendet hatten, fand Brie in dem Müll, der überall im Dorf herumlag, eine angeknackste Glasschale. Sie wusch sie aus und legte dann Bastians iPhone hinein, um dessen Sound zu verstärken. Dann stellte sie sie mitten in den offenen Bereich zwischen den Hütten. „Lass die Tanzparty beginnen“, sagte sie, während sie eine gemischte Playliste zusammenstellte, bevor sie sich auf den Stuhl setzte, den er für ihre Dusche repariert hatte.

Selbst in der Schale war die Musik nicht besonders laut und

wurde nach nur wenigen Schritten von dem Geräusch der Grillen und quakenden Frösche, die die Nacht über sangen, verschluckt. Südsudan hatte seinen eigenen Soundtrack.

„Du willst wirklich tanzen?"

„Ich tanze nicht. Aber du." Sie zeigte auf ihr Bein. „Knöchel."

„Dann erwartest du also, dass ich für dich eine Show abziehe."

Sie legte ihr Kinn erwartungsvoll auf ihre Faust. „Wenn ich doch nur Popcorn hätte."

Er lachte und zog sie auf die Füße. „Auf keinen Fall. Du kannst zumindest hin und her schwingen."

„Ich werde fallen."

„Ich werde dich festhalten."

Der erste Song war ein Hip Hop Lied, das sie nicht kannte, und Bastian legte eine Hand auf ihre Hüfte, als er sich zu bewegen begann. Doch sobald er seinen Rhythmus fand, ließ er sie los und grinste, woraufhin er ihr eine solide Nachahmung von Channing Tatum in Magic Mike vorführte. Es war eher eine Vorführung als tanzen. Eine Show, nur für sie.

Er konnte definitiv tanzen, hatte Rhythmus und einen Körper, der höllisch sexy war. Sie wünschte sich nur, dass er ebenfalls strippen würde – wie Tatum in dem Film. Seine Bewegungen waren in der schwülen südsudaner Dunkelheit ungehemmt und ungeniert erotisch. Wenn sie alles andere hinter ihrem winzigen, vom Mond erhellten Dörfchen ausblenden würde, könnte sie das Vibrieren in ihrem Bauch und die Anziehungskraft, die sie beide spürten, voll und ganz genießen.

Sie hatte schon immer fest an die Chemie zwischen zwei Menschen geglaubt, und sie war davon überzeugt, dass sie und Bastian eine explosive Kombination sein würden.

Der Beat wechselte, und Bastian kehrte zu ihr zurück, legte eine Hand um ihre Taille und zog sie in einen Tanz, der ihr Fußgelenk nicht belastete. Sie lachte und lehnte sich an ihn, genoss die schwüle Nacht und den festen Körper, der ihren hielt, während sie zu ‚Radioactive' von den Imagine Dragons tanzten.

Das Lied endete und sie wollte sich ihm entziehen, doch das nächste Lied war ‚Kissing a Fool‘ von George Michael und Bastian zog sie eng an sich heran.

Ihr Körper schwang mit seinem und er sang die Worte in ihr Ohr, während sie tanzten. Seine Stimme war tief und sexy, genauso wie die von George.

Himmel, gab es irgendetwas, worin dieser Typ nicht gut war?

Wie hatte sie die Perfektion dieses Songs in den dreiunddreißig Jahren, die sie auf dieser Erde gelebt hatte, verpasst? Es war eine Big Band, sanfter Jazz und ungemein hypnotisierend in dieser schwülen sternenklaren Nacht.

Sie könnte ein Abendkleid mit zwölf Zentimeter hohen Absätzen tragen und er einen Smoking. Stattdessen trug sie diese alte Tobe und er sein beflecktes, schmutziges T-Shirt und die Jeans, die er auf dem Markt angehabt hatte.

Es war wahrscheinlich der romantischste Moment ihres Lebens, wie sie mit Bastian im Mondlicht tanzte, während George Michael in unvergesslichen, sexy Tönen zu ihnen sang.

Die Noten des Liedes wurden leiser, und ihre Lippen fanden seine, und sie war sich nicht so ganz sicher, wer von ihnen der Narr war, von dem George zuvor gesungen hatte. Aber sie küssten sich definitiv, und sie wollte, dass das Streicheln seiner Zunge an ihrer niemals aufhörte.

Doch schlussendlich tat es das und er hob seinen Kopf, um auf sie herunter zu starren. Seine Augen waren heiß, voller Verlangen, und er atmete schwer. Sie hatte ihn atemlos gemacht und sie konnte an ihrem Bauch spüren, wie erregt er war.

Nach einem Moment sagte er: „Du wirst heute Nacht als Erste schlafen.“

Sie hielt seinem Blick stand und nickte dann. Er hatte Recht, und es gab wirklich nichts, was sonst noch gesagt werden müsste.

Kapitel Sechzehn

Der Regen stellte Bastians Entschlossenheit auf eine harte Probe. Tag Nummer Drei in dem verlassenen Dorf, und die Sintfluten ließen nicht nach, wodurch er keine Gelegenheit hatte, die Nachricht ins Gras zu schreiben, das von den Stürmen bereits niedergedrückt war. Wenn das mit dem Regen so weiterging, könnten sie wochenlang hier festsitzen. Und er würde auf keinen Fall so lange aushalten können, ohne sie zu vögeln.

Einerseits schien die Schlussfolgerung daraus, dass sie komplett sicher waren und die Zeit mit wildem, intensivem Sex verbringen könnten, vollkommen logisch zu sein.

Aber da saß auch ein Gehirn auf seinen Schultern, und das erinnerte ihn daran, dass eventuelle Überlebende vom Markt, ebenfalls von diesem verlassenen Dorf wissen könnten, und schließen würden, dass es das klügste Versteck für sie wäre. Und der Regen würde niemanden abhalten, der Brie um jeden Preis finden wollte.

Sex musste bis nach ihrer Rettung warten. Was bedeutete, dass es niemals passieren würde, denn sobald sie in Sicherheit war, würde er sie niemals wiedersehen.

Aber verdammt, dieser Regen war ein Problem. Die Satelliten würden seine Nachricht nicht sehen können. Er konnte diese Nachricht nicht einmal schreiben, solange dieser verdammte sintflutartige Regen das Gras niederdrückte. Er bräuchte wirklich die orangefarbenen Signalpaneele, die er in dem Geländewagen verloren hatte.

Allerdings konnte der Regen ihn nicht von seinen Vorbereitungen abhalten, und er verbrachte den Tag damit, eine zusammenfallende Hütte auseinanderzunehmen. Er würde die Pfosten und Pfähle dafür benutzen, um das Gras niederzudrücken und die Punkte und Linien zu formen. Sie wären dunklere Linien im grünen Gras und vielleicht sichtbar, selbst wenn das Gras vom vielen Regen flachgedrückt war.

Die unaufhörliche Sturmflut durchnässte ihn, was gut für seine Libido war. Es war zwar kein kalter Regen, aber bis auf die Knochen klitschnass zu sein fühlte sich nie gut an.

Brie lag ausgestreckt in ihrer trockenen Hütte und machte ein Nickerchen oder spielte mit seinem Handy. Er wusste es nicht, denn er war entschlossen, ihr heute aus dem Weg zu gehen. Was nicht gerade einfach war, da sie die einzigen Menschen in der Welt waren, und er sie beschützen sollte.

Er hatte die Hütte auseinandergenommen und die Pfosten, die er brauchte, gebrauchsfertig aufgestapelt. Es gab nichts weiter für ihn zu tun, als zur Hütte zurückzukehren und sich abzutrocknen.

Er schob die Abdeckplane, die als Tür fungierte, zur Seite, trat ein und kam abrupt zum Stehen, als er das Lied hörte. ‚Kissing a Fool‘.

Fuck. Es war ein riesiger Fehler gewesen, mit ihr zu tanzen.

Sie sprang auf und beeilte sich, die Musik abzustellen. „Sorry", sagte sie. „Es kam einfach in der Playlist vor. Ich habe nicht …"

Er schüttelte seinen Kopf. „Ist schon okay." Aber verdammt, das war es nicht. Wieder hatte er eine Latte. Draußen regnete es und herrschte das reinste Sauwetter, aber hier drin war es gemütlich.

Damit war die Katastrophe vorprogrammiert.

„Wir können nicht …, Brie. Es ist einfach gefährlich."

„Ich weiß."

Er seufzte und setzte seine M4 ab, bevor er sich eine Wasserflasche schnappte. Er trank langsam und lange, dann setzte er sich so weit von ihr weg, wie es ihm möglich war, ohne die Hütte verlassen zu müssen. „Wir müssen ein paar Rückschritte machen. Wir könnten noch einige Tage länger hier festsitzen. Wir *werden* wahrscheinlich noch einige Tage länger hier festsitzen. Keine Trinkspiele mehr. Kein Tanzen. Kein Flirten. Wir müssen einfach zusammenarbeiten."

Sie nickte. „Einverstanden."

„Falls der Regen morgen etwas nachlässt, werde ich die Nachricht vorbereiten. Ich werde auch wieder jagen gehen, weil die Fallen dank des Regens leer sind. In der Zwischenzeit müssen wir uns überlegen, wie wir die Zeit vertreiben können, ohne dabei … Probleme einzuladen."

„Du hast ein paar Bücher auf deinem Handy. Wir könnten uns gegenseitig vorlesen. Aber der Akku wird irgendwann leer sein."

Er zuckte mit den Schultern. „Ich habe Aufladegeräte, die mit Batterien funktionieren. Wir tragen so viel Elektronik mit uns rum, dass wir universelle batteriebetriebene Aufladegeräte dabeihaben müssen."

Er teilte die restliche Storchenbrust zwischen ihnen auf, und sie fing an, das Buch Reservation Blues von Sherman Alexie vorzulesen.

Es war interessant, die Worte des nordwest-amerikanischen Indianers in ihrer weißen Kadenz zu hören, aber sie machte sich gut, was ihn daran erinnerte, dass sie in Portland Kulturanthropologie studiert hatte. Etwas, das ihn sowohl irritierte als auch beeindruckte.

Einige Anthropologen waren herablassende Bastarde. Aber er musste zugeben, dass Brie eine der Guten zu sein schien. Und sie hatte keinerlei Anzeichen eines Möchtegernanthropologen gezeigt.

Diese Möchtegern-Anthros waren die schlimmsten.

Nachdem er fertig gegessen hatte, reichte sie ihm das Handy, und er las ihr vor, während sie aß. Draußen wurde es dunkel und ein weiterer Tag als Gestrandete ging zu Ende.

Sie wechselten sich mit dem Vorlesen bis spät in die Nacht

ab und beendeten das kurze Buch, bevor sie mit einem spannenden Roman von Karen Rose anfingen. Schließlich wurde
Bries Gähnen immer ausgiebiger, und er bestand darauf, dass
sie als Erste schlief. Nachdem sie eingeschlafen war, setzte er
sich draußen vor die Hütte. Er saß unter einem Plastikdach und
beobachtete den Regen mit einer Hand auf seinem Gewehr,
während er Wache hielt.

Gestrandet, Tag Nummer Vier. Wie konnte es sein, dass die
Tage bereits ineinander verschmolzen? Das Dröhnen
eines Flugzeugmotors ließ Bastian zur Deckung mitten im
matschigen Grasland abtauchen und er schrie Brie zu, dass sie
sich ebenfalls verstecken sollte. Der Vorrats-Abwurf war wohl
aufgrund des Regens verschoben worden. Er konnte nur hoffen,
dass die erste Reihe von Punkten, die er im sumpfigen Gras
kreiert hatte, von den Piloten nicht bemerkt wurde.

Das Flugzeug flog im Osten vorbei, nicht direkt über ihnen,
aber die Piloten könnten schräg direkt auf das Feld sehen.
Würde es nach dem Abwurf denselben Weg zurückfliegen?

Konnte er es sich erlauben, auf eine weitere Regenpause zu
warten?

Die Satelliten konnten jetzt ein gutes Bild aufnehmen.
Heute. Wer wusste, wie lange es dauern würde, bis sich ihnen
eine weitere Möglichkeit wie diese bot?

Er hatte keine andere Wahl und nahm seine Arbeit wieder
auf, die Pfosten ins Gras zu legen und die Linien für das O in S-
O-S zu formen.

Brie stand auf einem Bein am Rande des Feldes, beobachtete seine Arbeit und stellte sicher, dass die Punkte und Linien
gleichmäßig platziert waren. Sie hielt Wache.

Er blickte zum Himmel hoch. Wie es aussah, war bereits ein
weiterer Sturm im Anmarsch. SOCOM würde sein Signal
heute vielleicht nicht sehen.

Dann fragte er sich, wer wohl zu ihrer Rettung kommen
würde − sobald sie es gesehen hatten. Er hoffte, dass es sein

Team sein würde, denn die SEALs würden sich einen gewaltigen Spaß daraus machen, dass sie zur Rettung eines Soldaten der Spezialeinheit hatten kommen müssen. Natürlich würden Cal und Pax ihn ebenfalls damit aufziehen. Schlussendlich war es fast egal, wer kommen würde – man würde ihn so oder so verarschen. Aber verdammt, er konnte es kaum erwarten, die hässlichen Gesichter seiner Teamkameraden wiederzusehen. Er wollte unbedingt wissen, ob irgendjemand in dem Kampf auf dem Markt verletzt worden war. In seinem Hinterkopf war da die Angst.

Sie war immer da.

Er hatte die Extraktion geplant. Falls einer seiner Brüder verletzt worden war, war das seine Schuld.

Savvy starrte auf den Bildschirm und fluchte. Nach nur einem kurzen Zeitfenster bedeckten die verdammten Wolken nun erneut halb Südsudan.

Ihr Handy vibrierte. Das war hoffentlich Cal. Oder noch besser, Bastian. Ihr erster Wunsch wurde erfüllt. „Geben Sie mir ein paar gute Nachrichten, Cal."

„Ähm, … die Kinder sind in den Sudd und über den Weißen Nil entkommen?"

„Das weiß ich bereits. Wo ist Bastian?"

„Das wissen wir nicht. Es gibt keine Spur von ihnen. Der Sturm hat alles weggewaschen."

„Verdammte Scheiße."

„Keine Anzeichen von ihnen auf den Satellitenbildern?"

„Zu bewölkt."

„Halten Sie weiter Ausschau."

„Tue ich. Tun wir alle." Das war es, was sie bereits den ganzen Tag getan hatte. Auf dem Computer vor ihr sah sie eine Slideshow der neuesten Bilder, die sie gestern Abend hatten aufnehmen können, als sich die Wolkendecke etwas gelichtet hatte. Es waren keine guten Aufnahmen, aber wenigstens waren sie aktuell.

Auf dem großen Bildschirm befanden sich die Ausgangsbilder, die vor drei Tagen geschossen worden waren – sobald sie bemerkt hatten, dass Chief Ford und Gabriella Prime vermisst wurden.

„Sind Sie sicher, dass sie Richtung Süden gegangen sind?", fragte sie.

„Nein. Aber ihre Kollegen haben gesagt, dass sie das ihrer Meinung nach tun würde. Sie kennt die Gegend und die Leute. Bastian würde auf sie hören, wenn sie sagt, dass der Süden ihre bessere Option wäre."

„Ist das Team in Akobo?", fragte sie Cal.

„Ja. Die Straßen sind zu unbegehbar für eine Aufklärung. Wir werden den Hubschrauber benutzen, sobald wir eine solide Spur haben."

Savvy sah sich die Bilder der nächstgelegenen Dörfer im Süden an. Keine Veränderungen in den Bildern, die je zwei Tage getrennt voneinander aufgenommen worden waren. Sie suchte weiter südlich entlang der Hauptstraße. Bastian würde nach einem Funkgerät suchen. Einem Fahrzeug. Treibstoff. Diese fand man entlang des Hauptkorridors.

Aber was würde Brie tun?

Sie wäre traumatisiert. Sie könnte genauso gut verletzt sein.

Brie würde sich verstecken wollen.

Savvy kehrte zu dem Bild mit dem Dorf zurück und entdeckte eine dünne Linie, die Richtung Westen durch die Graslandschaft führte. Ein weiteres Dorf?

Sie fand es und zoomte näher ran. Das Bild war nur schwer zu lesen. Sie wechselte zu der Aufnahme von dem großen Bildschirm, den Ausgangsbildern, die an einem klaren Tag aufgenommen worden waren, und konnte etwas sehen, was wie Kreise aussah – acht Hütten?

Sie transferierte das gestrige Bild zum großen Bildschirm. Jawohl, acht Hütten. Aber ein Kreis ... sah anders aus. Die Farbe war anders. Das könnte am Regen liegen.

„Da ist ein Dorf im Südwesten, das vielversprechend aussieht." Sie gab Cal den Namen, so gut sie es erkennen konnte. „Falls es sich morgen aufklart, werden wir unsere

Kameras darauf fokussieren. Finden Sie von Ihrer Seite her so viel wie möglich über dieses Dorf heraus."

„Werde ich. Danke, Sav." Cal hing auf.

Das war eine der zivilisiertesten Konversationen, die sie je mit dem Green Beret geführt hatte, allerdings hatten sie in dieser Sache dasselbe Ziel. Natürlich hatten sie immer dasselbe Ziel, aber manchmal glaubten die Jungs im Militär das nicht. Sie vertrauten ihr nicht, weil sie wussten, dass sie ohne Gewissensbisse oder Reue log. Sie verdrehte Dinge und manipulierte.

Sie waren im selben Team, aber Savvy war gewillt, Dinge zu opfern, um ihr Ziel zu erreichen. Sie konnte sich den Luxus nicht erlauben, wählerisch zu sein.

Sie starrte auf den großen Bildschirm. Ihr Bauchgefühl sagte ihr, dass der Unterschied in der Farbe nicht durch das Licht verursacht wurde. Es bedeutete etwas. Die Frage war, würde es sie zu Brie und Bastian führen?

Bastian hatte sich in der Hitze sein T-Shirt ausgezogen, und Brie genoss den Anblick, während er einen Kompass benutzte, um die Nachricht in gleichmäßigen, geraden Linien auszurichten.

Seine Taille war so unglaublich schmal, wie seine Oberarme unglaublich breit waren. Er war wie eine Skulptur, aber anstatt aus Marmor bestand er aus fleischgewordener Perfektion. Sie konnte sich nicht daran erinnern, wann sie das letzte Mal so sehr einem Mann hinterhergelechzt hatte. Allerdings war dies auch das erste Mal, dass sie so gestrandet war und feststeckte, und sie war ein ganzes Jahr lang enthaltsam gewesen.

Eine Frau hatte Bedürfnisse, und Chief Warrant Officer Sebastian Ford konnte jedes dieser Bedürfnisse befriedigen.

Als ehemalige Drogenabhängige wusste sie, wie sie sich der Versuchung stellen musste. Aber sie hatte diese Schlachten nicht immer gewonnen.

Bastian zu küssen war der ultimative Rausch gewesen. Seine Lippen auf ihren. Seine Zunge, die tief eintauchte, nahm und gab. Heiß und süß und sinnlich. Es hatte sich genauso angefühlt, wie die ersten Momente eines neuen Highs.

All der Rausch und das Adrenalin. Die schiere Ekstase, in ihrer Seele zu wissen, dass es sie beim nächsten Mal noch höher treiben würde.

Bis auf die Tatsache, dass das nächste Mal nie so gut war, wie das erste. Es war unmöglich, dieses High noch einmal zu erreichen. Das war die ultimative Enttäuschung, dass jedes nachfolgende High nicht mehr ansatzweise so berauschend war, wie das vorherige, bis man schlussendlich nichts weiter bekam als negative Erfahrungen. Ein High, das einen soweit runterzog, dass es einen vergrub.

Und trotzdem tat sie es erneut, beobachtete Bastian und wollte dieses Hochgefühl. Sehnte sich nach dem Höhepunkt, der nicht existierte.

Sie wusste es besser. Mit ihm zusammen zu sein, würde sie wieder zu einer Süchtigen machen. Dass dies ausgerechnet in Südsudan passierte, war sowohl bitter als auch ironisch. Hier war es einfach, mit ihrer Sucht umzugehen: Es gab nicht die geringste Möglichkeit, Drogen zu nehmen. In diesem vom Krieg zerrissenen, vom Kämpfen erschöpften Land mit seiner jungen Demokratie, hatte sie nicht jeden Augenblick gegen die Verführung ankämpfen müssen.

Doch jetzt war sie auf Bastian fixiert, und wenn sie wusste, was gut für sie war, würde sie dieses Verlangen unbefriedigt verstreichen lassen, bevor sie sich erneut in einem zerstörerischen, süchtig machenden Teufelskreis befand − wobei dieser zu einem gebrochenen Herzen führen würde.

Kapitel Siebzehn

Der Himmel war aufgeklart und gab Bastian Hoffnung, dass die Satelliten seine Nachricht sehen würden. Allerdings hatten sie keine Möglichkeit, herauszufinden, wann die Nachricht empfangen wurde, und sie würden das erst wissen, wenn das Team eintraf.

In diesem Szenario gab es kein ‚falls‘. Sein Plan würde funktionieren. Doch Bastian musste sich eingestehen, dass es an der Zeit war, sich zur Sicherheit einen Plan-B zu überlegen. Bries Knöchel wurde langsam besser, und die Entzündung in ihrem Fuß heilte ebenfalls dank der Antibiotika. Noch zwei oder drei Tage, und sie würde wieder längere Strecken laufen können.

Dies war ihr fünfter Tag in diesem Dorf. Wie lange sollten sie warten, bevor es an der Zeit war mit Plan Bravo weiterzumachen?

Er machte ein Dutzend Liegestütze, während die heiße Sonne auf seinen nackten Rücken schien. Er hatte seine Körperpanzerung ablegen müssen, um den Markt zu betreten, und er hatte diese zusammen mit dem Geländewagen verloren. Es fühlte sich seltsam an, ohne diesen Schutz auf einer Mission zu sein, aber er genoss die Freiheit von dem Gewicht und der Hitze.

Er rollte sich auf seinen Rücken und absolvierte einhundert Situps, sprang dann auf die Füße, schnappte sich die Wäscheleine, die er auf eine brauchbare Springseillänge zurechtgeschnitten hatte, und sprang eine komplette Runde von Doppeldurchschlägen. Auf seinen täglichen fünf Meilen Lauf musste er verzichten, somit musste Seilspringen als Cardio reichen.

Das Workout verbrannte Energie und bewahrte ihn davor, aus Langeweile und sexueller Frustration seinen Verstand zu verlieren.

Er wiederholte fünf weitere Runden an Liegestützen, Situps und Doppeldurchschlägen, bevor er das Seil zur Seite warf und seine Arme dehnte, um sich abzukühlen. Ein Geräusch hinter ihm sagte ihm, dass Brie in der Badehütte fertig war, und er drehte sich zu ihr um.

Der Sarong klebte an ihrer nassen Haut, schmiegte sich an ihre weichen Kurven, und im nächsten Augenblick war all die harte Arbeit des Workouts zunichtegemacht, was das Abschwächen seiner Libido betraf.

Er wusste, dass sie nicht versuchte, sexy zu sein und ihn zu verführen. Sie hatte zwei dünne Fetzen Stoff, die sie als Kleidung tragen konnte. Sie wusch und trocknete den einen, während sie den anderen trug. Sie besaß nicht einmal Unterwäsche.

Er hoffte inständig, dass sie nicht ihre Periode bekommen würde, solange sie gestrandet waren, obwohl er davon ausging, dass sie in all den Monaten, die sie bereits hier war, gelernt hatte, zu improvisieren und mit den Dingen, die sie in dem verlassenen Dorf gefunden hatte, auch damit zurechtkommen würde.

Sie war einfallsreich und besaß eine Stärke, die er nie erwartet hätte. Frauen mussten mit so viel Scheiße fertig werden, die Männer niemals würden aushalten können – und damit meinte er nicht nur den Menstruationszyklus, obwohl der ebenfalls in der Liste vorkam.

„Ist mein Sarong falsch herum, Chief Ford?"

Er hob seinen Blick zu ihrem, bemerkte ihre hochgezogene Augenbraue, und ihm wurde klar, dass er sie angestarrt hatte.

Er war mitten in einer Dehnübung mit ausgestrecktem Bein

erstarrt. Er verlagerte sich aufs andere Bein und schüttelte seinen Kopf. „Nein. Es ist nur so, dass jetzt, wo du den ganzen Dreck weggewaschen hast, deine bedauerliche Nase auffällt."

Sie lachte. „Du hast meine Hüfte angestarrt, nicht mein Gesicht."

Sein Blick fiel tiefer, um zu vermeiden, den feuchten Stoff an ihren Brüsten kleben zu sehen, doch er bot ihr keine Entschuldigung an. Sie brauchten keine weiteren Hinweise bezüglich ihrer Anziehungskraft, die einfach nicht abschwächen wollte und nach der sie nicht handeln konnten. Nicht hier. Nicht jetzt.

Er erwiderte ihren Blick, während er sich weiterhin dehnte. „Ich habe mich gefragt, was du tun wirst, wenn du deine Periode bekommst, während wir hier draußen feststecken?" Er konnte genauso gut fragen. Es war dumm, dass das Thema ein Tabu war, wenn es doch eine grundlegende Tatsache des Lebens war, dass die Hälfte der Weltbevölkerung einen langen Teil ihres Lebens menstruierte. „Oder überhaupt, was tun die Frauen hier in diesem Fall? Die Einheimischen hier haben so gut wie nichts."

Sie neigte ihren Kopf zur Seite und war offensichtlich überrascht, wenn auch kein bisschen pikiert wegen seiner Frage. „Tatsächlich ist das einer der Gründe, warum ich von USAID überhaupt angeheuert wurde, und warum Organisationen in der Entwicklungshilfe Frauen brauchen, die im Ausland arbeiten können – weil wir die Probleme ansprechen, von denen die Männer nicht einmal wissen, dass sie ein Problem sind. Wusstest du, dass eine große Prozentzahl an Mädchen im subsaharischen Afrika die Schule verlassen, sobald sie ihre Menstruation bekommen, weil es in den Schulen keine Toiletten oder fließendes Wasser gibt?

Wasser, Sanitäreinrichtungen und Bildung sind alle miteinander verbunden, und Jahrzehnte lang waren die Spezialisten für Wasser und Sanitäreinrichtungen männliche Ingenieure. Es ist ihnen nie in den Sinn gekommen, dass die Mädchen im Alter von zwölf nicht mehr zur Schule gingen, weil die Pubertät ihre Periode mit sich brachte. Viele haben das mit sozialen Barrieren erklärt, die Mädchen davon abhielten, eine Bildung zu bekommen. Dabei haben die Mädchen diese Wahl getroffen, weil sie keine Möglichkeit hatten, ihren monatlichen Zyklus auf eine hygienische Weise im Klassenraum kontrollieren zu können."

An dem Licht in ihren Augen konnte er sehen, dass er unbewusst ihre Leidenschaft angesprochen hatte.

Sie breitete ihre Arme aus und deutete damit auf das verlassene Dorf. „Die Hungersnot ist momentan unsere Hauptsorge, aber wie du sehen kannst, benötigt Südsudan mehr als nur Nahrungsmittel. Einer unserer Jobs war das Verteilen von Unterwäsche an Frauen und Mädchen — die hatte einen wasserdichten Schritt, der eine Tasche enthielt, in die man Watte, zerrissene Stofffetzen oder Gras stopfen kann. Alles, was aufsaugt."

Er zog seine Augenbrauen zusammen. „Aber ich dachte, Anthropologen studieren nur amerikanische Indianer, als ob sie Laborratten wären, damit sie weitersagen können, was sie über unsere Kultur gelernt haben, damit Weiße daraus Profit schlagen können?"

Sie stieß ein leises Lachen aus. „Das gehört zum Lehrplan im ersten Jahr. Im zweiten Jahr tauchen wir tiefer und schauen nach Wegen, wie man Kulturen auf anderen Kontinenten ausnutzen kann." Sie setzte sich auf den Boden und lehnte sich mit ihrem Rücken gegen die Hüttenwand. Sie zog ihre Knie an ihre Brust und stopfte sich den Sarong unter ihre Knie, damit sie sich nicht vor ihm entblößte. „Und um deine ursprüngliche Frage zu beantworten, meine Periode ist erst nächste Woche fällig — obwohl Stress dafür sorgen könnte, dass sie früher oder später kommt. Sobald sie anfängt, werde ich eine der Planen zerschneiden und mir eine Hose basteln, in die ich Gras stopfen kann. Falls du keine Nadel und Faden dabeihaben solltest, werde ich einen Akaziendorn und Stofffäden benutzen."

Es waren Augenblicke wie diese, in denen es ihm schwerfiel zu glauben, dass er mit Princess Prime sprach. „Ich habe eine Nadel im Notfallkasten. Aber warum nähst du dir jetzt keine Unterwäsche?"

„Hast du schon mal Unterwäsche aus einer alten schmutzigen Plane getragen? Ich werde warten und sehen, ob es nötig wird, danke."

Er nickte. „Verständlich. Und falls es nötig wird, kannst du meine Unterwäsche umarbeiten."

„Ooooch, ich kann dir endlich an die Wäsche gehen."

Ihre Stimme hatte den weichen, verführerischen Unterton angenommen, den sie in ihrer ersten Nacht gehabt hatte, als sie zusammen auf dem Hügel lagen.

Er verlagerte seine Position, um seinen wachsenden Penis zu verstecken und einzudämmen. Er reagierte viel zu leicht auf sie – allerdings hatte er das gleich von dem Augenblick an, als er sie mit einundzwanzig zum ersten Mal gesehen hatte.

Zu der Zeit hatte Cece ihn beschuldigt, weißen Mädchen hinterherzulechzen, und behauptet, dass er seiner indianischen Herkunft entkommen wollte. Er hatte gewusst, dass ihre Logik Bullshit war, aber er hatte sich trotzdem wegen seiner Lust auf weiße Mädels schuldig gefühlt.

Natürlich hatte er es sich nach ihrer Trennung zum Ziel gemacht, mit Frauen aller Ethnien und Farben zu schlafen, und war in dieser Sache auch erfolgreich gewesen. Eine Sache, die er über sich selbst gelernt hatte war, dass er keine Vorlieben hatte. Er mochte alle Frauen.

Und jetzt mochte er Brie Stewart. Sehr.

„Ich muss dich um einen Gefallen bitten", sagte sie.

Er legte bei ihrer Frage seinen Kopf schief.

„Wirst du mir beibringen zu kämpfen?"

Er runzelte seine Stirn. „Ich glaube nicht, dass das eine gute Idee ist."

„Ist das nicht das, was ihr tut? Ihr wart in Dschibuti, um dort die Einheimischen zu Guerillakämpfern auszubilden. Du trainierst Soldaten."

„Bei Guerilla-Taktiken geht es nicht nur um den Nahkampf. Wir benutzten Waffen. Wir improvisieren. Es geht darum, dass eine kleine Truppe es durch den Überraschungseffekt und gezielte Angriffe auf die Infrastruktur mit einer größeren Armee aufnehmen kann." Er wusste, dass das nur eine Ausrede war.

„Aber du weißt, wie man sich im Nahkampf behauptet. Und du bringst es anderen bei."

„Ja." So viel zu den Ausreden.

„Warum willst du es mir nicht beibringen? Es ist ja nicht so, dass wir keine Zeit hätten."

„Weil ich dich nicht schlagen kann. Nicht einmal im Training."

„Das ist dumm. Wenn Savvy deine Sparringpartnerin wäre, könntest du sie schlagen?"

Er hatte mit Savannah James trainiert. Verdammt. „Ja. Aber selbst beim Training schlüpft manchmal ein echter Schlag durch. Sie ist trainiert. Du bist es nicht. Wenn ich dir wehtue, würde ich durchdrehen."

„Du kannst mir mit einem versehentlichen Schlag kaum mehr wehtun, als die Peitsche das getan hat. Oder die Erniedrigung, ausgezogen und angekettet zu werden."

Ach, Mist. Damit hatte sie nicht Unrecht. „Das würde bedeuten, dass wir uns wieder nahekommen müssten. Und du kannst nicht in einem Sarong trainieren."

„Was ist, wenn ich in einem Sarong kämpfen muss?"

„Der würde wahrscheinlich aufreißen."

„Und in dem Moment, während ich versuche, mich zu verteidigen, wäre es mir scheißegal, wenn ich meinem Angreifer nackt gegenüberstehe."

Er seufzte. Sie hatte natürlich absolut recht, und er musste endlich seine Blockaden abschütteln. „Okay, warum tun wir nicht Folgendes – du kannst meine Boxershorts und mein T-Shirt tragen." Er runzelte seine Stirn, als er sich an ihren Versuch erinnerte, den Sklavenhändler abzuwehren, während sie angekettet war. „Und wir sollten wahrscheinlich Taktiken wie Kopfstöße und andere Techniken üben, die dir helfen könnten, wenn du gefesselt bist."

Brie knotete eine Kordel der Shorts zusammen, damit sie ihr nicht von der Hüfte rutschten. Sie hatte während ihrer Monate in Südsudan Gewicht verloren. Ihre Ernährung zuhause war immer reich an Milch und Käsefetten gewesen. Zudem hatte sie eine Schwäche für Speck und Wurst, was ihren Bauch und ihre Oberschenkel etwas gerundet hatte. Doch hier diente Essen als reine Ernährung und nichts weiter. Es gab hier kein genussvolles Abendessen in Restaurants, und sie hatte die extra Pfunde bereits vor Monaten verloren. In dieser Woche hatte sie noch mehr Gewicht verloren, aber sie war noch weit entfernt von den alarmierenden Stufen der Unterernährung, denen die Einheimischen hier tagtäglich ausgesetzt waren.

Sie besaß immer noch ein paar Kurven, obwohl sie nicht so gut geformt war wie der Green Beret, der sie gerettet hatte. Ihn mit nacktem Oberkörper bei seinen Liegestützen und beim Seilspringen zu beobachten, war zu ihrer neuen Lieblingsbeschäftigung geworden.

Was hielt Bastian von ihrem Körper? Sein Blick war nach ihrer Dusche verdammt schnell von ihren Brüsten auf ihre Hüfte gefallen.

Obwohl nichts zwischen ihnen geschehen durfte, wollte sie trotzdem, dass er sie begehrte, wollte daran glauben, dass die Lust, die zwischen ihnen aufflammte, gegenseitig war. Es wäre enttäuschend, wenn sie diese intensive Anziehungskraft spürte, und mit ihrem Verlangen vollkommen allein dastünde.

Die meiste Zeit ihres Lebens hatte sie damit verbracht, sich zu wünschen, dass sie den Leuten, die ihr wichtig waren, ebenfalls etwas bedeutete. Das war nichts Neues. Ablehnung tat weh – ob das nun ihre Brüder waren, denen sie vollkommen egal war, es sei denn sie konnte einen Business-Deal für sie abschließen, indem sie mit den gruseligen alten Kerlen flirtete, oder einfache nicht-erwiderte Lust.

In ihrem Job hatte sie neu angefangen und ihre Seele wiedergefunden. Aber sie konnte nicht anders, als sich fragen, ob der Angriff auf die Einrichtung nicht doch ihretwegen geschehen war. War es ihre Schuld, dass die Nahrungsmittel nun verloren waren?

Ihre Schuld, dass Menschen gestorben waren und verhungern würden?

Kein Wunder, dass sie sich in lusterfüllte Fantasien zurückziehen wollte. Sie war hierhergekommen, um zu helfen, aber es war möglich, dass sie für eine Gruppe von Menschen, die eh schon verzweifelt waren, alles nur noch schlimmer gemacht hatte.

Und jetzt saß Bastian mit ihr fest. Getrennt von seinem Team, das sich vielleicht bei ihrer Rettung verletzt hatte – oder Schlimmeres.

Fuck. Sie verlor ihre Kontrolle. Sie konnte es sehen. Spürte die Vortex. Schuldgefühle zogen sie herunter. Ihre Atmung wurde flach.

Es gab vieles, was sie in ihrem Leben wiedergutmachen musste, aber das hier war nicht ihre Schuld. Sie hatte nicht darum gebeten. Sie hätte nie gedacht, dass ihre Familie es so weit treiben würde, sie selbst hier zu jagen. Und sie hatte keine Beweise, dass sie es gewesen waren, die dahintersteckten. Der Mann, den sie auf dem Markt gesehen hatte, arbeitete jetzt für Druneft, und der andere Mann, den sie wiedererkannt hatte, war ein Handlanger für General Lawiri gewesen. Lawiris Mann konnte nichts mit ihr zu tun haben.

Sie atmete tief ein. Sie würde lernen zu kämpfen. Sie und Bastian würden gerettet werden. Und wenn all das hier vorbei war, würde sie dafür sorgen, dass das Dorf wiederaufgebaut und mit Nahrungsmitteln versorgt wurde.

Ihre Familie würde dafür bezahlen, oder sie würde sicherstellen, dass jedes fiese Geheimnis, das sie hatten, an die Öffentlichkeit kam. Sie würde mit den schmutzigen Geschäften mit Viktor und Nikolai Drugov anfangen. Preisabsprachen waren nur die Spitze des Eisbergs.

Ein entschlossenes Leuchten war in Bries Augen getreten. Trotz der Tatsache, dass sie in seinen Shorts und T-Shirt höllisch scharf aussah, gab es nichts an ihr, was momentan Sexualität ausstrahlte. Sie stand vor Bastian – Beine gespreizt und Arme erhoben.

Sie war bereit zu lernen, jemandem den Arsch zu versohlen.

Rein zufällig war genau diese Art von Training eine seiner Spezialitäten.

Das Guerilla-Training mochte mehr mit Taktiken als mit Nahkampf zu tun haben, aber das bedeutete nicht, dass er nicht wusste, wie man kämpfte. Die Armee hatte seine Fähigkeiten verfeinert, doch in Wahrheit hatte er das Kämpfen im Reservat gelernt. Gewalt in seinem Reservat war nicht so heftig wie in anderen gewesen – nachdem sie das Grundstück mit der Sägemühle zurückgewonnen hatten, erlebten die Kalahwamish wachsenden Wohlstand. Sein Stamm bot sogar Touren an, die man mit der Westküsten-Version von Williamsburg vergleichen konnte.

Aber als Bastian ein Teenager gewesen war, waren sie so arm wie die meisten der abgelegenen Indianer-Reservate gewesen. Arm hatte bedeutet, dass es immer ein paar Bastarde im Reservat gab, die sicherstellten, dass Kinder wie er genauso harsch und knallhart aufwuchsen wie ihre Vorfahren.

Im Reservat brachen ständig bei der kleinsten Beleidigung Prügeleien aus. Es ging dabei nicht ums Gewinnen. Es ging um den Stolz, und er hatte gewusst, wie er die Schläge hinnehmen und trotzdem mit hocherhobenem Kopf daraus hervortreten konnte. Als seine Mutter zur Vorsitzenden seines Stammes ernannt worden war, bedeuteten diese Kämpfe, die Ehre seines Vaters zu verteidigen. Indianer konnten genauso sexistisch sein, wie ihre weißen Gegenspieler.

Bastian war ein beschissener Kämpfer gewesen, doch als seine Mutter Vorsitzende geworden war, hatte er genug davon, ständig als Verlierer dazustehen. Das einzige Fitnessstudio im Reservat gehörte einem Warren – die mächtigste Großfamilie in seinem Stamm, die mit den Fords ein Hühnchen zu rupfen hatten. Also hatte er sich einem Fitnessstudio außerhalb des Reservats in der Stadt Coho angeschlossen. Dort hatte Bastian seine gesamte Freizeit verbracht und gelernt, wie man kämpfte.

Als seine Oberarme zu denen eines Superhelden angeschwollen waren, hörten die Jungs im Reservat auf, ihn als einen Möchtegern-Weißen zu beschimpfen. Sie wagten es nicht länger. Und später, als er sich der Armee anschloss, hatten sie ihm Respekt entgegengebracht. Trotz der schlechten Geschichte zwischen den Indianerstämmen und der amerikanischen Armee waren die meisten Stämme stolz auf ihre Mitglieder, die dem Land dienten.

Bastian liebte sowohl die Nation des Kalahwamish Stammes als auch die Vereinigten Staaten von Amerika. Er kämpfte für beide. Blutete für beide. Würde für beide sterben.

Seit seinem vierzehnten Lebensjahr hatte er seine Muskeln aufgebaut und seine taktischen Fähigkeiten verfeinert. Jetzt, siebzehn Jahre später, war er der stellvertretende Befehlshaber eines A-Teams in der Spezialeinheit mit einem Auge auf die Top Position. Der ultimative Krieger, der sowohl seinen Stammesvorfahren als auch seinen Vorfahren in der Armee Ehre brachte.

Das Endergebnis: Bastian konnte kämpfen, und er hatte keine Schwierigkeiten damit, auf unfaire Mittel zurückzugreifen, was genau das war, was Brie lernen musste.

Er stand vor ihr, mit nackter Brust und auf die bevorstehende Lektion fokussiert. „Bereit?", fragte er und sah in ihr nicht länger irgendetwas anderes als eine Aufgabe. Er war ein Soldat, der einen Job zu erledigen hatte.

Sie lächelte und nickte ihm kurz zu. „Zeig's mir."

Bastian ging auf sie los – hart, heftig und zu einhundert Prozent professionell. Er warf sie unzählige Male zu Boden, doch er schaffte es immer, ihren Aufprall abzuschwächen, womit er sie sowohl beschützte als auch gleichzeitig zeigte, wie sie diese Anschläge hinnehmen musste.

Er zeigte ihr Kopfstöße und wie sie treten, schlagen, blockieren und ausweichen musste, während die heiße Sonne auf ihre Haut niederbrannte und den matschigen Boden trocknete.

Die Hitze und Anstrengung sorgten zusammen dafür, dass Brie ermüdete, und sie verpasste einen Blocker. Sein Bein zog ihres unter ihr weg, und sie landete im Dreck, diesmal ohne ihn als Kissen − einfach nur auf dem harten schmerzhaften Boden.

„Scheiße! Sorry!", sagte Bastian, als er neben ihr niedersank, zu spät, um ihren Fall abzurollen oder die volle Wucht des Aufpralls abzufangen.

Sie keuchte auf und kämpfte um ihren Atem, als sie plötzlich keine Luft bekam. Sie brachte einen flachen Atemzug zustande, gefolgt von einem etwas Tieferen.

Bastians Gesicht verzog sich voller Sorge. „Fuck. Ich hätte niemals zustimmen dürfen." Er umschloss ihr Gesicht mit beiden Händen. „Atme, Süße. Bitte. Es tut mir so leid."

Sie schüttelte ihren Kopf. Ein weiterer Luftzug erreichte ihre Lunge. „Is okay. Mein Fehler. Bin okay." Ein tieferer Atemzug. „Es geht … gleich wieder."

Er streichelte ihre Wangen und starrte in ihre Augen. Sie fokussierte auf seine dunkle Iris, entspannte ihre Kehle und Zwerchfell. Schließlich schaffte sie einen langsamen Atemzug, der ihre Lungen füllte.

Seine Augen enthielten nicht mehr den zurückhaltenden Blick eines Lehrers. Sie waren flüssiges Schwarz und voller Hitze, die nicht das Geringste mit der brennenden Sonne zu tun hatte.

Sie lächelte. Sie würde ein paar blaue Flecke davontragen, die sie sich selbst aufgehalst hatte, war aber ansonsten okay. Und sie hatte sehr viel in dieser Privatstunde zur Selbstverteidigung gelernt. Sie hatte sich gut gehalten, bis die Erschöpfung sie eingeholt hatte. Wenn Ausdauer ihr größtes Problem war, dann würde sie zurechtkommen. Es war unwahrscheinlich, dass ein Kampf die über neunzig Minuten lang andauern würde, die sie trainiert hatten. Sie hatte es noch nie geschafft, so viele Runden zu überstehen.

„Du hast das allerschönste Lächeln." Die Worte kamen Bastian mit leiser und niedriger Stimme über die Lippen, als ob er sie nicht hatte sagen wollen, sie aber trotzdem einfach von ganz allein entflohen waren. „Es war das Erste, das mir an dir aufgefallen ist. Vor zehn Jahren. Dein Lächeln spiegelte sich in deinen Augen wider. Es war nicht so kalt, wie das von allen anderen in dem Ausschuss. Es hat für mich nie einen Sinn ergeben. Wie jemand, der so warm und so lebendig ist, etwas so Seelenloses tun kann."

„Man hat mich an dem öffentlichen Meeting überrumpelt. Ich wusste nichts von dem TCP", sagte sie und bezog sich damit auf das traditionelle Kulturgut – Traditional Cultural Property, kurz TCP – das zu Recht das Projekt aufgehalten hatte. „Ich dachte wirklich, dass es keine Probleme mit den Stämmen geben würde, und dass das, was wir taten, für jeden ein Gewinn wäre. Für den Staat Washington, die Stämme und Prime Energy."

Zu Beginn des Community Meetings war ihr Lächeln echt gewesen, doch bis zum Ende hin hatte sie innerlich geschrien. Ihre Brüder hatten sie einfach in die Falle gelockt und den Wölfen zum Fraß vorgeworfen. Wieder einmal. Sie hatte sich dem Projekt erst spät angeschlossen, als Jeffery Junior ihr dann einfach vor die Füße geworfen hatte, dass er an einem dringenden Meeting in Moskau teilnehmen müsse, das er nicht verpassen konnte.

Sie hatte sich immer gefragt, ob JJ tatsächlich nach Moskau geflogen war.

Bastians Lippen wurden schmal. „Es gibt keinen Gewinn für die Stämme, wenn Prime Energy im Spiel ist."

Sie vermisste die Wärme in seinem Blick und streichelte seinen Bart über seiner Wange in der Hoffnung, sie wieder zurückzuholen. „Ich weiß das. Ich habe das in derselben Nacht gelernt und mich in meinem Studium weitergebildet. Damals war ich … naiv. Oder voller Hoffnung. Wahrscheinlich einfach nur dumm."

„Nenn dich selbst nicht dumm. Niemals."

„Aber das war ich. So eine Närrin."

Bastian rollte sich auf seinen Rücken und zog sie mit sich,

sodass sie in der Sonne rittlings auf ihm saß. Seine gebräunte bronzefarbene Haut und sein buntes Lachs-Tattoo glänzten vom Schweiß. Er roch nach Erde und körperlicher Anstrengung. Und zwischen ihren Beinen schwoll sein Glied an, was ihr sagte, dass seine Gedanken in dieselbe Richtung abgedriftet waren, wie ihre.

„Eine Närrin vielleicht. Aber niemals dumm."

Sie lehnte sich zu ihm herunter, bis ihre Lippen nur knapp einen Zentimeter von seinen entfernt waren. „Bin ich jetzt dumm?"

„Eine Närrin vielleicht", wiederholte er. Sie konnte das Rumpeln seiner tiefen Stimme spüren, als sich ihre Brüste gegen seine pressten.

Sie berührte seinen Mund mit ihrem. Der Songtext von „Kissing a Fool" tauchte in ihren Gedanken auf, als sich seine Lippen öffneten und seine Zunge in ihren Mund eindrang. Wenigstens wussten sie jetzt, wer von ihnen beiden der Narr war.

Der Kuss war tief und langsam und erotisch. Es lag keine Dringlichkeit darin, obwohl sich ihr Körper bei dem Gefühl seiner Erektion anspannte.

Ihn tief in sich aufzunehmen, würde sich so gut anfühlen. Er würde sie langsam und träge lieben, genauso wie er sie jetzt küsste. Sie griff herunter, zwischen ihre Körper, und streichelte über seine Hose, seine harte Länge. Sie fummelte mit seinem Hosenschlitz herum, schob dann ihre Hand hinein und spürte, wie er erzitterte und aufstöhnte, als ihre Hand sich um ihn schloss und an seinem Schaft nach oben rieb.

Seine Zunge streichelte ihre, immer noch träge, aber tiefer, als ob er von ihrem Mund nicht genug bekommen konnte. Nicht genug von ihrer Berührung.

Wieder rollte er sich und dieses Mal lag sie mit dem Rücken auf dem Boden, während er zwischen ihren Oberschenkeln kniete und ihre Hand zwischen ihnen seinen Schwanz hielt. Seine Hüfte ruckte nach vorn und er stieß in ihre Hand. Ihr Daumen wurde dadurch auf ihren Kitzler gepresst und – oh, Gott – sie wollte seine Hand dort. Seinen Mund.

Seine Lippen ließen von ihren ab, und er schob das T-Shirt hoch, entblößte ihre Brüste. So wie sein Kuss, erkundete nun seine Zunge langsam ihre Haut, bevor er einen Nippel tief in seinen Mund saugte.

Sie keuchte auf und ließ seine Erektion los, damit sein Schwanz entlang der Boxershorts über ihren Kitzler gleiten konnte.

Himmel, sie war so notgeil auf ihn, sie könnte kommen, wenn er nur noch ein paar Mal so über sie hinweggleiten würde. Er schmunzelte, als sie ihm ihre Hüfte entgegenwölbte und versuchte, genau das zu tun, und er zog sich zurück, damit sein Penis sie nicht mehr berührte. „Oh nein, Süße. Wir werden das schön langsam angehen lassen. Bis du so geil auf mich bist, dass du bettelst."

„Ich werde jetzt betteln, wenn du das willst. Fick mich, Bastian. Bitte, bitte, fick mich."

Sein Mund glitt über ihre andere Brust. Er leckte ihren Nippel, bevor er mit seinen Zähnen über die Spitze kratzte, dann kalte Luft dagegen blies und zusah, wie er hart wurde. Dann leckte er erneut, ließ seine Zungenspitze darüber tanzen, bis er schließlich daran saugte.

Seine methodischen, langsamen Berührungen brachten sie fast um. Auf die bestmögliche Art. Seine Lippen wanderten tiefer, küssten und leckten sie über ihren ganzen Bauch herab.

Das hier – er – war definitiv auf dem richtigen Weg.

Er erreichte ihren Bauchnabel und mit einem Mal erstarrte er. Es war nur ein kurzer Augenblick, doch sie konnte die Veränderung in ihm spüren. Die Veränderung in seiner Aufmerksamkeit.

Mit einem Mal erinnerte sie sich daran, dass dies nicht sicher war. Es gab einen Grund, warum sie während der vergangenen Tage nicht genau das hier getan hatten. Ihr Körper erstarrte und sie drückte gegen seine Schultern, weil sie aufstehen und es für beide einfacher machen wollte, diesen zu beenden, indem sie ihre Körper voneinander trennte.

Doch er wehrte sich dagegen und ließ dann sein gesamtes Gewicht auf sie fallen, wodurch er sie auf den Boden gepresst hielt. Wieder fanden seine Lippen ihre Haut, doch dieses Mal wanderten sie aufwärts, an ihren Brüsten vorbei Richtung Norden mit Zunge und Mund.

Er wollte weitermachen?

Er erreichte ihr Ohr und kuschelte sich dichter heran, als er ihr zuflüsterte: „Es ist jemand hier. Im hohen Gras zu unserer Rechten." Er wanderte mit seiner Zunge an ihrer Ohrmuschel entlang, als er fortfuhr: „Ich werde dich aufstehen lassen. Ich will, dass du zu unserer Hütte gehst und dabei deinen Hinter schwingst, als ob du erwartest, dass ich dir folge und dich bis ins Jenseits ficke. Als ob du nicht die geringste Sorge hast. Schnapp dir meine Sig Sauer. Versteck dich unter der Plane. Schieß auf jeden Fremden, der reinkommt."

Seine ersten Worte hatten brutal ernüchternd gewirkt, doch sie hatte seinen Hintern weiter gestreichelt, um ihre Reaktion zu verbergen, damit jeder, der sie beobachtete, glaubte, dass sie nichtsahnend waren.

Er ließ seine Stirn in die Kuhle an ihrem Hals sinken. „Bevor ich dich aufstehen lasse" – er räusperte sich – „kannst du mich wieder in meine Hose zurückstecken und unauffällig den Reißverschluss so hochziehen, dass es nicht auffällt?"

Sie tat, was er von ihr verlangte und er stieß ein Stöhnen aus, als ob sie sich noch immer im Vorspiel befanden. Sobald sie ihn wieder gut verpackt hatte, verlagerte er sein Gewicht, doch bevor er sie aufstehen ließ, küsste er sie – hart, tief und schnell. Dies war weder Teil des Schauspiels, noch gehörte es zum Vorspiel.

Sie vermutete, dass dies ein Abschiedskuss war.

Adrenalin schoss durch sie hindurch, als ihr klar wurde, dass er glaubte, dass dieser Fehler – mitten am Tag mitten in einem verlassenen Dorf miteinander rumzumachen – seinen Tod bedeuten konnte, und höchstwahrscheinlich auch ihren.

Sie klammerte sich an seine Haut. Sie konnte nicht aufstehen. Konnte ihn nicht verlassen. Seine Augen brannten sich in ihre.

„Geh, Brie." Wieder presste er seine Lippen auf ihre. „Mach

dir um mich keine Sorgen. Ich habe meine M4." Ein letzter Kuss, und er rollte sich auf die Seite.

Sie stand mit zittrigen Beinen auf. „Kommst du?", fragte sie laut.

„Noch nicht", sagte er und grinste sie anzüglich an. „Muss mich erst erleichtern gehen. Zieh dich aus. Ich treffe dich in der Hütte." Er schlug ihr verspielt auf den Hintern. Wieder war er ein Soldat, spielte seine Rolle und sie war dankbar dafür, dass er so gut in seinem Job war.

Sie hielt ihren Blick auf ihn gerichtet und weigerte sich, in Richtung des hohen Grases zu schauen, das das Dorf umgab. „Beeil dich."

„Süße, wir haben alle Zeit der Welt."

Sie lachte ein kehliges Lachen und ging dann schnurstracks zu ihrer Hütte, wobei sie ihren Hintern schwang, wie er es befohlen hatte. Sie brauchte ihre ganze Willenskraft, nicht loszurennen.

In der Hütte schnappte sie sich seine Pistole, die er ihr vor Tagen gezeigt hatte und auch, wie sie sie benutzen musste. Sie stellte sicher, dass sie geladen war, doch ihre Hände zitterten so dermaßen, dass sie Angst hatte, sie würde sie fallen lassen. Die kleine Rolle Klebeband in seinem Rucksack gab ihr eine Idee. Sie schnappte es sich und glitt dann in die körperlange Kuhle, die sie ihm am ersten Tag hier ausgraben geholfen hatte. Sie bedeckte sich mit einer ihrer Abdeckplanen, wodurch die Hütte leer aussah. Mit all den Planen, die den Boden bedeckten, bräuchte ein Eindringling wertvolle Sekunden, bevor er ausmachen könnte, wo sie war.

Diese Sekunden könnten den entscheidenden Unterschied bedeuten.

In ihrem Versteck riss sie einen Streifen vom Klebeband ab. Sie hielt die Waffe mit ihrer rechten Hand fest und benutzte die linke, um das Klebeband um ihre Hand und die Pistole zu wickeln. Auf diese Weise würde sie sie nicht fallen lassen und es wäre unmöglich, sie von ihr abzunehmen.

Kapitel Achtzehn

Bastian hob locker seine M4 auf und ging in Richtung Latrine. Er war nur ein Kerl, der vorm Sex pinkeln ging.

Obwohl er tief in sich wusste, dass er Scheiße gebaut hatte, indem er die Dinge mit Brie so weit hatte kommen lassen, wusste er auch, dass ihr Vorspiel gleichzeitig wahrscheinlich die beste Tarnung war. Auf diese Weise waren sie dicht beieinander gewesen und er hatte ihr Anweisungen ins Ohr flüstern können. Wenn sie immer noch trainiert hätten, oder wenn sie getrennt gewesen wären, mit einem von ihnen in der Badehütte, wäre es vielleicht schon vorbei gewesen. Er wäre tot und sie wäre verschleppt worden.

Wer hätte gedacht, dass ihre Hand in seiner Hose ihnen genug Zeit verschaffen würde, ihr Leben zu retten?

Gottseidank hatte er genug Gehirnzellen übriggehabt, um den stolpernden Schritt und das darauffolgende, nur allzu menschliche schmerzende Grunzen zu hören.

Wer immer sich im hohen Gras versteckte war tollpatschig und schlecht ausgebildet. Definitiv nicht sein Team.

Bastian ging an der Latrine vorbei und erreichte die Stelle, wo er sich sicher war, dass sich der Kerl versteckte, nachdem er sich den Fuß verdreht hatte. Er zog seinen Schwanz raus und pinkelte, wobei er auf die Stelle zielte, wo der Typ sich ins dichte Gras gehockt hatte. Seine M4 zielte locker auf dieselbe

Stelle, mit seinem Zeigefinger auf dem Abzug. Er schüttelte sich ab und steckte sein Glied zurück in die Hose, wobei er lächelte, als ob er nicht die geringste Sorge hätte.

Da waren mindestens zwei Typen hinter ihm, die sich langsam heranschlichen, aber sie würden keinen Angriff wagen solange er seine Waffe auf ihren Freund gerichtet hatte. Doch er konnte dieses Spielchen nicht allzu lange weiterspielen, bevor sie sich Brie in der Hütte schnappen würden.

Er machte sich keine Sorgen um ihre Fähigkeit, Eindringlinge zu erschießen. Nach ihrer Erfahrung auf dem Markt zweifelte er ihre Entschlossenheit nicht an. Aber er musste diese Kerle trotzdem ausschalten, bevor sie zu ihr gelangen konnten. Er hatte diesen Scheiß zugelassen, dass sie überhaupt so nahe gekommen waren.

Der Mann, den er angepinkelt hatte, bewegte sich und hob seine Waffe – und Bastian feuerte. Ein sauberer Schuss, der mitten in das Massezentrum des Körpers traf. Der Kerl fiel zurück, wobei er seine Waffe immer noch fest umklammerte.

Nicht tot.

Das Knirschen eines Schrittes hinter ihm. Fuck.

Er schoss ein weiteres Mal auf den Mann, der bereits ausblutete. Kopfschuss. Bastian wirbelte herum, ohne zuzusehen, wie die Waffe aus der Hand des Mannes fiel.

Zwei Männer, einer schwarz, der andere weiß, näherten sich im aus etwa dreißig Meter Entfernung. Ein dritter Mann stand im Eingang zur Hütte.

Bastian schoss zuerst auf den Mann, der es auf Brie abgesehen hatte. Bevor er einen weiteren Schuss abfeuern konnte, wurde er von hinten getroffen – ein stumpfes Objekt schlug gegen seine Schläfe.

Die Welt verschwamm, während er versuchte, aufrecht stehenzubleiben. Fuck. Da war noch ein anderer Kerl in den Büschen gewesen.

„Bringt ihn nicht um", sagte ein Mann auf Arabisch. „Wir brauchen ihn, um ihn vor den Kameras zur Schau zu stellen."

Bastian rammte dem Kerl hinter ihm seinen Ellenbogen in die Kehle, als er seine Waffe hob. Seine Sehkraft war verschwommen und er sah seine Ziele nun doppelt. Er zog den Abzug. Ein weiterer Schlaf traf ihn am Kopf. Als ob jemand einen Schalter umgelegt hätte, wurde seine Sicht schwarz.

Brie hielt ihren Atem an, nachdem sie den Schrei nach dem ersten Schuss hörte.

Bitte lass es Bastian gewesen sein, der geschossen hat.

Winzige Löcher in der alten Plane zeigten einen Körper, der das Sonnenlicht im Hütteneingang blockierte. Ein zweiter Schuss folgte, dann ein dritter. Der Körper fiel zu Boden und wurde von unbehindertem Licht ersetzt.

Bastian musste ihn erschossen haben.

Sie blieb in ihrem Versteck und betete, dass ihr verängstigtes Zittern sie nicht verraten würde.

Es folgten Worte in Arabisch und dann ein vierter Schuss. Sie wollten Bastian lebend?

Wollten sie mit ihm beweisen, dass die USA Operationen in Südsudan durchführte? Würde man ihn verprügeln und dann als Beweis des Verrats der USA in die Nachrichten setzen?

„Die Frau ist wichtiger als der Soldat", sagte ein zweiter Mann. Wieder wurde das Licht im Eingang durch einen Körper blockiert. „Komm raus, Prinzessin", sagte er in Englisch. „Wir wissen, dass du da drin bist."

Prinzessin?

Wer waren diese Männer? Sie sprachen untereinander Arabisch. Waren sie von Kemet Öl?

Der Mann betrat die Hütte, und es sah so aus, als ob er nach Verstecken Ausschau hielt. Bastians Rucksack und ein paar Decken waren gestapelt und groß genug, um sie zu verstecken, was ihn für einen Moment ablenkte. Und dann waren da all die Planen auf dem Boden. Sie wartete, bis er über ihr stand, bevor sie abdrückte. Selbst ihre wie wild zitternden Händen konnten dieses Ziel nicht verpassen.

Durch die Löcher in der Plane konnte sie sehen, dass sie ihn in der Stirn getroffen hatte. Er sackte über ihr zusammen, wodurch er sie unter der Plane gefangen hielt und sie mit seinem Gewicht erstickte.

Sie stieß gegen ihn, versuchte, nicht in Panik zu geraten und zu schreien – und scheiterte.

Ein weiterer Mann betrat die Hütte und fluchte, wahrscheinlich weil er seinen toten Partner sah. Sie kämpfte darum, ihre Hand zu befreien und war froh, dass sie die Waffe an sich festgeklebt hatte, sonst hätte sie sie fallen lassen, als der Körper auf sie fiel.

Bastian hatte sie gewarnt, dass der erste Schuss schwieriger abzufeuern sein würde – es funktionierte wie eine Absicherung – doch jetzt brauchte sie mit ihrem Finger nur noch ganz leicht abzudrücken und der zweite Mann fiel ebenfalls zu Boden. Er landete vor ihren Füßen.

Untrainiert, wie sie war, benötigte der Waffenrückstoß den Griff beider Hände, doch mit dem Klebeband gelang es ihr erneut, die Pistole festzuhalten.

Wie viele Männer waren hier? Würde sie hier einfach liegenbleiben und auf sie warten und sie einen nach dem anderen erledigen?

Das konnte sie nicht tun. Nicht wenn Bastian wahrscheinlich verletzt worden war – denn er hätte diese Männer auf keinen Fall an sich vorbeigelassen.

Er könnte im Sterben liegen. Er könnte tot sein.

Ein Schluchzen brach aus ihr hervor.

Nein.

Sie weigerte sich, das zu glauben. Auch nur daran zu denken. Er brauchte sie, genauso wie sie ihn auf dem Markt gebraucht hatte. Diese war ihre Chance, sich zu revanchieren.

Sie zog die Plane von ihrem Gesicht und trat nach dem Mann zu ihren Füßen. Ihr Knöchel protestierte vor Schmerzen, doch sie atmete tief ein und trat noch einmal, während sie den ersten Mann so weit zur Seite schob, wie es ihr in der engen Kuhle möglich war.

Sie behielt den Hütteneingang im Auge, während sie sich unter seinem restlichen Gewicht hervorschlängelte. Sobald sie befreit war, näherte sie sich vorsichtig dem Eingang.

„Komm raus, Princess Prime, oder dein Freund stirbt." Wieder kamen die Worte in Englisch. Wahrscheinlich wussten sie nicht, dass sie etwas Arabisch sprach, was bedeutete, dass sie niemals zuvor durch USAID mit ihnen in Kontakt gekommen war.

Allerdings hatte er sie Princess Prime genannt, somit hatten diese Männer eine Verbindung zu ihrer Vergangenheit, nicht ihrer Gegenwart.

„Beweise mir, dass er noch am Leben ist", rief sie mit erstickter Stimme.

„Er ist bewusstlos", sagte der Mann.

„Was wollt ihr?"

„Was wir immer wollten. Dich. Mein Boss war unglücklich, dass er dich nicht auf dem Markt bekommen hat. Und er ist ausgeflippt, als er erfuhr, dass ein amerikanischer Soldat dich hat und der gierige Händler dich verkauft hat, bevor wir dort ankamen. Jetzt komm raus oder ich schlitze dem Soldaten die Kehle auf."

Sie hatte keine Wahl. Sie konnte Bastian nicht sterben lassen, nicht, wenn sie ihn retten konnte.

Sie wollten sie lebend. Sie würde leiden, aber sie würden sie nicht umbringen. Wenigstens nicht sofort.

„Wenn du Bastian etwas antust, werde ich dich genauso erschießen wie deine Partner."

Sie blickte auf die beiden Männer zurück. Der, den sie in den Kopf geschossen hatte, war definitiv tot. Der Andere? Da konnte sie sich nicht sicher sein. Sie glaubte, dass sie ihn in die Brust getroffen hatte. Er könnte tot sein oder einfach nur auf den richtigen Moment warten. Sie würde ihm den Rücken zukehren müssen, wenn sie die Hütte verließ.

Sie hob ihre mit Klebeband befestigte Waffe und trat über den Körper, der den Eingang blockierte, hinweg. Draußen sah sie Bastian schlaff in den Armen eines weißen Mannes, der ihm ein Messer an die Kehle hielt. Bastians breite Schultern blockierten die Brust des Mannes, sodass nur einen Teil von dessen Gesicht sichtbar blieb. Ein Scharfschütze hätte den

Mann erschießen können, ohne Bastian dabei zu verletzen, aber Brie hatte bis heute noch nie eine Waffe abgefeuert.

„Lass die Waffe fallen", sagte der Mann. Sein Akzent enthielt einen Hauch Russisch.

„Das kann ich nicht. Sie ist an meiner Hand festgeklebt." Sie zeigte ihm, wie sie versuchte sie fallen zu lassen, wobei sie betete, dass das Klebeband auf ihrer verschwitzten Haut halten würde. Mit dem superempfindlichen Abzug würde sie sich womöglich noch selbst anschießen, wenn sie fiel.

„Löse das Klebeband."

„Kann ich nicht. Mein Finger befindet sich am Abzug. Das leichteste Zucken und ich könnte schießen. Bring dein Messer her. Schneide es ab."

„Für wie blöd hältst du mich, Prinzessin?"

„Reden wir hier vom IQ oder Schlauheit?" Sie zählte die Leichen, die hier draußen herumlagen und die in der Hütte. Vier Männer waren für Nichts gestorben. Nicht, dass sie den Tod von Sklavenhändlern und Kidnappern betrauern würde. „Lass das Messer fallen", sagte sie und richtete ihre wild zitternde Hand auf den Mann.

Er lachte und sie realisierte ihren Fehler. Es war offensichtlich, dass sie nicht würde schießen können – nicht ohne Bastians Leben zu riskieren.

Bastian könnte sterben und das wäre ihre Schuld.

Sie richtete die Waffe auf ihre Schläfe. Bei diesem kurzen Abstand würde sie ihr Ziel treffen, egal wie sehr ihre Hände zitterten. „Du wirst niemals bezahlt werden, wenn ich hier und jetzt sterbe."

„Du würdest das nie tun."

Ihr Blick wurde hart. Dieser Mann hatte keine Ahnung, wozu sie fähig war. „Ich werde keine Sexsklavin sein. Kann es genauso gut jetzt beenden."

Alles, was es brauchte, war der leichteste Druck von ihrem Finger, und das Spiel wäre vorbei. Sie konnte es sehen. Konnte es fühlen. Hieß das Ende willkommen. Wenigstens würde es nach ihrem eigenen Willen geschehen.

Der Mann musste die Wahrheit in ihren Augen erkannt

haben, denn er hob das Messer von Bastians Kehle weg. Er hielt es fest, aber wenigstens gab er Bastian damit keine Rasur mehr.

Brie ließ die Waffe von ihrer Schläfe sinken. Sie könnte ihren Herzschlag bis in ihre Fingerspitzen spüren und hatte Angst, das ihr hämmernder Puls ihren Finger zucken lassen, und die Waffe abfeuern könnte.

Sie atmete langsam und gleichmäßig ein und aus und versuchte, sich selbst zu beruhigen, bevor ein unerwartetes Zucken sie oder jemand anderen umbrachte.

Zwei Leute zu töten reichte für heute.

„Und was jetzt, Prinzessin?"

„Sage mir, wie ihr mich gefunden habt. Woher weißt du überhaupt, wer ich bin?"

Die Schlappheit in Bastians Körper verängstigte sie. Sie hatte das leichte Heben seiner Brust bemerkt. Er atmete. Aber bei einer Kopfverletzung konnte sich das schnell ändern und dem Blut an seiner Schläfe nach zu urteilen war es klar, dass man ihn so außer Gefecht gesetzt hatte.

„Wir haben das herausgefunden, weil die Leute im nächsten Dorf lieber leben als dich beschützen wollten."

Oh Gott. Hatten sie ihnen etwas angetan?

Sie fragte gar nicht erst nach. Sie würde seiner Antwort ohnehin nicht trauen. „Und woher wisst ihr, wer ich bin?"

„Mein Boss hat schon eine ganze Weile nach dir gesucht. Kann nicht sagen, dass ich es nicht verstehe. Ich war einer der Tausende, die sich zu den Schminkwerbungen, die du gemacht hast, als du gerade mal dreizehn warst, einen runtergeholt haben. Du warst sogar dann schon gutes Fickmaterial."

Die Pistole in ihrer Hand feuerte in den Dreck, nur wenige Zentimeter von den Füßen des Mannes entfernt. Sie hatte das nicht beabsichtigt. Sie war bei seinen Worten zusammengezuckt.

„Habe wohl einen Nerv getroffen." Der Mann lachte. „Wie ich mir damals vorgestellt habe, meinen Schwanz in deinen Mund zu schieben." Er ließ seinen Blick über ihren ganzen Körper gleiten. „Und du bist immer noch dünn. Ich könnte meine Augen zumachen und mir vorstellen, dass du immer noch eine junge Dreizehnjährige bist."

Sie hob ihre Waffe. Ihre Hand wurde nun durch ihre Rage ruhig gehalten. Sie schoss noch einmal in den Dreck zu seinen Füßen, aber dieses Mal absichtlich.

Er zuckte zurück und Bastian wachte auf. Er stieß seinen Kopf nach hinten und schlug dem Typen mit seinem Hinterkopf auf die Nase. Blitzschnell entwendete Bastian dem Kerl das Messer und schlitzte ihm die Kehle auf.

Brie beobachtete voller Schock, wie schnell und tödlich Bastian war. Sie stand wie angewurzelt auf der Stelle, als ein Knall ertönte und ein brennender Schmerz durch ihr Bein schoss.

Sie wirbelte herum, noch während ihr Bein unter ihr wegsackte. Hinter ihr stand ein sechster Mann mit einem Gewehr. Sie hob ihre Waffe und schoss als sie fiel. Ihr Schuss flog weit über ihn hinweg.

Sein Gewehr klemmte, doch er stürzte sich auf sie. Sie feuerte vor lauter Panik weiter auf ihn, bis die Waffe leer war. Keiner ihrer Schüsse traf in seine Nähe.

Mehr Schüsse knallten. Blut schoss aus der Brust des Mannes, der auf sie zustürmte. Ein weiterer Schuss traf ihn am Hals. Er fiel knappe anderthalb Meter vor ihr zu Boden.

Sie drehte sich zu Bastian um und war geschockt, als sie sah, dass er nur das blutige Messer in seiner Hand hielt. Er hatte versucht nach seiner M4 zu greifen, doch die war ein paar Fußlängen von ihm entfernt.

Sie scannte die Bäume, während sie fiebrig an dem Klebeband an ihrer Hand zerrte. Sie musste die Waffe loswerden, damit sie die Blutung in ihrem Oberschenkel stoppen konnte. Die Schmerzen drohten, all ihre anderen Gedanken zu überdröhnen.

June, Abdos Mutter, trat hinter einem Baum hervor – mit einem Gewehr. Tränen schossen in Bries Augen. June hatte die Schüsse gefeuert, die ihr das Leben gerettet hatten.

Brie schaffte es, das Klebeband zu lösen und die Sig Sauer

loszuwerden, dann versuchte sie, zu Bastian zu kriechen, doch die Schmerzen überwältigten sie.

June erreichte ihre Seite. „Sie kamen zu unserem Dorf."

Brie keuchte gegen die Schmerzen auf. „Haben sie euch etwas angetan? Sind alle okay?"

Die Frau nickte. „Kamal ist verletzt, aber er wird heilen. Wir mussten ihnen sagen, wo ihr seid. Ich habe Kamals Waffe genommen und bin ihnen gefolgt. Ich war nur allein gegen sechs. Ich konnte es nicht mit allen aufnehmen."

Bastian sank auf der anderen Seite neben Brie nieder und legte seinen Rucksack neben sie. Blut tropfte von seiner Schläfe. „Waren es sechs Männer insgesamt?", fragte er, während er seinen Notfallkasten hervorzog.

„Ja. Sechs. Ich habe gesehen, wo sie sich versteckten. Warteten. Ich wollte den Einen erschießen, bevor er dich geschlagen hat, aber du warst im Weg."

„Du hast uns beide gerettet", sagte Bastian. „Danke."

Sie spuckte in Richtung des Körpers, der im Hütteneingang lag. „Diese Männer sind schlimmer als die Soldaten, die stehlen und vergewaltigen. Von dem, was sie gesagt haben, glaube ich, haben die schwarzen Männer für General Lawiri gearbeitet. Ich weiß nicht, für wen der Weiße gearbeitet hat."

Bastian prüfte Bries Wunde und vor ihren Augen verschwamm alles. „Die Kugel ist immer noch da drin."

„Kannst du sie entfernen?", fragte sie.

„Ich bin kein Sanitäter. Ich habe zwar eine entsprechende Ausbildung, aber … Es tut mir leid, Brie. Aber das wird höllisch wehtun."

„Wir haben Alkohol in unserem Dorf", bot June an. „Nur für Fälle wie diesen."

„Nein. Kein Alkohol", keuchte Brie, als Bastian einen abgesplitterten Nerv berührte.

„Es könnte helfen, Brie."

Tränen rannen über ihre Wangen, weil der Schmerz so intensiv war, aber sie konnte diese Tür nicht öffnen. Sie kannte sich zu gut. Kannte ihre Auslöser. „Nein. Ich kann nicht." Sie ergriff seine Hand. „Und Bastian – falls wir gerettet werden und die Ärzte die Versorgung übernehmen – keine Opiate. Versprich es mir. Keine Opiate.“

Er nickte, lehnte sich herunter und küsste sie. Blut tropfte von seiner Schläfe auf ihre Wange. „Ich verspreche es.“

June nahm Bastians M4 und stellte sich als Wache auf, während Bastian mitten in dem verlassenen Dorf den Eingriff vornahm.

Glücklicherweise für Brie wurde sie vor Schmerzen bewusstlos, noch bevor die Zange die Kugel umschloss.

In aller Herrgottsfrühe marschierte Bastian vor der Hütte, in der Brie schlief, auf und ab. Er wollte aus diesem Dorf verschwinden, aber er hatte keine Möglichkeit, sie von hier fortzuschaffen – es sei denn, er würde sie meilenweit tragen – und da war immer noch die Hoffnung, dass sein Team irgendwann in Kürze eintreffen würde. Zu diesem Zeitpunkt das Dorf zu verlassen, könnte sich als der größte Fehler herausstellen – größer als all die anderen massiven Fehltritte, die er sich bisher in dieser Mission erlaubt hatte.

June war in ihr Dorf zurückgekehrt, um nach ihrer Familie zu sehen. Er war allein, während er vor der Hütte auf und ab marschierte und sich jede Minute der letzten sieben Tage noch einmal durch den Kopf gehen ließ, um herauszufinden, was er anders hätte machen können.

Sein Gehirn war benebelt. Er war sich ziemlich sicher, dass er eine Gehirnerschütterung hatte, aber daran konnte er nichts ändern.

Sechs Männer waren tot. Angeheuerte Soldaten eines Generals im Exil? Er hoffte, dass er diese Theorie an Savvy weiterleiten konnte, aber jetzt schwankte er auf seinen Füßen und seine Sicht verschwamm immer wieder vor seinen Augen. In einer heißen Nacht war ihm kalt bis auf die Knochen, und er wollte zu Brie ins Bett kriechen, um sich zu wärmen. Er musste Fieber haben.

Fuck. Das war nicht gut.

In der Ferne ertönte das Schwirren eines Hubschraubers. Er wandte sich dem Geräusch zu und schwankte bei der plötzlichen Bewegung erneut auf seinen Füßen.

Trotz seines verwirrten Gehirns keimte Hoffnung auf. Er kannte dieses Geräusch. Stealth-Blackhawk.

Sein Team.

Er behielt seine Stellung dort vor der Hütte bei, während der Hubschrauber über ihn hinwegflog und dabei Dreck und Trümmer aufwirbelte.

Im nächsten Moment starrte er in Goldbergs Gesicht. War er bewusstlos geworden?

Goldberg war der Sanitäter des Teams. Bastian musste lächeln. Zumindest hoffte er, dass es wie ein Lächeln aussah. „Wurde auch Zeit, dass ihr kommt."

„Fuck, Bas, du hast uns eine höllische Angst eingejagt." Das kam von Cal, der ebenfalls über ihm schwebte.

Er wandte sich an Goldberg. „Vergesst mich. Brie. Angeschossen. Seht nach ihr."

„Washington kümmert sich um sie", sagte Goldberg und meinte damit den anderen Sanitäter im Team.

Bastian klammerte sich an seinen Arm. „Sag ihm, keine Opiate. Sie darf keine Opiate nehmen." Dann holte ihn die Dunkelheit wieder ein.

Kapitel Neunzehn

Bastian grinste die drei Männer an, die den kleinen Raum in der Krankenstation auf dem Flugzeugträger ausfüllten. „Wie zur Hölle habt ihr Captain Oswald dazu überreden können, diesen Besuch zu genehmigen?", fragte er Cal, Pax und Espi.

„Wir haben ihm gesagt, dass wir ihm eine ganze Liste der Dinge zurückbringen, die du in dieser Mission verhauen hast", erklärte Espi mit einem Zwinkern.

Bastian verzog sein Gesicht zu einer Grimasse, schaffte es aber trotzdem zu lachen. „Keine Sorge, die Liste habe ich bereits zusammengestellt."

Cal ließ sich auf den Besucherstuhl neben ihm fallen. „Sei nicht so hart mit dir selbst, Bas. Die Mission war von dem Moment an verschissen, als man sie zu diesem Markt gebracht hat. Ich weigere mich, mich für die Rettung der Kinder schuldig zu fühlen."

Es stimmte, dass eine Verweigerung der Rettung der Kinder das Einzige gewesen war, was sie anders hätten machen können. Nun, er hätte ebenso auf das Vorspiel mit Brie verzichten können, während sich sechs Männer um ihr Camp positionierten, aber Cal wusste nichts von diesem Fehlgriff. Und tatsächlich hatte das möglicherweise ihr Leben gerettet, somit weigerte er sich auch, sich für diesen Patzer schuldig zu fühlen.

Pax ließ am Fußende des Krankenhausbettes eine Reisetasche fallen. „Den Gerüchten nach wirst du noch ein paar Tage hierbleiben müssen, also habe ich dein Handy und noch ein paar andere persönliche Dinge gebracht, die wir in der Hütte gefunden haben."

„Danke, Bruder." Er und Brie hatten es bis zur Hälfte eines Thrillers von Karen Rose geschafft, den er auf seinem Handy gespeichert hatte – bevor sie die Sexszene erreicht hatten, hatten sie sich stillschweigend geeinigt, mit dem laut Vorlesen aufzuhören – und so wie es aussah, hatte er mehr als genug Zeit zum Lesen, solange er hier festhing.

Ein netter Typ würde das Handy mit dem halb fertig gelesenen Buch an Brie weiterreichen, aber er hatte sie nicht mehr gesehen, seit sie vor drei Tagen auf der USS Dahlgren angekommen waren. Mit ihrer Beinverletzung war sie ans Bett gefesselt und er … er hatte sich nicht die Mühe gemacht, sie zu besuchen, weil er ein Feigling war.

Sie befanden sich jetzt wieder in der echten Welt – oder zumindest so echt, wie es auf einem Flugzeugträger der Navy sein konnte – und schon bald würde sie in die USA zurückfliegen und er würde ins Camp Citron zurückkehren. Es gab in seiner Welt keinen Platz für sie, andersherum genauso.

Er konnte sich nicht einmal ansatzweise vorstellen, was seine Eltern von ihr halten würden. Nicht, dass das eine Rolle spielte, denn Beziehungen waren eh nicht sein Ding.

„Wir haben gehört, dass du dir von Söldnern die Birne hast einschlagen lassen", sagte Espi mit einem Grinsen. „Billige Söldner? Meine Heldenverehrung von dir hat einen Knacks abbekommen, Chief."

„Die waren hammerhart, wahrscheinlich übermenschlich", sagte Bastian. „Ich glaube, Marvel will sie im nächsten Captain America Film als Bösewichte einsetzen. Und da waren mindestens ein Dutzend von ihnen."

„Drei Dutzend", sagte eine sexy süße Stimme, die er seit Tagen nicht gehört hatte.

Bastians Blick sprang zur offenen Tür und dort stand Brie,

die sich auf einen Gehstock stützte. Einen Richtigen, nicht den, den er ihr vor acht Tagen aus einem Ast geschnitzt hatte.

Heilige Scheiße, sie war so schön, obwohl sie zerschlagen aussah und einen Krankenhauskittel trug, der einer anderen Person die Würde gestohlen hätte. An ihr wirkte der Kittel wie eine modische Wahl ihrerseits. Sie hatte sich einen zweiten übergeworfen und trug ihn wie einen Morgenmantel, der die hintere offene Seite des ersten abdeckte. Sie hatte sich einen Streifen Gaze wie einen Gürtel um ihre Mitte gebunden und diese in einer großen blumigen Schleife mit mindestens einem halben Dutzend Schlaufen festgeknotet.

Krankenstations-Fashion.

Sie war keine Öl-Firmen-Barbie. Sie war Patientin Barbie, und an ihr sah es gut aus, als ob es eine begehrenswerte Sache wäre, in der Krankenstation auf einem Navy-Schiff festzustecken.

„Oder zumindest werde ich das allen sagen – für den richtigen Preis“, fügte sie mit einem leichten Lächeln hinzu. Sie schien etwas von ihrem Selbstbewusstsein zu verlieren, als sie seinem Blick begegnete.

Wahrscheinlich fragte sie sich, warum zur Hölle er sie nicht besucht hatte. Er lächelte und verdeckte damit den Schmerz in seiner Brust, wo sein Herz hätte sein sollen. Er war sich nicht so ganz sicher, ob er diese Frage für sich selbst beantworten konnte.

„Brie, du bist genau zur richtigen Zeit gekommen, um ein paar Jungs von meinem Team kennenzulernen.“

Er stellte ihr seine Freunde vor, die versuchten, sie zum Bleiben zu überreden, doch sie weigerte sich. „Ich will mich nicht während eures Besuchs vordrängen. Der Arzt wollte, dass ich anfange, mein Bein zu bewegen, und ich habe eure Stimmen gehört. Ich bin froh, dass es dir gut geht. Ich habe mir Sorgen gemacht.“ Und dann ging sie, schnell genug, um ihm Hoffnung zu machen, dass ihre Verletzung schnell heilte.

„Was zur Hölle, Bas? Du hast sie nicht besucht? Ihr seid seit drei Tagen hier.“ Cals Gesicht hatte einen grimmigen Ausdruck angenommen. Wütend. Pax Augen spiegelten diesen Ausdruck wider.

Espis Blick war immer noch auf die Tür fixiert, durch die sie soeben weggehumpelt war. „Verdammt, ich habe nicht gewusst, dass Krankenhauskittel so … scharf aussehen können."

„Komm näher und sag das noch einmal", sagte Bastian mit eingerollter Faust.

Pax hatte den Nerv zu lachen.

Dann ließ Espi ein Grinsen aufblitzen.

Aaah, Fuck. Sie erteilten ihm eine Lektion.

Arschlöcher.

Allerdings hatte er es verdient. Er war bei Morgan, Pax' Freundin, viel schlimmer gewesen. Er räusperte sich. „Nachricht verstanden. Ich bin ein Bastard."

Espi drehte sich zu ihm um. „Sie ist hübsch, aber ich war eher an deiner Reaktion interessiert. Warum zur Hölle spielst du dumme Spielchen?"

„Was ist in Südsudan passiert?", fragte Pax.

Bastian schloss die Augen und wünschte sich inständig, dass seine Besucher gehen würden. Warum hatte er sich so gefreut sie zu sehen? „Nichts."

Cal lachte. „Du laberst Scheiße."

„Dir könnte Schlimmeres passieren, als die Tochter eines Öl-Barons zu vögeln", sagte Espi lachend. „Das würde dir niemand übelnehmen."

„Fickt euch alle ins Knie. Ich war im Dienst. Wir haben nicht gevögelt."

„Aha. Das ist also das Problem", sagte Pax. „Jetzt bist du nicht im Dienst. Man muss dir wohl extra hart eins übergebraten haben, wenn du diese Möglichkeit nicht wahrnimmst. Vielleicht sollte ich mir deine Röntgenbilder mal genauer ansehen."

„Captain Oswald hat recht, ihr tratscht wie Teenager-Mädchen." Aber er lachte. Fuck. Er hatte diese Jungs vermisst und war froh, dass jeder von seinem Team ohne Verletzungen zum Camp Citron zurückgekehrt war. Sie hatten die Geiseln befreit, Brie gerettet, ein paar Dutzend Kinder vor der Sklaverei bewahrt – und all das, ohne die USA in den südsudanesischen Bürgerkrieg hineinzuziehen.

Von der Definition her war dies eine erfolgreiche Mission.

Aber es fühlte sich nicht erfolgreich an.

Brie war angeschossen worden, und es war seine Schuld, dass sie überhaupt dort gewesen waren. Wenn er nur angehalten hätte, bevor die Straße verschwand. Wenn er die Signalpaneele nicht verloren hätte, wenn er das Funkgerät nicht verloren hätte, dann wäre all das nicht passiert.

„Gehst du mit Morgan nach Rom?", fragte er Pax.

„Nein. Habe das Zeitfenster verpasst. Sie wird für ein paar Tage hierherkommen, bevor sie in die USA zurückfliegt. Sie muss sich eh mit ihrem Team verständigen und ein paar neue Ausgrabungsstätten ansehen, die sie während ihrer Untersuchung entlang des Korridors gefunden haben."

Ihre Stationierung war für ein paar Wochen verlängert worden, um die verlorene Trainingszeit nach Morgans Entführung aufzuholen, und jetzt hatten sie eine weitere Woche verloren. Wahrscheinlich würde man nun noch mehr Zeit anhängen. Ihre Auszubildenden waren noch nicht soweit, es mit den großen Jungs aufzunehmen, und das neue Team würde laut Plan erst im Juni ankommen. „Tut mir leid, Mann", sagte Bastian.

Was hätte er sonst sagen sollen?

Pax zuckte mit den Achseln. „Die Kinder zu retten war wichtiger."

Sie alle nickten. An den Markt zu denken fühlte sich immer noch surreal an. Er war so sehr auf Brie fokussiert gewesen, dass er nie wirklich die Chance gehabt hatte, das alles zu verarbeiten. Er hatte als Soldat viel Scheiße gesehen, aber die Kinder auf dem Sklavenmarkt standen auf der Liste der schlimmsten Abscheulichkeiten ganz oben.

„Chief Ford, dies scheint ein schlechter Zeitpunkt zu sein." Die Stimme einer Frau zog seine Aufmerksamkeit auf sie. Sein Blick – zusammen mit den Blicken der drei anderen Männer – sprang zur offenen Tür.

Savannah James.

„Sav", sagte Pax. „Wir wollten gerade gehen. Er gehört ganz dir."

Savvys Blick schoss zu Cal und dann so schnell wieder zurück zu Pax, dass Bastian es nicht bemerkt hätte – allerdings hatte er genau darauf geachtet. Da war eine Spannung zwischen diesen beiden, und Bastian war nie dazu in der Lage gewesen herauszufinden, ob es sich dabei um eine gute oder eine schlechte Spannung handelte.

Lief da was zwischen den beiden, oder umkreisten sie sich nur wie Haie, die darauf warteten, dass der andere brach?

So oder so, weder die CIA-Agentin noch der Soldat waren happy mit was-auch-immer es war, das sie beide so aufwühlte, wann immer sie sich einander näherten.

Am besten sollten sie einfach miteinander vögeln, damit sie es endlich hinter sich hatten, doch er verstand Cals Zurückhaltung. Spione waren kalt und kalkulierend. Die Tatsache, dass Savvy wahrscheinlich in der Special Activities Division der CIA war, machte sie nur noch beängstigender. Man sollte niemals einer Person vertrauen, deren Job-Titel die Abkürzung SAD – Englisch für traurig - enthielt.

Pax und Espi verabschiedeten sich und verließen den Raum. Cal blieb wie angewurzelt neben Bastians Bett stehen. Er verschränkte seine Arme vor der Brust. „Wo sind die Kinder?", fragte er.

„Das ist streng geheim, Sergeant Callahan."

„In Anbetracht der Tatsache, dass mein Team die Kinder aus diesem Drecksloch befreit hat, können Sie eine Ausnahme machen."

Sie durchquerte das kleine Zimmer und ließ einen Finger über Cals Brust herabgleiten, wobei sie ihre Stimme fast zu einem Flüstern senkte. „So funktioniert das nicht, Cal. Sie wissen das."

„Wollt ihr beide alleine sein?", fragte Bastian. „Ich meine, es ist mein Krankenzimmer, aber ich kann mich aus dem Bett schleifen und euch allein lassen."

Cal stand da, hielt ihrem Blick ein paar Herzschläge länger als notwendig stand. Schließlich sagte er „Gute Besserung, Bas", bevor den Raum verließ.

Ja. Diese beiden sollten vögeln. Je früher, desto besser.

Savvy schloss die Tür und drehte sich zu ihm um. „Ich will einen umfassenden Bericht", sagte sie und setzte sich auf den Besucherstuhl.

„Ich habe SOCOM bereits alles mitgeteilt."

Sie zuckte mit den Schultern. „Tue einfach so, als ob sie es nicht mit mir geteilt hätten."

„Dann zwing sie dazu. Mein Kopf schmerzt, und ich habe die Schnauze voll davon, die Details immer wieder durchzukauen."

„Aber ich will alles von dir hören. Das Layout des Marktes, wer dort war, alles."

„Es gibt nicht viel zu sagen. Ich war auf Brie fokussiert. Mein Team kann dir mehr über den Markt sagen."

Sie lehnte sich nach vorn. „Das ist es ja gerade. Ich will am meisten von Brie erfahren. Sie ist der Schlüssel zu diesem Fiasko. Du hast es dir eine ganze Woche lang mit einer Frau gemütlich gemacht, die zu neunzig Prozent ein Stachelschwein ist, und trotzdem hat sie dich nicht gestochen. Meine Vermutung ist, dass du sie besser kennst als die meisten Männer. Ihre Arbeitskollegen Ezra und Alan waren nutzlos. Die wussten nicht einmal, dass sie eine Prime ist."

„Frag sie", sagte Bastian. Savvys Einstellung zu Brie überraschte ihn. Stachelschwein? Sie war alles andere als das.

„Ich will die Geschichten, die vergraben sind. Die, über ihre Brüder. Sie spricht nie über Rafe und Jeff Junior, aber ich glaube, dass sie mit dir sprechen wird."

„Bullshit."

„Das wird sie."

„Warum glaubst du das?"

„Bei dir fühlt sie sich sicher."

„Sie wurde angeschossen, als sie bei mir war. Ich bezweifle, dass sie sich jemals wieder in meiner Nähe sicher fühlen wird", sagte Bastian.

„Falsch. Das ist eine andere Art von Sicherheit. Bei dir kann sie sie selbst sein – sowohl eine Prime, weil du den Teil von ihr kennst, als auch eine Stewart. Sie will mit dir schlafen und braucht jemanden, dem sie sich anvertrauen kann. Was immer mit ihrer Familie passiert ist, war schlimm. Sie hat das tief in sich vergraben und sieht die Verbindung zu Südsudan nicht. Der russische Söldner erwähnte ihre Auftritte als Model, als sie dreizehn war, und er deutete an, dass sein Boss schon sehr lange hinter ihr her sei. Ich glaube, sie weiß, wer es ist, ohne dass es ihr bewusst ist."

„Du wirst sie fragen müssen. Nicht mich."

„Ich habe sie gefragt. Sie sagte, dass es viele Irre gegeben habe, die ihr E-Mails schrieben und sie stalkten, als sie dreizehn war. Zu viele, um auch nur ansatzweise erraten zu können, wer es sein könnte. Aber in Anbetracht von allem anderen glaube ich, dass es jemand war, der der Familie sehr nahe steht. Wie hätte er sie sonst finden können?"

Bastian war damals erst elf Jahre alt gewesen, als die Kosmetikwerbungen erschienen waren, und er hatte zu der Zeit absolut nicht darauf geachtet. Als er vor fast sechs Wochen Prinzessin Prime recherchiert hatte, waren ihm die Referenzen zu dieser Werbung aufgefallen, aber nachdem sie in den USA geblockt waren, hatte er sich nicht die Mühe gemacht, Firewalls zu überwinden, um seine Erinnerungen aufzufrischen.

„Was hat es mit dieser Werbung auf sich? Ich erinnere mich nicht daran."

„Die Bilder grenzten an Kinderpornographie. Sie war so hergerichtet worden, dass sie wie ein Betthäschen aussah, und man hatte ihr anzügliche Dinge wie Lutscher gegeben, an denen sie saugen sollte. Auf einem Bild trug sie nichts als ein Handtuch, man konnte die Seite ihrer Brust und den freien Rücken bis runter zur Ritze ihrer Pobacken sehen, als sie über ihre Schulter in die Kamera zurückblickte, und ihr Gesichtsausdruck war eindeutig verführerisch."

Bastian verzog sein Gesicht. Damals war Brie noch eine Jungfrau gewesen, also musste der Fotograph ihr diese Ausdrücke entlockt haben. Warum zur Hölle hatten ihre Eltern diesen Fotoshoot überhaupt zugelassen? Und warum hatten sie die Veröffentlichung dieser Bilder nicht aufgehalten?

„Ich habe Brie ausführlich nach diesem Fotoshoot und den nachfolgenden Konsequenzen befragt. Natürlich bereut sie es.

Für sie war es eine Art Streich gewesen. Sie hatte es getan, um ihrer Mutter zu gefallen, die vor ihrer Ehe zu Jeff Senior zu Anfang der 80er ebenfalls ein Model gewesen war. Das wurde in den öffentlichen Dokumenten der Scheidung nirgendwo erwähnt, aber Brie sagte, dass sie später erfahren hat, dass der Fotograf der Liebhaber ihrer Mutter gewesen war. Obwohl anhand der Fotos klar hervorging, dass er hinter der Tochter her war."

„Was ist mit dem Fotografen passiert?"

„Er war an einer Reihe von Anzeigen für dieselbe Kosmetikfirma beteiligt – alle mit minderjährigen Mädchen. Bries Bilder waren am wenigsten jugendfrei, allerdings waren die anderen nicht viel besser. Nachdem die Werbungen verboten wurden, hat sich die Polizei einen Haftbefehl besorgt und sein Studio auseinandergenommen, wo dann Bilder gefunden wurden, die nicht nur grenzwertig waren, sondern eindeutige Kinderpornographie darstellten. Er starb Wochen vor dem Start seines Gerichtsfalles. Von einem Toxin vergiftet, das bis heute nicht identifiziert wurde. Wahrscheinlich eine russische Giftmischung – der Fotograf war ein Russe."

„Gibt es eine Verbindung zwischen dem russischen Fotografen und der russischen Öl-Firma?" Der Mann, den Brie auf dem Markt erkannt hatte, war ein Angestellter von Prime Energie gewesen, arbeitete aber nun für Druneft. Es war die einzige Verbindung, die soweit auffiel, auch wenn sie eigentlich nur sehr schwach war.

„Keine, die ich bisher aufdecken konnte, aber der Mann starb Ende der 90er. Bries Großmutter mütterlicherseits kommt aus der Ukraine, und Tatiana hat sowohl die Ukraine als auch Russland nach dem Zerfall der Sowjetunion oft besucht. Wahrscheinlich hat sie auf einem dieser Trips den Fotografen kennengelernt. Er ist etwa ein Jahr, bevor er Brie fotografiert hat, in die USA gezogen."

Die Geschichte über den Verlust ihrer Jungfräulichkeit war in seinem Kopf steckengeblieben, aber das hier zeigte, dass nicht nur die Männer in Bries Leben scheiße gewesen waren.

Ihre Mutter hatte sie genauso wenig beschützt. „Ihre Mutter ist vor ein paar Jahren gestorben, richtig?“

„Ja. Brustkrebs.“

„Standen sie sich nahe? Brie und ihre Mutter?“

„Ich habe keine Ahnung. Das ist eins dieser Dinge, von denen ich will, dass du sie herausfindest.“

„Warum zur Hölle ist das wichtig?“, fragte er.

„Weil Brie der Auslöser dafür ist, was in Südsudan passiert ist.“

An diese Theorie hatte auch er selbst schon gedacht, aber Savvy klang sicher. „Warum glaubst du das?“

„Sie hat auf dem Markt den Mann von Druneft gesehen – der für ihren Vater gearbeitet hat – und einen Mann, der einer der Bodyguards des im Exil lebenden Generals Lawiri sein könnte. Falls das eine Allianz zwischen Efran Lawiri und dem Besitzer von Druneft, Nikolai Drugov, andeutet, dann haben wir ein ernsthaftes Problem. Brie ist die Verbindung zwischen all diesen Elementen, und ich glaube nicht, dass es ein Zufall war, dass sie auf diesem Markt gelandet ist. Falls entweder Lawiri oder Drugov diesen Markt kontrollieren, warum waren sie dann so entschlossen, sie gefangen zu nehmen und zu verkaufen?

Hierbei geht es um sie, ihre Familie und Öl. Es ist mein Job, Intel zu sammeln. Südsudan ist wegen der Öl-Reserven auf unserem Radar und wegen der Möglichkeiten für feindliche Staaten, die Macht in der destabilisierten Demokratie an sich zu reißen. Für Brie mag dies klein und persönlich sein, aber es hat weltweite Auswirkungen.“

Er schloss seine Augen und dachte an die Frau, die ihre Verletzlichkeit hinter einem trockenen, sich über sich selbst lustig machenden Humor verbarg. „Du willst, dass ich sie verführe, damit sie sich mir gegenüber öffnet und von ihrer Familie erzählt.“

„Ja.“

„Das ist ziemlich beschissen, so etwas von mir zu verlangen, und es ist furchtbar, Brie so etwas anzutun.“

Kein einziges Anzeichen von Reue flitzte über Savannah

James‘ Gesicht. „Na und? Du willst sie. Das war schon von Anfang an klar.“

„Wenn du auch nur das Geringste über mich weißt, dann ist das, dass ich nach dem Sex nie für blödes Gelaber rumhänge.“ Fuck. Er hatte noch nie jemanden hintergangen, der ihm wichtig war. Durch Cece hatte er gelernt, Beziehungen zu vermeiden, und er würde einen Teufel tun, die Tür zu Gefühlen zwischen ihm und Brie zu öffnen. Etwas war in Südsudan geschehen. Er wäre nicht dazu in der Lage, mit ihr zu schlafen und gleichzeitig sein Herz fest zu verschließen. Das war der Grund, warum er sie von dem Augenblick an, als sie auf dem Flugzeugträger gelandet waren, gemieden hatte.

Sex dazu zu benutzen, um sie zum Reden zu bringen, wäre grausam für sie beide.

„Du vögelst alles und jeden. Sie vögelt alles und jeden. Es ist ja nicht so, dass du sie um etwas bittest, was euch beiden abgeneigt wäre.

„Ich ficke nicht für die Armee.“

„Vielleicht wird es Zeit, damit anzufangen. Benutze deinen Schwanz für etwas Gutes.“

„Ich bin in der Spezialeinheit, kein Spion. Du kannst mich nicht dazu zwingen.“

Savvy lehnte sich nach vorn und hielt seinem Blick stand. „Nein. Aber wenn du es nicht tust, werde ich jemand anderen finden. Ich habe bereits eine Liste. Leutnant Fallon wäre perfekt. Zivilisten lieben Navy SEALs.“

Eifersucht, wie er sie sich nie hatte vorstellen können, füllte die Leere in seiner Brust. „Du bist wirklich ein Miststück, weißt du das?“

„Nein, Bastian. Ich bin Patriotin.“

„Bullshit. Dir gefällt es nur, mit den Köpfen der Leute zu spielen.“ Fallon würde niemals auf ihren Plan eingehen. Dies war Manipulation, so einfach war das.

Ihre Augen wurden hart, aber sie bot ihm keine Entschuldigung an. „Solange Brie sich auf der Dahlgren erholt, tust du das auch. Deine Vorgesetzten in SOCOM kennen die Situation und haben zugestimmt, sich nicht einzumischen. Es gefällt ihnen nicht, aber sie können über den Tellerrand hinausschauen. Das Personal hier hat Anweisungen, euch allein zu lassen. Deshalb hat man euch Einzelzimmer gegeben, anstatt euch Betten in der Hauptstation zuzuordnen. Du hast freien Zugang zu Miss Stewart, solange sie hier ist. Die Non-Fraternisierungsregeln auf dem Schiff betreffen euch nicht." Sie warf ihm ein schmales Lächeln zu. „Fick sie. Fick sie nicht. Das liegt ganz bei dir. Der Punkt ist, sie zum Reden zu bringen, und mir sofort Bericht zu erstatten, wenn du etwas herausfindest, was wichtig sein könnte."

Brie fummelte an der Schleife herum, die sie an ihrer Taille festgebunden hatte. Es war ihr peinlich, dass sie Bastian in einem Moment der Schwäche aufgesucht hatte. Dass sie gewollt hatte, dass er sie in diesem dummen Outfit sah, das sie zusammengebastelt hatte, nachdem sie eine Woche lang improvisierte Kleidung getragen hatte, inklusive der Sandalen aus Autoreifen.

Sie befand sich auf einem riesigen Schiff der Navy und improvisierte immer noch. Es hatte ein dummer Insider-Witz sein sollen, den nur sie teilten. Von besserer Qualität als die ekelige Unterwäsche aus alter Abdeckplane.

Vor langer Zeit hatte sie ein Leben gelebt, in dem die neueste Mode wichtig gewesen war. In dieser Welt wären selbst die Autoreifensandalen perfekt gewesen, solange sie tausende von Dollar kosteten. Sie wusste, dass einige ihrer Freundinnen von damals nun mit Diamanten besetzte Sicherheitsnadeln zum „Verbündnis-Movement" trugen. Sie waren keine schlechten Menschen, aber sie hatten keine Ahnung. Weiß, oberflächlich und reich – sie konnten nicht sehen, dass die Welt um sie herum und ihr Platz darin durch die Privilegien der Weißen geformt worden waren.

Brie war keine Heilige, und sie war sich bewusst, dass sie sogar ohne das Geld ihrer Familie stark von weißem Privileg profitiert hatte – schließlich hatte man ein A-Team nach Südsudan geschickt, um sie zu retten. Das war eindeutig ein

Privileg vom Feinsten. Sie versuchte, für die Dinge, die ihr geschenkt wurden, dankbar zu sein und sie zu nutzen, um zurückzugeben, um Veränderung zu bewirken, anstatt in die Defensive zu gehen und alles zu verneinen.

Sie scheiterte immer noch, und es war ja nicht so, dass sie das Haus in Marokko aufgegeben hatte, sobald sie erfahren hatte, dass es zu einem Drittel ihr gehörte. Aber sie versuchte, sich der Dinge bewusst zu sein und ihr eigenes Verhalten immer dann zu korrigieren, wenn ihr klar wurde, dass sie unbewusst auf das weiße Privileg zurückgegriffen hatte.

Natürlich könnte sie mehr Gutes tun, wenn sie sich nicht von den Billionen ihrer Familie losgelöst hätte. Das Geld hätte so viel mehr für andere tun können als die fragwürdige Spende ihrer Zeit und Aufmerksamkeit, wie es nun mal war.

Auf lange Sicht gesehen – war diese Trennung von ihrer Familie nicht das Eigennützigste, das sie hatte tun können? Auf Prinzipien zu bestehen hatte noch nie jemandem geholfen, am Wenigsten ihr selbst. Nun operierte ihre Familie ohne Gewissen – wobei sie auch während ihrer Anwesenheit keines besessen hatten – und richteten größeren Schaden an, weil sie nicht mehr da war und für die Natur sprach.

Sie war ein beschissener Lorax.

Selbstsüchtig bis zum bitteren Ende hatte sie ihren Stolz der Natur vorgezogen. Ihre Ehre über die Gerechtigkeit für die Umwelt.

Sie hatte das Geld zurückgelassen und damit niemandem geholfen.

Wenn sie auf ihr Leben zurückblickte – gab es da irgendetwas, auf das sie stolz war? Das sie hervorheben konnte? Sie hatte geglaubt, dass das ihre Arbeit für USAID wäre, aber jetzt war es wahrscheinlich, dass ihre Anwesenheit in Südsudan die Menschen, denen sie helfen wollte, nur in Gefahr gebracht hatte.

Sie fummelte an ihrem Gürtel aus Gaze. Sie hatte schon immer ein Händchen für Mode gehabt. Kleidung und Makeup machten Spaß. Sie hatte die Partys genossen, Blitzlicht und Glamour. Das war der ursprüngliche Grund, warum sie überhaupt für diesen ekelhaften Kerl Grigory hatte modeln wollen. Das ultimative Verkleidungsspiel, bei dem sie hübsch und sexy sein durfte – wenn auch ahnungslos, dass es ein Magnet für Pädophile sein würde.

Ihre Mutter war zu ihrer Glanzzeit ein Fashion Model gewesen und hatte Brie die Tricks in dem Business beigebracht, wie zum Beispiel ein langweiliges Outfit mit einer dummen Schleife aufzupeppen. Jetzt fühlte sich die Blume aus Gaze lächerlich an. Als würde sie eine kitschige mit Diamanten besetzte Sicherheitsnadel tragen.

Wie viele Accessoires auch immer – sie würden keine Verbündete im „Verbündnis-Movement" aus ihr machen, nachdem ihre Anwesenheit in Südsudan Leiden und Qualen gebracht hatte.

Gabriella hatte aus Makeup, Blumen und Diamanten bestanden. War ein Accessoire für Prime Energy gewesen, das man für den richtigen Preis haben konnte.

Brie war … Sie wusste nicht genau, wer Brie war. Sie hatte versucht, jemand anderer zu sein. Eine Art Heldin, die ihre Arbeit für Prime Energy wiedergutmachen wollte. Aber diese Frau war ebenfalls ein Schwindel. Sie war weder selbstlos noch großzügig. Sie suchte eigentlich nur ihre eigene selbstsüchtige Erlösung.

Eine Träne rollte über ihre Wange, und ihr wurde klar, dass sie sich in einem Teufelskreis des Selbstmitleids befand. Die Art, die sie einst zum Trinken und Drogenmissbrauch verleitet hatte. Die Art, die sie erneut dort hinführen könnte, wenn sie nicht vorsichtig war.

Alles nur, weil Bastian in den drei Tagen, die sie zusammen auf der Krankenstation gewesen waren, nicht gekommen war, um sie zu besuchen. Sie war lächerlich, dass sie ihr Selbstwertgefühl von einem Mann abhängig machte.

Himmel. Das war der Grund, warum sie Beziehungen vermied. Emotionelle Bindungen führten immer hierher. Zu dem trostlosen Abgrund. Dem Selbsthass. Dem Verlangen, Drogen zu nehmen.

Ein Drink würde ihren Schmerz lindern. Eine Pille würde

ihr den Schmerz nehmen. Eine Nadel würde ihr Glückseligkeit verschaffen.

Nein.

Fuck. Nein.

Ich bin besser als das.

Sie stand auf und wanderte in ihrem kleinen Raum auf und ab, wobei sie sich auf den Gehstock stützte. Dr. Crane wollte, dass sie herumspazierte, um ihre Beinmuskulatur zu bewegen. Sie würde ihren Wunsch bekommen, denn durch Laufen bewältigte Brie immer ihr Verlangen und den Drang, rückfällig zu werden. Das Verlangen, zu entfliehen.

Sie zog joggen vor, aber sie war Tage – Wochen? – davon entfernt, irgendeine Distanz laufen zu können. Also marschierte sie in ihrem kleinen Zimmer auf und ab und wagte es nicht, diesen kleinen eingegrenzten Raum zu verlassen, weil sie sonst vielleicht auf Bastian oder die Männer in seinem Team treffen könnte.

Männer, die ihr Leben für ihren wertlosen Arsch riskiert hatten. Der Gehstock rutschte auf dem Boden aus, und ihr Bein sackte beinahe unter ihr zusammen.

Schmerzen schossen in ihre Hüfte.

Scheiße. Scheiße. Scheiße.

Tief einatmen. Langsamer. Stock richtig aufsetzen. Gehen. Einen Fuß vor den anderen.

„Die Kinder sind entkommen."

Die tiefe männliche Stimme kam von ihrer Tür. Sie drehte sich um und sah einen der Soldaten, die in Bastians Zimmer gewesen waren. Er war groß, mit breiten Schultern. Absolut beeindruckend.

„Die vom Markt?", fragte sie.

„Ja." Er trat in den Raum. „Master Sergeant Pax Blanchard", sagte er und hielt ihr seine Hand entgegen.

Ihre rechte Hand umklammerte den Gehstock, also bot sie ihm ihre Linke an. „Brie Stewart."

„Sorry", sagte er und wechselte zu seiner Linken.

„Sind sie noch in Südsudan? Die Kinder?"

„Die meisten von ihnen sind in den Weißen Nil oder den

Sudd geflohen – sie haben uns gesagt, dass ihre Eltern dort auf den im Sumpf versteckten Inseln wären. Mit Savvys Hilfe haben wir zwei da rausgeholt, aber sie will uns nicht verraten, wo sie jetzt sind."

„Sie behält ihre Geheimnisse gern für sich."

Blanchard nickte. „Der Markt wurde zerstört. Ich dachte, dass Sie das gern wissen würden. Dort werden nie wieder Kinder verkauft."

Emotionen überfluteten sie. Sie bedeckte ihren Mund, als sie laut einatmete. „Danke. Es bedeutet mir viel, zu wissen, dass das … was passiert ist, zu etwas Gutem geführt hat."

„Bastian hat darauf bestanden, dass wir die Kinder retten. Das war sein Plan."

Sie verstand, was er nicht sagte. Weil sie die Kinder gerettet hatten, war der Rest des A-Teams nicht da gewesen, um ihre Rettung durchzuziehen, wodurch sie und Bastian schlussendlich gestrandet waren. Sie waren auf sich allein gestellt gewesen, wenn das Team hätte kommen, sie retten und von dort wegholen können.

Als ob sie noch einen weiteren Grund brauchte, um Chief Warrant Officer Sebastian Ford zu respektieren. „Ich hätte nichts anderes gewollt."

Der Soldat nickte. „Schön zu sehen, dass es Ihnen bessergeht."

„Danke, Sergeant – und bitte teilen Sie den anderen in Ihrem Team mit, wie dankbar ich bin."

„Falls Sie Camp Citron besuchen, bevor sie zurückfliegen, können Sie dem Team selbst danken."

„Ich habe keine Ahnung, wo ich von hier aus hingehen werde, aber ich hoffe, dass ich diese Chance bekommen werde."

Er nickte. „Es war nett, Sie kennenzulernen, Miss Stewart." Mit diesen Worten drehte er sich um und ging, und sie war erneut allein. Wartend und nachdenklich.

Sie wartete auf den Mann, der sie in Südsudan gerettet hatte. Fragte sich, warum er sie in den letzten drei Tagen nicht besucht hatte. Und sie hasste sich selbst dafür, dass sie ihn sehen wollte. Dass sie seine Meinung über sich selbst mehr schätzte als ihre eigene.

Er war ein Feigling, schlicht und einfach. Er hätte Brie augenblicklich aufsuchen sollen, sobald Savvy gegangen war. Aber Bastian blieb in seinem Zimmer wie der Feigling, der er war.

Nun war es zwei Uhr nachts, und er konnte nicht schlafen. Er wollte sie sehen. Wollte ihr laut vorlesen. Mit ihr sprechen. Trinkspiele mit ihr spielen. Er wollte all das tun, was Savvy ihm aufgetragen hatte, das er mit ihr tun sollte.

Aber Savvys Anordnung war auch genau das, was ihn zurückhielt. Er konnte sie nicht so ausnutzen. Er konnte sich nicht auf mehr einlassen.

Er konnte es ebenso wenig ignorieren.

Sein Kopf schmerzte, und das hatte nichts mit der Gehirnerschütterung zu tun.

Er schlug seine Decke zurück. Er würde heute Nacht keinesfalls schlafen können. Sein Zimmer war zu klein. Er trat nach draußen und nickte dem Sanitäter zu, der für heute Nacht die Krankenstation überwachte. Er würde einfach herumlaufen. Mehr nicht.

Er würde Brie nicht sehen.

Nur weil er draußen vor ihrer Zimmertür stand, bedeutete das nicht, dass er hineingehen würde. Doch derselbe Drang sorgte dafür, dass er den Türknauf umdrehte und leise ihren Raum betrat. Es befanden sich genug Lichter auf den medizinischen Monitoren, dass er ihre schlafende Form in ihrem Bett erkennen konnte.

Gut. Er hatte bestätigt, dass sie hier war. Zeit zu gehen, bevor sie aufwachte.

Er setzte sich auf den Besucherstuhl, weil sein Gehirn seinen Körper eindeutig nicht mehr länger kontrollierte. Er beobachtete das Heben und Senken ihrer Brust und versuchte herauszufinden, warum er hier war.

„Das ist ein bisschen gruselig", flüsterte sie.

Er erschrak und rempelte dabei ihren Rollwagen an, den er mit einem lauten Knall gegen die Wand stieß.

Sie lachte. „Lässig, Chief."

Er rieb sich mit seiner Hand über sein Gesicht und schüttelte seinen Kopf. „Das bin ich. Lässig."

„Was tust du hier um …" Ihre Stimme verstummte, als sie auf die Uhr sah. „Zwei Uhr nachts?"

„Ich habe dich vermisst", platzte es aus ihm heraus, wie der Narr, der er war. „Ich wollte dich sehen."

„Bullshit. Du hättest mich in den vergangenen Tagen jederzeit sehen können, aber du wartest bis mitten in der Nacht."

Er streckte seine Hand nach ihr aus, nahm ihre in seine und hielt sie fest. „Es ist wahr. Ich habe dich vermisst. Und es stimmt – ich hätte eher herkommen können. Es tut mir leid, dass ich es nicht getan habe."

„Warum nicht?"

Er schlängelte seine Finger durch ihre. Ihre Hände waren glatt, aber nicht weich, und ihre Finger waren schlank und warm. Er hatte vergessen, wie gut es sich anfühlen konnte, einfach nur Händchen zu halten. Vergessen, wie sich eine Berührung voller Erwartung anfühlen konnte und dafür sorgte, dass sich Wärme in einem ausbreitete.

Genauso, wie er den Raum ohne bewusstem Gedanken betreten hatte, zog er nun ihre Finger an seinen Mund und knabberte an ihren Fingerspitzen. Dann saugte er an ihrem Zeigefinger und genoss das leise überraschte Aufkeuchen.

„Was glaubst du, was du da tust?", fragte sie.

„Ich halte deine Hand."

„Mit deinem Mund?"

Er lächelte und saugte an ihrem Mittelfinger.

Sie berührte sein Kinn. „Du siehst gut aus – ohne Bart."

„Was gefällt dir besser? Mit oder ohne Bart?"

„Keine Ahnung. Ich habe dich nur für eine Minute ohne gesehen, und es ist dunkel hier drin. Ich werde es dir morgen sagen."

Er drehte ihre Handfläche nach oben und fing an, den

Muskel zwischen ihrem Daumen und Zeigefinger leicht zu massieren. „Ich muss dieser Hand danken, dass sie mein Leben gerettet hat."

„Nur der Hand?"

„Und dem Gehirn, mit dem sie verbunden ist." Er massierte ihren Arm hinauf. „Wie geht es dem Bein?"

„Immer besser. Es tut immer noch weh, aber ich kann laufen, wenn ich es nicht zu sehr belaste. Der Knöchel ist ebenfalls fast komplett verheilt. Wie geht es deinem Kopf?"

„Besser. Ich kann wieder klar sehen. Kopfschmerzen sind mild. Aber ich kann nicht schlafen."

„Also hast du dir überlegt – wenn du nicht schlafen kannst, dann sollte ich genauso gut wach sein?" Ihre Stimme klang leise und verschlafen, aber humorvoll.

„Rutsch rüber."

„Was?"

Er stand auf. „Rutsch rüber. Damit ich mich hinlegen kann. Ich glaube, dass ich schlafen kann, wenn ich bei dir bin."

Sie tat, wie er ihr befohlen hatte, und er machte es sich neben ihr bequem, wobei er die Reling hinter seinem Rücken hochzog, damit er nicht aus dem schmalen Bett fiel. Es war zu klein für zwei Personen.

„Du wirst vielleicht schlafen können, aber ich glaube nicht, dass ich das kann", sagte sie.

Er zog die Reling auf ihrer Seite ebenfalls hoch, wodurch sie mit ihm gefangen war. „So. Jetzt können wir beide so tun als wären wir in einer Kissenburg." Er zog sie eng an sich heran, sodass sie Brust an Brust lagen. Hüfte an Hüfte. Sie roch nach blumiger Seife, und er wollte an ihrem Hals knabbern, um zu sehen, ob sie so süß schmeckte, wie sie duftete.

„Wirst du deswegen keine Probleme bekommen?"

Savvy hatte ihm diesen Weg freigeräumt, aber das konnte er ihr gegenüber nicht zugeben. „Ich werde mich früh genug verdrücken."

„Der Nachtsanitäter könnte dich sehen."

„Das hat er. Er hat nichts gesagt. Ehrlich gesagt glaube ich, dass es ihm egal ist." Das war mit Sicherheit wahr.

„Warum hast du mich gemieden, Bastian?“

Er fuhr mit seinen Fingern durch ihr kurzes Haar. „Weil ich ein Bastard bin.“ Ebenfalls die Wahrheit. Er lehnte sich zu ihr und küsste ihre Nase. „Aber jetzt bin ich hier.“ Er ließ eine Fingerspitze über ihre Augenbraue und Wangenknochen wandern. „Schlaf jetzt, Brie. Du bist in Sicherheit. Ich verspreche dir, du bist sicher.“

Viel zu spät, aber das Wahrste, was er je gesagt hatte.

Kapitel Zwanzig

Dicht an Bastians Seite gedrückt zu schlafen war nicht gerade die bequemste Position, in der Brie je gewesen war. Deshalb hatte sie eine strikte Regel, niemals mit irgendjemandem ein Bett zu teilen. Es war niedlich, zu versuchen, in den Armen eines Mannes Schlaf zu finden, aber in solchen Situationen war schlafen meist das, was nicht geschah.

Sie hatte sich umgedreht und ihr Gewicht auf ihre linke Seite verlegt – auf ihr unverletztes Bein. Im Halbschlaf hatte er seinen Arm um sie geschlungen und sich von hinten an sie gekuschelt, seine Knie gegen ihre hochgezogen, seinen Schritt an ihren Hintern gepresst.

Okay. So übel war das nicht.

Es fühlte sich sogar irgendwie gut an, das Gefühl seiner festen Oberschenkel an ihren, sein Arm, der sie umschlang, wodurch sie sich sicher fühlte.

Sie schloss ihre Augen.

Bastian lag mit ihr im Bett. Umarmte sie. Es war eine Fantasie, die wahr geworden war: der große, warme Green Beret umschlang sie, während er schlief.

Dieser Trost ließ sie einschlafen, und sie träumte lebhafte, furchtbare Träume, die ihrem Bewusstsein entflohen, als das laute Schnarchen des Mannes in ihrem Rücken in ihre schläfrige Tiefe eindrang.

Er schnarchte nicht nur, sondern er hatte sich auf seinen Rücken gerollt und nahm nun drei Viertel des schmalen Bettes ein.

Er war der fürchterlichste Schlummerpartygast – ein laut schnarchendes Bettmonster.

Sie stieß ihn sanft mit dem Ellenbogen an. „Bastian. Du schnarchst."

Er rollte sich auf seine Seite, umschloss ihre Brust mit einer Hand und vergrub seinen Mund an ihrem Hals. Er murmelte „Sorry" und war prompt wieder in einen tiefen Schlaf versunken.

Sie lächelte und genoss die Umarmung. Sie hatten die Tage zusammen verbracht, aber nie gewagt, zur selben Zeit zu schlafen.

Sex war eine Sache, aber gleichzeitiges Schlafen … Das brachte die Intimität auf eine ganz neue Stufe.

Sie bedeckte die Hand, die ihre Brust umfasste, lächelte über den lockeren Kontakt und sank in einen tiefen Schlaf.

Bastian erwachte und seine Arme umschlangen eine Frau. Und nicht nur irgendeine Frau, sondern die, die er mehr wollte als Sonne und Luft und Nahrung zusammen. Ihr wunderschöner runder Hintern lag dicht an seine steinharte Erektion gepresst - in dem wohl kleinsten Bett, das je zwei Personen beherbergt hatte.

Plötzlich war er dankbar dafür, dass nicht alle Betten übergroß waren. Er würde mit Brie eine schmale Pritsche jederzeit vorziehen. Aber das hier war nicht seine Liege, es war ein Krankenhausbett, und plötzlich erinnerte er sich daran, dass er diese Scharade aufrechterhalten und ihr Bett noch vor dem Morgengrauen verlassen musste.

Noch nie zuvor hatte es ihm so sehr widerstrebt, das Bett einer Frau zu verlassen. Und das, obwohl er sein Erwachsenenleben damit verbracht hatte, bei der erstbesten Gelegenheit zu verschwinden.

Allerdings war er auch nicht in Bries Körper gewesen — noch nicht. Das hier war keine Kuschelaktion nach dem Sex. Das hier war Schlaf und Komfort und mehr oder weniger den Ärger herausfordern. Er hatte noch nie zuvor ein Bett nach dem Sex zum Schlafen geteilt, somit stellte sich hier nun die Frage: Was bedeutete es, ohne Sex mit einer Frau in einem Bett zu schlafen?

Schlimmer noch — er wollte sie nicht verlassen. In den letzten vier Stunden hatte er tiefer geschlafen als in den letzten Wochen — vielleicht Monaten.

Verdammt. Das hier könnte zu einer Gewohnheit werden. Wie Schlaftabletten.

Er küsste ihren Hals und rutschte zurück, um sich von ihrer Seite wegzuziehen.

„Bastian?", sagte sie mit verschlafener Stimme.

„Ich muss wieder in mein eigenes Zimmer zurückgehen, Süße."

Sie rollte sich auf ihren Rücken und drehte sich zu ihm um. „Wirst du mich bei Sonnenaufgang wieder ignorieren? So, wie vorher?"

„Nein." Er küsste ihre Augenbraue. „Ich bin fertig damit, ein Bastard zu sein."

„Versprochen?"

„Ehrenwort."

Sie schenkte ihm ein müdes Lächeln. „Küss mich?"

Er umschloss ihr Gesicht mit seinen Händen und gab ihr, was sie verlangte. Seine Zunge tauchte zwischen ihre Lippen, und er verschlang ihren Mund.

Sie zu küssen war das Beste in seiner verkorksten Welt. Ihre Zunge traf seine mit einem süßen heißen Streicheln, das seinen Widerstand schwächte.

Er sollte Abstand halten. Es rein körperlich halten. Nur körperlich.

Unmöglich.

Sie saugte an seiner Zunge und griff nach unten, zwischen sie, streichelte seine Erektion. Er stöhnte in ihren Mund.

Er fand die Kraft, sich von ihr zu lösen. „Wenn wir das hier weitergehen lassen, wirst du dein Bein verletzen."

„Ich könnte dir einen Blowjob geben." Er konnte das Grinsen in ihrer Stimme hören. „Und du könntest dasselbe für mich tun."

Verdammt. Er wollte das für sie tun. Und so vieles mehr. Und er liebte die Tatsache, dass sie nicht zu schüchtern war und klar sagte, was sie wollte. Aber die Intimität von Oralsex – jetzt – das war zu früh, wenn er Brie dazu bringen wollte, sich bezüglich ihrer Familie ihm gegenüber zu öffnen. Dafür musste er die Dinge langsam angehen lassen und sie nicht wie einen schnellen, bequemen Fick behandeln.

Das Problem war … er hatte keine Ahnung, wie man jemanden langsam verführte. Er war stolz auf seine Ehrlichkeit den Frauen gegenüber, mit denen er Sex hatte. Keine falschen Versprechen, keine Verpflichtungen. Heute Sex, morgen Tschüss.

Das hier musste anders laufen.

Es war ein Impuls gewesen, zu ihr ins Bett zu kriechen – und zwar ein guter. Jetzt mit ihr keinen Sex zu haben fühlte sich gleichwertig richtig an.

Er würde seinem Bauchgefühl folgen, um Brie zu verführen.

„Süße, ich kann dich nicht einfach nur kosten und dann aufhören. Es wird passieren, aber erst dann, wenn du es ganz ohne das Risiko einer Verletzung genießen kannst." Er küsste wieder ihren Hals, schob dann die Seitengitter des Bettes herunter und rutschte aus ihrem Bett. Mit einem letzten Kuss auf ihre Lippen sagte er: „Schlaf weiter. Wir sehen uns in ein paar Stunden."

Bastian erschien in Bries Tür, nachdem sie sich gewaschen und die Krankenschwester den Verband an ihrem Oberschenkel gewechselt hatte.

Sie hatte sich übergründlich gewaschen und trug zum ersten

Mal in fast zwei Wochen echte Kleidung, weil Savvy ihr glücklicherweise bei ihrem gestrigen Besuch ein paar Dinge mitgebracht hatte.

Die Klamotten waren im dem Laden in Camp Citron gekauft worden und enthielten verschiedene Sprüche über Dschibuti, wobei mit der „Tscha-Booty"-Aussprache des Landesnamens gespielt worden war. Ihre waren diese doppeldeutigen Witze egal, sie war einfach nur froh, dass sie etwas anderes als einen fleckigen Stofffetzen oder einen Krankenhauskittel zu tragen hatte.

„Schön, dich angezogen zu sehen", sagte Bastian, der sie genüsslich betrachtete.

Sie stand und drehte sich vor ihm im Kreis, als ob die Jogginghose und das T-Shirt ein elegantes Abendkleid wären. Mitten in ihrer Umdrehung stolperte sie. Sie hatte vergessen, den Gehstock zu greifen.

Er fing sie auf und zog sie an sich heran.

Sie lehnte sich an seine Brust, genoss es, wie er sich anfühlte, und genoss noch mehr die Tatsache, dass es hier keine Regeln gab. Das hier war weder verboten noch gefährlich. Nur Spaß.

Sie brauchte Spaß.

„Hast mich schon wieder gerettet", sagte sie.

Ein Mundwinkel verzog sich zu einem Grinsen. „Ich sollte anfangen, Gebühren zu verlangen."

Sie spielte mit dem Kragen an seinem T-Shirt. „Ich denke, ich weiß, wie ich dich bezahlen könnte."

Sein Lachen war warm und tief und so, wie sie nun an ihn gepresst war, konnte sie es in ihrem Solarplexus spüren. „Mir gefällt die Art, wie du denkst, Miss Stewart." Er glitt mit seinen Lippen in einen schnellen süßen Kuss über ihre und ließ sie dann los. Er hob sein Handy hoch. „Ich dachte, dass wir das Buch zu Ende lesen könnten, das wir angefangen haben, um die Zeit zu vertreiben."

„Das wäre schön. Ich bin vor lauter Langeweile fast verrückt geworden." Es war eine Kombination von Langeweile und Angst gewesen, in der sie sich darüber den Kopf zerbrochen hatte, warum Bastian nicht gekommen war, um sie zu sehen. In den ersten beiden Tagen hatte sie das Bett nicht verlassen dürfen, somit war es ihr nicht möglich gewesen ihn zu besuchen. „Ich muss für eine Weile mein Bein bewegen. Kommst du mit in den Gang? Dann können wir lesen."

Nachdem sie zehn Minuten lang im Gang auf und ab spaziert waren, kehrten sie zu ihrem Zimmer zurück und machten es sich gemütlich. Sie saß aufrecht im Bett und las ihm vor. Die Untersuchungsszenen an den Tatorten waren leicht vorzulesen, aber schließlich kam Brie zu einer Sex-Szene. Sie lächelte und war Bastian seitlich einen Blick zu, bevor sie weiterlas. Sie fügte mehr Emotion ihre Stimme, als sie den Dialog vorlas und fügte etwas atemloses Keuchen hinzu, selbst wenn das nicht so auf der Seite vorkam.

Bastian räusperte sich. „Vielleicht solltest du diese Szene überspringen."

Sie zog eine Augenbraue hoch, als sie seine Erektion bemerkte, wie er da auf dem Stuhl neben ihrem Bett saß. „Aber jetzt wird es gerade so gut."

Er schüttelte seinen Kopf. „Es schmerzt so schon genug. Hab Gnade mit mir, Brie."

Das Handy in ihrer Hand wählte diesen Moment, um zu klingeln. „Gerade noch im richtigen Moment", sagte sie und reichte ihm sein Handy, wobei sie sah, dass es Savvy war, die anrief.

„Chief Ford", sagte er, als er antwortete. Sein Gesichtsausdruck wurde emotionslos, als er der CIA-Agentin ihre Fragen mit Ja und Nein beantwortete. Dann folgten einige Flüche und ein „Okay". Und dann: „Ich werde es ihr sagen." Er beendete das Gespräch.

„Was ist los?"

„Prime Energy hat die Story von deiner Entführung und Rettung in Südsudan veröffentlicht. Es ist überall in den Nachrichten. Der südsudanesische Präsident verlangt nun Antworten, warum man ihn nicht darüber informiert hat, dass das amerikanische Militär eine Geheimoperation in seinem Land durchgeführt hat."

„Ähm, wahrscheinlich weil es geheim war?!", sagte Brie, um

das sinkende Gefühl in ihrem Magen zu verdecken. „Wer hat PE von meiner Entführung erzählt? Ich habe USAID strikte Anweisungen gegeben, niemals meine Familie zu kontaktieren. Egal, was passiert.“

„Senator Albert Jackson hat deiner Familie von der Mission erzählt. Ich nehme an, dass du ihn kennst?“

Mist. „Onkel Al“, sagte sie leise. Dann traf ihr Blick Bastians. „Er ist nicht wirklich mein Onkel.“ Albert Jackson war ein texanischer Öl-Baron und ein Geschäftspartner ihres Vaters. Sie kannte ihn, seit sie ein Baby war, und sie hatte sich in der Nähe dieses Mannes seit diesem dummen Fotoshoot, als sie dreizehn gewesen war, unwohl gefühlt. Jedes Mal, wenn er sie danach gesehen hatte, bot er ihr Lutscher an – er hatte immer einen in seiner Tasche, nur für sie. Erst, als sie fünfzehn Jahre alt war, hatte sie endlich verstanden, warum.

Für jemanden, der mit dreizehn so öffentlich publiziert worden war, war sie überraschend naiv gewesen – aber das war ein Grund dafür gewesen, wie es passiert war, denn ihre Unwissenheit hatte es für sie unmöglich gemacht, die doppeldeutigen Anspielungen der Fotos zu begreifen.

Mit fünfzehn hatte einer von Rafes Freunden sie in eine Ecke getrieben und es ihr genau erklärt. Er hatte ihr erklärt, was man hinter ihrem Rücken über sie sagte, und dass sie damit aufhören sollte, diese verdammten Lutscher von Onkel Al anzunehmen. Dass es ihre Unwissenheit und Unschuld war, die dieses Arschloch scharfmachten. Rafes Freund war einer der wenigen Guten in ihrem Leben gewesen. Jemand, der sie beschützen wollte und wie ein großer Bruder für sie war.

Sobald er ihr die Augen geöffnet hatte, hatte es mehr wehgetan, dass ihre wirklichen Brüder ihr nicht dieselbe Sorge entgegengebracht hatten, allerdings waren sie die Söhne ihres Vaters.

Danach waren ihr Onkel Als andere Annäherungsversuche aufgefallen, wie zum Beispiel „versehentliches“ Begrapschen, bis zu dem Moment, als sie ihm „versehentlich“ ihr Knie in seine Eier rammte.

„Und was hat das jetzt zu bedeuten?“, fragte sie Bastian.

„Bis auf die Tatsache, dass ich niemals wieder für USAID in einem Entwicklungsland arbeiten kann?" Sie hatte das erwartet und war sich ehrlich gesagt nicht einmal sicher, ob sie nach allem, was geschehen war, wieder in die Entwicklungshilfe zurückkehren wollte. Aber trotzdem tat es weh, dass man ihr diese Entscheidung einfach so weggenommen hatte.

Andererseits musste sie nicht persönlich in der dritten Welt anwesend sein, um wiederverwendbare Menstruationsunterwäsche an pubertierende Mädchen zu verteilen. Sie konnte Geldspenden für dieses Projekt anwerben, das ihr so wichtig war. Es würde die Mädchen nicht länger davon abhalten, zur Schule zu gehen, nur weil sie die Pubertät erreicht hatten. Sie könnte – würde – Veränderungen bewirken, selbst wenn sie selbst nie wieder einen Fuß in die dritte Welt setzen würde.

„Das Verteidigungsministerium versucht klarzustellen, dass die USA in dem Bürgerkrieg keine Seiten bezogen hat, und dazu gehört, dass das Militär eine Show veranstaltet, um zu beweisen, dass diese Aktion persönlich war. Senator Jackson ist bereits auf dem Weg nach Camp Citron, und morgen wird er auf dem Flugdeck der Dahlgren mit einem riesigen Pressekorps eine „Überraschungs"-Zeremonie abhalten, bei der er die sichere Exfiltration der Tochter eines engen persönlichen Freundes feiern wird, deren Status für US-Verhältnisse dem einer amerikanischen Königsfamilie nahekommt."

„Ich bin keine Prinzessin. Mein Vater ist ein Milliardär, aber das macht mich nicht zu einer Prinzessin." Oh, Fuck. Die Presse könnte erneut die Kosmetik-Werbung erwähnen. Da diese aufgrund ihres Alters verboten worden war, würden zumindest die meisten Nachrichten keine Bilder zeigen. Sie würden sehr schnell von ihrer kurzlebigen Modelkarriere zu den Vorfällen überwechseln, als sie betrunken oder high gewesen war und sich total danebenbenommen hatte. Sie hatte keine Zweifel daran, dass man ihre Arbeit für USAID in den Dreck ziehen, abfällige Bemerkungen machen und ihre Motive, ihre Intelligenz und Ehrlichkeit in Frage stellen würde. Obendrein war damit ihre Anonymität für immer ruiniert.

„Ich nehme nicht an, dass ich mich vor der Zeremonie drücken kann?", fragte sie mit einer Grimasse.

Bastians Blick war mitfühlend, als er seinen Kopf schüttelte. „Diese Zeremonie wird ebenfalls die anonymen Soldaten der Spezialeinheit und des SEAL Teams ehren, die an deiner Rettung teilgenommen haben. Ich werde für die Zeremonie an Deck sein, aber man wird mich nicht identifizieren."

„Du hast Glück", sagte sie und versuchte, sich mit der Tatsache anzufreunden, dass ihre gesamte Welt zusammenzubrechen schien. ‚Onkel' Al gab ihr eine Gänsehaut. Allein an ihn zu denken, zwang sie dazu, sich bewegen zu müssen. Sie musste laufen gehen. Sie kletterte aus dem Bett. „Ich brauche frische Luft."

„Das Flugdeck ist für uns verboten."

„Es muss doch noch irgendein anderes Deck geben … irgendwo, wo ich nach draußen gehen kann." Sie konnte spüren, wie Panik in ihr aufstieg, und sie nahm einen langsamen tiefen Atemzug. *Reiß dich zusammen, Mädel. Das wird nur ein Werbezirkus. Damals hast du dich bei Dutzenden dieser Art vorn hingestellt und bist nicht einmal ins Schwitzen gekommen.*

Ja, aber damals war sie eine funktionierende Drogenabhängige gewesen, und ihre Fähigkeit, solche riesigen Medienveranstaltungen abzuziehen, während sie high gewesen war, hatte zu dem Rausch dazugehört.

Bastian starrte sie für einen langen Moment an. Er musste die Verzweiflung in ihrem Gesicht gesehen haben, denn er sagte: „Ich werde den Arzt fragen." Dann verließ er den Raum.

Er hatte sein Handy auf dem Stuhl liegen lassen, und sie hob es auf. Sie würde Savvy anrufen. Sie brauchte Details. Sie gab die PIN-Nummer ein und entschlüsselte sein Handy in dem Moment, als eine Nachricht von Savvy eintraf. Indem sie die Taste für die Anrufsliste anklickte, öffnete sie versehentlich Savvys Nachricht, die besagte: *Brauche Antworten. Schnellstens.*

Brie schnaubte. *Ja. Brauchen wir das nicht alle?!*

Welche Art von Antworten Savvy von Bastian erwartete, während der auf einem Flugzeugträger festsaß, konnte sich Brie kaum vorstellen, aber wahrscheinlich hatte es etwas mit dem

Markt zu tun. Savvy hatte Brie gegrillt, sich an jedes noch so kleine Detail zu erinnern, und jagte Bastian wahrscheinlich genauso hinterher.

In der Anrufsliste fand sie Savvys Nummer und rief an. Die Frau antwortete sofort. „Kannst du jetzt reden?"

„Ja. Aber ich bin nicht Bastian." Unsicherheit setzte sich in ihrem Magen fest. Sie wollte mit Bastian sprechen, wenn er allein war? Nun, sie konnte das kaum verurteilen. Die Frau war in der CIA und Bastian in der Spezialeinheit – und Brie wusste, dass SOCOM-Missionen streng geheim waren. Selbst für die Leute, wegen denen die Mission stattgefunden hatte.

„Ich nehme an, dass Bastian Ihnen von Senator Jackson erzählt hat."

„Ja." Sie streckte ihre Wirbelsäule durch. „Ich werde nicht an irgendeinem Presse-Foto-Termin teilnehmen – am allerwenigsten für Albert Jackson."

„Sie haben keine andere Wahl."

„Da muss ich Ihnen widersprechen. Für ihn ist das nur ein PR-Gag – eine coole Fotogelegenheit, die er dazu benutzen kann, Gelder für seine Kampagne in der Zukunft zu sammeln. Und daran werde ich nicht teilnehmen. Es ist nicht so, dass die Regierung des Südsudans irgendeinen wirklichen Grund hat, sich über eine SOCOM-Operation zu beschweren, um amerikanische Bürger zu retten."

„Das mag stimmen, aber Sie werden trotzdem an der Zeremonie teilnehmen müssen. Jackson ist Mitglied des Armed Services Committees – wodurch er von der Mission erfahren hat. Ich sollte Sie nicht daran erinnern müssen, dass Sie auf einem Flugzeugträger der Navy medizinisch versorgt werden, nachdem ein A-Team und SEALs ihre Leben riskiert haben, um Sie da rauszuholen. Sie können nicht einfach das Militär ignorieren, das soeben Ihren Hintern gerettet hat."

„Ich bin dem Militär äußerst dankbar, aber Albert Jackson ist ein Widerling."

„Seien Sie froh, dass er Ihren Bruder nicht mitbringt. Jeffery Junior hat auf einen Besuch gedrängt. Ich habe mir den Arsch aufgerissen, um seinen Plan zu vereiteln, indem ich ihm klarge-

macht habe, dass dies eine fortlaufende Untersuchung ist und
Jeffery Junior absolut keine Sicherheitsfreigabe und sich keiner
Sicherheitsprüfung unterzogen hat."

Der Gedanke, JJ auf der Dahlgren zu begegnen, gab ihr
Sodbrennen. Nun, wenigsten sprach etwas für ‚Onkel' Al – er
war kein Prime.

Sie hatte keine andere Wahl. Aber das bedeutete nicht, dass
sie nach deren Pfeife tanzen musste.

„Hier sind meine Bedingungen: Jackson wird mich nicht
anfassen – nicht einmal Hände schütteln. Ich werde eine
geschriebene Aussage vorlesen. Ich werde keine Fragen beantworten und ich werde mit dem Senator weder vor noch hinter
der Kamera sprechen. Falls irgendwelche dieser Bedingungen
verletzt werden sollten, werde ich der ganzen Welt erzählen, wie
er mich im Alter von Fünfzehn begrapscht hat. Wenn er diese
Bedingungen ablehnen will, sage ihm, dass ich die Lutscher
erwähnen werde."

„Navy-Köpfe werden deine Aussage zuerst prüfen wollen."

„Okay." Sie blickte an ihrer Kleidung herab, die sie trug.
Sollte sie sich den Kameras als Brie oder als Gabriella stellen?
Sie seufzte. Dies würde ihr leichter fallen, wenn sie mit Makeup
bewaffnet war, und sie wollte Brie wirklich für sich behalten. Es
war an der Zeit, Gabriella Prime auferstehen zu lassen. „Und
Savvy, ich werde Makeup brauchen. Handelsübliches, fit für die
Kameras. Und Klamotten, die zu einer amerikanischen Prin-
zessin passen."

Bastian führte Brie zum oberen Deck, um etwas frische Luft
zu schnappen und ein wenig laufen zu gehen, was sie zu
beruhigen schien, doch ihre Anspannung kehrte zurück, sobald
sie wieder in ihrem winzigen fensterlosen Zimmer waren. Er
hatte sie dazu bringen können, ihm von dem Senator zu erzählen, und Rage brannte in seinen Eingeweiden, als sie ihm von
den Lutschern berichtete, und wie der zwanzigjährige Freund

ihres Bruders ihr hatte erklären müssen, was Jackson hier wirklich tat.

„Das tut mir so leid, Brie. Ich hasse es, dass dich die Männer in deinem Leben niemals beschützt haben. Ich will Jackson, deinem Vater und deinen Brüdern in den Arsch treten."

Savvy wollte mehr über ihre Brüder wissen und hier war seine Chance.

„Wenigstens hatte Rafe einen vernünftigen Freund. Für eine Weile war ich ihn verknallt gewesen – wahrscheinlich, weil er mich nicht wie ein Stück Frischfleisch angesehen hat." Sie lächelte. „Vor fünf Jahren hat er eine Freundin von mir geheiratet. Rafe war Trauzeuge. Sie hatten mich zur Hochzeit eingeladen, aber ich bin nicht hingegangen. Es war ihr Tag und obwohl Rafe nicht ganz so schlimm wie JJ ist, gab es keine Garantien, dass es nicht in einen Streit ausarten würde."

Und hier war seine Möglichkeit. „Wann hast du deine Brüder zum letzten Mal gesehen?"

Sie kräuselte ihre Nase, was ihr verriet, dass es ihr unangenehm war nur daran zu denken. „Vor acht Jahren."

„Was ist passiert?"

„Ich verließ das Unternehmen und weigerte mich, ihre Marionette zu sein", sagte mit einem steifen Ton. Da steckte noch mehr dahinter.

„Was haben sie von dir verlangt? Was …"

Sie hielt eine Hand hoch. „Mein Bein pocht ganz schön heftig. Ich glaube, ich werde für eine Weile ein Nickerchen machen."

Er wusste, dass sie nichts stärkeres als Ibuprofen gegen die Schmerzen nehmen wollte, somit war ihr Wunsch glaubwürdig, aber die Art, wie sie es gesagt hatte, verriet ihm, dass sie ausweichen wollte. „Falls du jemals darüber reden willst, Brie …"

„Ich glaube, du solltest jetzt gehen, damit ich mich ausruhen kann."

Er stand auf, beugte sich über sie und drückte seine Lippen auf ihre Stirn. „Kann ich heute Nacht zurückkommen? Um zu schlafen?" Sobald er diese Worte gesprochen hatte, wurde ihm klar, dass er keine Hintergedanken für seine Frage hatte. Er wollte sie nur in seinen Armen halten.

„Lieber nicht. Ich brauche eine gute Nacht Schlaf, wenn ich für den morgigen Nachmittagszirkus bereit sein will."

Einer Sache war sich Bastian sicher, als er ihren Raum verließ. Der direkte Ansatz würde nicht funktionieren. Kein Wunder, dass Savvy wollte, dass er Brie verführte.

Kapitel Einundzwanzig

Am darauffolgenden Tag tauchte Bastian am frühen Vormittag in Bries Zimmer auf. Er hatte bereits gefrühstückt, sich mit dem Arzt der Morgenrunde unterhalten und ein sehr langes Telefongespräch mit Savvy geführt. Aber alles, was er wollte, war, Brie zu sehen, weil er wusste, dass sie heute angespannt sein würde.

Er lächelte, als er sie in dem enganliegenden T-Shirt und den Yogapants sah, die sich so wunderbar um ihren knackigen Hintern schmiegten, als sie sich nach vorn beugte und durch eine Einkaufstasche wühlte, die auf dem Besucherstuhl stand. „Morgen, Schönheit", sagte er.

Sie erschrak, schoss in die Höhe und drehte sich zu ihm um. Dann lächelte sie ein breites Grinsen, das ihm zeigte, dass einiges der Anspannung von gestern verschwunden war. Sie schnappte sich die Tasche vom Stuhl, damit er sich dort hinsetzen konnte, und sagte „Morgen." Sie betrachtete ihn von Kopf bis Fuß und fügte dann hinzu „Hübscher?"

Er lachte. „Uns sind nur drei Minuten heißes Wasser in der Dusche erlaubt. Ich werde mich erst vor der dummen Deck-Zeremonie fertigmachen." Er ließ sich auf den Besucherstuhl fallen. „Bis dahin musst du dich mit dem hier zufriedengeben." Ein Bartansatz und eine schlaflose Nacht bedeuteten, dass er verkatert aussah.

„Schlechte Nacht?", fragte sie.

Er nickte einmal kurz. Sein Kopf hämmerte wie verrückt. Eine Erinnerung daran, dass er vielleicht in der Krankenstation herumhing, um sie zu verführen, seine Gehirnerschütterung aber echt war. Schuldgefühle hatten zu seiner schlaflosen Nacht beigetragen. Er wollte keine Täuschung in ihrer Beziehung, aber Savvy hatte in einem Punkt recht. Brie hielt eine schmerzhafte Erfahrung in ihrer Vergangenheit zurück, die relevant sein könnte.

Allerdings könnte es das genauso gut nicht sein. Es könnte einfach nur eine unschöne Familiendynamik sein.

Sie kam zu ihm, schob ihre Finger in sein Haar und fing dann langsam und vorsichtig an, ihn zu massieren, wobei sie die Wunde oberhalb seines Ohres ausließ.

Er stieß ein leises Stöhnen aus. Ihre Berührung war genau richtig, als sie ihre Fingernägel sanft über seine Kopfhaut zog und in kleinen Kreisen massierte, die die Anspannung löste. Er lehnte sich vor und legte seine Stirn an ihren Bauch. „Gott, das fühlt sich gut an."

Sie arbeitete sich vor und zurück und schenkte seinem gesamten Kopf diese sanfte Behandlung. „Ich glaube, ich habe mich noch nie so richtig bei dir dafür bedankt, dass du mich gerettet hast", murmelte sie. Ihre Lippen streiften den Verband über seiner Platzwunde, wo man ihn bewusstlos geschlagen hatte, während ihre Finger nun tiefer zu seinem Nacken und seinen Schultern glitten, wo sie sie kraftvoller zugriff und ihm klar wurde, wie angespannt sein Nacken und seine Schultern tatsächlich waren.

Er stöhnte wieder.

Sie knetete seine Schultermuskeln und die Anspannung löste sich langsam auf. Er atmete langsam aus und hob seinen Kopf. Ihre Brüste waren auf derselben Höhe, wie sein Mund und er wollte nichts lieber, als sie zu lecken, damit auch sie sich gut fühlte. Ohne Hintergedanken. Einfach heilende Berührungen. Er umschloss ihre Hüfte mit seinen Händen und zog sie an sich heran, wobei er vorsichtig mit ihrer Verletzung am Bein war und sie soweit zu sich herunterzog, bis sie rittlings auf ihm saß.

Sie landete direkt auf seiner Erektion. Sie stieß ein leises „Oh" aus und sie rutschte weiter nach vorn, rückte weiter gegen ihn, während er eine Hand in ihren Nacken legte und ihren Mund zu seinem herunterzog.

Der Kuss war heiß und langsam und tief und er verfluchte sich selbst dafür, dass er die Tür weit aufgelassen hatte, was wiederum begrenzte, wie weit er gehen konnte. Er löste sich von ihrem Mund und sagte „Gern geschehen".

Brie wollte, dass dieser sexy-süße Augenblick niemals endete … bis auf die Tatsache, dass ihr Fuß den Boden nicht berühren konnte, während sie so rittlings auf ihm saß, und somit Druck auf ihren Oberschenkel ausübte, der anfing zu schmerzen. Sie drückte ihm einen Kuss auf die Lippen und sagte „Bein", bevor sie von seinem Schoß rutschte.

„Sorry", sagte er, stand auf und legte ihr stützend seine Hand auf den Rücken, während sie die zwei Schritte zum Bett humpelte.

„Schon okay." Sie setzte sich aufs Bett und hob den Rückenteil in eine aufrechte Sitzposition, bevor sie ein Kissen unter ihr rechtes Knie schob, wie der Doktor es empfohlen hatte. Sie lehnte sich zurück und lächelte ihn an, saugte die Sorge in seinen Augen in sich auf. „Es tut nicht weh, sobald der Druck auf die Wunde nachlässt."

„Kann ich irgendetwas tun?"

„Leiste mir einfach Gesellschaft. Wir haben eine Stunde, bevor ich mich fertigmachen muss."

Er schob den Besucherstuhl näher an die Seite ihres Bettes heran und ergriff ihre Hand mit seinen beiden. „Geht klar." Er küsste ihre Knöchel.

Sie deutete auf die Einkaufstasche. „Savvy hat mir Makeup besorgt. Und Kleidung." Sie wusste nicht genau, wie sie sich dabei fühlte, dass Bastian sie wieder als Gabriella sehen würde. Er hatte Gabriella nicht ausstehen können, aber er mochte Brie. Und sie war Brie.

Aber ein Teil von ihr hatte Gabriellas Macht geliebt. Gabriella war stark und schlau und erhaben. Wenn sie auch ohne chemische Nachhilfe Gabriella sein konnte, würde sie dann zu dieser Rolle zurückkehren?

Jetzt, da Brie nicht mehr als Entwicklungshelferin arbeiten konnte, würde sie das vielleicht müssen. Gabriella wusste, wie man Geld eintrieb und Deals abschloss. Gabriella hatte all die Geld-Kontakte, die ihre Projekte realisieren würden. Brie hatte das nicht.

Ob sie nun wollte, dass Bastian sie als Gabriella sah oder nicht, war irrelevant. Es würde geschehen. In nur wenigen Stunden. Sie biss sich auf die Lippe und sah sich nach etwas anderem um, worüber sie sprechen konnten. „Hast du deinen Eltern gesagt, dass du heute in den Nachrichten sein wirst?"

Sein Mund wurde schmal, aber er nickte. „Tatsächlich habe ich das, ja. Ich wollte es nicht, aber ein paar der Jungs im Reservat werden ihre helle Freude daran haben, mich in meinem Green Beret zu sehen, also habe ich ihnen eine E-Mail geschickt."

„Deine Eltern sollten stolz auf dich sein."

Er zuckte mit den Schultern. „Ja und nein."

Okay, er wollte nicht über seine Eltern sprechen. Sie konnte das respektieren, aber sie wollte trotzdem mehr von dem wissen, was sich sonst noch hinter dem knallharten scharfen Green Beret verbarg. „Erzähl mir von deiner Heimat. Von Coho und dem Indianerreservat der Kalahwamish-Nation. Ich habe viel von Cohos lebendigem Geschichtsmuseum gehört, aber ich bin immer nur an Discovery Bay vorbeigefahren. Hatte nie Zeit, es zu besuchen."

„Discovery Bay, Coho und das Reservat sind jeweils auf ihre ganz eigene Art wunderschön." Er lächelte, und seine Augen nahmen einen abwesenden Blick an, was ihr sagte, dass er in seinem Geist seine Heimat besuchte. „In dem Reservat umgeben von all dem Wald und am Rand der Bucht aufzuwachsen war ... etwas Besonderes. Ich meine, es gab Armut – es ist ein Indianer-Reservat – und Coho mit der Sägemühle war eine Holzfällerstadt, die den Großteil des zwanzigsten Jahrhunderts von einem Fanatiker beherrscht wurde, dem dort fast alles gehörte. Als Stamm haben wir einen riesigen Preis bezahlt. Aber trotzdem war – ist – das Reservat unseres. Unsere eigene Nation. Vor ungefähr fünfzehn Jahren haben wir die Grundstücke der Sägemühle zurückbekommen, was unser Grundeinkommen verändert hat, aber nicht unsere Lebensart. Meine Mutter ist Vorsitzende unseres Stammes und war das schon, seit ich ein Teenager war. Somit fühlt es sich für mich so an, dass ich wirklich den Kalahwamish angehöre. Meine Mutter. Mein Stamm. Meine ganze Welt.

Es ist schwer zu beschreiben, wie persönlich sich ein Reservat für einen Indianer anfühlt. Es ist nicht wie eine alte Familienfarm für Weiße. Wir sprechen hier von Land, das uns seit tausenden von Jahren gehört hat. Seit dem Beginn der Zeit."

Er neigte seinen Kopf zur Seite. „Ich bin nicht die Art Indianer, der nicht an Evolution glaubt. Ich verstehe es – wir alle kommen von irgendwo anders her. Fakt ist, dass wir von hier abstammen." Er ließ ihre Hand los und breitete seine Arme aus. „Oder besser gesagt, Afrika – ungefähr fünfzig nautische Meilen westlich von uns. Himmel, erst letzten Monat habe ich die Linus-Fossilie in meinen Händen gehalten – was echt verdammt überwältigend war. Aber trotzdem teile ich die grundlegenden Überzeugungen meines Stammes. Wir respektieren unsere Alten und das Land. Unsere Verbindung zu unseren Vorfahren ist mit heiligen Stätten verwoben – sowohl im als auch außerhalb des Reservats. Die Verbindung geht für uns tiefer, ganz besonders, weil wir so hart darum kämpfen mussten, alles zu behalten – unser Reservat, unsere Sprache, die Potlatch-Zeremonie, unsere Rechte aus den Abkommen. Wir mussten darum kämpfen, jeden Aspekt unserer Kultur zu behalten. Und jetzt müssen wir darum kämpfen, Weiße davon abzuhalten, genau das anzugleichen, was wir so hart erkämpft haben."

Sie kannte all die Gräueltaten, die der Stamm hatte durchmachen müssen: Ihre Sprache und die Potlatch-Zeremonie waren schon seit Jahren als illegal bezeichnet worden. Kinder waren ihren Eltern weggenommen und in Internate geschickt worden, um ihre Verbindung zu ihrer ursprünglichen Herkunft auszulöschen. Und all das kam nach den Versuchen, die Indianer vollkommen auszulöschen, wie zum Beispiel durch Decken, die mit Pocken infiziert waren und von den britischen Streitkräften während des Siebenjährigen Krieges in Nordamerika im 18. Jahrhundert an die Indianer verteilt worden waren.

Aber Wissen war nicht dasselbe wie Verstehen. Sie war als Weiße und wohlhabend aufgewachsen, und keine Menge an Empathie konnte sie voll und ganz nachempfinden lassen, wovon er sprach.

Sie konnte nichts weiter tun als seine Hand zu drücken. „Du musst es vermissen, wo du doch in Fort Campbell basiert und nun für lange Zeit im Ausland stationiert bist."

Er zuckte mit den Schultern, als wäre das keine große Sache, obwohl er soeben klargestellt hatte, dass es eine große Sache war. „Wo bist du aufgewachsen?", fragte er. „Du hast Florida erwähnt, aber ich dachte, deine Brüder leben in New York?"

„Wir hatten ein halbes Dutzend Häuser in der ganzen Welt verteilt, in denen wir unsere Zeit aufgeteilt haben, inklusive New York und Florida. Aber keins davon fühlte sich je wie Zuhause an." In Wirklichkeit war keins von ihnen sicher gewesen. Sie runzelte ihre Stirn und bemerkte, dass er die Konversation auf sie umgelenkt hatte, obwohl sie doch eigentlich mehr von ihm wissen wollte. „Wann warst du das letzte Mal zu Hause?"

Er verzog eine Grimasse. „Vor vier Jahren."

„Vier Jahre? Die Armee gibt doch sicherlich Urlaub zwischen den Einsätzen?" Wenn sie davon ausging, was er ihr soeben gesagt hatte, wie wichtig ihm sein Zuhause war, ergab das keinen Sinn.

„Das tut sie. Ich wollte nicht zu Besuch zurückkehren."

Als er sie fragte, wo sie aufgewachsen war, hatte Bastian sich überlegt, dass er von seiner eigenen Familie erzählen musste, wenn er wollte, dass sie ihm von ihrer erzählte. Je mehr er teilte, desto wahrscheinlicher war es, dass sie dasselbe tun würde. Aber es musste echt sein, oder sie würde sich ihm nie öffnen.

Das bedeutete, dass er ihr Dinge erzählen würde, die er sonst mit niemandem teilte. Nicht einmal mit Cal und Espi. Seine Freunde im Reservat wussten es, aber sie hatten nie darüber gesprochen. Sie verstanden ohne Worte, warum er nicht zu Besuch kam.

Er hielt an der Hoffnung fest, dass sie sich ihm anvertrauen würde – ohne Sex als Druckmittel – und dass sie ihn nicht hassen würde, wenn sie die Wahrheit erfuhr. Dann würde er sich nicht so sehr wie ein Bastard fühlen.

Dann wäre er nicht so ein Bastard.

„Warum willst du sie nicht besuchen?", fragte sie mit vorsichtiger Stimme.

Zum ersten Mal begrüßte er die Frage. Es war seine Chance. „Meine Freundin vom College, Cece, ist im Skagit Valley aufgewachsen. Ihr Vater ist Upper Skagit, ihre Mutter Kalahwamisch. Vor zehn Jahren, gleich nach unserem College-abschluss, ist sie nach Coho gezogen. Sie hatte große Pläne für uns, aber ich hatte bereits seit Monaten versucht, mit ihr Schluss zu machen. Technisch gesehen waren wir getrennt. Ich hatte die Sache beendet. Sie lebte in Coho. Ich lebte im Reservat. Ich hatte ihr gesagt, dass sie nicht meinetwegen auf die Halbinsel ziehen sollte. Dass wir miteinander fertig waren.

Aber meine Eltern … Sie liebten Cece. Ganz besonders meine Mutter." Seine Schwester war erst ein Jahr zuvor bei einem Autounfall ums Leben gekommen, somit war die Verbundenheit seiner Mutter zu Cece umso intensiver. Aber das erzählte er Brie nicht. Von Lily zu sprechen bedeutete eine ganz andere Art von Schmerz – eine Qual, der er im Moment nicht gewachsen war.

Er räusperte sich und fuhr fort. „Sobald sich Cece in Coho

eingelebt hatte, waren meine Gefühle irrelevant. Meine Mutter redete ihr ein, dass ich eine Phase durchmachte und mich wieder fangen würde. Als ich herausfand, dass sie das Warren Kulturzentrum für unsere Hochzeit angemietet hatte, konnte ich es nicht mehr länger ertragen. Ich sagte Cece – noch einmal – dass wir niemals heiraten würden, und dass ich wollte, dass sie Coho verließ."

Er schüttelte seinen Kopf, als er den Moment durchlebte, als ihn seine Mutter zur Seite gezogen und ihm gesagt hatte, dass er keine vorschnellen Entscheidungen treffen sollte. Dass er sich für eine Weile von Cece zurückziehen könnte, wenn er Zeit zum Nachdenken bräuchte, wobei ihm seine Mutter jedoch auch gleich klargemacht hatte, dass sie hoffte, er würde sich besinnen und Cece heiraten. Sie hatte ihn auch daran erinnert, dass dies auch Ceces Stamm war und sie genauso das Recht hatte, dort zu leben, wie er.

Damit hatte seine Mutter recht gehabt und er fühlte sich wie Dreck. Cece war vielleicht nicht auf dem Land der Kalahwamish aufgewachsen, aber sie hatte dieselbe tiefe Verbindung zu dem Ort und den Menschen.

Er erklärte Brie dies mit stockenden Worten. Er hatte es nie zuvor in Worte gefasst. „Aber dann fand ich einen Ausweg. Cece würde das Reservat nicht verlassen, aber ich konnte es. Ich habe mich der Armee angeschlossen." Er wanderte in dem kleinen Raum auf und ab. „Meine Mutter war am Boden zerstört. Sie fühlte sich zurückgewiesen. Als ob ich meinen Stamm im Stich ließ. Sie verriet. Schließlich hatte ich meinen College-Abschluss – wofür das Stipendium des Stammes bezahlt hat – und hätte das entsprechend für unser Volk einsetzen sollen." Er starrte auf den Boden und erinnerte sich daran, dass ihn nur rohe Ehrlichkeit dorthin bringen würde, wo er sie haben wollte. „Ich war froh, dass es meiner Mutter wehtat. Ich hatte gehofft, dass sie es endlich verstehen würde, denn ich fühlte mich genauso zurückgewiesen und verraten. Zur selben Zeit war mein Vater stolz auf mich, aber ich glaube nicht, dass er wirklich verstand, warum ich mich der Armee anschloss."

Er hob seinen Kopf und traf Bries Blick. „Und was mich

betrifft … Ich liebte die Armee. Es war eine neue Familie, die mir täglich kräftig in den Arsch getreten hat. Aber sie wussten mich zu schätzen. Verfeinerten meine Fähigkeiten." Er streckte seine Arme weit aus. „Ich bekomme die ganze Welt zu sehen und sorge für Veränderungen. Erst vor zehn Tagen habe ich eine Frau von einem Sklavenmarkt gerettet, während mein Team Dutzende von Kindern befreit hat, die sonst verkauft worden wären."

Es gefiel ihm, wie Brie bei diesen Worten lächelte.

„Ich war im College kein ROTC, also Auszubildender der Reserve gewesen, und habe mich auch nicht für die Schulung zum Offizier interessiert, weil ich die Route des technischen Spezialisten gewählt hatte, um warrant officer zu werden. Mein Vater dachte, dass ich schnell wieder aus der Armee austreten würde, sobald ich es konnte, aber sobald ich es durch den Qualifikationskurs für die Spezialeinheit geschafft hatte, wusste ich, dass ich Berufssoldat bleiben würde. Dies ist der einzige Job, den ich will. Es ist das, was ich bin. Ich habe darüber nachgedacht, mich bei der OTS zu bewerben, damit ich es bis zum Captain schaffe und das Team leiten kann."

„Du wärst großartig als Captain." Sie neigte ihren Kopf zur Seite. „Dann gehst du also deshalb nicht zurück nach Hause, weil deine Mutter immer noch wütend auf dich ist, dass du in der Armee bist, anstatt für deinen Stamm zu arbeiten?"

Er schüttelte seinen Kopf. „Nein. Ich gehe nicht nach Hause, weil Cece immer noch dort ist. Immer noch im Herzen meiner Familie. Jetzt sitzt sie im Stammesrat und ist der Protegé meiner Mutter. Sie ist gut in ihrer Rolle, und ich bin mir sicher, dass der Stamm sehr von all ihrer harten Arbeit profitiert hat. Sie ist kein schlechter Mensch. Aber wenn ich zu Besuch komme, will ich nicht jede Minute mit meiner Exfreundin verbringen müssen, die meine Rolle in meiner Familie komplett umgekrempelt hat."

„Respektiert sie denn nicht dein Bedürfnis, mit deinen Eltern allein sein zu wollen?"

Er zuckte mit den Schultern. „Ich bin mir ziemlich sicher, dass meine Mutter ihr sagt, dass es okay ist. Meine Mutter hofft, dass ich einen Blick auf Cece werfe und mich wieder in sie verliebe. Aber das wird nicht passieren."

Bei seinem letzten Versuch hatte er es sogar versucht. Er hatte Zeit mit Cece verbracht, um zu sehen, ob die vergangenen Jahre einen Unterschied gemacht hatten. Es wäre so einfach, seiner Mutter das zu geben, was sie wollte, wenn das bedeutete, dass er sein Zuhause zurückbekommen würde. Doch am Ende waren seine Gefühle tot, was Cece betraf. Er liebte sie nicht. Hasste sie nicht. Er war ihr gegenüber gleichgültig. Also war er gegangen und nie mehr zurückgekehrt.

„Das tut mir leid, Bastian."

„Cece ist der Grund, warum ich mich mit niemandem einlasse. Beziehungen sind es nicht wert."

„Ich verstehe das", sagte sie und gab ihm damit eine Chance, selbst Fragen zu stellen. Doch er verpasste die Gelegenheit, als sie weitersprach. „Hast du je versucht, eine Frau mit nach Hause zu bringen? Um die Nachricht laut und deutlich rüberzubringen, dass du kein Interesse an Cece hast?"

„Bietest du dich an?" Er schüttelte seinen Kopf. „Das würde nicht funktionieren. Meine Eltern würden dich hassen. Damit würden sie sich nur noch mehr an Cece festklammern." Er schloss seine Augen und stellte sich den Schock und Horror seiner Mutter vor.

„Bitte?" Bries Stimme war leise. „Bin ich so fürchterlich?"

Er öffnete seine Augen und sah ihren verwundeten Blick. Fuck. Sie hatte es falsch verstanden. „Nein. Ich meine – Du bist eine Öl-Firmen-Barbie. Und noch dazu eine Anthropologin. Sie würden das hassen, wofür du stehst. Sie würden sich niemals bemühen, dich wirklich kennenzulernen."

„Öl-Firmen-Barbie?" Ihre Worte enthielten eine gewisse Schärfe. „So denkst du über mich?"

„Nicht mehr."

„Aber du hast mich soeben selbst so genannt."

Mist. Er rieb sich mit seiner Hand über sein Gesicht. „Ich sage das alles falsch. So habe ich das nicht gemeint."

Sie stand vom Bett auf und ging steif zur Tür, bevor sie diese weit öffnete. „Selbst ein hübsches Plastikspielzeug hat genug Hirn, um deine Meinung dahinter zu verstehen. Und diese Barbie will, dass du jetzt gehst."

„Brie …"

„Bitte geh. Ich will allein sein."

Bastian hielt im Gang vor ihrer verschlossenen Tür inne. Einen Augenblick später hörte er, wie sie schluchzte.

Kapitel Zweiundzwanzig

Sie hatte den Atem angehalten und sich dazu gezwungen, sich so lange zusammen zu reißen, bis er den Raum verlassen hatte. Das Letzte, was Brie wollte, war, dass Bastian sie weinen sah.

Öl-Firmen-Barbie? Sie hatte sich fünf Jahre lang als Entwicklungshelferin den Arsch aufgerissen. Sie hatte monatelang mitten in einem verdammten Bürgerkrieg im verdammten Südsudan in der Entwicklungshilfe gearbeitet, und er sah sie immer noch als eine Öl-Firmen-Barbie an? Es war ihm viel zu leicht von der Zunge gerollt, als dass es kein Name war, mit dem er sie zu oft im Geiste bezeichnet hatte.

Dies war einer der herablassendsten Spitznamen, den sie je gehört hatte. Als ob Princess Prime nicht schon schlimm genug war. So gut wie jeder andere Mann konnte sie bei diesem Namen nennen, und sie würde den Stich spüren, wäre jedoch in der Lage, es zu ignorieren. Aber dies war nicht irgendein Mann. Dies war Bastian. Und verdammt, seine Worte taten weh.

Es half auch nicht gerade, dass sie sich heute wieder als Princess Prime verkleiden und schminken und diese verfluchte Puppe spielen musste. Sie wollte Brie Stewart nicht vor die Medien lassen. Brie war privat.

In Wahrheit war Bastian einer der ganz wenigen, der sie so kennengelernt hatte, wie sie wirklich war.

Als Teenager hatte sie gelernt, Schutzwälle um ihr Herz und ihren Verstand aufzubauen, weil so viele Leute sie für irgendetwas benutzen wollten. Ihnen war vollkommen egal gewesen, dass sie eine Person mit Unsicherheiten und Bedürfnissen war. Sie war ein Bankkonto. Eine Firma. Eine Tochter, von der erwartet wurde, dass sie ihren Körper einsetzte, um Geschäfte abzuschließen.

Und ja, sie hatte Verhandlungen wie eine Barbie durchgeführt – in zwölf Zentimeter hohen Absätzen und perfektem Makeup. Das war es, was Frauen in ihrer Position tun mussten. Außerdem hatte sie noch gut gerochen, während sie darum gekämpft hatte, mit diesen Projekten Umweltgesetze zu umgehen. Sie hatte fickbar ausgesehen, während sie die Einheimischen betrog und die Fakten zu den Effekten von Fracking verfälschte.

Sie hatte dem Unternehmen den Rücken gewandt. Hatte ihren Drogenmissbrauch aufgegeben. Ihren Namen geändert. Ihre Vergangenheit versteckt. Und immer noch niemanden an sich herangelassen. Sie hatte nur noch größere Schutzwälle gebaut.

Ezra, Jaali und Alan hatten nicht einmal gewusst, dass sie eine Prime war. Sie hatten sieben Monate lang zusammengelebt und gearbeitet, mit begrenzter Elektrizität und Wi-Fi. Kein Fernsehen. Und in all diesen Monaten, in denen sie sich bis spät in die Nacht unterhalten hatten, weil es sonst keine andere Unterhaltung gab, hatte sie nicht ein einziges Mal auch nur ein Detail ihres Lebens vor ihrem Studium geteilt oder ihnen auch nur einen Hinweis auf ihren Hintergrund gegeben.

Mit Bastian war das nicht möglich gewesen. Er hatte gewusst, wer sie war. Und zu Beginn hatte er gehasst, wer sie war. Das war okay, denn ihre Schutzwälle waren errichtet gewesen.

Doch dann hatte er sie von dem Sklavenmarkt gerettet, und ihre Schutzwälle hatten angefangen zu bröckeln. Sie waren tagelang zusammen gestrandet gewesen, und sie hatte keine Verteidigung. Keine versteckte Vergangenheit.

Also war sie Brie Stewart und Gabriella Prime gewesen –

kombiniert. Eine Entwicklungshelferin aus einer reichen Familie. So viele Tage lang war sie von allen Geheimnissen befreit und vollkommen sie selbst gewesen. Und trotzdem − selbst nachdem Bastian sie nun wirklich kennengelernt hatte − hatte er sie ohne zu zögern und ohne einen Gedanken daran zu verlieren als Öl-Firmen-Barbie bezeichnet.

Sie atmete tief ein und wischte sich die Tränen weg. Es hatte ihr gefallen, keine Geheimnisse haben zu müssen. Sie hatte es genossen, dass er sie selbst so hässlich gekannt, aber trotzdem respektiert hatte.

Oder zumindest hatte sie das geglaubt.

Ein weiteres Schluchzen stieg in ihr auf, und sie schluckte es herunter. Brie mochte es etwas ausmachen, aber Gabriella nicht.

Sie zog den Schminkspiegel aus der Tasche, die Savvy ihr geschickt hatte und war froh zu sehen, dass ihre Augen nicht geschwollen waren. Brie mochte ab und zu in Tränen ausbrechen, Gabriella aber nicht. Heute würde sie sich mit Gabriellas Makeup und ihrer Mode bewaffnen. Brie hatte hier nun keinen Platz mehr.

Sie warf einen Blick auf das Kleid, dass Savvy ihr besorgt hatte. Schlicht. Klassisch. Cremefarben mit Navyblau. Es hatte ein ärmelloses gestreiftes Oberteil mit einer eng anliegenden Taille und einem ausgestellten Rock in solidem Blau. Ein eleganter Rückblick auf den Stil der 50er Jahre. Es würde ohne die weiße Strickjacke besser aussehen.

Sie zog die Abdeckcreme aus der Makeup-Tasche, um die Nadelspuren auf ihrem Arm zu verdecken. Savvy hatte die richtigen Farben geschickt und Brie war eine Expertin im Verblenden. Sie öffnete die Dose, ergriff das Schwämmchen und hielt dann inne.

Gabriella versteckte all ihre Makel und war genauso aus Plastik, wie die Puppe, als die Bastian sie bezeichnet hatte. Jetzt, da ihre Identität offenbart wurde, musste sie sich nicht vollkommen zurückverwandeln.

Bis zu einem gewissen Grad konnte sie jetzt auch bei allen

anderen sie selbst sein, nicht nur Bastian. Das bedeutete, dass sie sich ihrer Vergangenheit stellen musste, auch dem hässlichen, beschämenden Teil. Sie ließ ihre Arme wie sie waren und begann mit ihrem Gesicht.

Bastian stand in einer sauberen Kampfuniform und dem Green Beret auf dem Flugdeck und wartete darauf, dass sie sich die Hauptteilnehmer für die Pressekonferenz versammelten. Er hasste diese Art von Veranstaltung und wünschte sich, dass sein Team hier wäre, um mit ihm zusammen zu leiden, doch SOCOM hatte ihm befohlen, diese Sache allein zu ertragen.

Der Senator betrat das Flugdeck mit seiner Entourage. Die reisenden Pressekorps schossen Fotos von dem Mann, der einen vollkommen unnötigen Fliegeranzug trug, wenn man bedachte, dass er in einem Hubschrauber eingetroffen war und auf dieselbe Weise wieder abreisen würde.

Diese Kerle liebten es, sich zu verkleiden. Der Matrose, der Bastian am nächsten stand, flüsterte: „Dieses Arschloch hat sich vor Vietnam gedrückt. Tennisellenbogen oder so'n Scheiß. Komisch, dass es nur dann ein Problem war, als es Zeit für die Tests war."

„Arschloch", murmelte Bastian. Aufgrund der Tatsache, dass Jackson ein Widerling war, der Brie im Alter von fünfzehn begrapscht hatte, hätte Bastian ihn am liebsten zu Boden geschlagen, aber das wäre ein Erste-Klasse-Ticket zum Knast.

Der Senator winkte und grinste die Presse an, bevor er sich zu den Matrosen und den Männern der Luftwaffe umdrehte, die sich ebenfalls für diese Zeremonie hatten versammeln müssen. Bastian stand zusammen mit einer Gruppe von Soldaten und Matrosen, die hinter dem Senator stehen würden, wenn der sich an die Presse und die Crew wandte. Bastian gehörte zum Hintergrundbild des Senators, damit Jackson wichtig aussah.

Einige Schritte rechts von Bastian stand Captain Shaw, der

kommandierende Offizier der USS Dahlgren, der die Hand des Senators schüttelte. Neben ihm stand Rear Admiral Howard, der Kommandant der Angriffstruppe des Flugzeugträgers.

Die meisten lächelten steif und routiniert, bis auf Senator Jackson, der breit grinste. Er sah aus wie ein Kind auf einem Schulausflug.

Senatoren wurde nur sehr selten die Ehre einer solchen Zeremonie erwiesen. Normalerweise unternahmen sie eher geheime, weniger kostenaufwendige Trips zu Militärbasen in Afghanistan. Flugzeugträger waren für Mitglieder des Regierungsrates und Präsidenten reserviert – die großen und oft bedauernswerten Zeremonien, in denen erfolgreiche Missionen gefeiert wurden.

Aber dieser Typ war ein enger Freund von Bries Vater und nutzte das für seinen politischen Pomp aus. Bis auf wichtige Sondermeldungen würde diese Wohlfühl-Geschichte über eine USAID-Entwicklungshelferin, die gleichzeitig eine amerikanische Prinzessin war und von einer Spezialeinheit gerettet worden war, heute Abend zu Hause die Topmeldung sein.

Wenn es nach SOCOM gegangen wäre, wäre Bries Rettungsaktion ohne weitere Schlagzeilen vergraben worden, aber dank der Plapperei des Senators gegenüber der Prime-Familie, und Jeffery Prime Juniors Leak an die Medien, standen sie nun hier. Da das Pentagon wohl eine Möglichkeit für positive PR gesehen hatte, hatte man dem Wunsch des Senators für diese Zirkusveranstaltung schlussendlich zugestimmt.

Wenn Jackson nicht im Armed Services Committee des Senats gewesen wäre, hätte das hier nicht stattgefunden, denn dann hätte der Mann gleich von Anfang an keinen Zugriff auf die Geheimoperation gehabt. Bastian fragte sich, ob Jackson es auf diese PR-Veranstaltung abgesehen hatte, als er die Details an die Primes weitererzählt hatte.

Köpfe drehten sich, und der Moment, auf den sie alle – selbst Bastian, wenn er ehrlich war – gewartet hatten, war gekommen. Brie betrat das Flugdeck. Sie stützte sich auf ihren Gehstock und wurde von mehreren Mitgliedern des medizinischen Teams begleitet.

Ihr Erscheinen löste eine Mischung von Lust und Reue in ihm aus. Seine Brie gab es nicht mehr. An ihrer Stelle war nun die wohlhabende, geschliffene Frau getreten, die er vor zehn Jahren getroffen hatte. Diese Jahre hatten ihr Reife verliehen, was ihre Schönheit nur noch vertiefte. Sie strahlte Klasse und Selbstsicherheit aus. Aber sie war nicht die Frau, die er in Südsudan kennengelernt hatte, was der Grund für seine Reue war.

Ihr kurzes Haar war so zurechtgestylt, dass es den Schnitt nicht als eine bequeme Lösung für eine Entwicklungshelferin in einem Land ohne sicheres Wasser aussehen ließ, sondern wie eine modische Entscheidung – vergleichbar mit einem von P!nks kürzeren Schnitten.

Sie trug ein einfaches Kleid, das wie etwas aussah, das Audrey Hepburn getragen hätte. Der Wind schoss über das Flugdeck, was den Saum ihres Rockes leicht herumwirbelte und den unteren Rand ihres Verbandes am Oberschenkel entblößte.

Bastian verspürte eine Welle der Besitzgier, als die Welt nun einen Blick auf seine mutige, starke, wild entschlossene Frau warf. Diese Sache zwischen ihnen, das war nicht nur eine Liebelei, und es hatte auch nichts mit Savvys Befehlen zu tun. Es ging so viel tiefer, und zum ersten Mal, seit er Ceces Herz gebrochen hatte, wollte er mehr als nur eine sexuelle Beziehung.

Aber – Fuck – sie redete ja nicht einmal mit ihm. Seine gedankenlosen Worte hatten sie tief verletzt – weil das hier auch für sie mehr als nur eine Liebelei war. Seine Meinung war ihr wichtig.

Ihr Humpeln war trotz der flachen Schuhe auffallend, als sie voranschritt – ohne Lächeln, ihr Blick auf einen Punkt in der Ferne fixiert und nicht auf den Senator oder auf die Presse. Nicht auf ihn.

Sie erreichte das Mikrofon, das vor dem Admiral, dem Kapitän und dem Senator aufgestellt worden war und nickte den drei Männern zu, bevor sie sich dem Pressekorps, den Matrosen und Mitgliedern der Air Force zuwandte. „Ich möchte hiermit meine größte Dankbarkeit aussprechen und mich bei dem Special Operations Command, sowie den Mitgliedern des Luft-und-Land-

Sondereinsatzkommandos und den Navy SEAL Teams bedanken, die mich und meine Mitarbeiter nach unserer Entführung während des Anschlags auf die USAID-Einrichtung in Südsudan vor zwölf Tagen gerettet haben. Mir wurde mitgeteilt, dass ich die Namen der Soldaten, die an meiner Extraktion teilgenommen haben, nicht offiziell benennen darf, aber ich hoffe, dass sie eines Tages die Auszeichnungen erhalten werden, die sie verdienen."

Sie nickte dem Senator in einer kaum merklichen Anerkennung zu. „Soweit ich es verstanden habe, hatte Senator Jackson diesen Besuch schon seit einiger Zeit geplant, aber das Datum wurde vorgeschoben, sobald er erfahren hat, dass ich mich hier auf der Dahlgren erhole, was er aus Freundlichkeit meinem Vater gegenüber getan hat, mit dem er seit Jahren befreundet ist."

Bastian bemerkte, dass sie jegliche Referenz ausließ, diesen Mann auch als ihren Freund zu bezeichnen. Ebenso dankte sie dem Senator nicht direkt für dessen Besuch.

„Schlussendlich muss ich mich auch bei den Männern und Frauen an Bord der Dahlgren für ihre freundliche Behandlung mir gegenüber, ihre exzellente medizinische Versorgung und ihren weiterführenden Dienst für unser Land bedanken. Ich weiß, wie hart es ist, monatelang von Zuhause weg zu sein, und weiß die Opfer, die sie für unsere Sicherheit bringen, sehr zu schätzen.

Ich habe keine vorbereitete Erklärung von USAID über Südsudan und die Arbeit, die ich dort durchgeführt habe. Zu diesem Zeitpunkt werde ich meine Entführung, Rettung oder die Frage, ob ich meine Arbeit für die Organisation fortsetzen werde, nicht diskutieren. Ich glaube, dass es einige falsche Berichte zu meiner Rolle innerhalb der Organisation gegeben hat, und ich möchte hiermit klarstellen, dass ich eine Angestellte des Staates bin. Meine Arbeit für USAID ist in keiner Weise mit Prime Energy oder deren Tochterunternehmen assoziiert."

Wie er dort hinter ihr stand, konnte er die Schärfe aus ihrer Stimme heraushören, als sie diese abwertende Bemerkung hinzufügte, doch ihr geschliffenes Äußeres blieb.

„Ich bin außerordentlich stolz darauf, für eine Organisation gearbeitet zu haben, die sich der Unterstützung und Hilfe von weniger begünstigten Menschen in der ganzen Welt widmet. USAIDs Arbeit in Südsudan, um der Hungersnot mitten in einem Bürgerkrieg entgegenzuwirken, kann nicht genug gepriesen werden. In den Tagen seit meiner Rettung sind dutzende von Kindern an Hunger gestorben. Andere wurden zum Kämpfen gezwungen, während wiederum andere in die Sklaverei verkauft werden. Obwohl uns noch keine Statistiken vorliegen, um meine Worte zu beweisen, habe ich diese Abscheulichkeiten mit eigenen Augen gesehen, und ich werde auf die eine oder andere Weise weiterhin alles für diese Kinder tun, damit sie nicht in Vergessenheit geraten. Ich will der Hungersnot ein Ende setzen. Den Vermissten. Der Sklaverei in all ihren Formen.

Als die wohlhabendste und machtvollste Nation auf diesem Planeten ist es uns möglich, dies zu erreichen. Deshalb möchte ich den Senator hier darum bitten, dass er bei seiner Rückkehr zum Kongress darauf besteht, mehr Gelder zur Hilfe für Südsudan bereitzustellen, und das Flüchtlingsprogramm zu beschleunigen, um ein Zuhause für diese verhungernden und durch den fortlaufenden Krieg verwaisten Kinder zu finden. Ich danke Ihnen."

Die Reporter riefen Fragen, doch Brie trat von dem Mikrofon zurück. Sie drehte sich um und schüttelte die Hände des Kapitäns und des Admirals und erwiderte kurz Bastians Blick, bevor sie wegsah.

Das Makeup ließ ihre Augen riesig aussehen, und ihre Haut hatte einen warmen Schimmer. Sie war wunderschön. So qualvoll perfekt.

Jackson trat locker ans Mikrofon, während sie die Hände der anderen Männer schüttelte, und Bastian fragte sich, ob das so choreographiert worden war, um ihr zu erlauben, Senator Jackson zu vermeiden.

War Jackson irgendwie involviert? Sicher, das hier war eine großartige Gelegenheit für ihn, in großem Stil vor die Presse zu treten, aber all den Weg zum Golf von Aden zu fliegen … Da musste noch mehr dahinterstecken.

Die CIA konnte Jackson nicht überwachen, was bedeutete, dass Savvy kein Intel über diesen Mann erhalten würde, es sei denn, dass FBI teilte es mit ihr – vorausgesetzt, dass das FBI die Aktivitäten des Senators überprüfte, was eher unwahrscheinlich war. Genauso wenig konnte Savvy die männlichen Mitglieder der Prime-Familie unter Beobachtung stellen, was wohl ihre Rechtfertigung dafür sein musste, dass sie sich an Bastian gewandt hatte, um Informationen über Brie zu erhalten.

Brie war die Hintertür zu Intel, das ansonsten außerhalb der Reichweite der CIA lag.

Jackson war ein machtvoller Senator und Mitglied in zahlreichen wichtigen Komitees, aber für Brie war Senator Jackson nichts weiter als der widerliche Onkel Al. Was ebenfalls die Frage aufwarf, welche anderen Männer sie kannte, und welche Art von Macht sie hatten?

Savvy saß im Club und sah sich die Flugdeck-Zeremonie zusammen mit Bastians A-Team und den SEALs, die an der Mission teilgenommen hatten, auf einem Großbildschirm an. Diese Männer wurden vordergründig in dieser Zeremonie geehrt, selbst wenn sie nicht neben Bastian hinter dem Podium standen.

„Heilige Scheiße. Ich habe ganz vergessen, wie scharf Princess Prime ist", sagte ein Matrose, als Brie mit ihrer Rede begann. „Glaubt ihr, dass sich euer Kumpel dort diesen Knackarsch vornimmt?", fragte er und sah das versammelte A-Team an.

„Halt die Fresse und zeig Respekt", antwortete Espinosa. Der Rest des Teams starrte den Matrosen und dessen Kumpels nur finster an, und es war klar, dass die Dinge sehr schnell eskalieren würden, falls der Matrose nicht aufhörte.

Glücklicherweise war er nicht so dumm, ein A-Team und die SEALs weiter zu provozieren.

Savvy beobachtete Bastians Gesicht, was diese krasse Frage beantwortete. Nein, er hatte sich den Knackarsch nicht vorgenommen, aber seine Gefühle für Brie waren eindeutig für alle zu sehen.

Schuldgefühle nagten an Savvy, aber sie hatte Bastian diese Befehle nicht leichtfertig erteilt. Bei dieser Sache stand eine Menge auf dem Spiel, und die Geheimdienste humpelten nur noch herum – waren fast zerstört worden – durch die fortlaufenden Leaks und politische Korruption. Einige Amerikaner in hohen Regierungsämtern, bis hin zum und inklusive des ehemaligen Leiters des US-Geheimdienstes der Armee, waren von Russland kompromittiert worden. Der gesamte Geheimdienst tat sich derzeit schwer, und das Endergebnis war, dass Savvy nun mit einer gewissen Eigenverantwortung agierte. Ihre Agenten waren sicher, solange sie das Intel, das sie sammelte, nicht bis ganz an die höchste Spitze weiterleitete. Aber sie hatte nur ein schmales Zeitfenster, bevor Senator Jackson Druck ausüben würde, Brie aus dieser Gegend wegzuschaffen, weil er vermeiden wollte, dass der Geheimdienst sich ein richtiges Bild von allem machen konnte. Er hatte bereits darum gebeten, Brie bei ihrer Rückreise zum Festland zu begleiten, allerdings war diese Anfrage knallhart abgelehnt worden, noch bevor Savvy sich sicher war, dass Brie dieses Angebot ablehnen würde.

Brie kannte alle Hauptspieler im Öl-Geschäft, war am Markt gewesen, und sie hatte Lawiri einmal persönlich kennengelernt. Savvy glaubte nicht daran, dass alles nur Zufall gewesen war, vor allem, weil ihr ein russischer Söldner gesagt hatte: *„Mein Boss hat schon eine ganze Weile nach dir gesucht.“*

In Südsudan fand ein richtiges Spiel um Macht statt, und irgendwie war Brie ein Faktor darin. Savvy wusste es. Sie musste nur all die Puzzleteile zusammenfügen.

Puzzleteile, von denen Senator Jackson nicht wollte, dass sie sie in die Finger bekam. Senator Jackson, ehemaliger Texas-Öl-Baron und derzeitiges Mitglied des Armed Services Committees. Senator Jackson, der Brie begrapscht hatte, als sie noch ein Teenager gewesen war. Senator Jackson, der augenblicklich von

Washington DC nach Dschibuti geflogen war, sobald er herausgefunden hatte, wo Brie sich befand.

Dadurch kam nur die Frage auf, ob Senator Jackson derjenige gewesen war, der so lange nach Brie gesucht hatte, oder ob er als jemandes Handlanger agierte?

Savvy konnte keins von Beidem ausschließen.

Kapitel Dreiundzwanzig

Bries Handy klingelte in der Sekunde, als sie wieder in ihrem Zimmer auf der Krankenstation ankam. Das konnte nur Savvy sein, da Savvy die Einzige war, die ihre neue Nummer kannte. „Ich habe mich an die Vereinbarung gehalten", sagte sie abwehrend.

„Ich kann mich nicht an den Satz erinnern, dass Prime Energie nicht das Geringste mit Ihrer Arbeit für USAID zu tun hatte, aber das ist mir ehrlich gesagt scheißegal", sagte Savvy.

„Warum rufen Sie dann an?"

„Der Doktor will Sie morgen entlassen, damit Sie den Rest Ihrer Erholungszeit in Camp Citron verbringen können."

Brie runzelte ihre Stirn. Die Militärbasis wäre eine willkommene Abwechslung – sie könnte draußen herumlaufen, ohne sich zuerst eine Spezialerlaubnis einholen zu müssen, das Deck betreten zu dürfen, doch Savvy wollte sie einfach nur in Camp Citron haben, damit sie ihr Gehirn nach Intel zerpflücken konnte. Brie hatte ihr schon mindestens dreimal alles erzählt.

Sie fragte sich, ob Bastian ebenfalls entlassen wurde, dabei wäre sie überrascht, wenn er auf dem Schiff bleiben würde, wo doch seine Behandlung für die Gehirnerschütterung einfach nur Ruhe vorschrieb. Dafür brauchte er keinen riesigen Flugzeugträger.

„Warum Camp Citron? Warum werde ich nicht einfach nach Hause geschickt?"

„Wo wäre das?", fragte Savvy.

„Seattle, nehme ich an." In dem Moment, als sie die Worte sagte, kam ihr eine andere Option in den Sinn: Sie könnte in die Villa in Marokko gehen. Als sie vierzehn war, hatte ihr Vater die Immobilie in einen Treuhandfond auf die Namen seiner Kinder transferiert, bevor er sich von ihrer Mutter hatte scheiden lassen – vermutlich, um ihre Mutter davon abzuhalten, das Haus zu bekommen –, und hatte dann die Papiere versteckt, damit sie und ihre Brüder nicht wussten, dass sie ihnen gehörte.

Brie hatte von diesem zweifelhaften Deal erst vor etwa anderthalb Jahren erfahren, als einer von JJs Anwälten sie bezüglich dieser Immobilie kontaktiert hatte. Der Treuhandfond enthielt eine Bestimmung, dass das Haus und dessen Inhalt nicht ohne die Zustimmung aller drei Geschwister verkauft oder verteilt werden konnte, und JJ hatte es verkaufen wollen.

Brie hatte diesen Plan sofort im Keim erstickt – aus purer Gehässigkeit. Es war ironisch, dass diese Immobilie mindestens fünfundsiebzig Millionen Dollar wert war, und Brie nichts von dem Geld anfassen konnte. Aber sie könnte dort wohnen.

Von allen Häusern der Familie war Villa Casablanca ihr Lieblingsort. Teilweise, weil es total verschwenderisch und zu viel des Guten war. Sprichwörtlich ein Palast, perfekt für eine Prinzessin. Sie hatte vor einem Jahr im vergangenen Mai den Monat dort verbracht – ein großartiger Urlaub, bevor sie im September nach Südsudan gegangen war.

„Seattle?", fragte Savvy. „Haben Sie nicht genug vom Regen?"

„Wenigstens sind die Straßen im Nordwesten asphaltiert." Sie würde ihre Marokko-Pläne vorerst für sich behalten.

„Nun, freuen Sie sich nicht zu früh, denn das Außenministerium wird ein paar Tage brauchen, um Ihnen einen neuen Pass auszustellen. Bis dahin werden Sie im Camp Citron festsitzen."

Sie hätte wissen sollen, dass sie Savvys Fragen nicht so schnell entkommen konnte. „Na gut", sagte sie und versteckte ihr Seufzen nicht.

„Man hat Ihnen bereits einen privaten CLU mit Nasszelle zugeordnet", sagte Savvy.

Der private CLU-Wohncontainer hatte ein anhängendes Bad, das man sich mit dem Nachbarn teilte. Als ob *das* der Wurm wäre, der sie an den Haken bekommen würde. Nachdem sie in Südsudan gelebt hatte, würde sie auch eine Wohneinheit ohne Waschbecken und Toilette überleben. Außerdem besaß die Villa in Marokko zweiundzwanzig Badezimmer. Und zwei Swimmingpools – ein türkisches Bad im Inneren, und einen anderen Pool draußen, umgeben von einem wunderschönen Garten. „Wir sehen uns morgen", sagte sie und beendete das Gespräch.

Sie machte sich nicht die Mühe, darüber nachzudenken, warum die CIA die Entscheidung ihres Arztes kannte, bevor sie es tat. Diese Frau hatte ein übermäßiges Interesse an Brie, was bedeutete, dass sie etwas von ihr wollte. Aber Brie wollte verdammt sein, wenn sie wusste was das war. Sie hatte ihr bereits alles, was sie über den Markt wusste, gesagt. *Dreimal.*

Vor Monaten hatte sie zusammen mit USAID einen Bericht über den Markt eingereicht. Der Bericht war schlussendlich auf Savvys Schreibtisch gelandet, und die Frau hatte darauf bestanden, dass Brie für ein persönliches Briefing nach Dschibuti geflogen wurde. Savvy hatte Brie grundsätzlich als Agentin anheuern wollen. Brie hatte eine offizielle Verbindung mit der CIA abgelehnt – Spionage konnte der USAID-Mission schaden – aber sie hatte sich dazu bereit erklärt, Informationen mit ihr zu teilen, die sie über nicht-geheime, nicht-täuschende Wege in Erfahrung bringen würde. Jetzt, da der Markt zerstört worden, und ihr Angestelltenverhältnis mit USAID wahrscheinlich vorbei war, konnte sie nicht verstehen, wie sie für Savvy nun noch von Nutzen sein konnte.

Brie trat in den Rezeptionsbereich hinaus, wo ein Monitor die weiterlaufende Zeremonie an Deck für das Personal, das in der Krankenstation bleiben musste, übertrug.

Bastian stand im Hintergrund, hinter dem Senator, nur ein weiteres Gesicht in der Menge. Aber nicht für sie. Ihre Augen fixierten sich auf ihn, und ihr Magen zog sich schmerzhaft zusammen.

Bis auf ihre Schuhe war sie nun Öl-Firmen-Barbie. Barbie trug immer hohe Absätze, aber nachdem man ihr ins Bein geschossen hatte, standen High-Heels außer Frage. Die war sie los. Ihr gefielen niedliche Sandalen mit Absätzen, aber sie war nie ein Fan von Stilettos gewesen, erst recht nicht, nachdem sie fünf Tage die Woche zur Arbeit welche hatte tragen müssen.

Die Sandalen aus Autoreifen waren eintausend Mal bequemer und funktional, auch wenn sie sie nicht in eine Positur zwangen, die ihren Hintern knackiger aussehen ließ.

„Ist der Senator so ein großes Arschloch, wie er sich anhört?", fragte einer der Krankenhaussanitäter hinterm Empfangstresen.

„Er ist schlimmer. Hat mich begrapscht, als ich fünfzehn war. Er ist ein totaler Widerling." Es war befreiend, einfach die Wahrheit zu sagen. Dies würde ihr guttun, ihre Vergangenheit nicht länger verstecken zu müssen.

Der Mann verzog seinen Mund. „War ja klar. Arschloch. Was ist das immer mit diesen Politikern?"

Der Sanitäter war attraktiv, mit tiefer mahagoni-farbener Haut, einem hübschen Lächeln und freundlichem Verhalten. Er nahm seinen Job sehr ernst, und falls er sie einst dafür verurteilt hatte, dass sie Princess Prime war, ließ er sich das jetzt nicht anmerken.

Die Zeremonie an Deck kam zu ihrem Ende, und sie kehrte zu ihrem Zimmer zurück. Sie war nicht erpicht darauf, Bastian zu sehen. Hatte sie zuvor überreagiert?

Wahrscheinlich.

Aber verdammt. Seine Worte hatten sie so hart getroffen, wie eine Faust ihren Bauch. Seine Meinung über sie war ihr wichtiger als von irgendjemand sonst in ihrem Leben. Weil sie niemand anderen in ihrem Leben hatte – jedenfalls niemanden, der sie wirklich kannte.

Sie schnappte sich die Makeup-Tasche und schlüpfte in den geteilten Waschraum. Oder wie immer man diese Räume auf einem Flugzeugträger bezeichnete. Sie starrte in den Spiegel und hielt das Abschminkmittel in der einen Hand und einen Waschlappen in der anderen.

Sie betrachtete die Fremde im Spiegel. Sie hatte seit ihrem Monat in Marokko nicht mehr so ausgesehen, als sie mit einem wohlhabenden Spanier ausgegangen war, der in die sozialen Kreise der Nachbarschaft eingezogen war und sie zu verschiedenen Partys begleitet hatte.

Ein Teil von ihr vermisste es. Sie hatte das Gefühl genossen, sich schön zu fühlen und hübsche Kleider zu tragen. Machte sie das oberflächlich?

Oder nur menschlich?

Sie wärmte den Waschlappen auf, doch im letzten Moment drehte sie das Wasser ab. Scheiß drauf. Sie würde Bastian als die Frau gegenübertreten, von der er glaubte, dass sie es war. Schließlich war auch Gabriella Prime ein Teil von ihr. Wenn er diesen Teil von ihr nicht akzeptieren konnte, dann war diese Sache zwischen ihnen vorbei, bevor sie überhaupt angefangen hatte.

Sie blickte an ihrem Arm auf die deutlichen Nadelspuren herab. Keine Geheimnisse mehr.

Sie zog den Lippenstift aus der Tasche und strich ihre Lippen nach. Wenigstens würde sie hübsch aussehen, wenn er ihr den Laufpass gab.

Bastian wartete in Bries Zimmer. Vielleicht würde sie ihn wieder rauswerfen, aber er wollte ihr nicht gegenübertreten, während das gesamte Personal der Krankenstation zusah.

Sie betrat den Raum und hielt abrupt inne. Sie runzelte ihre Stirn, drehte sich um und schloss die Tür hinter sich. Sie hielt inne, mit ihrem Rücken zu ihm, mit einer Hand an der Tür und atmete tief ein. „Wenn du hergekommen bist, um mich zu beleidigen, weil ich wie Barbie aussehe, dann solltest du jetzt gehen."

Er trat hinter sie, berührte sie nicht, hielt sie aber dennoch an der Tür gefangen. „Du bist die schönste Frau, die ich je in meinem Leben gesehen habe – mit oder ohne Makeup. In einer zerfetzten Tobe oder einem Designerkleid. Du bist schlau und leidenschaftlich und liebevoll und absolut nicht wie die Frau, der ich vor zehn Jahren bei dem Meeting begegnet bin. Es tut mir leid, dass ich dich mit ihr verglichen habe. Es tut mir leid, dass ich dich verletzt habe."

Ihre Schultern entspannten sich, und sie atmete langsam aus. „Ich habe wohl etwas überreagiert."

„Nein. Ich habe dich mit einem beschissenen Namen beleidigt, den ich dir insgeheim vor zehn Jahren gegeben habe – was rein gar nichts mit der Frau zu tun hat, die du heute bist."

„Und was ist, wenn … ich mich manchmal gern so anziehe? Was, wenn ich beides bin – Brie und Gabriella?"

Er legte eine Hand auf die Tür und lehnte sich dicht an ihr Ohr heran. „Du siehst so verdammt scharf aus. Ich will dir dein Kleid hochziehen und mich tief in dir vergraben."

Sie drehte sich um und ihre Schulter streifte gegen seine Brust, als sie das tat. Mit ihrem Rücken an der Tür lehnte sie sich nun dagegen und blickte zu ihm auf.

Ein strahlendes Licht trat in ihre Augen. Ihre Wimpern waren unmöglich lang und ihre vollen Lippen tiefrot.

„Entschuldigung akzeptiert", sagte sie und legte eine Hand auf seine Brust. Für einen Moment dachte er, dass sie ihn von sich wegschieben würde, doch dann umschlossen ihre Finger die Knöpfe unterhalb seines Kragens, und sie zog ihn näher zu sich heran. „Du siehst in deiner Uniform so scharf aus, und trotzdem will ich nichts lieber, als sie dir vom Leib reißen."

Sie küsste seinen Hals, wanderte aufwärts zu seinen Lippen. Er nahm, was sie ihm anbot und schob ihr seine Zunge in den Mund. Sagte ihr mit einem langsamen tiefen Streicheln wie sehr er sie wollte.

Er hob sie hoch und presste ihren Rücken gegen die Tür. Ihr Rock rutschte hoch, und sie umschlang seine Hüfte mit ihren Beinen. Sie keuchte leise auf, als sie seine Erektion zwischen ihren Oberschenkeln spürte. Er hielt sie dort fest, mit einem Arm unter ihrem Hintern, doch er zog sich zurück, um in ihre leuchtenden braunen Augen zu blicken.

„Dein Bein? Tut es weh?"

Ihre Lippen wanderten über seine Wange, ihre Zähne knabberten an seinem Kinn. „Ein wenig. Aber das ist es wert."

Er drückte ihr einen Kuss auf die Lippen, bevor er sie wieder auf den Boden absetzte. „Alles, was dir wehtut, ist es für mich nicht wert. Wir verschieben das hier auf später." Auch, wenn es ihn umbrachte, er konnte warten. Sie würden es richtig tun.

Sie küsste seinen Hals. „Angeblich werde ich morgen von hier entlassen, obwohl der Doktor mir noch nichts gesagt hat."

„Wird man dich nach Camp Citron schicken?"

Sie nickte.

Er lächelte. „Nun, dann können wir damit in meinem CLU weitermachen. Als zweiter Befehlshaber habe ich ein Einzelzimmer." Er küsste ihre Augenbrauen, ihre Wange, ihre Lippen. Er war begierig darauf, alles an ihr zu erkunden, aber in einer privateren Atmosphäre, als es die Krankenstation des Flugzeugträgers zuließ.

„Laut Savvy werde ich auch so eins bekommen." Sie spielte mit den Knöpfen an seinem US-Army Kampfanzug. „Savvy hat gesagt, dass das Außenministerium ein paar Tage brauchen wird, um mir einen neuen Pass auszustellen. Ich habe mich noch nicht entschieden, wo ich hingehen werde, sobald man mich gehen lässt, aber wir können ein wenig Spaß haben, bevor ich verschwinde."

Er erstarrte. „Verschwinde?" Aber was er wirklich wissen wollte, war das mit dem *Spaß haben*. Seine Hände lagen auf ihrer Hüfte und er zog sie näher an sich heran.

„Ich habe nicht die Absicht, ein Werbemittel für Prime Energy zu werden, also werde ich untertauchen müssen."

Das machte Sinn. Der Griff seiner Hände entspannte sich etwas. „Ich habe ein Apartment in der Nähe von Fort Campbell. Das kannst du jederzeit benutzen."

Sie lächelte, doch das nervöse Aufblitzen in ihren Augen entging ihm trotzdem nicht, als sie sich seinen Armen entzog und zur Mitte des Raums trat. „Ich dachte … wir wären uns einig? Ich bin kein Fan von Beziehungen, und du doch auch nicht."

Dies war das erste Mal, dass er am anderen Ende eines solchen Beziehungsgesprächs war. Und es gefiel ihm nicht. Er neigte seinen Kopf zur Seite. „Ich lasse mich auch nicht mit Frauen ein, denen ich auf einer Mission begegne. Hier ist nichts wie sonst."

„Stimmt. Es ist nur … Das Jetzt und Hier ist alles, was ich im Moment verkraften kann."

„Damit komm ich klar." Jetzt in diesem Augenblick wollte er Brie nackt in seinem Bett. Hier und jetzt war alles, was zählte.

Ein scharfes Klopfen an der Tür ertönte. Er trat davon zurück und sagte „Eintreten".

Bries Augen weiteten sich. „Warte …"

Die Tür öffnete sich und die Ärztin kam herein. Sie sah Bastian an und zog eine Augenbraue hoch. Ihre Augen blitzten neugierig auf. Dann blähten sich ihre Nasenflügel auf und er hatte das distinkte Gefühl, dass sie ein Kichern unterdrückte. „Entschuldigen Sie, ich habe nicht gewusst, dass Sie hier sind, Chief Ford." Sie wandte sich an Brie. „Miss Stewart, ich bin hier, um ihre morgige Entlassung mit Ihnen zu besprechen."

Brie bedeckte ihren Mund und ein unterdrücktes Lachen entfloh. Sie räusperte sich, doch er konnte immer noch das Lachen in ihrer Stimme heraushören. „Ich bin froh zu wissen, dass man an mich gedacht hat."

„Ich werde Sie beide allein lassen", sagte Bastian und ging durch die offene Tür nach draußen.

„Ich werde als Nächstes zu Ihnen kommen, Chief Ford", sagte die Ärztin. „Sie werden ebenfalls entlassen." Dann schmunzelte sie. „Es ist schön zu sehen, dass es Ihnen bessergeht, aber Sie sollten nicht vergessen, dass Sie *alle* anstrengenden Aktivitäten vermeiden sollten, bis alle Symptome nachlassen."

Erst als er wieder in seinem eigenen Zimmer war und sein Spiegelbild sah, verstand er, warum Brie und die Ärztin gelacht hatten.

Auf seiner Wange und an seinem Hals war tiefroter Lippenstift geschmiert.

An diesem Abend kehrte Bastian nicht zu Bries Zimmer zurück, was wahrscheinlich das Beste war, wenn man die ernste Warnung der Ärztin bezüglich anstrengender Aktivitäten in Betracht zog, die seine Gehirnerschütterung verschlimmern könnten. Sie hatte gesagt, dass Bries Schusswunde gut verheilte, und solange sie vorsichtig sei, würde sie keine Probleme durch Sex sehen.

Sie hatte Brie mit einem wissenden Lächeln angesehen und gesagt: *„Nur bitte nicht zu kreativ."* Dann hatte sie die Stirn gerunzelt und gesagt: *„Und benutzt ein Kondom."*

„Wissen Sie etwas, das ich nicht weiß?"

Die Ärztin hatte gelacht und gesagt: *„Nein. Ich bin nur sehr für sicheren Sex."* Dann hatte sie das Zimmer verlassen und war mit einer Schachtel Kondome zurückgekehrt.

Danach hatte sie einen Termin mit dem Physiotherapeuten, der ihr Übungen zeigte, die sie durchführen musste, um die Kraft in ihrem heilenden Muskel wiederaufzubauen.

Sie war noch nicht bereit für einige dieser Bewegungen, und ein Physiotherapeut auf der Basis würde sich in den kommenden Tagen um sie kümmern. Für heute Nacht war sie erschöpft, und ihr Bein tat weh. Es war ein langer und aktiver Tag gewesen, nachdem sie so lange inaktiv gewesen war.

Sie kroch in ihr Krankenhausbett und wünschte sich, dass Bastian zu ihr kommen würde, obwohl das Bett zu klein war, und er schnarchte. Selbst schlechter Schlaf mit Bastian war besser als Schlaf ohne Bastian.

Vielleicht sollte sie ihre Einstellung bezüglich Beziehungen überdenken.

Aaah, aber ihre Situation war kompliziert und ihre Familie unberechenbar. Und jetzt, da sie ihre Anonymität eingebüßt hatte, war es besser, vorerst nur an das Hier und Jetzt zu denken.

Einem leisen Klopfen folgte Bastian, der sich in ihr Zimmer schlich und die Tür schloss.

Sie stellte das Licht an. „Was gibt's?"

Er lächelte. „Zieh dich an."

„Warum?"

„Ich habe eine Überraschung für dich."

Sie zuckte zusammen, als ihr Fuß den Boden berührte. Bastian war sofort an ihrer Seite. „Hast du Schmerzen? Wir müssen nicht gehen."

„Es geht mir gut. Ich hatte heute Abend nur Physio, deshalb tut es weh."

Er wartete im Gang auf sie, während sie sich umzog. Sobald sie fertig war, trat sie aus dem Zimmer und er bot ihr seinen Arm an. Sie hakte sich mit einer Hand bei ihm unter und hielt ihren Stock in der anderen, während er sie aus dem Zimmer, den Gang entlang und ganz aus der Krankenstation wegführte.

„Ist das überhaupt erlaubt?"

Er grinste. „Das ist es, wenn man die richtigen Leute kennt." Er führte sie die Rampe hinauf, die sie zuvor benutzt hatte, um auf das Flugdeck zu gelangen.

„Wo bringst du mich hin?"

„Du wirst schon sehen."

Sie hielt inne, als sie sich der Außentür näherten. „Das Flugdeck ist verboten."

„Entspann dich. Du wirst keine Schwierigkeiten bekommen."

„Aber *du* wirst es."

„Süße, ich bin in der Spezialeinheit."

Als ob das die Antwort auf alles war.

Doch anstatt sie nach draußen zu bringen, ging er am Ausgang vorbei und kletterte eine steile, schmale Treppe hinauf, die sie zuvor nicht bemerkt hatte. Bastian half ihr, als sie langsam die Stufen hinaufstieg. „Hast du noch nie gesehen, wie ein Jet in der Nacht von einem Flugzeugträger startet?", fragte er.

Sie lachte. „Ich bin mir ziemlich sicher, dass ich das nicht habe."

Sie erreichten das obere Ende der Treppe und er drückt eine Tür auf, die zu einer offenen Plattform führte, von der man das Flugdeck überblicken konnte. Bevor sie hinaustraten, schnappte sich Bastian Kopfhörer, die an Haken am Inneren der Tür hingen.

Sie gingen nach draußen, bis an die Reling und blickten auf das Treiben hinunter, das unter ihnen stattfand. Der Wind fegte um sie herum und ein gewaltiger Lärm stieg vom massiven Deck zu ihnen hinauf.

„Dies sind keine Funkgeräte, nur zum Schutz", schrie Bastian über den Lärm hinweg. Er legte ihr einen Kopfhörer über ihre Ohren. Unfähig zu Sprechen – wegen des Lärms und der Kopfhörer – hielt Brie Bastians Hand, während die Mannschaft an Deck eine atemberaubende Choreografie abarbeitete.

Ein Jet wurde in Position geschoben. Der Start war wie eine Explosion, die sie in ihren Beinen, ihrer Brust und in den Fingerspitzen spürte.

Ihr Herz hämmerte vor Aufregung. Wer hätte gedacht, dass dies so ein Adrenalinrausch sein konnte?

Sie drehte sich zu dem Mann an ihrer Seite um und zog seinen Kopf für einen tiefen Kuss zu sich herunter.

Nach einem langen Moment hob er seinen Kopf. Dann beugte er sich zu ihr herunter, schob ihren Kopfhörer zur Seite und sagte mit lachender Stimme: „Es ist gut, dass ich nicht in Uniform bin. Öffentliche Liebesbekundungen in Uniform würden mich in Schwierigkeiten bringen."

Sie schob seinen Kopfhörer zur Seite. „Aber mich während dem Flugtraining heimlich aufs Oberservationsdeck zu schmuggeln würde das nicht?"

Er zwinkerte ihr zu. „Das habe ich mit dem Kommandanten geklärt."

Sie grinste. „Knallharter eigensinniger Soldat der Spezialeinheit ist also doch nicht so eigensinnig?"

„Aber immer noch knallhart."

Sie lachte und bedeckte wieder ihre Ohren. Ein weiterer Jet wurde für den Start positioniert.

Sie beobachteten zwei weitere Starts, bevor sie wieder hineingingen. Nachdem Brie die Stufen hinuntergeklettert war, drückte sie Bastians Hand. „Danke! Das war klasse."

„Für mich ebenfalls. Ich bin nicht oft auf Flugzeugträgern."

Sie kehrten zur Krankenstation zurück, und Bastian hielt draußen vor seiner Tür inne. „Das ist der Moment, wo wir Gute Nacht sagen."

„Wirst du nicht …?"

„Gute Nacht, Brie." Er küsste sie auf die Stirn und trat in sein Zimmer.

Brie beobachtete, wie er ging, bevor sie in ihrem eigenen Zimmer verschwand. Sie war viel zu aufgekratzt, um zu schlafen, aber weil sie nichts anderes zu tun hatte, schlüpfte sie in die Krankenschwesternuniform, die sie als Pyjama benutzte, und kroch unter die Decke. Morgen wartete wahrscheinlich ein langer Tag auf sie − mit dem Transport zurück zur Basis − und die Physiotherapie heute hatte ihr gezeigt, wie schnell sie erschöpft war.

Sie schloss die Augen, erinnerte sich an das Gefühl des Starts der Jetmotoren und das Rumpeln des Decks unter ihren Füßen. Der Jet startete in den nächtlichen Sternenhimmel. Und Bastian hielt ihre Hand, seine Finger mit ihren verschlungen.

Sie war hellwach. Und erregt.

Sie warf die Decke zur Seite.

Sie hatten sich seit der zweiten Nacht in Südsudan umkreist. Sie wollte ihn, und es gab absolut keinen Grund, ihn sich nicht jetzt zu holen.

Sie hielt inne. Bis auf seine Gehirnerschütterung. Die Ärztin hatte besorgt geklungen. Und er hatte heute Morgen Kopfschmerzen gehabt. Aber ihre Massage hatte geholfen. Falls er Kopfschmerzen hatte, würde sie ihm eine weitere Massage geben und dann gehen.

Sie warf sich einen Morgenmantel über und schob die Box Kondome, die die Ärztin ihr gegeben hatte, in die Tasche. Nur für den Fall. Mit ihrem Stock in der Hand ging sie den Gang entlang zu Bastians Zimmer.

Kapitel Vierundzwanzig

Erwartung entflammte in Bastians Bauch, als er draußen vor seiner Tür Schritte hörte.

Wird auch langsam Zeit.

Er hatte sich schon gefragt, ob er sie vielleicht falsch gelesen hatte. Doch dann drehte sich sein Türknauf und dann stand sie dort – die Frau, die seit fast zwei Wochen jeden seiner Gedanken verzehrt hatte.

Sie schloss die Tür hinter sich und lehnte sich dagegen an. Ihr Mund verzog sich zu einem langsamen sexy Lächeln. „Du bist nicht überrascht mich zu sehen."

„Nein." Er erhob sich von seinem Stuhl und durchquerte den winzigen Raum, bis er vor ihr stand. „Nicht überrascht."

Er umschloss ihren Kiefer mit einer Hand und rieb seinen Daumen über ihren Wangenknochen. „Dankbar. Froh. Hart."

Sie rieb seine Erektion über seiner Jogginghose. „Ja, das bist du." Sie schob ihre Hand in seinen Bund und umschloss seinen Penis mit ihrer Hand. Ihre Augen waren flüssige Hitze, als sie seine Länge streichelte. „Es hat viel zu lange gedauert *hier* anzukommen." Sie betonte dieses Wort noch damit, indem sie mit ihrem Daumen über seine Schwanzspitze rieb, bevor sie langsam die gesamte Länge herabstreichelte.

Verdammt, das fühlte sich fantastisch an. „Nun ja, du warst

angeschossen." Er stöhnte, als sie ihre Hand erneut über ihn gleiten ließ. „Ich war nur rücksichtsvoll."

Ihre Lippen streiften seine und sie sagte: „Versprich mir, dass du nie wieder Zeit damit verschwendest, rücksichtsvoll zu sein." Sie tauchte ihre Zunge in seinen Mund, bevor er antworten konnte.

Er küsste sie, aber er wollte sie genauso berühren, wie sie ihn. Er zog ihren Morgenmantel auf und schob ihn über ihre Schultern weit auseinander. Krankenschwesteruniformen waren nicht gerade sexy als Pyjama, aber er beschwerte sich nicht. Trotzdem wollte er nichts lieber, als sie ihr auszuziehen.

Sie ließ seinen Schwanz und den Gehstock los, damit der Morgenmantel zu Boden fallen konnte. Er zog ihr das Pyjamaoberteil über den Kopf und warf es zur Seite.

Ihre wunderschönen Brüste waren unter seinem Blick entblößt – und seiner Berührung. Er umschloss je eine mit seinen Händen und beugte sich dann herunter, um einen Nippel in den Mund zu saugen. Er zog sich unter seiner Zunge zurück. Sie schob ihre Finger durch sein Haar und lehnte sich an die Tür.

Er wechselte zur anderen Brust und saugte daran, bis ihre Brustwarze steif war. Er könnte stundenlang mit ihren Brüsten spielen. Er würde stundenlang mit ihnen spielen. Später. In seinem CLU.

Man hatte ihn für ein paar weitere Tage krankgeschrieben, und er plante, das voll und ganz auszunutzen.

„Zieh dich aus", sagte sie.

Er zog sich sein T-Shirt, seine Jogginghose und Boxershorts aus. Nackt zog er ihre Pyjamahose und ihren Slip herunter, hob sie in seine Arme und trug sie zum Bett. Dort legte er sie oben auf die Decke, trat zurück und genoss den Anblick, sie nackt auf seinem Bett liegen zu sehen. Ihre einzige Bedeckung war der dicke Verband an ihrem Oberschenkel.

„Du bist wunderschön", sagte er und ließ einen Finger von ihrem Hals bis zu ihrem Bauchnabel über ihre Haut gleiten. „Bist du sicher, dass deine Wunde es aushalten kann?"

Sie nickte. „Die Ärztin hat nur gesagt, dass wir nicht zu kreativ sein sollten."

Er lachte. „Wir sparen uns das Kreative für später auf."

Sie griff nach seiner Erektion, nahm sie in ihre Hand und streichelte seinen Schaft. Sie leckte sich die Lippen und sagte: „Erhöhe das Bett."

Er brauchte keine weitere Zusprache und trat auf den Knopf, der das Bett – und ihren Mund – auf die perfekte Höhe brachte. Sie zog ihn an sich heran und leckte seine gesamte Länge, bevor sie seine Spitze in ihren Mund nahm. Sie ließ ihre Zunge um die Spitze herumkreisen und nahm ihn dann tief in sich auf.

Heilige Scheiße.

Sie streichelte ihn mit ihrer Hand und ihren Lippen, während ihre Zunge an seiner Unterseite entlangglitt und seine Länge so weit nach unten leckte, wie sie ihn in ihrer Kehle aufnehmen konnte.

Ihre Lippen um ihn zu sehen, das Gefühl ihres Mundes, während sie an ihm saugte … Keine Fantasie von vor zehn Jahren oder dieser Woche konnte es damit aufnehmen. Er schob seine Finger zwischen ihre Beine und spürte ihre feuchte Hitze. Nass und für ihn bereit.

Sie stöhnte, während sie an ihm saugte, und das Gefühl ihres Mundes, die Geräusche, der Anblick sorgten dafür, dass sich seine Eier zusammenzogen. Sie umschloss sie mit ihrer Hand und saugte weiter an ihm. Er war im Himmel.

Das hier war nicht einfach irgendein Blowjob. Das hier war Brie. Die sexy, lustige, starke, perfekte Brie, die seine Welt auf den Kopf stellte, die sich ihm hingab. Er streichelte ihren Kitzler und ließ seine Finger um die Öffnung ihrer Scheide gleiten, bevor er zwei in sie hineinschob. Sie stieß ein leises Stöhnen aus und machte mit ihrem Streicheln und Saugen weiter. Sein Daumen reizte ihren Kitzler, während seine Finger in ihren engen feuchten Körper hineinglitten.

Himmel. Er musste sie kosten.

Jetzt sofort.

Er entzog sich aus ihrem Mund, hielt seine Finger an ihrer

Klitoris und bewegte sich zum Fußende des Bettes. Die Mattratze war zu schmal, als dass sie sich hätte verdrehen können, also kletterte er von unten über sie, während sie rückwärts nach oben rutschte. Er positionierte sich zwischen ihre gebeugten Knie und spreizte ihre Oberschenkel weiter auseinander – wobei er vorsichtig auf ihre Verletzung achtete.

Er hielt inne und starrte auf sie herunter. Feucht und bereit, und ihre Pussy war verdammt schön. Er atmete ihren ganz eigenen Geruch ein. Sie war so erregt. Sein Schwanz wurde noch dicker.

Er ließ seine Zunge über ihre Klitoris gleiten und sie keuchte auf. „Oh, ja."

Noch ein Streichen seiner Zunge, dann noch einmal. Er verfolgte ihre Lippen, dann stieß er seine Zunge tief in sie hinein. Gott, sie schmeckte gut.

Warum hatte er auf ihre Verletzung Rücksicht genommen, wenn er es ihr auf diese Weise hätte besorgen können? Er kehrte wieder zu ihrem Kitzler zurück und saugte daran. Ihr Körper umschlang ihn, sein Kopf zwischen ihren Oberschenkeln und ihre Hände streichelten durch sein Haar. „Bastian." Ihre Stimme war ein atemloses Flüstern. Ein Flehen.

Er hatte gewusst, dass sie so sein würde. Offen. Ungehemmt. Gierig. Er drang mit zwei Fingern in sie ein, wollte so sehr mit seinem Schwanz folgen, doch sie würden sich gegenseitig oral befriedigen. Er hatte keine Kondome. Heute Nacht würde er sie mit seinem Mund und seinen Fingern kommen lassen und damit zufrieden sein.

Er leckte und saugte, und ihr Körper verkrampfte sich um ihn herum. Er war steinhart und würde vielleicht von den Geräuschen allein, die sie von sich gab, kommen können.

„Ich will dich in mir haben, Bastian", flüsterte sie.

„Keine Kondome. Komm für mich, Brie."

Ihre Finger klammerten sich in seinem Haar fest. „Morgenmantel … Tasche."

Er behielt seinen Finger an ihrer Klitoris und sie am Rande eines Orgasmusses. „Du hast Kondome?"

„Ja. Die Ärztin hat sie mir gegeben, nachdem sie meinen Lippenstift an dir gesehen hat."

Er lachte und kletterte vom Bett, um sich die Box zu schnappen. Einen Augenblick später war er wieder auf dem Bett, zwischen ihren Oberschenkeln und sein nackter Schwanz berührte ihre winzigen Löckchen. Er reichte ihr das Kondom. Sie streichelte ihn einige Male und rollte das Kondom dann mit exquisiter Langsamkeit über seine Länge aus.

Endlich übergezogen, positionierte er sein Glied direkt vor ihrer Öffnung und drang kaum einen Zentimeter in sie ein. Er betrachtete ihr Gesicht, als sie seine Spitze aufnahm, und er liebte die Lust und das Verlangen, das er darin sah.

Sie packte seine Hüfte mit ihren Händen und versuchte, ihn zu sich heranzuziehen, wobei sie ihren Unterleib herabneigte, um ihn noch tiefer in sich aufzunehmen. „Mehr" verlangte sie.

Für ihn war Sex oft dringlich und schnell. Wild. Gegen eine Wand. Aber mit Brie wollte er es langsam angehen. Intensiv. Sie konnten in seinem CLU wilden Sex haben, sobald ihr Bein besser verheilt war. Er drang langsam in sie ein. Sie war so feucht und heiß, dass er mit nur einem schnellen Stoß bis zu seinen Eiern in sie hineinstoßen könnte, aber das tat er nicht. Stattdessen genoss er die exquisite Folter, das erste Mal mit seinem Schwanz ganz langsam in sie einzudringen.

Sobald er ganz eingedrungen war, blieb er tief in ihr. Sie umklammerte ihn mit ihren inneren Muskeln, so eng und heiß, dass er leise aufstöhnen musste. Fuck. Das hier – in ihr zu sein – war alles, was er je gewollt hatte. Jede seiner Fantasien war wahr geworden.

Er lehnte sich zu ihr herunter und küsste sie. Langsam. Zärtlich. Wie er das in Südsudan getan hatte. Nur dieses Mal waren sie vereint und ihre Pussy eng um ihn geschlungen. Er wollte daran festhalten, an diesem Gefühl der Perfektion, in ihr zu sein. Ein Teil von ihr zu sein. Von ihrer Kraft. Ihrer Schönheit. Ihrer Widerstandsfähigkeit.

Die Besitzgier, die er zuvor empfunden hatte, kehrte zurück – tausend Mal stärker.

Brie Stewart war die Frau seiner Träume. Klug. Stark. Liebevoll. Einfallsreich. Witzig. Und auf jede Art wunderschön.

Genauso langsam, wie er in sie eingedrungen war, zog er sich nun aus ihr heraus, denn er war entschlossen, es voll und ganz auszukosten. Sie stöhnte leise, umschlang seine Hüfte mit ihren Oberschenkeln, knetete seine Schultern mit ihren Händen, ihre Augen geschlossen und ganz und gar in ihren Empfindungen verloren. Er hatte das für sie getan. Er stieß wieder in sie hinein, dieses Mal schneller. Und wieder hatte er es für sie getan. Ein weiterer Stoß. Und noch einer.

Ihre Hände rutschten von seinen Schultern herunter, um seinen Hintern zu umklammern, während er in sie hineinpumpte, und es dauerte nicht lang, bevor er die Kontrolle über das Tempo verlor. Er stützte sein Gewicht auf einem Unterarm auf der Mattratze auf und schob seine freie Hand zwischen ihre Körper, um ihre Klitoris zu berühren. Er streichelte ihre Knospe gleichzeitig mit seinen Stößen. Sein Mund bedeckte ihren, als sie kam, und fing die Geräusche, die sie mit ihrem Orgasmus von sich gab auf, während ihr Körper unter ihm erbebte und sie ihre Fingernägel in seine Arschbacken bohrte.

Ihr Orgasmus trieb ihn über den Abgrund, und er stöhnte seine eigene Erlösung in ihren Mund, als er kam. Er kam heftig. Schnell und intensiv. So verdammt gut.

Er fragte sich, ob die Ausschüttung der Endorphine ihm wegen seiner Gehirnerschütterung Kopfschmerzen verursachen würden, aber nichts geschah, um den Augenblick zu ruinieren. Er ließ sich auf seine Seite sinken und rollte sie beide so, dass er in ihr bleiben konnte. Er achtete darauf, dass ihr verletztes Bein nicht belastet wurde.

Er küsste ihre Lippen, ihre Augenbrauen, ihre Wangen. Sanfte, langsame Küsse, während er sanft mit seiner Hüfte vor- und zurückstieß. Er streichelte ihren Kitzler mit seinem Daumen und ihre Körper wurde von einem Beben nach dem anderen heimgesucht.

„Du bringst mich um, Bastian." Ihre Augen waren geschlossen und sie lächelte, als sie ihn mit ihren inneren

Muskeln umklammerte und ihn damit selbst zum Erbeben brachte.

Er lachte leise in ihr Ohr. Küsste ihren Hals. „Du fühlst dich so gut an, Baby. Wie haben wir es so lange ohne das hier ausgehalten?"

„Ich glaube du hast gesagt, dass du rücksichtsvoll warst."

„Ist das ein Synonym für dumm?"

Sie lachte und ließ ihre Lippen an seinem Hals entланggleiten. „Es wird Zeit, dass du zugibst, dass ich recht hatte."

„Worüber? Dass wir Idioten waren, das hier nicht schon früher getan zu haben?"

„Nein. Ich hatte dich vor unserem ersten Kuss gewarnt, dass ich sehr gut im Bett bin."

Er lachte und streichelte ihre Brust, ließ seine Hand über ihre Seite herabgleiten. „Du hattest mit allem recht."

Inklusive des Teils, dass er sich in sie verlieben würde.

Kapitel Fünfundzwanzig

Savannah James hatte eine gute Woche. Die beiden Kinder, die aus Südsudan gerettet worden waren, hatten zwei Individuen, die bekanntlich für General Lawiri gearbeitet hatten, als die hauptverantwortlichen Sicherheitsleute auf dem Markt identifiziert. Jetzt musste sie nur noch herausfinden, wer Lawiris Partner war, denn diese gesamte Operation war für jemanden wie Lawiri viel zu gut organisiert gewesen.

Hinzu kam noch, dass Etefu Desta unter der Befragung der CIA zusammengebrochen war und ihnen einen soliden Ansatzpunkt geliefert hatte, um den Minister von Dschibuti, der sich dazu verschworen hatte, dem Land Wasser zu stehlen, endlich verhaften zu können. Und ihre Freundin – oder zumindest das, was einer Freundin hier am nächsten kam – die Archäologin Morgan Adler, war nun für ein paar Tage auf der Basis. Savvy würde eine Chance haben, sie zu dem wachsenden Problem des Schmuggelns von Artefakten in der Region befragen zu können.

Aber das Beste von allem war, dass Sergeant Cassius Callahan derzeit im Fitnessstudio mit seinem Sparringpartner Pax trainierte und sich ihrer Anwesenheit überhaupt nicht bewusst war.

Beide Männer hatten alles bis auf einfache Trainingsshorts und ihre Boxhandschuhe ausgezogen, und sie beide hatten wohlgeformte, wunderschöne, verschwitzte Körper. Pax war ein wenig größer und breitschultriger und hatte die dunklere Haut eines Südeuropäers, während Cal pure Perfektion in kastanienfarbener Haut und harten Muskeln war.

Ihr Kampf war freundschaftlich, aber dennoch ein echter Wettkampf. Wie alle Soldaten der Spezialeinheit wollten sie beide jeweils der Alpha in der Armee sein und würden mit Freuden ihren besten Freund besiegen, nur um das zu beweisen.

Savvy genoss es, Cal zu beobachten, wenn er nicht wusste, dass sie dort war.

Es war total verdreht, wie sehr sie ihn wollte und es gleichzeitig auskostete, ihn anzupissen. Er hielt sich nie zurück, sie wissen zu lassen, wie wenig er sie respektierte, was selbstverständlich nur dazu führte, dass sie umso entschlossener war, ihm zu zeigen, wie scheißegal ihr das war.

Aber trotzdem war es höllisch scharf, ihn dabei zu beobachten, wie er mit seinem besten Freund kämpfte. Schweiß glänzte auf seiner braunen Haut.

Sie hasste es, wie attraktiv sie ihn fand.

Trotzdem konnte sie nicht aufhören zuzusehen. Ihn zu wollen.

Sie brauchte Sex. So einfach war das. Aber in der CIA zu sein … machte selbst lockeren Sex kompliziert. Männlichen Undercover-Agenten wurde geraten, Prostituierte zu besuchen. Aus irgendeinem Grund wurden den Frauen nicht dieselbe dubiose Lizenz erteilt.

Sie erkannte den exakten Moment, als Cal ihre Gegenwart registrierte, weil er nicht aufpasste, und Pax ihn mitten am Kiefer traf.

„Fuck, Cal! Was ist los mit dir?“, sagte Pax anstatt einer Entschuldigung.

Cal grunzte nur und schlug mit seiner Linken zu. Das Spiel begann erneut. Die beiden trainierten weiter, und Savvy wandte sich den freien Gewichten zu.

Vielleicht würde Morgan später mit ihr trainieren. Oder auch nicht, denn Morgan trug ja immer noch ihren Gips. Savvy verlor sich in der Anstrengung ihres Workouts und vergaß Cal,

Pax und Morgan, während sie sich bis an ihre Grenzen trieb und darüber hinaus.

Sie wechselte von den Gewichten zur Klimmzugstange, dann zu den Hanteln. Sie war schweißgebadet, ihre Muskeln zitterten vor Erschöpfung, als ein Schatten über sie fiel und ihre Aufmerksamkeit auf sich zog. Sie legte die Hantel wieder auf das Gestell zurück und wusste anhand des verdammten Kribbelns in ihrem Nacken genau, wer hinter ihr stand. War es sein Duft? Was immer es war, es war unbewusst.

Und irritierend.

„Du solltest diesen Scheiß nicht ohne einen Spotter tun."

Leichter gesagt als getan. Die meisten Leute konnten sie nicht ausstehen. Sie war eine halsstarrige manipulative Spionin ohne Reue. „Bietest du dich freiwillig an, Sergeant Callahan?"

„Nein."

„Dann verschwinde." Aber sie sagte es süß, weil sie so nett war. Sie hob die Gewichtestange auf und fuhr mit ihrem Bankdrücken fort. Sie grunzte, als sie die Stange nach oben drückte und jede nächste Bewegung immer schwerer wurde, obwohl sie die Gewichte nicht verändert hatte.

Sie hasste Bankdrücken. Hasste Gewichtheben. Aber im Moment war es besser als neunzig Prozent ihrer anderen Optionen, also zwang sie die Stange nach oben. Sie würde sich heute Abend für dieses furchtbare Workout mit Eiscreme belohnen. Ein armseliger Ersatz für Sex, aber es würde reichen müssen.

Ihre Arme zitterten, aber sie schaffte es. Wieder und wieder. Sie kannte den Punkt, an dem sie brechen würde, und sie war nur einen weiteren Zug davon entfernt. Einmal noch, dann wäre sie fertig.

Sie hielt die Stange zwei Zentimeter über ihre Brust, sammelte ihre Kraft, als plötzlich Hände eingriffen und die Stange auf die jeweiligen Stützen ablegte.

Ihre Muskeln jubelten, doch ihr Gehirn weigerte sich. Sie war kurz davor gewesen, ein letztes Mal durchzudrücken, bevor sie einfach davon abgehalten wurde – wie ein Niesen, das niemals kam – und die Verweigerung des letzten Schmerzes ärgerte sie. „Ich habe nicht um deine Hilfe gebeten, Sergeant Callahan."

„Das ist mir scheißegal, Savvy. Du warst fertig."

Da war es wieder, er benutzte ihren Spitznamen. Als Morgan darauf bestanden hatte, sie so zu nennen, hatte Savvy darüber fantasiert, es Cal mit einer heißen, atemlosen Stimme sagen zu hören. Das hier war nicht dasselbe.

Sie schoss aufrecht in die Höhe und sie saß rittlings auf der Bank, als sie sich zu ihm umdrehte. „*Niemand* sagt mir, wann ich fertig bin."

Er ging um sie herum, türmte über ihr und sein hübsches Gesicht war eine verhärtete Maske voller Abneigung. Er beugte sich zu ihrem Ohr herunter und flüsterte: „Schätzchen, mir kannst du nichts vormachen. Ich *weiß*, wann du fertig bist."

Die Zweideutigkeit seiner Zurechtweisung ließ jedes ihrer Nervenenden aufflackern, und sie musste all ihr Training aufbringen, um ihre Emotionen zu verbergen und ein Zittern zu unterdrücken.

Fuck, er war gefährlich. Das Schlimmste war, er wusste es.

Er warf ihr ein Handtuch zu. „Geh duschen."

Die Soldaten der Spezialeinheit waren alle selbstgefällige Arschlöcher, und Cal war der Schlimmste in der Truppe. Sie scannte den Raum nach Pax. Wenigstens respektierte er sie. Aber sie und Cal waren allein.

„Ich befinde mich nicht in deiner Befehlskette, Sergeant, und falls doch würde ich rangmäßig über dir stehen." Als ein Offizier der Special Activities Division SAD war ihr Training seinem gleichwertig, aber sie arbeitete allein und ihr Rang war … undefiniert. Dabei wusste er nicht einmal, dass sie in der SAD war. Das Einzige, was man über sie wusste, war, dass sie keine Analytikerin war und für eine Sachbearbeiterin seltsamerweise viel zu viel Macht besaß. Allerdings war ihre Position einzigartig, wenn man bedachte, dass sie einst eine Analytikerin gewesen war, bevor sie zur Sachbearbeiterin wurde, und bevor sie sich dann einem mit der Spezialeinheit gleichwertigen Training unterzogen hatte, damit sie sich der Special Activities Division anschließen konnte.

Sie hielt Cals Blick stand und bemerkte die Hitze. Es gefiel ihm, wenn sie ihren geheimen Rang raushängen ließ. Er war neugierig auf sie.

„Warum machst du meinem Jungen Bastian das Leben schwer?", fragte er plötzlich.

Seinem Jungen? Bastian hatte einen höheren Rang als er. Sie rollte mit ihren Augen. „Ich mache Bastian nicht das Leben schwer."

„Du spielst mit seinem Kopf, manipulierst ihn. Drehst an seinen Schrauben rum. Ich habe gesehen, wie er Brie Stewart auf dem Deck des Flugzeugträgers angesehen hat. Und sie hat ihn überhaupt nicht beachtet. Da wird jemand verletzt werden."

„Er ist ein erwachsener Mann und Soldat der Spezialeinheit. Ich glaube, dass er auf sich selbst aufpassen kann. Und wenn Gabriella Prime in Schwierigkeiten gerät, dann ist das ihre eigene verdammte Schuld, weil sie nicht gleich von Anfang an die Wahrheit gesagt hat."

„Ihr Name ist Brie Stewart. Aber alles, was ihr seht, ist eine Prime, richtig?"

Fuck.

„Ich muss Ihnen gegenüber keine Rechenschaft ablegen, Sergeant. Und nur, um das klarzustellen, wir befinden uns verdammt nochmal auf derselben Seite. Falls Brie Stewart Informationen hat, die das, was in Südsudan geschehen ist, erklären können, muss ich das wissen. Bastian versteht das."

Cal starrte sie nur finster an, hielt ihrem Blick stand.

Sie spürte, wie eine elektrische Spannung zwischen ihnen pulsierte. Dann brach er den Bann, indem er sich umdrehte und das Fitnessstudio verließ.

Brie saß an einem Tisch in einer Ecke im *Barely North*, demselben Ort, wo sie Bastian zum ersten Mal getroffen hatte, und ihre Augen waren auf die Tür fixiert, weil sie ungeduldig auf ihn wartete. Man hatte sie heute früh mit dem Hubschrauber zur Basis zurückgeflogen und sie dann bei ihrer Ankunft getrennt. Bastian war zu einem Meeting mit seinem Team und SOCOM gegangen, und ihr war ein CLU zugewiesen worden, wo sie sich einrichten sollte, bevor sie sich in der Krankenstation anmeldete und sich danach mit Savvy traf.

Mittlerweile war es Abend geworden, und Bastian hatte ihr versprochen, sie hier zu treffen, sobald er frei war. Sie spielte mit dem Strohhalm in ihrer Cola herum, dachte gedankenverloren an die Erinnerungen der vorherigen Nacht.

Die Art, wie er sie mit solch sehnsuchtsvoller Langsamkeit geküsst hatte. Sanft. Zärtlich. Er hatte sie so weit gebracht, dass sie vor Verlangen erbebt war, bevor er ihr das gab, was sie wollte, aber nach seinem Willen. Er hatte sie zärtlich verführt – es war ihr unmöglich gewesen, ihm zu widerstehen oder es aufzuhalten.

Sie war auf dem besten Weg, sich in ihn zu verlieben. Heftig.

Sie bezweifelte, dass sie auch nur eine Minute nicht an ihn gedacht hatte, seit sie im Morgengrauen aus seinem Bett geschlüpft war – nachdem sie im Laufe der Nacht drei Runden des Liebesspiels miteinander genossen hatten.

Die Tür öffnete sich und wurde von dem Green Beret, dem sie auf dem Flugzeugträger begegnet war, weit aufgehalten. Sergeant Blanchard. Eine blonde Frau auf Krücken betrat die Bar. Sie machte sich auf den Weg zu einem Tisch, doch Blanchard deutete in Bries Richtung, und die Blonde wechselte die Richtung und hielt dann vor Brie an.

„Brie Stewart, ich möchte Ihnen Dr. Morgan Adler vorstellen", sagte Blanchard.

Die Blonde streckte ihr die Hand entgegen. „Bitte nennen Sie mich Morgan. Savvy hat mir von Ihnen erzählt."

Brie schüttelte ihr die Hand. „Dann nenn mich Brie. Nett, dich kennenzulernen. Ich habe auch schon von Bastian von dir gehört. Wirst du lange auf der Basis bleiben?"

„Nur für ein paar Tage. Ich muss ein paar Ausgrabungsstätten besuchen, die meine Crew bei ihrer Untersuchung gefunden hat – nachdem ich meinen Knöchel gebrochen hatte."

Sie blickte stirnrunzelnd auf ihr Bein herab. „Dann fliege ich zurück nach Amerika."

Brie wusste, dass das gebrochene Fußgelenk der Frau etwas damit zu tun hatte, wie sie Bastian kennengelernt hatte, aber die Mission − vorausgesetzt, dass es das war − war streng geheim, somit hatte Bastian bis auf das Linus-Fossil und die archäologische Untersuchung, die Morgan für die dschibutische Regierung durchgeführt hatte, nichts weiter erwähnt.

Morgan war im März in Camp Citron gewesen, als Brie hergekommen war, aber sie hatten sich nicht getroffen. „Wollt ihr euch hinsetzen?", fragte Brie.

Blanchards Arm schlang sich um Morgans Taille. „Nein. Bastian wird gleich hier sein, und wir werden uns einen anderen Tisch nehmen."

„Ich wollte nur kurz Hallo sagen, weil Savvy sagte, dass du ihr Informationen zum Handel von Artefakten in Südsudan gegeben hast, und ich war neugierig, was du gesehen hast."

Das war ein kleiner Teil des Grundes für ihren Besuch im März gewesen. Der Sklavenmarkt war der Hauptgrund gewesen, aber der Handel von Artefakten war dort ebenfalls ein Problem gewesen. Immerhin hatte man auf dem Markt eine ganze Hütte den Antiquitäten gewidmet. „Leider weiß ich nicht sehr viel. Meine Arbeit dort hatte nichts mit Archäologie zu tun, aber ich weiß, dass einige Stätten aktiv geplündert wurden und vermute, dass Boko Haram dahintersteckt. Sie werden immer dreister, je weiter sie sich von Nigeria entfernen."

„Ich würde diese Ausgrabungsstätten gern auf einer Karte sehen. Seit dem Beginn des Bürgerkriegs in Südsudan haben Archäologen nicht mehr dort arbeiten können, und wir haben keine Informationen darüber, welche Schäden an den bekannten Stätten angerichtet wurden. Nächste Woche treffe ich mich mit einem Professor der Universität William & Mary, der eine Analyse an den Artefakten der Werkzeuge meiner Dschibuti-Ausgrabung vornehmen wird. Einer seiner Studenten erstellt eine Datenbank, um die Ausgrabungsstätten zu katalogisieren, die verschwinden oder wegen Kriegen geplündert werden. Der Fokus liegt hauptsächlich auf Syrien, aber jegliche

Information, die du über Südsudan haben könntest, wäre hilfreich."

„Ich sollte morgen Zeit haben", sagte Brie. Es würde sich beinahe normal anfühlen, so etwas mit Morgan zu besprechen. „Aber nur, dass du es weißt, meine Spezialität ist Kulturanthro, nicht Archäologie, daher bin ich nicht die Art Expertin, die du vielleicht erwartest."

„Kein Problem. Während meines Studiums hatte ich sogar ein paar Freunde, die Kultur studierten." Morgan zwinkerte ihr zu.

Brie lachte und erinnerte sich an das ständige Gerangel um die Oberhand zwischen den Subdisziplinen der Anthropologie-Abteilung. „Und ich bin sogar mit ein paar Archäologen rumge-hangen – wenn die Linguisten beschäftigt waren."

Morgan grinste. „Wenigstens waren die Linguisten sauber."

Die Tür öffnete sich erneut, und Bries Herzschlag beschleu-nigte sich, als sie Bastian sah. Er sah gut aus in seinen Jeans und einem T-Shirt, als er den Raum durchquerte. Sie hätte schwören können, dass er heute sogar noch attraktiver aussah als gestern. Sie war offiziell süchtig.

Er erreichte Morgans Seite und legte einen Arm um ihre Schultern, wobei er sie leicht drückte. „Schön, dich zu sehen, Morgan. Wie geht es deinem Knöchel?"

Sie drückte Bastian einen Kuss auf die Wange. „Heilt, aber für mich nicht schnell genug. Was macht dein Kopf?"

„Dumm, wie immer." Blanchard lachte.

„Mir geht's gut, aber SOCOM will mich erst in drei Tagen wieder zum Dienst zurückkehren lassen."

„Faulpelz", neckte Blanchard.

Bastian lachte und ließ Morgan los. Er umrundete den Tisch und kam zu Brie. Sie blickte zu ihm auf und er küsste sie direkt auf die Lippen. „Hallo, Schatz."

Seine lockere Begrüßung – wie die eines festen Freundes – überraschte sie, obwohl es das nicht sollte. Er hatte ihre Bezie-hung auch auf dem Flugzeugträger nicht geheim gehalten, somit war sie sich nicht sicher, warum sie erwartet hatte, dass er es hier tun würde. Vielleicht, weil sie erwartet hatte, dass SOCOM es nicht gern sah, dass sie involviert waren.

„Wir unterhalten uns morgen", sagte Morgan zu Brie. „Habt einen schönen Abend."

Sie humpelte zu einem Tisch auf der anderen Seite des Raumes, und Blanchard war an ihrer Seite. Bastian ließ sich auf den Stuhl neben Brie fallen. „Wie war dein Tag?", fragte er, als er der Bedienung zuwinkte.

„Langweilig. Deiner?"

Der Kellner kam und Bastian bestellte sich ein Soda. Brie hielt ihn auf. „Mach dir meinetwegen keinen Kopf, wenn du dir Alkohol bestellen willst. Mir macht es nichts aus."

Er schüttelte seinen Kopf. „Danke. Ich hätte gern ein Bier, aber der Arzt will, dass ich den Alkohol noch ein paar Tage länger vermeide." Der Kellner ging und Bastian legte einen Arm um ihre Schulter und rutschte zu ihr auf die Sitzbank. Seine Lippen kitzelten ihr Ohr, als er leise sagte: „Ich habe dich heute vermisst. Ich habe mich daran gewöhnt, dich jeden Tag 24 Stunden lang an meiner Seite zu haben."

Sie spürte ein warmes Gefühl in ihrer Brust. Das war nicht gut.

Ihn sich abzugewöhnen, würde verdammt weh tun.

Sie bestellten sich etwas zum Abendessen und unterhielten sich über ihren jeweiligen Tag. Es fühlte sich beinahe normal an, als ob dies ein normales Date wäre. Was es – wie Brie vermutete – wohl auch war.

Nach dem Dinner begleitete er sie zu ihrem CLU zurück. Sie konnte nun etwas leichter laufen und hatte den Gehstock seit ihrer Ankunft auf der Basis nicht mehr benutzt, doch er wartete in ihrem CLU auf sie, falls sie ihn benötigen sollte.

Er folgte ihr in ihre Unterkunft, schloss die Tür und lehnte sich dagegen. Er spreizte seine Beine auseinander und zog sie in seine Arme. So niedrig, wie er nun stand, waren sie sich von Angesicht zu Angesicht gegenüber, Lippen an Lippen.

Er tat wieder dieses Ding, wo er sie so langsam und so sanft küsste, dass sie sicher war, sie würde von all der Zärtlichkeit zerschmelzen. Dieser Kuss war kostbar. Warm. Ehrlich.

Dann gewann er an Hitze, wurde schärfer und verführerischer. Während ihr Mund auf seinem festklebte, zerrte sie an seinem T-Shirt. Sie lehnte sich zurück und zog es über seinen Kopf, bevor sie mit ihrer flachen Hand über sein Tattoo und dann über seinen Bauch streichelte.

„Du hast den schönsten Körper. Ich liebe es, dich zu berühren." Sie ließ ihre Hand weiter nach unten gleiten, in seine Hose, wo sie noch etwas mehr berührte.

Seine Erektion war dick und für sie bereit. Sie wollte, dass er sie hier nahm, gegen die Tür gepresst, doch sie beide mussten erst noch etwas mehr heilen. „Wenn wir beide wieder gesund sind, will ich, dass du mich gegen die Wand fickst."

Sein Mund verschlang ihren in einem tiefen, heißen Kuss, dann hob er seinen Kopf und grinste. „Deal."

Er hob sie hoch und sie protestierte. „Du sollst doch noch nicht …"

Er brachte sie mit einem Kuss zum Schweigen, der endete, als er sie auf die Pritsche legte. „Meinem Kopf geht es gut. Die Ärzte sind übertrieben vorsichtig. Ich könnte morgen schon wieder meinen Dienst antreten, aber ich habe mich nicht beschwert, weil ich Zeit mit dir verbringen wollte."

„Ich werde nur noch ein paar Tage lang hier sein." Dann würde sie nach Marokko gehen. Das hatte sie heute beschlossen.

Er streckte sich neben ihr aus. „Exakt. Und ich wollte jeden Moment mit dir genießen, der uns bleibt." Er knöpfte ihr Oberteil aus, schob ein BH-Körbchen zur Seite und umschloss ihre Brust, bevor er sich herunterbeugte und ihre Brustwarze leckte. „Nur, dass du es weißt, aber ich genieße das hier und jetzt wirklich sehr."

Er befreite ihre andere Brust vom BH und bewegte sich dann rittlings über sie, wobei er beide Brüsten abwechselnd leckte und daran saugte. „Gott, wie ich deine Titten liebe", sagte er und saugte an einem Nippel. Sie verkrampfte ihre Unterleibsmuskeln, als Hitze durch sie hindurchflutete. Sein Vorspiel mit ihren Brüsten machte sie feucht.

Er griff unter sie und öffnete den BH. Seine Knie pressten auf ihr offenes Hemd und sie kicherte, als ihr klar wurde, dass sie den BH nur zusammen mit ihrem Hemd ausziehen konnte, auf dem er rittlings kniete.

„Es scheint so, als ob ich einen Gordischen Knoten kreiert habe."

Aus dem Kichern wurde ein herzhaftes Lachen. Ihr linker Arm wurde ebenfalls von dem unter seinem Knie straffgezogenen Hemd festgehalten, somit konnte sie ihm nicht einmal beim Ausziehen helfen. „Was sollen wir nur tun?"

„Nach unten rutschen", sagte er und schob seine Knie weiter abwärts, wobei er ihren Bauch küsste. Er hielt inne und ließ seine Zunge um ihren Bauchnabel kreisen, bevor er weiter abwärts rutschte. Sobald ihre Arme befreit waren, konnte sie sich aufsetzen und ihren BH und das Hemd ausziehen, aber ihr gefiel die Richtung, die er eingeschlagen hatte, und sie tat so, als ob sie noch immer gefangen war.

Er erreichte den Bund an ihrem Rock, doch anstatt um sie herumzugreifen, um den Reißverschluss aufzuziehen, richtete er sich auf seinen Knien auf und schob ihren Roch hoch, wobei er ihn in einem dicken Stoffband um ihre Hüfte zusammenknüllte. Seine Finger glitten unter den Schritt ihres Slips und streichelten ihren Kitzler.

Lust schoss durch sie hindurch und sie stieß ein leises Stöhnen aus.

„Du bist so verdammt sexy", sagte Bastian und sein Blick war auf seine Hand in ihrer Mitte fixiert. Er schnippte ihre Klitoris noch einmal. Und noch einmal. Und sie wollte ihn in sich haben. Jetzt sofort.

„Ausziehen", sagte sie.

Er zerrte ihren Slip herunter, wobei er nur an ihrem verbundenen Oberschenkel vorsichtig war. Endlich befreit spreizte sie ihre Beine weit auseinander, beugte ihre Knie. Öffnete sich für ihn. Doch er trug immer noch seine Jeans.

„Ich meinte damit dich, nicht mich", beschwerte sie sich, als sie versuchte, nach seinem Hosenschlitz zu greifen.

Er lachte und presste seinen Mund auf sie. Sie schrie auf, als die Lust durch sie hindurchschoss. Er brachte sie mit seiner streichelnden Zunge zu einem schnellen Orgasmus. Sie verlor sich darin und ihr Körper krümmte sich um seinen Kopf herum, während sein Mund unaufhörlich an ihr leckte und saugte.

Sie fiel keuchend zurück. „Okay. Wirst du dich jetzt ausziehen?"

Er knöpfte seine Hose auf, befreite seine Erektion, fischte ein Kondom aus seiner Tasche, rollte es auf sich auf und drang dann in einem einzigen glatten Stoß tief in sie ein. Eine herrliche Welle der Lust brach über ihr zusammen. Er dehnte sie aus. Füllte sie. Die köstlichen Empfindungen ließen sie erbeben. Seine Stöße kamen hart und schnell, und sie verkrampfte sich innerlich um seinen Schwanz, liebte die Reibung an ihrem G-Punkt.

Sie kam erneut, als eine heftige Welle der Ekstase ihr ein Geräusch entlockte, das eher einem Schrei als einem Stöhnen glich. Bastian legte seine Hand über ihren Mund – die Wände dieser Wohneinheiten bestanden nur aus dünnem Metall – und er kam schweigend, wobei sein Körper zwischen ihren Oberschenkeln erbebte.

Er ließ sich neben sie fallen und zog sie an sich heran, damit sie der Seite lagen.

„Keiner von uns hat sich ausgezogen", sagte sie und blickte an ihrem verdrehten BH, dem offenen Hemd, dem hochgeschobenen Rock und seinen offenen Jeans herab.

Er stand vom Bett auf, entfernte das Kondom und ging dann zum Waschbecken im hinteren Teil des CLUs. „Hey, ich habe kein T-Shirt an."

Sie lachte. „Weil ich es dir ausgezogen habe."

„Ich war ungeduldig. Ich wollte dich schmecken."

Sie pellte sich ihr Hemd, den BH und den Rock ab und warf sie auf den Boden. „Mir gefällt es, wenn du ungeduldig bist."

Einen Moment später kehrte er zu ihr zurück, endlich nackt.

Sie rutschte auf der Pritsche zurück, um Platz für ihn zu machen. „Das Militär hat wirklich kein Interesse daran, Betten zur Verfügung zu stellen, auf denen zwei Personen Platz haben", sagte sie.

„Definitiv nicht." Er legte sich auf die schmale Liege, zog sie dicht an sich heran und küsste ihre Schläfe. „Aber das hält niemanden auf. Das Verbot, sich mit jemandem einzulassen, hat selbst auf den Navyschiffen noch nie irgendjemanden aufgehalten."

Keiner von beiden befand sich in der Navy, und sie waren gerade mal Patienten in deren Krankenstation gewesen, somit trafen die Regeln sowieso nicht auf sie zu. Trotzdem war es klar – bis hin zur Ärztin, die ihr die Schachtel gegeben hatte – dass es niemanden kümmerte, ob sie und Bastian miteinander schlafen würden.

Was die Pritsche betraf, gefiel ihr dieser enge Raum. Ihr gefiel es, an ihn gepresst zu sein. Ehrlich gesagt hatte es ihr nicht einmal etwas ausgemacht, dass er geschnarcht und sich den Großteil des Bettes unter den Nagel gerissen hatte. Sie wollte einfach nur mit ihm zusammen sein. Wollte jeden Moment wie diesen, den sie bekommen konnte.

„Ich habe heute mit meinen Eltern via Skype gesprochen", sagte er. „Sie haben mir erzählt, dass sich der ganze Stamm im Langhaus versammelt hatte, um die Zeremonie auf dem Flugzeugträger auf dem Großbildschirm anzuschauen. Mein Vater sagte, dass sie alle jubelten, sobald sie mich hinter dir stehen sahen. Dann hat sich Dad näher an den Computer heruntergelehnt und gesagt: ‚Deine Mutter hat geweint, als sie dich in deiner Uniform und deinem Green Beret gesehen hat.' Und dann hat er noch gesagt: ‚Wir sind so stolz auf dich, Sohn.'"

„Oh, Bastian. Sie müssen dich so sehr vermissen."

„Ich habe ihnen gesagt, dass ich sie nach diesem Einsatz besuchen würde, und meine Mutter weinte wieder. Und dann habe ich mich richtig scheiße gefühlt."

Sie streichelte mit ihren Händen über seine nackten Schultern und zog ihn näher an sich heran. „Ich verstehe das doppelschneidige Schwert, wenn man die Gefühle seiner Mutter aus Selbstschutz verletzen muss." Sie kannte diesen Schmerz nur allzu gut. „Schuldgefühle sind hart, aber du hattest recht, dich in diesen letzten Jahren um dich selbst zu kümmern."

„Sie ist eine der Stammesältesten. Und meine Mutter. Und

sie hat meinetwegen geweint. Das macht mich zum schlimmsten Indianer aller Zeiten. Und Fuck – ich habe sie noch *nie* zuvor weinen sehen."

„Bastian, das waren Tränen der Freude. Sie liebt dich. Sie will dich sehen. Und sie weinte, als sie dich auf dem Flugzeugträger gesehen hat, weil sie stolz auf den Mann und den Soldaten ist, der du geworden bist. Selbst, wenn sie dich von diesem Pfad abgehalten hätte, ist sie stolz."

Er fuhr mit seinen Fingern durch ihr Haar. „Vielleicht." Seine Hand glitt zu ihrer Wange herab. „Wie lange hast du deine Familie nicht gesehen?"

Sie versteifte sich. „Meine Situation ist etwas anders."

„Ich weiß. Aber wie lange? Wann hast du das letzte Mal deinen Vater und deine Brüder gesehen?"

„Vor acht Jahren." An dem Tag, als sie die Sache mit Micah herausgefunden hatte. Der Tag, an dem sich alles änderte.

„Erzähl es mir?", bat er leise.

„Nein."

„Warum nicht?"

Sie rollte sich auf den Rücken und starrte an die Decke. „Das hier ist nur eine Affäre, Bastian. Du brauchst die hässlichen Details nicht zu wissen."

„Was ist, wenn ich nicht will, dass es nur eine Affäre ist? Was ist, wenn ich die hässlichen Details wissen will?"

Was wäre, wenn sie auch nicht wollte, dass es nur eine Affäre war?

Es war zu riskant. „Bitte frage nicht nach mehr", sagte sie. „Das hier endet, wenn ich Dschibuti verlasse."

„Warum, Brie? Vielleicht weiß ich nicht, wo das hier hinführen wird, aber ich weiß, dass das hier mehr als nur unverbindlicher Sex ist. Ich kenne kurze Affären. Ich hatte Dutzende. So, wie du selbst. Das hier ist anders. Fuck. Ich habe noch nie jemandem von Cece erzählt, oder von meinen Eltern."

Und das war das Problem. Das Reden. Und die Tatsache, dass sie zusammen geschlafen hatten – ohne Sex. Das war … intim.

Und wenn er sie küsste, fühlte sie sich fantastisch an. Als ob ihm mehr wichtig war, als sich nur körperlich in ihr zu versenken. Und wenn er in ihr war, verspürte sie eine Verbindung, die weit über die Reibung von Nervenenden hinausging, welche nur auf die sich aufbauende Lust zielten.

Das letzte Mal, dass sie auch nur ansatzweise etwas Ähnliches wie das hier empfunden hatte, war der Mann Micah gewesen. „Beziehungen sind für mich kein Thema. Aber wir können das Jetzt und Hier genießen."

„*Warum*, Brie?"

„Erinnerst du dich, wie ich dir erzählt habe, dass meine Familie wollte, dass ich diesen Typen ficke, sobald ich achtzehn war? Nun, mein Vater war ziemlich angeschissen, dass ich mich nicht an diesen Deal gehalten habe, dem ich nicht einmal zugestimmt hatte." Sie verzog eine Miene, als sie sich daran erinnerte, wie Alejandro wieder zurück nach Costa Rica geschickt worden war, weil einer vom Personal sie gesehen hatte, wie sie in sein Zimmer geschlichen war.

Sie hatte etwas von ihrem Schmuck verkauft und ihm das Geld geschickt, was er dazu benutzt hatte, für sein College und die medizinische Fachhochschule zu bezahlen, somit schaffte er es auf lange Sicht, am Ende etwas aus sich zu machen, doch die Art, wie ihr Vater ihn behandelt hatte, war trotzdem falsch gewesen.

Sie hatte keinen Schmuck mehr, den sie verkaufen konnte.

Aber was mit Alejandro geschehen war, war ihre kleinste Sorge. „Danach hat mir mein Vater gesagt, dass ich vögeln könnte, mit dem ich wollte, aber schlussendlich – falls ich Nikolai Drugov nicht heiraten sollte – würde er meinen Treuhandfond auflösen."

Bastian schoss kerzengerade in die Höhe. „Den russischen Oligarchen? Er war der Mann, von dem man erwartete, dass du ihn vögelst?!"

„Damals war er noch kein Oligarch. Er war gerade mal ein Oligarch in Ausbildung. Mein Vater wollte, dass sich unsere Familien verbinden, seit ich ein Teenager war. Mein Vater glaubt, dass der beste Weg, sich Loyalität im Geschäft zu sichern, gemeinsame Enkelkinder sind oder so ein Bullshit.

Alles, was ich weiß ist, dass von mir erwartet wurde, diesen Widerling zu heiraten, während niemand darauf bestand, dass JJ oder Rafe Lucya – Nikolais kleine Schwester – heirateten.“

„Ist das der Grund, warum man dich enterbt hat? Weil du Drugov abgelehnt hast?“

„Nein. Das ist erst Jahre später geschehen, weil ich …“ *Scheiße.* Sie hätte niemals davon anfangen sollen.

„Weil du was?“

Ihr Magen krampfte sich zusammen. Dies würde Bastian etwas bedeuten. Sehr viel. Aber die volle Wahrheit war furchtbar und man konnte nicht nur den ersten Teil erzählen und dann den letzten auslassen. Sie atmete tief ein. „Ich habe sichergestellt, dass das Öl-Pipeline-Projekt im Nordwesten scheiterte.“

Bastian versteifte sich. „Was meinst du damit? Du warst die Advokatin für den Bau. Ich habe selbst in dem Meeting gesessen. Ich habe mir all den PE-Bullshit angehört. Und das meiste davon hast du selbst gesagt.“

Sie schloss ihre Augen. Jedes Wort, das er sagte, war die Wahrheit. Sie war der Lockvogel gewesen. Doch sobald sie von dem traditionellen Kulturgut und dem Grundstück erfahren hatte, und was es den Stämmen bedeutete, hatte sie alles getan, was sie konnte, um die Dinge wieder zu berichtigen. Sie legte ihren Arm vor ihre Brust, schuf eine Barriere zwischen sich und Bastian, während sie ihren anderen Arm rieb. „Ich habe dem Reporter, der alle Artikel dazu geschrieben hat, Informationen zukommen lassen, die schlussendlich das Projekt haben scheitern lassen. Die Informationen zum TCP, dem traditionellen Kulturgut. Prime Energys illegales Abändern der Daten von negativen Umwelteinflüssen. Micah hat die Beweise bekommen, die er brauchte, um das Projekt für mich absterben zu lassen.“

„*Du* warst das Leak? Du kanntest Micah Rogers?“

Es überraschte sie nicht, dass Bastian den Namen des Reporters kannte, vor allem, weil er das Öl-Pipeline-Projekt so nahe verfolgt hatte. Ihre Finger betasteten aufmerksam einen leicht angehobenen Leberfleck auf ihrem rechten Ellenbogen.

Eine Stelle, die sie in Augenblicken von Stress immer rieb. „Ja. Wir waren mehrere Monate zusammen."

Bastian setzte sich auf und rutschte von ihr weg. Sie vermisste die Hitze seines Körpers. Hasste es, dass dies seine Meinung über sie ändern würde. Micahs Tod war ihre Schuld.

Sie rollte sich auf die andere Seite und starrte die dünne Metallwand des CLUs an. „Er wusste nicht, dass ich ihn benutzte. Ich hatte die Papiere offen liegen lassen, wo er sie bequemerweise finden würde, während ich unter der Dusche stand. Ich gab ihm immer genug Zeit, dass er Fotos machen konnte."

Am Ende war es eines dieser Fotos gewesen, weswegen er umgebracht worden war. Er war über die Serie von Artikeln, die er geschrieben hatte und mit denen er es gegen Prime Energy aufgenommen und gewonnen hatte, interviewt worden. In dem Interview hatte das Magazin einige der Dokumente abgebildet, die er von einem anonymen Informanten von PE erhalten hatte. Einige dieser Dokumente waren mit einem speziellen Schlüssel verändert worden, den nur ihr Vater gekannt hatte – ein spezifisches ‚o' war eingesetzt worden, das wie ein Fehldruck aussah. Sie hatte nicht gewusst, dass ihre Kopie die einzige mit diesem speziellen soliden ‚o' gewesen war. Hatte nicht gewusst, dass diese Seiten überhaupt geändert worden waren. Allerdings hatte sie auch nicht gewusst, dass ihr Vater bereits vermutet hatte, dass jemand Dokumente preisgab, und sie hatte sie direkt zu Micah geführt.

Daraufhin hatte man nur noch ihre Kreditkarten-Rechnungen prüfen müssen – zusammen mit einer illegalen Prüfung von Micahs Konten, was für einen Mann mit Verbindungen zur Mafia ein Leichtes war – um zu sehen, dass sie zu drei verschiedenen Zeiten und jeweils übereinstimmend die Inseln von San Juan besucht hatten.

Sie erzählte Bastian davon und räusperte sich dann. „Ich war am Boden zerstört, als ich von dem Hubschrauberabsturz erfuhr, in dem er umkam. Ich war zu der Zeit an der Universität in Portland, aber für die Weihnachtszeit zu Hause, als ich die Nachrichten hörte. Es war so schon ein angespannter Besuch gewesen, weil ich bis dahin sauber und drogenfrei war, aber mich bis dahin noch nicht von meiner Familie getrennt hatte. Ich dachte, dass ich trotzdem noch Gutes für das Unternehmen tun könnte, dass ich sicherstellen könne, dass PE die Umweltrichtlinien und Gesetze befolgt, und ich wirkliche ethische Untersuchungen zur Umweltgerechtigkeit durchführen könnte. Ich machte den Fehler, meine Gedanken mit JJ und Rafe zu teilen."

Sie zog eine Decke über sich und wünschte sich nun, dass sie sich nach dem Sex nicht nackt ausgezogen hätte. Sie wünschte sich, sie hätte gar nicht erst damit angefangen, denn jetzt würde Bastian auf keinen Fall mehr zulassen, dass sie aufhörte zu reden. „Ich hörte in den Nachrichten von dem Hubschrauberabsturz, aber es dauerte vierundzwanzig Stunden, bevor die Namen des Piloten und des Reporters bekanntgegeben wurden. Als ich hörte, dass Micah in dem Hubschrauber gewesen war, bin ich durchgedreht. Direkt dort, vor meinem Vater und meinen Brüdern, während wir uns die Nachrichten ansahen, habe ich sie sehen lassen, dass mir Micah wichtig war, ich konnte es nicht verbergen." Sie würde niemals das fiese Grinsen auf dem Gesicht ihres Vaters vergessen.

„Ich bin auf mein Zimmer geflohen. Nachdem ich eine Stunde lang geheult hatte, riss ich mich zusammen und überlegte, was ich für Micahs Familie tun konnte. In den Nachrichten wurde gesagt, dass er eine Frau und ein drei Monate altes Baby hatte."

„War er verheiratet, als du mit ihm geschlafen hast?" Bastians Stimme war eiskalt.

„Nein. Wir hatten uns zwei Jahre davor getrennt – bevor er die verfluchten Artikel über die Pipeline geschrieben hatte. Er lernte seine Frau einige Monate danach kennen. Er war ein guter Mann. Er wäre nie fremdgegangen, und ich stehle niemandem den Mann. Niemals."

Sie ergriff den Rand der Decke fester und zog sie fester um sich herum. „Ich fand einen Dienst, der Mahlzeiten auslieferte, und versucht, Geschenkgutscheine zu bestellen, damit seine Frau und sein Kind mit Lebensmitteln versorgt wären, aber die

Bestellung ging nie durch. Meine Kreditkarten-Konten waren geschlossen worden.

Ich rief meine Bank an und erfuhr, dass meine Konten – alle meine Konten – geschlossen worden waren. Ich war pleite – und vollkommen abgeschnitten. Also bin ich runter zum Arbeitszimmer meines Vaters marschiert und stellte ihn zur Rede – warum er das getan hatte. Er präsentierte mir Beweise zur Kopie mit dem eingesetzten ‚o' und sagte, dass er wüsste, dass ich das Leak gewesen war, und er deshalb meinen Treuhandfond übernommen hätte – der bis zu meinem dreißigsten Geburtstag unter seiner Kontrolle war – und dass er meine Zahlungen einstellen würde, die ich regelmäßig bekam, seit ich in der Firma aufgehört und mich für das Studium angemeldet hatte. Er sagte, dass ich – wenn ich wieder zur Familie gehören und meinen Treuhandfond wieder aktivieren wollte – nur mein Studium aufgeben und Nikolai Drugov heiraten müsse. Das wäre der einzige Weg, wie ich meine Loyalität beweisen könnte.

Ich sagte ihm, dass ich auch ohne sein Geld klarkommen würde, und dass ich jemals weder Drugov noch irgendeinen anderen Mann, den er für mich auswählte, heiraten würde. Dass mein Körper nicht Teil seiner Geschäftsvereinbarungen war." Sie räusperte sich. „Er konterte, dass ich meinen Körper benutzt hätte, um PE an einen Reporter zu verraten, also könnte ich jetzt auch meinen Körper dazu benutzen, um die Dinge wieder-gutzumachen."

Sie wünschte sich, sie könnte Bastians Reaktion lesen, aber sie konnte ihn kaum ansehen. Ihr Blick landete überall, nur nicht auf seinem Gesicht und sie konnte ihn nur aus den Augen-winkeln sehen.

„Das Timing von Micahs Tod und meiner Benennung als das Leak konnte kein Zufall gewesen sein. Ich beschuldigte ihn, Micah umgebracht zu haben. Er leugnete es. Aber ich wusste, dass er log."

„Der Absturz wurde von der US-Flugsicherheitsbehörde untersucht", sagte Bastian. „Sie haben festgestellt, dass der Grund sowohl ein mechanischer als auch ein Pilotenfehler war. Das war überall in den Nachrichten."

Sie zog eine Augenbraue hoch. „Und du glaubst nicht, dass meine Familie das arrangieren kann? Die stecken mit der russischen Mafia unter einer Decke. Sie haben Micah umgebracht, weil ich sie betrogen habe. Ich glaube, sie haben herausgefunden, dass er mir etwas bedeutete, und meine Reaktion zu den Nachrichten hat das ja dann auch bestätigt." Sie räusperte sich. „Loyalität steht in meiner Familie an oberster Stelle. Ihnen war es scheißegal, als ich Drogen nahm und mich durch jedes Bett gefickt habe. Ihnen war egal, wie ich mein Leben lebte. Aber ich habe sie betrogen. Also haben sie den Mann beseitigt, der mir wichtig war, und haben aus seiner neuen Frau eine Witwe gemacht und seinem drei Monate alten Baby den Vater gestohlen. Der Pilot war nur ein Kollateralschaden und dabei mindestens genauso herzzerbrechend."

„Hast du Micah geliebt?", fragte Bastian leise.

Sie zuckte mit den Schultern. „Vielleicht. Ich habe die Sache zwischen uns beendet, sobald ich bemerkte, dass er mir etwas bedeutete. Ich konnte ihn nicht weiter ausnutzen. Ich konnte ihm nicht sagen, was ich fühlte. Es war das Beste, die Sache zu beenden, damit er die Artikel schreiben konnte."

„Er hat Fotos von den Dokumenten gemacht. Also hat er dich genauso ausgenutzt."

„Unsere Beziehung basierte nicht gerade auf Vertrauen." Sie sah Bastian endlich an und er schien sie nicht zu hassen. Aber wer wusste, wie er nach einer Weile darüber denken würde. „Ich habe mit dem FBI über den Absturz gesprochen. Sie haben die Ergebnisse der US-Flugsicherheitsbehörde erhalten und sagten, dass es keinerlei Hinweise darauf gab, dass der Hubschrauber in irgendeiner Weise manipuliert worden wäre. Dass der Pilot vielleicht einen medizinischen Notfall erlitten hatte, der den mechanischen Fehler nur noch verschlimmerte. Es wäre schwer zu sagen, wenn man die Kondition der Überreste in Betracht zog."

Sie ergriff den oberen Rand der Decke und rieb den weichen Teil gegen ihre Handfläche. Es war ein sensorischer Komfort, als sie im Geiste die letzte Konfrontation mit ihrer Familie abspielte. Ihr kam die Galle hoch, als sie einsah, dass nicht nur ihre älteren Brüder einen Dreck um ihre kleine Schwester gaben, sondern dass alle drei Männer schlichtweg bösartig waren.

Sie war zu ihrem Zimmer geflohen, hatte eine Tasche gepackt, ihren Schmuck und was sie sonst noch verkaufen konnte. Ihr Vater hatte sie an der Tür getroffen, allein, um sicherzugehen, dass niemand seine letzten Worte mitanhören würde. *„Du kannst herumhuren, so viel du willst, aber erinnere dich daran, was mit den Menschen geschieht, die dir nahestehen.“*

Damit hatte er mehr oder weniger zugegeben, dass er Micah umgebracht hatte, wenn auch nicht direkt. Sie kannte die Skrupellosigkeit ihres Vaters nur zu gut. Er bluffte nicht. Und jetzt hatte er einen Weg gefunden, sie sogar ohne Geld zu kontrollieren.

Sie hatte sich nie wieder ernsthaft mit einem Mann eingelassen. Es war ein zu großes Risiko.

Sie traf Bastians Blick und Angst schoss durch sie hindurch. Er war ihr wichtig. Falls ihm ihretwegen irgendetwas zustoßen sollte, würde sie sich niemals aus dem tiefen Abgrund des Selbsthasses herausziehen können.

„Ich glaube, du solltest gehen“, sagte sie.

Bastians Nasenflügel bebten und sein Körper spannte sich an. „Was zur Hölle? Was verheimlichst du mir?“

Sie nahm all ihr hochnäsigstes Auftreten zusammen. „Das hier ist mein CLU und ich sage dir, dass du gehen sollst.“

„Ist das, weil du glaubst, dass deine Familie hinter mir her sein wird, wie sie es bei Micah getan haben? Micahs Artikel haben ein Milliarden-Dollar-Projekt ruiniert. Ist dir je in den Sinn gekommen, dass sie ihn deswegen umgebracht haben? Dass es nichts damit zu tun hatte, dass er dir etwas bedeutete?“

Das mochte vielleicht zu Beginn ihr Motiv gewesen sein, aber die letzten Worte ihres Vaters klangen immer noch in ihren Ohren. „Mein Vater ist mit seiner Rache noch nicht fertig. Er hat jedem gedroht, der mir nahesteht.“

„Falls du es noch nicht bemerkt haben solltest, ich kann gut auf mich alleine aufpassen.“

Panik überkam sie. Das war genau die Einstellung, die ihn in

Gefahr bringen würde. Ihm war nicht klar, dass ihre Familie niemals einen direkten Angriff unternehmen würde. Sie benutzten Stellvertreter wie Senator Jackson, um ihm innerhalb des Militärs das Leben schwer zu machen. Oder sie würden seinem Stamm Schaden zufügen. Sie würden ihm alles nehmen, was ihm wichtig war, bevor sie ihm den allerletzten tödlichen Schlag versetzten, der dann wie ein Unfall aussehen würde – oder wie ein Selbstmord. „Zieh deine Klamotten an und geh."

Er starrte sie an, und sein Gesicht war vor Wut angespannt. Seine Hände streckten sich und rollten sich zu Fäusten zusammen, während sich seine Brust mit schweren Atemzügen hob und senkte. „Okay. Ich werde gehen. Aber wir sind noch nicht fertig miteinander."

Er stieg mit wütenden Bewegungen in seine Hose und warf sich sein T-Shirt über. Sein Blick zeigte Schmerz.

Es war so das Beste. Er mochte denken, dass er unbesiegbar war, aber sie wusste es besser. Niemand war gegen die Art von Qualen, die ihre Familie verursachen würde, immun.

Kapitel Sechsundzwanzig

Brie war sich nicht sicher, warum sie zu einem Meeting in die Kommandozentrale des Hauptquartiers für Sondereinsätze gerufen worden war. Sie war mehrfach von Savvy und dem SOCOM-Personal debrieft worden. Sie wählte ihre Kleidung für dieses Meeting gewissenhaft aus und schminkte sich mit der Sorgfalt einer ehemaligen Prinzessin.

Das Makeup war für sie wie eine Art Panzer. Es würde Bastian zeigen, wer sie wirklich war. Sie wollte, dass er die Welt sah, der sie niemals würde entkommen können. Nicht einmal in Südsudan. Nicht einmal in Dschibuti.

Prime Energy würde sie immer finden. Es jagte ihr eine Höllenangst ein, als sie daran dachte, dass der Senator ihrem Vater bereits von dem Green Beret erzählt haben könnte, der sie gerettet hatte, und dass es jetzt bereits zu spät war.

Sie betrat den Konferenzraum und trug den Mantel der Professionalität, den sie sich im Geiste immer umlegte, bevor sie ein Geschäftsmeeting betrat. Diese Männer und Frauen würden sie nicht einschüchtern. Sie war eine Prime, und so furchtbar das auch sein mochte, es bedeutete, dass sie in einer Welt aufgewachsen war, wo sie schon im Alter von fünf Jahren gelernt hatte, wie man einen Raum kontrollierte. Sie wusste, wann sie hübsch und hohl wirken und wann sie jemandem in die Eier treten musste.

Heute würde sie ein paar Nüsse knacken, falls das notwendig werden sollte. Sie würde schnellstmöglich von hier verschwinden. Sie würde nach Marokko fliegen und der Welt die abwesende Prinzessin präsentieren. Sie würde mit einem halben Dutzend Männer schlafen und klarstellen, dass Chief Warrant Officer Sebastian Ford ihr absolut gar nichts bedeutete.

Sie setzte sich auf einen Stuhl am Kopfende des Tisches, als ob das ihr Recht wäre. Sie vermied Bastians Blick, erwiderte aber Savvys, die ihr zustimmend zunickte. Anscheinend wollte die CIA-Agentin, dass sie die Rolle der Prinzessin spielte.

Diese Welt war genauso abgefuckt, wie ihre eigene.

Jemand mit Sternen auf seiner Brust betrat den Raum, und jeder wurde aufgefordert aufzustehen. Sie tat es und nickte dem General zu, bevor sie sich wieder hinsetzte.

Ihr gefiel die Hierarchie des Militärs. Sie war eindeutig, klar und erreichbar. Es war nicht so, wie die Hierarchie in ihrer Welt, in die eine Frau entweder hineingeboren werden konnte, oder sie fickte sich ihren Weg nach oben, aber es gab nur wenige andere Startpunkte und noch weniger Gleichwertigkeit, egal wie man dort angelangte.

Das Meeting begann ohne große Zeremonie oder Präambel. Brie wurde weder vorgestellt noch wurde ihr mitgeteilt, wer sich sonst noch am Tisch befand. Sie war Bastians CO und XO am Tag zuvor begegnet, und der Captain, der Leiter des A-Teams war, war ebenfalls anwesend, aber vom Team war sonst niemand hier.

Brie und Savvy waren die einzigen Frauen in dem Raum, und nach ein paar Minuten war klar, dass Savannah James dieses formelle Meeting einberufen hatte.

Savvy zählte kurz die Hauptspieler in Südsudans Bürgerkrieg auf, wobei sie mit dem Präsidenten und dessen Gegner, dem Vizepräsidenten, anfing, bevor sie dann die anderen Spieler nannte, die sich ebenfalls eingemischt hatten, bis sie schließlich bei Lawiri landete.

Dessen Bild wurde auf eine Großleinwand projiziert. Er trug eine Militäruniform und hatte dunkle Haut mit den entsprechenden Gesichtsnarben eines der kleineren Stämme.

„Erfan Lawiri hat vor über einem Jahr die Rebellen aufgesplittet und baut derzeit seine eigenen Streitkräfte auf", sagte Savvy. „Sein Hauptlager wurde vor sechs Monaten angegriffen und wir dachten, dass Lawiri entführt worden war, bis er vor etwa zwei Monaten bei Miss Stewarts USAID-Einrichtung auftauchte und Nahrungsmittel für seine Soldaten verlangte." Sie hielt kurz inne. „Wir haben Grund zu der Annahme, dass er durch Gelder von Öl-Unternehmen unterstützt wird."

Mehr als nur Savvys Augenpaar sprangen in Bries Richtung.

„Intel deutet eine hohe Wahrscheinlichkeit an, dass der Angriff auf die USAID-Einrichtung beide Seiten destabilisieren und so Lawiri eine Öffnung bieten sollte, in diesem Vakuum die Macht an sich zu reißen. Wahrscheinlich hat er Deals abgeschlossen, in denen er in seinem Versuch, an die Macht zu kommen, Bohrrechte im Austausch für Waffen und Unterstützung versprochen hat. HUMINT hat nach der Zerstörung des Marktes angedeutet, dass Lawiri Männer als Sicherheitsleute für den Markt zur Verfügung gestellt hat."

Savvy klickte ihre Maus, und das Bild wechselte. Das nächste Foto sorgte dafür, dass Bries Magen sich zusammenzog. „Nikolai Drugov. Wie die meisten von Ihnen wissen, ist er ein russischer Oligarch mit tiefen Verbindungen zur Mafia. Er ist im engsten Freundeskreis des russischen Präsidenten und allen Berichten nach ein krankes Arschloch. Wir glauben, dass Drugov Lawiri unterstützt, und dass der Markt eine gemeinsame Aktion zwischen den Beiden war, um Lawiris Versuch, an die Macht zu kommen, zu finanzieren.

Drugovs Öl-Unternehmen Druneft würde durch die zugesprochenen Öl-Rechte ein Vermögen machen, während Prime Energy gleichzeitig um die Rechte wirbt, eine Pipeline zu bauen, die das Öl aus Südsudan transportieren würde. Dies würde den Betrieb der derzeitigen Pipeline einstellen, wodurch Südsudan nicht mehr die hohen Transit-Gebühren an Sudan für den Gebrauch ihrer Pipeline bezahlen müsste. Südsudans Ministerium für Erdöl und Bergbau hat diesbezüglich bereits angegeben, dass die Ölfelder am Oberen Nil dadurch mit Verlust arbeiten. Prime Energy hat Konzessionen mit der Republik von Zentralafrika und Kamerun, welche sicherstellen, dass die Transitgebühren bei der neuen Pipeline sehr viel niedriger ausfallen werden."

Brie war nicht überrascht, zu hören, dass ihre Familie bis zum Hals in Geschäften mit Druneft steckte. Sie hatten auf diese Art von Partnerschaft hingearbeitet, seit sie ein Teenager gewesen war.

Savvy fixierte ihren Blick auf Brie. „Miss Stewart, soweit ich es richtig verstanden habe, kennen Sie Nikolai Drugov, und es gab einen Zeitpunkt, als er als potenzieller Verlobter hervortrat, um die Geschäftsbeziehung mit Ihrer Familie zu festigen. Was können Sie uns über diesen Mann sagen?"

Brie spürte, wie ihr bei Savvys Worten alle Farbe aus dem Gesicht wich. Sie konnte sich nicht helfen und wandte sich an Bastian. „Du verfluchter Bastard."

Sein Gesicht war eine steinharte Maske und erinnerte sie an den Mann, den sie in jener Nacht im *Barely North* getroffen hatte. Jetzt wusste sie, warum seine Feinde ihn Bastian den Bastard nannten.

„Das ist für dieses Meeting irrelevant, Miss Stewart", sagte Savvy ohne einen Hauch von Reue in ihrer Stimme. „Bitte verraten sie uns, was sie wissen."

„Warum? Das letzte Mal, das ich Kontakt mit Nikolai hatte, ist Jahre her. Ihre Intel ist weitaus akkurater als das, was ich aus erster Hand weiß."

„Aber Sie *haben* Wissen aus erster Hand. Wir nicht."

Brie legte ihre Hände flach auf den Tisch, um sie davon abzuhalten, sich in Fäuste zusammenzurollen. Schließlich sagte sie: „Er ist zehn Jahre älter als ich. Wie ich, ist er im Geschäft aufgewachsen. Anders, als die anderen Öl-Firmen-Babys, mit denen ich aufgewachsen bin, kannte er alle Einzelheiten der tatsächlichen Arbeit. Er ist auch dazu erzogen worden, skrupellos zu sein und ist generell ein verdammt fieser Typ. Ich war mit seiner kleinen Schwester befreundet, und sie hat mir Dinge erzählt. Lassen Sie es mich so sagen: Es gab einen Grund dafür, warum sie nie Haustiere hatte. Ich wurde dazu gezwungen, mit ihm auszugehen, als ich achtzehn war, und es wurde erwartet, dass wir irgendwann heirateten, um Druneft und PE in einer unseligen Allianz zu vereinen. Ich habe mich geweigert, mit ihm zu schlafen oder ihn zu heiraten. Als ich später enterbt wurde, hat mir mein Vater gesagt, dass ich meinen Treuhandfond zurückhaben könnte, wenn ich Nikolai heiraten würde. Ich habe es auch dann abgelehnt. Das ist so ziemlich alles, was ich weiß."

„Ist Ihnen bekannt, dass in den letzten fünf Jahren mehrere kleinere Unternehmen entstanden sind, die sowohl den Namen Prime als auch Druneft in ihren Steuererklärungen haben?", fragte Savvy.

„Nein. Anscheinend ist es meinem Vater gelungen, sich die Geschäfte auch ohne meine Vagina zu sichern. Schön für ihn."

Savvys Gesicht blieb neutral, doch Brie bemerkte trotzdem, dass der Gebrauch des freimütigen Wortes sie amüsierte. „Es tut mir leid, aber es scheint so, dass Drugovs Interesse an Ihnen nicht nachgelassen hat, nachdem Sie seinen Heiratsantrag abgelehnt haben."

Heiratsantrag. Drugov hatte ihr nie einen wirklichen Heiratsantrag gemacht, sondern ihr Vater hatte sie schlichtweg an Drugov verkaufen wollen und hatte das dann als Allianz bezeichnet.

„Was meinen Sie damit?"

„Intel besagt, dass Drugov vorhatte, Sie auf dem Sklavenmarkt zu kaufen. Er war der ‚spezielle Käufer' – schließlich war es sein Markt. Er hat den ganzen Zirkus nur mitgemacht und wollte deshalb an der Auktion teilnehmen, um etwaige Spuren zu verwischen, falls die USA herausfinden sollte, was mit Ihnen geschehen ist. Ich stimme mit Chief Fords ursprünglicher Beurteilung überein, dass der Sklavenhändler Sie nur an ihn verkauft hat, weil er vorhatte, sie erneut zu entführen, um Sie danach an Drugov zu verkaufen und dadurch seinen Profit zu verdoppeln. Hinzu kommt auch noch, dass der russische Söldner, der Sie in dem verlassenen Dorf gefunden hat, einer von Drugovs Männern war."

„Woher wollen Sie das wissen?", fragte Brie.

„Mehrfache Quellen aus von HUMINT und SIGINT bestätigen das."

Brie wusste, dass Savvy von ‚Human Intelligence' sprach – Informationen, welche durch menschliche Kontakte zustande kamen – und von ‚Signal Intelligence' – mitgehörte Radioübertragungen und Kommunikationen.

„Das, zusammen mit den Informationen, die die Kinder uns geliefert haben, die von dem A-Team gerettet wurden, gab uns einige Spuren und Hinweise, die wir miteinander verbinden konnten."

Es kam Brie in den Sinn, dass Bastian einiges an HUMINT geliefert hatte – nachdem er sie im Bett zum Reden gebracht hatte. Sie erinnerte sich an Savvys SMS an Bastian: *Brauche Antworten. Schnellstens.*

Nun. Jetzt wusste Brie, was es bedeutet hatte. Bastian war auf einer Mission für die CIA gewesen. Tränen brannten in ihren Augen, aber sie unterdrückte sie mit einem tiefen Atemzug. Sie besann sich auf ihre innere Gabriella. Gabriella hatte Eis in ihrer Seele, und sie hatte einen Reporter gevögelt, damit sie *ihm* Intel zuschieben konnte.

Savvy klickte wieder auf die Maus und wieder erkannte Brie das Foto, das auf dem Großbildschirm erschien. Furcht kroch an die Oberfläche, die sie nur mit eiserner Reserve unterdrücken konnte.

„Dies", sagte Savvy, „ist die Immobilie der Prime-Geschwister in Casablanca, Marokko. Jeffery Prime hat dieses Grundstück an seine Kinder übertragen, damit er es während der Scheidung nicht an Miss Stewarts Mutter verlieren würde. Da es nicht Teil des Treuhandfonds von Miss Stewart war, blieb es in ihrem Besitz, als der Treuhandfond aufgelöst wurde. Angeblich wusste nicht einmal Miss Stewart, bis einige Monate vor ihrer Ankunft in Südsudan, dass sie Teilbesitzer der Villa war."

Woher zur Hölle wusste Savvy das? Die Details des Treuhandfonds waren vertraulich. Aber gut, diese Frau war in der CIA und hatte wahrscheinlich illegale Methoden eingesetzt, um an diese Informationen zu kommen.

Manchmal überredete sie sogar Soldaten der Spezialeinheit

dazu, ahnungslose Frauen zu ficken, nur um sie zum Reden zu bringen.

„Der Regen wird im Verlauf der Regensaison immer schlimmer, wodurch im Gegenzug die Hungersnot in Südsudan immer größer wird. Durch die Zerstörung der USAID-Nahrungsmittelreserven fliehen die Bewohner im Osten des Landes entweder nach Äthiopien oder sterben. Jede größere Stadt außer Juba steht kurz vor dem Zusammenbruch, und Juba könnte schon bald folgen. Wir glauben, dass Lawiri derzeit in Drugovs Villa in Marokko verweilt, während er auf den Fall beider Fraktionen in Südsudan wartet."

Brie wurde hellhörig.

„Drugovs Villa liegt direkt neben der Prime-Villa und derzeit wohnt Drugov dort. Wir wissen, dass er dort ist, weil in sechs Tagen auf seinem Grundstück dort eine elegante Party stattfinden wird, an der Jeffery Junior und Rafe Prime ebenfalls teilnehmen werden."

Damit waren ihre Pläne, für einen ruhigen Urlaub nach Marokko zu entfliehen, aus dem Fenster. Brie räusperte sich. „Was wollen Sie von mir Savvy?"

„Ich will, dass Sie nach Marokko fliegen, Lawiri finden und Drugov entlarven."

„Nein!" Dieses scharfe Wort kam von Bastian, der auf seine Füße sprang.

Brie starrte ihn finster an und wandte sich wieder an Savvy. „Bullshit. Sie wollen mich als Köder für Drugov benutzen."

„Das auch. Und bitte setzen Sie sich, Chief Ford. Sie haben ebenfalls eine Rolle in dieser Mission."

Mission?

Savvy nickte Bastians Vorgesetztem, Captain Haverfeld, zu und setzte sich wieder hin.

„Chief Ford", sagte Captain Haverfeld, „Wir sind mit Miss James die Logistik durchgegangen und glauben, dass diese Mission die besten Chancen auf einen Erfolg hat, wenn sie als ein geheimer Sondereinsatz durchgeführt wird."

„Was?", fragte Brie. „Ich bin nicht gerade eine trainierte

Geheimagentin. Ich bin mir ziemlich sicher, dass Nikolai mich erkennen wird.“

„Sie sind nicht diejenige, die Undercover sein wird, Miss Stewart. Wir werden Chief Ford mit Ihnen zusammen nach Casablanca schicken. Er wird vorgeben, Ihr Freund zu sein, aber in der Funktion eines Bodyguards handeln. Alles, was wir von Ihnen wollen ist, dass Sie Lawiri finden. Sobald wir Beweise haben, dass er sich zusammen mit Drugov in Marokko aufhält, können wir ein Team hinschicken, um ihn gefangen zu nehmen. Lawiri wird von den Behörden in Südsudan und in Äthiopien gesucht.“

„Außerdem könnten wir Drugov – falls wir Lawiri dazu bringen können, gegen ihn auszusagen – dafür drankriegen, dass er dabei geholfen hat, eine Regierung zu stürzen, um sich Öl-Rechte zu sichern“, sagte Savvy.

„Und sie werden einfach so magisch akzeptieren, dass ich aus dem Blauen heraus mit meinem Freund von der Spezialeinheit dort auftauche?!“ Sie hatte ihre Familie seit Jahren vermieden – hatte nicht einmal gewollt, dass sie wussten, wohin USAID sie jeweils geschickt hatte – und jetzt wollten die CIA und das US-Militär, dass sie ihre Brüder besuchte, als ob nichts geschehen sei?

„Wir glauben, dass Drugovs Quelle – Senator Jackson – den Oligarchen darüber informiert hat, dass Chief Ford der Soldat war, der Sie in Südsudan gerettet hat“, sagte Savvy. „Ich bin mir sicher, dass es niemanden verwundern würde, dass daraus eine Beziehung entstanden ist. Und nach allem, was Sie durchgemacht haben, steht Ihnen ein luxuriöser Urlaub zu. Offiziell wird Chief Ford nach einer stressvollen Woche in Südsudan, in der Sie beide verletzt wurden, Urlaub zugesprochen.“

„Falls Drugov gehofft hat, mich als seine Sexsklavin zu kaufen, wird er wohl kaum erfreut sein, meinen Freund zu treffen. Selbst, wenn der nur gespielt ist.“ Denn eins war absolut klar – ihre Beziehung war reine Fiktion.

„Umso mehr ein Grund, ihn dort zu haben“, sagte Captain Haverfeld. „Sie brauchen den Schutz, Miss Prime.“

„Stewart“, verbesserte sie ihn. „Und warum sollte ich überhaupt gehen? Schicken Sie doch einfach ein Team und stürmen Sie Nikolais Haus."

„Sie wissen, dass wir das nicht tun können. Wir würden Krieg mit Russland riskieren", sagte Savvy. Sie hielt Bries Blick stand. „Wir glauben, dass diese Männer für die Zerstörung der Nahrungsmittel in Südsudan verantwortlich sind. Nahrungsmittel, die tausende von hungernden Menschen versorgt hätten. Menschen, die nun wahrscheinlich sterben werden."

„Zudem glauben wir auch", fügte Haverfeld noch hinzu, „dass sie für den Sklavenmarkt verantwortlich waren. Der, in dem man Sie nackt ausgezogen und Ihnen einen Metallring um den Hals gelegt hat, um Sie zu versteigern. Der, auf dem all die Kinder aufgereiht waren, die ebenfalls verkauft werden sollten. Ich glaube, Sie haben einige gute Gründe, um diese Spur verfolgen zu wollen, Miss Stewart. Und es gibt niemanden in diesem Raum außer Ihnen, der legalen Zutritt zu dem Grundstück Ihrer Familie hat."

Verdammter Mist, sie war wirklich gut darin, wie sie sie mit ihrer Munition in die Enge getrieben hatten. Sie könnte einfach abhauen, aber am Ende würde sie sich damit nur gegen ihren eigenen Kampf stellen und gegen alles, an das sie glaubte. „Also gut. Aber ich werde allein gehen."

„Auf keinen Fall!", warf Bastian ein.

Nachdem sie ihm während des gesamten Meetings ausgewichen war, erwiderte sie nun endlich seinen Blick. Aber sie sah nicht den Mann, mit dem sie geschlafen hatte. Den Mann, in den sie sich verliebt hatte. Den Mann, den sie von sich weggestoßen hatte, weil das die einzige Möglichkeit war, ihn zu beschützen. Nein. Sie sah den Mann, der sich auf keine Beziehungen einließ. Den, der sie auf Befehl der CIA verführt hatte.

Sie stand langsam vom Tisch auf. „Machen Sie Ihre Pläne. Lassen Sie mich wissen, was Sie entschieden haben. Ich für meinen Teil brauche jetzt einen Drink." Sie verließ den Raum, ohne zurückzublicken.

Kapitel Siebenundzwanzig

Bastians ohnehin schon gebrochenes Herz sank noch tiefer, als er Brie an der Bar sitzen sah. *Fuck*. War er zu spät?

Sie hatten ihn in dem Meeting aufgehalten und eine Mission geplant, die ihn zumindest emotional, wenn nicht körperlich ausweiden würde. Trotzdem war er geblieben, denn er würde einen Teufel tun und irgendjemand anderen mit ihr nach Marokko gehen lassen als ihn selbst. Wenn er ihr hinterhergerannt wäre, hätte er seine Position an ihrer Seite verloren. Und es war möglich, dass nur Savvy wusste, dass Brie eine ehemalige Abhängige war, die seit Jahren keinen Alkohol getrunken hatte.

Es hatte ihn fast umgebracht, in dem Meeting zu bleiben, obwohl er wusste, dass sie hier war. Er hatte ihr das angetan. Er hatte sie so tief heruntergezogen.

Seine Schuld. Er hatte sie nicht gewarnt, dass er Savvy von Drugov erzählen musste. Er hatte es ihr letzte Nacht sagen wollen, aber sie hatte ihn aus ihrem Bett und aus ihrem CLU geworfen.

Er war wütend und frustriert gewesen – und wem war er über den Weg gelaufen? Savvy James. Die Frau hatte nur einen Blick auf ihn geworfen und gewusst, dass er Brie zum Reden gebracht hatte. Er hatte seine Pflicht getan und Savvy alles erzählt.

Savvy hatte ihm schon auf der *Dahlgren* gesagt, dass sie ein besonderes Interesse an Drugov hatten. Die Tatsache, dass Brie ihn persönlich kannte, war das Puzzleteil, das gefehlt hatte. Aber selbst nachdem er Savvy alles gesagt hatte, hatte er erst im Meeting erfahren, dass Savvy die Verbindung zwischen Lawiri und Drugov hergestellt hatte.

Jetzt wusste er alles, denn es waren noch weitere Informationen geteilt worden, nachdem Brie den Raum verlassen hatte. Drugov war jahrelang hinter Brie her gewesen – genauso, wie der Söldner in Südsudan es gesagt hatte. Lawiris Erscheinen in der USAID-Einrichtung zwei Monate zuvor war höchstwahrscheinlich geschehen, um zu bestätigen, dass Brie Stewart tatsächlich Gabriella Prime war, während der nachfolgende Angriff dann zwei Aufgaben erfüllte: Brie zu entführen und die Nahrungsmittelvorräte zu verbrennen. Drugov würde die Frau bekommen, die er wollte, und das Land wäre noch weiter destabilisiert und würde Hungersnot erleiden.

Jetzt saß Brie an der Bar, ihr Rücken stocksteif und gerade durchgedrückt, während vor ihr reihenweise Flaschen mit Alkohol auf den Regalen hinter der Bar aufgestellt waren.

Er ging um sie herum und sah, dass kein Drink vor ihr stand. Da war nur ein leere Theke und eine Frau, die sich ihren Dämonen gegenübersah. Er wollte sich auf den Stuhl neben sie setzen, doch er befürchtete, dass er derjenige war, der das Fass zum Überlaufen bringen würde, sodass sie schlussendlich ihren Kampf verlieren würde.

Nichts zu tun konnte allerdings noch schlimmer sein. Was wäre, wenn sie schließlich nachgab, weil sie allein war? Weil sie glaubte, dass sie ihm nichts bedeutete?

Er setzte sich auf den Stuhl neben sie, was ihn an ihr erstes Treffen an genau dieser Bar erinnerte. Und genauso, wie er es beim ersten Mal getan hatte, wies sie ihn ab, bevor er überhaupt eine Chance hatte, zu sprechen. „Verpiss dich, Arschloch."

„Es tut mir leid."

„Das ist mir scheißegal. Verpiss dich."

„Nein. Es tut mir leid, Brie. Ich wollte dir sagen, dass Savvy von Drugov wissen wollte, aber du hast mich rausgeschmissen."

„Und du bist gegangen, weil der einzige Grund, warum du

mich gefickt hast, der war, mich zum Reden zu bringen. Dein Job war erledigt."

Er konnte nicht lügen, wusste aber, dass es ihr schwerfallen würde, die Wahrheit zu glauben. „Können wir privat darüber sprechen?" Irgendwo, wo kein Alkohol serviert wurde und der Barkeeper nicht alles mithören konnte.

„Nein. Wenn du der CIA sowieso alles weitererzählst, dann können wir genauso gut hier quatschen."

Sie winkte dem Barmann zu. Der hielt vor ihr an. „Haben Sie sich entschieden?"

Ihr Blick fixierte sich wieder auf die Theke und Bastian hielt seinen Atem an. Nach einem Moment sagte sie „Nein". Sie nickte in Bastians Richtung. „Aber er will etwas."

Das tat Bastian, aber er würde sich auf keinen Fall jetzt einen starken Drink bestellen. Nicht, solange sie mit ihren Dämonen kämpfte. „Eine Cola, bitte."

Der Barkeeper füllte ein Glas, schob es über die Bar und ging dann wieder zurück in die Ecke – so weit weg, wie er sich hinter der Bar von ihnen entfernen konnte.

„Ich liebe dich", sagte Bastian, verzweifelt, die Barrikade zwischen ihnen zu brechen.

Ihr Körper versteifte sich. Ihre Augen wurden hart und ihre Nasenflügel bebten, aber sie sagte nichts.

Sein Herz klopfte ihm bis zum Hals, während sich ihr Schweigen ausdehnte. Schließlich stand sie von ihrem Stuhl auf und verließ die Bar.

Bries gesamter Körper bebte vor Wut. Er *liebte* sie? Ja klar. Wenn er sie lieben würde, hätte er sie nicht gefickt, um ihr Informationen zu entlocken, nur um sich dann umzudrehen und der CIA alles zu erzählen. Er hätte sie nicht vollkommen blind in das Meeting laufen lassen.

Er hätte sie nicht benutzt, wie ihre Familie versucht hatte, sie zu benutzen.

Ihr Vater hatte gewollt, dass sie Drugov vögelte, um einen

Deal abzuschließen. Ihn zu heiraten, um ihr Reich zu vereinen. Ihre Bedürfnisse, oder das, was sie wollte, spielten dabei nicht die geringste Rolle. Sie war nur eine Vagina zur männlichen Befriedigung und eine Gebärmutter, um kleine Prime-Drugov-Erben zu produzieren.

Als ob sie je ein Kind in diese Welt setzen würde. Als ob sie den Horror, der ihre Familie war, einer weiteren Generation auferlegen würde.

Noch bevor sie es zur Tür der Bar geschafft hatte, kamen ihr die Tränen. Ohne ihren Gehstock konnte sie nun schneller gehen, aber sie konnte noch nicht rennen, was sie jetzt so gern getan hätte. Ihr Ziel war ihr CLU, wo sie die Tür vor dem Mann verschließen konnte, den sie aus ihrem Bett geworfen hatte, weil er ihr zu viel bedeutete, nur um dann festzustellen, dass er sich auf einer Mission von der CIA befunden hatte.

Savvy musste alles arrangiert haben. Das war der Grund, warum er auf dem Flugzeugträger gewesen war, obwohl er nicht rund um die Uhr medizinische Überwachung benötigte. Er war dort gewesen, um ihr näher zu kommen.

Und natürlich hatte man ihm die Erlaubnis erteilt, sie zum Observationsdeck zu bringen. Savvy hatte soeben ein Meeting voller SOCOM-Leiter angeführt. Brie hatte keine Zweifel, dass diese Frau die gesamte Flotte dazu bringen könnte, sich ihrem Plan zu fügen. Ein kurzer Ausflug, um Jets beim Start zuzugucken, war ein Kinderspiel.

Kein Wunder, dass das medizinische Personal in die andere Richtung geschaut hatte, und die Ärzte freizügig Kondome verteilten. Brie fühlte sich so dumm, dass sie es nicht schon früher gesehen hatte.

Sie war auf halbem Weg zu ihrem CLU, als Bastian sie einholte.

„Brie. Bitte rede mit mir. Bitte."

Sie drehte sich um und starrte ihn wütend mit Tränen in ihren Augen an. „Ich habe dir nichts zu sagen – nur, dass ich jetzt verstehen kann, warum deine Eltern jemand anderen dir vorziehen."

Das war das Gemeinste, was ihr einfiel. Und es war effektiv.

Er hielt abrupt inne, und sie schaffte es bis zu ihrem CLU, ohne dass er ihr folgte.

Sie schloss die Tür hinter sich und ließ ihren Tränen endlich freien Lauf. Zuerst wurde sie von Bildern seines Körpers heimgesucht, wie er sie mit Zärtlichkeiten überhäufte und Gefühle in ihr erweckte, die sie nicht wollte. Gefühle, vor denen sie sich fürchtete.

Dann erinnerte sie sich an den Augenblick, als er zum ersten Mal die Hütte in Südsudan betreten hatte, als sie nackt mit nur einem Metallhalsband vor ihm gestanden hatte, und wie ihr Herzschlag sich bei seinem Anblick beschleunigt hatte.

Wie sie unter dem Sternenhimmel in Südsudan getanzt hatten. Wie sie sich auf dem Observationsdeck im Golf von Aden geküsst hatten. Wie sie sich in seinem Zimmer ihrer Liebe hingegeben hatten. Es war ein Teufelskreis voller Erinnerungen, in denen er die intensivsten Emotionen in ihr hervorgerufen hatte.

Und nun war sie hier und fügte noch eine weitere zu dem Berg an Erinnerungen hinzu.

Sie hatte dreißig Minuten lang in dieser Bar gesessen und gegen den Drang angekämpft, Alkohol zu trinken. Jetzt wünschte sie sich, dass sie dem nachgegeben hätte.

Sie würde alles dafür geben, das hier nicht fühlen zu müssen. Gar nichts fühlen zu müssen.

Kapitel Achtundzwanzig

Brie schaffte es, Bastian ganze sechsunddreißig Stunden zu vermeiden, aber da ihre Mission in Marokko in drei Tagen stattfinden sollte, musste sie sich mit ihm treffen. Sie mussten planen.

Er würde ihren Freund spielen, und sie mussten über ihre Rollen diskutieren und eine Strategie entwerfen. Er musste seine Rolle lernen.

Sie betrat den Konferenzraum in vollem Gabriella Prime Makeup und Kleidung. Jetzt trug sie einen Hosenanzug und ihr Humpeln war kaum noch sichtbar. Sie ging mit hoheitlicher Poise, und Bastian sehnte sich nach ihr. Körperlich. Geistig.

Er liebte sie. Er wusste das nun mit Sicherheit. Irgendwo zwischen dem Sklavenmarkt und Camp Citron hatte er sich hoffnungslos in sie verliebt, und falls er sie nicht dazu überreden konnte, ihm eine zweite Chance zu geben, war er sich ziemlich sicher, dass es ihn zerbrechen würde.

Hatte Cece sich so gefühlt, als er mit ihr Schluss gemacht hatte? Er war immer davon ausgegangen, dass sie die Idee von ihnen beiden als Paar geliebt – ihn aber als Partner eher toleriert hatte, aber vielleicht war da ja ihrerseits doch mehr gewesen. Vielleicht weigerte sie sich deshalb, ihn gehen zu lassen.

Aber nichts davon spielte jetzt eine Rolle.

Jetzt hatten sie eine Mission zu planen. Er begleitete die

Frau, die er liebte, mitten in eine Grube voller Giftschlangen. Dort würden sie sich einem russischen Oligarchen gegenübersehen, der sie als Sklavin hatte kaufen wollen, sowie einem südsudanesischen General, der seine eigenen Leute verkaufte, damit er von Öl-Bohrungen profitieren konnte, und dann waren da noch ihre Brüder, die möglicherweise einen Mordanschlag auf den letzten Mann verübt hatten, der Brie etwas bedeutet hatte.

Bastian war ihr einziger Schutz, und gerade in diesem Augenblick hasste sie ihn.

Das hier könnte Südsudan wie einen Urlaub aussehen lassen.

Brie saß ihm gegenüber am Tisch. „Wir werden diese Sache folgendermaßen angehen. Sobald wir in Marokko ankommen, werden wir zusammen einkaufen gehen. Du wirst entsprechend aussehen müssen, um als Gabriella Primes Liebhaber durchzugehen." Ihr Blick glitt nur kurz über ihn hinweg, als ob Gabriella ihn nicht wirklich beachtete.

Sie wollte also dieses Spielchen spielen? Er lehnte sich zurück und lächelte. Er war dabei. „Gabriella steht auf mein grobes, gutes Aussehen und die Tatsache, dass ich nicht so ein sadistisches Arschloch bin, wie dieser Oligarch."

„Grob, vielleicht. Gutes Aussehen? Das hättest du gern."
Er lachte.

„Kinder, bitte", sagte Savvy. „Hebt euch das Flirten für später auf. Wir haben eine Mission zu planen."

„Er wird Kleidung brauchen", sagte Brie flach.

„Ich habe für ihn eine Ausgehuniform bestellt, die er zu Drugovs Party tragen kann. Sie müssen nur Ihr Abendkleid abholen gehen, wenn Sie ankommen."

„Ich werde ein paar Dinge besorgen, aber ich habe Kleidung dort, inklusive Abendkleider, die noch vom letzten Jahr dort sind, als ich einen Monat dort verbracht habe."

„Gut, denn unser Budget ist kleiner als das, woran Gabriella gewöhnt ist", sagte Savvy.

„Glücklicherweise weiß Brie, wie sie auf kleinem Budget zu leben hat", sagte Brie. „Als Nächstes kommen die Schlafvorkehrungen. Die Villa hat zweiundzwanzig Schlafzimmer mit angrenzenden Bädern. Bastian wird in der Suite neben meiner schlafen."

„Nein. Ich bin dein Freund. Ich schlafe in deinem Schlafzimmer."

„Niemand wird wissen, dass du nicht im selben Raum schläfst. Das Haus hat gut zehntausend Quadratmeter Wohnfläche. Wir werden angrenzende Suiten nehmen."

„Trotzdem nein", sagte Bastian „Du hast Bedienstete. Sie werden es *wissen*. Sie werden es an deine Brüder weiterleiten. Und du wirst nicht sicher sein, solange ich nicht rund um die Uhr bei dir bin. Wir werden im selben Bett schlafen. Falls ein Dienstmädchen sieht, dass ich auf der Couch geschlafen habe, sind wir am Arsch. Und wenn wir mit deiner Familie zusammen sind, wird es öffentliche Liebesbekundungen geben. Falls deine Brüder auch nur einen Hinweis erahnen sollten, dass zwischen uns etwas nicht stimmt, ist das Spiel vorbei."

„Ich hasse dich", sagte sie süßlich, stimmte ihm aber zu.

„Ich weiß", sagte er, wobei er versuchte, Han Solos Nonchalance nachzuahmen. Er wünschte sich nichts mehr, als dass Savvy nicht im Raum wäre.

„Wunderbar", sagte Savvy. „Nächster Punkt: Drugov. Wir wollen, dass Sie mit ihm Kontakt aufnehmen, sobald Ihnen das nach Ihrer Ankunft möglich ist. Ich benötige einen vollen Bericht. Sein Verhalten. Wie er sich verändert hat, seit Sie ihn das letzte Mal gesehen haben. Wirklich alles, was Sie mir mitteilen können."

Brie lächelte wild. „Ich könnte ihn wahrscheinlich allein bekommen. Ich bin mir sicher, dass er begierig darauf ist, mit mir zu sprechen, solange Bastian nicht im Hintergrund herumlungert."

„Vergiss es", sagte Bastian. „Dieser Kerl ist ein Sadist, der sich einen Dreck um die Zustimmung seiner Opfer schert."

„Abgemacht", sagte Savvy. „Sie werden nicht mit Drugov allein sein. Niemals."

„Und meine Brüder?"

„Solange Sie es vermeiden können. Ich empfehle Ihnen, auch mit ihnen nicht allein zu sein, obwohl ich weiß, dass das schwieriger sein könnte. Sie werden gleich von Anfang an darauf drängen, Sie von Bastian zu trennen. Sie werden darauf bestehen müssen, dass er immer an Ihrer Seite bleibt."

Savvy blickte auf den Metallkoffer, der auf dem Tisch lag. „Was uns zum nächsten Punkt bringt: die CIA will, dass Sie beide subdermale Tracker injiziert bekommen. Nur für den Fall, dass man Sie trennt."

Er hatte erwartet, dass Brie den Tracker bekam, und diese Vorsichtsmaßnahme vollkommen unterstützt, war jedoch nicht so begeistert von der Idee, dass auch er einen Chip tragen sollte. „Warum ich? Das ist pure Verschwendung von teurer Technologie. Ich bin hier nicht das Ziel."

„Immer langsam mit dem Ego, Chief Ford. Niemand wirft einen Schatten auf Ihre großartigen Fähigkeiten", sagte Savvy mit ausgeglichener Stimme. „Sie haben Senator Jackson getroffen, und ihm wurde gesagt, dass Sie in dem Team waren, das Brie gerettet hat."

Bastian nickte.

„Somit wissen sie, dass Sie ein Green Beret sind und wie Sie sich kennengelernt haben. Sie werden mit absoluter Sicherheit versuchen, Sie bei der erstbesten Gelegenheit zu trennen, und sie werden dabei vielleicht nicht legal vorgehen. Drugov ist seit Jahren hinter ihr her. Er wird extrem angepisst sein, dass Sie sie begleiten. Sie werden für Bries und Ihre eigene Sicherheit gechippt."

Savvy griff nach dem Koffer und tippte die Zahlenkombination für das Schloss ein, nachdem sie ihren Daumen über den Scanner gezogen hatte. „Sie kennen sich beide damit aus, richtig? Sobald der Tracker aktiviert wurde, wird der Chip bis zu vier Stunden lang ein Signal übertragen. Allerdings benötigt es dazu ein funktionierendes Handy in einem Umkreis von etwa drei Metern. Es benutzt das Signal und überträgt Ihren Standort. Wenn es keine Netzfunkverbindung hat, kein aktives Handy in der Nähe, leeren Sie die Batterie umsonst."

Bastian kannte alle Schwächen dieser Tracker, aber er wusste auch, dass es ihre beste Hoffnung wäre, falls Brie als Geisel genommen würde. Was ihn selbst betraf – er hatte keine

Absichten, sich entführen zu lassen. Allerdings war er auch nicht so eingebildet, dass er es als unmöglich ansah, dass ihm so etwas passieren konnte.

Nachdem sie alle Details dazu besprochen hatten, wie man die Tracker aktivieren konnte – die Stelle fünf Sekunden lang zu massieren oder zehn Sekunden lang gleichbleibenden Druck auf die Stelle anbringen – identifizierten sie die beste Körperstelle, wo sie jeweils den Tracker injizieren würden. Brie entschied sich für ihren linken Arm, direkt oberhalb ihres Ellenbogens, während Bastian sich für seine rechte Wade entschied, denn wenn sie beide eine Wunde an derselben Stelle hatten, könnte das auffallen.

Die Stelle an der Wade würde es Bastian schwerer machen, den Tracker zu aktivieren, falls seine Hände über seinem Kopf gefesselt wären, aber sie waren sich alle einig, dass es wichtiger war, dass Brie einen leichter zu erreichenden Tracker haben sollte.

Savvy starrte Bastian finster an, als er Brie die Geschichte von Morgan Adlers Entführung erzählte, und dass der Tracker ihr das Leben gerettet hatte, aber sie hielt ihn nicht auf. Als CIA-Agentin durfte sie diese Art von Geschichten nicht weitergeben, weil sie von ihrer Seite her streng geheim waren. Wahrscheinlich auch auf Bastians Seite, aber ihm war das scheißegal.

Er wollte, dass Brie wusste, warum es so wichtig war. Falls sie den Tracker benutzen musste, könnte das ihr letzter Ausweg sein, aber der könnte ihr durchaus das Leben retten.

„Mann, ich könnte schwören, dass das mehr wehtut, als angeschossen zu werden", sagte Brie, nachdem der Tracker implantiert und getestet worden war.

Bastian zog eine Augenbraue hoch.

Sie schmollte. „Na gut, ich übertreibe, aber mein Arm tut trotzdem weh."

„Während Sie in der Villa sind, erwarte ich von Ihnen, dass Sie zu jeder Zeit bewaffnet sind, Chief Ford."

„Ich werde meine Sig Sauer verdeckt tragen, einen Ersatz an meinem Knöchel, und ich werde ein Messer dabeihaben."

„Gut."

Er blickte zu Brie. „Wenn du im Umgang mit Waffen besser trainiert wärst, würdest du ebenfalls eine tragen, aber so, wie die Dinge stehen, wärst du in größerer Gefahr, wenn sie dir jemand abnimmt. Wir werden heute Nachmittag mit den Selbstverteidigungsübungen weitermachen, mit denen wir in Südsudan angefangen haben. Wir machen da weiter, wo wir aufgehört haben."

Brie errötete und er überdachte seine Worte. Wo sie aufgehört hatten ... − sie waren kurz davor gewesen, in der heißen südsudanesischen Sonne zu vögeln. „Nein", sagte sie.

„Sie sollten darauf vorbereitet sein, zu kämpfen, Brie", sagte Savvy. „Ich würde mit Ihnen sparren, aber dazu habe ich keine Zeit. Und es ist Bastians Job, anderen Kampftechniken beizubringen. Also hören Sie auf, sich wie eine verwöhnte Göre zu verhalten, und reißen Sie sich zusammen."

Brie lenkte ihren wutentbrannten Blick auf die andere Frau um, und Bastian wusste genau, welchen Nerv Savvy soeben getroffen hatte. Wenn jemals jemand empfindlich darauf reagiert hatte, als verwöhnt bezeichnet zu werden, dann war das Brie. Und er wusste besser als jeder andere, dass Brie − obwohl sie in einem Wohlstand aufgewachsen war, von dem neunundneunzig Prozent der Bevölkerung nur träumen konnten − nicht gerade verwöhnt worden war.

Sicher, sie hatte luxuriöse Dinge gehabt, aber man hatte von ihr erwartet, dass sie mit ihrem Körper ihren Anteil zum Familienunternehmen beitrug.

„Das reicht, Savvy." Er wandte sich an Brie. „Ich werde es professionell halten. Deine Sicherheit ist hier am allerwichtigsten." Himmel, alles andere als ihre Sicherheit interessierte ihn einen Scheißdreck. Wenn es nach ihm ginge, würde sie überhaupt nicht nach Casablanca fliegen.

Aber Brie hatte dem zugestimmt, und er würde sie dorthin begleiten. Er würde sie beschützen.

Fuck, er würde für sie sterben.

So einfach war das.

Kapitel Neunundzwanzig

Da es sich um eine geheime Mission handelte, flogen sie mit einer kommerziellen Fluglinie von Dschibuti City nach Kairo und nahmen von dort einen Flug nach Casablanca. Brie tat ihr Bestes, ihren Begleiter während der Reise zu ignorieren, aber wenn man die Länge der Flüge bedachte – der erste dauerte drei und der zweite über fünf Stunden – war das unmöglich.

Nicht lang nach ihrem Start von Kairo, griff Bastian über die Lehne und verschlang dann seine Finger mit ihren. Sie entzog ihm ihre Hand und er antwortete damit, dass er seine Handfläche auf ihr Knie drückte. „Wir werden uns vor deiner Familie viel berühren müssen. Es ist besser, wenn du dich schon jetzt daran gewöhnst, sonst werden wir scheitern."

Sie gab nach, nahm seine Hand und hasste es, dass diese einfache liebevolle Berührung beruhigend war. Sie hasste es, dass der Geruch seiner Haut allein Dinge mit ihr anstellte, und sie daran erinnerte, wie gut es sich angefühlt hatte, als er methodisch jeden Zentimeter ihres Körpers in Besitz genommen hatte. Wie sicher sie sich in seinen Armen gefühlt hatte.

Wie sie ihm ihr Herz geöffnet und einen Einblick hatte erhaschen können, wie es sich anfühlen würde, sich zu verlieben. Und sogar geliebt zu werden.

Sie hatte in der Nacht zuvor nicht gut geschlafen, also lehnte sie sich in ihrem Sitz zurück und versuchte zu dösen. Sie drehte sich auf dem engen Sitz herum, um eine bequeme Position zu finden, doch der Schlaf wollte sich nicht einstellen.

Obwohl sie auf dem Weg zu einer Villa mit zweiundzwanzig Schlafzimmern war, die ihr zu einem Drittel gehörte, war sie trotzdem pleite. Die Regierung hatte für diese Flugtickets bezahlt, was bedeutete, dass sie in der Touristenklasse eingezwängt waren. Sie vermisste nicht viel von dem Geld ihrer Familie, aber, was das Fliegen anbelangte, vermisste sie die erste Klasse. Hier auf ihrem engen Sitz rutschte sie zu dem warmen Körper an ihrer Seite hin und hoffte, dass er glaubte, dass sie eingeschlafen und es ihr nicht bewusst war, wie sie zu ihm rüber glitt.

Er schmunzelte und drückte seine Lippen an ihre Schläfe. „Schlaf, Schätzchen."

Sie gab seinem Angebot nach und schlief ein. Sie erwachte mit einem Zucken einige Zeit später. Ein Blick aus dem Fenster sagte ihr, dass sie kurz davor waren, zu landen. Sie hob sich von Bastians Schulter und streckte sich aus, um ihren verwirrten Zustand zu verdecken. Sie hatte von Bastian geträumt – was in Anbetracht dessen, dass sie stundenlang seinen Duft eingeatmet hatte, nicht verwunderlich war – und in ihrem Traum war er so süß gewesen. Wie in der Nacht, als er auf dem Flugzeugträger zu ihr ins Bett gekrochen war.

Sie sehnte sich nach der Unverfänglichkeit jener Nacht, aber natürlich wusste sie jetzt, dass es nur vorgetäuscht gewesen war. Savvy hatte ihn dazu angestiftet. Nichts war je einfach. Außer vielleicht die Zeit, als sie sich in Südsudan während ihres Tanzes geküsst hatten.

Jetzt musste sie so tun, als ob ihn zu berühren und in seiner Nähe zu sein, ihr nicht das Herz brach. Sie musste ihn ansehen, als ob sie in ihn verliebt war, und sie befürchtete mehr als andere, dass er sehen könnte, dass es nicht alles nur vorgespielt war.

Während es für ihn ein Job gewesen war, war sie … sie selbst gewesen. Sie hatte es zugelassen, dass er sowohl ihre Stewart-Hälfte als auch ihre Prime-Hälfte kennengelernt hatte.

Etwas, was sie niemals zuvor bei irgendjemand anderem gewagt hatte.

Sie drehte sich zum Fenster. Sie waren nun tief über den Bäumen, als sie auf den Internationalen Flughafen Mohammed V. zuflogen. Dies war immer einer ihrer Lieblingsorte gewesen – als Teenager hatte sie all die Ansichten, die Geräusche und Gerüche von Casablanca geliebt und so viel Zeit weg von der Villa verbracht, wie es ihr möglich gewesen war, um die nordafrikanische Stadt zu erkunden.

Sie liebte die Souks, traditionelle Marktplätze, die wie ein Irrgarten aus Gassen und schmalen Straßen bestanden, wo Händler Gewürze, Schmuck, Lebensmittel und Kleidung verkauften. Die Farben, die Düfte, die Sprache – sie saugte es alles in sich auf. Es war in diesen Souks gewesen, wo sie angefangen hatte, Arabisch zu lernen. Sie hatte ebenfalls so viel Zeit wie möglich an den öffentlichen Stränden verbracht und die Medina, die ummauerte Altstadt, ausgekundschaftet.

Zuletzt hatte sie diesen Ort vor einem Jahr besucht, nicht lange, nachdem sie erfahren hatte, dass ihr ein Drittel des Grundstücks gehörte. Sie hatte den Trip finanziert, indem sie ihre Wohnung in Seattle aufgegeben und sich mit dem Geld für die Miete das Flugticket gekauft hatte. Nach ihrer Rückkehr hatte sie dann auf der Couch einer Freundin übernachtet, während sie die Vorkehrungen für ihren Job in Südsudan traf. Dieser einmonatige Urlaub war es wert gewesen.

Die Reifen des Flugzeugs berührten den Boden.

Sie war zu Hause. Oder so etwas in der Art.

Bastian war nicht gerade begeistert, als er feststellte, dass Brie nicht nur im Scherz gesagt hatte, dass sie als Erstes mit ihm shoppen gehen würde. Sie brachte ihn zu einem eleganten Einkaufszentrum mit einem gigantischen Aquarium, in dem kleine Haie und tausende von anderen Fischarten herumschwammen. Nachdem sie für sich selbst bei Dior eingekauft hätte, zerrte sie ihn nach draußen, um sich die stündliche musikalische Performance der Fontäne anzusehen, bevor sie ihn daraufhin zu Armani zerrte, um ihm dort Outfits zu besorgen.

„Meine Ausgehuniform wird reichen.“

„Die ist perfekt für Nikolais Party, aber du wirst Anzüge für Dinner und andere soziale Funktionen brauchen.“

„Du putzt dich doch nicht wirklich fürs Abendessen heraus.“

„Wenn Geschäfte besprochen werden, immer. Und das werden wir, wenn Drugov zum Dinner kommt. Du wirst entsprechend aussehen müssen.“

„Die Rolle, die ich spiele – so, wie ich aussehen muss – ist die deines Freundes, der in der Spezialeinheit der Armee ist. Nicht irgendein Arschloch, das sich nicht an einen Tisch setzen kann, ohne dabei seinen Wohlstand in einem Zweitausend-Dollar-Anzug raushängen zu lassen.“

„Diesen Teil der Mission bestimme ich. Ich kenne meine Familie, diese Leute. Diese Welt. Und um dort hineinzupassen, brauchst du überteuerte Klamotten.“ Sie tätschelte seine Wange. „Stell dir einfach vor, du wärst Cinderella, Schätzchen.“

Diese Beleidigung ließ ihn mit den Zähnen knirschen. „Du glaubst also, dass ich nicht gut genug für dich bin, Brie? So, wie ich bin? Kalahwamish und Soldat?“

Sie starrte ihn finster an. „Natürlich nicht. Hier geht es nicht um *mich* oder was ich denke. Wenn überhaupt, bist du zu gut für Gabriella Prime.“

Damit hatte sie unrecht, aber er würde es nicht sagen. Sie hatte es klar gemacht, dass sie die Wahrheit nicht hören wollte, und er gehörte nicht zu der Sorte, der Ziegelsteinmauern durch Schreien zum Einsturz brachte. Um eine Mauer zu durchbrechen, musste man am Mörtel kratzen, und genau das würde er bei Brie tun. Er würde die Fugen auskratzen und einen Ziegelstein nach dem anderen wegnehmen. „Warum zur Hölle muss ich mich dann verkleiden, wenn der Punkt ist, dass ich nicht aus deiner Welt komme?“

„Aber du musst so tun, als ob du einen Platz in meiner Welt haben willst. Denn wenn du das nicht tust, und du die Rolle des rauen Soldaten spielst, dem so ziemlich alles am Arsch vorbeigeht, dann werden sie dich fürchten. Wenn du jedoch so tust, als ob du dazugehören willst, ihre dummen Regeln mitspielst und sie damit befriedigst, werden sie glauben, dass sie dich in ihrer Hand haben und sie werden unvorsichtig.

Dies sind keine Technologie-Milliardäre oder solche, die sich ihren Wohlstand erarbeitet haben. Größtenteils hat jeder, den du kennenlernen wirst, seinen Reichtum geerbt. Und ganz besonders bei dieser Gruppe geht es in erster Linie ums Geld und darum, jeden wissen zu lassen, welchen Rang sie bei Forbes haben. Damit will ich nicht sagen, dass jeder, der solchen Wohlstand erbt, so ist. Das trifft hauptsächlich auf die Bekannten meines Vaters zu. Sie haben keine Zeit oder sind nicht daran interessiert, im Stillen reich zu sein. In diesem Fall werden sie dich nur wieder als irgendeinen Typen ansehen, der mich fürs Geld fickt – was in deinem Fall schon lustig ist, denn ich bin total pleite."

„Du bist zu einem Drittel der Besitzer eines Palastes in Marokko."

„Aber ich kann ihn nicht verkaufen. Ich kann keine Hypothek aufnehmen. Ich kann in keiner Weise dadurch an Bargeld kommen, und ich überziehe gerade gewaltig meine Kreditkarte, um uns beiden heute Klamotten zu kaufen."

„Das ist genau der Grund, warum du diese verdammten Klamotten nicht kaufen solltest."

„Nein. Das ist exakt der Grund, warum ich es tun muss. Aus genau diesem Grund. Wenn meine Brüder glauben, dass ich unbedingt wieder in die Familie aufgenommen werden will, dass ich mich finanziell verausgabe, um mich anzupassen, werden sie denken, dass sie mich in der Hand haben und wieder an Drugov verkaufen können. Was meine Brüder betrifft – die glauben, dass mir das, was ich in Südsudan gesehen habe, eine Heidenangst eingejagt hat, und jetzt will ich wieder den Luxus und den Komfort einer Prime. Und dass ich alles tun werde, um wieder in die Familie aufgenommen zu werden. *Das* ist das Spiel, das wir hier spielen."

„Niemand wird dich an Drugov verkaufen", sagte er leise.

„Nein. Aber wir wollen, dass sie es versuchen. Und dabei

dürfen sie sich nicht von dir bedroht fühlen, oder es wird nicht passieren."

Er seufzte tief. „Okay." Er streichelte ihre Wange. „Ich werde alles tun, um dich zu beschützen. Ich werde dir sogar in die Hölle folgen und einen hübschen Anzug kaufen, den ich tragen kann, wenn ich dort ankomme."

Sie hielt seinem Blick stand, und zum ersten Mal verschwand der Schimmer ihres Schmerzes.

Er hatte den ersten Ziegel gelöst.

„Aber ich werde diesen verdammten Anzug kaufen", sagte er. „Ich bin nicht Cinderella, und du wirst dich für diese Mission nicht in den Bankrott stürzen."

„Sie werden eine Bonitätsprüfung durchführen. Sie werden wissen, dass du für den Anzug bezahlt hast."

„Das hoffe ich doch, Liebling. Auf diese Weise werden sie wissen, wie sehr ich ihr dummes Spielchen spielen will."

Sie lächelte langsam, und ihm gefiel der Ausdruck von Respekt in ihren Augen. „Du bist wirklich gut in diesen Dingen."

„Süße, meine Leute haben die Spielchen des weißen Mannes seit hunderten von Jahren gespielt. Deine Brüder sind verdammte Amateure."

Sie stellte sich auf ihre Zehenspitzen und streifte ihre Lippen leicht über seine.

Ein Ziegelstein weniger. Eintausend mehr, die auf ihn warteten.

Bastian fuhr den Mietwagen – einen einfachen Honda, weil er nicht dazu bereit war, mehr Geld für eine lächerliche Fassade zu verschwenden – in eine kreisrunde Einfahrt. Bevor er aus dem Wagen steigen und Bries Tür öffnen konnte, war bereits ein Diener zur Stelle.

Sie hatten einen Vollzeit-Parkdienst?

„Miss Stewart, es ist eine Freude sie wiederzusehen." Der

Mann mit der olivenfarbenen Haut konnte nicht älter als einundzwanzig Jahre alt sein.

„Danke, Tarek. Es ist schön, zu Hause zu sein."

Es beeindruckte Bastian, dass sie den Namen des Jungen wusste, doch dann erinnerte er sich daran, dass sie vor einem Jahr hier gewesen war. Er ging zum Kofferraum, um ihre Taschen herauszuholen, doch Brie schüttelte kaum merklich ihren Kopf.

Richtig. Der Parkdienst oder der Butler oder einer der anderen Bediensteten würde sie holen.

Diener. Das war hier nicht einmal ein schmutziges Wort.

Er kam unter der Wölbung eines aufwendigen Eingangs zu ihr und bot ihr seinen Arm an. Sie hakte sich mit ihrem bei ihm unter, und sie schritten über die fünfundzwanzig Meter an rotem Teppich, der von Säulen flankiert war und sich jeweils in fünf Meter Abständen um eine Stufe erhöhte. Ein gewölbtes Dach bedeckte den langen Weg, der an breiten Ebenholz-Doppeltüren endete, in die ein Basrelief hineingeschnitzt worden war.

Eine weitere Säule und Stufe, bevor sie die Ziellinie erreichten, sich die Türen öffneten und ein dunkelhäutiger Mann im mittleren Alter, der der Butler sein musste, sie begrüßte. „Willkommen Zuhause, Miss Prime."

„Vielen Dank. Ich glaube nicht, dass wir uns bereits begegnet sind?"

„Youssef, Madam", sagte er mit einer leichten Verbeugung.

„Nett, Sie kennenzulernen, Youssef. Sie müssen mich Miss Stewart nennen."

„Natürlich, Madam. Miss Stewart."

„Sind meine Brüder zurzeit hier, Youssef?"

„Jawohl, Madam. Aber sie sind für den heutigen Tag außer Haus. Golf spielen, glaube ich."

„Wir werden uns dann erstmal in meinen Zimmern einrichten. Bitte lassen Sie unser Gepäck nach oben bringen und auspacken. Wir werden in dreißig Minuten im Pool-Garten unseren Tee nehmen." Sie neigte ihren Kopf in Richtung Bastian. „Cognac für Chief Ford. Hennessy."

Bastian war kein Fan von Cognac, aber sie musste andere Motive haben, ihm den Drink zu bestellen.

„Jawohl, Madam. Welches Zimmer sollen wir für Chief Ford herrichten?" Da war ein missbilligender Unterton in seiner Stimme.

Sie lachte, als ob sie seine Frage erfreute. „Meins natürlich."

Daraufhin begleitete Bastian Brie in das extravaganteste private Heim, das er je gesehen hatte. Er konnte ein leises Pfeifen nicht unterdrücken. „Wow, Baby", sagte er und beabsichtigte, dass der Butler ihn hörte. „Wir sind *nicht* mehr in Südsudan."

Der Gedanke, dass sie von diesen Marmorsäulen im Foyer mit dreifachen Bögen und – er blickte zur Decke – gemeißelten Decken zu Donnerbalken und Strohdach-Hütten gewechselt hatte, war ehrlich erstaunlich.

Ihr Lachen klang leicht und hell, wie ein klingendes Glöckchen. Er zweifelte, dass irgendjemand sonst merken würde, dass es unecht war. „Warte, bis du unser Zimmer siehst."

Er schob eine Hand über ihren Hintern und drehte sie zu sich um. Er küsste sie leicht, als er ihren Hintern drückte. „Youssef, sagen wir fünfundvierzig Minuten."

Brie hatte sich unter seinem Griff versteift, erholte sich jedoch schnell wieder und ihr Körper presste sich warm und heißblütig an seinen. Ihre Zunge drang in seinen Mund, zog sich dann aber so schnell wieder zurück, dass er sich nach dem richtigen Geschmack sehnte. Ihre Augenlider waren halb gesenkt und ihr Blick heiß, aber es lag ebenfalls eine gewisse Härte darin, die nur er sehen konnte. Ihre Stimme klang heiser, als sie sagte: „Dann sollten wir uns besser beeilen."

Sie stiegen die breite runde Treppe hinauf in den dritten Stock, und er musste feststellen, dass sie nicht gescherzt hatte, als sie ihr Zimmer erwähnte. Der Raum hatte eine Fläche von mindestens fünfundsiebzig Quadratmetern, wobei sich ein riesiges Bett mit vier Pfosten zentral an der hinteren Wand befand. Der Raum hatte drei verschiedene Sitzbereiche mit Sofas und weichen Sesseln, einer Essecke und einem Alkoven mit einem Büro. Doppeltüren öffneten sich zu einem riesigen, privaten Balkon, der mit üppigen Pflanzen bestückt war, und von dem man eine fantastische Aussicht auf den atlantischen Ozean hatte.

Leuchtende, farbige Mosaikfliesen dekorierten ein tief eingelassenes Bad im Badezimmer, in dem sich ebenfalls eine separate Dusche mit weiteren meisterhaften Mosaikdesigns befand. Er wollte mit Brie in dieser Dusche, in diesem Bad und auf dem Bett Liebe machen. Die Sofas sahen nicht so bequem aus, somit würde er diese auslassen, aber der Balkon … ja. Dort auch.

Er kam wieder zurück ins Schlafzimmer, nachdem er die Dusche angegafft hatte, und sagte: „Weißt du, was dieses Zimmer braucht?“

„Was?“

„Hilfe von Ikea.“

Ihr Lachen war dieses Mal echt. „Ich glaube, du hast recht. Ich kann es vor mir sehen, wie mein Vater flucht, weil er den Sechskantschlüssel nicht finden kann.“

„Vermisst du das hier manchmal?“, fragte er.

Sie zuckte mit den Schultern. „Nicht wirklich. Der Preis ist zu hoch. Und meinem Hintern ist es egal, ob das Sofa von Ikea kommt oder von Feen in Belgien per Hand gestopft wurde.“ Sie schenkte ihm ein schiefes Grinsen. „Obwohl ich heute im Flugzeug zugegebenermaßen die erste Klasse vermisst habe.“

„Ich bin noch nie erste Klasse geflogen“, sagte er.

„Es ist abartig, wie unbequem Fluglinien die Touristenklassen gemacht haben, nur um die unverschämten Preise der ersten Klasse zu rechtfertigen. Es dürfte nicht so sein, dass eine Handvoll Leute komfortabel fliegen, und der Rest wie Müll behandelt wird. Dies waren die Dinge, die ich nie gesehen habe, bevor ich meiner Familie entkam.“

„Entkam? Du klingst so, als wären sie ein Kult.“

„Ist es das nicht? Den allmächtigen Dollar zu verehren? Mein Vater als der oberste Anführer?“ Sie winkte mit ihren Händen, um das gesamte Zimmer einzuschließen. „Ich meine, wer braucht zweiundzwanzig Schlafzimmer wie dieses? Bis auf die Bediensteten lebt hier niemand wirklich. Es gibt zehn Zimmer für die Diener und ein Cottage für den Verwalter. Das sind elf Leute, die hier das ganze Jahr über wohnen und darauf warten, dass meine Brüder oder ich zu Besuch kommen. Der Konzern hat ein Budget bereitgestellt, von dem das Personal, Lebensmittel und die Grundstückspflege bezahlt werden. Ich kann mir keine Klamotten leisten, aber ich kann einen Viertausend-Dollar-Cognac bestellen, der dir am Pool serviert wird."

Bastian verschluckte sich fast. „Vier-*tausend* Dollar?"

Sie zuckte mit den Schultern. „Mehr oder weniger. Ich habe mir das Budget für das Haus angesehen, als ich das letzte Mal hier war. Es hat einen Keller, in dem Wein im Wert von mindestens einer halben Million Dollar gelagert wird. Ich wollte ein paar der Flaschen verkaufen, um die Kosten für meinen Trip zu finanzieren, aber es gibt eine Klausel in dem Treuhandfond, in dem klargestellt wird, dass ich nicht einen der Gegenstände in diesem Haus verkaufen darf, und weil der Likör und Wein wertvoll genug sind, wurden sie als Wertgegenstände aufgelistet und nicht nur als Teil des Lebensmittelbudgets. Außerdem weiß das Personal, dass ich keinen Alkohol trinke, somit wären die fehlenden Flaschen aufgefallen. Der Cognac ist JJs Lieblingscognac und in Marokko schwer zu bekommen."

„Ich mag Cognac nicht einmal." Aber er musste zugeben, dass er ihn probieren würde, wenn auch nur für den neuen Kick, etwas so unglaublich Teures zu kosten.

Brie hatte sich in dem Einkaufszentrum einen ihrer Dior-Anzüge angezogen, den sie sich nun auszog und die Designerklamotten auf den Boden fallen ließ. „Zieh dich aus", sagte sie. „Das Dienstmädchen wird in ungefähr dreißig Sekunden mit unserem Gepäck hier auftauchen, um es auszupacken. Ich habe ihnen Anweisungen gegeben, es auszupacken, aber dann hast du eindeutig klar gemacht, dass wir Sex haben würden. Wenn wir dabei erwischt werden, wird es einfacher sein, jeden davon zu überzeugen, dass wir wirklich ein Paar sind."

Brie drehte sich zum Bett um und zog die durchsichtigen Vorhänge um das Bett aus.

„Diese Vorhänge verbergen nichts."

„Deshalb wirst du dich ausziehen müssen. Behalte deine

Unterwäsche an. Wir werden von unserer Taille abwärts unter die Decken schlüpfen." Sie ließ ihren BH auf den Boden fallen.

Fuck. War das hier ihre ganz eigene Rache? Ihre Art ihn zu quälen?

Aber er war ein guter Soldat und zog sich aus, bevor er ihr zum Bett folgte. Sie lag auf ihrem Rücken, und er positionierte sich zwischen ihren Beinen. Seine Erektion war viel zu echt.

Und wie sie es vorausgesagt hatte, klopfte das Dienstmädchen eine Minute später an die Tür.

Brie bat die Frau mit einer heiseren Stimme herein.

Das Dienstmädchen kam herein und ihre Wirbelsäule wurde stocksteif, als sie sie beide entdeckte. „Es tut mir so leid, Miss! Man hat mir gesagt …"

„Pack unser Gepäck aus", befahl Brie und ließ ein leises Stöhnen hören.

Bastian versteifte sich − und nicht auf eine gute Weise. Er hatte erwartet, dass Brie die Frau wieder wegschicken würde, sobald sie sie beide deutlich gesehen hatte − nicht sie einzuladen. „Was hast du vor?", flüsterte er in ihr Ohr.

„Chief Ford wird den Schrank zur Rechten benutzen", sagte sie ohne zu zögern und presste sich zu ihm hoch. Das hier war kein Schauspiel. Das Dienstmädchen sah ihnen nicht zu. Die arme Frau tat alles in ihrer Macht Stehende, um nicht in ihre Richtung zu schauen.

Was bedeutete, dass es nur einen Grund für Bries Verhalten gab. Sie war scharf und wollte spielen.

Seine Augen wurden schmal, und er beugte sich zu ihr herunter und küsste sie. Füllte ihren Mund mit seiner Zunge, während er ihre Klitoris mit seinem Schwanz reizte. Seine Shorts und ihr Slip waren alles, was sie voneinander trennte.

Oh, verdammt, wie sehr er sie ficken wollte.

Er ließ von ihrem Mund ab, rollte sich auf den Rücken und zog sie mit sich, sodass sie rittlings auf ihm saß. Er ergriff die Laken, um ihren Slip zu verbergen. Doch an diesem Punkt waren sie nur noch eine dünne und äußerst feuchte Barriere. Ihre Brüste hüpften, als sie zu ihm herunterlächelte. Ihre Augen waren verrucht vor Erregung. Er leckte seinen

Daumen, ließ ihn in ihren Slip gleiten und berührte ihren Kitzler.

Sie keuchte auf und ruckte ihm entgegen. Wollte mehr.

Das Dienstmädchen war im begehbaren Schrank und packte ihr Gepäck aus. Das hier war zu niemandes Vorteil – außer für Brie.

Er umfasste ihren Nacken mit seiner anderen Hand und zog sie für einen heißen Kuss herunter, wobei er seine Schultern vom Bett hob und ihr auf halbem Weg entgegenkam. „Ich will dich ficken, Brie", flüsterte er an ihren Lippen. „Ich will mich tief in deiner engen Hitze vergraben und spüren, wie dein Körper von innen heraus erbebt, wenn ich dich kommen lasse."

Sie sagte nichts. Sie schloss nur ihre Augen, als er sie mit seinem Daumen streichelte und seinen Schwanz gegen sie presste. Er hielt sie am Rande eines Höhepunktes.

„Bitte", flüsterte sie. „Lass mich kommen."

„Nein."

Jetzt verstand er sie. Sie wollte ihn – jeden harten Zentimeter von ihm – aber nach seinem Verrat würde sie ihm nicht einfach verzeihen und weitermachen. Nein. Sie würde dafür sorgen, dass sie ihre Bedürfnisse auf eine andere Art befriedigte. Sie würde ihn in hübschen Anzügen verkleiden und ficken, wie das Spielzeug, das er war, wobei sie ihr Herz aus allem raushalten würde. Er war in zu vielen Liaisons ohne Verpflichtungen involviert gewesen, um das Schema nicht zu erkennen.

Er blickte zu der Frau auf, in die er sich verliebt hatte. Die Frau, die er betrogen hatte. Und zum ersten Mal, seit er Savannah James alles verraten hatte, was Brie ihm anvertraut hatte, sah er den kommenden Tagen mit Freude entgegen.

Lass das Spiel beginnen, Baby.

Er streichelte ihren Kitzler mit seinem Daumen und wünschte sich, dass er seine Zunge benutzen könnte. Bald. Vielleicht später in dem tiefen Bad. Oder im Dampfbad. Es würde unzählige Möglichkeiten geben.

Jedes Mal, wenn er spürte, dass sie kurz vor ihrem Orgasmus war, zog er sich zurück und hörte damit auf, seine Hüfte gegen sie zu stoßen. Er konnte an ihrem Gesicht sehen, dass sie diese in die Länge gezogene Ekstase genauso sehr genoss, wie sie dagegen ankämpfte.

Er war sich nicht genau sicher, wann das Dienstmädchen den Raum verlassen hatte. Da war nur eine gewisse Erkenntnis, dass der Grund für ihre Scharade verschwunden war.

Er zog seine Hand aus ihrem Slip und rollte sich auf seine Seite, wobei er sie nicht ganz abschüttelte, als er sie dicht an sich gedrückt hielt, ohne sie weiterhin mit seiner Erektion zu reizen.

„Du willst mich einfach so hängen lassen?", fragte sie.

„Jep."

„Bastard."

„Das weißt du."

Sie starrte ihn finster an, aber er konnte das auch das Lachen in ihren Augen sehen. Schließlich seufzte sie. „Ich nehme an, ich werde dann duschen gehen."

Er erinnerte sich an die Duschbrause und sagte: „Darf ich zusehen?"

Sie lehnte sich zurück. „So, wie bei meiner Dusche in Südsudan?"

„Exakt."

„Nein. Du darfst nicht zusehen."

Er wäre geschockt gewesen, wenn sie ja gesagt hätte.

Er vermerkte diese Runde als unentschieden.

Kapitel Dreißig

Bastian schmeckte der Viertausend-Dollar-Cognac genauso wenig wie die billigeren Marken. Aber er genoss es, Brie in ihrem knappen Bikini zu beobachten, wie sie sich am Pool sonnte. Er hatte sich entschlossen, seinen Anzug anzubehalten, um seine Waffen zu verbergen. Er sah eher wie ihr Bodyguard als ihr Freund aus, aber das war für ihn okay.

Sie hatten eine solide Performance hingelegt, um das Personal davon zu überzeugen, dass sie ein Liebespaar waren, somit musste er sich von jetzt an nicht mehr allzu sehr anstrengen.

Es war bereits spät am Nachmittag gewesen, als sie endlich nach draußen kamen, und sie trug den schwülen Abend wie einen Sarong. Die Gartenlichter schmiegten sich an ihre Kurven, und er wollte nichts weiter, als sie zu berühren, zu kosten und zu erkunden.

Aber dies war ein langes Spiel, eine Schlacht ihrer Willens- kräfte, und er war auf alle Pfeile, die sie auf ihn werfen würde, vorbereitet. Und sobald all das vorüber war, würde er sie in ihr Zimmer zurückziehen und sie besinnungslos ficken, um sie ganz genau wissen zu lassen, wie sehr er sie wollte.

Sie würden beide gewinnen. Sie würden beide verlieren. Aber am Ende wäre es eine höllische Erfahrung.

Er bat den Kellner – oder wie immer man einen männlichen

Bediensteten nannte, Lakai? – um ein Bier, und der Mann kehrte mit einem ganzen Eimer voller Eis und mehreren Flaschen zurück, von denen er wählen konnte. Er würde niemals so leben wollen – es war solch eine Verschwendung von Geld, das woanders Gutes tun könnte – aber er musste zugeben, dass ein kurzer Besuch ins Land des Überschusses und Wohlstands seinen Reiz hatte.

Bastian entschied sich für ein einheimisches Gebräu, Casablanca Bier, und setzte sich auf die Liege neben Brie, während sie an ihrem Tee schlürfte. Ein Blick in den Garten und Poolbereich, und es war schwer, sich vorzustellen, dass sie vor zwölf Tagen in Südsudan gestrandet gewesen waren und sich darüber unterhalten hatten, was sie tun würde, wenn sie ihre Periode bekäme.

In den Tagen dazwischen hatte sie etwas an Gewicht zugenommen. Ihre Haut hatte einen gesünderen Schimmer. Ein dünner pinkfarbener Streifen erinnerte an den Peitschenhieb, und jetzt trug sie nur noch einen dünnen Verband über der Naht an ihrem Oberschenkel. Die blauen Flecken waren nur noch ein blasses Gelb.

Er neigte seinen Kopf. „Hast du deine Periode bekommen? Nach Südsudan? Du hast gesagt, dass du vor etwa einer Woche dran gewesen wärst." Vor einer Woche hatten sie miteinander geschlafen und sie hatte keine Periode gehabt.

„Fing an, kurz nachdem wir das letzte Mal Sex hatten. Wahrscheinlich genau zu dem Zeitpunkt, als du Savvy alles erzählt hast. Endete gestern."

„Savvy musste es wissen", sagte er leise in seinem ersten Versuch, sich zu verteidigen. „Es war das Richtige, es ihr zu sagen."

„Ich weiß das, Bastian. Wenn mir klargeworden wäre, dass ich etwas wusste, das von solcher *Wichtigkeit* war, hätte ich es ihr selbst erzählt. Ich bin beleidigt, weil du es *mir* nicht gesagt hast. Du hast mich glauben lassen, dass du mich wolltest – und ich dir vielleicht sogar etwas bedeutete – aber alles, was du wolltest, war, mich zum Reden zu bringen."

„Ich wollte dich dann. Ich will dich jetzt. Verdammt, Brie,

ich liebe dich." Seine letzten Worte kamen etwas lauter und klangen etwas wütender, als er es beabsichtigt hatte. Allerdings war sie schon beim ersten Mal, als er diese Worte gesagt hatte, einfach gegangen. Diese Ablehnung hatte ihn tiefer verletzt, als es ihm bewusst gewesen war. Selbst, wenn es gerechtfertigt war.

„Wie entzückend", sagte ein Mann hinter ihnen, und Bastian drehte sich um, wo er Jeffery Jr. ein paar Schritte entfernt mit seinem patentierten anmaßenden Grinsen stehen sah. „Unsere kleine Schwester ist zurück und sie hat sich ein … *Spielzeug* mitgebracht." Er ließ seinen Blick über Bastian gleiten. „Ich sehe, dass du dich in Südsudan unter den Armen getummelt hast."

Bastian versteifte sich, aber es wäre keine gute Idee, diesem Kerl gleich bei ihrem ersten Treffen die Nase zu brechen. Sie brauchten Informationen von diesem Arschloch. Danach würde er ihm die Nase brechen. Und noch ein paar andere Knochen.

Brie stand auf und schnappte sich die Vier-Tausend-Dollar Flasche Cognac von dem niedrigen Tisch zwischen den Liegen. Sie trat vor ihren Bruder, entfernte den Stöpsel und goss den Alkohol über Juniors Schuhe und den Zement, der den Swimmingpool umgab.

Jeff Jr. verpasste ihr blitzartig eine Ohrfeige. Bastian sprang von seinem Sitz hoch und erreichte ihn in dem Moment, als die Flasche aus Bries Fingern glitt. Der Schlag warf sie nach hinten.

Die Flasche zerschellte, Scherben und Alkohol flogen über den Zement, während Bastian den Mann an dessen Kehle packte und ihn über dem Swimmingpool baumeln ließ. „Ich wurde zum Töten trainiert – mit jeder Art von Waffe, die man sich vorstellen und improvisieren kann. Wenn du Brie jemals wieder anfassen solltest, werde ich dir deine Eier abschneiden und sie dir mit Ketchup in den Rachen stopfen. Verstanden?"

Die Augen des Mannes waren vor Schreck weit aufgerissen, aber darin brannte auch kalter Hass. Er nickte nicht und sagte auch kein Wort. Er hing einfach nur steif in der Luft und hielt sich an Bastians Handgelenk fest, um den Druck an seinem Hals etwas zu lockern, wobei er sich weigerte, sich zu wehren oder

sich zu unterwerfen. Bastian ließ ihn in den Swimmingpool
fallen.

Er wandte sich an Brie. „Lass uns ins Haus gehen, Baby. Der
Poolbereich stinkt nach Arsch.“

Sie blickte auf ihre nackten Füße. Ihre Sandalen standen
immer noch bei der Liege, wo sie sich entspannt hatte. „Das
Glas …“

Bastian hob sie auf seine Arme und trug sie ins Haus,
während ihr Bruder stillschweigend aus dem Swimmingpool
kletterte.

Brie vergrub ihr Gesicht an Bastians Schulter, als er sie die
Treppe hinauftrug, denn ihr war die Ohrfeige, die er
mitangesehen hatte, peinlich. Sie hatte vergessen, wie grausam
ihr Bruder gelegentlich sein konnte. Jeff Junior hatte schon
immer eine gewaltsame Kälte besessen. Rafe war eher kalkulierend. Brie wusste immer noch nicht, ob ihr älterer Bruder sie
liebte oder hasste, aber sie machte sich keine Illusionen, was JJs
Zuneigung betraf.

Was sie schockiert hatte war, dass JJ nicht einmal versucht
hatte, höflich zu sein. Sie hatte gewusst, dass er Bastian mit
rassistischen Beleidigungen herausfordern würde. Aber sie hatte
erwartet, dass er es verdeckt tun oder zumindest darauf hinar-
beiten würde, bevor er so direkt war. Bis er sich seiner sicher
fühlte. Bastian mochte vielleicht nicht so groß und massig wie
Pax Blanchard sein, aber er war trotzdem beeindruckend und
mit dicken Muskeln bepackt. Wenige würden ihn mit nur einem
Blick abwerten, und ihre Brüder waren verweichlicht. Sie
bezweifelte, dass einer von beiden je das Fitnessstudio im
zweiten Stock besucht hatte.

JJs spottende Reaktion war schnell und absichtlich gewesen.
Sie war Bastian wegen entsetzt und fühlte sich selbst erniedrigt.
Der Schlag in ihr Gesicht schmerzte weniger als die saloppe Art,
wie er sie geohrfeigt hatte. Er hatte keine Konsequenzen für
diesen Hieb erwartet, weil sie nicht ebenbürtig war.

Sie war noch nie ebenbürtig gewesen. Es hätte nicht wehtun sollen – es war ja nicht so, dass JJ ein herausragender Typ war – aber trotzdem hatte es schon immer wehgetan, dass ihr eigener Bruder ihr nicht einmal den geringsten Respekt entgegenbringen konnte.

Und dann war Bastian JJ losgeworden, ohne dabei ins Schwitzen zu kommen. Nie zuvor in ihrem Leben hatte sich jemand für sie gegen ihre Familie gestellt. Sie hatte nicht einmal gewusst, dass dies etwas war, wonach sie sich sehnen könnte. Doch jetzt hatte sie einen Vorgeschmack bekommen.

Und es war köstlich.

„Danke", sagte sie und drückte ihre Lippen an seine Brust. Sie atmete seinen Duft ein. Männlich, sexy. Heiß. Sie war so unglaublich scharf auf ihn – nicht nur wegen der Art, wie er sie verteidigt hatte, sondern wie er sie dann in seine Arme gehoben hatte, um sie vor den Glasscherben zu schützen.

Sie hatte zu ihrer geistigen Liste hinzugefügt, warum Bastian ein Held war. Die Liste, die sie der anderen Liste von Dingen entgegenhielt, wie er sie verletzt hatte. Derzeit befand sich darauf nur ein einziger Punkt, allerdings war es das, was am meisten wehtat.

„Es tut mir leid, dass er dich geschlagen hat. Ich wünschte, ich hätte schneller reagiert. Ihn aufgehalten."

Ihre Wange brannte immer noch von der Ohrfeige. „Dir tut es mehr leid als ihm."

„Oh, ich werde dafür sorgen, dass es ihm leid tut", sagte Bastian, als er sie auf eins der Sofas in ihrem Zimmer absetzte. „Das ist noch nicht vorbei."

„Er wird wütend sein, dass du ihn besiegt hast." Sie ergriff seine Hand als er sich aufrichtete. „Er könnte versuchen, dich zu überrumpeln."

Bastian zuckte mit den Achseln. „Ein kleines Arschloch wie er wird mich auf keinen Fall überraschen können."

„Er könnte jemand anderen beauftragen." Sie drückte seine Finger. Plötzlich hatte sie das Gefühl, dass sie die Mission nicht richtig durchdacht hatten. Bastian war allein hier. Kein Team. Sie hatte erwartet, dass ihre Brüder sich höflich verhalten würden, aber das war eindeutig eine Fehleinschätzung.

Der Hauptgrund, warum sie ihn von sich weggestoßen hatte, war, um ihn zu beschützen. Doch jetzt befand er sich ohne Schutzschild in der Höhle des Löwen.

„Er macht mir keine Angst."

„Vielleicht sollte er das."

Bastian lächelte, beugte sich herunter und streifte mit seinen Lippen über ihre. „Machst du dir Sorgen um mich, Süße?" Seine Lippen wanderten von ihren über ihren Hals.

„Natürlich tue ich das."

„Dann bedeute ich dir also doch ein ganz kleines bisschen?" Seine Lippen wanderten tiefer und folgten dem Träger ihres Bikinis.

„Ein bisschen … vielleicht."

Seine Zunge umkreiste ihre Brustwarze durch den dehnbaren Stoff. Sie wurde steif und sie wünschte sich, dass der Stoff nicht im Weg wäre. Er erfüllte ihren Wunsch und sie keuchte auf, als er eine Brust mit einer Hand umschloss und dann an der anderen saugte. Hitze breitete sich in ihr aus und sie verkrampfte ihre Unterleibsmuskeln. Sie überdachte ihren Wunsch und wechselte im Geiste die Stelle, wo sie seinen Mund spüren wollte.

Sie war mit ihren Wünschen gierig, das wusste sie.

Mit einem Mal ließ er sie los. „Ich werde wieder Liebe mit dir machen – aber erst dann, wenn du darum bettelst."

„Du verlangst nicht viel. Nur absolute Unterwerfung."

Er zuckte mit seinen Schultern und schenkte ihr ein Lächeln. „Ich bin es wert."

Ja, das bist du.

Er hielt ihrem Blick stand und sie war sich sicher, dass er ihre Gedanken lesen konnte, doch er sagte nur: „Du musst dich umziehen. Ich will eine Tour des Hauses und alle Bediensteten kennenlernen. Ich muss wissen, mit was ich es hier zu tun habe."

Das Haus war verrückt. Niemand brauchte einen Palast wie diesen. Und das war genau das, was es war – ein moderner marokkanischer Palast. Das Fitnessstudio allein war … einfach großartig. Ein vollausgestattetes Studio mit allem, was sich ein Soldat der Spezialeinheit für sein Workout nur wünschen konnte. „Das Einzige, was jetzt noch fehlt, ist ein Personal Trainer", sagte er.

„Ich bin mir sicher, dass meine Brüder einen auf Abruf haben", sagte Brie. „Ein Typ, der jederzeit für ein paar Scheinchen auftauchen wird, aber weder Rafe noch JJ trainieren."

„Au contraire, kleine Schwester."

Bastian drehte sich um und sah Rafe Prime, Bries Halbbruder und der ältere der Prime-Söhne, den jeder als den klugen Kopf der Familie ansah. Der Goldjunge, von dem angenommen wurde, dass er eines Tages Prime Energy von seinem Vater übernehmen würde.

„Ich habe meine Angewohnheiten geändert. Ich trainiere fünf Tage die Woche. Ernähre mich vernünftig. Ich dachte mir – was bringt all das Geld, wenn ich nicht gesund genug bin, um es zu genießen?"

Er trat nun ganz in den Raum und streckte seine Hand aus. „Rafe Prime. Sie müssen Chief Warrant Officer Sebastian Ford sein. Danke, dass sie meine Schwester in Südsudan gerettet haben."

Savvy hatte recht gehabt, dass der Senator die Familie informiert hatte. Rafes angenehmes Verhalten stand in solch einem scharfen Kontrast zu Juniors, dass Bastian nicht wusste, was er von dem Mann halten sollte. Er schüttelte seine Hand und sagte: „Es war meine Mission, sie und die anderen Geiseln zu retten. Ich bin auf ewig dankbar dafür, dass wir damit erfolgreich waren."

Rafe wandte sich an Brie. „Willkommen Zuhause, Gabby." Er nahm ihre Hand in seine und beugte sich zu ihr, um ihre Wange zu küssen. Sie blieb stocksteif und machte keine Anstalten ihn zu küssen oder zu umarmen.

Sie neigte ihren Kopf zur Seite und sah ihn misstrauisch an. „Wow. Du siehst genauso aus wie Rafe Prime. Wie lang ahmst du ihn schon nach und hat JJ es mittlerweile bemerkt?"

Rafe lachte. „Nein. Er glaubt, dass ich echt bin." Er berührte ihre Wange, wo sie geschlagen worden war. Sie zuckte vor ihm zurück.

Er ließ seine Hand sinken. Seine Augenbrauen zogen sich bei ihrer schnellen Ablehnung zusammen. „Youssef hat mir gesagt, was passiert ist. Es tut mir leid." Er nickt zu Bastian. „Wenigstens hattest du jemanden, der dich verteidigen konnte. Ich werde später mit ihm sprechen. Im Moment schäumt er gerade vor Wut."

„Rafe, das hier wäre einfacher, wenn du nicht so tun würdest, als ob wir so dicke miteinander befreundet wären. JJ war furchtbar, aber wenigstens war er ehrlich."

„Und ich sehe nicht, warum wir Feinde sein müssen. Du bist meine Schwester. Ich habe dich vermisst."

„Sicher. Wahrscheinlich hast du tagelang geheult, als Dad mich aus der Familie ausgeschlossen hat. Und ich habe bemerkt, wie oft du versucht hast, mich in all den Jahren seitdem zu kontaktieren. Das kann ich an Null Händen abzählen."

Rafe runzelte seine Stirn und Bastian wünschte sich wirklich, dass er einschätzen könnte, ob dieser Mann ehrlich war oder nicht. „Ich habe es immer bereut, dass ich mich Dad nicht widersetzt habe und … Himmel, um dir Geld zu schicken, dich anzurufen. Irgendwas zu tun. Aber du weißt ja, wie er ist."

„Ich wollte euer verdammtes Geld nicht. Ich wollte Gerechtigkeit für Micah."

„Du glaubst doch nicht etwa immer noch diese durchgeknallte Verschwörungstheorie?" Er sah Bastian an und seine Augen weiteten sich. „Scheiße. Hast du Leuten etwa erzählt, dass du daran glaubst, dass Dad deinen Ex hat umbringen lassen? Das ist verrückt, Gabby. Wie kannst du so etwas überhaupt annehmen?"

„Weil er es getan hat."

Rafe fuhr sich mit seiner Hand durch sein Haar. „Lass uns diese Diskussion auf ein anderes Mal verschieben. Ich bin fast durchgedreht, als ich hörte, dass du entführt worden bist, und es war die längste Woche meines Lebens, als ich auf Neuigkeiten wartete, dass du okay warst."

„Das tut mir so leid, dass du vor lauter Sorge so leiden musstest, während ich als Sklavin verkauft und angeschossen wurde. Das muss furchtbar für dich gewesen sein."

Rafe rollte mit seinen Augen und lächelte. „Da ist ja meine altkluge Schwester, die ich so sehr vermisst habe. Egal, wie angepisst du mir gegenüber bist, ich bin trotzdem froh, dich zu sehen. Und dankbar dafür, dass du überlebt hast, um mir das Leben schwer zu machen." Er verschränkte seine Arme vor der Brust. „Ich bin erwachsen geworden und habe in den vergangenen acht Jahren viel nachgedacht – über dich und wie Dad dich behandelt hat. Es tut mir leid, dass dich nicht einfach verteidigt habe. Ich will meine Schwester zurückhaben."

„Du wolltest mich nie als deine Schwester, als du mich hattest."

„Ich wurde von einem Arschloch zu einem Arschloch erzogen." Er streckte seine Hand aus und berührte Bries Schulter, doch sie zuckte zurück und lehnte sich an Bastian an. Der verstand und legte seinen Arm um ihre Schulter. Er wusste absolut gar nichts über Rafe Prime, aber es war möglich, dass dieser Mann ehrlich war.

„Können wir diese Unterhaltung irgendwohin verlegen, wo es bequemer ist?", fragte Rafe. „Wir müssen reden. Und nicht nur über das, was vor acht Jahren passiert ist. Wir müssen über Prime Energy sprechen."

„Ich wüsste nicht, warum es mich interessieren sollte. Ich habe nichts mehr mit Prime Energy zu tun."

„Jüngste Ereignisse könnten das ändern. Mit all der Presse, die du in den letzten Wochen mit deiner Arbeit in Südsudan bekommen hast, wollen die Anteilseigner dich zurückhaben. Sie sind dazu bereit, dich wiedereinzusetzen und aus dir das Gesicht von Prime Energy zu machen, du sollst wieder die PR und das Team für die Öffentlichkeitsarbeit leiten. Das ist der Grund, warum JJ so stinksauer ist. Sie wollen dir seinen Job geben. Wenn du ihn haben willst."

„Und was hat Dad dazu zu sagen?“

Er räusperte sich. „Du fragst dich bestimmt, warum du Dad in den letzten Wochen nicht im Fernsehen gesehen hast …“

„Du meinst, abgesehen von der Tatsache, dass ich kein Fernsehen hatte. Oder es mir scheißegal ist?“

Er verzog eine Grimasse. „Ja. Abgesehen davon. Wir haben ihn aus allem rausgehalten, während wir umorganisieren. Dad hatte vor sechs Wochen einen Schlaganfall. Einen heftigen.“

Brie trat einen Schritt zurück und ihre Augen waren weit aufgerissen. „Lebt er? Ist er bei Bewusstsein?“

„Ja. Aber er kann nicht sprechen. Kann nicht laufen. Wir haben die besten Ärzte und Physiotherapeuten angeheuert, aber … seine Prognose ist nicht gut.“ Er runzelte seine Stirn. „Du kannst nicht wütend auf uns sein, dass wir es dir nicht gesagt haben. Wir haben versucht, dich zu finden, aber USAID wollte uns deinen Standort nicht verraten, weil du ihnen Anweisungen gegeben hast, dass man uns nicht sagen durfte, wo du warst. Ich habe erst erfahren, dass du in Südsudan warst, als Onkel Al anrief und sagte, dass man dich entführt hätte.“

„Und wer leitet jetzt Prime Energy?“

„Ich.“

Kapitel Einunddreißig

Dinner mit Rafe – JJ schloss sich ihnen nicht an – war etwas steif, während Brie die Nachrichten ihres Bruders verarbeitete. Ihr Vater lag im Sterben? Der Vorstand wollte sie wieder ins Unternehmen zurückholen?

Und die Frage, die am meisten an ihr nagte: Wollte sie wieder zurückgehen, wenn ihr Vater nicht mehr Teil des Unternehmens war?

Als sie sich von Prime Energy getrennt hatte, war sie davon ausgegangen, dass es für immer war, und sie hatte es nicht bereut. Doch jetzt – was wäre, wenn sie Dinge ändern konnte? Was wäre, wenn sie sicherstellen könnte, dass Projekte auf eine Weise durchgeführt wurden, die die Umwelt schützte? Was wäre, wenn sie mehr tat als nur ein Lippenbekenntnis zur NEPA-Checkliste des Nationalen Umweltgesetzes machte?

Der Vorstand musste wissen, dass sie niemals wieder ihre Lügen bezüglich der Klimaveränderung gutheißen würde.

Falls sie diesen Job annehmen würde, könnte sie das Wohltätigkeitsbudget steuern. Mit dem Geld könnte sie Hygieneunterwäsche für Mädchen in Südsudan und sonst wo kaufen, damit sie zur Schule gehen konnten. Sie könnte in den Schulen Toiletten bauen lassen, damit diese Mädchen, wenn sie ihre Periode hatten, nicht zu Hause bleiben mussten.

Sie könnte mit einem jährlichen Budget von fünfzig

Millionen Dollar so viel Gutes tun – denn das war der Mindest-
betrag, den sie vom Vorstand verlangen würde.

Sie und Bastian beendeten die Tour des Hauses nach dem
Dinner, wobei sie ihm auch das Dampfbad im Erdgeschoss
zeigte, das zum Swimmingpool und in den Garten hinausführte.
Keiner von beiden sprach über das, was Rafe gesagt hatte, bis
sie wieder zu ihrem Schlafzimmer zurückkehrten. Sobald sie
eingetreten waren, und die Tür geschlossen war, fragte Bastian:
„Was wirst du tun?"

Sie glitt durch den Raum, und ihr Blick landete auf den
Vasen und Kunstobjekten, die ein Designer vor zwanzig Jahren
für dieses Zimmer ausgesucht hatte, ohne diese wirklich wahrzu-
nehmen. „Ich weiß es nicht."

„Ich dachte, du hasst deine Familie. Hasst das Unternehmen." Da war eine Schärfe in Bastians Stimme. „Und ich
dachte, dass dir das Geld scheißegal ist."

„Ich hasse sie und ich hasse das Unternehmen. Das Geld
…", sagte sie, wobei sie seine Aussagen der Reihe nach
beurteilte.

„Aber du würdest bei der erstbesten Gelegenheit zurückgehen. Du würdest wieder zur Öl-Firmen-Barbie werden. Princess
Prime, die Zweite."

Sie drehte sich zu ihm um und war verletzt, dass er glaubte,
sie würde sich wieder in die Frau zurückverwandeln, die sie vor
zehn Jahren gewesen war. „Warum, glaubst du, will ich wieder
zurückgehen, Bastian?"

Er streckte seine Arme aus und deutete auf den gesamten
Raum. „Lass mich nachdenken. Keine Ahnung. Vermisst du das
hier zu sehr?" Seine Augen wurden schmal. „Gib es zu, du bist
nicht mit mir Shoppen gegangen, weil du glaubtest, dass ich ein
Upgrade für die Mission brauchte. Du hast es getan, weil du
dich anpassen willst. Du willst das *ich* hier reinpasse. Schämst du
dich meinetwegen, Brie? Bin ich zu … *ethnisch* für dich? Wie sehr
vermisst du die hübschen Kleider?"

Die Abscheu in seiner Stimme traf sie tief in ihrem weichen,
lächerlichen Kern. „Fick dich, Bastian."

Sie ging schnurstracks auf den Balkon hinaus. Sie brauchte

frische Luft. Sie brauchte Platz. Sie hatte nicht gedacht, dass sie sich vor Bastian immer noch rechtfertigen müsste. Die Dinge, die sie in den letzten acht Jahren getan hatte, um sich zu rehabilitieren, bedeuteten ihm rein gar nichts – dabei wusste *er*, wie sie wirklich war.

Was wäre mit den Leuten, die sie nicht so gut kannten? Leute, die vor zehn Jahren die Titelseiten über ihren Drogenmissbrauch gesehen hatten und seither nichts mehr. Sie würden denken, dass ihre Arbeit in Südsudan nur eine Show für gute PR gewesen war. Damit sie wieder ins Rampenlicht treten konnte.

Wie Bastian es gesagt hatte: Princess Prime, die Zweite.

Sie konnte nicht vor ihrer Vergangenheit weglaufen. Konnte sich nicht reinwaschen. Konnte die Schäden, die sie als Werkzeug für Prime Energy angerichtet hatte, nicht wiedergutmachen. Bis auf eine Handvoll Leute würde man sie als nichts anderes als eine geistlose, eigennützige, pissige Öl-Erbin ansehen.

Sie hatte geglaubt, dass Bastian zu der Handvoll gehörte. Die Tatsache, dass er ihr nicht auf den Balkon gefolgt war, bewies, dass er seine Worte nicht bereute. Nicht, dass sie das von ihm erwartete.

Aber trotzdem wäre es nett gewesen.

Sein „Ich liebe dich" war eindeutig ein Spielzug gewesen. Wenn er sie wirklich lieben würde, hätte er nicht bei erstbester Gelegenheit das Schlimmste von ihr angenommen.

Die atlantische Brise wehte über ihre Haut. Marokko war schon immer einer ihrer Lieblingsorte gewesen. Schwül, aber nicht zu heiß. Es war mit Südsudan oder selbst Dschibuti nicht zu vergleichen, obwohl dieses Land in die Sahara überging. Allerdings waren die dschibutische Wüste und die Sahara extrem unterschiedlich.

Hier trennte das Atlasgebirge den Ozean von der Wüste und an diesem Abend im Mai war es nur zweiundzwanzig Grad Celsius, nachdem die Tageshöchsttemperatur sechsundzwanzig Grad kaum überschritten hatte. Direkt geradeaus – im Nordwesten – konnte sie über Palmen hinweg den atlantischen

Ozean sehen, aber im Osten befand sich Drugovs Grundstück. Sie konnte eine Ecke seines ummauerten Gartens von ihrem Balkon aus sehen. JJs Zimmer hatte ebenfalls eine Aussicht in diese Richtung. Mit einem Fernglas würde sie feststellen können, ob irgendeines seiner Außengebäude bewohnt war. Vielleicht wäre es das wert, aus diesem Grund in JJs Zimmer einzudringen.

Es war ja nicht so, dass sie ihren Bruder noch wütender machen könnte.

Aber trotzdem wäre es nicht gerade ideal, herumzuschleichen und herumzuspionieren. Sie erzitterte, als sie daran dachte, aber sie würde Drugov morgen kontaktieren müssen, um eine Einladung zu seiner Party zu bekommen. Sie rieb sich ihre Schläfen. Was zur Hölle *tat* sie hier? Sie war keine Spionin. Warum war Savvy so versessen darauf gewesen, sie in diese Sarlacc-Grube zu werfen?

Bastian konnte Brie nicht einmal ansehen. Er hatte den Wonneschauer gesehen, der durch sie hindurchgerollt war, als ihr Bruder ihr gesagt hatte, dass sie ihr Erbe wieder antreten könne. Und ihm war der Magen in die Kniekehlen gerutscht. Sie wollte es. Sie wollte wieder in ihre Kreise zurück. Zurück zu ihrem vorherigen Leben.

Ein Teil von ihm konnte es ihr nicht übelnehmen – erleben zu müssen, wie man auf einem Markt verkauft wurde, musste eine Person verändern, und in ihrem Fall hatte es wahrscheinlich dazu geführt, dass sie sich nach der Sicherheit sehnte, die sie einst gekannt hatte. Aber trotzdem fühlte es sich an, als ob man ihm die Eingeweide rausgerissen hätte, als er hatte einsehen müssen, dass die Frau, in die er sich dummerweise verliebt hatte, schlussendlich vielleicht doch nicht die wirkliche Brie war.

Sie saß eine lange Zeit draußen auf dem Balkon in der kühlen Brise. Als sie wieder hereinkam, wusch sie sich das Makeup vom Gesicht und zog sich ein Nachthemd aus Seide an – ein Kleidungsstück, das – wie der Bikini – bereits bei ihrer

Ankunft in ihrem Schrank gewesen war. Dann schlüpfte sie ohne ein Wort ins Bett.

Himmel, wahrscheinlich kosteten ihre Pyjamas so viel, wie ein Tageslohn.

Wo war die Frau, die davon gesprochen hatte, sich eine Unterhose aus einer alten Plane zu basteln? Anscheinend war sie irgendwo zwischen hier und Dschibuti auf der Strecke geblieben.

Er kroch neben sie ins Bett – in nur einen Armee-T-Shirt und billigen Shorts. Die teuren Bettlaken ekelten sich wahrscheinlich vor seinem armseligen Nachtzeug. Er löschte das Licht auf seinem Nachttisch. Das war nicht so, wie er sich ihre erste Nacht in diesem Bett vorgestellt hatte, aber Sex war jetzt das Letzte, woran er dachte.

„Ist es dir überhaupt je in den Sinn gekommen, dass ich diesen Job annehmen könnte, um damit Gutes zu tun?“, fragte sie leise und ihre Stimme war die einzige sensorische Störung in dem pechschwarzen stillen Raum.

„Natürlich ist es das. Und falls du glaubst, ihn aus diesem Grund zu wollen, machst du dir nur selbst etwas vor.“

„Mein Gott, bist du ein voreingenommenes Arschloch.“ Ihre Stimme klang eher wütend als verletzt. „Verrate mir doch bitte, warum ich mir selbst etwas vormache?“

„Ich bin nicht voreingenommen. Ich bin ehrlich. Mit mir selbst und mit dir. Und wenn du dir selbst einreden willst, dass du auch nur irgendetwas bei der verdammten Prime Energy ändern kannst, belügst du dich selbst und mich. Du kannst die Unternehmenskultur nicht ändern. Du kannst nicht den gesamten Vorstand ändern. Die wollen dich nur für Werbezwecke missbrauchen und werden dich danach wieder ausspucken. Und du bist willig, das zuzulassen. Warum, Brie? Warum zur Hölle würdest du einem Vorstand trauen, der dich nur deshalb zurückhaben will, um dich auszunutzen? Warum willst du für ein Unternehmen arbeiten, das Ureinwohner in der ganzen Welt ausbeutet? Ein Unternehmen, das die Klimaveränderung verneint. Ein Unternehmen, das Leben zerstört und mit Leuten wie Drugov zusammenarbeitet.

Fuck, hast du vergessen, dass du mir erzählt hast, was dein Vater getan hat? Er wollte, dass du mit Drugov ins Bett hüpfst, um einen Deal abzuschließen. JJ ist eindeutig derselben Meinung und du weißt nicht, ob du Rafe glauben kannst. Aber mit einem Mal kannst du ihnen vertrauen? Weil sie *jetzt* auf eine Frau hören werden, die sie sich mit einem heftigen Lohn und Spesenkonto gekauft haben? Sie sehen dich als eine Närrin, die sie manipulieren können. Und wenn du diesen Job annimmst, dann ist das genau das, was du sein wirst."

Brie hatte das Gefühl, als ob man ihr in den Bauch geschlagen hätte – so harsch waren Bastians Worte. Nicht, weil sie gemein waren, sondern weil … er vielleicht recht hatte.

In den Stunden seit Rafe ihr das Angebot gemacht hatte, hatte sie sich im Geiste eine Geschichte zusammengesponnen, in der sie auf magische Weise alle Verbrechen, die ihr Vater verübt hatte, wiedergutmachte und die Welt rettete … zumindest ein wenig.

Aber warum? Warum hatte sie sich einer solchen Fantasie higegeben?

Eine Fantasie war alles, was es jemals sein konnte. Tief in ihrem Inneren wusste sie das. Ein Mann, der gewillt gewesen war, seine eigene Tochter zu verkaufen, um einen Deal abzuschließen, wurde nicht mit einem Mal magisch zu einem Wohltäter. Und selbst wenn er nicht mehr in allem mitmischte, so ging es ihren Brüdern genauso nur ums Geld. Sie waren schon immer so gewesen. Ihr Vater hatte nie Probleme damit gehabt, Leute zu betrügen, wenn er damit seine Profite erhöhen konnte, selbst für unbedeutende Summen, und er hatte seine Jungen auf dieselbe Weise erzogen.

Er hatte für das Endergebnis gelebt und dafür, das große Geschäft an Land zu ziehen. Und er war gewillt gewesen, sich mit jedem einzulassen – selbst mit der russischen Mafia – wenn das höhere Einnahmen bedeutete. Das Unternehmen war hoffnungslos mit russischem Geld und zwielichten Deals verflochten. Und sie konnte nicht vergessen, dass sie tief in ihrer Seele wusste, dass ihr Vater Micah umgebracht hatte, und es war durchaus möglich, dass JJ und Rafe davon wussten.

Warum also hatte sie sich selbst einreden wollen, dass sie in Prime Energy Gutes tun könnte?

Sie hatte nach einer Rechtfertigung gesucht, um den Job anzunehmen.

Aber warum? War es so, wie Bastian glaubte, weil sie wieder reich sein wollte? Wollte sie ihr Penthouse in New York zurückhaben? Vermisste sie die Kleidung und Aufmerksamkeit, die sie als Gabriella Prime erhielt?

Das glaubte sie nicht. Geld war angenehm und konnte Spaß machen, aber sie war in den Jahren, nachdem sie ausgestoßen worden war, zufriedener gewesen. Es war ihr möglich gewesen, als Erwachsene zum ersten Mal in ihrem Leben sauber zu bleiben, und sie brauchte keine Drogen mehr, um den Tag zu überstehen. Sie hatte es geschafft, sich nicht mehr selbst hassen zu müssen.

Sie hatte Freunde gehabt und ein erfülltes Studentenleben und später Arbeitsleben geführt.

Was also wollte sie? Welcher lächerliche Teil von ihr wollte wieder in die Familie zurück?

War es die Sehnsucht, die Rafe, der gute Bruder, heraufbeschworen hatte, indem er nett zu ihr gewesen war? Sie vermutete, dass dies eher der Auslöser gewesen war, als jeden Tag Dior und Stilettos tragen zu wollen.

Sie wollte glauben, dass ihr Bruder sie wirklich liebte. Dass sie einen Platz innerhalb ihrer Familie finden könnte. Dass sie nicht mehr länger allein sein würde.

Sie räusperte sich und sprach in die Dunkelheit, die sie in dem riesigen Bett trennte. „Hast du Geschwister, Bastian?"

„Hatte ich. Meine kleine Schwester ist vor elf Jahren gestorben – wir glauben, dass sie beim Autofahren getextet hat."

Seine Antwort erfüllte sie mit tiefstem Mitleid. „Das tut mir so leid."

„Lilys Tod war einer der Gründe, warum es so schwer für mich war, die Sache mit Cece zu beenden. Sie war für meine

Eltern da, wenn sie sie brauchten, und dann … haben sie sich regelrecht an ihr festgeklammert. Nicht als Ersatz – niemand könnte Lily ersetzen – aber zum Trost. Ein hübsches starkes indianisches Mädchen mit einer strahlenden Zukunft. Cece gab ihnen Hoffnung. Hoffnung, dass sie eine Schwiegertochter haben würden, die sie lieben konnten. Hoffnung, dass ich ihnen Enkelkinder schenken würde."

Ungesagt blieb die Tatsache, dass seine Eltern Brie hassen würden. Ganz besonders dann, wenn sie zu Prime Energy zurückkehren sollte. Das verursachte weitere geistige Qualen.

Falls sie und Bastian irgendwie einen Weg finden würden, um die riesige Kluft zwischen ihnen zu überbrücken, dann wäre da keine neue Familie, die sie in Abwesenheit ihrer eigenen mit offenen Armen aufnehmen und lieben würde. Seine Eltern würden sie hassen. Sie würde niemals an Cece heranreichen können. Und sie würde nur einen weiteren Keil zwischen ihn und die Menschen treiben, die ihm in dieser Welt am wichtigsten waren.

Sie wischte sich eine Träne weg, die über ihre Wange gerollte war, und hoffte, dass er den Schmerz in ihrer Stimme nicht hören würde. „Wenn dich deine Familie jahrelang ausgestoßen hätte und du plötzlich die Chance hättest, dass einer von ihnen dich lieben könnte, würdest du diesem Angebot den Rücken zukehren können?"

„Dies ist kein Angebot, dich wieder zu lieben, Brie. Es ist ein Job. Nicht mehr."

„Du verstehst es nicht. Meine Familie weiß nicht, wie man liebt. Dieses Angebot ist das Beste, was ich erwarten kann."

„Und das wurde vom Vorstand entschieden. Und JJ ist stinksauer darüber."

„Das weiß ich. Und logisch betrachtet weiß ich, dass mein Vater – falls er genesen sollte – mich trotzdem niemals lieben wird, egal was ich tue. Ich weiß auch, dass ich ihn hasse und ihn niemals wiedersehen will und ich seinen Krankheitsstand nicht betrauere. Aber trotzdem werde ich, tief in mir drin, immer das neunjährige kleine Mädchen sein, das sich fragt, warum ihr Daddy sie nicht liebhat. Das Mädchen, das mit dreizehn versucht hat, zu Modeln, weil ihr Vater sie dann vielleicht wahrnehmen würde und stolz auf sie wäre. Das Mädchen, das mit fünfzehn anfing Drogen zu nehmen, weil die täglichen erniedrigenden Bemerkungen ohne sie zu sehr schmerzten. Ich kann das genauso wenig an mir ändern, wie du den Schmerz ändern kannst, dass deine Eltern anscheinend deine Ex-Freundin dir vorziehen.

Rafe war immer mein guter Bruder. Zwar ein Arschloch, aber ich … *schien* ihm etwas zu bedeuten. Hast du irgendeine Vorstellung davon, wie viel Angst mir das gemacht hat, als ich Rafe sagen hörte, dass er mich vermisst hätte? Als ob ich ihm wichtig wäre? Es ließ jede verletzliche Unsicherheit in mir erwachen. Was wäre, wenn ich einen Bruder haben könnte? Ein Familienmitglied, das mich vielleicht lieben würde? Ich will das. Und ich hasse mich selbst dafür, dass ich es will."

Jetzt flossen die Tränen frei, und sie ließ es zu. Zur Hölle damit, sich vor Bastian beschützen zu wollen. Sie hatte keine weiteren Schutzschilder übrig, die sie aufstellen konnte. „Ich kann nicht oft ich selbst sein, wenn ich von Leuten umgeben bin. Meine Kollegen in Südsudan wussten nicht einmal, wer ich war. Ich halte immer Abstand, weil Menschen mich verurteilen werden — so wie du in der ersten Nacht, als wir uns begegnet sind. Wie du mich heute Nacht verurteilst. Also sage ich es ihnen nicht. Aber wenn ich einen Bruder hätte, dann würde wenigstens er mich *verstehen*. Er weiß, wie furchtbar es ist, mit Jeff Senior als Vater und JJ als Bruder aufzuwachsen. Wenn ich wieder einen Bruder hätte, dann gäbe es eine Person auf diesem Planeten, die *mich* liebt. Die echte Brie. Auch wenn das nur so ist, weil er es muss."

„*Ich* liebe dich, Brie. Ich habe dir das schon vorher gesagt. Zweimal. Jetzt dreimal."

„Tust du das wirklich? Denn heute Nacht bist du sehr schnell zu dem Schluss gekommen, dass ich oberflächlich bin. Und du hast noch schneller mein Vertrauen missbraucht, ohne mich auch nur vorzuwarnen."

Er schwieg für eine sehr lange Zeit.

Brie kletterte aus dem Bett und ging ins Badezimmer, um

eine Box Taschentücher zu holen. Sie schloss die Tür und machte das Licht an. Ein Blick in den Spiegel bestätigte, dass sie furchtbar aussah. Ihre Augen waren geschwollen und rot. Ihre Nase lief. Ihre Wangen waren fleckig.

Als sie noch Princess Prime gewesen war, waren ihre Emotionen zu kalt gewesen, um jemals so zusammenzubrechen. Allerdings hatte sie damals auch versucht, ihre Emotionen mit Drogen und Arzneimitteln zu kontrollieren. Sie saß auf dem Rand der Wanne, betupfte sich ihre Wangen und schnäuzte sich die Nase. Sie musste sich zusammenreißen. Sie und Bastian hatten noch einige Tage vor sich und einen Job zu erledigen. Sich jetzt von ihrem Herzschmerz hinreißen zu lassen, würde sie nur behindern.

Sie musste wieder zu einem eiskalten Miststück wie Princess Prime werden, aber dieses Mal ohne den Alkohol und die Drogen. Sie würde Bastian nicht mehr ihre verletzliche Seite zeigen, und sie würde JJ oder Rafe auf gar keinen Fall wissen lassen, dass sie die Macht besaßen, ihr wehzutun.

Sie war hier, um einen General bloßzustellen, der sein Volk in die Hungersnot getrieben hatte, um an die Macht zu kommen, und um einen Oligarchen zu stürzen, der zu seinem eigenen Profit Kinder verkauft hatte.

Nichts anderes zählte.

Kapitel Zweiunddreißig

Wenn nicht die jahrelange Ausbildung zu einem Soldaten der Spezialeinheit gewesen wäre, wäre es Bastian niemals möglich gewesen, zu schlafen. Und selbst damit schlief er nicht besonders tief. Neben ihm warf sich Brie hin und her, aber sie schaffte es, wenigstens ein paar Stunden Schlaf zu finden.

Nun hatte die Frau, die ihm am Frühstückstisch – das in ihren Privatgemächern serviert wurde – gegenübersaß, eine eiskalte Aura an sich, war eine neue Version von Brie. Sie hatte geduscht, ihr kurzes Haar geföhnt und gestylt und Makeup aufgetragen. Sie hatte sich ein leichtes Sommerkleid angezogen, von dem er vermutete, dass es Urlaubsmode war.

Er hatte ihr Schluchzen letzte Nacht gehört, als sie im Badezimmer saß, und er wusste, dass er sie verletzt hatte – schon wieder – aber zur selben Zeit war er noch nicht dazu bereit, zuzugeben, dass er in seiner Annahme falsch lag. Vor der Planung dieser Mission hatte sie nicht über ihre Brüder gesprochen, und sie hatte sicherlich nie angedeutet, dass einer von ihnen etwas anderes als die leibhaftige Boshaftigkeit sein könnte. Aber trotzdem hätte er erkennen sollen, dass sich in ihrem Verhalten ihren Brüdern gegenüber mehr Einsamkeit und Schmerz verbarg als Hass.

Jetzt in diesem Moment sehnte er sich nach der Einfachheit,

mit seinem Team Dschibutier zu trainieren. Oder noch besser, in einer heißen Zone abgesetzt zu werden und ein paar al-Qaeda Ärsche zu erledigen. Diese Mission war zu verworren. Er war der vorgetäuschte Freund einer Frau, die er liebte. Irgendwie hatte Savannah James SOCOM dazu überreden können, ihn für diese Mission einzusetzen. Himmel, sogar Brie war nun Savvys Informantin, und es war ihr Job, ihre Familie und deren Geschäftspartner auszuspionieren.

Im Grunde genommen war Savvy ihr Führungsoffizier, und sie waren ihre Spione. Anhand der Definition waren Spione Verräter, und die Wahrheit war, dass Bastian Brie verraten hatte und Brie dasselbe mit ihrer Familie tun würde.

Er starrte Brie an, während er langsam seinen Kaffee trank. Wunderschön, kalt und ruhig. Sie hatte ihn gleich von Beginn an gefesselt. Himmel, sie hatte ihn vor zehn Jahren schon verzaubert. Er hatte gehasst, was Princess Prime tat, aber die Frau hatte ihn neugierig gemacht.

Er hoffte inständig, dass Savvy mit Drugov und Lawiri recht hatte, sonst hätte er etwas Kostbares umsonst aufgegeben.

Er wollte wieder zu der Nacht in ihrem CLU zurückkehren. Er wollte sie davon abhalten, ihn wegzuschicken. Er würde ihr erklären, dass Savvy alles wissen musste, und dann hätten sie Savvy gemeinsam von ihrer Familie erzählt.

Das war das, was er hätte tun sollen. Aber er hatte sich von seiner Wut verleiten lassen. Wie er es ein Jahr zuvor bei Pax getan hatte. Wie er es jedes Mal tat, wenn er seine Eltern zu Cece ansprechen wollte. Wut und Schmerz gewannen, und er wurde zum Arschloch.

Es war ein Wunder, dass er es bis zum Chief Warrant Officer und stellvertretenden Befehlshaber seines A-Teams geschafft hatte, denn wenn es um seine persönlichen Dinge ging, brachte er gar nichts zustande. Aber er war immer dazu in der Lage gewesen, den Job zu erledigen, solange er sich darauf fokussierte. Selbst als die Dinge mit Pax am schlimmsten gewesen waren, hatten sie trotzdem gut zusammenarbeiten können. Es war in ihrer Freizeit, in der er ein Arschloch gewesen war.

Bei Brie durfte er einfach nicht vergessen, dass sie sich 24-Stunden lang auf ihrer Mission befanden. *Konzentrier dich auf den Job und vergiss die Frau.*

Klar.

Sie hatte ihr Handy neben ihren Teller auf den Tisch gelegt, und nun piepte es mit einer eingehenden Nachricht. Sie hob es auf und wischte über den Bildschirm. Sie lächelte abwesend, tippte eine Antwort und legte das Handy dann wortlos wieder hin.

„Was war das?", fragte er und war irritiert, dass er fragen musste. Sie sollten zusammenarbeiten.

„Ein ehemaliger Liebhaber hat mich zum Dinner in seine Villa eingeladen. Ich habe zugesagt."

Eifersucht überrollte ihn wie eine Monsterwelle. „Was zur Hölle?"

„Ich hoffe, dass er mir anbietet, seine Mätresse zu werden. Auf diese Weise kann ich die Klamotten, Autos und einen Palast haben, und alles, was ich dafür tun muss, ist, ihn zu ficken. Er ist sogar ein ziemlich guter Liebhaber, da wird es nicht zu anstrengend sein."

Er war blind vor Eifersucht, und es dauerte zu lang, bis er es endlich begriff. „Verdammt, Brie. Ich habe nie angedeutet ..."

„Hättest du genauso gut tun können. Und weißt du was? Wenn ich einen Typ vögeln will, damit er sich um mich kümmert, dann geht dich das verdammt nochmal nichts an. Meine Entscheidung, mein Körper, mein Leben. Du kannst also deine beschissenen Vorurteile für dich selbst behalten." Sie neigte ihren Kopf. „Wo wir schon dabei sind, wie viel würdest du mir für einen Blowjob geben? Da ist eine Reisetasche, die ich im Auge habe."

Er kapierte es. Er war ein Arschloch. Der letzte Hieb war jedoch zu viel, und so starrte er sie nur finster an und sagte: „Die ganzen zwanzig Zentimeter."

Sie zog eine Augenbraue hoch. „Zwanzig?" Sie kicherte. „Davon träumst auch nur du."

Seine Wut verblasste. Es war wie ein langsamen Absickern, von dem er sich sicher war, dass es aus seinem Herzen tropfte.

„Ach, komm schon. Wenn du die Reisetasche willst, wirst du mir schon etwas entgegenkommen müssen."

Ihr Mund zuckte. „Oh, wenn das so ist, dann ja – es hat sich ganz sicher wie zwanzig angefühlt."

Er rieb sich mit seiner Hand übers Gesicht und wusste nicht, ob er lachen oder seufzen sollte. „Es tut mir leid, Brie. Noch einmal. Es war falsch von mir, anzunehmen, dass du nur das Geld und deinen Status zurückhaben wolltest. Ich lag nicht falsch, wenn es darum geht, dass du dir etwas vormachst, aber ich lag darin falsch, warum du das tust."

„Fair."

„Also? Von wem war die SMS?"

„Wie ich es bereits sagte, von einem ehemaligen Liebhaber, der mich zum Dinner eingeladen hat."

Himmel, was hatte er nur getan, um diesen Auftrag zu verdienen? Ihm würde eine Ader platzen, noch bevor der Tag zu Ende ging. Vielleicht sogar noch bevor er mit seinem Frühstück fertig war. „Ich hoffe, dass du ihm gesagt hast, dass er für drei Personen aufdecken soll. Und wer ist es? Savvy muss diesen Kerl überprüfen lassen."

„Ich habe ihn wissen lassen, dass mein Freund mit mir zusammen hier ist, und wir gern zum Dinner kommen würden. Wir werden abwarten müssen, um zu sehen, ob er seine Einladung nun, da er von dir weiß, zurückziehen wird. Sein Name ist Armando Cardona. Er kommt aus Spanien und ist in der chemischen Industrie beschäftigt – Plastik und Pharma-Chemie. Er wohnt in der Nachbarschaft, und wir haben uns letztes Jahr kennengelernt, als ich hier war. Ich habe Youssef darum gebeten, ihn und auch noch ein paar andere in der Nachbarschaft darüber zu informieren, dass ich zu Hause bin, sodass diese Neuigkeiten bis zu Drugov durchfiltern, damit ich ihn nicht direkt kontaktieren muss."

Er runzelte seine Stirn. „Wann hast du das getan?"

„Als du vor dem Abendessen unter der Dusche warst. Ich wollte, dass Youssef glaubt, dass ich es vor dir verheimlichen will."

„Was du ja auch getan hast."

„Ich wollte es dir nach dem Dinner sagen."

Doch stattdessen hatten sie sich gestritten. Okay. Er würde ihr das dieses Mal durchgehen lassen. „Savvy wird seinen Hintergrund prüfen müssen."

„Das hat sie bereits. Ich hatte sie bereits über jeden informiert, den ich hier kontaktieren wollte. Es gab keine Garantie, dass Armando nicht in Madrid, sondern hier sein würde, aber ich hatte es gehofft, denn sein Unternehmen hat hier ein Labor. Ich hatte ihn vor einigen Monaten angerufen, weil ich wissen wollte, ob er es in Erwägung ziehen würde, wiederverwendbare, mit Plastik versiegelte Unterwäsche zu produzieren. Einen Hersteller in Afrika zu haben, könnte all die Blockaden in der Nothilfe umgehen. Also unabhängig von Drugov – ich wollte ihn sehen."

Savvy hatte ihm während der Vorbereitung für den Trip nichts davon gesagt. Allerdings hatte Savvy immer ihre Gründe dafür, Informationen zu teilen oder zurückzuhalten. „Gibt es noch irgendwelche anderen Liebhaber, von denen ich wissen sollte, oder hoffst du, mich in der Öffentlichkeit damit zu überrumpeln?"

„Ich glaube nicht, dass die anderen hier sind, aber vielleicht haben wir ja Glück."

Er stand mit zusammengebissenem Kiefer auf. Er kam um den Tisch herum und baute sich über sie auf. „Wir müssen als ein Team zusammenarbeiten, Brie."

Sie legte ihren Kopf zurück und erwiderte seinen Blick. „Was willst du von mir, Bastian? Ich kann es nicht ändern, dass ich mit ihm geschlafen habe. Es war eine kurze Affäre und bevor ich dich getroffen habe. Du hast selbst viel herumgevögelt. Ich werde mich genauso wenig für meine Vergangenheit entschuldigen, wie ich es von dir erwarte."

Für das, was er ihr sagen wollte, gefiel es ihm nicht, so über ihr zu stehen. Er nahm ihre Hand und zog sie sanft auf ihre Füße. Sie stand auf und blickte misstrauisch in seine Augen.

„Es interessiert mich nicht, dass du in der Vergangenheit mit ihm geschlafen hast – solange es in der Vergangenheit bleibt, während wir uns auf dieser Mission befinden. Selbst, wenn ich dir scheißegal bin, ist es mein Job, dich zu beschützen, was ich nicht tun kann, wenn du mit Mister Pharma-Chemie vögelst. Ich habe dir gesagt, was ich empfinde. Ich kann wegen dem, was ich dir angetan habe, viel Scheiß von dir ertragen. Aber falls du auf diesen Kerl scharf bist, kann Savvy dir einen anderen Bodyguard schicken, denn dann bin ich weg von hier. Es gibt Soldaten der Spezialeinheit, die in Spanien in Rota stationiert sind und nur zu gern meinen Platz einnehmen würden, und sie wären innerhalb einer Stunde in einem militärischen Flugzeug auf dem Weg hierher. Selbst, wenn du den Spanier nicht willst, wenn du willst, dass man mich ersetzt, werde ich gehen. Wenn wir nicht zusammenarbeiten können, befindest du dich in Gefahr."

Bis er seine Rede beendet hatte, trommelte das Herz in seiner Brust, als ob er beim Seilspringen Doppeldurchschläge gesprungen wäre. Mit nur wenigen entscheidenden Worten könnte sie ihn in diesem Moment von dieser Mission abziehen und aus ihrem Leben fortschicken. Und sie würde damit gleich seine Eier als Souvenir behalten.

„Ich will Armando nicht."

Seine Lungen füllten sich langsam mit Luft, aber er behielt sich unter Kontrolle. Sie könnte ihn immer noch ersetzen wollen.

„Es gibt nur einen Mann, den ich will – als Liebhaber und als Bodyguard."

Sein Widerstand verpuffte. Blitzschnell hob er sie in seine Arme und pinnte sie an die nächstbeste Wand. Sie schlang ihre Beine um seine Hüfte. Bevor sie ein weiteres Wort sagen konnte, hatte er seinen Mund auf ihren gepresst und küsste sie tief und hart. Sie saugte an seiner Zunge und rieb sich an seiner Erektion. Er wollte sich in ihr versenken und sie so heftig kommen lassen, dass sie niemals wieder an einen anderen Mann denken würde.

Er wollte, dass sie ihm gehörte, nicht nur für heute oder für die Mission, sondern für den Rest seiner Zeit. Seine. Für immer.

Er hob seinen Kopf und blickte auf ihre feuchten Lippen

herab. Sie öffnete ihre Augen, die vor lauter Lust scharf und wie benebelt waren.

„Ich habe dir keine Chance gegeben, zu sagen, wen du willst.“

Sie lächelte. „Dich, Bastian. Immer nur dich. Von dem Moment an, als wir uns zum ersten Mal geküsst haben, nur dich.“

Er küsste ihre Augenlider, ihre Lippen, ihren Hals. „Danke.“ Er hatte ihre unmissverständliche Erklärung dringender hören müssen, als er es zugeben wollte.

Ein Klopfen ertönte an der Tür.

„Verdammt“, sagte er und setzte sie ab.

„Einen Moment“, rief Brie in Richtung Tür. Dann berührte sie seine Lippen. „Du hast wieder Lippenstift an dir.“

„Wir werden das später zu Ende bringen.“

Sie nickte.

Er ging, um sich im Bad sauber zu machen, während sie das Dienstmädchen bat einzutreten. Es wurde Zeit, dass sie sich für heute an die Arbeit machten. Sie könnten heute Nacht spielen.

Armando Cardona war genauso attraktiv und charmant, wie Brie sich an ihn erinnerte, aber sie bereute nicht, dass ihre Affäre vorüber war. Bastian war attraktiv und charmant und so vieles mehr. Er hatte sie von einem Sklavenmarkt gerettet und mit ihr unter den Sternen getanzt. Er kannte jeden hässlichen Teil von ihr und wollte sie trotzdem noch.

Armando war nicht im Geringsten überrascht, dass sie mit ihrem Freund gekommen war, und er küsste beide ihrer Wangen in einer warmen Umarmung, bevor er seinen Charme auf Bastian richtete, als ob Brie einen neuen potenziellen besten Freund abgeliefert hätte. Sie setzten sich an einen vollbeladenen Tisch – Lunch war in Marokko die größte Mahlzeit des Tages – und die Speisen, welche auf einem zentralen Tablett angeboten wurden, waren traditionell marokkanisch. Dazu gab es Pfefferminztee. Sie aßen mit der rechten Hand und benutzen Fladenbrot als ihr einziges Hilfsmittel.

Brie hatte solche Gerichte in Südsudan vermisst. Allerdings hatte sie in Südsudan überhaupt die Freude am Essen vermisst.

Obwohl die Einladung erst wenige Stunden zuvor eingegangen war, hatte Armando ein paar andere aus der Nachbarschaft eingeladen, und sie und Bastian fanden sich inmitten einer gemütlichen Runde wieder. Da war ein Paar – Mr. und Mrs. Immobilienunternehmer, die hochqualitative Resorts bauten – und ein Milliardär, der Eigentümer einer Fluglinie war. Nur eine Handvoll von Leuten aus der Gegend, die einen intimen Lunch genossen.

„Du wirst doch heute Abend auch auf Nikolais Party sein, nicht wahr, Liebes?", fragte Annette, die Resortbauerin.

„Nikolai?", fragte Bastian, perfekt in seiner Rolle als Tourist in dieser Welt von eingemauerten Grundstücken in Casablanca.

„Nikolai Drugov. Er ist im Öl-Geschäft, genauso wie Bries Familie", sagte Annette.

Weil sie Armando vor einem Jahr kennengelernt hatte, kannte er sie als Brie – nicht als Gabby oder Gabriella – was diesen Lunch viel intimer wirken ließ, als es das Dinner mit ihrem Bruder letzte Nacht gewesen war.

Allerdings mochte Brie Armando, wobei sie sich bezüglich ihres Bruders noch nicht so ganz sicher war.

„Nikolai gibt eine Party?", fragte Brie und zeigte gerade genug Interesse.

„Ja. Abendgarderobe. Er feiert, dass er sich die Öl-Rechte in der Arktis sichern konnte. Riesige Reserven. Ich bin mir sicher, dass er dich dort sehen will."

Annettes Ehemann räusperte sich. „Das mag für Brie vielleicht nicht unbedingt Anlass zu feiern sein. Ich glaube, dass sich Prime Energy um den Bau der Pipeline beworben hatte, aber Nikolai hat sich für einen Konkurrenten entschieden."

Brie war eher entsetzt darüber, dass Russland in der Arktis bohren würde, aber das behielt sie für sich. „Ich gehöre dem Unternehmen nicht mehr wirklich an. Wenn PE den Vertrag nicht gewonnen hat, ist das nicht mein Problem. Aber es erklärt, warum JJ so schlecht gelaunt ist."

„Na also, dann musst du kommen!", sagte Annette. „Diese Dinge sind immer so langweilig – dieselben Männer im mittleren Alter, die sich über Golf und Fußball unterhalten – das ist etwas anderes als Football", fügte sie mit einem Nicken zu Bastian hinzu. „Und Business-Deals in China. Mittlerweile kann ich beide Seiten der Konversation selbst führen. Dein Green Beret wird da ein bisschen Pepp reinbringen."

Als ob Bastian ein Haustier und ein angeheuerter Entertainer wäre.

Annette klatschte in ihre Hände. „Oh! Du könntest die Geschichte erzählen, wie du Brie gerettet hast! Und von ein paar deiner anderen Abenteuer!"

Ja sicher. Als ob die Geschichte, wie sie auf einem Sklavenmarkt gekauft worden war, die Partygäste amüsieren würde. Und Bastians Missionen bestanden wahrscheinlich zu einem Großteil aus Kugeln und Blut. Nicht wirklich ein *Abenteuer*.

Brie unterdrückte ihre Grimasse. Wenigstens konnte sie Annette verstehen. Vor langer Zeit war sie genauso wie sie gewesen. Gedankenlos, aber nicht bösartig. Wohlhabend, weiß und sehr, sehr privilegiert.

Falls Bastian genervt war, ließ er es sich nicht anmerken. Stattdessen sagt er, was eine ungeheure Geduld und Anstand bewies: „Meine Arbeit ist nicht als Party-Entertainment geeignet und sehr viel davon ist streng geheim. Was die Mission um Brie zu retten angeht, liegt es an ihr, diese Geschichte zu erzählen, und ich glaube, dass es eine schmerzhafte ist."

Annettes Gesicht wurde rot, und sie berührte Bries Hand. „Oh! Das tut mir so leid. Wie gedankenlos von mir, Liebes." Sie schien es ehrlich zu bereuen, doch Brie würde gutes Geld darauf verwetten, dass sie sich nun fragte, ob man sie vergewaltigt hatte.

Nicht, dass sie es ihr übelnahm. Wenn die Rollen andersherum wären, würde Brie sich dasselbe fragen. Nicht auf eine anzügliche Art, aber auf eine Weise, in der sie versuchen würde, die richtigen Worte zu finden, um Mitgefühl zu bekunden, ohne dumm, banal oder verletzend zu klingen.

Annettes Finger drückten Bries so fest, dass es schmerzte, und ihre Augen waren feucht mit Tränen. „Normalerweise bin ich nicht so … schwachköpfig."

Ihr Ehemann schnaubte und stahl damit für einen Moment die Anspannung.

Der Fluglinien-Tycoon fragte Armando nach seinen Plänen für die kommenden Wochen, und der Augenblick war vorbei. Annette lehnte sich näher zu Brie und flüsterte: „Ich hoffe wirklich, dass du heute Abend zu Nikolais Party kommst. Ich verspreche, ich werde diskreter sein."

„Das würde ich gern, aber ich möchte Nikolai keine Unannehmlichkeiten verursachen, wenn ich einfach uneingeladen auftauche. Unsere Familien kennen sich schon sehr lange."

„Unsinn. Ich werde ihm eine Nachricht schicken und ihn wissen lassen, dass ich dich eingeladen habe und darauf bestehe, dass du teilnimmst, oder es mir sonst das Herz brechen würde. Wir werden nächsten Monat in Cuba mit dem Bau eines neuen Resorts beginnen, und er will die größte Villa für sich selbst. Er wird es nicht wagen, mir etwas abzuschlagen."

Brie lächelte. Nein. Sie glaubte nicht, dass er das tun würde. Sie vermutete, dass Nikolai Drugov genauso begierig darauf war, sie zu sehen, wie sie es war. Dass Annette es nun möglich gemacht hatte, erleichterte es allen.

Bastian sah sie besorgt an, und sie schenkte ihm ein strahlendes Lächeln. Er lehnte sich zu ihr rüber und küsste ihre Wange, während er unter dem Tisch ihre Hand ergriff. Dies war keine gespielte Liebesbezeugung, was es irgendwie zu etwas ganz Besonderem machte.

„Wie lange werdet ihr in Casablanca bleiben?", fragte Armando.

„So lange, wie die Armee es erlaubt", sagte sie und gab damit zur Antwort, worauf sie sich zuvor geeinigt hatten. „Bastian befindet sich derzeit auf unbefristetem Genesungsurlaub. Marokko schien der perfekte Ort zu sein, wo wir uns beide erholen können."

Armando neigte seinen Kopf. „Und was wirst du tun, Brie, wenn Bastian wieder zu seiner Einheit zurückkehrt? Darf ich darauf hoffen, dass du hier bei uns in Marokko bleiben wirst? Damit ich Annette nicht mit meinen Partygesprächen langweile?"

„Das habe ich noch nicht entschieden. Ich bezweifle, dass USAID mich wieder zurücknehmen wird, falls ich nach Südsudan zurückgehen will." Sie hatte ehrlich geantwortet, ohne darüber nachzudenken. Abgesehen von den Fantasien, die Welt durch Prime Energy zu retten, hatte sie sich seit dem Augenblick, als sie in dem SOCOM-Meeting gesessen hatte, keine ernsthaften Gedanken darüber gemacht, was sie tun sollte, sobald all das hier vorbei war. Die harte Wahrheit war, dass es für sie nun unmöglich geworden war, weiterhin für USAID zu arbeiten, seit man ihre Identität an die ganze Welt verraten hatte.

Bastians Finger umschlossen ihre fester. „Ich hoffe, dass Brie nach Washington zu Besuch kommt. Meine Familie ist dort."

Sie hatte das Gefühl, als ob er nicht in der Rolle ihres Freundes sprach, sondern es ernst meinte.

In typischem Marokko-Stil dauerte der Lunch beinahe drei Stunden. Nachdem die anderen Gäste gegangen waren, hielt Armando Brie und Bastian an der Tür zurück. „Ich wollte etwas mit dir besprechen, was keine passende Tischkonversation gewesen wäre." Seine olivenfarbene Haut errötete leicht. „Wegen der … Unterwäsche."

Brie lächelte und verstand sein Unbehagen. So viele Männer hatten Schwierigkeiten damit, über Menstruation zu sprechen. Die Hälfte der Weltbevölkerung menstruierte, und es war ein lebenswichtiger Teil der menschlichen Existenz, aber trotzdem wanden Männer sich dabei. Ihr gefiel die Tatsache, dass Bastian sie in Südsudan direkt gefragt hatte, was sie tun würde, falls ihre Blutungen anfingen, während sie dort festsaßen.

Sie lächelte zu Armando auf. „Hast du mit deinen Ingenieuren darüber gesprochen, eine weiche, flexible und wiederverwendbare Plastikfütterung zu kreieren?"

„Das habe ich. Die Frauen waren von dem Projekt begeistert

und haben angeboten, ihre Freizeit für die Entwicklung zu spenden, was bedeutet, dass wir den Prozess beschleunigen konnten. Ich habe mich gefreut, als ich hörte, dass du hier bist, denn ich wollte dich kontaktieren. Wir haben bereits verschiedene Prototypen angefertigt. Wärst du daran interessiert, in den nächsten Tagen das Labor zu besuchen? Falls du es nicht kannst, kann ich sie dir auch zur Villa schicken lassen, wobei ich jedoch sicher bin, dass die Designer dich gern kennenlernen würden."

Brie konnte nicht anders und quietschte laut auf, bevor sie Armando umarmte. „Natürlich werden wir zum Labor kommen. Ich will sie auch kennenlernen." Sie ließ ihn los und genoss die plötzliche Begeisterung. Von ihrer Arbeit in Südsudan könnte Gutes kommen, und Erfolge wie diesen gab es in letzter Zeit nicht allzu oft. „Oh, meine Güte, Armando. Kannst du dir vorstellen, was das für die Mädchen in den Entwicklungsländern bedeutet? Unterwäsche kann das Leben eines Mädchens verändern. Ihre gesamte Zukunft."

Er strahlte, nicht länger errötet. „Das haben meine Ingenieure auch gesagt. Sie alle sind Frauen mit höherer Ausbildung, manche kommen aus Marokko, einige aus anderen afrikanischen Ländern. Ihnen ist das Leiden bekannt. Dieses Projekt bedeutet auch ihnen sehr viel. Vielen Dank, dass du mich darauf aufmerksam gemacht hast. Es wird unserem Stoff fabrizierenden Zweig einen guten Steuerabzug verschaffen und gleichzeitig in der Welt Gutes tun."

„Danke, dass du es weiterverfolgt hast. Wann können wir das Labor besuchen?"

„Ich werde einen Termin ausmachen und dich dann mit den Details anrufen."

„Perfekt." Sie küsste noch einmal auf die Wange und nahm dann Bastians Arm, bevor sie ging. Zum ersten Mal seit Wochen verspürte sie einen winzigen Funken Hoffnung. Die Welt war doch nicht nur schlecht. Sie konnte die Vergangenheit nicht ändern, aber sie könnte einen positiven Einfluss auf die Zukunft haben.

Kapitel Dreiunddreißig

Innerhalb einer Stunde, nachdem sie zu Bries Villa zurückgekehrt waren, traf eine Einladung zu Drugovs Party ein. Brie machte sich daran, drei Abendkleider anzuprobieren, die in ihrem Schrank hingen, wobei sie Bastian um seine Meinung bat, welches für den Abend am besten wäre. Ihm war es vollkommen egal, was sie trug – sie sah in ihnen allen scharf aus.

Sie war nach den Neuigkeiten von Armando aufgeregt und begeistert, und er genoss es, ihre unbeschwerte Energie zu sehen. In den letzten Wochen waren solche Momente rar gewesen.

Sie drehte sich vor ihm im Kreis. „Was hältst du von dem hier?"

Er hob ihr Kinn an. „Ich seh dir in die Augen, Kleines."

Sie stöhnte. „Es wurde wohl langsam Zeit für einen *Casablanca*-Joke."

„Ich habe in den letzten vierundzwanzig Stunden überlegt, wie ich ‚Uns bleibt immer noch Paris' einbringen könnte."

Sie kicherte. „Eher Südsudan. Oder die USS *Dahlgren*."

Er schmunzelte und rieb den seidigen Stoff ihres Kleides zwischen ihren Fingern. „Wo hast du das her?" Sie trug eine schimmernde schwarze Nummer mit einem engen, tief ausgeschnittenem Korsett-Oberteil, das ihm mit jedem Hüpfen ihrer

Brüste eine Latte verpasste. „Ich dachte, du hast kein Geld für Designerklamotten?" Selbst sein untrainiertes Auge konnte sehen, dass dieses Kleid von hoher Qualität war. Bis auf die Dinge, die sie bei Dior gekauft hatte und dem, was Savvy ihr besorgt hatte, war er davon ausgegangen, dass ihre Garderobe eher leger war. Schließlich war sie immer noch genauso pleite wie vor einem Jahr, als sie zu Besuch hierhergekommen war.

„Ich habe das meiste meiner Garderobe von einem Konsignationslager in Seattle gekauft, bevor ich letztes Jahr herkam. Später hat Armando mir die Kleider und noch ein paar andere Dinge gekauft, weil er wollte, dass ich mit ihm zusammen zu sozialen Veranstaltungen ging."

„Dann weiß er also, dass du dich von deiner Familie getrennt hattest?"

„Ja. Ich habe meine seltsame finanzielle Situation nicht geheim gehalten, in der ich in einem Palast wohnte, mir aber die Miete in Seattle nicht leisten konnte. Für ihn war es nichts, mir Kleider zu kaufen, und ich habe es zugelassen, weil er wollte, dass ich ihn zu diesen Veranstaltungen begleite, zu denen ich sonst nicht hätte gehen können."

Bastian lächelte. Armando war sehr nett gewesen, und es hatte wegen Brie keine Anspannung zwischen ihnen gegeben. „Er ist nicht wirklich dein Typ", sagte er.

Sie lachte. „Attraktiv und charmant ist nicht mein Typ?"

„Auf keinen Fall. Du passt besser zu Männern, die grob sind. Ethnisch. Vielleicht sogar ein leichtes Arschloch. Männer, die keine Angst davor haben, sich schmutzig zu machen. Keine polierten, hübschen, reichen Jünglinge."

Sie grinste und stieß ihn auf die Couch, bevor sie sich rittlings auf ihn setzte. Das Abendkleid rutschte fast bis zur ihrer Hüfte hoch. Sie schlang ihre Arme um seine Schultern. „Mein bevorzugter Typ ist ein Mann, der wie ein Gott fickt und mir das Gefühl gibt, lebendig zu sein. Schön. Exquisit."

„Du bist all diese Dinge. Es sollte keinem Mann, der dich das nicht fühlen lässt, erlaubt sein, in deinen Körper einzudringen."

„Beweis es mir. Gib mir das Gefühl, exquisit zu sein."

Er stieß seine Hüfte nach oben und streifte ihren Kitzler mit seiner bereits harten aber verdeckten Erektion. „Oh nein, Schätzchen. Du wirst auf das nächste Mal warten. Heute Nacht. Nach der Party. Dann werden wir unsere eigene Party feiern.“

„Versprochen?“

„Indianerehrenwort.“ Doch dann, weil er ein Masochist war, zog er den Träger ihres Kleides herab und entblößte ihre Brust. Sie hatte für die Fashionshow keinen BH angezogen. Er saugte eine Spitze in seinen Mund. Sie stöhnte und presste ihre Pussy fest gegen ihn.

Exquisit war das richtige Wort.

Dies war ein gefährliches Spiel. Sie mussten sich für die Party fertigmachen und die neuesten Informationen an Savvy weiterleiten. Vielleicht hatte Savvy Intel für sie über die Partygäste. Doch alles, was er jetzt tun wollte, war, an Bries Titten zu saugen, ihren Kitzler zu lecken und zu hoffen, dass sie es ihm gleichtun und ihn tief in ihrem Mund aufnehmen würde.

Er schob eine Hand unter das Kleid und umschloss ihren Hintern. Vielleicht konnte er nur ein wenig ihre Pussy lecken. Als eine Art Vorspeise.

Er spürte eine Vibration an seiner Brust, aber nicht von der guten Sorte, die wie ein knallbunter Schwanz geformt war, mit dem er sie innen und außen reizen konnte. Nein. Das hier war sein Handy.

Sie blickte sich im Zimmer um. „Könnten im Zimmer Mikrofone versteckt sein, sodass uns immer dann jemand unterbricht, wenn es anfängt gut zu werden?“

Er lachte. „Ich suche das Zimmer jedes Mal, wenn wir wieder zurückkommen, nach Mikrofonen ab. Bisher habe ich keine gefunden.“ Er zog sein Handy hervor. Savvy. Sie musste seine Nachricht erhalten haben, dass sie zur Party gehen würden. Er hatte keine andere Wahl, als zu antworten.

„Wir werden allen Ernstes die Limousine bis zum Haus nebenan nehmen?", fragte Bastian, als sie über den roten Teppich zur runden Einfahrt hinuntergingen, wo der Familienchauffeur neben der offenen Hintertür des langen Fahrzeugs wartete. Ihre Brüder, hatte Youssef sie informiert, waren bereits eingestiegen und warteten.

„Ja", sagte Brie und musste über sein Entsetzen lächeln. Er hatte recht. Es war lächerlich, selbst in ihren haushohen Absätzen. „Zu einer solchen Veranstaltung spaziert man einfach nicht die lange Einfahrt hinauf."

„Reiche Leute sind so verdammt seltsam. Wir könnten über die Mauer klettern. Das wäre ein echter Auftritt."

„Ich glaube nicht, dass ich fürs Über-Mauern-Klettern richtig angezogen bin." Sie strich sich das enge schwarze Seidenkleid glatt. Das Kleid war einfach, mit einem tiefen V-Ausschnitt, der ihre Brüste umschmiegte und ein glitzerndes Collier mit hunderten von kleinen-bis-großen tropfenförmigen Rubinen hervorhob, die zu einem makellosen fünf Karat Stein zusammenliefen, der zwischen ihren Brüsten ruhte.

„Och, ich würde dir dabei helfen." Seine Hand umschloss ihren Hintern.

Sie lachte. Wahrscheinlich war er ein hervorragender Mauernkletterer. Sie wollte das gern sehen, nur nicht in der Ausgehuniform für heute Abend, die schärfer an ihm aussah als jeder Smoking, den sie je gesehen hatte.

Sie hatte ihn zuvor dabei beobachtet, wie er sich angezogen hatte – und zwar mit dem unverhohlenen Interesse eines Matrosen in einem Stripclub – nur, dass es umgekehrt gewesen war, und er seine perfekten Muskeln verdeckte. Doch sie war mit dem Endresultat äußerst zufrieden.

„Warum trägst du dein Green Beret nicht?", fragte sie, als sie sich der Limousine näherten.

„Mit der blauen Ausgangsuniform werden keine Kopfbedeckungen getragen, sonst würde ich das. Ich wünschte, ich könnte es tragen. Wenn ich es täte, würde ich es auch im Haus aufbehalten, weil ich bewaffnet bin. Es würde mir nichts ausmachen,

Drugov wissen zu lassen, dass ich nicht nur in der Spezialeinheit bin, sondern ebenfalls bewaffnet und gefährlich. Aber ... so ist das nun mal nicht. Ich kann heute Nacht keine Kopfbedeckung tragen. Wenn ich das täte, würde jeder, der das Protokoll kennt, sofort wissen, dass ich den Status der Spezialeinheit unnötigerweise heraushängen lasse. Savvy sagte, dass andere Militärleute dort sein könnten. Zu riskant für mich, das Protokoll zu brechen."

Sie näherten sich dem Fahrzeug, in dem ihre Brüder warteten. Sie wollte Bastian heute Nacht nicht mit der Welt teilen. Sie wollte ihn ganz für sich allein haben, ihn genießen und ihm genau zeigen, was ihr sein Dienst bedeutete. Aber sie befanden sich auf einer Mission – Teil seines Dienstes – und sie würde ihn jetzt nicht im Stich lassen.

Sie hatte eine Rolle in dieser Mission. Er konnte seinen Job nicht ohne sie tun, sie war seine Eintrittskarte in Drugovs Welt. Und sie würde weder ihn noch ihr Land scheitern lassen. Sie schuldete beiden so viel.

Sie kletterten in die Limousine, um die vierhundert Meter lange Einfahrt hinunter und dann eine andere wieder hinaufzufahren. JJ starrte sie finster an und sagte nichts, während er seinen üblichen säuerlichen Gesichtsausdruck trug, als er sich die Auszeichnungen an Bastians Uniform ansah, welche bewiesen, dass dieser Indianer hundertmal mehr Mann war als JJ. Allerdings war JJ unter seiner stinkreichen Maske nichts weiter als ein Schmarotzer und Abschaum, somit war der Vergleich allein schon eine Beleidigung für Bastian.

Es dauerte nicht einmal eine ganze Minute, ihre Einfahrt zu verlassen und die nächste wieder hinaufzufahren. Zumindest auf dem Nachhauseweg könnten sie und Bastian die Limo aus- und ihre Brüder zurücklassen, aber für ihre Ankunft war es besser, dass die Prime-Familie als Einheit erschien.

Drugovs Eingang war noch pompöser als der rote Teppich der Prime-Villa. Der Weg bestand aus einem abstrakten Mosaik in leuchtenden Farben. Wunderschön und so kunstvoll, dass es in ein Museum gehörte.

Das Innere des Hauses war sogar noch schöner. Es war zu

schade, dass der Hauseigentümer ein grausames, sadistisches Herz hatte. Brie atmete tief ein, als sie an Bastians Arm den Eingang durchquerte und sich darauf vorbereitete, dem Gastgeber gegenüber zu treten – einem Mann, den sie seit acht Jahren nicht gesehen hatte.

Er hatte sich nicht verändert. Ein paar Fältchen um seine Augen, aber ansonsten war er immer noch derselbe Nikolai. Zehn Jahre älter als sie, war er nun dreiundvierzig, sah aber älter aus. Harter Alkohol, der Lebensstil eines notorischen Playboys, und die Position direkt im Wirbel der russischen Mafia ließen einen Mann sehr schnell altern. Manche mochten ihn als gutaussehend bezeichnen, doch die Art, wie er sie ansah, hatte sie schon immer abgestoßen. Sein Aussehen wurde von seinem Charakter überschattet.

Stechend blaue Augen fixierten sich in dem Augenblick auf sie, als sie seine Schwelle überschritt, und das altbekannte Gefühl des Unbehagens setzte ein. Sie hatte das schon im Alter von dreizehn gespürt, als er dreiundzwanzig gewesen war. Kein erwachsener Mann sollte ein Kind je auf diese Weise anschauen. Allerdings hatte sie dank ihres Modelns als Teenager diesen Blick allzu häufig bekommen.

Sie blieb abrupt stehen, und Bastian wandte sich ihr mit fragendem Blick zu. „Bist du okay?", flüsterte er.

„Berühre mich. Immer dann, wenn wir in Nikolais Nähe sind. Zeige deutlich, dass ich dir gehöre. Bitte?"

Er neigte sich zu ihrem Hals und küsste sie dort auf intime Weise, und er verweilte länger dort, als es in der Öffentlichkeit akzeptabel war. Seine Lippen reizten ihr Ohr, als er ihr zuflüsterte: „Geht klar, Babe. Nichts könnte mir leichter fallen."

Sie lächelte und streifte seine Lippen mit ihren, während sie sich selbst stählte. „Danke."

Viel zu früh musste sie dann dem Widerling der Stunde ihre Hand entgegenstrecken. Er drückte ihre Finger und hob ihre Hand an seine Lippen. Er küsste ihren Handrücken und hielt ihre Haut zu lang an seinen Mund. „Gabriella, meine Liebe. Es ist so gut, dich wieder zurück zu haben."

Sie versuchte, ihm ihre Hand zu entziehen, doch er wollte sie nicht loslassen.

Bastian entzog ihre Hand ruhig der von Drugov. Er legte ihre Finger an seine Brust. Sie fühlte seinen gleichmäßigen, kraftvollen Herzschlag.

„Nett, Sie kennenzulernen, Drugov", sagte er und nahm die Hand des Oligarchen. „Sie gehört mir, und wenn Sie wissen, was gut für Sie ist, werden Sie Ihre Hände und Ihren Mund bei sich behalten."

Anhand Nikolais Gesicht schien Bastian seine Hand zu zerquetschen.

„Bastian, Liebling", sagte Brie süßlich. „Ich glaube, du tust ihm weh." An Nikolai gewandt sagte sie. „Tut mir so leid, Nick. Er unterschätzt seine eigene Kraft."

Nikolais Augen funkelten, aber er sagte nichts, ließ nicht einmal ein leises schmerzvolles Grunzen hören. Bastian ließ ihn los und er spreizte seine Finger. Nichts gebrochen. Wie schade.

„Dein neues Spielzeug hat schlechte Manieren, Gabriella. Genau das, was ich von einem Heiden erwarten würde."

„Nein, Sir", sagte Bastian. „Ich weiß ganz genau, wie ich mich zu benehmen habe. Die Frage ist: Wissen Sie das auch?"

Brie zerrte Bastian von der Begrüßungsreihe weg, bevor der Gastgeber antworten konnte. Sie hielt kurz unter einem Torbogen an, der in den Hauptballsaal führte. Sie zog ihn zur Seite, neben eine dicke Säule, und sagte mit leiser Stimme: „Deinetwegen wird man uns noch hier rauswerfen."

„Na und? Die Absicht war, Kontakt mit Drugov aufzunehmen, und das haben wir. Von mir aus können wir jetzt gern nach Hause gehen."

„Wir müssen uns unter die Gäste mischen. Es kann sein, dass Lawiri hier sein wird." Es war weit hergeholt, aber Drugov hatte sich schon immer so verhalten, als stünde er über dem Gesetz, somit war es durchaus möglich, dass er den im Exil lebenden General öffentlich als Gast eingeladen hatte.

„Du wolltest doch selbst, dass ich meinen Anspruch auf dich klarstelle", sagte Bastian.

Sie stellte sich auf ihre Zehenspitzen und küsste ihn. „Und

ich liebe es, dass du das getan hast. Unmissverständlich. Aber jetzt müssen wir uns benehmen."

Bastian küsste sie. Eine zärtliche, warme, intime Liebkosung. „Okay. Ab … jetzt."

Sie wischte ihm mir ihrem Daumen den Lippenstift von seiner Unterlippe. „Jetzt."

Er beugte sich zu ihr herunter, küsste ihren Hals und flüsterte: „Warum schockieren wir stattdessen nicht all diese schneeweißen reichen Klugscheißer mit ein paar heidnischen Dingen?"

Sie lachte, als ihre Haut von seinen Lippen und seinem Atem kitzelte. Sie wollte seinen Hals lecken, ihm seine Fliege wegreißen und ihre Zunge über jeden Zentimeter seiner entblößten Haut gleiten lassen. Himmel, diese Uniform mit all seinen Orden und Auszeichnungen war so verdammt scharf.

„Was zur Hölle soll dieser Scheiß, Drugov herauszufordern, Gabby?", fragte JJ, der hinter ihnen erschien. „Ich dachte, wir wären hier, um ihm in den Arsch zu kriechen, damit wir das Pipeline-Projekt wieder auf die Reihe kriegen."

Sie drehte sich in Bastians Arm um und zeigte ihrem Bruder die Zähne, weil sie sich nahezu wie eine wilde Katze fühlte. „Ich gebe einen Dreck um euer Pipeline-Projekt, und Nikolai ist widerlich, wie immer. Also verzieh dich."

„Wenn du uns hier nicht aushilfst, wirst du auf keinen Fall wiedereingestellt", sagte er und seine Augen waren hart und kalt.

„Mit aushelfen meinst du, ihn zu ficken, richtig?"

„Sei nicht so geschmacklos."

„Warum nicht? Das ist es doch, was Prime Energy schon immer von mir wollte. Weißt du eigentlich, wie viele stinkende Arschlöcher im mittleren Alter ich mit zwanzig Jahren abwehren musste? Zu viele, um sie zu zählen. Meine Antwort bleibt nein. Niemals."

„Es ist zu spät, um hier die Aufgebrachte zu spielen. Du hast für den Job gevögelt. Wiederholt. Ich habe all die Geschichten gehört."

Die Wahrheit war, als sie unter Drogen stand, hatte sie

möglicherweise mit dem einen oder anderen von ihnen geschlafen. Sie konnte sich nicht sicher sein, und einige der Männer, die sie abgelehnt hatte, hatten mit Sicherheit gelogen, um nicht als Verlierer dazustehen.

„Wie viele hast du fürs Geschäft gevögelt, JJ? Du tust es und kommst dann zu mir, weil ich es mal getan habe?! Vergiss nur nicht, dass ich nicht länger zum Team Prime gehöre. Ich werde mich nicht länger von dir, Dad und Rafe verkaufen lassen."

„Hey, lass mich aus der Liste raus. Ich habe nie …", sagte Rafe, bevor sie ihn unterbrach.

„Du hast jedes Mal weggeschaut, großer Bruder. Das macht dich zum Komplizen. Schweigen unterstützt den Unterdrücker."

„Unterdrücker?", schnaubte JJ. „Worüber beschwerst du dich hier eigentlich? Du hattest alles, was sich ein Mensch nur wünschen kann."

„Glaubst du wirklich – nur, weil wir Geld hatten – dass ich keinen Grund hatte, mich zu beschweren, wenn du und Dad versucht haben, mich wie eine Nutte zu verkaufen? Glaubst du etwa, dass es nicht als Ausnutzen zählt, nur weil wir ein schönes Haus und tolle Autos hatten? Dein Sexismus ist wirklich entzückend."

Sie drehte sich um und ging durch den Torbogen hindurch in den Ballsaal. Sie entdeckte eine offene Bar an dessen Seite und ging schnurstracks darauf zu.

Bastian fing sie am Arm auf und hielt auf halbem Weg dorthin zurück. „Was glaubst du, was du da tust?"

Sie hielt inne und schüttelte ihren Kopf. „Mist. Das war Gewohnheit. Die Bar war immer mein Zufluchtsort, wenn JJ mich herausgefordert hat. Seit ich den Alkohol aufgegeben habe, bin ich nicht mehr mit meinen Brüdern auf einer solchen Veranstaltung gewesen." Sie runzelte ihre Stirn. „Ich hätte mir keinen Drink bestellt. So weit bin ich nicht. Ich hätte mir ein Soda bestellt."

Er legte ihren Arm um seinen. „Ich weiß. Aber wir sollten dein Verhaltensmuster ändern, damit dich dein Instinkt nicht jedes Mal zur Bar treibt. Einen neuen Bewältigungsmechanismus entwickeln."

Sie grinste. „Ich bin ein riesiger Fan von Sex als Bewältigungsmechanismus."

Einige der Männer in Smokings drehten sich bei ihrer lauten Erklärung herum. Bastian grinste. „Später" sagte er genauso laut. „Und ich werde dir helfen, so viel zu bewältigen, wie du willst."

Ein Kellner erschien mit einem mit Champagner vollbeladenen Tablett. Bastian winkte mit der Hand ab. Obwohl Marokko ein muslimisches Land war, war Alkohol legal – obwohl er schwer zu bekommen war –, und die meisten Gäste heute Abend waren entweder ausländisch oder nicht religiös. Allerdings gab es Kellner, die mit Tabletts voller nicht-alkoholischer Getränke zirkulierten, um die Leute zu bedienen, die keinen Alkohol tranken. Bastian schnappte sich zwei Limonaden von einem vorbeikommenden Tablett.

„Du kannst Alkohol trinken, weißt du?", sagte sie. Ihre Einschränkung betraf ihn nicht, obwohl sie seine Unterstützung zu schätzen wusste. „Ich bin okay."

„Nein. Ich muss heute Abend meine Sinne scharf halten." Er lehnte sich zu ihr herunter und flüsterte in ihr Ohr: „Außerdem habe ich vor, später einen anderen Bewältigungsmechanismus zu genießen."

Diese Party konnte nicht schnell genug vorbei sein.

Annette und ihr Ehemann erschienen, und sie bestand darauf, Bastian jedem vorzustellen, wobei sie lautstark von seiner Uniform schwärmte. Die Orden und Bänder ließen Bastian in einem Raum voller hübsch zurecht gemachter Frauen und Männer in Smokings hervorstehen. Der Reichtum auf der Party repräsentierte einen nicht unbeachtlichen Anteil der Weltökonomie, und es gab keinen Zweifel daran, dass Brie und Bastian die Ärmsten unter den Gästen waren, aber sie hatte das beste Date im Saal. Er war bei Weitem der beste Mann im ganzen Land.

Nein. Von allen Männern auf dem Kontinent.

Oder besser – von allen Männern auf diesem Planeten.

Sie genoss es, dabei zuzusehen, wie die Frauen um ihn herumscharwenzelten. Wie ihre Blicke ihm folgten und ihre Augen mit einem warmen Glanz aufleuchteten, wenn er ihnen seine volle Aufmerksamkeit schenkte und ihr Interesse weckte.

Tat sie das? Strahlte sie auf, wenn Bastian in ihrer Nähe war?

Wahrscheinlich. Sie fühlte definitiv wärmer. Sicherer. Energiegeladen.

Sie nippte an ihrer Limonade und hielt sich im Hintergrund, während er die Gäste hofierte, und sie ihn dabei beobachtete und es genoss. Chief Warrant Officer Sebastian Ford gehörte ihr allein.

Ein Mann an einem Flügel in einer Ecke des Ballsaals begleitete einen Sänger zu einem sentimentalen Lied. Paar tanzten in der Mitte des Raumes und sie freute sich schon darauf, mit Bastian zu tanzen, sobald Annette damit fertig war, ihn überall vorzuzeigen. Sie nickte Armando zu, der Wange an Wange mit einer wunderschönen braunhäutigen Frau tanzte, die einen exquisiten indischen Sari trug.

In der Zwischenzeit lehnte sich Bastian herunter, um die leise gesprochenen Worte einer älteren marokkanischen Frau zu hören. Er umschloss ihre Hand mit seinen und sprach auf Arabisch mit ihr, was Bries Herz förmlich explodieren ließ. Alle Emotionen, die sie versucht hatte zurückzuhalten, brachen frei aus ihr heraus.

Sie war wahnsinnig in ihn verliebt.

Es spielte keine Rolle, dass er mit Savvy gesprochen hatte, ohne sie vorzuwarnen. Keiner ihrer Gründe, warum sie ihn von sich wegstieß, spielten eine Rolle. In seinem Kern war er ein guter Mann. Der beste aller Männer.

Und er liebte sie. Unabhängig davon, wer sie war und was sie in der Vergangenheit getan hatte – er liebte *sie*. Sie hätte nie gedacht, dass irgendjemand sie je lieben könnte – wie sie wirklich war. Sie hatte kein Geld, um ihn damit zu locken, und sie kam mit einem Haufen Ballast. Und trotzdem wollte er sie.

Sie verspürte ein unangenehmes Kribbeln in ihrem Rücken, als Nikolai eine Millisekunde später in ihr Ohr sprach. „Dem niederen Pack nachzuhecheln steht dir nicht, Gabriella." Sie konnte Zigarren und Alkohol in seinem Atem riechen.

Sie rümpfte die Nase. „Verschwinde, Nick." Er hatte es immer gehasst, wenn man ihn Nick nannte.

Er packte ihren Ellenbogen und zog sie an seine Seite. „Wir werden uns unterhalten." Sein Griff an ihrem Ellenbogen wurde fester, als er sie von Bastian weg und in Richtung eines Torbogens zerrte, der in einen anderen Gang zu ihrer Rechten führte.

Sollte sie sich gegen ihn wehren? Oder war das die Gelegenheit, die sie brauchten? Er würde Dinge zu ihr sagen, von denen er es niemals wagen würde, sie laut vor Bastian auszusprechen. Allerdings sollte sie nicht mit ihm allein sein. Nicht einmal, wenn nur zehn Meter entfernt zweihundert Leute anwesend waren.

Schlussendlich konnte sie sich nicht dazu durchringen, eine Szene zu veranstalten. Falls sie das tat, wären sie dazu gezwungen, die Party zu verlassen, und hätten nichts über Lawiri in Erfahrung gebracht. Sie würde diese Gelegenheit nutzen, Nikolai über den General zu befragen. Vielleicht war dies ihre einzige Chance.

Und so fand sie sich am anderen Ende eines langen dunklen Ganges wieder – allein mit Nikolai Drugov und seinem ekelhaften Zigarrenatem.

Kapitel Vierunddreißig

„Es war unklug von dir, ein Date zu bringen, Gabriella."

„Falsch. Mit Bastian zusammen zu sein, ist das Klügste, was ich je getan habe."

„Du hast mich wütend gemacht. Schon wieder. Dafür wirst du bestraft."

„Du bist verrückt. Ich bin kein Objekt. Ich gehöre dir nicht."

„Oh, doch. Das tust du. Das hast du immer. Du stehst in meiner Schuld."

„Was stimmt nicht mit dir, Nick? Ich will dich nicht. Ich wollte dich noch nie. Ich finde dich ekelhaft, und zwar, seit ich dreizehn war. Ich schulde dir verdammt nochmal gar nichts."

„Oh, doch. Das tust du. Wenn ich nicht gewesen wäre, hättest du die Villa nebenan nicht. Mein Vater hat sie unter dem Marktwert an deinen Vater verkauft – im Austausch für dich und deine Jungfräulichkeit. Jetzt gehört das Haus dir, aber ich habe meine volle Bezahlung dafür noch nicht erhalten."

Sie trat einen Schritt zurück, als sie von Abscheu ergriffen wurde. „Dein Vater hat meinem Vater die Villa verkauft, als ich dreizehn Jahre alt war!"

Er umschloss ihr Kinn mit seiner Hand und drückte es. „Du warst so hübsch mit dreizehn. Diese großen, runden Augen und die lange glänzende Mähne von braunem Haar. Du hast für diese Kosmetikwerbung posiert und mit deinen sexy Fick-mich-Augen in die Kamera geschaut. Dein schlanker Körper. Kleine feste Brüste. Ich hätte dich schon damals gefickt, aber dein Vater bestand darauf, dass ich warte, bis du achtzehn bist. Er hatte Angst, dass deine Schlampe von Mutter es herausfinden könnte und mich wegen Unzucht mit einer Minderjährigen drankriegen würde."

„Es wäre Vergewaltigung gewesen, gesetzlich oder nicht. Ich war ein *Kind*."

Er ließ ihr Kinn los. „Du warst nie ein Kind, Gabriella. Kein Kind posiert wie du das getan hast. Du wolltest ficken. Die Bilder sagten alles."

Dieser kranke Scheißdreck war der Grund, warum sie ihre Mutter dafür hasste, ihr dieses Fotoshoot aufgedrückt zu haben. Sie war ein Kind gewesen. Sie hatte vor der Kamera gespielt und nicht wirklich verstanden, wie Männer es interpretieren würden. Mit dreizehn hatte sie keinerlei Verständnis für Sexualität gehabt. Hatte keine Ahnung gehabt, dass das Lollilutschen ein Signal sein könnte.

Modeln war ein Spaß gewesen.

„Ich hätte dich geheiratet", sagte Nikolai. „Wenn du die Vereinbarung erfüllt hättest. Dann wärst du meine Kaiserin gewesen, meine Zarin. Aber du hast dich mir widersetzt. Die einzige Frau, die das je gewagt hat. Also werde ich mir dich einfach nehmen. Dich benutzen. Du bist es nicht wert, meinen Namen zu tragen. Du hast deinen Körper mit zu vielen Männern beschmutzt. Du bist nicht mehr das unschuldige Mädchen, das du mit dreizehn warst." Er betrachtete sie von Kopf bis Fuß. „Du bist immer noch dünn mit kleinen Titten, aber ich hasse kurzes Haar. Du wirst es wieder lang wachsen lassen."

Er war irre, und sie hatte keine Lust mehr, ihn zu unterhalten. Sie hatte gehofft, hier Informationen aus ihm herauszubekommen, aber er war ein aussichtsloser Fall. Sie trat einen Schritt von ihm weg, Richtung Ballsaal. Bastian musste es längst aufgefallen sein, dass sie verschwunden war, und wahrscheinlich war er angepisst, dass sie ihre einzige vereinbarte Regel gebrochen hatte.

Nikolai packte ihren Arm. Sein Griff war nicht sanft.

Ein Mann betrat den Gang, doch da er von hinten beleuchtet wurde, konnte sie sein Gesicht nicht erkennen. Allerdings hatte er nicht Bastians Statur. Er ging langsam den langen Korridor entlang, und seine Schritte waren leise auf den Fliesen. Als er näherkam, bemerkte sie das dunkle Haar, braune Augen und ein attraktives, gebräuntes Gesicht mit einem dichten Bart. Er warf Nikolai einen harten Blick zu und sagte mit einem befehlenden Tonfall etwas auf Russisch. Ihr Arm wurde sofort losgelassen.

Sie rieb sich die gequetschte Haut und fragte sich, wer zur Hölle dieser Mann war und warum Nikolai ihn fürchtete.

Der Neuankömmling ließ ein warmes Lächeln aufblitzen. „Dies muss die Amerikanerin sein, von der ich so viel gehört habe", sagte er mit einem schweren russischen Akzent. Er streckte ihr seine Hand entgegen. „Ich bin ein Geschäftspartner von Nikolai und höchst erfreut, Sie kennenzulernen."

Sie nahm seine Hand und er zog sie an seine Seite – weg von Nikolai. Im nächsten Moment hatte er ihren Arm seinem untergehakt und er führte sie wieder zurück zum Ballsaal.

„Solch ein wunderschöner Abend. Sie müssen mit mir tanzen." Sobald sie sich außer Hörweite befanden, fügte er hinzu: „Sie hätten nicht mit Nikolai mitgehen sollen."

„Das weiß ich jetzt auch. Danke."

„Ihr Soldat sucht nach Ihnen. Ich habe ihm gesagt, dass ich Sie extrahieren werde. Ich habe … Einfluss auf Nikolai."

„Das ist mir aufgefallen. Wie ist das möglich? Er hat Ihnen gehorcht wie ein Hund."

Der Mann lächelte. „Er weiß, dass ich die ganze Welt über ihm einstürzen lassen kann."

Sie hatte keine Zweifel daran, dass Russland kompromittierendes Material über Nikolai besaß. Sie kontrollierten all ihre Oligarchen auf diese Weise. Wie reich und machtvoll Drugov auch war, er konnte seiner Regierung nicht entfliehen. Dieser

Mann musste vom Kreml hergeschickt worden sein, um sicherzustellen, dass ihre Schachfigur nicht aus der Reihe tanzte.

Der Russe führte sie in den Ballsaal und an Bastian vorbei
direkt zur Tanzfläche, wo er sie in seine Arme nahm, während
der Sänger ein Lied von Adele sang.

„Warum sind Sie hier, Miss Stewart?"

Sie war überrascht, dass er ihren legalen Namen benutzte.
Jeder hier war darauf erpicht, sie als eine Prime zu bezeichnen.
„Ich mache Urlaub. Erhole mich von einigen Strapazen.
Warum sind Sie hier, Mister …?"

„Ich achte auf das Investment meines Bosses."

Ihr fiel auf, dass er ihr seinen Namen nicht genannt hatte.
Erneut. „Und wer ist Ihr Boss?"

Er lächelte nur und legte seinen Arm etwas fester um ihre
Taille, zog sie enger an sich heran. Seine Geheimnistuerei –
eigentlich alles an ihm – hätte sie nervös machen sollen, aber
aus irgendeinem Grund hatte sie keine Angst vor ihm. Vielleicht
lag es daran, weil er sie vor Nikolai gerettet hatte, oder weil sein
Verhalten ihr gegenüber nicht im Geringsten bedrohlich wirkte.
Allerdings war sie sich einer Sache sicher – dieser Mann war
gefährlich.

Sie hoffte inständig, dass er sich als ein Verbündeter herausstellen würde.

Bastian löste den Russen während des Tanzes ab, der dabei
geholfen hatte, Brie von Drugov wegzuholen, ohne dabei
eine Szene zu verursachen. Der Russe verbeugte sich vor
Bastian und Brie, sagte: „Halte dich vom Ärger fern, Gabriella",
und ging.

Bastian zog Brie in seine Arme und war erleichtert, aber
auch ein wenig verärgert darüber, dass sie überhaupt mit
Drugov weggegangen war.

„Wer ist er?", fragte sie und blickte auf den Rücken des sich
entfernenden Russen.

„Ich vermute, er ist GRU."

Sie lehnte sich an Bastian und legte ihre Schläfe an sein Schlüsselbein. „Was ist GRU?"

Er zog seinen Arm fester um ihre Taille – froh, sie sicher bei sich zu haben. „Der größte Geheimdienst Russlands. Wie unsere CIA."

Sie hob ihren Kopf und blickte in die Richtung des geheimnisvollen Russen, bevor sie flüsterte: „Ich habe mit einem *russischen Spion* getanzt?"

Bastian lachte. „Und jetzt tanzt du mit einem amerikanischen Green Beret. Was ist besser?"

Sie grinste frech. „Nuuuuun …" Sie küsste ihn. „Er ist nicht mein Typ. Was hat es zu bedeuten, dass er hier ist?"

Sie war in ihren hohen Absätzen knapp zehn Zentimeter größer, und ihm gefiel die Art, wie sie zu ihm passte, während sie tanzten. Er drehte sie in einem langsamen Kreis. „Ich glaube, es bedeutet, dass Russland weiß, dass Drugov eine Schraube locker hat, und sie ihn ausschalten wollen." Er drehte sich, um den möglichen GRU-Agenten zu sehen, der in der Menge verschwunden war. Bastian wollte die Fingerabdrücke dieses Mannes auf ein Glas bekommen, doch er trug weiße Handschuhe zu seinem Smoking. Nichts Ungewöhnliches bei dieser Party, aber dennoch fiel es ihm auf.

„Nikolai ist wirklich verrückt", sagte Brie. „Schlimmer, als er es vor zehn Jahren war."

Bastians Blick fiel wieder auf sie. „Den Gerüchten nach hat er seinen eigenen Vater umbringen lassen, damit er das Familienunternehmen übernehmen konnte."

„Wo hast du das gehört?"

„Savvy. Sie hat SOCOM ausführlich über ihn informiert, nachdem du das Meeting verlassen hattest." Seine Augen wurden schmal. „Du hast versprochen, dass du nicht allein mit ihm gehen würdest."

„Ich weiß. Es tut mir leid. Ich werde nie wieder so dumm sein. Ich dachte nur … Ich hatte gehofft, dass er etwas preisgeben würde, was er vor dir nicht sagen würde. Das hat er auch, aber es war nichts über Lawiri."

„Du hast ihn nach Lawiri befragt?"

„Dazu hatte ich keine Gelegenheit. Er war zu sehr damit beschäftigt, mir zu erklären, wie er sich meine Jungfräulichkeit mit der Villa erkauft hat."

„*Was?*"

Sie erzählte ihm, wie die Villa nebenan Drugovs Familie gehört hatte und sie sie dann verkauft hatten, nachdem ihr Haus gebaut worden war, angeblich unterhalb des Marktwertes, weil Bries Daddy kein Problem damit gehabt hatte, seine Tochter in den Deal miteinzubeziehen.

„Vielleicht hat er nie wirklich erwartet, dass Drugov seine Bezahlung tatsächlich einfordern würde", sagte sie. „Es hätte etwas Dahingesagtes sein können – ein Scherz – den mein Vater nur belächelt hat. Damals hat es dank der Kosmetikwerbung viele anzügliche Bemerkungen über mich gegeben. Es ist möglich, dass mein Vater es nicht realisiert hat … Aber als ich dann achtzehn wurde, hatte Nikolai auf seine Bezahlung aus dem Deal bestanden."

Er hörte die unterschwellige Hoffnung in ihrer Stimme, dass ihr Vater sie vor all diesen Jahren nicht verkauft hatte – lange, bevor sie jemals auf einem Sklavenmarkt in Südsudan landen würde.

Sie erwiderte Bastians Blick und hörte auf, sich zur Musik zu bewegen. Ihre Augen waren vor Entsetzen weit aufgerissen. „Wie oft bin ich verkauft worden?" Ihre Gedanken mussten sie in dieselbe Richtung geführt haben.

Sein Arm umschlang sie fester. Da waren so viele Dinge, die er ihr sagen wollte, um sie zu trösten, doch hier war nicht der richtige Ort. „Tanz mit mir, Liebling", flüsterte er in ihr Ohr. „Lass mich dich halten."

Sie schmiegte sich an ihn. Ein Song endete, ein neuer begann. Bevor er sie dem Russen abgenommen hatte, hatte er um ein Lied gebeten, und mit perfektem Timing fing nun die klare Stimme des Sängers mit dem sinnlichen Text zu „Kissing a Fool" an.

Er hielt sie fest und stellte sich vor, sie wären in einem matschigen Feld in Südsudan, wo sie unter den Sternen tanzten, und er hoffte, dass sie dasselbe tat.

Dimitri Veselov beobachtete den Tanz der Amerikaner. Eine Sache war klar: Die Beziehung zwischen ihnen war kein Schauspiel, wie er es zunächst angenommen hatte. Für seine Zwecke war das gut, denn er konnte nicht all seine Zeit damit verschwenden, die Frau von Drugov fernzuhalten, wenn er ins Labor gelangen musste.

An Chief Fords Haltung konnte Dimitri erkennen, dass der kranke Bastard Drugov keine weitere Möglichkeit finden würde, Gabriella noch einmal in die Enge zu treiben.

Wie konnte er nun das Paar zur Wahrheit führen, ohne sich selbst zu kompromittieren? Wenn er Chief Ford dazu bewegen könnte, den kontaminierten Lagerbestand zu zerstören, würde es der Welt sehr viel Ärger ersparen, und Dimitry würde nachts wieder ruhig schlafen können.

Falls Drugovs Befehle vom Kreml die waren, die Dimitri vermutete, wäre er gezwungen, sich zu erkenne zu geben, um einen Völkermord aufzuhalten – was seine Schwester und ihren Sohn in Gefahr bringen würde. Aber falls Chief Ford zur Rettung kommen und Drugov und Lawiri entlarven würde, bevor sie die Grausamkeit, die sie geplant hatten, um den Bürgerkrieg in Südsudan zu beenden, in die Tat umsetzen konnten, dann könnte Dimitri still und heimlich wieder zu seinem normalen Leben zurückkehren, und seine Schwester und sein Neffe wären in Sicherheit.

Er rieb sein Kinn und war froh darüber, für diesen Einsatz seinen Bart zu tragen. Er hatte nicht erwartet, so nahe in Kontakt mit der amerikanischen Spezialeinheit zu kommen. Der Bart würde ihn tarnen, falls der Green Beret es schaffen sollte, ein Foto von ihm zu bekommen. Kombiniert mit dem dunkler gefärbten Haar und den farbigen Kontaktlinsen sah er nicht im Geringsten wie sein Foto in den US-Regierungsakten aus.

Die Zeit lief ihm davon. Man erwartete ihn in drei Tagen zurück an seinem Posten. Er musste seinen Job erledigen und nach Hause zurückkehren – in der Hoffnung, dass seine Führungsoffiziere nicht herausgefunden hatten, dass er den Amerikanern in dieser Sache geholfen hatte.

Falls sie das herausfinden sollten, waren Sophia und Yulian so gut wie tot. Das würde er nicht zulassen. Und dieses eine Mal würde er herausfinden, wie es sich anfühlte, auf der richtigen Seite zu sein.

Kapitel Fünfunddreißig

„Wir können nicht das Haus durchsuchen." Bastian verschränkte seine Arme vor der Brust und starrte sie an. Ungläubig, dass sie besonders nach ihrem Schrecken mit Drugov zuvor so etwas Lächerliches vorgeschlagen hatte.

„Warum nicht?", fragte Brie. „Deswegen sind wir hier." Sie fummelte an einem seiner Orden herum und schmollte.

„Ähm, weil das gefährlich ist?" Seine Brauen zogen sich zusammen. Das Problem war wohl die Uniform. Die Ausgehuniform war nicht so bedrohlich wie die Kampfuniform. Wenn er in vollem Tarnanzug wäre, würde sie ihn niemals so konfrontieren. Stattdessen sah sie die Fliege und Bänder und Orden und dachte sich, dass er genauso war wie die anderen Männer hier – jemand, den sie mit ihren klimpernden Wimpern manipulieren konnte.

Warum waren ihre Augen aber auch so schön? Und wenn sie dunkles Makeup trug, wirkten sie noch größer und sexier. Gott sei Dank hatte sie in Südsudan kein Makeup getragen, oder er wäre verloren gewesen.

Er riss sich zusammen. Er erklärte ihr, warum sie sich nicht auf die Suche nach Lawiri machen konnten. „Falls einer von Drugovs Lakaien uns erwischt, werden sie nicht sehr nett mit uns umgehen."

„Im Petrol-Esszimmer werden leichte Erfrischungen serviert.

Wir wandern in die Richtung, als ob wir etwas essen wollen, und entwischen dann ins angrenzende Esszimmer, von wo aus wir nach oben gehen können. In allen Esszimmern führt eine Tür in der hinteren Wand zum Gang für die Bediensteten. Dort finden wir ein Treppenhaus."

„Woher weißt du all das?"

„Als ich ein Teenager war, sind wir oft in unserer Villa gewesen. Mein Vater und Drugovs Dad haben sich oft getroffen, um zusammen mit ein paar anderen hohen Tieren der Öl-Industrie ihre Pläne für die Preisabsprachen auszuarbeiten. Es hat mehr als einmal Untersuchungen der amerikanischen Bundeshandelskommission gegeben, aber sie schafften es immer, ihre Spuren zu verdecken. Aneinander liegende Grundstücke in einem fremden Land zu haben war da hilfreich."

Sie blickte durch den Raum zu dem Gang, in dem Drugov sie in die Enge getrieben hatte. „Mir war damals immer unglaublich langweilig, und ich war angewidert von Nikolai, aber wenn er nicht hier war, verbrachte ich meine Zeit mit seiner Schwester, die drei Jahre jünger war als ich. Sie und ich haben stundenlang Verstecken gespielt – in beiden Häusern. Ich kenne diese Villa und alle Hintertürchen. Es ist besser, jetzt zu suchen, während Nick im Ballsaal ist und zweihundert Leute unterhalten muss. Später werden wir keine bessere Möglichkeit bekommen."

Mist. Er wusste nicht, ob es an ihren großen braunen Augen lag oder der Logik in ihrem Argument, aber er hörte sich selbst sagen: „Wir werden den Gang überprüfen, aber wenn der nicht leer ist – vergiss es."

Sie schob ihre Finger von seinen Orden zu seiner Fliege hinauf und zog daran. „Und wenn der leer ist?"

Er gab dem Ziehen an seiner Fliege nach – und ihren verdammt schönen Augen – und küsste sie. Dann sagte er: „Wir werden den zweiten Stock durchsuchen, aber mehr nicht."

Ihr Grinsen wurde breiter, und ihre Augen schimmerten so warm, als ob er soeben eine Wunderkerze angezündet hätte. Verdammt, er war so ein Trottel, wenn es um sie ging.

Sie wanderten durch die Räume auf dem Weg zum Essbereich. Dort befanden sich ein Dutzend runder Tische, an denen jeweils zehn Personen Platz hatten, alle für den Dinner-Service gedeckt. Die Hälfte der Tische war besetzt, und Kellner umkreisten sie mit vollbeladenen Tabletts – einige mit Appetizern, andere mit Hauptgerichten und wieder andere mit Desserts.

Allem Anschein nach konnte man einfach hierherkommen und sich hinsetzen, bevor ein Dinner mit mehreren Gängen von den Kellnern serviert wurde, wann immer man es wollte.

„Hätte ein Buffet nicht mehr Sinn ergeben?", flüsterte er in Bries Ohr.

„Das ist so wunderbar wirtschaftlich von dir."

Er lachte. Er hatte mit der Armee die Welt bereist und sowohl exotische als auch teure Orte besucht, aber diese Villen mit ihren Armeen an Bediensteten brachten wirklich alles auf eine ganz neue Stufe. Seine Mutter würde ihm seine Geschichten nicht glauben.

Bis gestern hatte er noch nie ein Haus betreten, das komplettes Personal benötigte: Koch, Zimmermädchen, Butler, Chauffeur, Parkdienst, Gärtner und die immer noch unidentifizierte Rolle des Typen, der die Drinks am Swimmingpool servierte. Doch jetzt, nach zwei Tagen in Marokko, befand er sich bereits in der dritten mit Personal ausstaffierten Villa. Und er fing an zu glauben, dass es passé war, nur eine Dienerschaft von sieben oder acht zu haben.

So nannte man das doch, richtig? Hausdiener.

Das Wort Diener fühlte sich immer noch falsch an. Wie eine Beleidigung. Aber das war es nicht. Es war nur eine Jobbezeichnung, und die Leute, die in all diesen drei Villen als Bedienstete angestellt waren, waren freundlich und um ungesehene Effizienz bemüht.

Sie gingen am Esszimmer vorbei, schienen wahllos herumzuspazieren, und waren um ihre eigene Unauffälligkeit bemüht. Ohne auch nur einen Blick zu ihrer Rechten oder Linken zu werfen, betrat Brie das angrenzende leere Esszimmer und ging direkt zur hinteren Wand, wo sich ein gewölbter Durchgang befand. Ein Diener war dort, mit einem Tablett, und er erschrak, als er Brie in den Gang treten sah.

„Wäre es möglich, eine glutenfreie Mahlzeit zu bekommen?", fragte sie.

Die Augen des Kellners weiteten sich und Bastian nahm an, dass Nahrungsmittelallergien in Marokko eher ungewöhnlich waren. Allerdings waren Nahrungsmittel in vielen afrikanischen Ländern so knapp, dass die Menschen einfach das aßen, was sie hatten. Nahrungsmittelallergien wurden hier nicht beachtet, weil sie es sich nicht erlauben konnten.

Der Kellner ging zur Küche, um den Wunsch weiterzuleiten, wodurch er sie allein im Gang zurückließ. Brie nahm Bastians Hand und führte ihn zu einer eingeschlossenen dunklen schmalen Treppe. Sie befanden sich auf halbem Weg zum oberen Stockwerk, als ein sich drehender Türknauf sie davor warnte, dass sie nicht mehr lang allein sein würden.

Bastian hob Brie hoch und presste sie gegen die Wand an der Treppe, als ob sie sich diesen Ort für einen schnellen privaten Quickie ausgesucht hatten. Er küsste sie, als ob ihre Leben davon abhingen, und sie küsste ihn mit gleicher Intensität.

Er zog ihren Rock herauf und hob sie hoch. Sie schlang ihre Beine um seine Hüfte und saugte an seiner Zunge. Sie ergriff seine Gürtelschnalle, als sich die Tür vollends öffnete und Licht auf die Treppe fallen ließ.

Eine Stimme mit einem schweren russischen Akzent kam vom unteren Teil der Treppe. „Sind öffentliche Liebesbekundungen in Uniform nicht verpönt?"

Bastian setzte Brie ab und schob sie hinter sich. Er drehte sich zu dem Mann unten an der Treppe um. Seine Hand lag auf seiner von seiner Jacke verdeckten Waffe. Da das Licht von hinten auf den Mann fiel, konnte Bastian das Gesicht des Mannes nicht sehen, aber die Stimme passte zu dem geheimnisvollen Russen, der ihnen zuvor ausgeholfen hatte.

Die Tür fiel zu und Schritte kamen die Treppe hinauf. Ein rotes LED-Licht blitzte auf. Hell genug, um Gesichter zu beleuchten, aber nicht weiß, was sie blenden und ihre Fähigkeit, im Dunkeln zu sehen, ruinieren würde.

Der Blick des Mannes betrachtete Bastians unordentliche Uniform, und er schnalzte mit der Zunge. „Ich hätte es vielleicht von Miss Stewart erwartet, aber nicht von der Spezialeinheit.“

„Ist nur ein schneller Quickie“, sagte Bastian. „Ist das ein Problem?“

Der Mann schüttelte seinen Kopf. „Sie waren auf dem Weg nach oben.“

Bastian sagte nichts. Dies war eine Aussage, auf die es keine gute Antwort gab. Schweigen war die beste Verteidigung. Er wollte seine Waffe nicht ziehen. Nicht jetzt und nicht gegen diesen Mann.

Schließlich sagte der Russe: „Behalten Sie Ihre Waffe verdeckt, Chief Ford. Ich glaube, wir können einander aushelfen.“

„Ich habe Ihren Namen nicht mitbekommen“, sagte Bastian zur Antwort.

„Mein Name spielt keine Rolle.“

„Sicher, aber ‚Hey Du‘ wird irgendwann anstrengend“, sagte Brie und Bastian lächelte.

„Nennen Sie mich Ivan, wenn Sie auf einen Namen bestehen.“

„Okay, Ivan“, sagte Brie. „Wir können wir einander aushelfen?“

„Sie wollen wissen, wo Lawiri ist?“

Bastian erstarrte. Brie neben ihm ebenfalls. „Ja“, sagte er.

„Ist er hier? In diesem Haus?“, fragte sie.

„Nein. Drugov hat ihn weggeschickt, als er Ihnen Ihre Einladung zugeschickt hat. Wir werden uns morgen unterhalten. Ich werde Sie zu ihm führen.“

„Wann?“

„Ich werde Sie am Morgen mit einer Zeit und einem Ort kontaktieren.“ Er betrachte sie beide eingehend von Kopf bis Fuß und seufzte. „Ich werde Sie über die Vordertreppe herunterführen. Wir werden es so aussehen lassen, als ob ich Ihnen eine Tour des Hauses gegeben habe. Es befindet sich ein beeindruckender Trophäenraum am Ende des oberen Ganges."

Brie erschauderte. „Ich habe ihn gesehen. Es ist abartig." An Bastian gewandt sagte sie: „Alles große Wildtiere. Raubkatzen aller Arten und alles, was man sich mit Hörnern vorstellen kann. Und im Zentrum von allem – ein Elefant. Die am meisten gefährdete Spezies. Und er isst das Fleisch nicht. Es ist reiner Spaß am Töten. Er lässt sie ausstopfen, damit er allen zeigen kann, wie klein sein Schwanz ist."

Sie erreichten die obere Balustrade, und Ivan prüfte den Korridor, bevor er ihnen andeutete ihm zu folgen. „Dies ist das zweite Mal, dass ich Ihnen heute Abend aushelfe, Miss Stewart. Es wird kein drittes Mal geben."

„Ich hänge nun schon seit ein paar Wochen mit Brie herum", sagte Bastian, „und ich habe aufgehört zu zählen, wie oft ich sie retten musste. Willkommen im Club."

Brie schnaubte. „Das war nicht immer meine Schuld. Und ich habe deinen Hintern auch mindestens einmal gerettet." Sie packte sein Hinterteil und drückte. „War es wert, glaube ich."

Ivan rollte mit seinen Augen. „Kommen Sie. Wir sollten schnellstens wieder in den Ballsaal zurückkehren, bevor das Arschloch Nick merkt, dass wir alle zusammen verschwunden sind."

„Wir haben Lawiri zwar noch nicht gefunden, aber dafür einen Verbündeten", sagte Brie, als sie die lange Einfahrt entlangspazierten und damit die Limo-Fahrt ausließen, um den angenehmen Abend zu genießen. Sie hatten sich der Party wieder angeschlossen und jeder von ihnen hatte mehrmals mit verschiedenen Partnern getanzt. Bries Tanzkarte schloss einen betrunkenen Armando ein und den Fluglinien-Tycoon, während Bastian mit Annette und verschiedenen anderen Damen tanzte. Jetzt waren sie endlich entflohen und konnten ihre Rollen als Spione für die Nacht aufgeben.

„*Falls* wir Ivan vertrauen können", sagte Bastian. „Ich bin mir nicht sicher.“

„Ich genauso wenig, aber aus irgendeinem Grund macht er mir keine Angst.“

„Das sollte er. Agenten der GRU sind knallharte Typen.“

„Ich bin sicher, dass er so knallhart ist, wie die meisten von ihnen – er hat Nikolai Angst gemacht – etwas, was ich nie für möglich gehalten hätte, aber ich spüre diese Ausstrahlung nicht von ihm. Er kann Nikolai in Schach halten. Wir brauchen ihn auf unserer Seite.“

„Aber genau das ist das Problem – ist er auf unserer Seite? Falls er in der GRU ist, dann ist er ganz und gar Teil von Team Arschloch Nick. Du wirst niemanden in der GRU finden, deren Loyalität nicht hundertprozentig ist.“

Ihr Absatz landete auf der Oberfläche eines kleinen Kieselsteins, und sie knickte mit dem Fuß um – derselbe Knöchel, der seit Südsudan endlich verheilt war. Bastian fing sie auf, bevor sie hinfallen konnte und hob sie in seine Arme. „Du wirst heute nicht mehr laufen.“

„Siehst du? Vielleicht ist die Limo doch nicht so eine lächerliche Idee.“

„Die ist absolut lächerlich. Ganz besonders, wenn ich dich trage.“

Sie lachte und schob ihre Finger durch das Haar in seinem Nacken. „Und schau, du hast mich schon wieder gerettet.”

„Ich habe das bereits auf die Liste gesetzt.“

Als sie den mit Teppich ausgelegten Eingangsbereich erreichten, wackelte Brie in seinen Armen. „Ich kann meine Schuhe ausziehen und laufen. Mein Knöchel ist nicht so schlimm.“

Seine Antwort war ein einfaches „Nein“.

Youssefs Gesicht war eine sorgfältige neutrale Maske, als Bastian Brie über die Schwelle ins Haus trug und an ihm vorbeiging.

„Nimm wenigstens den Aufzug, nicht die Treppe.“

„Jetzt habe ich das Gefühl, dass du mich herausforderst.“ Er ging auf die breite gekurvte Treppe zu.

„Bastian! Du hast mich genug beeindruckt! Spare dir die

Kraft, denn sobald wir im Schlafzimmer ankommen, wirst du sie brauchen."

Er lachte und drehte sich zum kleinen Aufzug. „Ich kann nicht glauben, dass dein Haus einen Fahrstuhl hat."

„Aber nur einen. Ich glaube, Armandos hat zwei."

„Er ist so ein Angeber." Bastian drückte auf den falschen Knopf.

„Nach unten?", fragte sie. „Zum türkischen Bad?"

„Ja."

Mit nur einer Silbe floss Hitze durch sie hindurch.

Die Türen glitten zur Seite und er trug sie in den Fahrstuhl. Sie löste seine Fliege, während sie nach unten fuhren. Sie schob das schmale Stoffband an seinem Nacken hoch und benutzte es dann, um ihn für einen tiefen Kuss zu sich herunterzuziehen.

Die Türen öffneten sich und sie küssten sich weiter, während er sie durch die Halle draußen vor dem Bad zur verschnörkelten Doppeltür trug. Er beendete den Kuss, damit er den Türgriff finden konnte.

Er presste eine Türhälfte auf und trug sie hinein, bevor er dann die Tür mit seiner Schulter wieder zudrückte. „Ich mir das von dem Moment an vorgestellt, seit du mir das Bad auf der Tour gezeigt hast."

Er setzte sie auf den Boden ab. Sie scannte den Raum und versuchte, ihn durch seine Augen zu sehen, als ob es das erste Mal wäre. Es war kein traditionelles Hammam. Es sah eher wie eine Grotte aus mit seinem gewundenen gefliesten Becken, das sich wie ein Fluss schlängelte. In der ersten Kurve war ein Whirlpool in der Form eines Halbmondes eingelassen worden, der wiederum mit Säulen und Wölbungen abgesetzt war. Entlang der hinteren Wand des Whirlpools waren brennende Duftkerzen aufgereiht worden. Ein Wasserfall floss vom Whirlpool ins Hauptbecken, der sich den Raum entlangschlängelte und in einem eingeschlossenen Dampfbad endete, das aussah, als hätte man es aus dem Fels herausgeschlagen. In einer anderen Kurve entlang der Länge des Beckens befand sich eine gefliese Bar, wo weitere Kerzen brannten. Gegenüber der Bar und dem Whirlpool füllten drei halbrunde Alkoven die sich schlängelnden Kurven. Jeder Alkoven war mit einem oval geformten Samtkissen der Größe eines mittelgroßen Bettes ausgestattet, auf denen dicke Kissen an der halbmond-runden Wand entlang aufgereiht waren.

Dieses türkische Bad war ungeheuerlich, extravagant und ihr Lieblingsraum in der Villa. Als Teenager hatte sie sich oft hierher zurückgezogen. Es war ein Ort, wo sie sich vor der Welt verstecken und inneren Frieden finden konnte.

Sie drehte sich um und schloss die Tür ab, bevor sie das Sicherheitspaneel prüfte, um sich zu vergewissern, dass die Tür, die nach draußen zum Swimmingpool führte, ebenfalls abgeriegelt war. Heute Nacht würde niemand sie unterbrechen. Sie justierte das Licht und dimmte die hintere Hälfte des Raumes, während sie den Kronleuchter in den nächsten Alkoven anstellte, was einen warmen, sanften Schein verbreitete.

Sie hatte sich schuldig gefühlt, weil sie dieses Bad in Südsudan vermisst hatte, wo ihr nur sechs Becher Wasser erlaubt gewesen waren, um sich zu waschen, aber sie hatte es vermisst. Der Hammam war opulent bis zum Extremen und sie hatte das Glück, diesen Luxus genießen zu können. Heute Nacht würde sie die Schuldgefühle ruhen lassen.

Sie zog sich ihre Schuhe aus und ging zum Whirlpool. Sie steckte ihre Hand ins Wasser und testete die Temperatur – perfekte 39 Grad Celsius.

„Wann hast du das arrangiert?", fragte sie, als sie ihre Hand durch das angenehm warme Wasser gleiten ließ. Sie behielten das Wasser im Whirlpool nicht konstant auf voller Temperatur, weil es in das größere flache Becken floss und dieses erhitzte. Es dauerte einige Stunden, um die Temperatur auf die richtige Hitze zu bringen.

Sie drehte sich um und sah, wie Bastian eine Platte voller Oliven, Datteln, Trauben, Käsesorten und Brote aus einem kleine Kühlschrank unterhalb der Bar hervorholte. „Ich habe Youssef gesagt, dass er es vorbereiten soll, als wir vom Lunch zurückkamen."

Er stellte das Tablett neben den Whirlpool und kehrte dann erneut zur Bar zurück, wo er eine Flasche kohlensäurehaltigen

Granatapfelsaft aus einem, von Kondenswasser bedeckten Eiskübel herauszog. Er goss das schäumende Getränk in zwei Champagnergläser und stellte diese neben das Essen auf dem Tablett neben dem Whirlpool ab.

Schließlich drehte er sich zu ihr um und schenkte ihr ein berechnendes sexy Lächeln. Langsam und bewusst zog er sich aus, wobei er sich seine Schuhe und Socken zuerst abstreifte, bevor er sich der Manschettenknöpfe entledigte und dann die Kette, die seine Jacke zuhielt, abzog. Er legte sie oben auf die geflieste Bar und hängte seine Jacke über einen Stuhl. Er entfernte seine Hosenträger, den Kummerbund und den kleinen verdeckten Pistolenhalfter, bevor er sich den Hemdknöpfen widmete. Sie beobachtete ihn mit verzückter Aufmerksamkeit, als jede der kleinen Hemdnieten auf der Bar landete, was ein leises Klingelgeräusch verursachte.

Er zog sich sein Hemd aus. Endlich war er von der Hüfte aufwärts nackt, und sie betrachtete ihn eingehend. Lachstattoo und kupferfarbene, gebräunte Haut über harten, glatten Muskeln. Breite Schultern, schmale Hüfte. Umwerfend schön. Sie erinnerte sich daran, wie sie ihn dabei beobachtet hatte, als er in Südsudan ihr SOS ins Gras geschrieben, und sie seinen perfekten Körper betrachtet hatte. Damals hatte sie ihn mit ihren Händen und ihrem Mund erkunden wollen. Seither hatte sich daran nichts geändert. Ihre Finger juckten immer noch, ihn zu berühren, und ihn zu lecken. Und heute Nacht würde sie das tun. Jeden perfekten Zentimeter.

Sie hatten zuvor miteinander geschlafen, aber irgendwie fühlte es sich so an, als wäre es das erste Mal. Und heute Nacht würde sie nichts zurückhalten.

Er erwiderte ihren Blick, beobachtete sie, wie sie ihn betrachtete, als er sich seine Hose auszog, gefolgt von dem Messer, das er an seinem Oberschenkel befestigt hatte, und der Pistole am Halfter an seinem Fußgelenk. Schlussendlich blieben nur noch die Boxershorts, die sich über einer dicken Erektion wölbten.

Sie streckte ihm ihre Hand entgegen, um ihn zu streicheln. Sie wollte auf ihre Knie fallen und ihn in ihren Mund nehmen, doch er hielt sie auf. „M-Mmm. Kein Anfassen, bis wir im Whirlpool sind. Ich werde dich im Wasser lieben und dann nochmal auf dem Bett. Und dann vielleicht im Dampfbad, wenn ich noch eine Runde aushalten kann."

Er streckte ihren Arm aus und deutete auf die Stelle, in der ihr Chip implantiert worden war. Eine dünne weiße Linie war alles was blieb, nachdem der Schorf abgefallen war.

„Dein Tracker ist dort und meiner ist hier." Er umkreiste die Stelle an seinem Bein. „Wir werden diese Stellen auslassen, aber ansonsten habe ich vor, dich überall zu berühren." Er öffnete einen Schrank unter der Bar und zog eine Schachtel Kondome heraus. „Ich habe glücklicherweise daran gedacht, die hier zu verstecken."

Sie lächelte und trat hinter ihn, wo sie eine Hand über seinen muskulösen Rücken nach unten gleiten ließ. Sie küsste seine Schulter. „Ich bin noch einmal auf alles getestet worden, als wir auf dem Flugzeugträger waren. Ich bin sauber." Sie schob eine Hand über seinen in Boxershorts steckenden Hintern und fügte hinzu: „Was ist mit dir?"

„Ich wurde auch noch einmal getestet. Ich bin sauber." Seine Stimme klang nun heiser.

Sie lachte, als sie mit ihren Lippen an seiner Wirbelsäule herabwanderte. „Dann brauchen wir die nicht."

„Was ist mit Geburtenkontrolle?"

„Ich habe ein Implantat im Arm – die Sorte, die bis zu drei Jahre lang wirkt. Sie wurden für alle weiblichen Entwicklungshelferinnen empfohlen – falls wir vergewaltigt würden."

Er machte tief in seiner Kehle ein Geräusch, und sie wusste, was er dachte.

„Das ist mir nicht passiert. Dank dir." Sie küsste seinen Rücken, seine Schulter, arbeitete sich langsam um ihn herum zu seiner Vorderseite, während er sich zu ihr umdrehte. „Und heute Nacht werden wir uns lieben und das Leben, und dass wir überlebt haben, und einander feiern."

Seine Hände umschlossen ihre Hüfte und er bedeckte ihre Lippen mit sanften Küssen. „Warum bist du dann immer noch angezogen?"

Sie drehte sich zu ihm um und präsentierte ihm den Reißverschluss. „Weil ich den nicht aufziehen kann.“

Er schmunzelte. „Ich habe diese Operation komplett durchgeplant, aber ich habe die Extraktion aus dem Kleid vergessen.“ Seine Lippen folgten dem Reißverschluss auf ihrem Rücken nach unten. Das Kleid hatte einen eingenähten BH und als es zu Boden fiel trug sie nichts weiter als das Rubin-Collier und ihren Seidenslip. Sie streifte ihren Slip ab und hob ihre Hände, um die Kette abzunehmen.

„Nein“, sagte Bastian. „Behalte es an. Es ist höllisch sexy.“

Sie lächelte und ging zum Whirlpool, stieg in die flüssige Hitze und stieß ein leises genussvolles Schnurren aus, als sie ins dampfende Wasser sank. Bastian zog sich seine Boxershorts aus und setzte sich neben sie in den Whirlpool. Er ergriff die Champagnergläser und reichte ihr eins. Sie stießen an und tranken einen Schluck. Sie mochte diese Granatapfellimo, denn sie war säuerlich und hinterließ im Mund ein ähnliches Gefühl wie Champagner.

Sie stellte das Glas am Beckenrand ab und schmiegte sich an Bastians Seite, wobei sie ihre Wange auf seine Schulter legte. Ihre Hand wanderte unter Wasser über seinen Oberschenkel. „Das fühlt sich himmlisch an. Es war mir nicht bewusst, wie sehr ich nach heute ein Bad brauchte. Oder nach dieser Woche … oder … ähm, Wochen. Danke. Dass du das hier vorbereitet hast. Dass du an alles gedacht hast.“

„Falls du müde bist, müssen wir keinen Sex haben. Lass mich dich einfach nur halten.“

Sie hob ihren Kopf an und lächelte zu ihm auf. Es war ihm ernst, obwohl seine Erektion eindeutig klarstellte, dass sein Körper weitaus mehr wollte. Sie bewegte sich, kniete sich auf die im Wasser liegende Bank und setzte sich rittlings auf ihn. Sie schnurrte erneut, als seine Erektion an ihrem Kitzler rieb, und sie sich auf ihm niederließ. Mit ihren Brüsten an seinen Brustmuskeln, ihrem Mund an seinen Lippen. „Auf keinen Fall. Du wirst mich im Whirlpool lieben und im Alkoven und im Dampfbad – wie du es versprochen hast, Chief Ford.“

Er schaukelte seine Hüfte, streichelte ihre Klitoris mit

seinem Penis. „Ich bin ein Mann, der es gewohnt ist, Befehlen zu gehorchen."

Sie saugte seine Unterlippe zwischen ihre Zähne und reizte sie. Dann ließ sie ihn los und sagte: „Ich habe noch nie zuvor Sex in diesem Raum gehabt."

Er legte seine Hände um ihre Taille. Eine glitt herunter, über ihren Hintern. „Nie?"

„Nie."

„Das macht mich neugierig – warum." Seine Lippen wanderten über ihre Schultern. „Das Erste, woran ich dachte, als du mir diesen Raum gezeigt hast, war, dass ich hier auf einem dieser Betten mit dir Liebe machen wollte. Und dich nackt in dem goldenen Licht zu sehen, während ich in dich hineinstoße."

Sie lächelte. Sie hatte dasselbe gedacht, als sie ihm die Tour gegeben hatte, war aber zu dem Zeitpunkt noch nicht dazu bereit gewesen, ihren Ärger loszulassen. „Dies ist mein Lieblingsraum in der Villa. Das war er schon immer. Es war mein Zufluchtsort. Mein sicherer Ort. Dieser Raum bedeutet mir zu viel, um ihn mit nur irgendjemandem zu teilen."

Hitze blitzte in seinen Augen auf – und noch etwas anderes. „Willst du mir damit sagen, dass ich jemand Besonderer bin, Miss Stewart?"

„Ich sage, dass du ganz besonders speziell bist."

„Nun ja, ich *bin* in der Spezialeinheit."

Sie lachte. „Das stimmt, das bist du wirklich. Aber du bist auch der beste Mann, den ich je gekannt habe. Der einzige Mann, mit dem ich das hier teilen will." Sie streichelte seine Wange. „Weil ich dich liebe."

Seine Augen weiteten sich. „Oh, Brie." Die Worte klangen heiser. Voller Emotionen. Er zog ihren Kopf herunter und küsste sie, ließ seine Zunge tief in ihren Mund gleiten. Der Kuss war heiß und intensiv und hielt einen langen perfekten Moment an. Seine Erektion reizte ihre Klitoris und sie hätte von der Empfindung zerschmelzen können, im heißen Wasser eingetaucht zu sein, während er sie küsste.

Sie entzog sich seinem Mund und holte tief Atem. Als sie

ihre Augen öffnete, begegnete sie seinem heißen Blick. Seine Hand umschloss ihren Nacken. „Ich liebe dich auch. Du hast mich vor unserem ersten Kuss gewarnt. Ich habe nicht auf dich gehört. Du hattest recht. Ein Kuss und ich war verloren."

Sie lachte. „Ich glaube, es brauchte mehr als einen."

„Vielleicht. Aber ich war trotzdem verloren."

Sie schob ihre Hand zwischen ihre beiden Körper und streichelte seine dicke Erektion. „Ich glaube, wir sollten etwas damit tun." Sie positionierte seinen Schwanz und ließ sich darauf heruntergleiten, nahm ihn in einem einzigen Stoß tief in sich auf. Sie küsste ihn, während sie sich auf ihren Knien rauf und runter bewegte, liebte das Gefühl, ihn in sich zu spüren und gleichzeitig im heißen Wasser zu sein.

Sie rutschte hoch und ihre Brüste hoben sich aus dem Wasser. Bastian saugte an einem Nippel, ließ ihn los, als sie wieder ins Wasser zurücksank und ihn erneut tief in sich aufnahm. Er umfasste ihre Hüfte und hob und senkte sie, saugte und leckte an ihren Brüsten mit jedem Höhepunkt ihrer Stöße. Sie bäumte ihren Rücken durch und stöhnte, wobei das Geräusch von den Fliesen widerhallte.

Er war so hart, sie würde schnell kommen. Zu schnell. Und sie wollte ihn immer noch schmecken. Den Augenblick in die Länge ziehen. Sie erhob sich und er glitt aus ihr heraus. „Setz dich auf den Beckenrand. Damit ich dir einen blasen kann, ohne dabei zu ertrinken."

Er wusste wirklich, wie man Befehlen gehorchte. Er schob zwei Kerzen zur Seite und setzte sich auf den Beckenrand. Sie kniete sich auf der Bank im Wasser vor ihn hin. Sie streichelte seinen Schwanz von dessen Basis bis zur Spitze und nahm ihn dann in den Mund. Ganz, bis er hinten an ihre Kehle stieß.

Er stöhnte und fluchte und flüsterte Zustimmungen, während sie ihn saugte und streichelte und seine Hoden in ihrer Hand zusammenziehen ließ. Seine Hände hielten ihren Kopf, als er ihr seine Hüfte entgegenstieß. Sie liebte das Gefühl seiner glitschigen Spitze auf ihrer Zunge und die Geräusche der Lust, die er von sich gab. Sie öffnete ihre Augen und hielt seinem Blick stand, während er in ihren Mund stieß.

„Oh, Fuck, Liebling. Das ist so scharf. Du bist so verdammt schön."

Sie konnte sehen, dass er kurz davor war zu kommen. Er zog sich aus ihrem Mund zurück und hob sie hoch, während er zurück ins Wasser glitt. „Jetzt bist du dran", sagte er und setzte sie nun im Drehen auf dem Beckenrand ab. Er spreizte ihre Beine weit auseinander. Dann lag sein Mund auf ihr und sie konnte keine klaren Gedanken mehr fassen. Sie konnte nicht einmal ihre Augen offenhalten, als er über ihre Klitoris leckte und Finger in sie hineinschob.

Er kratzte sanft mit seinen Zähnen über ihren Kitzler, saugte dann daran und sie bäumte sich ihm ruckartig entgegen, als die Lust blitzartig durch sie hindurch schoss. Dann machte er sich mit seiner Zunge daran sie bis zum Abgrund zu lecken. Sein Daumen kam zur Hilfe, als sie am Rande ihres Höhepunktes erbebte. Er hob seinen Mund, während sein Daumen sie genau dort festhielt. Er erhob sich aus dem Whirlpool und drang in demselben Augenblick in sie ein, als ihr Körper den Orgasmus erreichte. Das Gefühl seines Schwanzes, der so perfekt mit seinem Daumen zusammenarbeitete, entlockte ihr einen scharfen Aufschrei der Lust.

Während sein Daumen ihren Kitzler rieb, benutzte er seinen anderen Arm, um sie wieder zurück in den Whirlpool zu heben, während er weiterhin in sie hineinstieß. Ihr Orgasmus hielt weiter an. Er streichelte sie von außen und von innen. Sie schlang ihre Beine um seine Hüfte und saß auf der Bank, während er sich erneut vor sie hinkniete und schnell und hart in sie hineinstieß. Das Wasser schwappte heftig um ihre Schultern. Sie umklammerte seinen Schwanz fest mit ihren inneren Muskeln, während er ihre Lust immer weiter nach oben trieb und ihr Stöhnen von den gefliesten Wänden widerhallte.

Bastians gesamter Körper spannte sich an und er kam. Sein Stöhnen vermischte sich mit ihrem, als er seine Erlösung fand.

Danach saßen sie für einen langen Moment zusammen. Schweigend. Nach Atem ringend. Sich küssend. Mit ihm immer noch in ihr.

„Das war unglaublich", sagte sie und lehnte sich erschöpft gegen ihn.

Er ließ sich aus ihrem Körper gleiten, stand auf und hob sie mit sich hoch. Sie umklammerte seine Schultern und war erstaunt, dass er nach einem solchen Orgasmus noch die Kraft dazu hatte. Er trug sie vom Whirlpool, durch das Hauptbecken und kletterte die Stufe zum mit Kissen ausgelegten Alkoven hinauf. Er setzte sie auf dem ovalen Bett ab und streckte sich neben ihr aus, bevor er sie eng an sich zog. „Ich liebe dich", sagte er und seine Finger streichelten über ihre Wange.

Sie hielt seinen Blick gefangen. Dieser Augenblick war so perfekt, es war beinahe unvorstellbar, dass er echt war. „Ich liebe dich auch, Bastian."

„Das hier ist nicht temporär. Es ist der Beginn von etwas. Der Beginn von allem."

Sie nickte und spielte mit seinem Haar. „Wir werden meine Familie dazu bringen, sich zurückzuhalten. Ich werde ihnen nicht erlauben, mich länger zu kontrollieren und vor dir weglaufen. Vor uns."

„Ich kann auf mich selbst aufpassen, aber trotzdem – nachdem wir Drugov ausgeschaltet haben, haben sie jeden Grund, uns in Ruhe zu lassen." Bastian befühlte abwesend die Rubine an ihrem Hals. „Ich will mich mit meinen Eltern versöhnen, aber wenn sie dich nicht akzeptieren können, dann werde ich es nicht."

„Verlange nicht zu viel zu schnell. Zu bestimmt. Ich will nicht der Grund dafür sein, dass du dich von deiner Familie trennst."

„Du wärst nicht der Grund. Es ist ihre Entscheidung, Cece nicht loslassen zu wollen, und ich werde es nicht erlauben, dass sie dich schlecht behandeln, während sie meine Exfreundin zuhause willkommen heißen. Sie sind *meine* Eltern und du bist meine …" Seine Stimme verstummte, als er nach dem richtigen Wort suchte. Schließlich räusperte er sich. „Ich will nicht zu weit vorausgreifen, aber Freundin klingt zu … kindisch für das, was ich glaube, was das hier ist."

„Liebe, Partnerin, Freundin mit extremen Vorzügen."

„Mir gefällt, was dieses ‚extrem‘ bedeuten könnte." Er grinste und ergriff ihren Hintern. „Soll das heißen, dass ich dort hingehen darf, wo bisher noch kein Mann gewesen ist?"

„Ach, Schätzchen, du wärst nicht der Erste. Aber ja, du darfst dort hingehen, solange du ausreichend Gleitmittel mitbringst."

Er lachte. „Das ist fair." Er stupste sie an, sodass sie auf ihren Bauch rollte, massierte dann ihren Hintern und rutschte dann weiter nach oben, um ihr eine richtige Schultermassage zu geben. Sie schnappte sich ein Kissen und stopfte es sich unter ihre Brust, während er mit seinen Fingern auf ihrem Rücken, Nacken und Schulterblättern wahre Wunder bewirkte. Sein Mund schloss sich seinen Fingern an und die Massage wurde sinnlich, bis sie einige Zeit später wieder auf ihrem Rücken lag und sein Mund ihr einen zweiten Höhepunkt verschaffte.

Während ihr Orgasmus abebbte, stieß sie ihn auf seinen Rücken und setzte sich rittlings auf ihn. Sie nahm ihn tief in sich auf und ihr Körper explodierte geradezu vor lauter Lust wegen der Reibung jedes Stoßes. Er umschloss ihre Brüste, während sie ihn ritt und seine schwarzen Augen waren scharf vor Ekstase als er zu ihr aufstarrte.

„Ist es so, wie du es dir vorgestellt hast?", fragte sie, als sie ihre Handflächen auf seine Brustmuskeln legte und an seinem Schwanz auf und ab glitt.

„Tausend Mal besser."

Er stieß aufwärts ihren Hüften entgegen, als ihn sein Orgasmus überwältigte.

Danach wuschen sie sich im Badezimmer und kehrten daraufhin mit Decken, Laken, dem Tablett mit den Leckereien und der Limonade wieder zum Alkoven zurück. Sie aßen, fütterten sich gegenseitig, reizten einander und spielten mit dem Essen. Dann bliesen sie die Kerzen aus und redeten, bis sie ihre Augen nicht mehr länger aufhalten konnte. Sie schliefen ineinander verschlungen, eingewickelt in eine Seidendecke, und Brie fühlte sich zufriedener und glücklicher als jemals zuvor in ihrem Leben.

Kapitel Sechsunddreißig

Bastian betrachtete Brie beim Schlafen, wohl wissend, dass er sie wecken sollte, doch er war entschlossen, ihr noch ein paar mehr Minuten des Friedens zu gönnen. Er blickte sich in dem dunklen Hammam um. Das hier war nicht nur ein luxuriöses Bad, es war eine Oase gewesen. Eine Pause von dem Wirbel der Intrigen und der reellen eiskalten Gefahr, der sie sich in ihrer Aufgabe gegenübersahen.

Er war verrückt nach ihr, und letzte Nacht hatte sie sich ihm freiwillig und ohne Hemmungen hingegeben. Es war die beste Nacht seines Lebens gewesen, und er würde alles geben, um sie noch um einen Tag zu verlängern, aber sie hatten eine Aufgabe zu erledigen, damit sie ihr gemeinsames Leben beginnen konnten und weitere Nächte wie die letzte genießen konnten.

Er hatte eine Mission, die er zu Ende bringen musste. Dann eine Stationierung, die es zu beenden galt. Dann konnten er und Brie seine Familie besuchen und ihre nächsten Schritte planen.

Er seufzte und lehnte sich zu ihr runter, um sie wachzuküssen. Ihre Augen flatterten auf, und sie lächelte. Dann verzog sie ihre Lippen zu einem Schmollmund. „Ich nehme an, es ist Morgen und Zeit sich der Realität zu stellen?"

„Ja. Ich habe über die Sprechanlage Kaffee bestellt, den sie in deinem Zimmer servieren werden, und das Dienstmädchen hat mir gesagt, dass Armando eine Nachricht geschickt hat, dass wir das Labor und die Ingenieure in einer Stunde besuchen können, wenn du Lust dazu hast."

Es war nicht ungewöhnlich, dass sie sich mit den Ingenieuren an einem Sonntag treffen würden, da sie sich in einem muslimischen Land befanden, wo das Freitagsgebet eingehalten wurde, aber er war überrascht, dass Armando es organisiert hatte, denn der war ziemlich betrunken gewesen, als sie ihn in der vergangenen Nacht auf der Party zurückgelassen hatten.

Bries Gesicht erstrahlte bei der Einladung, und sie sprang vom Bett auf. „Wenn sich das nicht mit dem Treffen mit Ivan überschneidet, würde ich wirklich gern ins Labor gehen."

Sie schnappte sich aufgeregt ein Laken und trat in das niedrige Becken, um zur Tür zu gehen. Während sie durch das Wasser watete, wickelte sie das Laken wie ein Handtuch um sich. Den unteren Teil des langen Seidenstoffs zog sie mit sich durchs knietiefe Wasser.

Sie stieg aus dem Becken, und er schmunzelte bei ihrem Anblick, weil sie nichts als ein Rubin-Collier und ein nasses Laken trug. Sie verließ den Hammam hoheitsvoll und ließ ihre Schuhe, ihr Kleid und ihren Slip zurück.

Sie definierte den Abgang am Morgen danach völlig neu und machte ihn stolz und atemberaubend.

Wie sie es war. Immer.

Bastian schnappte sich ein Handtuch, drapierte es sich um seine Hüften und nahm seine Waffen und das Messer von der Bar, bevor er ihr durch die Tür folgte. Sie ging am Aufzug vorbei in Richtung Treppe, wobei sie ein Rinnsal an Wasser hinterließ, als sie die Stufen hinaufstieg und dann quer durch die Eingangshalle zur großen gewundenen Haupttreppe ging. Sie grinste und wünschte dem Butler einen guten Morgen, als sie an ihm vorbeiging. Sie stiegen die verbliebenen zwei Treppen hinauf und kamen in ihrem Zimmer an, wo der Kaffee bereits serviert und die Vorhänge aufgezogen worden waren, um die Morgensonne hereinzulassen.

Brie ließ ihr nasses Laken direkt hinter der Tür fallen, nahm

Bastians Hand in ihre und ging weiter bis ins Badezimmer. „Wir können zusammen duschen, um Zeit zu sparen."

Mit dieser Zeiteinsparung war es ihnen möglich, länger unter dem heißen Strahl zu verweilen und zu spielen, aber sie hatten nicht genug Zeit, um Sex zu haben. Zumindest nicht auf die Art, wie er es wollte. „Später", versprach Bastian mit einem Kuss, als das dampfende Wasser über ihren Rücken rann.

Sie streichelte seine Erektion und sagte: „Später wirst du in meinem Mund kommen."

Er grinste. „Jawohl, Madam."

Sie küsste ihn noch einmal und stellte dann das Wasser ab, bevor sie aus der Dusche trat.

Eine Stunde, nachdem er sie wachgeküsst hatte, saßen sie hinten in Armandos Limousine auf dem Weg zum Labor. Der Spanier war trotz seiner späten Nacht fröhlich und energiegeladen, woraufhin Bastian sich fragte, ob er mit einem super Metabolismus gesegnet war oder ob eine Pille geschluckt hatte.

Brie war es unangenehm, und sie schien dieselbe Sorge zu haben. Da sie Armando besser kannte als Bastian es tat, war das kein gutes Zeichen. Aber sie freute sich über ihren Ausflug und blieb nach außen hin entschlossen und optimistisch.

„Nikolai hat sich dazu entschlossen, uns im Labor zu treffen, anstatt mit uns zusammen zu fahren", sagte Armando, nachdem sie etwa zehn Minuten lang unterwegs waren. Armandos Akzent klang heute Morgen schwerer und Bastian brauchte einen Moment, bevor er seine Worte verstand.

Brie war schneller, seine Aussage zu beantworten. „Nikolai wird dort sein? Warum?"

„Wegen seines Investments in das Projekt", sagte Armando, als ob Brie geistig behindert wäre.

„Nikolai hat in das Unterwäscheprojekt investiert?" Bries Stimme klang alarmiert.

Armando neigte verwirrt seinen Kopf. „Ja. Selbstverständlich. Ich habe dir das in einer SMS geschrieben."

„In Südsudan gab es keine Funkverbindung, nur wenn ich zu den größeren Städten reiste. Nachdem du mich letzten

November zu dem Projekt kontaktiert hattest, habe ich keine weiteren SMS mehr von dir erhalten."

„Oh. *Perdonar.* Ich dachte, du wusstest davon. *No importa.* Nikolai war froh, sich beteiligen zu können. Er war für sein Unternehmen auf der Suche nach einem Nothilfeprojekt in Südsudan. Dies war eine perfekte Kombination."

Es machte Sinn. Drugov wollte Öl-Bohrungsrechte. Aber trotzdem passte diese Vereinbarung Bastian nicht so ganz.

„Es gibt unzählige Hilfsgruppen und Stiftungen, die Nahrungsmittel und andere Hilfsmittel zur Verfügung stellen, um der Hungersnot entgegenzuwirken", sagte Brie.

Armandos Augenbrauen zogen sich zusammen. „Ich bin mir sicher, dass es so ist, aber er hat in das hier investiert."

„Ich vertraue Nikolai nicht", sagte sie geradeheraus.

Armando lehnte sich zurück und lächelte. „Du machst dir zu viele Sorgen. Vertrauen ist hier nicht notwendig. Mein Unternehmen entwickelt ein Produkt, sein Unternehmen wird die Kosten für die Herstellung übernehmen, du und deine Familie werden Geld für die Distribution auftreiben. Mädchen erhalten Gratis-Unterwäsche. Jeder gewinnt."

Bastian nahm Bries Hand und drückte ihre Handfläche gegen seinen Bauch. Er verstand, warum sie aufgebracht war. Drugov hatte sich in das Hilfsprojekt hineingedrängt, das ihr am Herzen lag.

Das kranke Arschloch war seit ihrem dreizehnten Geburtstag besessen von Brie. Wie viel mehr in ihrem Leben war von diesem Fotoshoot beeinflusst worden?

Da er zwei Jahre jünger war als sie, war Bastian all der Wirbel um diese Werbekampagne zu der Zeit nicht aufgefallen. Er war zu sehr damit beschäftigt gewesen, mit dem Skateboard herumzufahren und Laser-Tag zu spielen, um der unangebrachten Lust von alten Männern, die es besser wissen sollten, seine Aufmerksamkeit zu opfern.

Und warum zur Hölle hatten ihre Eltern das zugelassen? Ihr Vater war ein Scheißkerl. Das wusste er. Aber ihre Mutter? Sie hätte Brie beschützen sollen. Was für ein Schwachsinn, dass sie es dann noch erlaubt hatte, die Kampagne zu veröffentlichen, nachdem sie die Fotos gesehen hatte. Brie sprach über ihre Mutter genauso wenig, wie sie über ihre Brüder gesprochen hatte, und Bastian vermutete, dass diese schlecht beratene Model-Karriere etwas damit zu tun hatte.

Jetzt, zwanzig Jahre später, bezahlte Brie immer noch den Preis dafür – in Form eines geisteskranken russischen Oligarchen, der von ihr als Kind besessen gewesen war und sich sogar ihre Jungfräulichkeit von einem gleichwertig geisteskranken Vater erkauft hatte.

Bastian räusperte sich. „Drugov ist raus.“

Armando sah ihn verwirrt an. „Was?“

„Drugov kann nichts mit diesem Deal zu tun haben. Er ist ein kranker Hurensohn. Er ist hinter Brie her.“

Armando versteifte sich und setzte sich gerader hin. „Ich glaube nicht, dass du in dieser Sache ein Mitspracherecht hast.“ Sein Blick wurde eiskalt und das sympathische Verhalten verschwand. „Wer zur Hölle bist du denn schon – außer vielleicht ihr Fick der Woche? Du hast hier nichts zu melden.“

Bastian setzte sich zu seiner vollen Größe auf. Er war nicht groß, aber er wusste, wie er bedrohlich wirken konnte. Er besaß die Einstellung und Haltung eines Soldaten der Spezialeinheit. Ein verwöhnter hübscher Junge wie Armando Cardona jagte ihm nicht im Geringsten Angst ein. „Drugov ist raus, und du wirst dich bei Brie für deine Respektlosigkeit entschuldigen.“

Armandos Augen blitzten voller Feindseligkeit auf. „Sie ist es nicht, vor der ich keinen Respekt habe. Nur ihre Wahl an Begleitern. Du bist ein Niemand. Sie wird deiner schon bald müde werden …“

Bastian schnaubte. „Wie sie deiner müde wurde? Dir scheint hier zu entgehen, dass ich dir einen guten Geschäftshinweis gebe. Nikolai Drugov wird für dein Unternehmen Gift sein.“

Armando ließ seinen Blick über Bastian gleiten. „Was du denn schon von Geschäften? Ein Soldat. *El indio.* Geh wieder in dein Reservat zurück und trink dein Feuerwasser, und überlasse das Business den Männern.“

Bastian stürzte sich im selben Moment auf ihn, als Brie dem Chauffeur zurief, den Wagen anzuhalten. Bastian packte das

Hemd des Mannes. „Von uns beiden bist du derjenige, der sich besoffen und dann Pillen geschluckt hat. Wenn du Brie oder mich jemals wieder beleidigen solltest, wirst du für den Rest deines verfluchten Lebens in einen Kolostomiebeutel scheißen müssen."

„Brie, halte ihn auf!" sagte Armando mit vor Angst weit aufgerissenen Augen, jetzt, da die Realität endlich durch seine von Drogen benebelte Wahrnehmung hindurchgedrungen war.

„Fick dich, Armando", sagte Brie. „Entschuldige dich. Jetzt sofort."

Bastian schob seinen Griff zu Armandos Kehle, drückte aber nicht zu. Der Spanier sah ohnehin schon so aus, als ob er sich in die Hose machen würde, und Bastian wollte sich den Gestank nicht antun.

Armando fing an zu heulen, als die Limousine endlich am Straßenrand zum Stehen kam. Interessanterweise sagte der Fahrer nichts. Anscheinend war auch der Chauffeur nicht auf Armandos Seite.

„*Lo siento! Mierda.* Bist du verdammt nochmal *loco*?", sagte Armando, und sein Akzent war deutlicher als jemals zuvor. „Ich hatte keine andere Wahl. Nikolai wird mir die Eier abschneiden." Sein Blick sprang von Bastian zu Brie. „Niemand sagt nein zur Mafia."

Bastian ließ ihn los. Armandos Angst könnte seinen Griff zu den Drogen erklären. Vielleicht bereitete er sich so darauf vor, Drugov gegenüberzutreten, wie er sich ja auch am Vorabend auf der Party des Oligarchen betrunken hatte.

Dieser Typ war ein Arsch, ein Snob und ein Rassist, aber dieses Projekt war Brie wichtig und könnte für tausende von Mädchen wichtig sein. Bastian würde seine Feindseligkeit zum Guten der Mädchen zurückhalten, die davon profitieren sollten. Sie würden später überlegen, wie sie Drugov aus dem Programm werfen konnten.

Er drehte sich zu Brie um. „Willst du immer noch das Labor sehen?"

Sie seufzte und warf Armando einen düsteren Blick zu. Schließlich sagte sie: „Ja. Für die Mädchen."

Bastian nickte und befahl dem Chauffeur dann auf Arabisch, weiterzufahren.

B rie war übel. Armando war nicht nur high, sondern er hatte auch gezeigt, dass er ein Sexist und ein rassistisches Schwein war. Sie würde ihn nicht für die Drogen verurteilen, aber seine Worte Bastian gegenüber waren unverzeihlich. Und er hatte verdammt nochmal Nikolai in dieses Projekt gebracht, das ihr sehr am Herzen lag, was bedeutete, dass für die Herstellung der Unterwäsche, die die Mädchen in Entwicklungsländern so dringend benötigten, mit Blutgeld bezahlt würde.

Ihr Magen zog sich zusammen.

Sie konnte es einfach nicht tun. Drugov konnte an dieser Sache nicht teilhaben. Er würde keine Vorteile daraus ziehen. Keine gute PR. Keine Steuerabschreibungen. Sie würde das Geld von woanders auftreiben – wie sie es gleich von Anfang an geplant hatte.

„Bastian hat Recht, Armando. Drugov ist raus. Sein Geld ist befleckt. Es stiehlt das Leben eines Mädchens, um dem nächsten Hygieneunterwäsche zu geben. Es ist total verdreht."

„Wir haben keine andere Wahl", sagte Armando. „Der Deal steht. Nikolai Drugov gehört dem Kreml. Leute, die nein zu ihm sagen, sterben an mysteriösen Giften. Ich werde nicht sterben, nur weil du nicht damit einverstanden bist, wo das Geld herkommt. Wir reden hier von verdammten *Bragas*. Unterhosen für arme *Niñas*. Das interessiert niemanden."

„*Mich* interessiert es. Dies sind Menschen. Nicht *nur* Mädchen. Nicht *nur* Afrikaner. *Menschen*. Sie zählen. Sie sind genauso wichtig wie du oder ich." Ihr Magen verdrehte sich bei seiner lockeren Herabsetzung. „Es sind arme und schwarze Mädchen, und du glaubst also, dass sie nicht zählen? Dass sie irgendwie unmenschlich sind? Wo ist deine Empathie? Deine Menschlichkeit? Sie sind Christen, Muslime, Animisten oder sie glauben an rein gar nichts, und jede Einzelne von ihnen ist ein menschliches Wesen, verdammt nochmal, die denselben Wert haben wie ein sexistischer, rassistischer Scheißkerl wie du.“

Die Mädchen, denen sie in Südsudan begegnet war, hatten so viel gelitten. Sie hatten genauso sehr ein Leben und eine Bildung verdient, wie jeder Junge oder jedes Mädchen in den Industriestaaten.

Dass dieser oberflächliche, verängstigte Mann vor ihr das nicht sehen konnte, erinnerte sie an alles, wovor sie geflohen war. Einst war sie wie er gewesen. Jemand, der sich Entschuldigungen für furchtbare Taten ausdachte. Aber jetzt war sie nicht länger diese Person. „Warum hast du Nikolai überhaupt von dem Unterwäscheprojekt erzählt?“

Armando verschränkte seine Arme vor der Brust und schmollte. Sie fragte sich ernsthaft, wie sie ihn jemals hatte attraktiv finden können?

„Nachdem er herausgefunden hatte, dass wir eine Affäre hatten, hat er mir gedroht. Sagte, dass er mir meine Eier abhacken würde, wenn ich dich noch einmal anfasste.“ Armando warf Bastian einen Blick zu und grinste. „Viel Glück, *Amigo*.“

Brie starrte Armando wütend an. „Und wie hat er das herausgefunden? Bist du mit einem verdammten Plakat rumgelaufen? Oder hast du es beim Nachbarschafts-Grillen rumerzählt?“

Er zuckte mit den Schultern. „Vielleicht habe ich etwas zu ihm gesagt. Ich erinnere mich nicht.“

„Du bist ein wahrer Gentleman, Armando.“

„Ich wusste nicht, dass er dich für sich selbst haben wollte! Dass er dich bereits als seinen eigenen Besitz ansah.“ Er räusperte sich. „Er verlangte, dass ich es ihm sage, falls du dich bei mir meldest. Also habe ich das getan.“

Rage raubte ihr den Atem. Schließlich schaffte sie es, zu sagen: „Ich gehöre niemandem. *Niemandem.*“

„Was hast du getan?“, fragte Bastian. „Bist du zu seinem Haus gegangen und hast gesagt ‚Hey, Brie hat mich angerufen‘?“

„Vielleicht.“

„Letzten November? Gleich nachdem ich dich kontaktiert hatte?", fragte Brie.

„Vielleicht. Ich habe es nicht auf meinem Kalender vermerkt."

„Scheiße. Hast du ihm gesagt, dass ich in Südsudan war und für USAID gearbeitet habe?"

Er zog seine Augenbrauen zusammen. „Ich glaube ja. Ja."

Brie tauschte Blicke mit Bastian aus. „Savvy sagte, dass das erste Intel, das sie zum Markt und dessen Entstehung erhalten hatte, gegen Ende Dezember einging."

„Wer ist Savvy?", fragte Armando mit viel zu großem Interesse.

Mist. Sie war wirklich eine beschissene Spionin. Wirklich die Schlechteste. „Meine Cousine", fauchte sie.

Ein ekelerregender Gedanke schoss ihr in den Kopf … War sie der Grund dafür gewesen, dass Drugov und Lawiri diesen Markt erschaffen hatten? Weil Drugov wusste, dass sie dort war?

Er war doch sicherlich nicht *so* verrückt und von ihr besessen?

Ihr Blick traf Bastians, und sie wusste, dass er dasselbe dachte. Es war durchgeknallt — man könnte es als egoistisch bezeichnen — aber sie konnte nicht anders, als davon auszugehen, dass an dieser Idee durchaus etwas dran sein konnte. Drugov war nicht normal, und das hatte nichts mit ihr zu tun. Hier ging es einzig und allein um seine psychotische Störung. Wie John Hinckleys Besessenheit mit Jodie Foster. Hinckleys Attentat auf Präsident Reagan hatte nichts mit der Schauspielerin zu tun, aber umso mehr mit seiner unkontrollierten Geistesgestörtheit.

Drugov könnte durchaus genauso sein, allerdings hatte er auch Millionen von Dollar zu seiner Verfügung, war ein Soziopath und tief in Geschäfte mit der russischen Mafia und dem Kreml verwickelt. Es gab nur sehr wenige Männer in der Welt, die gefährlicher waren als er.

Und wie er es letzte Nacht gesagt hatte, hatte Brie sich ihm widersetzt und war die einzige Frau, die das jemals bewältigt hatte.

Schlussendlich fuhren sie vor ein älteres Gebäude im industriellen Teil von Casablanca, und sie sahen, dass Nikolai bereits dort angekommen war und in seinem silbernen Aston Martin auf sie wartete.

Wenigstens war er allein. Es wäre ihr unangenehm gewesen, das Labor zu besuchen, wenn er einen seiner Handlanger dabeigehabt hätte. Sie spannte ihren Kiefer an und stieg aus der Limousine. Sie würden die Ingenieure treffen, die Prototypen ansehen und dann schnellstens wieder von hier verschwinden. Sie und Bastian würden sich ein Taxi rufen. Sie würde niemals wieder hinten in Armandos Limousine mitfahren.

Bastian schlang seinen Arm um ihre Taille und hielt sie eng an seine Hüfte gepresst, während sie vorn auf das Gebäude zugingen. Er drückte seine Lippen an ihre Schläfe und flüsterte: „Wir machen es kurz.“

Sie nickte und war so dankbar, dass er hier bei ihr war.

Man konnte dem Gebäude sein Alter ansehen. Armandos Großvater hatte ursprünglich diese Einrichtung irgendwann in den 60ern erbaut — ein Entwicklungslabor vor einer riesigen Herstellungsfabrik. Es war modernisiert und in den nachfolgenden fünfzig Jahren erweitert worden, aber die Fassade war gleichgeblieben. Mit seinem modularen, klotzigen Design wirkte es wie ein Gebäude der 50er Jahre, das einen Einblick gewährte, wie die Zukunft aussehen würde. Weiß gestrichener Zement und eine Komposition von rechteckigen Segmenten ohne eine einzige Wölbung oder andere Merkmale, die man im gegenwärtigen oder historischen Marokko finden konnte. Aber es sah industriell und retro-modern aus. Falls es so etwas gab.

Bis auf Armandos Limousine, Nikolais Aston Martin und ein anderes Fahrzeug, das wahrscheinlich dem Wachmann gehörte, der vor dem Eingang stand, war der Parkplatz vor dem Gebäude leer. In Marokko arbeitete man von Montag bis Donnerstag und freitags mit verkürzter Arbeitszeit fürs Gebet, aber es gab das ein oder andere Geschäft, das von Sonntag bis Donnerstag arbeitete. Das war es, was sie erwartet hatte, als Armando die Tour organisierte, aber offensichtlich war dem nicht so.

Brie und Bastian gingen an Nikolai vorbei, ohne ihn zu begrüßen, und betraten das Gebäude, wo sie sich im vorderen Teil der Eingangshalle einem Durchgangsdetektor gegenübersahen.

„Du wirst deine Waffen aufgeben müssen, Bastian", sagte Armando.

„Nein", sagte Bastian.

„Dann wirst du hier warten, während ich Brie hinein eskortiere."

„Nein", sagten Brie und Bastian im Chor.

„Du kannst das Labor nicht mit Waffen betreten", sagte Armando. „Wir haben strikte Sicherheitsregeln."

„Bullshit. Und ich bin mir verdammt sicher, dass Drugov bewaffnet ist." Bastian nickte zum Russen, der ihnen hinein gefolgt war.

Armando starrte ihn wütend an.

„Vergiss es, Armando", sagte Brie. „Vergiss all das hier. Wir gehen." Brie drehte sich mit ihrer Hand auf Bastians Arm zur Tür um und sah, dass der Eingang von Nikolai und dem Sicherheitswachmann blockiert wurde.

„Aber du bist doch eben erst angekommen, meine Liebe."

„Verpiss dich, Nikolai, und geh mir aus dem Weg."

„Wir werden das Labor besuchen. Hier gibt es etwas, das du sehen willst."

Brie gefiel die Art nicht, wie er das sagte.

Ein Geräusch hinter ihr veranlasste Brie, sich umzudrehen, und zwei Männer betraten die Eingangshalle vom hinteren Teil des Gebäudes. Sie trugen Körperpanzerung und Helme, wie die Bereitschaftspolizei, und ihre Waffen waren auf sie und Bastian gerichtet.

„Was zum Teufel?", fragte Armando und seine Stimme klang alarmiert. „Wer sind diese Kerle?"

„Halt den Mund", befahl Nikolai gleichgültig. Er wandte sich an Bastian. „Nimm deine schmutzigen Hände von Gabriella und hebe sie hinter deinen Kopf."

Brie blieb der Atem weg. Ihr Körper fühlte sich an, als hätte er sich verflüssigt. Sie wusste blitzartig, dass der Ohnmacht nachzugeben genau das war, was sie jetzt tun sollte. Sie löste jegliche Anspannung in ihrem Körper und brach zusammen.

Bastian fing sie auf, als sie zu Boden fiel und an seinem Bein entlangglitt, wobei sie ihren Körper schlaff hielt und ihren Kopf wie eine Stoffpuppe zur Seite fallen ließ. Ihre Hand streifte Bastians Wade – nicht die mit dem Waffenholster, sondern die mit dem Tracker. Er veränderte seine Position, womit er hoffentlich ihre Hand vor Nikolais Sichtwinkel versteckte. Sie drückte mit ihren Knöcheln auf den Tracker, damit ihre Hand schlaff erschien. Bastian lehnte sich gegen ihren Druck und bewegte sein Bein, um den Chip für eine schnellere Aktivierung zu massieren.

„Mach, dass du von ihr wegkommst!", sagte Nikolai.

„Sie atmet nicht!"

Das war nicht gelogen. Sie hielt ihren Atem an. Ihr war jedes Mittel recht, um Bastian an ihrer Seite zu behalten, damit sie genug Zeit hatten, den Tracker zu aktivieren. Außerdem hatte er immer noch seine Waffen.

Waren zehn Sekunden vergangen? War der Tracker aktiviert? Es gab ausreichend Funktürme hier, und sie und Bastian hatten beide funktionierende Handys bei sich. Man konnte in Minuten ein Team mobilisieren, das im spanischen Rota stationiert war. Sie würden in weniger als einer Stunde hier sein.

Und Nikolai hatte keine Ahnung.

Ein Rumsen und ein Aufprall, und Bastian befand sich nicht mehr über ihr. Sie ließ ihre Hand zu Boden fallen und atmete langsam aus, als sie Nikolai über sich spürte.

Ein Schmerz knallte über ihre Wange und Kiefer. Er hatte sie mit so viel Wucht geohrfeigt, dass es ihren Kopf zur Seite warf. Sie atmete scharf ein und ihre Augen sprangen auf.

„Wach auf, Dornröschen", sagte Nikolai mit gefletschten Zähnen.

Bastian befreite sich von den Wachmännern und stürzte sich auf Nikolai, doch sie fingen ihn erneut ein, warfen ihn zu Boden und nahmen ihm seine Waffen ab. Einer der Wachen schlug ihn kraftvoll direkt ins Gesicht, während der andere Bastians Hände hinter dessen Rücken festhielt. Bastian wehrte sich gegen den

Halt und ein weiterer Schlag traf ihn. Eine harte Rechte gegen seine Wange, gefolgt von einer Linken in seinen Magen. Er fiel auf die Knie. Blut tropfte aus seinem Mund.

Brie schrie. „Hört auf!"

Nikolai baute sich vor Bastian auf und trat ihm in den Schritt. Bastian fiel vornüber und rang um Atem.

Brie kroch zu ihm und beschützte ihn mit ihrem Körper. Nikolai würde ihr mit Sicherheit wehtun, aber er würde sie nicht umbringen. Das waren nicht seine Absichten für sie.

„Lasst ihn in Ruhe und ich werde tun, was du verlangst", sagte sie und war kaum dazu in der Lage, das Schluchzen aus ihrer Stimme fernzuhalten.

„Nein!", rief Bastian, noch während er um Atem rang.

„Hör auf, ihm wehzutun, und du kannst mich haben, Nikolai." Ihre Stimme klang flehend.

Nikolai zuckte mit den Schultern. „Ich werde dich so oder so haben."

„Wenn du ihn umbringst, werde ich dich jede Sekunde lang bekämpfen, und ich garantiere dir, dass ich einen Weg finden werde, dich zu töten, aber zuerst werde ich deinen Penis abschneiden und deinem Lieblingshund zum Fraß vorwerfen. Aber wenn du ihn in Ruhe lässt, werde ich mich nicht wehren."

„Beweise es." Er ließ eine Hand über ihre Schulter und dann zu ihrer Brust heruntergleiten. Dann drückte er zu und verdrehte sie.

Sie hielt ihren Atem gegen den Schmerz an. Sie erlaubte ihm, ihr wehzutun, ohne sich zu Wehr zu setzen.

Er lehnte sich zu ihr. Sie konnte den abgestandenen Alkohol und Rauch in seinem Atem riechen. Er flüsterte in ihr Ohr. „Aber ich mag es, wenn du schreist." Er verdrehte die Brust erneut – diesmal fester – und kniff in ihre Brustwarze.

Sie grunzte, gab aber sonst keine Geräusche von sich. Ihre Augen tränten, aber keine Tränen flossen. Kontrolle. Jetzt in diesem Augenblick musste sie jede Reaktion kontrollieren. Jedes Geräusch. Sie konnte ihm nur das geben, was sie ihm geben wollte. Nicht das, was er von ihr erzwingen wollte.

Er ließ ihre Brustwarze los.

Sie brauchte einen Moment, um ihre Atmung zu beruhigen, bevor sie sagte: „Ich werde dir nichts geben, nicht einmal meine Schreie, wenn du ihn noch weiter quälst, als du es schon getan hast."

Er ohrfeigte sie. Hart. Schnell. Sie hatte es nicht einmal kommen sehen. Wieder flog ihr Kopf zur Seite. Dieses Mal platzte ihre Lippe an ihren Zähnen auf. Doch sie behielt den Schmerzenslaut für sich und machte nur ein leises Geräusch.

Blut rann an ihrem Kinn herab. Sie ließ ihren Blick zu Bastian fallen. Das war ein Fehler. Die Rage und die Qual in seinem Gesicht bewirkte beinahe, dass sie die Kontrolle verlor. Stattdessen starrte sie Armando an und warf ihm einen grausamen Blick zu.

Seine olivfarbene Haut hatte nun ein kränklichen Grün angenommen. Armer, dummer, schwacher Armando. Er hatte ein Geschäft mit dem Teufel abgeschlossen und hatte keine Ahnung gehabt, was es wirklich bedeutete. Irgendwo hinter der Benebelung durch seine Drogen und dem Horror sah sie seine Traurigkeit.

Jetzt begriff er, was er getan hatte.

Tief in sich hatte er wahrscheinlich gewusst, was sie erwarten würde, als er dieses Meeting arrangiert hatte. Und deshalb hatte er die Pillen geschluckt, um es zu überstehen.

Sie wandte sich an Nikolai. „Du hast gesagt, dass es hier etwas gibt, das ich sehen will."

Sein langsames Grinsen gab ihr eine Gänsehaut, aber sie hielt auch diese Reaktion zurück. Sie war eine Eiskönigin. Princess Prime in voller Aufmachung. Sie wusste, was sie zu tun hatte. Sie hatte Jahre damit verbracht, zu versuchen, ihre angelernte Reserve loszuwerden, doch jetzt war sie dankbar dafür, dass ihre Mutter ihr täglich eine Lektion in der Kunst des Verhaltens eines eiskalten Miststücks eingebläut hatte.

„Ich wünschte, ich hätte dich auf dem Sklavenmarkt gesehen", sagte Nikolai. „Ich wette, du warst atemberaubend. Die hoheitliche Prinzessin – angekettet. Ich stelle mir schon seit zwanzig Jahren vor, dich zu brechen."

Sie wollte ihn anspucken, aber er würde seine Wut nur an

Bastian auslassen, also behielt sie ihr Gesicht so ausdruckslos wie möglich.

Er umkreiste ihre Kehle mit seiner Hand. „Wie hat sich das Metallhalsband auf deiner Haut angefühlt? Du wirst wieder so eins tragen. Du gehörst mir. Du hast schon immer mir gehört."

„Zeige mir deine Überraschung." Sie ließ ihre Stimme ausgeglichen klingen.

Gib ihm nicht die Emotionen, auf die er abfährt.

„Hier entlang, mein Liebes. Ich habe eine Überraschung für dich." An seine Männer gewandt sagte er: „Bringt den Soldaten."

Er brauchte Bastian, um Brie in Schach zu halten. Das würde für eine Weile funktionieren, aber er würde Bastian keinesfalls länger behalten als nötig. Das wäre zu gefährlich. Bastian war zu gut trainiert, und Nikolai war es nicht.

Schließlich brauchte Nikolai seine Handlanger.

Doch genau in diesem Moment konnte im spanischen Rota ein Team von SEALs oder Soldaten der Delta-Force mobilisiert werden. Sie mussten so lange hierbleiben, wie es ihnen möglich war, damit sie ihnen die Möglichkeit gaben, herzukommen und Nikolai zu beseitigen. Der Russe und seine drei Lakaien hatten nicht die geringste Chance gegen ein volles Team von Soldaten der Spezialeinheit.

Kapitel Siebenunddreißig

Nachdem sie Bastian und Brie ihre Handys und Brieftaschen abgenommen hatten, legte einer der Wachen Bastian Handschellen an. Der Typ war nicht besonders aufmerksam bei seiner Aufgabe, und Bastian hätte ihm während der Durchsuchung mindestens zweimal das Genick brechen können. Doch er erlaubte die Durchsuchung und die Handschellen, weil Drugov Brie wehtun würde, wenn Bastian eine Möglichkeit zur Flucht ergreifen würde.

Es war derselbe Grund, warum Brie Drugovs Misshandlungen wortlos hinnahm. Sie beschützte Bastian.

Sie mussten es nur etwa eine Stunde lang aushalten. Ein SOCOM-Team würde nicht genug Zeit haben, eine Mission zu planen. Sie würden einfach blind starten, aber sie würden kommen. Es war eine brillante Idee von Brie gewesen, den Tracker in diesen ersten Augenblicken ohne zu zögern zu aktivieren. Und sie hatte immer noch ihren eigenen, falls Nikolai sie wegbringen sollte, bevor das Team ankam.

Eine Stunde. Maximal zwei. Und dieser russische Hurensohn würde für jeden blauen Fleck an Bries Körper bezahlen – mit Zinsen.

Er folgte der unglücklichen Entourage ins Herz des Labors. Drugovs Hand lag auf Bries Hintern, und Bastian musste seinen Drang unterdrücken, diesem Dreckskerl den Kopf abzureißen.

Zur rechten Zeit. Sie gingen durch die kalten Räume mit langen weißen Tischen, Wänden voller Schränken und massiven Luftfilterungssystemen. Alle Arbeitsstationen waren leer und makellos sauber. Computer und andere, mysteriös aussehende Geräte waren an den Wänden entlang aufgereiht. Glasfläschchen, Messbecher und Reagenzgläser füllten Regale und Gestelle.

Sie erreichten einen Gang am hinteren Ende, und Drugov drückte mehrere Knöpfe auf einem Nummernfeld mit zehn Ziffern, bevor er seine Hand vor einer glänzenden schwarzen Box wedelte, die unterhalb des Nummernfeldes angebracht war.

„Was zur Hölle?", jammerte Armando. „Nikolai, du kannst sie nicht dorthin bringen …"

„Halt die Schnauze oder ich zerstöre dein Gesicht."

„Niemand darf sehen, …"

Nikolai drehte sich um schlug Armando mit einem schnellen harten Hieb, der den Spanier zu Boden sinken ließ. Armando hielt sich seine Nase. Blut sickerte durch seine Finger.

„Komm mit uns oder geh. Mir ist es egal. Aber ich werde dir die Zunge rausschneiden, wenn du weiterredest."

Armando kam auf die Füße und ging, indem er die Route zurückverfolgte, die sie soeben durch das Labor gekommen waren. Die Tatsache, dass Drugov den Mann gehen ließ, verriet Bastian eine Menge über Armandos Mittäterschaft. Dies war mehr als nur ein gemeinsames Hilfsprojekt. Drugov hatte vollen Zutritt zum Labor. Entweder besaß der Russe kompromittierendes Material über Armando, oder sie waren volle Geschäftspartner. So oder so hatte Drugov keine Angst davor, dass Armando Cardona Geschichten erzählen würde.

Wie lange schon hatte der Russe Zugang zu diesem Labor? Welchen Dienst lieferte dieses Labor an Russland? Russland war bekannt für seine Attentatsmethoden und den Gebrauch von Chemikalien und Giften, welche eigens für diesen Zweck entwickelt worden waren, und das hier war ein voll funktionierendes chemisches Labor. Armando hatte sogar diese Art von Attentaten auf der Fahrt hierher im Wagen erwähnt, als er seine Angst vor Drugov angesprochen hatte. Hatte er damit eine sehr spezifische Angst benannt, weil er wusste, welche Cocktails Drugov unter seinem Dach zusammenmischte?

Sie stiegen eine schmale Treppe hinab und betraten einen Bereich des Gebäudes, der – darauf würde Bastian gutes Geld verwetten – noch nie zuvor irgendeine Art Inspektion oder Überwachung der Regierung erfahren hatte. Im Keller befand sich ein zweites Labor. Anhand des Designs konnte man vermuten, dass es wahrscheinlich so alt wie das ursprüngliche Gebäude war. Somit hatte dieses Unternehmen also immer inoffizielle Projekte nebenbei am Laufen gehabt, welche vor den Anteilseignern und Regierungsagenten verborgen blieben.

Wie die Einrichtung im oberen Stockwerk war die Ausrüstung im Laufe der Jahre ebenfalls modernisiert worden, und die Tische waren makellos sauber und ordentlich. Gewissenhafte Wissenschaftler, die mit dem Tod und chemischen Waffen zu tun hatten. Im hinteren Teil des Raumes fanden sie dann die Überraschung vor, die Drugov für Brie arrangiert hatte. Ihr Bruder JJ. Gefesselt, geknebelt, sein Körper lag ausgestreckt auf einem Tisch. Seine Augen waren vor Angst weit aufgerissen.

Savannah James starrte auf die Karte, als Leute ins SOCOM-Hauptquartier strömten. Bastians Tracker war vor knapp fünf Minuten aktiviert worden, und weniger als die Hälfte des Teams hatten sich eingefunden. Dies war nicht dasselbe, als Morgan ihren Tracker sechs Tage nach ihrer Entführung aktiviert hatte. Nachdem ihr Signal eingegangen war, hatte sich der Raum innerhalb weniger Minuten mit Soldaten der Spezialeinheit und Leitern der SOCOM gefüllt.

Doch niemand hatte erwartet, dass Bastians Tracker heute aktiviert würde. Er hatte erst vor einer Stunde angerufen und seinen morgendlichen Bericht abgeliefert, dass soweit alles in Ordnung sei. Heute Morgen würden er und Brie zum Labor des Spaniers fahren, um sich die Prototypen für Bries Hilfsprojekt anzusehen. Alles war soweit klar gewesen.

Armando Cardona war überprüft worden und als okay

eingestuft. Als Erbe eines Pharmachemie-Unternehmens, war er selbst kein Wissenschaftler, aber er spielte pflichtbewusst seine Rolle im Management der Firma. Gerade genug, um das riesige Einkommen zu rechtfertigen. Cardona kümmerte sich um den in Marokko basierten Zweig des Unternehmens, mit ein wenig Unterstützung seines Bruders, des CEO, der die Geschäfte vom Hauptquartier in Madrid leitete.

Savvy musste irgendetwas in Cardonas Hintergrund übersehen haben.

Aber was war mit dem Russen, den Bastian erwähnt hatte? Ivan ohne Nachname, den sogar Drugov fürchtete. War er in der GRU, wie Bastian es ursprünglich angenommen hatte, oder war Ivan vom Kreml geschickt worden, um Drugov im Auge zu behalten?

Er hatte behauptet, dass er ein Verbündeter sei, aber wenn er für die GRU arbeitete oder ein Vollstrecker des Kremls war, dann war er mit absoluter Sicherheit kein Freund der USA.

Bastian hatte versprochen, heute ein Foto von dem Mann zu schicken, aber sie hatte keine E-Mails oder SMS von ihm erhalten, und jetzt war sein Tracker aktiviert worden, und es war ihre Aufgabe zu entscheiden, was es zu bedeuten hatte.

„Zoomen auf den Standort mit Echtzeit-Satellitenbildern", sagte der Techniker, der das Signal verfolgt hatte.

Satellitenfotos erschienen in dem Moment auf dem großen Bildschirm, als einige Mitglieder von Bastians A-Team den Raum betraten. Savvy studierte die Übersicht von Casablancas Industriezone. „Das ist die Chemiefabrik, von der Bastian gesagt hat, dass sie sie heute besuchen wollten."

„Glauben Sie, dass die Aktivierung des Trackers aus Versehen geschehen sein könnte?", fragte Bastians Vorgesetzter Captain Oswald.

„Er hätte angerufen, um es zu klären, wenn das der Fall wäre", sagte Savvy. „Er schläft nicht. Er wüsste, dass der Chip aktiviert worden ist. Seine morgendliche Rückmeldung heute war Routine."

„Warum ist er zu einer Chemiefabrik gegangen?", fragte Cal. Er war vollkommen professionell, und seine Feindseligkeit ihr gegenüber wurde durch die Sorge um seinen Teamkameraden in den Hintergrund gedrängt.

„Es war ein Hilfsprojekt, das Brie auf die Beine gestellt hat – mit Plastik gefütterte Unterwäsche für pubertierende Mädchen, damit sie ihre Perioden managen und in der Schule bleiben können. Dieses Labor und die Fabrik gehören Bries Nachbar. Sie hatte ihn darum gebeten, einen Prototypen zu entwickeln."

„Was wissen wir über den Besitzer des Labors?", fragte Cal.

„Anscheinend nicht genug." Sie gab ihnen eine grobe Beschreibung dessen, was sie über Armando Cardona und dessen Pharmachemie-Unternehmen wusste.

„Hast du Chief Ford angerufen, um zu sehen, ob es vielleicht eine versehentliche Aktivierung war?", fragte Pax.

Savvy nickte. „Der Anruf wurde direkt zur Voicemail umgeleitet."

„Wird ein Team vorbereitet?", fragte Cal.

„Ja", antwortete Captain Oswald. „Ein SEAL Team aus Rota wird zusammengestellt. Sie können in fünfundvierzig Minuten dort sein, aber sie müssen die Operation blind angehen."

Savvy starrte auf das Satellitenbild, das drei Fahrzeuge auf einem anderweitig leeren Parkplatz zeigte, und ein statisches Gebäude. Sie hatte Mist gebaut. Warum hatte sie das nicht kommen sehen? Was hatte sie übersehen? Es hatte keinerlei Hinweise darauf gegeben, dass Cardona irgendwelche Geschäftsbeziehungen mit Drugov hatte. Sie waren Nachbarn in einer exklusiven, wohlhabenden Nachbarschaft – mehr nicht.

Aber sie hatte erst damit angefangen, in Cardonas Hintergrund nachzuforschen, als Brie erwähnt hatte, dass sie ihn in Casablanca kontaktieren würde. Bis vor einer Woche hatte Savvy noch nie etwas von Armando Cardona gehört. Er war quasi nie auf ihrem Radar erschienen.

„Ich brauche eine Liste von dem, was in dieser Fabrik hergestellt wird", sagte sie. „Dies könnte der Ort sein, von wo Drugov seine chemischen Stoffe bezieht."

„Ich gehe jetzt die Pressemeldungen durch", sagte ein Techniker. „Ich brauche einen spanischen Übersetzer. Einiges davon ist zu fachsprachlich für mich.“

Espinosa stellte sich hinter den Mann und lehnte sich vor, um auf dem Bildschirm zu lesen. „Synthetische Polymere – nicht von der Art, die direkt zum Konsumenten geht. Sie beliefern andere Unternehmen. Cellophan-Verpackungsmaterial, saugfähiges Material für Windeln und Hygieneprodukte – das macht Sinn mit Bries Hilfsprojekt. Sie entwerfen und stellen ebenfalls persönliche Pflegeprodukte her, wie Bindemittel und Dickungsmittel für Haarspülungen und Konsistenzgeber für Kosmetik.“

„Was ist mit Pharmakologie? Entwickeln und testen sie Medikamente?“, fragte sie.

„Falls sie das tun, wird es nicht angegeben.“

„Ich würde wetten, dass sich dort drin irgendwo ein Drogenlabor befindet. Das ist wahrscheinlich der Grund, warum Cardona so viel Zeit in Marokko verbringt.“ Savvy stand neben Espinosa und starrte über die Schulter des Technikers hinweg auf den Computerbildschirm. Sie konnte die Liste ebenfalls nicht lesen und erkannte nur wenige der der lateinischen Stammworte.

Cosméticos verstand sie natürlich.

Sie verspürte ein Kribbeln in ihrem Nacken. „Wen beliefern sie mit ihrer Kosmetik? Wie lautet der Markenname?“

Der Techniker scrollte die Seite nach unten zum Ende der Pressemitteilung. „Sie beliefern verschiedene amerikanische und europäische Unternehmen. Ihr größter Kunde ist eine Firma namens Carabella.“

„Heilige Scheiße. Ist das nicht die Firma, für die Brie vor all den Jahren gemodelt hat?! Die Werbungen, die schlussendlich in den USA verboten wurde, weil sie minderjährig war.“

„Ich dachte, dass das Unternehmen untergegangen sei?“, sagte Captain Oswald. „Sie war nicht das einzige Kind, das sie in ihren Werbungen benutzt hatten.“

„Sie sind nicht untergegangen, aber sie verkaufen ihr Zeug in den USA jetzt unter einem anderen Namen. *Peach Blossom Cosmetics* oder etwas ähnlich Harmloses. Und Sie haben recht damit, dass es noch andere Minderjährige in ihren sexuellen Werbungen gegeben hat. Außer Brie kamen alle anderen Kinder aus Russland, weil sich die Muttergesellschaft nicht in Spanien, sondern in Russland befindet. Vor zwanzig Jahren, als Brie für ihre Werbekampagne modelte, gehörte sie Nikolai Drugovs Vater.“

„Gehört die Firma Drugov immer noch?“, fragte Pax.

„Nein. Das ist wahrscheinlich der Grund, warum ich keine Verbindung zwischen Cardona und Drugov herstellen konnte. Aber vor zwanzig Jahren waren die Drugovs und die Cardonas Geschäftspartner gewesen, und es ist gut möglich, dass die Partnerschaft nicht endete, als Drugov die Kosmetikfirma verkaufte.“ Savvy wurde übel. „Allem Anschein nach sind Bastian und Brie, als sie die Fabrik besuchten, direkt in eine Falle gelaufen.“

„Sie haben Scheiße gebaut, Savvy.“ Cals Stimme war knallhart und schnitt tief, und sie konnte es ihm nicht übelnehmen.

„Ich weiß.“ Oh Gott. Was hatte sie nur getan? Sie hielt ihre Stimme ausgeglichen und frei von den Emotionen, durch die sie sich beinahe übergeben musste. „Aktualisieren Sie das Bild“, befahl sie dem Satellitentechniker.

Einen Augenblick später erschien eine nur leicht veränderte Ansicht der Fabrik auf dem Bildschirm – allerdings mit einem bedeutenden Unterschied: Die Stretchlimousine, die davor geparkt hatte, war nun verschwunden.

Brie spürte einen Rausch an Adrenalin. Sie war dazu gezwungen, sich zusammenzureißen und ihre Reaktionen Nikolai gegenüber auf ein Minimum zu reduzieren – was auch so schon schwer genug war, ohne JJ gefesselt vor sich liegen zu sehen. Sie empfand keine allzu große Liebe für JJ, aber er war ihr Halbbruder, und es gefiel ihr nicht, ihn in dieser Lage zu sehen.

„Was hast du getan, Nikolai?“, fragte sie mit einer so hochmütigen Stimme, wie sie es fertigbrachte.

„Jeffery Junior ist gescheitert. Wiederholt. Neulich ist es ihm misslungen, dich mir auszuliefern. Es ist an der Zeit, dass er für seine Inkompetenz bezahlt."

JJs Augen wurden hart.

Brie trat vor und entfernte den Knebel. Wenn nichts anderes, so würde diese Konversation zumindest interessant sein, und sie hatte keine Zweifel daran, dass Nikolai diese Konfrontation begrüßte. Alles – nur um Zeit zu gewinnen, bis die SEALs eintrafen.

An ihren Bruder gewandt, sagte sie: „Erkläre dich."

Er starrte sie finster an und sagte kein Wort.

„Mylady hat dir befohlen zu sprechen, Jeffery", sagte Nikolai.

Sein zuckersüßer Tonfall und die übertrieben formellen Worte drehten ihr den Magen um, aber sie würde es nicht zulassen. Die Missionsuhr in Rota war bereits am Ticken.

Spezialeinheiten waren auf dem Weg. Sie mussten einfach unterwegs sein.

„Was ist hier los, JJ?"

„Du verdammte Hure. Du hast alles ruiniert." Ihr Bruder spuckte sie an.

Sie wich zurück und wischte sich seine Spucke von ihrem Gesicht. Dann verpasste sie ihrem gefesselten Bruder eine schallende Ohrfeige. Hinter ihr konnte sie hören, dass Bastian gegen den Halt der Wachmänner ankämpfte.

Nikolai lachte und sagte: „Ich sollte den Green Beret loslassen, damit er dich in der Luft zerreißen kann. Denn – weißt du – *ich* bin der Einzige, der Gabriella wehtun darf." Er verzwirbelte seine Finger in ihrem kurzen Haar und zerrte abrupt ihren Kopf zurück, um ihren Hals zu entblößen. „Und ich werde dir wehtun, Schätzchen", flüsterte er direkt in ihr Ohr. „Dafür, dass du mich so viele Jahre lang hast warten lassen. Für dutzende von Männern. Dafür, dass ich in Südsudan nach dir suchen musste. Es gibt vieles, wofür du bezahlen wirst."

Ihr kam die Galle hoch. Sie hatte keine Zweifel daran, dass er seine Drohungen wahrmachen würde.

Er ließ ihr Haar los und sagte mit normaler Stimme: „Ich habe deinem Bruder einen Deal vorgeschlagen. Ich würde seinen Vater von Prime Energy entfernen, damit er seinen Platz einnehmen kann, und er würde dich endlich an mich ausliefern. Ich habe meinen Teil der Vereinbarung eingehalten. Er hat das nicht. Ist wiederholt gescheitert."

Brie starrte JJ an. „Ist das wahr? Dads Schlaganfall war gar kein richtiger Schlaganfall?"

„Was interessiert dich das? Du hasst das Arschloch."

„Es interessiert mich, weil *ich* die Bezahlung für einen Anschlag auf unseren Vater war." Sie wandte sich an Nikolai. „Wie hast du es geschafft, es wie einen Schlaganfall aussehen zu lassen?"

Nikolai breitete seine Arme weit aus. „Dieses Labor bietet der Russischen Föderation viele Schätze. Es sah nicht nur *wie* ein Schlaganfall aus. Es war einer."

Oh Fuck, wenn sie die Macht hatten, Leute zu töten, indem sie es aussehen lassen konnten, dass sie an scheinbar natürlichen Umständen gestorben waren, dann war die Anzahl der Morde durch das derzeitige Regime in Russland wahrscheinlich sehr viel höher als allgemein angenommen wurde. Warum sollte man Leute aus dem Fenster werfen, wenn das so offensichtlich war?

Allerdings war es dem Diktator in Russland scheißegal, ob es offensichtlich war oder nicht und er zog es vor, den Leuten mit seinen offenkundigen Attacken Angst einzujagen. Schlaganfälle waren für ihn zu subtil, aber perfekt für einen Mann, der das Familienunternehmen an sich reißen wollte.

„Ist dein Vater nicht auf dieselbe Weise gestorben, Nikolai?", fragte sie.

„Du warst schon immer so clever."

„Und du warst schon immer ein herablassender Scheißkerl. Warum ist JJ jetzt hier?"

„Weil er mich hintergehen und einen Deal mit Lawiri für Südsudans Öl abschließen wollte. Und jetzt wirst du entscheiden, ob er leben oder sterben soll. Du allein kannst sein Leben retten."

„Lawiri? Der südsudanesische General? Was hat der mit allem hier zu tun?"

„Spiel hier nicht dumm, meine Liebe. Ich weiß, dass du nach Casablanca gekommen bist, um ihn zu finden."

Sie schaffte es nicht, ihren Ausdruck neutral zu halten.

„Sei nicht so überrascht. Der amerikanische Geheimdienst ist schon seit einer ganzen Weile von Russland kompromittiert. Ich habe sogar mein eigenes Haustier im US-Geheimdienst der Armee, der DIA."

Somit konnte er sich nicht auf Savannah James beziehen, die in der CIA war. Allerdings hatte Brie keine Zweifel an der Loyalität der Frau. Sie behielt Geheimnisse für sich. Sie manipulierte. Aber Brie stellte nicht in Frage, auf welcher Seite Savvy stand. Woher also konnte Nikolai wissen, warum sie in Marokko war?

Es gab nur eine Möglichkeit: Jemand in Savvys Befehlskette war kompromittiert.

„Wenn wir hier fertig sind", fuhr Nikolai fort, „werde ich dich zu Lawiri bringen. Dann kannst du den nächsten Präsidenten von Südsudan kennenlernen und er wird dir für deinen Dienst an seinem Land danken. Er ist ganz besonders von deinem Hygienewäsche-Projekt begeistert, denn das wird der letzte Schlag gegen beide Seiten sein."

„Du bist total durchgedreht, Nikolai."

Wieder ohrfeigte er sie. Ein schneller harter Schlag.

Sie schüttelte ihren Kopf, um ihren Gleichgewichtssinn wiederzuerlangen. Okay. Wenn sie ihn als durchgedreht bezeichnete, galt das als ein Triggerpunkt. Es war besser, wenn sie sich das für den späteren Einsatz gegen ihn aufhob.

„Verrate mir, meine Liebe, soll ich deinen Bruder verschonen?"

„Fick dich! Deine Handlungen sind deine eigenen. Ich werde keine Grausamkeiten, die du verübst, auf meine Schultern aufladen." Sei wandte sich dem Ausgang zu. Bisher war sie noch keine Gefangene. Jetzt würde sie diese Grenze überschreiten, denn sie wollte auf keinen Fall mitansehen, was Nikolai mit JJ tun würde.

Wo war Rafe? Hatte er in diesem fiesen Geschäft seine Hände im Spiel?

Eine Sache war sicher: Bastian hatte nur eine begrenzte Zeit. Ihr Besänftigungsmanöver würde nicht endlos wirken, und sie wusste, dass Nikolai keine Absichten hatte, Bastian leben zu lassen. Er hatte vor ihnen beiden zu viel preisgegeben.

Er würde auch Brie umbringen, aber dieses kranke Arschloch wollte zuerst mit ihr spielen, wodurch sie ein wenig Spielraum hatte. Das Objekt seiner Besessenheit zu sein bedeutete, dass es für sie keinen schnellen Tod geben würde. Allerdings gab es ihr auch Zeit und Möglichkeiten.

„Hast du Micah getötet?", fragte sie. Bis jetzt hatte sie das nie in Erwägung gezogen, aber es ergab einen Sinn. Eine Gegenleistung für ihren Vater. Alles, was es gebraucht hätte, wäre eine Art von Gift, die in dem Piloten einen Schlaganfall oder etwas Vergleichbares hervorrief, und voila – der Hubschrauber würde abstürzen.

Zwei gute Männer tot, weil Nikolai von ihr besessen war, seit sie dreizehn gewesen war, und ihr Vater hatte diese Besessenheit mit Versprechen angefeuert, die zu geben er kein Recht gehabt hatte.

„Der Reporter? Den du gefickt hast? Ja."

Sie wirbelte auf ihrem Fuß herum und schlug Nikolai gegen seinen Kiefer, wobei sie sich an alles erinnerte, was Bastian ihr während ihrer Kampfübungen über die Beinstellung und den Schwung beigebracht hatte. Nikolai fiel um und er schlug mit seinem Kopf auf einem der Metalltische auf, bevor er auf dem Betonboden aufschlug.

Seine Wachmänner packten sie, zerrten ihre Arme hinter ihren Rücken. Das Metall von Handschellen rastete um ihre Handgelenke ein.

Nikolai stolperte auf seine Füße und verpasste ihr dann einen Schlag mit seinem Handrücken. Sie wirbelte herum und fiel gegen Bastian. Dann landete sie hart auf dem Boden. Bastian stürzte sich auf Nikolai, verpasste ihm einen Kopfstoß und rammte dann gleich darauf sein Knie in dessen Schritt. Die Wachmänner stürzten sich auf Bastian und zerrten ihn zurück, bevor sie ihn mit ihren Schlagstöcken verprügelten, bis er auf dem Betonboden zusammenbrach.

Brie schluchzte und rutschte auf ihren Knien zu seiner Seite, legte sich quer über seine Brust, um ihn vor den Schlägen zu schützen. Ein Schlagstock traf sie an der Schulter und ein anderer auf dem Rücken. Sie konnte den Aufschrei nicht unterdrücken.

„Hört auf!", schrie Nikolai. „Nur ich schlage sie."

Brie traf Bastians Blick. Seine Augen waren wütend, aber klar.

Sie formte still die Worte *Ich liebe dich* mit ihren Lippen und wandte sich dann an Nikolai. Ihr war übel und ihr Kopf pochte. Ihr Rücken und ihre Schulter schmerzte. „Es ist mir scheißegal, was du mit JJ tun wirst. Bringe uns zu Lawiri. Ich will das Arschloch anspucken, der Nahrungsmittel, die für hungernde Menschen vorgesehen waren, verbrannt hat. Dann werde ich mich deinen sadistischen Spielchen unterwerfen."

Sie hatte immer noch ihren Tracker, und die SEALs waren wahrscheinlich bereits unterwegs. Sobald sie Lawiri gegenüberstand, würde sie ihn aktivieren.

Sie würden Lawiri und Nikolai bekommen. Es würde hier enden.

Egal, was mit ihr geschah – es würde hier enden.

Kapitel Achtunddreißig

Bastian sah zu, wie Drugov und seine Sicherheitsmänner Brie die Treppe hinaufzerrten. Trotz ihrer Proteste ließ er Bastian mit seinen zwei Wachmännern in Kampfausrüstung und ihrem beschissenen Bruder zurück. Er hasste es, dass er sie nicht im Auge behalten konnte, aber wenigstens konnte er auf diese Weise die beiden Wachen eliminieren und ihr hinterherjagen.

Und er hätte ein ganzes Team von SEALs, die ihm helfen würden.

Aber sie würden verdammt schnell eintreffen müssen, denn in dem Augenblick, in dem er sich befreit hatte, würde er ihr folgen. Dieses Psycho-Arschloch hatte zwanzig Jahre lang darauf gewartet, sie zu foltern und zu vergewaltigen.

Die Tür am oberen Ende der Treppe fiel zu. Bastian lächelte den beiden Handlangern sanftmütig zu und sagte auf Arabisch: „So. Wen sollt ihr als Ersten umbringen? Mich oder das Arschloch auf dem Tisch?"

„Dich."

Bastian sprang auf seine Füße und erledigte den Kerl mit einem einzigen Tritt gegen dessen Kehle. Noch bevor der erste Wachmann auf den Boden fiel, trat er Nummer Zwei in seine Eier und rammte ihm seinen Ellenbogen ins Gesicht, während der fiel. Diese Schlägertypen waren Amateure, die glaubten, dass ihre Schutzpanzer sie beschützen würden, während Bastian stundenlang trainiert hatte, wie man mit gefesselten Händen kämpfte.

Außerdem hatten diese Scheißkerle die Schmerzen, die sie erwarteten, verdient, nach dem, wie sie Brie mit ihren beschissenen Schlagstöcken geschlagen hatten.

Einer war bewusstlos. Bastian pflanzte sein Knie auf den Hals des anderen Mannes und fragte in Arabisch: „Wohin bringt der Dreckskerl Brie?"

„Weiß ich nicht", sagte der Mann.

„Was sagst du?", fragte JJ. „Binde mich los, und ich werde dir helfen, Brie zu finden."

Bastian traute Bries Bruder nicht im Geringsten, und er würde auch nicht mehr Zeit mit dem Wachmann verlieren. Ein Tritt gegen dessen Kopf und der Mann war bewusstlos. Bastian fand die Schlüssel zu den Handschellen in seinem Utensiliengurt. Blitzschnell hatte er sich befreit und sich seine Waffen zurückgeholt. Er suchte nach einem Handy, fand aber keins.

Fuck. Ein Anruf bei SOCOM wäre jetzt in diesem Moment durchaus hilfreich. Oben würde er ein Telefon finden, und falls nicht, würde er einen Wagen stehlen und Brie nachjagen. Er durchquerte den Raum.

„Wo willst du hin?", fragte JJ. „Du kannst mich nicht einfach hierlassen! Die werden mich umbringen!" Seine Stimme brach.

„Als ob mich das interessiert." Er würde JJ und die Wachmänner den SEALs überlassen. Er musste Brie finden.

Er erreichte die Treppe, als sich die Tür oben öffnete. Er tauchte seitlich ab, die Waffe bereit in seiner Hand. Schritte kamen herunter. Ivan − oder was-auch-immer sein Name war − tauchte auf. Er traf Bastians Blick ohne zu zucken, obwohl die Pistole auf seinen Kopf gerichtet war. Er war unbewaffnet, trug aber eine Ledertasche. Er hob unterwürfig seine Hände hoch und Bastian fiel auf, dass er Handschuhe trug. „Ich weiß, wo er sie hinbringt."

Bastian zielte mit der Waffe auf Ivans linkes Auge. „Wohin?"

„Ich bin die beste Hoffnung, die du hast, Chief Ford, und du brauchst mich lebend, wenn du sie retten willst."

Ivan wusste nichts von dem Tracker. Bastian hatte Optionen. Aber sein Bauchgefühl sagte ihm, dass er Ivans Hilfe brauchen würde.

Er ließ seine Waffe sinken. „Dann lass uns gehen."

Brie wurde auf den Rücksitz von Nikolais Wagen geworfen. Nikolai saß auf dem Fahrersitz und der Wachmann saß hinten neben ihr.

Sie hatte um sich selbst Angst, aber sie hatte Todesangst um Bastian. Sie hatte keine Zweifel daran, dass Nikolai seine Handlanger angeordnet hatte, ihn zu töten, sobald sie den Raum verlassen hatten.

Bastian kann es mit ihnen aufnehmen. Er wird zuschlagen, bevor sie eine Chance haben, auf ihn zu schießen.

Sein Training überragte ihres bei Weitem. Solange es in dem Labor keine weiteren Überraschungen mehr gab, wäre Bastian okay.

Sie fuhren durch den Industriepark der Stadt. Sie kannte diese Gegend nicht, weil sie niemals einen Grund gehabt hatte, sie näher zu erkunden. Sie hatte sich mit Savvy zusammen Karten angesehen, aber sie hatte nicht erwartet, dass sie diesen Stadtteil besuchen würde. Es war ihr nie in den Sinn gekommen, dass Armando ihre Idee tatsächlich in die Tat umsetzen oder einen Besuch seiner Fabrik vorschlagen würde.

Allerdings war diese Labor-Tour nur ein Vorwand gewesen, um sie und Bastian in den Hinterhalt zu locken. Nikolai wusste von Bastians Training. Er wusste, dass Brie sein Haus niemals abseits der Party mit hunderten von Zeugen betreten würde. Diese Labor-Tour war eine geniale Idee gewesen. Und Armando war solch ein guter Schauspieler gewesen, indem er es sogar angesprochen hatte, noch bevor sie Nikolai wiedergesehen hatte.

„Gibt es einen Prototypen?", fragte sie Nikolai. „Oder war alles gelogen?"

„Arme Gabriella. Wir sind gegangen, bevor wir es dir zeigen konnten." Nikolai erwiderte ihren Blick im Rückspiegel.

Sie war froh, dass er ein zu großer Kontrollfreak war, um das Fahren jemand anderem zu überlassen. Dadurch saß er vorn, und sie teilte sich die Rückbank mit einem seiner Handlanger, der es nicht wagen würde, sie vor seinem durchgeknallten Boss anzufassen. „Es mir zeigen?"

„Die Unterhosen sind hässlich und gefallen mir überhaupt nicht. Totaler Müll. Aber ja, Armando hat die Unterwäsche entwickelt. Und diese wird pflichtbewusst an die Mädchen in Südsudan verteilt werden, genauso, wie du es wolltest. Tatsächlich werden sie dem Krieg in Südsudan ein Ende setzen. Denn was du nicht wusstest ist, dass deine Periodenhosen Frieden und Lawiri bringen werden."

„Was zum Teufel soll das nun wieder heißen, Nikolai?"

„Ich habe etwas Besonderes für die Mädchen vorbereitet. Jedes Höschen kommt mit einem Starterpaket an Binden."

Nur Nikolai konnte so etwas ominös klingen lassen. „Der Punkt dieser Unterwäsche ist, dass die Mädchen sie mit irgendeinem saugfähigen Material füllen können. Sie brauchen keine Binden."

„Brauchen vielleicht nicht, aber trotzdem – ich bin ein großzügiger Mann."

„Was hast du vor, Nikolai?"

Er hielt ihrem Blick im Rückspiegel stand, was sie darauf hoffen ließ, dass er mit seinem Wagen einen Unfall baute und sie entfliehen könnte. „Das wird Lawiri dir sagen. Er ist äußerst begierig darauf, dich wiederzusehen."

„Ich brauche ein Telefon", sagte Bastian, als Ivan ihn eine weitere Treppe hinunterführte und durch einen Korridor.

„Handys funktionieren im untersten Bereich des Labors

nicht", sagte Ivan, während er einen Code in das Nummernfeld eines Sicherheitsschlosses eintippte.

„Dann müssen wir wieder nach oben gehen. Raus."

„Nein."

Die Tür öffnete sich, offenbarte einen weiteren Korridor, der in einer Sackgasse endete. Bastian drehte sich um und schlug Ivan. Der sackte zu Boden und Bastian stürzte sich auf ihn, pinnte ihn am Boden fest. „Du hast gesagt, dass wir Brie folgen werden."

„Das hier zuerst. Dann Brie."

Bastians Hand umschloss seine Kehle. Er spürte, wie Ivan unter ihm seine Muskeln anspannte. Dieser Kerl war eine Schlange und Bastian hatte keine Zweifel daran, dass es eine giftige Variante war. „Nein. Brie zuerst."

„Eine Minute. Gib mir nur eine Minute. Du wirst schon sehen."

„Nein."

Der Mann war kurz davor, zuzuschlagen. Falls er in der GRU war, dann war sein Training gleichwertig – wenn nicht sogar noch besser – als Bastians. Sie könnten sich bekämpfen – bis zu einem Gleichstand – aber das würde Brie kaum helfen.

„Das hier ist wichtiger als Brie oder wir beide", sagte Ivan. „Und Brie würde mir zustimmen." Die Tatsache, dass Ivan zuschlagen könnte, es aber nicht tat, gab Bastian Grund zum Nachdenken. „Was ist es?"

„Die Überraschung, die Lawiri und Drugov zusammengekocht haben, um den Bürgerkrieg in Südsudan zu beenden. Wir müssen es zerstören."

Bastian ließ seine Kehle los und hob sein Gewicht von Ivans Körper, bevor er sich auf seinen Knien aufrichtete. „Was ist das für eine Überraschung?"

„Bries Projekt – die Unterwäsche für Mädchen wird zu Beginn zusammen mit hygienischen Binden verteilt werden."

„Und?"

„Diese Binden wurden mit Ebola infiziert."

Bastians gesamter Körper wurde eiskalt. „Infiziert? Wie die

Pocken-Decken, die man im siebzehnten Jahrhundert an die Indianerstämme verteilt hat?“

„Exakt.“

„Ich dachte, dass man aus Ebola keine Waffe erschaffen kann.“

„Russische Wissenschaftler haben daran gearbeitet, Ebola zur Waffe zu machen, seit der Virus entdeckt worden ist.“ Ivan rutschte zurück und lehnte sich gegen die Wand. „Die Sowjetunion hat während des Kalten Krieges Experimente mit chemischen und biologischen Stoffen durchgeführt, somit besitzen sie die notwendige Expertise. Die Drugov-Familie hat Billionen in dieses Problem investiert. Das andere Hauptproblem war, ein vernünftiges Labor zu finden.“ Er breitete seine Arme aus und deutete damit auf das Gebäude um sie herum. „Das hat die Cordova-Familie ihnen geliefert.“

Bastian war kein Experte, aber die Armee hatte die Risiken von Ebola besprochen, bevor sein Team in Afrika stationiert wurde. „Aber der Ebolavirus überlebt außerhalb des Wirtskörpers nicht lang.“

„Der natürliche Ebolavirus nicht. Dieser Erreger ist nicht natürlich.“

Eine weitere Welle des Grauens breitete sich in ihm aus. „Aber Hitze tötet ihn ab“, sagte er bestimmt.

Ivans Kiefer spannte sich an. „Nicht mehr. Hör zu, das größte Hindernis war immer schon die Instabilität des Virus.“ Seine Stimme nahm an Dringlichkeit an, als er immer schneller sprach. „Dies ist ein ‚eingeschlossener‘ Virus – das heißt, dass der Kernvirus von einer Lipoproteinschicht umgeben ist. Neueste Entwicklungen im Genspleißen erlauben nun, dass man sie mit einem stabileren Virus hybridisieren kann und den Teil entfernt, der durch Hitze denaturiert. Dann haben sie Mikrokapseln kreiert, die den Virus im Trockenzustand in Stase halten, wodurch der Virus längere Zeit außerhalb des Wirtskörpers überleben kann. Soweit es mir möglich war, es in Erfahrung zu bringen, haben sie diese Mikrokapseln mit den supersaugfähigen Polymeren vermischt, mit denen die Binden gefüllt werden. Das Problem ist – wenn die Mikrokapseln feucht werden, zerfällt die Außenmembrane, was den Virus freisetzt und aktiviert."

„Feucht wird. Durch Menstruationsblut."

„Ja. Sobald er freigesetzt ist, setzt sich der Ebolavirus in der Schleimhaut fest – wie zum Beispiel in den Scheidenwänden der Mädchen. Nach dem Kontakt mit dem Virus werden sie dann irgendwann zwischen zwei und einundzwanzig Tagen krank. Das Verhungern dauert zu lange. Lawiri ist ungeduldig und will, dass das Land endlich kollabiert."

„Also hat er mit Drugov einen Deal für diesen Völkermord abgeschlossen." Bastian stand auf und streckte Ivan seine Hand entgegen. Der nahm sie entgegen und Bastian zog ihn auf seine Füße.

„Ja. Völkermord. Angefangen mit pubertierenden Mädchen."

So sehr sein Gehirn auch danach schrie, Brie zu folgen, hielten Ivans Worte ihn hier mehr zurück, als Fesseln es je gekonnt hätten.

Ebola.

Biologische Waffen.

Völkermord.

Mit einem Mal war alles kristallklar. Das hier war nie nur eine einfache Plastikfabrik gewesen. Das hier war eins von Russlands chemischen Laboren. Eigentum eines Spaniers – der kompromittierendes Material fürchten oder sonstwie Russland verpflichtet sein musste – und kontrolliert von einem durchgeknallten Oligarchen, der mit dem russischen Diktator dick befreundet war. Nichts war undenkbar. Nichts war zu grausam.

Die einzige Überraschung war, dass sich das Labor nicht in Moskau befand. Allerdings war das ja auch genau der Ort, an dem die CIA schon seit Jahrzehnten gesucht hatte. Und ein Vorfall dort würde die Oligarchen und die Regierungsoffiziellen in Gefahr bringen.

Es machte Sinn, dass das Labor hier war, wo niemand suchen würde. Ein Chemieunfall oder ein Fehler mit Ebola würde Mutter Russland nicht schaden, und sie befanden sich nahe genug bei Sierra Leone und Liberia, dass man es so aussehen lassen könnte, als ob dieser Ausbruch natürlichen Ursprungs sei und durch einen Besucher einer dieser westafrikanischen Länder ausgelöst worden wäre. Und wenn man die Popularität der rechtsextremen Ideologie in Russland in Betracht zog, würde die Tatsache, dass die meisten Opfer Muslime wären, bei keiner Person im Kreml große Tränen verursachen.

Neben der Tür am Ende des Korridors waren ein weiteres Nummernfeld und eine glänzende schwarze Box montiert. „Ich habe keinen weiteren Zugang hier", sagte Ivan.

Bevor Bastian fragen konnte, wie Ivan plante, die Sicherheitsvorkehrungen zu umgehen, zog der Mann eine abgetrennte Hand aus seiner Ledertasche.

Bastian stolperte zurück. „Was zur Hölle!"

„Das ging schneller, als Armando mit nach unten zu zerren." Er tippte eine Nummer ein und winkte dann mit der Hand vor der schwarzen Box.

Bastian war froh, dass diese Tür keinen Retina-Scanner besaß. Er wollte nicht sehen, wie dieser Hurensohn ein Auge aus seiner Tasche zog. „Ich dachte, dass Handflächenleser nicht mit abgetrennten Händen funktionieren."

„Das ist kein Handflächenleser. Es ist ein RFID und der Radiofrequenzchip befindet sich zwischen dem Daumen und Zeigefinger. Jeder, der Zugang zum geheimen Labor hat, besitzt solch einen implantierten Chip. Auf diese Weise kann man jeden im ganzen Gebäude verfolgen, zu jeder Zeit, und jede einzelne Minute, die sie im Labor verbringen, wird gespeichert. Ich hatte Angst, den Chip zu beschädigen, wenn ich versucht hätte ihn herauszuschneiden."

Ivan winkte noch einmal mit der Hand, aber dieses Mal näher an der Box und die Tür öffnete sich.

„Wie hast du es geschafft? Zu Armando zu gelangen, meine ich."

Ivan lächelte ihm leicht zu. „Ich habe den Chauffeur gespielt." Er trat in den kleinen Raum und öffnete einen der vielen Schränke.

Bastian hatte in der Limousine nicht auf den Mann hinterm

Steuer geachtet, aber er war sich sicher, dass Ivan nicht derjenige gewesen war, der in Armandos Einfahrt für Brie die Tür aufgehalten hatte. „Wie …?"

„Ich habe den regulären Fahrer bezahlt. Ich saß bereits auf dem Fahrersitz, als er euch die Tür aufhielt. Dann musste er nur noch heimlich verschwinden, während ich die Fahrertür öffnete, um mich hinzusetzen." Er schnappte sich dicke Plastikoveralls vom Spind. „Armando war freundlicherweise so nett, mir den Tür-Code mitzuteilen."

Bevor oder nachdem du ihm die Hand abgehackt hast? Bastian konnte sich nicht dazu bringen, den Bastard zu bemitleiden. Er hatte wissentlich ein Labor betrieben, in dem chemische Waffen hergestellt wurden, und er hatte bei Brie Entführung mitgeholfen. „Ist er tot?"

„Noch nicht. Ich habe ein Tourniquet benutzt. Vielleicht wird er überleben, aber wahrscheinlich wird sich jemand vom Kreml um ihn kümmern."

„Du nicht?", fragte Bastian.

Ivan schüttelte seinen Kopf. „Meine Anordnungen waren nicht, Cardona umzubringen." Er öffnete einen oberen Spind und zog eine Maske und Handschuhe hervor. „Zieh die an." Er reichte Bastian den Overall, eine Maske und die Handschuhe und suchte sich dann ein zweites Set für sich selbst.

„Und wen sollst du umbringen?", fragte Bastian, während er sich die Sicherheitsausrüstung anzog.

„Drugov."

Bastian war überrascht, dass der Russe eine so direkte Antwort gab. „Warum?"

„Sie sagen mir nie, warum."

„Wenn das deine Befehle waren, warum lebt er dann noch?"

„Weil ich von dem Ebola erfahren habe und versuchte herauszufinden, wie ich es zerstören kann, ohne meinen Auftraggeber von dieser Aktion wissen zu lassen."

„Dann folgst du jetzt also nicht deinem Auftrag?"

„Falls irgendjemand herausfinden sollte, dass ich dir dabei geholfen habe, bin ich ein toter Mann."

„Falls Cardona überleben sollte …"

„Ich trug eine Maske und er war high auf Drogen. Ich habe ihm eine Dosis verpasst, um ihn zum Reden zu bringen." Ivan setzte sich seine Filterungsmaske auf und wandte sich der Tür auf der anderen Seite des kleinen Raums zu. Ein Schild mit Arabischer Schrift war auf dieser Tür angebracht und warnte davor, dass man von hier aus eine Maske tragen und jegliche entblößte Haut abdecken sollte.

Schweiß sammelte sich auf Bastians Augenbraue. Ivan hatte recht, das hier war wichtiger, als Brie hinterherzustürmen, aber – Fuck – es brachte ihn fast um, zu wissen, dass diese Verzögerung wahrscheinlich bedeutete, dass sie leiden würde. Er drückte die Tür auf und fragte sich, welche anderen Horror sie neben Ebola in diesem Raum vorfinden würden.

Kalte Edelstahltische waren in dem Raum aufgereiht. Es gab Waschbecken und Regale und Geräte – und alles war vollkommen leer.

Hier war nichts.

Ivan hielt abrupt inne. Nach einem Augenblick des Zögerns trat er gegen einen Tisch, der gegen die Wand flog. „Verdammte Scheiße! Wir sind zu spät. Der Ebolavirus ist bereits auf dem Weg."

Kapitel Neununddreißig

Bries Hände waren hinter ihrem Rücken gefesselt, aber sie konnte trotzdem noch den Tracker erreichen. Savvy hatte das sichergestellt, als sie die Stelle ausgewählt hatten, an der der Chip implantiert werden sollte. Sollte sie ihn jetzt aktivieren? Oder sollte sie warten, bis sie den Ort erreicht hatten, wo immer Nikolai sie hinbrachte? Die Übertragung würde vier Stunden andauern.

Was wäre, wenn Nikolai sie auf eine längere Fahrt mitnahm? Der Tracker könnte dann bereits abgelaufen sein, bevor sie ihr Ziel erreichten. So sehr sie ihr SOS-Signal auch aktivieren wollte, sie musste abwarten.

Sie hatte vergebens darauf gehofft, dass Nikolai sie zu seiner Villa bringen würde. Sie kannte seine Villa so gut wie ihre eigene. Aber er fuhr in die entgegengesetzte Richtung.

Langsam wurde ihr bewusst, dass sie wusste, wo sie hinfuhren, und diese Erkenntnis ließ ihren Magen verkrampfen. In der Stadt befand sich ein kleiner Flughafen – nähergelegen als der neue internationale Flughafen, in dem sie und Bastian gelandet waren. Wenn sie mit ihrem Vater in seinem Privatjet nach Marokko geflogen waren, hatten sie immer diesen Flughafen benutzt.

Nikolai brachte sie zu seinem Privatjet. Wo er sie von hier aus hinbringen würde, konnte niemand sagen.

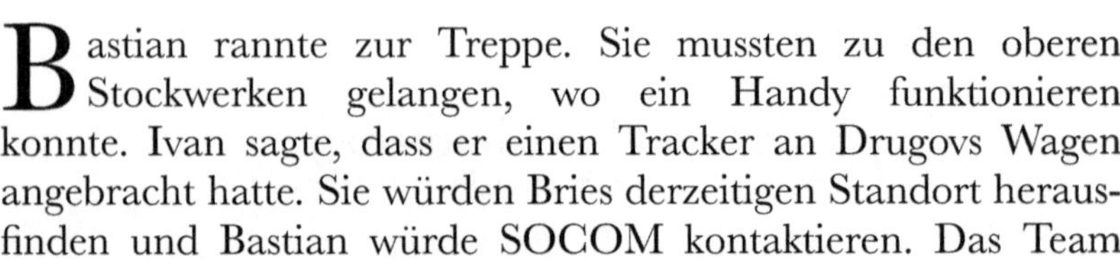

Bastian rannte zur Treppe. Sie mussten zu den oberen Stockwerken gelangen, wo ein Handy funktionieren konnte. Ivan sagte, dass er einen Tracker an Drugovs Wagen angebracht hatte. Sie würden Bries derzeitigen Standort herausfinden und Bastian würde SOCOM kontaktieren. Das Team würde die neue Route einschlagen und sie retten.

Sie wäre in Sicherheit.

Sie erreichten das Erdgeschoss, und Ivan verwies ihn auf den hinteren Teil des Gebäudes und in ein Warenlager mit einem Ladedock mit vier Laderampen. Auf einer Rampe direkt draußen war Cardonas Limousine.

Bastian rannte zum Fahrzeug, als ob sein Leben davon abhing. Cardona hatte ein Telefon, das Bastian benutzen konnte, während Ivan seins dazu benutzte, Drugovs Standort nachzuverfolgen. Es waren mindestens vierzig Minuten vergangen, seit sein Tracker aktiviert worden war. Es war möglich, dass ein SEALs Team nur wenige Minuten entfernt war.

Im Inneren der Limousine lag ein mit Drogen vollgepumpter Cardona zusammengerollt und sein Handgelenk haltend auf der Rückbank – bewusstlos, aber er atmete. Bastian schnappte sich sein Handy, das blutige Striemen auf dem Bildschirm hatte. Anscheinend hatte Cardona versucht, jemanden anzurufen, aber er war ohnmächtig geworden, bevor er die Verbindung herstellen konnte.

Bastian wischte den Bildschirm sauber und wählte Savannah James' Nummer, während er auf den vorderen Beifahrersitz der Limousine sprang. Ivan würde fahren, während Bastian SOCOM kontaktierte.

Savvy signalisierte den eingehenden Anruf mit einer Handbewegung und der Raum wurde still, als sie antwortete. Ihr Handy war bereits mit der Konsole verbunden worden, da sie wussten, dass Bastian höchstwahrscheinlich sie anrufen würde, sobald er ein Telefon in die Finger bekam.

„Wie sieht es aus, Chief Ford?", fragte sie.

„Drugov hat Brie mitgenommen. Wir verfolgen sie jetzt. Das Labor ist eine russische Todesfabrik. Drugov hat eine ganze Ladung an hygienischen Binden mit Ebola infiziert, die er jetzt im größten UN-Flüchtlingslager in Südsudan verteilen will."

Die Worte hatten den Effekt einer Bombe, die in dem Raum voller SOCOM-Kommandanten und Soldaten der Spezialeinheit explodierte. Die Männer zuckten sichtlich zusammen und stießen Laute von Schock und Horror aus.

Ebola in einem Flüchtlingslager könnte zu einem Ausbruch führen, den die Welt nie zuvor gesehen hatte. Im Flüchtlingscamp am Oberen Nil befanden sich über einhundert Tausend Menschen, was deren Kapazität ohnehin schon überschritt, ganz zu schweigen von den Problemen mit der Hungersnot, Cholera und Malaria. Die Kranken würden von Familie und Freunden versorgt werden – nicht von medizinisch trainiertem Personal. Der Virus würde sich ausbreiten.

Doch diese Information änderte alles. Mit dieser Vorwarnung konnten sie es aufhalten. Sie hatte gewusst, dass es das Richtige gewesen war, Bastian und Brie nach Marokko zu schicken, aber sie hatte nicht gewusst, dass Drugov eine solch große Gefahr darstellte.

„Wo ist Drugov?", fragte Captain Oswald.

„Er hat einen Tracker an seinem Fahrzeug." Bastian las ihnen die Koordinaten vor, die ein Techniker sofort ins System eintippte. „Ich befinde mich jetzt auf dem Weg dorthin."

Das stimmte mit den Daten seines Trackers überein, die auf einem der großen Bildschirme übertragen wurden. Er war unterwegs und bewegte sich schnell. Wer auch immer das Fahrzeug fuhr ignorierte alle Grenzgeschwindigkeiten. Auf einem zweiten Bildschirm erschienen die Koordinaten, die Bastian soeben angegeben hatte, und Savvy erbleichte. „Bastian, Drugov ist am kleinen Flughafen im Herzen von Casablanca. Hat er die mit Ebola infizierten Binden bei sich?"

„Das weiß ich nicht. Vielleicht. Wahrscheinlich. Das Labor

war leer. Es würde Sinn machen, dass er sie ausräumte, bevor er sich Brie schnappte. Er könnte Brie und Lawiri mit der Absicht zurück nach Südsudan bringen, dort die infizierten Binden abzuliefern. Er glaubt, dass sein Plan, einen Ebola-Ausbruch zu verursachen, immer noch ein Geheimnis ist. Er hat keinen Grund zu glauben, dass seine Spende nicht akzeptiert wird."

Die Gespräche im Raum wurden lauter und Savvy schaltete das Mikrofon an ihrem Handy für einen Moment aus. Sie wollte nicht, dass Bastian mithörte, wie seine Kommandeure vorschlugen, Drugov die Güter abliefern zu lassen und den Oligarchen und den General dann zu verhaften. Sie räusperte sich. „Ihr sprecht davon, Brie Stewart auf einem Flug von mindestens sechs Stunden mit Drugov allein zu lassen – oder noch länger, falls er nicht direkt nach Südsudan fliegen sollte und wir ihn nicht finden können."

„Wie weit entfernt ist das SEAL Team?", fragte Bastian. „Bitte sage mir, dass ein SEAL Team auf dem Weg ist."

„Das ist es", antwortete Savvy, nachdem sie das Mikrofon wieder eingeschaltet hatte. „Sie werden in zehn Minuten eintreffen."

„Lenkt sie zum Flughafen um. Wir werden wahrscheinlich zur selben Zeit eintreffen."

Ein SOCOM-Kommandant nickte ihr zu und sie sagte „Erledigt" zu Bastian.

Sie traf Cals Blick und zum ersten Mal seit Tagen enthielten seine Augen keine Feindseligkeit. Hatte er erwartet, dass sie dafür plädieren würde, Brie zu opfern?

Aber in einer anderen Situation hätte sie vielleicht genau das getan. In diesem Fall hatten sie jedoch eine bessere Gelegenheit, Drugov einzufangen, was gleichzeitig Bries Rettung vor stundenlangen Vergewaltigungen und Folter einbezog.

Falls das Flugzeug jedoch starten sollte, bevor die SEALs dort eintrafen, war alles möglich.

Falls das Flugzeug abheben sollte, würden sie sich der Entscheidung gegenübersehen, ob sie es abschießen sollten oder nicht. Während der ersten Flugminuten könnte es über dem Ozean zirkulieren, was ihnen die perfekte Gelegenheit bieten würde, den Völkermord und einen Oligarchen mit nur einem Schuss aufzuhalten.

Bries Herz begann zu rasen, als Nikolai sie mit vorgehaltener Waffe dazu zwang, zum Frachtflugzeug zu gehen.

Frachtflugzeug?

Dies war nicht seine gewöhnliche Art zu Reisen.

Sie debattierte, ihren Tracker zu aktivieren. Aber der Flug würde mit Sicherheit länger als vier Stunden dauern. Sie musste Geduld haben. Sie brauchte Informationen. „Was geht hier vor sich, Nikolai?"

„Ich wollte dir dein Geschenk zeigen. Es wäre mein Hochzeitsgeschenk an dich gewesen, aber ich will dich nicht länger zur Frau nehmen – jetzt, da dein Körper von so vielen Männer geschändet wurde."

„Fick dich, Nikolai. Ich schäme mich nicht für meine Vergangenheit. Ich bin nur froh, dass es dein winziger Schwanz ist, den ich nie an mich rangelassen habe."

Wieder schlug er sie mit seinem Handrücken und ihre ehrliche Reaktion war es, trotz des Schmerzes zu lachen. „Oh, hat das einen Nerv getroffen? Ich wette, dass dein Schwanz so winzig ist, dass ich nicht einmal merken würde, ob du eine Erektion hast." Ein weiterer Schlag folgte, doch sie hörte nicht auf. „Das ist der Grund, warum du schlägst, anstatt zu ficken, richtig? Weil du hoffst, dass ich so große Schmerzen habe, dass es mir nicht auffallen wird, dass du keinen Penis hast."

Seine Hand schloss sich um ihre Kehle und brachte sie zum Schweigen.

Sie schloss ihre Augen, weigerte sich, ihn ihre Angst sehen zu lassen. Er würde sie nicht umbringen. Noch nicht. Aber ihre Welt begann, enger zu werden. Sie könnte ohnmächtig werden.

Er ließ ihren Hals los und atmete tief und keuchend ein.

„Komm und schau dir dein Geschenk an", sagte er und zerrte sie mit sich.

Im Inneren des Frachtraums stand ihr plötzlich Lawiri

gegenüber. Er grinste mit demselben zahnlückigen Lächeln, das ihr schon bei ihrer ersten Begegnung aufgefallen war.

„Es ist eine Freude, Sie wiederzusehen", sagte er mit einem schweren Akzent in Englisch. „Sie haben meinem Volk sehr geholfen."

„Sie sind nicht *Ihr* Volk. Sie sind einer von ihnen, aber Sie stehen nicht über ihnen. Wenn überhaupt, stehen Sie unter ihnen."

Sein Mund verzog sich. „Sie sind Schachfiguren. Animisten. Kinder. Ich werde ihr König sein."

Nikolai kniff ihr in den Arm. Sie weigerte sich, zu reagieren, und blieb eiskalt stillstehen, während sich seine Finger wie eine Zange zusammenzogen.

Als er ihr keine Reaktion entlocken konnte, nahm er seine brennende Zigarette und drückte sie auf ihre Schulter. Sie konnte nicht anders und wimmerte bei dem brennenden Schmerz.

„Dich zu brechen wird exquisit sein", sagte Nikolai, und sein Zigarettenatem vermischte sich mit dem Geruch ihrer verbrannten Haut.

Sie schluckte ihre Galle herunter und sagte nichts.

„All deine kostbaren Mädchen werden sterben, weißt du?", fügte Nikolai hinzu. „Und es wird deine sein. Durch deine Unterwäsche. Sie wird sie krankmachen." Er deutete mit seiner Hand auf all die Kisten, die in sich in dem Innenraum des Frachters befanden. „Zehntausend Unterhosen. Zehntausend glückliche Mädchen."

Nikolais düstere Andeutungen wurden klar. Sie wusste zwar nicht, *was* sich in der Unterwäsche befand, aber es war etwas Tödliches. Biologische Waffen. Völkermord.

Sie brach. Sie verpasste Nikolai einen Kopfstoß und drehte sich so, dass sie dem ausgestoßenen General direkt in seine Eier treten konnte. Genauso, wie Bastian es ihr beigebracht hatte. Ihre Handlung würde niemanden retten, aber wenigsten würden diese Hiebe beiden Männner Schmerzen verursachen.

Nikolai fiel rückwärts, bevor er sich wieder auf sie stürzte.

Seine Hand umschloss ihren Hals. Sie strampelte und trat, konnte aber keine guten Treffer landen.

Die Welt verblasste allmählich.

Die Limousine raste durch die Straßen in Casablanca, ohne dabei auf irgendwelche Verkehrsregeln zu achten, und Bastian war dankbar dafür. Ivan war wie ein Ninja hinterm Steuer.

Sie erreichten den Flughafen, und er rammte durch die Barrieren, fuhr Slalom um Wagen, Leitplanken, Beschilderungen und Mediane herum. Sie schlitterten an mehreren geparkten Fahrzeugen vorbei und fuhren direkt auf das vordere Ende einer langen Start-/Landebahn. Am anderen Ende befand sich ein Frachtflugzeug, das herumfuhr, um sich auf den Start vorzubereiten. „Verdammter Hurensohn", sagte Ivan. „Das ist Drugovs Flieger. Wir können es nicht starten lassen."

„Was du nicht sagst!", antwortete Bastian.

„Nein. Ich meine, dass wir es nicht starten lassen können, solange Brie an Bord ist. Oder sie ist tot." Ivan trat aufs Gas, und die Limousine schoss nach vorn – direkt auf das auf sie zukommende Flugzeug zu.

„Yeah. Damit hast du verdammt recht." Drugov würde Brie während des Fluges für Stunden in seinen Klauen haben. Er würde sie vergewaltigen. Sie foltern. Es gab keine Garantie, dass er sie nicht töten würde, bevor sie in Südsudan landeten.

„Nein. Ich meine damit, dass dieses Frachtflugzeug meine Absicherung war. Für den Fall, dass Nikolai versuchen sollte, zu entkommen, bevor ich zu ihm gelangen könnte."

Sie rasten auf das Flugzeug zu, während der Flieger dasselbe tat. Eine Limousine und ein Frachtflugzeug, die sich in einer Mutprobe auf der Startbahn herausforderten.

„Was soll das heißen ..." Bastian stützte sich ab, während sie die Distanz verkürzten, wobei die gigantischen Reifen des auf sie zu rasenden Flugzeugs auf die Nase des Wagens zielten.

Das Flugzeug hob ab – einen Herzschlag, bevor sie aufein-

andergeprallt wären. Die Reifen rammten gegen die Windschutzscheibe, wodurch das Glas zersplitterte und die Limousine
ins Schleudern geriet.

Ivan trat auf die Bremse, um das Schleudern zu stoppen.
Glas regnete auf sie herab, als sie um hundertundachtzig Grad
gedreht zum Stehen kamen.

„Es befindet sich eine Bombe an Bord des Flugzeuges",
sagte Ivan. „Sie wird hochgehen, wenn es …"

Ein Feuerball explodierte im Himmel. Das Frachtflugzeug
zerbarst und Trümmer regneten auf sie herunter, hämmerten
auf die Motorhaube des Wagens und verbrannten Bastians
Haut.

Kapitel Vierzig

Bastian starrte voller Horror auf die Trümmerteile.

Brie.

Nein. Verfluchte Hölle. Nein.

Er war vor Schmerz wie erstarrt. In Schock.

Brie.

Innerhalb von drei Wochen hatte er sich wie verrückt in sie verliebt. In ihre Scharfsinnigkeit. Ihre Kraft. Ihre Leidenschaft. Sie war alles, was er wollte, ohne dass es ihm je bewusst gewesen war. Von dem er nie gewusst hatte, dass er es brauchte.

Sie war tot. In einem einzigen Augenblick. Ein Feuerblitz, und sie war tot.

Er hatte sie nicht beschützt.

Hätte er eine oder vielleicht zwei Minuten länger Zeit gehabt, hätte er einen Weg finden können, den Jet aufzuhalten, ihn vom Start abzuhalten. Sie würde noch leben.

Mit einem urweltlichen Aufschrei voller Schmerz und Rage wandte er sich an den Mann auf dem Fahrersitz. Der Mann, der dies hier verursacht hatte. Er packte Ivan am Hals und er würde das Leben aus ihm herausquetschen. Er würde ihn in Stücke reißen.

Brie.

Der Ausdruck auf ihrem Gesicht, als sie im Whirlpool letzte Nacht rittlings auf ihm saß und ihn tief in sich aufnahm. Die

Art, wie sie ihn geküsst hatte, als sie ihm sagte, dass sie ihn liebte, bevor sie ihm mit ihrem Körper genau zeigte, was diese Worte für sie bedeuteten.

Sie war königlich gewesen. Schön. Leidenschaftlich.

Er wollte ihr Kinder schenken, eine echte Familie, die sie lieben konnte. Wollte den Rest seines Lebens mit ihr verbringen. Wollte ihre Freuden und ihre Traurigkeit teilen.

Tot.

Ivan packte seine Fäuste und sein Gesicht wurde zuerst rot, dann blau. Mit Hilfe seines Knies hob er Bastians Gewicht von sich und brach den Griff an seinem Hals. Blitzschnell wurde Bastian durch die zerbrochene Windschutzscheibe gestoßen und sie kämpften auf der Motorhaube gegeneinander.

Sie rollten vorn herunter und Ivan pinnte ihn auf dem Asphalt fest.

Bastian verlor jeglichen Kampf in sich. Ivan war hier nicht der Feind. Drugov war es. Aber Drugov war tot. Getötet mit Brie und dem Piloten.

Brie.

„Tut mir leid, aber du lässt mir keine andere Wahl", sagte Ivan. Kabelbinder wurden um Bastians Handgelenke festgezogen. „Ich wusste nicht, dass sie sich im Flugzeug befinden würde. Falls Drugov die Ebola-Binden im Frachter geladen hatte, dann war ihr Tod nicht umsonst. Die Chancen stehen gut, dass Lawiri ebenfalls bei ihnen war."

„Glaubst du wirklich, dass mich dieser Scheiß interessiert?"

Und in diesem Moment tat es das nicht. Das Gesamtbild spielte jetzt keine Rolle mehr. Er war nicht hergekommen, um für sein Land zu kämpfen oder einen russischen Oligarchen hochzunehmen. Nein, er hatte sich für diese Mission verpflichtet, um Brie beschützen zu können. Alles andere war ihm scheißegal – bis auf die Tatsache, dass die Person, die ihm in dieser Welt am meisten bedeutete, soeben aufgehört hatte zu existieren.

Im schlimmsten Moment seines Lebens wurde ihm all das genommen, was ihn zuvor definiert hatte. Er war kein Soldat. Er war kein Kalahwamisch. Er war nicht einmal ein Mann.

Er war eine zerbrochene Hülle, die einst ein Mensch gewesen war.

Brie war tot. Unwiderruflich.

Er schloss seine Augen und erinnerte sich an ihren ersten Kuss. Und den zweiten. An das erste Mal, als sie sich geliebt hatten. Und das letzte Mal. An den Moment, als sie ihn angefleht hatte, ihr keine Opiate zu geben, um ihre Schmerzen zu lindern. An den Ausdruck auf ihrem Gesicht, als sie seine Hand genommen und zugesehen hatte, wie Jets vom Flugzeugträger starteten. Die Trotzigkeit in ihren Augen, als sie zugegeben hatte, dass sie Informationen an ihren Liebhaber weitergegeben hatte, um das Pipeline-Projekt, das ihre Luft und ihr Wasser bedrohte, zu zerstören.

Der Schock und die Angst auf ihrem Gesicht, als er in Südsudan die Hütte betreten und sie am Hals festgekettet gesehen hatte.

Er hatte ihr gesagt, dass er sie liebte, aber das war nicht genug. Hatte sie gewusst, wie tief seine Gefühle waren? Das sie zu einem Teil seiner Seele geworden war, sein Grund zum Atmen? In drei Wochen hatte sie sein Leben so dermaßen umgekrempelt, dass er sich nun nicht mehr vorstellen konnte, wie er von diesem Augenblick an weitermachen sollte.

Das Geräusch eines Hubschraubers drang in seine schmerzvollen Gedanken ein.

„Ich kann nicht hier bleiben", sagte Ivan. „Es tut mir leid, Bastian."

Und dann lag er allein vor der zerstörten Limousine. Keine Kraft in sich, um ihm nachzujagen. Er ließ Ivan gehen. Ein Teil von ihm wusste, dass der Russe schlau gewesen war, um sicherzustellen, dass der Virus Marokko nicht verlassen würde, aber er konnte sich dieser grundlegenden Wahrheit noch nicht stellen.

Bastian war alles scheißegal.

Der Hubschrauber landete auf der Startbahn und SEALs in voller Ausrüstung strömten heraus. Eine kleine Truppe umkreiste Bastian und bombardierte ihn mit Fragen. Er schüttelte seinen Kopf, weinte stillschweigend vor sich hin, während er auf die Trümmer starrte, die auf der Start- und Landebahn und im umliegenden Grasfeld verstreut waren.

Er wurde auf seine Füße gezogen. Die Kabelbinder wurden durchtrennt.

„Bist du sicher, dass sie in dem Flugzeug war?", wiederholte ein SEAL, dessen Worte durch den Nebel und das dumpfe Gehör, das nach der Explosion folgte, drangen.

„Wo ist der Mann, den du Ivan nennst?", fragte ein anderer.

Er schüttelte seinen Kopf. Er hatte nicht zugesehen, wie Ivan den Ort verlassen hatte. Wusste nicht, ob er zu Fuß geflohen war oder sich ein anderes Fahrzeug genommen hatte. Er hatte nichts anderes als die brennenden Trümmer des Flugzeugs gesehen.

Cardona wurde aus dem hinteren Teil der Limousine gezogen. Ein Sanitäter kümmerte sich um dessen Wunde. „Wer hat das getan, Chief Ford?", fragte der Mann, als er sah, dass Cardona zu sehr mit Drogen vollgepumpt war, um zu antworten.

Eine Schicht des Nebels hob sich und Bastian antwortete. „Ivan. Ich glaube er ist in der GRU. Aber es bringt nichts zu versuchen, seine Fingerabdrücke zu bekommen, die Savvy haben wollte. Er trug Handschuhe. Überall." Er blickte zum Flugzeug. „Er ist hergeschickt worden, um Drugov auszuschalten. Er hat die Bombe als Sicherheit deponiert, falls Drugov versuchen sollte, mit seiner Ladung Ebola zu fliehen."

Cardonas Handy klingelte und Bastian drehte sich um, wo er es auf der Motorhaube der Limousine liegen sah. Er hatte vergessen, dass er sich in seine Brusttasche gesteckt hatte, als sie quer durch die Stadt gerast waren. Es musste während seinem Gerangel mit Ivan herausgefallen sein. Er blickte auf den Bildschirm. Savvys Nummer. Die SEALS würden SOCOM alles mitgeteilt haben, was sie hier vorfanden. Er wischte mit seinem Daumen über die Oberfläche, aber die Stimme, die er hörte, war nicht die der CIA-Agentin.

„Fuck, Bas", war alles, was Cal sagte.

Irgendwie war diese Stimme genau das, was Bastian jetzt brauchte. Einen Freund. Er atmete tief ein. „Ich hätte nicht zulassen dürfen, dass Drugov sie entführte. Es ist meine Schuld."

„Nein, Mann. Das ist es nicht. Schieb es auf Drugov. Schieb es auf Lawiri. Schiebe es auf SOCOM und Savvy, dass sie überhaupt erst eine Zivilistin geschickt haben."

Bastian suchte in sich nach gleißender Wut, die er gegen SOCOM oder Savvy richten könnte, doch diese Quelle war leer. „Nein. Jeder hat einfach nur seinen Job erledigt. Drugov zu jagen, war die richtige Entscheidung. Er hat Ebola zu einer verdammten biologischen Waffe gemacht."

Sirenen umringten die Start- und Landebahn. Ein Feuerwehrwagen schlitterte über den Asphalt. Es war seltsam, dass er Savvy oder seinen Kommandanten gegenüber keine Wut aufbringen konnte. Aber die Wahrheit war, dass die einzige Person, die verantwortlich machte, er selbst war.

Er hätte Brie niemals gehen lassen dürfen.

Er hätte niemals mit Ivan tiefer in den Keller vordringen sollen.

Er hätte sich niemals auf die Labor-Tour einlassen sollen.

So viele ‚niemals'.

So viele Fehler.

Alles seine. Und Brie war tot.

„Was zur H- ..." Cals Stimme wurde abgeschnitten und Bastian wusste, dass er das Mikrofon ausgeschaltet hatte.

Einen Moment später wurde es wieder eingeschaltet und Savvys Stimme ertönte im Hörer. „Bastian, Bries Tracker wurde vor wenigen Minuten aktiviert. Wir brauchten einen Moment, um sicherzugehen, dass er nicht versehentlich in der Explosion aktiviert wurde. Aber wir sind sicher, dass sie es ist − und er ist glühend heiß und bewegt sich rasend schnell durch Casablanca."

„Was?" Bastian konnte durch die plötzliche Hoffnungswelle kaum atmen.

„Brie hat den Tracker aktiviert. Sie war nicht im Flieger. Sie lebt und ist in Gefahr."

Brie versuchte eine neutrale Miene beizubehalten, während sie fieberhaft den Tracker in ihrem Arm massierte. Sie war ohnmächtig gewesen, nachdem Nikolai sie gewürgt hatte, und war dann wer-weiß-wie-lange später aufgewacht – zu der schaukelnden Bewegung eines … Sie hatte einen Augenblick gebraucht, um zu begreifen, dass sie sich im Inneren eines Hubschraubers befand und sie von einem lauten Geräusch geweckt worden war. Ihr Gehirn war benebelt, als sie versuchte herauszufinden, wie sie hier gelandet war.

Neben ihr schrie Lawiri etwas, doch seine Worte gingen in dem Lärm des Hubschraubers unter.

Sie betrachtete ihre Situation. Dies war Nikolais Hubschrauber. Sie war im engen hinteren Teil auf dem Rücksitz mit Lawiri eingezwängt, während Nikolai vorn neben dem Piloten saß. Der Hubschrauber deutete darauf hin, dass sich seine Megayacht ganz in der Nähe befand. Sie mussten auf dem Weg dorthin sein, denn seine Villa hatte keinen Hubschrauberlandeplatz.

Er brachte sie weg aus Casablanca. Zu seiner Yacht.

Sobald ihr dies klar wurde, aktivierte sie den Tracker. SEALs befanden sich in der Nähe. Ihre beste Hoffnung war, den Tracker jetzt zu aktivieren. Man würde sie schnell finden, bevor die Yacht auf hohe See hinausfahren konnte. Nikolai konnte nicht erwarten, dass sie so schnell eintreffen würden. Sie würden ihn vollkommen überraschen.

Lawiri fluchte, als er etwas unten auf dem Land hinter sich sah, aber das Geräusch des Hubschraubers übertönte seine Worte. Nur Nikolai trug Kopfhörer. Es würde bis zu ihrer Landung keine Konversation geben.

Sie schossen oben über die Stadt hinweg, vorbei an der Marina und hinaus über den Atlantik.

Fuck.

Das Schiff befand sich bereits auf See? Würde der Tracker auf der Yacht funktionieren? Sie konnte nur hoffen, dass Nikolai ein System installiert hatte, dass Funksignale bis zu dreißig Meilen vom Land entfernt übertrug, sonst war sie so gut wie tot.

Und wenn die Yacht weiter als dreißig Meilen weit vom Festland entfernt war?

Dann würde sie sich seiner Folter unterwerfen und einen Weg finden, ihn im Schlaf zu töten.

Dies war dieselbe Entscheidung, die sie auf dem Sklavenmarkt getroffen hatte. Man musste sich nicht dafür schämen, sich nicht zu wehren. Sie würde den richtigen Zeitpunkt abwarten.

Wenigstens hatte sie den Tracker aktiviert, als sie noch über dem Festland gewesen waren. Wenn sie gewartet hätte … Darüber durfte sie nicht nachdenken. Sie hatte ihn aktiviert. Sie würde gerettet werden.

Und genauso, wie er auch auf dem Markt erschienen war, würde Bastian kommen.

Sie wusste tief in ihrem Innersten, dass er aus der Chemiefabrik entkommen war. Er würde sie finden.

Vor ihnen erschien ein Punkt im Ozean und der Hubschrauber fing mit seinem Landeanflug an. Das Schiff konnte nicht weiter als drei Meilen vom Festland entfernt sein.

Sie landeten auf dem Deck, und Brie verdrehte sich, um die Tür mit ihren gefesselten Händen zu öffnen, doch Lawiri packte sie und verhinderte damit ihre einfache Flucht. Nikolai stieg von seinem Sitz aus, schnappte sie dann von Lawiri weg und zog sie aufs Deck hinaus, während die Rotorenblätter langsamer wurden.

Nikolai zerrte sie die Treppe hinunter, die zum unteren Deck führte. Sie war befriedigt, als er sein Handy hervorzog und anfing in Russisch zu sprechen.

Sie hatten also immer noch ein Funksignal.

Lawiri hastete ihnen nach und folgte Nikolai, als der sie durch eine Tür drückte, die zum oberen Salon führte.

„Du Narr!“, schrie Lawiri, während er an Nikolai zog und damit den Griff des Oligarchen auf sie brach. Sie zog sich zurück und weg von ihnen, wobei sie sich umdrehte, um die Konfrontation zu beobachten.

Was zur Hölle?

„Das Ebola ist zerstört! Du Idiot!“

Ebola?

Hatte er die Binden etwa damit infiziert?

Der Mann war nicht nur verrückt, sein Herz war das eines Teufels. Sie hatte nie zuvor an das Böse geglaubt. Aber das hier war so viel mehr als nur fehlende Empathie kombiniert mit Gier und Habsucht.

Und was meinte Lawiri damit, dass es zerstört war? Was war passiert, während sie bewusstlos gewesen war?

„Du verrückter Scheißkerl!", fuhr Lawiri fort. „Du dummes …"

Nikolai schlug Lawiri mit seinem Handrücken quer durchs Gesicht. Was wiederum verdeutlichte, dass er es *wirklich* nicht mochte, wenn man ihn als verrückt bezeichnete.

Lawiri schlug zurück, traf Nikolai direkt ins Gesicht und pinnte ihn, mit seinem Unterarm gegen den Hals des Oligarchen gedrückt, gegen die Wand. „Spiele besser keine Spielchen mit mir, Drugov. Ich bin kein verweichlichter kleiner Mann wie deine russischen Freunde. Du machst mir keine Angst."

Nikolais Augen wurden hart, aber er sah Lawiri mit einer Angst an, die er doch nicht ganz verstecken konnte. „Die Kisten waren voller Windeln. Mehr nicht. Sie waren auf dem Frachtflugzeug, um Ivan in die Irre zu führen. Die echte Lieferung wird per Truck zusammen mit der großzügigen Spende von Prime Energy zum Flüchtlingslager am Weißen Nil gefahren."

„Warum musstest du deinen Buchhalter ebenfalls in die Irre führen?", fragte Lawiri und lehnte sich fester gegen Nikolai, wodurch er seine Oberhand verdeutlichte.

„Er ist nicht mein Buchhalter." Nikolais Stimme klang dünn, weil Lawiri seine Luftzufuhr kontrollierte. „Er wurde vom Kreml geschickt, um mich zu überprüfen. Ich glaube, er ist ein Attentäter, der unter dem Namen Hammer bekannt ist, und seine wahre Absicht war, mich umzubringen."

Lawiri lehnte sich zurück und erlaubte Nikolai mehr Luft.

„Er hat einen Tracker in meinem Wagen deponiert, also habe ich ihn zu dem Frachtflieger voller Windeln geführt. Niemand hintergeht mich oder mein Unternehmen − nicht einmal der Kreml."

Lawiri trat zurück und ließ ihn ganz los.

Nikolai richtete seinen Kragen, bevor er sein Handy hochhielt und Brie an den Anruf erinnerte, den er vor einer Minute getätigt hatte. „Ich habe soeben die Nachricht erhalten, dass der Mann, der den Anschlag auf mich angeordnet hat, zusammengebrochen ist." Er ließ ein wildes Grinsen aufblitzen. „Mein Pilot war ein Spion für den Kreml und jetzt hat Hammer ihn für mich eliminiert."

Ivan war nicht in der GRU? Er war ein bezahlter Killer? Alles in ihrem Kopf drehte sich. Von den Schlägen, die sie erhalten hatte, dem schnellen, ruckeligen Flug und allem anderen, was heute geschehen war. Es war alles zu viel.

„Ivan hat eine Bombe im Flugzeug deponiert. Ich habe sichergestellt, dass sie hochging und er glaubte, er habe seinen Job erledigt."

Das Frachtflugzeug war explodiert?

Sie spürte, wie ihr das Blut aus dem Gesicht wich. Das musste das Geräusch gewesen sein, dass sie aus ihrer Bewusstlosigkeit wachgerüttelt hatte.

Nikolai schenkte ihr ein fieses Grinsen. „Ja, meine Liebe. Falls irgendjemand wusste, dass du bei mir bist, glauben sie nun, dass du tot bist. Was ebenfalls bedeutet, dass niemand nach uns suchen wird."

Sie schwankte. Falls der Tracker nicht funktioniert hatte, dann entsprachen Nikolais Worte mit Sicherheit die Wahrheit. Bastian – und jeder andere – würde glauben, dass sie tot war. „Sie werden es bemerken, wenn man meine Leiche nicht finden kann."

„Ich befürchte, dass der Frachtraum mit C-4 vollgepackt war. Hammer ist besonders gründlich. Sie werden solange nicht davon ausgehen, dass wir doch nicht im Flugzeug waren, bis es längst zu spät ist."

Der Tracker funktioniert. Sie wissen, dass ich lebe. Sie planen bereits eine Mission, um mich zu retten.

Die Motoren des gigantischen Schiffes erwachten zum Leben. Sie würden in See stechen. Wie lang würde es dauern, bis ein Schiff von dieser Größe dreißig Meilen weit gefahren war? Wie lang würden sie sich in Reichweite des Trackers befinden?

„Bastian weiß, dass ich bei dir bin. Armando weiß es auch."

„Armando wird nie etwas sagen und Bastian ist tot. Mein Mann hat mir das soeben bestätigt."

Sie hatte das Gefühl, als ob all ihr Blut aus ihrem Körper floss, als sie das Handy in seiner Hand anstarrte. Er hatte russisch gesprochen. Sie hatte seine Worte nicht verstanden. Hatte er sie vielleicht belogen?

Sie schwankte wieder.

Er musste lügen.

Bastian konnte nicht tot sein. Sie bedeckte ihren Mund mit ihrem Handrücken und unterdrückte ihren Würgereiz. Sie starrte das Monster vor sich finster an. „Wenn der Kreml dich tot sehen will, wird dich nichts retten können."

„Oh nein, meine Liebe. Ich habe es mit dem Hammer aufgenommen und gewonnen. Ich habe sogar einen Green Beret besiegt. Meine Macht ist gefestigt. Der Verräter, der meinen Tod angeordnet hat, wurde ebenfalls erledigt. Ich habe mehrere amerikanische Senatoren in meiner Tasche, inklusive deinem ‚Onkel Al', der für die Präsidentschaft kandidieren will. Wir werden sicherstellen, dass er gewinnt. Ich habe ebenfalls eine Allianz mit dem CEO von Prime Energy. Ich bin der Zugang zur amerikanischen Ökonomie und Regierung. Neben dem russischen Präsidenten bin ich der machtvollste Mann in meinem Land. Kein Russe wird es wagen, sich je wieder gegen mich zu stellen."

„Du hast Rafe *nicht* in deiner Tasche." Dessen war sie sich sicher. Sie musste sich sicher sein.

Doch unter allem schlug ihr Herz wie wild, während sie innerlich schluchzte.

Bastian.

„Rafe ist nicht wichtig. Er wird innerhalb von einer Woche tot sein und JJ wird die Kontrolle übernehmen."

„Aber du wolltest JJ umbringen."

„Ich habe nur die Anweisung erteilt, deinen Liebhaber zu töten. Dein Bruder sollte befreit werden, sobald du und ich zur

Yacht entkommen sind." Wieder hielt er sein Handy hoch. „Er wird in diesem Augenblick freigelassen. Er wird Rafe davon überzeugen, dass die Männer, die dich in Südsudan entführt hatten, dich bis hierher verfolgt haben. Man hat dich zur Geisel genommen und versucht, in einem gestohlenen Frachtflieger zu entkommen. Leider gab es keine Überlebenden."

Er ließ seine Zähne aufblitzen. „Du und ich werden viele Monate zusammen auf meiner Yacht genießen können und niemand wird je nach dir suchen. *Das* war der Deal, den ich mit deinem Bruder abgeschlossen habe. Er wird dein Verschwinden erklären und dein Familienunternehmen wird mitfühlende Presse erhalten. Die arme Familie, die den Tod des Vaters und der Tochter, die solch eine gute Samariterin war, in derselben Woche erleiden musste. Wenn Rafe dann stirbt, wird es umso schockierender sein."

Sie räusperte ihre trockene Kehle. „Womit erpresst du ihn? Was weißt du über JJ? Was hat er getan?"

Nikolai lächelte. „Wenn wir uns in meiner Kabine befinden, kann ich dir die Videoaufzeichnung zeigen, wie er eine Hure in einem Hotel in Moskau fickt."

„Na und?" Mit einer Prostituierten erwischt zu werden, reichte nicht aus, um seine Seele zu verkaufen – vor allem nicht für jemanden wie JJ, der wahrscheinlich bei jeder Geschäftsreise Prostituierte organisierte, um mit ihm das Hotelzimmer zu teilen.

„Dein Bruder wollte eine ganz spezielle Art von Hure. Eine, die autoerotische Erstickung erlaubte."

Oh Scheiße.

„Leider haben wir deinen Bruder so dermaßen mit Drogen vollgepumpt, dass er nicht … so vorsichtig war, wie er es hätte sein sollen. Das arme Mädchen starb. Sie war vierzehn. Dann hat er meine Männer dafür bezahlt, dass sie ihre Leiche loswurden."

Ihr brach das Herz. Ihr Bruder hatte ein Kind vergewaltigt und ermordet. Wahrscheinlich war dieses Mädchen in die sexuelle Sklaverei verkauft worden – wie die Mädchen auf dem Markt in Südsudan.

Sie beugte sich vornüber, als ob sie sich übergeben müsste, aber dann trat sie Nikolai in die Eier.

Der klappte zusammen, stolperte vorwärts und holte aus, aber dieses Mal wartete sie bereits darauf und blockte ihn. Sie wirbelte herum und stürmte auf die Tür zu. Im nächsten Augenblick war sie draußen auf dem Deck, Nikolai war ihr dicht auf den Fersen.

Sie würde ihn nächstes Mal fester treten müssen.

Sie rannte auf die Treppe zu, die nach unten führte. Falls sie es bis zur Reling schaffen sollte, könnte sie in den Ozean springen.

Würde der Tracker auch im Wasser übertragen? Nicht, wenn das Schiff, auf dem sich die Funksignal-Antenne befand, davonrasen würde. Außerdem würde sie mit ihren gefesselten Händen wahrscheinlich ertrinken.

Nikolai war ihr die ganze Zeit einen Schritt voraus gewesen. Er hatte jeden manipuliert und war sogar einem Attentat, das vom Kreml angeordnet worden war, entgangen. Vielleicht war er tatsächlich unverwundbar.

Sie stolperte mehrmals auf der Treppe und wäre beinahe gefallen, schaffte es aber, das Geländer mit ihren gefesselten Händen zu greifen, bevor sie weiterrannte. Sie schaffte es bis zum unteren Deck, bevor Nikolai sie einholte, am Hals packte und an seine Brust zurückzog.

„Du willst schon so früh gehen, mein Schatz? Aber du hast meine Kabine noch gar nicht gesehen. Ich habe sie monatelang für dich vorbereitet. Man könnte sogar sagen – jahrelang.“

Kapitel Einundvierzig

Bastian kletterte mit dem SEAL Team in den Blackhawk-Hubschrauber und rüstete auf – Waffen, Kevlarhelm, Schutzbrille, Körperpanzerung, Hörer im Ohr und noch mehr Waffen. Er hatte nicht seine eigene Uniform, aber das würde ihn nicht davon abhalten, an dieser Verhaftung selbst teilzunehmen. SOCOM war dagegen, aber die SEALs waren auf seiner Seite. Keiner von ihnen wagte es, sich gegen ihn zu stellen.

Mit seinem Hörer im Ohr war Bastian nun Teil der Konversation mit dem SOCOM-Hauptquartier – sowohl im spanischen Rota als auch Camp Citron.

„Der Geschwindigkeit und Flugbahn nach zur urteilen befindet sie sich in einem Hubschrauber", sagte Savvy. „Sie fliegen jetzt über dem Atlantik. Drugovs Yacht muss sich bereits auf See befinden."

„Besteht die Möglichkeit, dass wir ihr Signal verlieren könnten?", fragte Bastian.

„Einige der Megayachten besitzen Funksignal-Booster, wodurch sie ihre Reichweite meilenweit ausdehnen können. Wenn man bedenkt, wie viel Business Drugov von seinem Schiff aus organisiert, ist es wahrscheinlich, dass er einen Booster hat. Aber ohne den – ja. Wir werden ihr Signal verlieren."

„Warum fliegen wir dann noch nicht?" Das kam von einem

SEAL, der nicht weit von Bastian entfernt saß. „Wir werden sie in Minuten im Auge haben. Sonst werden wir sie vielleicht verlieren."

Andere SEALs bekundeten ihre Zustimmungen und ohne weitere Debatte hob der Blackhawk ab. Sie hatten keine Zeit, hier rumzulungern und Optionen zu diskutieren.

„Was für Intel habt ihr zu Drugovs Yacht?", fragte jemand in Rota.

„Sie ist riesig – über sechzig Meter lang", sagte Savvy. „Minimum Crew von fünf Personen, aber wahrscheinlicher sind an die zehn Personen. Sie kann bestimmt problemlos fünfzig Knoten hinlegen." Sie hielt inne. „Es sieht so aus, als ob der Hubschrauber gelandet ist." Sie gab ihnen die Koordinaten durch. „Es ist etwa fünf Kilometer von euch entfernt. Nichts als blaues Wasser im Umkreis."

Sie würden den Blackhawk nicht verstecken können. Wenn sie mehr Zeit zur Vorbereitung gehabt hätten, hätten die SEALs eine Unterwasseraktion von einem Schiff eine halbe Meile entfernt starten können. Aber bis sie das arrangiert hätten, wäre die Yacht längst verschwunden. Fünfzig Knoten pro Stunde war für ein Schiff von dieser Größe sehr schnell.

„Irgendwelche Schätzungen, ob Drugov schwere Waffen an Bord hat?", fragte jemand.

„Ich habe dazu kein Intel. Aber so, wie ich Drugov einschätze, solltet ihr alles Mögliche erwarten. Inklusive biologischer Waffen. Aber er wird nichts benutzen, was ihn selbst kontaminieren könnte. Nichts, was durch die Luft oder leicht übertragen werden kann."

„Er wird Brie als Schutzschild benutzen", sagte Bastian.

„Das wird er", bestätigte Savvy.

„Befinden sich in der Gegend irgendwelche Hilfsmittel der Navy, die wir benutzen könnten?" Bastian glaubte, Cals Stimme zu erkennen, aber mit den Kopfhörern und dem Lärm des Blackhawk-Hubschraubers war das schwer zu sagen.

„Nichts ist nahe genug, das uns von Nutzen sein könnte", antwortete der SEAL Teamleiter.

„Ich habe Bilder vom Schiff gefunden. Profil und Satelliten-ansicht", sagte Savvy. „Sende sie jetzt."

Einen Augenblick später lehnte sich der Leiter des SEAL Teams nach vorn. Er hielt ein großes Tablet hoch, damit alle neun Männer im Hubschrauber es sehen konnten. Es gab noch einen zweiten Blackhawk mit der anderen Hälfte des sechzehn-köpfigen Platoons und Bastian stellte sich vor, dass sie dasselbe taten, während der Kommandeur den Angriffsplan erklärte.

Es ging nichts über eine Mission, die nur Minuten vor dem tatsächlichen Einsatz geplant worden war, aber in diesem Fall hatten sie keine andere Wahl. Sie könnten sonst das Schiff verlieren und je länger Brie mit Drugov allein war, desto wahr-scheinlicher war es, dass er sie vergewaltigen und foltern würde.

Entweder gingen sie blind in diesen Einsatz oder sie riskier-ten, Brie für immer zu verlieren.

Nikolais Kabine war ein Spielhaus des Horrors und er hatte diesen Alptraum für sie vorbereitet. Vor Jahren hatte sie gedacht, dass BDSM Spaß machen könnte. Sie hatte sehr schnell gelernt, dass ihr Bondage gefiel, aber der Rest – eher weniger. Dadurch wusste sie, was einige dieser Gegenstände waren, und sie alle jagten ihr eine Höllenangst ein – ganz beson-ders, weil sie wusste, dass Nikolai sie anwenden würde.

Peitschen, Ketten und eine Auswahl an Gegenständen, die Schmerzen bereiten sollten, waren auf einem Regal aufgereiht. Unter den Möbeln befand sich ein Andreaskreuz, eine Span-king-Bank und einige Dinge, die schlichtweg wie mittelalterliche Foltergeräte aussahen.

Er hatte sie an die Spanking-Bank gefesselt und ließ sie – glücklicherweise – allein, um mit dem Schiffskapitän zu sprechen.

Die Spanking-Bank war wie eine Art einstufige Treppe geformt und das Innere bestand aus einem Käfig aus Stahl-stangen – gerade groß genug, dass sie hineinpasste, falls Nikolai das Bedürfnis verspüren sollte, sie dort einzusperren. Doch stattdessen hatte er ihre Handgelenke außen am Boden festgeschnallt, wodurch sie über der Bank lag – mit ihrem Hintern in die Luft gestreckt. Ihre Knie waren unter der Stufe verstaut und ihre Knöchel ebenfalls außen am Boden des Gestells festgeschnallt worden.

Sie hatte absolut keine Bewegungsfreiheit, und ihr schoss in dieser erzwungenen heruntergebeugten Herabschauender Hund-Position mit eingeklemmten Knien das Blut in den Kopf. Über den Metallstangen des Käfigs befand sich nur ein dünnes Polster. Diese Bank war nicht für Komfort oder konsensuelles Spiel entworfen worden.

Sobald Nikolai zurückkam, hatte er vor, seine Ansammlung an Peitschen an ihr auszuprobieren, um sie dafür zu bestrafen, dass sie ihn all diese Jahre abgewiesen hatte. Dafür, dass sie sich ihm widersetzt hatte, als sie achtzehn gewesen war.

Scheiße. Scheiße. Scheiße.

Und sie hatte geglaubt, dass das Metallhalsband auf dem Sklavenmarkt schlimm gewesen war.

Ist Bastian wirklich tot?

Nein. Das glaubte sie nicht.

Nikolais Handlanger war tot. Oder Nikolai hatte sie belogen, wohlwissend, dass diese Worte sie brechen würden.

Die SEALs waren auf dem Weg, und Bastian würde bei ihnen sein. Sie musste nur herausfinden, wie sie helfen konnte.

Nicht, dass sie irgendjemandem helfen konnte, so wie sie gefesselt war.

Das Team würde sich nicht an die Yacht heranschleichen können. Nicht an einem strahlenden sonnigen Tag, wie heute. Nicht, wenn sie in einem Blackhawk oder einem V-22 Osprey unterwegs waren. Das bedeutete, dass Nikolai sie als ein Schutzschild benutzen würde. Sie zerrte an den Schnallen an ihren Handgelenken. Wenn sie sich verstecken könnte, würde er sie nicht benutzen können.

Aber das hier war nicht für einvernehmliche Anfängerspielchen gedacht, bei denen die Unterwürfige entfliehen konnte, falls Dinge zu heftig oder beängstigend wurden. Das hier war echt, genauso wie die Handfesseln.

Sie dachte, dass sie das Schwirren eines Motors über den Geräuschen des Schiffes hörte.

Scheiße!

Sie zerrte an den Handschellen und versuchte, ihre Hände so klein wie möglich zu machen, indem sie ihren Daumen einklemmte und zog. Die Handschellen bestanden aus mit Satin bezogenem Metall. Der Satin erbot sich als Gleitmittel, aber die Öffnung war zu eng.

Der Metallrand brach den Satinstoff und schnitt ihr in die Haut. Blut war ein noch besseres Gleitmittel, aber ihr unterster Daumenknöchel würde brechen müssen, um durch die enge Öffnung zu passen. Sie zog daran und versuchte, ihren Knöchel durch den Druck allein zu brechen.

Tränen rollten über ihre Wangen. Sie schaffte es nicht.

Der Türknauf drehte sich.

Nein! Nein! Nein!

Nikolai spazierte in den Raum und sein Gesicht war eine Maske puren Zorns. Er holte mit seinem Arm aus und schlug ihr mit der doppelten Kraft all seiner vorherigen Schläge über ihre Wange. Doch sie war festgebunden und ihr Körper konnte nichts von diesem Hieb absorbieren. Ihr Kopf flog zur Seite und der Schmerz schoss durch ihren Nacken.

„Was zur Hölle hast du getan?", schrie er und schlug ihr dann mit seiner anderen Hand auf die andere Wange.

Ihr Gehirn wurde in ihrem Schädel herumgeschleudert, und ihre Lippe platzte an einer anderen Stelle auf.

Eine Stimme drang über den Lärm des Hubschraubers und des Schiffsmotors hinweg. „Nikolai Drugov! Befreien Sie die Geisel und ergeben Sie sich."

Er schnappte sich eine seiner Peitschen. Schmerzen explodierten auf ihrem Rücken. „Du Miststück!" Ein weiterer Schlag. „Wie hast du das geschafft?"

Sie konnte nicht atmen. Konnte sich nicht bewegen. Ihre Schultern brannten wie Feuer.

Er öffnete ihre Fußfesseln und dann ihre Hände, bevor er sie an ihren Haaren auf die Füße zog, sodass sie nicht einmal die Gelegenheit hatte, ihn zu schlagen. Sie fiel gegen ihn, ihre Knie wie Wachs, ihr Kopf dröhnte vor lauter Schmerzen und der Tatsache, dass sie plötzlich aufrecht stand, nachdem sie einige Minuten kopfüber gefesselt gewesen war.

Sie wartete nicht darauf, dass sie ihr Gleichgewicht wiederfand. Sie rammte ihm ihr Knie in die Eier und nutzte den Schwung des Hiebes aus, um sich die Gerte zu schnappen, die neben den Peitschen am Regal hing. Sie peitschte ihn mit der Gerte ins Gesicht.

Sie stürzte sich auf ihn, warf ihn flach auf den Boden und rannte dann zu den Terrassentüren. Er fing sie an der Tür ein, schlang einen Arm um sie und zog sie mit festem Griff wieder an seine Brust zurück.

Mit seiner freien Hand griff er nach irgendetwas in seiner Tasche und hielt es ihr vor die Nase. Eine Spritze. Er benutzte seine Zähne, um die orangefarbene Schutzkappe über der Nadel abzuziehen.

„Wehre dich noch einmal und du wirst die Hälfte davon bekommen. Überlege es dir gut, Gabriella, wie sehr du es willst?"

„Fick dich!"

„Wenn du dich mir zum zweiten Mal widersetzt, werde ich die Spritze bis zum Anschlag drücken. Vielleicht wirst du dabei dann an einer Überdosis sterben, aber das Risiko gehe ich gern ein." Er hob die Nadel an ihren Hals. „Glaube ja nicht, dass man dich hier gleich retten wird. Meine Männer werden den Blackhawk aus dem Himmel schießen."

Er zog sie zurück, weg von den Terrassentüren. Sie wehrte sich nicht, aber sie ging auch nicht wirklich mit ihm mit. „Wenn du ein Team von SEALs umbringst, wirst du niemals sicher sein. Russland wird dich ohne zu zögern an die USA ausliefern."

„Ein Blackhawk, der mich angegriffen hat? Nein. Euer Militär hat mein Schiff angegriffen, während ich in Marokko Urlaub machte. Das ist eine Unverfrorenheit. Meine Regierung wird hinter mir stehen."

Schüsse ertönten in schneller Abfolge. Waren sie bereits auf dem oberen Deck?

„Du hast mich *entführt*. Lass mich gehen und sie werden dich in Ruhe lassen."

„Du bist willig mit mir gekommen. Du hast das im Labor selbst gesagt. Du bist mein Eigentum, Gabriella. Du wirst den SEALs sagen, dass sie verschwinden sollen, oder du wirst die Nadel zu spüren bekommen."

Er war verrückt, falls er glaubte, dass sie dazu in der Lage wäre, das Militär davon zu überzeugen, sie bei ihm zurückzulassen. Allerdings wusste sie schon viele Jahre, dass er verrückt war. Sie war sich bisher nur nicht bewusst gewesen, *wie* durchgeknallt er mittlerweile geworden war.

Er zog sie bis zum Andreaskreuz, einem riesigen X mitten im Raum, zurück. „Lege deine Hände in die Schlaufen." Er wedelte mit der Nadel vor ihrer Nase herum.

Sie gehorchte und hob ihre Handgelenke jeweils an die oberen Enden des Kreuzes. Er befestigte die Schnallen, eine nach der anderen, während er die Nadel an ihren Hals hielt. Als Nächstes fesselte er ihre Fußgelenke an das Kreuz.

Über ihnen hallten Schritte auf dem Deck. Er stellte sich hinter sie und hob die Nadel erneut an ihren Hals.

Die SEALs verloren keine Zeit, bevor Drugovs Männer Schulterfeuer-Raketenwerfer vorbereiten und abfeuern konnten, falls er solche hatte. Die ersten Stiefel landeten auf dem Deck, ehe die Ankündigung ausgesprochen war. Der Pilot flog niedrig genug, dass sie aus dem Hubschrauber springen konnten, was ihnen ein schnelleres Aussteigen als mit einer Leiter ermöglichte.

Weil er kein Mitglied des Teams war und nicht mit den Männern trainiert hatte, war Bastian der Letzte, der absprang. Er wollte ihr Timing nicht durcheinanderbringen.

Ein Gewehrlauf erschien rechts von Bastian in einem Fenster. Er und der SEAL neben ihm reagierten im selben Augenblick. Sie sanken auf ihre Knie und ließen Kugeln auf das Fenster hageln. Eine Kugel schoss an Bastians Schulter vorbei. Nahe genug, dass er spüren konnte, wie die Luft verdrängt wurde. Dann flogen die Schüsse aufwärts, als der Schütze zu Boden ging.

Solange es nicht kugelsicher war, war Glas ein beschissener Schutzschild, und Bastian fragte sich, wo Drugov seine Handlanger gefunden hatte.

Eine ähnliche Szene spielte sich auf der anderen Seite des Decks ab. Ein Vollidiot weniger.

Das Team teilte sich wie geplant in Gruppen von je drei Männern auf. Sie würden nach Brie suchen, während der zweite Blackhawk um sie herum zirkulierte und irgendwelche Handlanger, die es wagen sollten, sich an Deck blicken zu lassen, erledigen würden.

Auf dieser Mission hatte es keine Zeit für einen Gedankenaustausch gegeben, keine Zeit, um die Einsatzregeln festzulegen, aber eine amerikanische Frau – eine Entwicklungshelferin – war von einem durchgeknallten russischen Oligarchen, der biologische Waffen herstellte, entführt worden. Das Team war sich einig, dass sie tödliche Gewalt anwenden würden. Sie würden nach den Geschehnissen Rechenschaft ablegen. Wagenladungen voller Ebola-infizierter Binden würden die Sache schnell besiegeln.

Drugov würde am Spieß braten. Diplomatie mit Russland war dabei vergessen.

Bastians Gruppe durchsuchte das mittlere Deck. Satellitenbilder hatten ein privates Deck von einer Kabine im hinteren Teil gezeigt, wo sich wahrscheinlich das Hauptschlafzimmer befand und die höchstwahrscheinlich der Ort war, wo Drugov Brie gefangen hielt. Bastian hatte diesen Leckerbissen für sich reserviert. Niemand protestierte.

Diese Jungs mochten nicht in der US-Armee Spezialeinheit sein, aber sie waren okay.

Sie stürmten direkt vom oberen ins abgetrennte Deck. Die Doppeltüren hatten verdunkeltes Glas. Sie flankierten die Türen und ein SEAL öffnete das Schloss. Die Türen schwangen nach innen auf.

Und da war Brie, ausgestreckt auf einem riesigen verdammten X. Drugov versteckte sich hinter ihr – ganz das lächerliche Arschloch, das er war. Er hielt eine Spritze an Bries Hals.

Kapitel Zweiundvierzig

Bries Herz war kurz davor zu explodieren, als sie Bastian sah. Es war fast genauso wie in dem Augenblick, als er die Hütte betreten hatte. Genauso wie damals war sein Gesicht eine Maske kontrollierter Emotionen. Und sie war erneut gefesselt.

Dieses Mal war sie angezogen, doch die Seidenbluse und ihr Bleistiftrock hatten die vergangenen paar Stunden nicht so gut überstanden. Die Peitsche hatte das Oberteil zerfetzt und ihre Rock war entlang der Seite aufgerissen.

Aber da war Bastian, ihr wunderschöner Bastian. Lebendig. Hier. Wegen ihr. Schon wieder. Dieses Mal hatte er Kevlar und ein Gewehr. Er mochte keine Uniform tragen, aber er trug eine volle Ausrüstung und war bereit, für sie zu kämpfen.

Die Nadel stach in ihren Hals. Falls sie ihren Kopf nach vorn bewegte, würde sie in ihre Haut eindringen. „Schicke sie weg, Gabriella." Nikolais Stimme klang tief, sein Kopf war direkt hinter ihrem in der Mitte des Vs, das die obere Hälfte des X formte, während er sich schutzsuchend hinter ihr duckte.

Sie hatte eine Höllenangst vor dieser Nadel. Sie hatte ihren Kampf gegen ihre Drogensucht nicht beim ersten, nicht beim zweiten und nicht einmal beim fünften Versuch, sauber zu werden, gewonnen. Es hatte Jahre und mehrere Versuche gedauert – und mit nur einem Stich könnte er sie wieder direkt zurück in die Hölle schicken.

Aber eins wusste sie. Falls Nikolai ihr diese Drogen einspritzen würde, würde sie leiden – aber sie würde es überleben.

Sie würde es noch einmal besiegen können, auch wenn sie wieder von ganz unten nach oben kriechen musste.

Denn das war es, was sie schon immer getan hatte.

Sie war eine Meisterin in Neuanfängen, und jetzt glaubte sie auf eine Weise an sich selbst, wie sie es nie zuvor getan hatte, als sie es versucht hatte und gescheitert war.

Und dieses Mal wäre sie in ihrem Kampf nicht allein. Bastian würde ihr helfen.

Er würde ihre Hand halten und sie lieben.

Sie starrte auf sein Gesicht. Eine Schutzbrille verdeckte seine Augen, doch sie konnte spüren, dass er sie direkt anstarrte. Er und die beiden SEALs neben ihm hielten ihre Gewehre abschussbereit. Sie warteten nur auf die richtige Gelegenheit.

Sie hob ihre Augen aufwärts zu ihrer Rechten und lenkte seinen Blick zu ihrer Hand, wo sie vier Finger hochhielt.

Sie atmete tief ein und fing an, mit ihren Fingern herunterzuzählen. Bei Null zog sie ihren Kopf nach vorn, die Nadel stach ihr in den Hals. Dann rammte sie ihren Kopf zurück – ein harter Schlag, der wahrscheinlich auf Nikolais Nasenrücken landete.

Er sackte von dem unerwarteten Hieb zusammen. Schüsse zischten zwischen ihren gespreizten Beinen hindurch. Kugeln von drei Gewehren hagelten auf Nikolais Beine nieder. Er fiel tiefer, und die Kugeln trafen seine Brust.

Sie stand da, schwer atmend, mit der Spritze, die aus ihrem Hals herausragte. Ihre Beine waren nutzlos, doch die Fesseln an ihren Handgelenken und Knöcheln hielten sie davon ab, zu fallen und sich eine Kugel einzufangen. Auf eine seltsame Art hatte sie das Andreaskreuz gerettet und hielt sie aus der Schusslinie fern.

Ihr ganzer Körper zitterte, als sie die Spritze aus ihrem Augenwinkel sah.

Alle drei Männer ließen ihre Gewehre sinken und stürmten in den Raum. Die SEALs schnappten sich Nikolai und zogen

ihn durch den Rahmen des Kreuzes zwischen ihren Beinen
hervor, während Bastian sich um sie kümmerte.

Er entfernte vorsichtig die Spritze, legte sie zur Seite und
untersuchte ihren Hals. „Es hat keine Vene getroffen und der
Kolben war nicht gedrückt. Falls du etwas abbekommen hast,
war es nur ein Tropfen." Er beugte sich herunter und saugte an
ihrem Hals, als ob er Gift aus ihr heraussaugte.

Dann spülte er seinen Mund mit Wasser aus seinem Trink-
beutel aus und spuckte es auf den Boden. Er löste die Fesseln an
ihren Fußgelenken, dann an ihren Händen und fing sie auf, als
sie zusammensacken wollte. Er hielt sie an sich gedrückt.

„Ich hab' dich, Brie. Sobald wir die Erlaubnis bekommen,
dass die Luft rein ist, werde ich dich zum Blackhawk bringen."

Anhand der Rufe der SEALs vermutete sie, dass sie Bericht
erstatteten, sie gefunden zu haben. Drugov lebte. Gerade noch.

Brie vergrub ihr Gesicht an Bastians gepanzerter Brust und
atmete ihn ein. Schießpulver, Schweiß und Bastian. Tränen
schossen in ihre Augen. „Danke." Sie hob ihren Kopf und erwiderte seinen Blick. Wunderschöner Bastian. Sie streichelte sein
Kinn. „Er hat mir gesagt, dass du tot wärst. Ich habe es ihm
nicht geglaubt, aber ich hatte trotzdem solch eine Angst, dass
ich dich verloren haben könnte."

„Ich war mir sicher, dass ich dich verloren hatte." Seine
Arme schlangen sich fester um sie.

„Die letzten Mannschaftsmitglieder sind eingesammelt",
sagte einer der SEALs. „Und Lawiri wurde festgenommen."

„Werdet ihr die Yacht beschlagnahmen?", fragte sie.

„Das wird die marokkanische Polizei entscheiden, Miss
Stewart", antwortete der SEAL.

„Ihr solltet alle Computer oder USB-Drives einsammeln, die
ihr finden könnt. Nikolai hat mir gesagt, dass er meinen Bruder
erpresst. Falls er das Material hier hat, dann gibt es vielleicht
noch mehr. Wahrscheinlich hat er zusätzlich noch Informationen zu seinem Plan bezüglich der mit Ebola infizierten
Binden. Diese Kabine ist möglicherweise eine Schatztruhe, was
Regierungsgeheimnisse anbelangt." Sie fragte sich, ob sie ebenfalls kompromittierendes Material zu ‚Onkel Al' finden würden.

Das wäre passend, wenn Nikolais Handlungen den Senator ebenfalls mit runterziehen würden.

Der SEAL wiederholte ihre Worte ins Funkgerät, und sie vermutete, dass der Befehl von SOCOM eingegangen war, alle digitalen Medien einzusammeln, die sie finden konnten. Wie bei dem Einsatz gegen Bin Laden würden sie alles mitnehmen, was sie schnell ergreifen konnten und den Rest zurücklassen. Marokko würde entscheiden, was sie mit der Yacht und dessen Inhalt tun wollten. Bastian trug sie durch die Doppeltüren.

Die Mittagssonne blendete sie und der Ozean war ein knalliges Blau.

Wie konnte es erst Mittag sein? Es fühlte sich wie eine Ewigkeit an, dass sie und Bastian sich eine Dusche geteilt hatten.

Bastian erreichte die Treppe, die sie zum oberen Deck bringen würde und sie bestand darauf, die Schiffsleiter selbst hochzusteigen. Er fluchte, als er die Striemen von der Peitsche auf ihrem Rücken und die Brandwunde der Zigarette an ihrer Schulter sah.

In dem Moment, als sie auf dem oberen Deck ankamen, hob er sie wieder in seine Arme. Sie protestierte und deutete drauf hin, dass sie die Strickleiter zum Blackhawk hinaufklettern müsse, doch dann sah sie die Trage, die man für sie vorbereitet hatte, um sie und Bastian zusammen hochzuziehen.

Sie hatten gerade im Hubschrauber ihre Sitze eingenommen, wo sie durch die offene Seite nach draußen sehen konnte, und ihr Blick war auf Nichts fixiert, als einer der Männer die soeben eingegangene Nachricht weitergab, dass Nikolai gestorben war.

Der Mann, der seit ihrem dreizehnten Geburtstag von ihr besessen gewesen war, würde weder ihr noch einem ihrer Lieben je wieder wehtun.

Kapitel Dreiundvierzig

Sie wurden zu einem US-Navy-Schiff im amerikanischen Flottenstützpunkt im spanischen Rota geflogen, wo ein Arzt Bries Verletzungen untersuchte, während Bastian seinen Bericht erstattete. Ihre Wunden wurden gesäubert, und Brie weigerte sich, irgendwelche Schmerztabletten zu nehmen, die stärker als Ibuprofen waren. Sie hatte hässliche Prellungen auf ihrem Rücken, am Hals und ihren Wangen, sowie die Brandwunde auf ihrer Schulter und Striemen von der Peitsche. Die Einschnitte an ihren Handgelenken, als sie versucht hatte, ihre Hände durch die Handschellen zu ziehen, waren glücklicherweise nicht sehr tief. Man sagte ihr, dass sie erwarten konnte, in den nächsten Tagen Schmerzen zu haben, aber dass es keine weiteren Komplikationen bei ihrer Heilung geben würde, solange ihre Wunden sich nicht entzündeten.

Eine junge Matrosin führte sie von der Krankenstation zu dem Raum, wo Bastian und das SEAL Team Fragen beantworteten. Sie nahm am Tisch Platz und wiederholte alles, was Nikolai ihr über die Lieferung der mit Ebola infizierten Unterwäsche gesagt hatte.

Alle UN-Flüchtlingslager in Südsudan wurden darüber informiert, keine Lieferungen von Vorräten zu akzeptieren, bis sie von einem speziellen Team für Gefahrgut untersucht worden seien – was wahrscheinlich die Verteilung von Lebensmitteln für eine große Population verzögern würde, die ohnehin schon an Hunger litten.

Das De-Briefing dauerte mehrere Stunden, und Brie erfuhr in dieser Zeit, dass ihr Bruder und die Wachmänner im Chemielabor alle von Beamten der Polizei in Casablanca, die vom amerikanischen Militär angerufen worden war, festgenommen worden waren. Niemand wusste, mit wem Nikolai bei ihrer Ankunft auf der Yacht gesprochen hatte, aber es war wahrscheinlich ein russischer Kontakt, der nichts von den Verhaftungen im Labor gewusst hatte. Allem Anschein nach hatte Nikolai Brie nur deshalb über Bastians Tod belogen, um ihr jegliche Hoffnung zu nehmen.

Brie erfuhr auch, dass die russischen Nachrichten von einem russischen Politiker berichteten, der in aller Öffentlichkeit bei der Hochzeit seiner Tochter vergiftet worden war. Brie wusste nicht, ob dies eher *Game of Thrones* oder *Der Pate* ähnelte, aber wie die Dinge standen hatte der tote Mann das Attentat auf Nikolai angeordnet, was wiederum weitere Fragen zur Identität des mysteriösen Ivan aufwarf.

Bastian stellte Ivans Loyalität zum Kreml in Frage und schlug vor, dass die USA vielleicht einen Verbündeten in der GRU haben könnte − falls der Mann in dieser Organisation tätig war − und, dass es vielleicht nicht unbedingt zu Amerikas Vorteil wäre, wenn man die Identität dieses Mannes so gründlich durchleuchten würde. Man wurde sich einig, dass man die Nachforschungen in Bezug auf die Quellen des Kremls eingrenzen würde. Niemand wollte bloßstellen, wie Ivan Bastian und Brie geholfen hatte. Fragen würden nur dazu führen, dass der Mann umgebracht wurde.

Nikolais Männer wurden verhaftet, aber solange sie keine Beweise für JJs Mittäterschaft mit Nikolai hatten, gab es keine Gründe, ihn festzuhalten. Es wurde erwartet, dass er zur Prime Villa zurückkehren würde, sobald man ihn auf freien Fuß setzte.

Der RFID-Chip wurde Armandos abgetrennter Hand entnommen, und die marokkanische Polizei würde wahrscheinlich mit dem FBI und Interpol zusammenarbeiten, um Zugang zu den im Laborsystem aufgezeichneten Daten für alle RFID-

Chips zu bekommen, die Zutritt zum Keller der Einrichtung hatten. Anhand dieser Daten konnte man dann feststellen, wie viele Wissenschaftler in dem geheimen Labor gearbeitet hatten.

Die Identifizierung der Wissenschaftler würde einfach sein, da sie den RFID-Chip immer noch implantiert hätten oder man einen tiefen Einschnitt finden würde, wo sie ihn entfernt hatten.

Nach endlosem Hin und Her wurde entschlossen, dass man Brie und Bastian wieder zum Camp Citron zurückfliegen würde, wo Brie sich in den nachfolgenden Tagen erholen konnte und für weitere Fragen bereitstehen würde. Das FBI würde die Untersuchungen der gesammelten elektronischen Daten von Nikolais Yacht übernehmen, um hoffentlich Beweise zu finden, mit denen man JJ verhaften könnte – bevor er nach Russland floh.

Es war schon spät am Abend, als sie in das Militärflugzeug stiegen und ihre Reise in Begleitung mehrerer Mitglieder der Delta-Force, die mit Savvy zusammenarbeiten würden, um das Chaos in Südsudan aufzuklären, von Spanien nach Dschibuti antraten.

Der Flug würde acht Stunden andauern. Erschöpft lehnte sich Brie an Bastian, als der Flieger abhob. Sie schloss ihre Augen und dachte an ihre Brüder. Sie hatte eine kurze Unterhaltung mit Rafe geführt, in der sie ihm alles mitgeteilt hatte, was Drugov ihr gesagt hatte. Es war nur fair, dass sie ihn davor warnte, dass JJ geplant hatte, Rafe von dem Oligarchen umbringen zu lassen, damit JJ das Unternehmen an sich reißen konnte.

Rafe war skeptisch gewesen, hatte jedoch versprochen, vorsichtig zu sein. Er hatte erst vor kurzem die Nachricht erhalten, dass sich der Zustand ihres Vaters verschlechtert hatte. Er wollte am nächsten Tag in die USA zurückfliegen.

Das Timing der Verschlechterung in Jeffery Seniors Zustand war für Brie jedoch nur eine Bestätigung dessen, was Nikolai gesagt hatte. Das war eine Sache mit Nikolai – so krank und bösartig und verrottet, wie er innerlich auch gewesen war – hatte er doch größtenteils die Wahrheit gesagt.

Tief in ihrem Innersten glaubte sie, dass Rafe nicht mit JJ

unter einer Decke steckte, und sie hoffte, dass sie eine Chance bekommen würde, sich mit ihm zu versöhnen und einfach Bruder und Schwester zu sein. Aber sie würde nie wieder für Prime Energy arbeiten.

Bastian schlang einen Arm um sie. „Hast du Schmerzen?", fragte er.

„Ich glaube, jeder Zentimeter von mir schmerzt, aber es ist auszuhalten." Ihre Stimme klang leicht rau. Sie war davor gewarnt worden, darauf zu achten, dass die Schwellungen in ihrem Hals nicht schlimmer wurden, und einer der Männer, der mit ihnen flog, war ein Sanitäter, der über ihren Zustand informiert worden war.

Bastians Lippen berührten ihre Stirn. „Es ist ein langer Flug. Du solltest schlafen."

„Ich weiß nicht, ob ich das kann."

„Versuche es. Mir zuliebe?"

Sie lächelte zu ihm auf. Zu diesem Mann, der ihr hinterhergejagt war und sie vor der Folter gerettet hatte, die zu einem qualvollen Tod geführt hätte. Man hatte ihr gesagt, dass er mitangesehen hatte, wie das Frachtflugzeug explodierte, und dass er geglaubt hatte, sie sei an Bord gewesen. Sie konnte sich nur vorstellen, wie schlimm das für ihn gewesen sein musste, als sie sich daran erinnerte, wie weh es ihr getan hatte, als man ihr sagte, er sei tot.

Sie hatte wenigstens einen Grund gehabt, an Nikolais Worten zu zweifeln.

„Ich liebe dich", flüsterte sie, und sie spürte den Schmerz all der Schläge, die er hatte durchmachen müssen. Alles wegen ihr. Weil Nikolai von ihr besessen gewesen war, seit sie ein Kind gewesen war. Wie viele Leute waren wegen dieser krankhaften Fixierung eines einzigen Mannes zu Schaden gekommen?

Waren die Kosmetikwerbungen der Auslöser oder das Ergebnis gewesen? Sie hatte nicht gewusst, dass Nikolais Vater der Eigentümer von Carabella gewesen war. Hatte man ihr diesen Fotoshoot nur angeboten, weil Nikolai hatte sehen wollen, wie sie vor der Kamera den Vamp spielte? Aber nichts von dem spielte jetzt noch eine Rolle.

Stattdessen musste sie sich nun mit dem Horror auseinandersetzen, dass der Sklavenmarkt teilweise ihretwegen zustande gekommen war – dass es auch andere Zwecke erfüllt hatte, war nur ein Bonus für Nikolais gewesen. Die Zerstörung der Lebensmittel würde Hunderte von hungernden Menschen sterben lassen. Auch das diente Nikolais und Lawiris anderen Zielen, aber die Einrichtung war ihretwegen ausgewählt worden.

Und falls sie die Ebola-Binden nicht finden konnten, würden weitere Tausende sterben. Was wäre, wenn sie nicht nach Südsudan geliefert wurden? Was wäre, wenn Nikolai sie irgendwo anders hin verschifft hatte, nur um Zeit zu gewinnen? Was wäre, wenn sie sie nicht finden konnten? Da lag eine Menge Land zwischen Marokko und Südsudan. Es würde nicht schwer sein, einen Lastwagen verschwinden zu lassen.

„Ich liebe dich auch", sagte Bastian und strich ihre zusammengezogenen Augenbrauen mit seinem Zeigefinger glatt.

Sie schloss wieder ihre Augen und wurde von Eindrücken des Alptraums dieses Tages bombardiert. Sie schob sie beiseite und konzentrierte ihre Gedanken stattdessen auf die vorherige Nacht, als sie sich im Hammam geliebt hatten. Für ein paar wenige Stunden waren sie zueinander geflohen, und die Welt war perfekt gewesen. Und das würde sie wieder sein. Sie musste daran glauben.

Sechsundfünfzig Stunden später ging die Meldung ein, dass der Lastwagen in Nigeria gefunden worden war. Bastian war im Fitnessstudio und trainierte mit einigen der Jungs von seinem Team, als Savvy hineinstürmte, um ihnen die Nachricht mitzuteilen. Bastian brach sein Workout ab, um es Brie zu sagen, die in ihrem CLU immer noch schlief.

Er ließ sich selbst herein und hielt inne, um sie anzustarren, wie sie schlief. Die blauen Flecken auf ihrem Gesicht und Hals hatten sich zuerst noch verschlimmert und befanden sich nun in der lila-bis-grün Heilungsphase. Aber für ihn konnten keine Prellungen oder noch so viele Schwellungen ihre Schönheit beeinträchtigen. Sie konnte Brie Stewart oder Princess Prime sein – ihm war das egal, denn was auch immer sie nach außen hin trug – für ihn war sie die schönste aller Frauen, die er je gekannt hatte, im Inneren.

Ihre Hingabe an ihre Arbeit war nur eine Sache, die er an ihr liebte. Er war auch ganz schön verrückt danach, wie sie sich Herausforderungen stellte, wie sie ihre Vergangenheit bewältigte, und wie leidenschaftlich sie war, die Welt für diejenigen, die sich in Notlagen befanden, besser zu machen – ungeachtet der Gefahren für sich selbst.

Und die Art, wie er sich fühlte, wenn er mit ihr zusammen war … Er konnte sich vorstellen, dass es vergleichbar mit einer Droge war, nur ohne den hohen Preis.

Er setzte sich auf die Liege neben ihr und beugte sich herunter, um sie auf ihre Lippen zu küssen. „Wach auf, mein Schatz.“

„Will nicht“, murmelte sie, ohne ihre Augen zu öffnen, aber sie lächelte.

Er küsste ihren Hals, ihre Lippen, ihre Wange. „Bist du sicher?“

Sie ließ ein leises Schnurren hören. „Na gut. Vielleicht.“ Sie öffnete ein Auge und blinzelte auf die Uhr. „Es ist noch nicht einmal sieben Uhr morgens. Was tust du hier? Ich dachte, du wolltest heute früh mit deinem Team trainieren?“

„Das habe ich. Aber Savvy hat uns mit einer Nachricht unterbrochen, von der ich dachte, dass du sie hören willst. Ein UN-Team hat den Lastwagen gefunden.“

Brie saß mit beiden Augen aufgerissen kerzengerade auf und war nun hellwach. „Das haben sie? Und die Binden waren noch nicht verteilt?“

„Alles ist immer noch fest versiegelt. Sie haben ihn in Nigeria gefunden, als er nach Chad fahren wollte. Das Team hat Proben entnommen, die zum Testen zur CDC geschickt wurden.“ Es bestand immer noch die Hoffnung, dass die Wissenschaftler Drugov in Bezug auf ihren Erfolg, den Virus haltbarer zu machen, angelogen hatten, und dass Russland Ebola doch nicht zu seinem Waffenarsenal hinzugefügt hatte.

„Aber als Vorsichtsmaßnahme wird der Lastwagen in eine abgelegene Gegend gebracht, wo sie den Inhalt entfernen und dann verbrennen werden."

Sie schlang ihre Arme um Bastians Schultern. „Ich bin so erleichtert."

Er hielt sie an sich gedrückt, atmete ihren Duft ein. Und er war zutiefst, ehrlich und unbestreitbar glücklich. Südsudans Bürgerkrieg würde fortfahren. Menschen würden verhungern. Die Situation dort könnte furchtbar bleiben. Aber tausende von jungen Mädchen würden nun nicht an Ebola erkranken und es einfach dadurch verbreiten, dass sie ihre Periode hatten.

Er sah dies als einen Gewinn an, so lächerlich der auch war.

Die Umarmung lockerte sich, und Brie entspannte sich an seiner Brust. „Du solltest versuchen, weiterzuschlafen", sagte er und streichelte ihr Haar. Er wusste, dass sie in den vergangenen zwei Nächten nicht gut geschlafen hatte.

„Ich sollte mich anziehen und mit Savvy sprechen. Ich will mehr Details. Himmel, ich wünschte, ich könnte diese Binden mit meinen eigenen Augen brennen sehen."

Er verstand dieses Bedürfnis. Er ließ sie los und stand vom Bett auf, um ihr Platz zu geben, sodass sie aufstehen konnte. Sie schnappte sich ein paar Klamotten vom Spind und zog sich an. Sie hatten alles in Casablanca zurückgelassen, somit trug sie nun wieder die T-Shirts, die sie im Basisladen gekauft hatte.

„Savvy hat mir auch gesagt, dass heute unsere Koffer eintreffen werden." Auf Wunsch der Armee hin hatte gestern ein Zimmermädchen unter dem wachsamen Auge eines FBI-Agenten ihre Sachen zusammengepackt, der daraufhin das Gepäck zum Camp Citron geschickt hatte. „Du wirst deinen neuen Reisepass zurückbekommen."

Sie biss sich auf die Lippe. „Ich nehme an, dass das bedeutet, dass ich bald nach Hause fliegen werde. Ich lenke dich nur ab, und du musst wieder zu deinem Training von Dschibutiern zurückkehren."

Er nickte. „Ja. Ab morgen übernehme ich wieder meine normalen Pflichten." Er runzelte seine Stirn. „Du wirst doch nicht wieder nach Marokko zurückkehren, oder?"

„Nicht, solange JJ auf freiem Fuß ist."

„Gut."

„Ich habe letzte Nacht, als ich mich hin und her gewälzt habe, eine Entscheidung getroffen. Ich werde heute mit Rafe darüber sprechen, den Treuhandfond aufzulösen und die Casablanca-Villa zu verkaufen. Ich werde meinen Anteil zur Finanzierung für eine Stiftung benutzen, mit Fokus auf Menstruationsunterwäsche für pubertierende Mädchen. Ich werde Rafe vorschlagen, dass er seinen Anteil ebenfalls spendet. Ich hätte auch gern JJs Anteil, aber so, wie die Dinge stehen, wird man ihn erst der Konspiration mit Nikolai in meiner Entführung anklagen müssen, bevor er aufgeben wird. Ihr Geld meiner Stiftung zu spenden ist das Mindeste, was sie mir schulden, wenn man bedenkt, dass Dad meine Jungfräulichkeit dazu benutzt hat, die Villa zu kaufen."

„Ich finde, dass das eine großartige Idee ist. Aber verdammt – ich werde das türkische Bad vermissen."

Ihr Lächeln ließ ihre Augen aufblitzen. „Ich auch. Vielleicht können wir die Villa noch einmal besuchen, bevor sie verkauft wird. Wie lange bist du noch hier stationiert?"

Er trat vor, hakte einen Finger vorn in den Bund ihrer Jeans und zog sie an sich. „Dieser Einsatz ist in jeder Hinsicht total verrückt, aber ein anderes A-Team wird in einem Monat hier eintreffen. Selbst, wenn unsere Auszubildenden noch nicht so weit sind, werden wir nach Hause geschickt. Sie werden unsere CLUs für das neue Team brauchen, und sie können das Training mit den Dschibutiern zu Ende bringen, bevor sie sich eine neue Truppe von Auszubildenden zulegen."

Sie legte ihre Stirn an seine Brust. „Ich kann keinen ganzen Monat warten." Sie hob ihren Kopf und traf seinen Blick. „Aber ich werde mich daran gewöhnen müssen, dass du auf Langzeiteinsätzen weg sein wirst, nicht wahr?"

Er nickte. Das war der harte Teil – wenn man in der Armee und in einer Beziehung war – und es war etwas, was er fast zehn Jahre lang vermieden hatte. „Das hier ist mein Job. Wenn der nicht so scheiße ist, liebe ich es."

„Mach dir keinen Kopf. Ich bin dabei, Bastian. Einhundert

Prozent. Wenn ich dich nur sechs Monate im Jahr haben darf, dann werde ich das akzeptieren und damit glücklich sein. Wenn USAID noch eine Möglichkeit für mich wäre, würde ich selbst kleine Einsätze annehmen, während du stationiert bist, aber jetzt bin ich längst ein zu großes Entführungsrisiko. Also werde ich vielleicht meine Stiftung in der Nähe von Fort Campbell in Kentucky aufbauen."

Bastians Herz quoll über. „Wirst du in meinem Apartment wohnen?" Er hatte ihr sein Zuhause schon einige Male angeboten, aber bisher war sie nicht bereit gewesen, eine Entscheidung zu treffen.

Sie nickte. „Pax hat mir gestern erzählt, dass Morgan in einer Woche nach Fort Campbell fliegen wird. Ich kenne sie zwar kaum, aber … Ich weiß auch nicht … Der Gedanke, eine Beinahe-Freundin zu haben, mit der ich mich wie zuhause fühlen könnte, ist sehr reizvoll. Außerdem wird sie Pax genauso sehr vermissen, wie ich dich vermissen werde. Wir können uns gegenseitig trösten."

Er küsste ihre Nase. „Du solltest wissen, dass man mein Apartment nicht mit deinem Zuhause in Casablanca vergleichen kann. Dort wirst du sehr viel mehr Ikea als ‚handgestopft-von-Feen-in-Belgien' vorfinden."

„Solange ich dort nicht auf einem Donnerbalken auf die Toilette gehen muss, ist das okay."

„Nun …" Er zwinkerte ihr zu.

Sie lachte, trat zurück und wandte sich dem Waschbecken zu, wo sie sich ihre Zähne putzte, bevor sie dann die blauen Flecken an ihrem Hals untersuchte. „Verdammt, ich sehe höllisch schlecht aus."

„Du bist wunderschön. Du siehst so aus, als ob die Hölle *durchgemacht* hast. Das ist ein Unterschied."

Er trat hinter sie. „Ich würde meinen Eltern heute gern skypen und dich ihnen vorstellen."

Ihre Augen weiteten sich im Spiegel. „Bist du dir sicher? Vielleicht solltest du zuerst deine Beziehung mit ihnen ins Reine bringen, bevor du mich da mit reinbringst."

Er legte seine Hände auf ihre Hüfte und drehte sie zu sich

um. „Du bist die wichtigste Person in meinem Leben. Ich will, dass sie dich kennenlernen. Dass sie wissen, was du mir bedeutest. Ich bin stolz darauf, dass wir zusammen sind, dass du *mich* liebst. Himmel, am liebsten hätte ich diese Flugdeckzeremonie gleich noch einmal, damit ich ans Mikrofon treten und der ganzen Welt mitteilen könnte, dass Brie Stewart *mir* gehört. Und wenn du immer noch Gabriella Prime wärst, würde das nichts an meinen Gefühlen für dich ändern. Ich liebe dich nicht für deinen Namen, dein Geld – oder das Nichtvorhandensein dessen – oder irgendeine andere Fassade, die die Welt sieht. Ich liebe *dich* – mit allem, was ich bin." Er hielt kurz inne.

„Als ich den Flieger explodieren sah …" Er räusperte sich und seine Augen wurden feucht. „Ich … ich …" Er schüttelte seinen Kopf. „Man kann das Gefühl nicht mit Worten beschreiben."

Ihr schossen Tränen in die Augen.

Er presste seine Lippen auf ihre Stirn, atmete tief ein und sagte dann: „Ich werde keinen einzigen Moment in meinem Leben mit Schmerz und Wut verschwenden. Ich werde keinen einzigen Tag mehr verschwenden, an dem ich wütend bin, dass meine Eltern Cece mir vorgezogen haben. Ich bin gegangen, anstatt mich zu wehren, aber ich werde nicht länger davonlaufen. Ich liebe sie. Ich liebe dich. Wenn sie nicht sehen können, dass du in deinem Inneren nie die Person warst, von der die Welt geglaubt hat, dass du sie warst, dann geben sie dir keine faire Chance."

Sie umschloss sein Gesicht mit ihren Händen. „Ich liebe dich so sehr. Ich habe Angst, dass man dir in alledem wehtun wird. Ich will nicht der Grund für noch mehr Schmerz zwischen dir und deinen Eltern sein."

Er nahm ihren Arm und ließ seine Finger über ihre Nadeleinstiche gleiten. „Du stehst zu deiner Vergangenheit, und du hast dir den Arsch aufgerissen, um alles wiedergutzumachen. Himmel, du warst der Grund dafür, warum die Pipeline gar nicht erst zustande kam. Wenn sie nicht sehen können, wer du bist, dann sind sie selbst schuld. Und in dieser Situation wärst *du* nicht der Grund für meinen Schmerz. Sie wären das. Aber das wird nicht passieren, weil ich das Gefühl habe, dass ich sie in meiner Wut und in meinem Zorn unterschätzt habe. Sie lieben mich. Ich weiß, dass sie wollen, dass ich glücklich bin. Und wenn ich mit dir zusammen bin, bin ich glücklicher, als ich es jemals in meinem Leben gewesen bin."

Sie drückte ihre Stirn an seine Brust. „In dem Türkischen Bad … Ich konnte gar nicht glauben, wie glücklich ich war — trotz unserer verrückten Situation. Ich war glücklich, weil ich mit dir zusammen war. Selbst in Südsudan mit dir gestrandet zu sein, hat auf eine verrückte Art Spaß gemacht." Sie lachte leise und hob ihren Kopf, um seinen Blick zu erwidern. „Uns bleibt immer noch Südsudan."

Er lachte. „Verdammt, du bist mir zuvorgekommen. Das Zitat wollte ich benutzen."

Sie streichelte die Bartstoppeln an seinen Wangen. „Deine Feinde nennen dich also Arschloch. Deine Betthasen nennen dich Bastard. Wie nennen dich Freunde mit extremen Vorzügen?"

„Keine Ahnung. So jemanden hatte ich noch nie zuvor. Wie willst du mich nennen?"

Sie schlang ihre Arme um seinen Hals und küsste ihn. „Mein", sagte sie. „Ganz allein mein."

„Die Leser meiner Evidence-Serie werden einen gewissen russischen Charakter in diesem Buch wiedererkennen und sich bestimmt hinsichtlich der Unterschiede auf der Zeitachse zwischen diesen beiden Serien fragen. Wo immer es mir möglich ist, versuche ich es zu vermeiden, das genaue Jahr in meinen Büchern anzugeben, aber ich möchte so weit gehen, dass AUSLÖSER – das in dem „vernebelten Jetzt" spielt, was rein zufällig im Frühjahr von 2017 ist – etwa sechs Monate vor meinem Buch „*Cold Evidence*" stattfindet. Falls Sie die Evidence-Serie noch nicht gelesen haben, aber mehr darüber wissen wollen, können Sie mit „*Cold Evidence*" anfangen, wo der Russe zum ersten Mal erwähnt wird.

Ich konnte nicht widerstehen und habe diese Serie mit einem meiner anderen Bücher „*Grave Danger*" verlinkt. Die Geschichte spielt in Bastians Heimatstadt Coho, im US-Staat Washington, im Jahr 2002. „*Grave Danger*" erzählt davon, wie die Eigentümer der historischen Sägemühle die Stammesmitglieder der Kalahwamish behandeln. Es ist eine geheimnisvolle Romanze, in der eine Archäologin ein altes Mordopfer entdeckt und der Chef der Polizei sich vom ersten Augenblick an, als sie sich kennenlernen, sowohl mit ihrer Anziehungskraft als auch seinem Misstrauen ihr gegenüber auseinandersetzen muss. Sie werden keinen fünfzehnjährigen Bastian in dieser Geschichte finden, aber er wird Ihnen wahrscheinlich als Jugendlicher begegnen, wenn ich die Fortsetzung schreibe.

Die Probleme der Mädchen in den Entwicklungsländern, dass sie nicht mehr zur Schule gehen, weil sie ihre Menstruation nicht vernünftig managen können, ist real – ebenso, wie die Hungerkrise und der Bürgerkrieg in Südsudan. Falls Sie irgendein Teil dieser Geschichte berührt hat, und wenn Sie es sich leisten können, diesen verzweifelten Menschen in Not zu helfen, schließen Sie sich mir an und spenden Sie an eine Stiftung, die wiederverwendbare Menstruationshosen und/oder Lebensmittel an diese Entwicklungsländer schickt. Darunter möchte ich „Days For Girls" oder „Pads4Girls" für die Menstruationsprodukte und „World Food Programme" oder „Oxfam" für Nahrungsmittel vorschlagen.

Falls Sie darüber informiert werden möchten, wann mein nächstes Buch veröffentlicht wird, können Sie sich für meine **Deutsche E-Mail-Liste** anmelden oder meine Webseite besuchen. Obwohl meine deutschen Newsletter mit Hilfe des Google-Übersetzers geschrieben werden, kann ich Ihnen jedoch versprechen, dass die Bücher professionell übersetzt und überarbeitet wurden!

Danksagung

Ich möchte mich bei Jennifer McQuiston, Spezialistin der amerikanischen Zentren für Krankheitskontrolle und Prävention, dafür bedanken, dass sie all meine Fragen zu Ebola beantwortet hat. Ihre Meinung spiegelt nicht die Meinungen der CDC wider. Eventuelle Ungenauigkeiten aufgrund von Fehlern oder des fiktionalen Gebrauchs sind alle ganz allein meine Schuld.

Vielen Dank an Vicki Lowe, Nachfahrin und aktives Community-Mitglied des S'Klallam-Stammes in Jamestown im US-Staat Washington, die dieses Manuskript mit einem feinen Auge auf die Sensibilität gelesen hat, einen Charakter mit einem anderen ethnischen Hintergrund als meinem eigenen zu beschreiben. Etwaige Fehler in dieser Hinsicht sind meine eigenen.

Vielen Dank an Darcy Burke und Elisabeth Naughton für die endlose (und geduldige) Geschichtsplanung in diesem Buch (das nicht enden wollte). Vielen Dank an Gwen Hernandez, Gwen Hayes und Toni Anderson für eure Weisheit und Kritik in der Zusammenstellung dieses Manuskriptes.

Vielen Dank an all die Autoren, die online für mich da sind – via Twitter, Facebook oder privaten Messages – die mich in diesem Beruf nicht so einsam sein lassen.

Danke an all meine Leser für all eure wundervollen E-Mails, Tweets und Posts. Es bedeutet mir so viel, zu wissen, dass euch meine Arbeit Freude bereitet – etwas, was ich in dieser schwierigen Zeit wirklich sehr brauche.

Danke an meine Kinder, die die Aufgabe, das Abendessen zuzubereiten, oft ohne Beschwerde übernehmen. Ich schreibe besser, wenn ich gesunde, zuhause gekochte Mahlzeiten esse.

Danke an meinen Ehemann für seine Unterstützung und Geduld, während ich mich mit Charakteren und Szenen abmühe – aber hauptsächlich danke ich dir dafür, dass du dieses wunderbare Leben mit mir teilst.

Über den Autor

USA Today Bestsellerautorin Rachel Grant arbeitete für über ein Jahrzehnt als professionelle Archäologin und lässt ihre zahlreiche Erfahrung gekonnt in ihre Geschichten und Handlungsorte einfließen. Diese können so unterschiedlich sein, wie die Ausgrabung eines Friedhofs unter einem historischen Kunstmuseum in San Francisco, die Vermessung und Aushebung von mehreren prähistorischen Fundstätten der amerikanischen Ureinwohner im pazifischen Nordwesten, die Erforschung eines historischen Betonhauses in Virginia, sowie die Kartographierung einer spanischen und niederländischen Festung aus dem 17. Jahrhundert auf der Insel von Sint Maarten in den Niederländischen Antillen.

Rachel lebt im pazifischen Nordwesten, zusammen mit ihrem Ehemann und Kindern.
Man findet sie im Internet auf
www.Rachel-Grant.net.

9 781944 571627